Jack Cavanaugh
WEIL SIE DIE FREIHEIT SUCHTEN

[redacted]

Jack Cavanaugh

Weil sie die Freiheit suchten

Lieder in der Nacht – Band 3

FRANCKE
Verlag der Francke-Buchhandlung GmbH

Über den Autor:
Jack Cavanaugh nimmt neben seiner internationalen Vortragstätigkeit einen Lehrauftrag für Geschichte wahr. Er lebt mit seiner Frau in Kalifornien.

Gewidmet
allen Pastoren und ihren Frauen, die andere durch ihr Beispiel zu großen und kleinen Heldentaten des Glaubens inspiriert haben.

Bibliografische Information Der Deutschen Bibliothek
Die Deutsche Bibliothek verzeichnet diese Publikation in der Deutschen Nationalbibliografie; detaillierte bibliografische Daten sind im Internet über http://dnb.ddb.de abrufbar.

ISBN 3-86122-795-9

Originaltitel: Above all earthly Powers

Published by Bethany House Publishers, a division of Baker Book House Company, Grand Rapids, Michigan, 49516, USA

35037 Marburg an der Lahn
Deutsch von Eva Weyandt
Umschlaggestaltung: Dan Thornberg /
Verlag der Francke-Buchhandlung GmbH, Christian Heinritz
Satz: Verlag der Francke-Buchhandlung GmbH
Druck: Ebner & Spiegel, Ulm

www.francke-buch.de

Prolog

Montag, 13. November 1989

Je höher die Sonne stieg, desto dunkler wurde Edith Scotts Welt. Einen Tag wie diesen hatte es noch nie gegeben.

Ihr Wollmantel lag schwer auf ihren Schultern. Sie starrte auf die großen Rollen Stacheldraht, die am Grenzübergang Checkpoint Charlie zur Seite gerollt worden waren. Achtundzwanzig Jahre zuvor hatte sie an genau derselben Stelle gestanden. Damals war der Stacheldraht gerade gezogen worden. Neu. Silbrig glänzend. An jenem Tag waren die Grenzen geschlossen worden; an jenem Tag hatten die Kommunisten mehr als eine Million Bewohner Berlins eingesperrt.

Wenn sie jetzt daran zurückdachte, konnte sie kaum glauben, wie dumm sie gewesen war. Trotz aller Warnungen war sie zurückgegangen. Der Preis war zu hoch gewesen.

„Edith?"

Jemand berührte sie an der Schulter.

Sie zuckte zusammen.

„Es tut mir Leid", entschuldigte sich Ursel, „ich wollte nicht ..."

Edith nahm die Hand ihrer Freundin und drückte sie. „Nein, meine Liebe, *mir* tut es Leid. Ich war irgendwie ..."

„Ich weiß."

Sie wusste es tatsächlich. Die liebe, immer freundliche Ursel. Sie wusste als Einzige Bescheid, und Edith liebte sie deswegen.

„Wie lange müssen wir noch warten?", fragte Edith.

„Das liegt an dir, mein Liebes. Nach all diesen Jahren freue ich mich einfach, hier mit dir zu stehen."

Tränen brannten in Ediths Augen. Sie umarmte diese Frau, die ihre Familie war – nicht durch Blutsverwandtschaft, sondern durch die Jahre der Hingabe, des Opfers und der Liebe.

„Haben wir uns '60 oder '61 mit Park im Café Lorenz getroffen?", fragte Ursel.

„Ich war damals einundzwanzig, es muss also 1961 gewesen sein."

Ursel lächelte. „Ich hätte jetzt Lust auf ein Stück Streuselkuchen", seufzte sie.

„Ja. Ich auch."

Ein lauter Schrei erregte Ursels Aufmerksamkeit, ein Schrei, wie ihn die Indianer in den alten Schwarzweiß-Western ausstoßen. Ein junger Mann mit nacktem Oberkörper stand auf der Mauer, die Arme nach oben gereckt. Edith sah stattdessen zu Ursel hinüber. Auch ihre zweite Mutter, jetzt Mitte sechzig, war älter geworden. Und sie selbst war noch keine fünfzig. Viele von diesen Jahren würde Edith am liebsten vergessen. Andere würde sie bis ins Grab wie einen kostbaren Schatz bewahren.

Dann wurde Ediths Aufmerksamkeit wieder auf den Grenzübergang gelenkt, wie schon den ganzen Abend. Zehntausende feiernde Menschen, Fernsehscheinwerfer und Kameras, Hupen, Singen, Tanzen, Tränen – alle diese Dinge waren bestenfalls eine vorübergehende Ablenkung.

„Sechs Stunden sind seit ihrem Grenzübergang vergangen", sagte Edith.

Ursel legte den Arm um Ediths Schulter und zog sie an sich.

Zwei Wochen zuvor war Edith Scott zusammen mit Park aus den Vereinigten Staaten nach Berlin geflogen. Zu dieser Zeit war die Berliner Mauer noch die Berliner Mauer, auf der Westseite mit Graffiti besprüht, auf der Ostseite mit Blut befleckt. Eindrucksvoll. Düster. Ein Denkmal für die Spannungen und die Feindschaft zwischen den kommunistischen und demokratischen Völkern der Welt.

Sie waren hergeflogen, nachdem sie die Nachricht erhalten hatten, dass Ediths Mutter nun endlich herauskommen würde. Illegal natürlich. Durch einen Tunnel unter der Mauer hindurch. Mit drei kleinen Kindern. Brüdern. Nachname Dittmer. Im Laufe der Jahre hatte Monika Schumacher Dutzenden Menschen geholfen, aus dem kommunistischen Ostdeutschland zu fliehen. Und nun wollte auch sie dieses Land endgültig verlassen.

Inzwischen war der Zeitpunkt ihrer Flucht vergangen und von

ihr selbst war nichts zu sehen. Keine Nachricht über ihren Verbleib. Das war vor zwei Wochen gewesen. Zwei unglaublich quälende Wochen.

Wenn sie nur gewartet hätte!, stöhnte Edith innerlich. *Aber wer hätte ahnen können, dass so etwas passieren würde?*

Die Grenze zwischen Ost- und Westberlin wurde so plötzlich und unerwartet geöffnet, wie sie geschlossen worden war. Und Menschen aus allen Nationen hatten sich zusammengefunden, um dieses Ereignis durch die größte spontane Party zu feiern, die die Welt je erlebt hatte – nicht nur Deutsche, sondern auch Franzosen, Italiener, Engländer, Holländer und Amerikaner. Wie Edith befanden sie sich noch in einem Schockzustand, einem guten Schockzustand und ganz und gar nicht wie an jenem Tag, an dem die Grenze geschlossen worden war. Niemand konnte glauben, was er sah: Ungehindert kamen die Menschen über die Grenzübergänge, die Grenzübergänge, die fast drei Jahrzehnte lang mit Misstrauen, Angst und Tod gleichgesetzt worden waren.

Reporter berichteten in allen Sprachen über dieses Ereignis. Bilder wurden in die Wohnzimmer der fassungslosen Welt übertragen, Bilder von Männern und Frauen, die tanzten, sangen und sich in die Arme fielen. Einige thronten auf dem Ungeheuer Mauer wie David auf Goliaths Brust, während die Israeliten sich in einem Freudenfest um ihn versammelt hatten.

Edith freute sich für sie, aber noch konnte sie sich ihnen nicht anschließen. Noch nicht. Nicht bevor sie wusste, was aus ihrer Mutter geworden war. Wie vielen anderen Ostberlinern hatte die Mauer auch ihr schon einmal den Tod beschert. Jetzt mochte sie vielleicht wie ein ohnmächtiger Riese wirken, aber wer konnte schon sagen, ob sie nicht noch einmal zum Leben erwachte?

Wenn Mutter nur gewartet hätte!

Hunderte hatten versucht, die Mauer zu überwinden. Viele waren ums Leben gekommen, erst im Februar Chris Gueffroy, der von Grenzposten erschossen worden war, und Winfried Freudenberg, dessen selbst gebastelter Ballon über Zehlendorf abgestürzt war. Edith wusste von ihnen, weil ihre Todesfälle als Warnung für andere öffentlich gemacht worden waren. Die meisten blieben jedoch anonym. Während einige bei fehlgeschlagenen Fluchtversuchen ernstlich verletzt worden waren, waren andere entweder gefasst und zu Haftstrafen verurteilt worden, oder sie hatten Glück gehabt; wenn sie es schon nicht über die Mauer geschafft hatten, so war es ihnen doch zumindest gelungen, einer Entdeckung zu entkommen. Sie konnten es bei anderer Gelegenheit noch einmal versuchen.

Und ihre Mutter?

Edith musste es einfach wissen. Ihr Wunsch, Klarheit zu bekommen, wurde stärker als ihre Angst vor einem Besuch im kommunistischen Ostberlin. Sie machte einen vorsichtigen Schritt auf die Mauer zu. Es kamen mehr Menschen heraus als hineingingen. Das hatte doch etwas zu bedeuten, oder nicht? Sie machte noch einen Schritt, einen kleineren als den ersten.

„Bist du sicher?", fragte Ursel. „Ich werde dich begleiten."

„Bin ich die Einzige, die sich daran erinnert, wie schnell sich Dinge ändern können?", fragte Edith. „Die Grenze ist offen, aber es gibt keine Garantie, dass das auch so bleibt. Erinnerst du dich noch, wie schnell sie dichtgemacht wurde?"

„Bleib du hier, Liebes", mahnte Ursel. „Ich werde hineingehen. Warte hier auf mich."

Edith packte Ursel am Arm. Ihr Griff war so fest, dass beide erschraken.

„Es sind sechs Stunden", erinnerte Edith.

Ernst hatte sich umgedreht und gewunken, bevor er und Park sich unter die Menge gemischt hatten. Sie waren losgegangen, um Monika zu holen. Vor sechs Stunden.

Ernst Ehrenberg hatte bei der NASA gearbeitet, war aber mittlerweile in den Ruhestand getreten. Als er hörte, dass die Mauer geöffnet wurde, war er sofort von Alabama nach Berlin geflogen.

„Sag mir, was ich tun soll", forderte Ursel.

Edith atmete tief durch. „Ich muss es wissen."

Sie machten sich auf den Weg zum Checkpoint Charlie. Nur langsam kamen sie voran. Sie warfen sich einem Strom von Menschen entgegen, der sich in die entgegengesetzte Richtung vorwärts bewegte. Achtundzwanzig Jahre zuvor waren sie auch nur langsam vorangekommen. Sie hatten in der Schlange angestanden, um in die Gefangenschaft zu gehen. Wie dumm. Edith konnte das Gefühl nicht abschütteln, dass ihr Vorhaben jetzt genauso dumm war. Sie musste ihre Füße zwingen, vorwärts zu gehen.

In dem abgeschirmten Unterstand der Wachposten beobachteten bewaffnete amerikanische Soldaten die Prozession. Nach ihren verwirrten Gesichtern zu urteilen, wussten auch sie nicht, was sie davon halten sollten. In den vergangenen Tagen hatte sich die Realität dramatisch verändert. Genau an dieser Stelle hatten sich, als die Spannungen ihren Höhepunkt erreichten, sowjetische und amerikanische Panzer gegenübergestanden, und die Welt hatte den Atem angehalten.

Edith ging weiter. Ursel hielt sich an ihrer Seite. Jetzt hatten sie das Niemandsland betreten. Die ostdeutschen Grenzposten kamen in Sicht. Und noch mehr Stacheldraht. Eine Rolle über der anderen. Edith versuchte, nicht hinzusehen. Sie wusste, wenn sie es täte, dann wäre es um sie geschehen. Zu viele Bilder aus der Vergangenheit hatten sich in dem Draht verhangen, vor allem eines:

Ein Körper. Verheddert. Schlaff wie eine Stoffpuppe hing er darin.

Sie blieb stehen.

„Was ist los, Liebes?“, fragte Ursel.

Sie entdeckte, was Ediths Blick gefesselt hatte.

„Sieh nicht hin.“

Sie zupfte sie sanft am Ärmel, drängte Edith weiter. Edith rührte sich nicht. Sie konnte den Blick nicht von den dicken Rollen des silbernen Stacheldrahtes abwenden.

„Edith, sieh mich an! Sieh mich an!“

Ursel nahm das Kinn der jüngeren Frau in die Hand und drehte ihren Kopf mit sanfter Gewalt von dem Stacheldraht fort.

Edith begann zu weinen.

„Willst du zurückgehen?“, fragte Ursel.

„Ich kann das nicht.“

„Nimm dir Zeit, Liebes. Sieh einfach nach vorne. Halte den Blick auf die Straße gerichtet. Versuche, nicht daran zu denken."

Sie hatten sich wieder in Bewegung gesetzt und gingen an der ersten Reihe Stacheldraht vorbei, fast bis zur Grenze.

Edith schnappte nach Luft. Sie erstarrte.

Ursel sah in die Richtung, in die Edith starrte, und sie rechnete damit, noch mehr Stacheldraht zu entdecken. Aber das war es nicht, was Ediths Blick gefesselt hatte.

„Oh Gott. Oh Gott ...", schluchzte Edith.

„Oh Liebes", tröstete Ursel. „Edith, Liebes, es tut mir so Leid, dass du es auf diese Weise erfahren musstest. Ich wollte es dir sagen."

Edith sank mit weit aufgerissenen Augen zitternd in die Knie.

„Lieber Gott im Himmel, was tust du mir an?", weinte sie.

„Mr Gorbatschow, öffnen Sie dieses Tor.

Mr Gorbatschow, reißen Sie diese Mauer nieder."

Präsident Ronald Reagan, 12. Juni 1987

1

Sonntag, 13. August 1961

Die Sonne ging über einer veränderten Welt auf. In der einen Welt hatten sich die Menschen abends schlafen gelegt, und in einer anderen wachten sie nun auf. Das Erste, was die meisten von ihnen hörten, waren Sondersendungen. Die Amerikaner stellten ihre Fernsehgeräte an, um die Nachrichten mit Live-Berichten aus Frankreich, Großbritannien und Deutschland zu hören. Überall war es dasselbe. Das Militär war in Alarmbereitschaft versetzt worden.

Die einundzwanzigjährige Edith Schumacher hatte ganz andere Probleme. Sie konnte sich nicht entscheiden, welchen Kuchen sie bestellen sollte.

Sie saß in einem Straßencafé an einem Tisch im Schatten. Überall um sie herum gab es nur ein Thema: die Ereignisse in Deutschland. Sie schlug nach einer der vielen Fliegen. Nicht dass sie nicht verstanden hätte, was die neusten Meldungen für sie bedeuteten; das tat sie. Niemand konnte in Ostdeutschland aufwachsen, ohne die Spannungen zwischen Kommunismus und Kapitalismus wahrzunehmen. Sie wollte sich nur einfach ihren Urlaub nicht verderben lassen.

Das ganze Jahr über hatte sie die kommunistische Propaganda über sich ergehen lassen, die vorgeschriebenen Versammlungen besucht, sie war unter den Straßenbannern und Plakaten hergelaufen, auf denen die Überlegenheit der kommunistischen Idee gerühmt wurde. Das ganze Jahr lang hatte sie die Eintönigkeit der Fabrikarbeit ertragen, in ihrer farblosen Wohnung mit der fleckigen Tapete gelebt und stundenlang in endlosen Schlangen um armseliges Gemüse, farbloses Fleisch und unappetitlich aussehende Suppenknochen angestanden. Das ganze Jahr über hatte sie gespart und verzichtet, damit sie zwei Tage im Westsektor einkaufen und schlemmen könnte. Und sie würde sich von dieser *Krise des Tages* nicht den *Kuchen des Tages* verderben lassen. Nicht einmal ihre Mutter hatte ihr das verderben können, und sie würde es sich auch nicht von den Kommunisten verderben lassen.

Sie lebten zu dritt zusammen – Ursel, Edith und ihre Mutter. Und zwei Tage vor dem Urlaub hatte ihre Mutter ihr auf einmal mitgeteilt, sie würde nicht mitkommen.

„Park wird an diesem Wochenende in Berlin sein. Er möchte sich mit uns treffen." Ihre Faust schloss sich um einen verknitterten Brief. „Ich würde lieber mit Nikita Chruschtschow Urlaub machen."

Ursel hatte gesagt, wenn Monika nicht fahren wollte, würden sie alle zu Hause bleiben. Sie könnten sich ja ein anderes Wochenende aussuchen.

Auch wenn es Edith nicht logisch erschien, hatte ihre Mutter darauf bestanden, dass Ursel und sie allein fuhren. Sie hatte sich richtig darüber ereifert und Ursel genau erklärt, was sie Park ausrichten solle. Ganz eindeutig hatte er ihre Mutter irgendwie verletzt. Allerdings verstand Edith nicht die fortdauernde Faszination ihrer Mutter von dem Mann. Ursel hatte gemeint, sie fände es nicht richtig, sich in Monikas Abwesenheit mit Park zu treffen. Doch schließlich hatte ihre Mutter den Streit gewonnen. Wie immer.

Das Gute war, dass ihr Ausflug noch nicht zu Ende war. Ursel hatte große Vorbehalte gehabt, ohne Monika zu fahren. Edith fand es einen großen Spaß. Die Vorstellung, ohne ihre Mutter den Westsektor zu besuchen, hatte etwas Prickelndes an sich.

Wie sich herausstellte, war die Fahrt alles andere als angenehm verlaufen und nicht annähernd prickelnd. Der Grenzübergang war ein Albtraum gewesen. Die ostdeutschen Grenzposten hatten sich noch unangenehmer benommen als gewöhnlich. Sie hatten jeden schikaniert und grundlos herumgebrüllt. Am S-Bahnhof hatte ein Beamter mit einem Gesicht wie eine Bulldogge in Begleitung von zwei anderen Grenzern mit Gewehren Ursel aus der Schlange gezogen.

„Ausweis!", hatte er gebrüllt.

Ursel hatte ihm ihren Ausweis gereicht.

„Wo haben Sie den her?", hatte er sie angefahren. „Das ist eine Fälschung!"

„Ich versichere Ihnen, er ist echt."

Der Beamte hatte das als Beleidigung gewertet. Er hatte sich vorgebeugt, bis er nur Zentimeter von Ursels Gesicht entfernt war, und sie angebrüllt, sie eine Lügnerin, eine Verräterin, eine dekadente materialistische Faschistin genannt. Er hatte sich das Gewehr eines seiner Kollegen geschnappt und auf sie gerichtet, ihr mit Gefängnis gedroht und dass sie ihre Familie nie wieder sehen würde.

Sie hatte zu weinen begonnen.

Er hatte weitergebrüllt.

Dann hatte er sie auf einmal in Ruhe gelassen. Einfach so. Er hatte sie am Arm gepackt, in die Schlange zurückgeschoben und nach seinem nächsten Opfer Ausschau gehalten. Ursel hatte noch gezittert, als sie und Edith den Zug bestiegen, der sie über die Grenze in den Westsektor bringen würde.

Dieses Erlebnis bestimmte die Stimmung für den Aufenthalt. Ursel war lustlos und in sich gekehrt. Wer konnte ihr das verübeln?

Das Café Lorenz sollte Ediths letzte Gelegenheit sein, das Wochenende zu retten. Und was war passiert? Mitten in der Nacht hatte irgendein elender, namenloser, gesichtsloser kommunistischer Mistkerl einen Befehl ausgegeben, der die ganze Stadt, die ganze Welt in Alarmbereitschaft versetzte.

Es hatte etwas mit der Grenze zu tun. Edith hatte nicht genau zugehört; sie wollte es gar nicht wissen. Sie wollte jetzt an Kuchen denken, nicht an Politik.

Sie sah Ursel an. Von ihr war keine Hilfe zu erwarten. Die Frau, die seit mehr als zwei Jahrzehnten die Gefährtin ihrer Mutter war, saß missmutig am Tisch und beobachtete die Fußgänger, die an dem Café vorbeigingen. Und dabei sollte Edith endlich den Amerikaner kennen lernen. Ursel hatte ihr erzählt, sie hätte ihn schon mal getroffen, als sie noch sehr klein gewesen sei, aber Edith konnte sich nicht mehr an ihn erinnern. Das bevorstehende Treffen mit diesem Park machte sie nervös. Falls dieses Wochenende irgendeinen Erholungswert haben sollte, dann würde Edith selbst dafür sorgen müssen.

Sie straffte die Schultern und lächelte, als könnte ein Lächeln, egal, wie gezwungen es war, einen Geist der Leichtigkeit und Fröhlichkeit an den Tisch locken. Sorglos warf sie den Kopf in den Nacken und freute sich an den Farben und Gerüchen des breiten Kurfürstendamms. Sie nannte ihn *Kudamm*. Alle Berliner nannten ihn so.

Ihr Tisch war einfach perfekt. Er stand im Schatten unter der rotweißgestreiften Markise, die für sie zu einer Urlaubssehenswürdigkeit geworden war. Wunderschöne Bäume säumten die Prachtstraße, Bäume, die grüner und größer waren und viel mehr Blätter hatten als die Bäume im sowjetischen Sektor, wo sie lebten. Gesprenkelte Schatten tanzten auf den bunten Sommerblusen und Kleidern, die an ihr vorbeieilten. Große Pflanzkübel aus Beton quollen über von Blumen und bespritzten die Straße mit der Farbpalette eines Impressionisten – strahlendes Gelb und Weiß, leuchtendes Lila und mutiges Rot.

„Ich trage eine Fahne, und diese Fahne ist rot.“

Wie ein ungehobelter Eindringling kam ihr dieses Schullied in den Sinn. Wann immer dies geschah, fragte sie sich, warum die kommunistische Partei so fasziniert war von der Farbe Rot. Überall auf ihren Fahnen und Bannern war es zu sehen. Doch wenn ein Schüler ein rotes Hemd in der Schule trug, dann wurde er zum Direktor geschleift und wegen seiner Dekadenz abgemahnt.

Angewidert zog Edith die Nase kraus. Sie dachte schon wieder über Politik nach. Sie war ins Café Lorenz gekommen, um Abstand zu gewinnen von all diesem Unsinn. In diesem Augenblick kam ihr ein Kellner zu Hilfe.

Er tauchte mit einem Teller, auf dem ein brutzelndes Würstchen lag, aus der Schwingtür des Cafés auf. Der Duft des würzigen Fleisches vertrieb alle Gedanken an Politik. Fasziniert beobachtete Edith, wie der Kellner den Teller vor einen dicken Mann im Anzug hinstellte. Als der Teller den Tisch berührte, blitzten die Augen des Mannes vor Freude auf wie die eines kleinen Kindes – nur für einen kurzen Augenblick.

Genau deshalb sind wir ins Café Lorenz gekommen!, dachte sie. Sie wollte dasselbe Funkeln erleben. Vielleicht würde sie es dieses Jahr in dem Würstchen finden und nicht in dem Kuchen.

Im Laufe der Jahre hatten sie Urlaubserfahrungen gesammelt wie ein Münzsammler Münzen. An langweiligen Abenden konnten sie, ihre Mutter und Ursel ihrer trüben Existenz entfliehen, indem sie ihre Sammlung hervorholten und ihre Erinnerungen noch einmal neu durchlebten. Dies wäre eine gute Bereicherung der Sammlung.

Erinnerst du dich an das brutzelnde Würstchen im Café Lorenz?

Sie wandte sich zu Ursel um in der Hoffnung, dass auch sie in den Bann des Würstchens geraten war. Doch Ursel wirkte müde und älter als ihre vierzig Jahre. In ihren Augen funkelte keine Würstchen-Begeisterung. Sie war damit beschäftigt, abwechselnd das Geschirr herumzuschieben und angespannt die Fußgänger zu beobachten.

Edith wollte die Würstchen-Erinnerung nicht so leicht aufgeben. „Riecht das nicht einfach unvergleichlich?", fragte sie.

Ursel mahnte sie zum Leisesein, indem sie den Zeigefinger an die Lippen legte. In ihrer Aufregung hatte Edith vergessen, ihre Stimme zu senken. Von Geburt an war sie auf einem Ohr vollständig und auf dem anderen teilweise taub und neigte dazu, zu laut zu sprechen. Sie versuchte es noch einmal, dieses Mal leiser, aber nicht weniger begeistert.

„Das Würstchen. Riechst du es nicht?"

„Doch, Liebes. Bestell dir, was du möchtest." Ursel wandte sich wieder zur Straße um.

Edith seufzte. Der Kampf, aus diesem Wochenende ein Ferienerlebnis zu machen, war nicht leicht zu gewinnen. Sie sah auf die Uhr. „Es ist noch zu früh", meinte sie. „Wir sind doch erst in zehn Minuten verabredet."

Ursel zwang ein Lächeln auf ihr Gesicht. Es war ein nettes Lächeln, auch wenn es nicht von Herzen kam. Mit diesem Lächeln war Edith aufgewachsen. Sie liebte es, so lange sie denken konnte.

„Es ist nur schon so lange her", sagte Ursel. „Ich bin nicht sicher, dass er uns erkennen wird. Du meine Güte, dich ganz bestimmt nicht. Du warst fünf Jahre alt, als er dich das letzte Mal gesehen hat."

„Wirst du ihn denn erkennen?"

„Menschen verändern sich." Ursel konzentrierte sich wieder auf die Vorübergehenden.

Edith klappte die Speisekarte auf. Es hatte keinen Sinn, zusammen mit Ursel nach Park Ausschau zu halten. „Was wirst du bestellen?", fragte sie.

„Bestell du dir was, Liebes. Ich habe keinen Hunger."

Edith seufzte. Es war eine Verschwörung. Die ganze Welt hatte sich gegen sie verschworen. Zuerst ihre Mutter. Dann die Regierung. Und nun auch noch Ursel. Sie wandte sich der Kuchenabteilung zu.

Das zauberte ein Lächeln auf ihr Gesicht. Sie hatte das Paradies gefunden.

Die Liste der Kuchensorten war eine Orgie von Geschmacksrichtungen. Zimtstreusel, Pflaumenkuchen mit Streusel, Erdbeersahnerolle, Zitronenstrudel und Sachertorte, eine Schokoladentorte mit einer Füllung aus Aprikosenmarmelade, die weltbekannt war für ihren leichten, butterigen Geschmack. Und als kleine Zugabe kam dazu die ausgezeichnete Haselnusssahne. Genau wie sie gehofft hatte, fand Edith eine ganze Seite mit Urlaubserfahrungen, die nur darauf warteten, entdeckt zu werden, mit einer Empfehlung der Brüder Lorenz.

In einem Absatz war oben auf der Speisekarte die Geschichte des Café Lorenz beschrieben. Gegründet worden war es um 1830 auf der Straße Unter den Linden von zwei Wiener Brüdern, Karl und Emil, die nach Berlin immigriert waren und ein Restaurant eröffneten. Der Erfolg hatte nicht auf sich warten lassen. Während des Krieges war das Restaurant von Bomben zerstört worden. Ein Umzug wurde nötig. Doch in guten wie in schlechten

Zeiten brachte die Familie Lorenz nun schon seit mehr als hundert Jahren den Geschmack der Wiener Feinbäckerei zu den dankbaren Berlinern.

„Ich habe gehört, ganze Straßenabschnitte werden aufgerissen und Blockaden aufgestellt."

Zwei modisch gekleidete Frauen, beladen mit Päckchen und Tüten, ließen sich am Nebentisch nieder und erinnerten Edith wieder an die leidige Politik. Sie sahen aus wie Schwestern.

„Auch die Schienen!", sagte die Jüngere. „Nicht nur geschlossen, sondern sogar aufgerissen! Sowohl die S-Bahn als auch die U-Bahn. Heinrich sagte, es fahren keine Züge mehr hinein und nicht mehr heraus. Keine."

„Aber was ist mit den Leuten, die in diesem Sektor arbeiten?"

„Ich weiß nur, dass im Radio gesagt wurde, es würde keiner mehr herausgelassen."

Edith vergrub den Kopf tiefer in der Speisekarte. Sie konzentrierte sich auf die Beschreibung der einzelnen Torten und ließ sich von ihnen ins Zuckerparadies entführen, in dem die Politik keinen Raum hatte.

„Aber was ist mit den Ostberlinern, die hier gefangen sind? Wird man sie daran hindern, nach Hause zurückzukehren?"

Ediths Kopf fuhr hoch. *Nicht mehr nach Hause zurückkehren dürfen?*

„Wer, der recht bei Verstand ist, würde denn zurückgehen wollen?", fragte die ältere Schwester. „Oh, meine Liebe, du musst unbedingt die Erdbeersahnerolle probieren. Sie ist einzigartig!"

* * *

Kratzige Stimmen dröhnten unablässig durch den Lautsprecher des Radios. Monika Schumacher brauchte im Augenblick den Klang der Stimmen, nicht die Information. Sie hatte bereits genug gehört, was sie erschreckte. Sie wollte nicht allein sein und das Radio war alles, was sie hatte.

Monika kauerte auf dem Boden und wühlte in ihrem Schrank.

Den Schmerz in den Knien und ihrem Rücken ignorierte sie einfach. Sie arbeitete schnell, denn eigentlich suchte sie gar nichts. Sie brauchte nur eine Ablenkung, irgendetwas Nichtiges, was sie betäubte. Aktivität um ihrer selbst willen. Irgendetwas, um den schwarzen Hund der Depression in Schach zu halten.

Der wachsende Stapel vor der Schranktür war eine Zeitkapsel des Lebens – *ihres* Lebens jetzt, denn Edith und Ursel würden den Inhalt nicht mehr brauchen. Alte Kleider. Ausgetretene Schuhe, mit einer dicken Staubschicht bedeckt. Verschiedenfarbige Gürtel; einige, die noch passten und andere, die sie zum Lachen brachten. Ein paar Brett- und Kartenspiele. Ein Bilderbuch mit Grimms Märchen. Ein gerahmtes Schwarzweißfoto ihrer Kirche in Pankow, auf dem sie und Josef auf der Treppe standen. Blätter mit Ediths Zeichnungen aus der Oberschule. Ein grellgrüner Ohrring.

Monika lachte. Wenn Ursel jetzt durch diese Tür käme und diese scheußliche Unordnung in ihrem sauberen Wohnzimmer entdecken würde, dann würde sie sehr ungehalten sein!

Ihre Hand fuhr an den Mund und fing ein Schluchzen ein, ehe es ihr entfahren konnte. Diese kleinen Dinge machten ihr am meisten zu schaffen.

Die Stimme Walter Ulbrichts, Mitglied des Politbüros, beschrieb im Radio sehr leidenschaftlich die Vorteile der „Schutzblockade vor dem Antifaschismus", genau dieser Blockade, die Monika nun von ihrer Tochter und ihrer besten Freundin trennte. Seine monotone Ansprache bereitete ihr Übelkeit, aber wenn sie jetzt von Berlin Radio International auf einen westlichen Sender umschaltete, könnte Herr Puttkamer das mitbekommen und sie denunzieren.

Monika unterdrückte erneut die Tränen. Sie redete sich ein, es sei das Beste so. Die Schließung der Grenze hatte Gott nicht überraschen können. Es sollte so sein, dass Ursel und Edith sich bei diesem Ereignis gerade im Westsektor aufhielten. Und wenn ihr nicht ihre Abneigung gegen Park einen Strich durch die Rechnung gemacht hätte, dann wäre sie jetzt auch dort. Falls jemand im Unrecht war, dann sie.

Sie sollte sich eigentlich freuen, redete sie sich ein. Zumindest waren Edith und Ursel in Sicherheit. Sie waren frei, frei von dem ständigen Sperrfeuer der kommunistischen Propaganda. Sie brauchten nun nicht mehr ständig aufzupassen, was sie sagten, aus Angst, jemand könnte sie denunzieren. Und sie hatten die tristen Farben, die langen Schlangen und die endlosen Stunden in der Fabrik hinter sich gelassen.

Aber Monika würde sie vermissen. Das tat ganz besonders weh. Sie wusste, es war selbstsüchtig, aber sie kam nicht dagegen an. Wenn sie innehielt und darüber nachdachte, auch nur für einen Augenblick, trieb sie die Realität dessen, wie ihr Leben ohne sie aussehen würde, so ganz allein, wieder hierher, auf die Knie vor den Schrank. Gedankenlos wühlte sie darin herum, tat alles, um ihre Hände beschäftigt und ihren Geist davon abzuhalten, darüber nachzudenken.

Doch dann brachte sie irgendetwas dazu, wieder von vorne anzufangen. Eine Haarbürste. Ein Schuh. Ein Stück Kreide.

So war es schon, seit sie die Nachricht gehört hatte. Flip-flop, flip-flop. Vor und zurück. Freude für Edith und Ursel, Trauer um sich selbst.

„Man kann sich an alles gewöhnen", murmelte sie vor sich hin. Lautete so nicht das Credo der Ostberliner? Die Menschen sagten es sich auf, wann immer die Kommunisten eine weitere Härte einführten, einen weiteren Schrecken. Wenn sie es sich oft genug aufsagte, dann würde sie es vielleicht irgendwann auch glauben.

„Man kann sich an alles gewöhnen", wiederholte sie.

Das sagte sie sich, wann immer eine neue Produktionsquote in der Fabrik verkündet wurde.

Man kann sich an alles gewöhnen.

Das sagte sie sich, wann immer eine Schlange ein paar Leute vor ihr geschlossen wurde, bevor sie in der Lage gewesen war, ein paar Tomaten oder einen Suppenknochen zu kaufen.

Man kann sich an alles gewöhnen.

Das sagte sie sich nun, als ihr klar wurde, dass sie vielleicht den Rest ihres Leben allein verbringen würde.

Man kann sich an alles gewöhnen.

Sie machte weiter, wühlte, warf alte Schachteln fort. Sie wühlte und weinte.

Man kann sich an alles gewöhnen. Aber konnte sie das wirklich? Konnte sie sich an ein Leben ohne die Hoffnung gewöhnen, ihre Tochter jemals wieder zu sehen?

„Man kann sich an alles gewöhnen."

Ihre Worte gingen in ihrem Schluchzen unter.

* * *

„Sie werden doch nicht versuchen, zurückzugehen?"

Der Kellner aus dem Café Lorenz stand mit einem weißen Block und einem Bleistift vor ihnen. Wie alle anderen – alle außer Edith – beschäftigte ihn die Nachricht des Tages.

„Ich habe einen Bruder im sowjetischen Sektor", erzählte der Kellner. „Und ich sehe ihn vielleicht nie wieder. Trotzdem könnte man mich nicht einmal über diese Grenze prügeln. Es ist das Risiko nicht wert."

Er trat nervös von einem Fuß auf den anderen. Ursel schätzte ihn auf ungefähr siebzehn. Er war schrecklich dünn, mit einem hervorstehenden Adamsapfel und schwarzen Haaren, die bis zum Kragen reichten. Auf dieser Seite der Grenze wurden lange Haare geduldet. Auf der sowjetischen Seite würden die Vopos ihn zum Polizeirevier schleifen und ihm einen Haarschnitt verpassen, mit einem Kompliment der kommunistischen Partei.

„Stehen Sie Ihrem Bruder sehr nahe?", fragte Ursel.

„Sicher, wir stehen uns nahe. Er hat mir gesagt, ich solle in den Westsektor gehen. Er wollte in etwa einem Monat nachkommen. Aber jetzt ..."

„Wo lebt Ihr Bruder?"

„In der Singerstraße. In Friedrichshain."

„Schreiben Sie ihm doch eine Nachricht", schlug Ursel vor. „Ich sorge dafür, dass er sie bekommt."

„Wirklich? Das würden Sie tun?" Wenn er lächelte, war sein

Gaumen zu sehen; es war beinahe komisch. „In Friedrichshain. Sie kennen diesen Bezirk?“

„Ich habe mein ganzes Leben lang in Berlin gelebt.“

Er riss einen Zettel von seinem Block ab, schrieb ein Wort, hielt inne, um zu überlegen, was er sagen wollte, dann begann er zu schreiben. Danach faltete er den Zettel zweimal zusammen und schrieb noch etwas oben darauf.

„Ich habe die Adresse ...“

Ursel griff nach dem Zettel. Auf einmal bekam er einen ganz seltsamen Gesichtsausdruck und zog seine Hand zurück. Seine Augen zogen sich misstrauisch zusammen.

„Sie müssen verrückt sein, heute wieder dorthin zurückzugehen. Verrückt oder ...“

Oder Sie arbeiten mit der Regierung zusammen. Vermutlich der Stasi. Seine Augen sprachen es deutlich aus; Wörter waren unnötig.

Ursel lächelte und streckte ihm ihre Hand hin. „Wir leben dort. Darum gehen wir zurück. Sie können uns vertrauen.“

„Meine Mutter ist noch drüben“, fügte Edith hinzu. „Wir müssen zurück.“

Aber der Kellner schien nicht überzeugt zu sein. Er sah auf und bemerkte jemanden auf der anderen Seite des Tisches. Ursel hatte gar keine Schritte gehört. Sie wandte sich um und wollte sehen, wen der Kellner anstarrte.

„Park!“

Bevor sie wusste, was sie tat, war sie aufgesprungen und umarmte den Amerikaner. Und falls sie selbst über ihre Reaktion erstaunt war – Edith war schockiert.

Ursel hatte Park immer gemocht, auch wenn Monika schlecht über ihn gesprochen hatte. Und obwohl sie es kaum hatte erwarten können, ihn nach all diesen Jahren wieder zu sehen, war dieses unerwartete Treffen – so plötzlich – nun, es war beinahe wundersam.

Er sprach ihren Namen in gewohnter herzlicher Weise aus. „Wie machen Sie das?“, fragte er. „Wie schaffen Sie das, nach all dieser Zeit noch immer so hübsch zu sein?“

Mit Tränen in den Augen erwiderte Ursel: „Du meine Güte, Park, Sie haben sich überhaupt nicht verändert. Noch genauso gut aussehend wie eh und je."

Ihre Umarmung schien unschicklich in der Öffentlichkeit, aber Ursel kümmerte sich nicht darum. Außerdem war es das wert, und wenn nur, um Ediths Gesichtsausdruck zu sehen.

Sie lösten sich voneinander. Alle starrten sie lächelnd an. Ursel spürte das Interesse der anderen Gäste.

„Herr Parker", stellte sie vor, „das ist Edith."

„Das ist die kleine Edith? Sie machen wohl Witze! Diese atemberaubende junge Frau ist die kleine Edith?"

Edith liebte die Aufmerksamkeit. Sie sog sie in sich auf. Zum ersten Mal, seit sie die Grenze überquert hatten, freute sich Ursel, dass Monika nicht mitgekommen war. Es würde ihr wehtun, zu erleben, wie Edith das Kompliment eines Mannes genoss, den sie verachtete.

Park zog die Augenbrauen nach oben, als wäre er rechtzeitig gewarnt worden. „Sie erinnern sich nicht mehr an mich, nicht?"

„Nein, Herr Parker." Edith errötete.

„Sie sind alt genug, mich Park zu nennen. Welche Erinnerungen haben Sie an Ihren Vater?"

„Ich erinnere mich an ein Sofa in einem Zimmer mit großen Fenstern und wie er mich auf seinen Schoß hebt."

Park grinste. Er zog sich einen Stuhl unter dem Tisch hervor und nahm Platz. Ursel setzte sich ebenfalls.

„Ich möchte Ihnen etwas über Ihren Vater erzählen", begann Park. „Ich habe ihn nie persönlich getroffen, aber ich habe über das Funkgerät mit ihm gesprochen und ihn so gut kennen gelernt, dass ich eines mit Gewissheit sagen kann: Wenn er Sie jetzt so sehen würde, dann würde er platzen vor Stolz."

Edith lächelte nicht nur, sie strahlte richtig. Noch nie hatte Ursel erlebt, dass sie sich so schnell für einen Mann erwärmte, wie das jetzt bei Park der Fall war. Es bestand bereits eine Verbindung zwischen ihnen. Und trotz Monikas Einstellung zu ihm fand Ursel das gut. Sie mochte Park. Er strahlte Aufrichtigkeit aus. Er war ein

Mann ohne Hintergedanken. Stand das nicht sogar irgendwo in der Bibel?

Ursel hatte nie wie Monika Park die Schuld an dem gegeben, was ihnen im Krieg zugestoßen war. Manchmal brauchte man einfach einen Schuldigen, schätzte sie, und in Monikas Augen war Park verantwortlich. Sie hatten nie damit gerechnet, ihn je wieder zu sehen. Aber da war er nun. Sie fragte sich, ob Park wusste, wie sehr Monika ihn hasste.

Er war jetzt wie alt? Zweiundvierzig, dreiundvierzig Jahre? Er sah sehr gut aus. Während viele Deutsche John Wayne für den typischen Amerikaner hielten, sah Ursel eher Park in dieser Rolle. Für ihren Geschmack gebrauchte John Wayne zu schnell seine Fäuste. Park war sanfter, intelligenter und definitiv romantischer. Er war groß, fast zwei Meter groß, mit breiten Schultern und einer schlanken Taille. Sein Haarschnitt verriet seine militärische Vergangenheit. Die Farbe seiner Kleidung war neutral – dunkelbraune Hose und braunes Hemd. Aus irgendeinem Grund hatte Ursel gedacht, Amerikaner seien bunter angezogen. Und obwohl sein Deutsch manchmal etwas fehlerhaft war – sein Akzent war nicht zu überhören –, so war es doch fließend, und nur gelegentlich musste er innehalten, um nach dem passenden Wort suchen.

„Bevor ich es vergesse", sagte Park und zog an dem Schulterriemen seiner Kamera. Einer Leica. Er nahm die Kappe vor der Linse ab. „Sie haben doch nichts dagegen?", fragte er.

Er machte eine Reihe von Fotos von Ursel, mehr als genug, um ihr die Röte in die Wangen zu treiben. Dann noch mehr von Edith, sodass es beinahe den Anschein hatte, als wäre sie ein Filmstar.

„Ich habe meine Kamera zu Hause vergessen", gestand Ursel.

„Vielleicht können wir diesen jungen Mann verpflichten", schlug Park vor und reichte die Kamera dem Kellner, der gerade wieder an den Tisch zurückgekommen war. „Wären Sie so freundlich?"

Der Kellner tat ihnen den Gefallen. Er hielt noch immer den Zettel in der Hand, den er geschrieben hatte. Schnell steckte er ihn in die Tasche und knipste ein paar Fotos von Park und den beiden Frauen.

„Ich werde Ihnen Abzüge schicken", versprach Park.

Der Kellner gab Park die Kamera zurück. Ursel versuchte, Blickkontakt zu dem Jungen aufzunehmen. Sie wollte ihm versichern, dass er ihr die Nachricht an seinen Bruder ruhig anvertrauen könnte. Aber er sah sie nicht an oder wollte es nicht. Schnell drehte er sich um und verschwand.

„Wonach duftet es hier so wunderbar?", rief Park, der von Ursels Sorge um den Kellner nichts merkte.

„Dem Tagesgericht", erklärte Edith mit offensichtlichem Vergnügen.

„Deutsche Würstchen", sagte Park. „Sie sind die Reise hierher wert."

Edith war glücklich. Endlich hatte sie eine verwandte Seele gefunden!

„Haben die Damen bereits zu Mittag gegessen? Ich hoffe, Sie haben nichts dagegen, aber auf der langen Reise hatte ich immer Café Lorenz vor Augen."

„Sie sind schon mal hier gewesen?", fragte Ursel.

„Man kann nicht nach Berlin kommen und nicht im Café Lorenz essen!", entrüstete er sich.

„Haben Sie jemals die Torten probiert?", fragte Edith.

„Sie probiert?", entgegnete er. „Ich träume davon."

Edith lachte. Es war ein willkommenes Geräusch, das erste Lachen, das Ursel an diesem Tag hörte.

„Und die Haselnussschlagsahne?", fragte Edith. „Haben Sie sie probiert, ich meine, davon geträumt?"

Park schloss die Augen. Seine Schultern sackten vor Vergnügen zusammen.

Edith strahlte. Fast zehn Minuten lang tauschten Edith und Park Geschichten über ihre kulinarischen Erlebnisse im Café Lorenz aus. Dann kam der Kellner, um ihre Bestellung aufzunehmen, doch es war ein anderer Kellner. Dieser Kellner war sehr beleibt, mit einem pickeligen Gesicht und etwas einfältig. Seine Haut glänzte vor Schweiß.

„Wir hatten vorher einen anderen Kellner", wandte Ursel ein. „Ein schlanker junger Mann. Lange schwarze Haare."

„Er ist gegangen. Möchten Sie bestellen?“

Der beleibte Kellner zeigte sich nicht besorgt über den Weggang seines Arbeitskollegen. Vielleicht hatte das ja nichts zu bedeuten, doch Ursel hatte ihre Zweifel.

Park bestellte die Würstchen, was niemanden überraschte, und danach Zimtstreuselkuchen mit Haselnussschlagsahne. Edith entschied sich für die Sachertorte, während Ursel den Streuselkuchen mit Pflaumen wählte.

Als das Würstchen gebracht wurde, waren sowohl Park als auch Edith begeistert. Edith nahm Parks Angebot, es einmal zu probieren, an. Danach ließ er es sich schmecken. Der Kuchen kam, als er gerade den letzten Bissen in den Mund steckte.

Während des Essens unterhielten sie sich. Ursel entschuldigte Monikas Abwesenheit. Park war offensichtlich enttäuscht.

„Und was ist mit den Kindern aus der Rama-Klause?“, fragte Park. „Natürlich sind es keine Kinder mehr.“

„Nein, ich bin einundzwanzig“, stellte Edith richtig.

„Wir haben sie aus den Augen verloren“, erwiderte Ursel. „Nach dem Krieg durfte Monika nur ihre Tochter behalten.“

Diese Nachricht warf einen Schatten auf Parks Gesicht. Das Strahlen verschwand.

Ursel erzählte ihm die Einzelheiten. „Nachdem Sie uns verlassen hatten, gelang es uns, die Kinder wieder nach Berlin zu bringen. Die Sowjets haben sie uns jedoch weggenommen. Jahrelang hat Monika jede nur erdenkliche Agentur abgeklappert und versucht, sie zurückzuholen, aber niemand hat ihre Existenz auch nur anerkannt. Eines Tages tauchten ein paar Regierungsbeamten in Zivil in unserer Wohnung auf. Sie rieten Monika, die Angelegenheit auf sich beruhen zu lassen, sonst würde sie für unzurechnungsfähig erklärt und man würde ihr auch noch Edith nehmen.“

„Denken Sie, dass ein besonderes Interesse an den Kindern bestand?“, fragte Park.

„Ich glaube, dass sie es einfach satt hatten, sich mit Monika abzugeben“, erwiderte Ursel. Sie wandte den Blick ab, in Richtung Straße, aber auf nichts Besonderes gerichtet. „Wir denken noch immer viel an sie, fragen uns, wie es ihnen wohl geht. Was sie machen, ob sie noch zusammen sind ..." Sie lachte. „Ob Toba und Anni gelernt haben, miteinander auszukommen."

„Ich vermisse Toba", sagte Edith traurig. Das passte nicht so richtig zu ihr. Melancholie und Edith gehörten nicht zusammen.

Park legte seine Gabel aus der Hand. Den Streuselkuchen hatte er erst halb aufgegessen.

„Und was ist mit Ernst und Rachelle?", fragte Ursel in dem Bemühen, die Stimmung etwas aufzuheitern. „Stehen Sie mit ihnen in Kontakt?"

Park grinste. „Sie wohnen in Alabama. Ernst arbeitet für die NASA. Er entwickelt Raketen. Sie haben zwei Kinder, zwei Jungen. Beide sehen aus wie Ernst: knochig wie Eisenbahnschienen, strubbelige Haare, Brille."

Ursel strahlte. „Ernst als Vater! Das ist schwer vorstellbar! Wie gefällt es Rachelle in den Staaten?"

„Ihr französischer Akzent hat eine Südstaatenfärbung angenommen", erklärte Park.

Ursel lachte.

„Und was ist mit Konrad?", fragte Park

Sein Tonfall war hoffnungsvoll, aber vorsichtig. Das Letzte, was Park von Konrad wusste, war, dass er den Kindern aus der Rama-Klause zur Flucht verholfen hatte.

Bevor sie antwortete, tauschte Ursel einen Blick mit Edith, die ihr mitfühlend zunickte.

„Wir sind sicher, dass er tot ist", erklärte Ursel. Sie hatte sich entschieden, gleich die traurige Wahrheit zu sagen. „Wir wissen nicht, wo oder wann, nicht einmal, ob er seine Verletzungen bei der Auseinandersetzung in der Rama-Klause überlebt hat. Aber falls das der Fall war, dann ist er in einem Gefängnislager gelandet. Der SS gegenüber kannten die Russen kein Erbarmen. Wir haben von unaussprechlichen Misshandlungen gehört, von Tausenden Toten."

„Haben Sie Nachforschungen angestellt?", fragte Park.

„Wir haben die Listen durchgesehen. Sie müssen wissen, dass in den Tagen nach dem Fall Berlins überall das Chaos herrschte. Oft war die Zahl der Toten zu hoch, um sie alle aufzulisten; man schaffte es kaum, sie alle zu begraben. Jahrelang hoffte ich, dass wir eines Tages jemandem begegnen würden, der ihn gesehen hatte oder über sein Schicksal Bescheid wusste. Als wir hörten, dass deutsche Soldaten aus dem einen oder anderen Gefängnis entlassen wurden, gestattete ich mir wieder, zu hoffen. Wann immer ich eine Tür gehen hörte, stellte ich mir vor, wie ich den Kopf hob und er vor mir stand." Sie brachte ein schwaches Lächeln zu Stande, bevor sie weitersprach. „Und dann, 1953 ..."

„Stalins Tod", erinnerte sich Park. „Die Generalamnestie."

Ursel nickte. „Die letzten Soldaten kehrten im Januar 1956 nach Hause zurück."

„Vor fünf Jahren", sagte Park.

Schweigen senkte sich über den Tisch, eine Gedenkminute für Konrad.

„Wissen Sie", sagte Park, „all diese Zeit dachte ich, wann immer ich mich an Konrad erinnerte, wie ungerecht dies alles war. Er wollte Hitler töten. Er hatte ihn in seinem Fadenkreuz. Und in einem Augenblick des christlichen Mitgefühls schoss er dann doch nicht. Am Ende des Krieges schließlich schlich sich Hitler wie ein Feigling aus dem Leben und gute Männer wie Konrad wurden an seiner Stelle bestraft."

Ursel antwortete: „Konrad war der Meinung, er habe die Strafe verdient, weil er sich anfangs von Hitler hatte täuschen lassen."

„Möglich", meinte Park. „Aber es gab viele Deutsche, die nie ein Knie vor Hitler gebeugt haben und trotzdem harte Strafen bekamen."

Und wieder wurde es still am Tisch. Aber nicht für lange.

„Ursel wird heiraten!", verkündete Edith mit ihrer lauten Stimme.

Ursel errötete und mahnte Edith gleichzeitig, leiser zu sprechen.

Park grinste. „Wirklich? Wer ist der Glückliche?"

„Er heißt Herr Gellert", antwortete Edith für sie. „Er ist Direktor in unserer Fabrik. Und er ist reich!"

„Edith!“, rief Ursel.

Park griff nach Ursels Hand. „Ich hoffe, er weiß, was für einen Schatz er bekommt. Und ich hoffe, er macht Sie glücklich. Sie haben es verdient.“

„Danke, Park.“

Ursel hoffte, ihre Antwort klänge angemessen begeistert. Doch es war ihr unmöglich, Park bei diesen Worten anzusehen. Er dagegen schien ihre Unsicherheit zu bemerken und war zu höflich, um darauf einzugehen.

Park lehnte sich seufzend zurück und schob seinen Teller zurück. „Das sind wirklich schöne Neuigkeiten. Es verkompliziert nur das, was ich als Nächstes sagen wollte.“

„Ach ja?“, fragte Ursel.

Edith beugte sich vor, damit sie nichts verpasste.

Park beugte sich auch vor und sah sich um, ob niemand in der Nähe zuhörte. Ganz leise sagte er: „Es ist kein Zufall, dass ich Sie nach all diesen Jahren gefunden habe.“ Er beugte sich noch weiter über den Tisch und sprach noch leiser. Ursel bemerkte, dass Edith ihn kaum verstehen konnte. „Ich bin hier, um Ihnen bei der Flucht zu helfen.“

„Was?“, sagte Edith laut.

Ursel brachte sie zum Schweigen, denn sie merkte, dass die Damen am Nebentisch sie anstarrten.

2

So hatte Park sich das nicht vorgestellt. Aber andererseits stimmten Realität und Träume nur selten überein.

In seinen Träumen war Monika immer mit dabei gewesen. Die Umstände ihrer Begegnung variierten, aber immer war sie da. Er hatte sich vorgestellt, dass sie hier im Café Lorenz saß. Er träumte davon, durch eine Berliner Straße zu schlendern und eine braunhaarige Schönheit zu erblicken, die langsam über den Gehsteig bummelte. Er würde sie rufen. Sie würde sich umdrehen und es wäre Monika. Jedes Mal. Ob er diesem Traum in einer schlaflosen Sommernacht nachhing oder bei einem kleinen Schläfchen in der Bibliothek über einem Philosophiebuch – Plato, Hegel oder Kierkegaard oder von einem der anderen Philosophen, die er hasste – es war immer Monika. Sie war immer da.

Dass Ursel und Edith allein gekommen waren, war eine schreckliche Enttäuschung für ihn. Er versuchte, sich nichts anmerken zu lassen, aber das war so, als wollte man ein Messer verstecken, das in der Brust steckte.

Monika hatte nicht versprochen mitzukommen. Er hatte ihr kaum Zeit gelassen; sie hatte nicht einmal genügend Zeit für eine Antwort gehabt, und es wäre durchaus verständlich gewesen, wenn keiner von ihnen diese Verabredung eingehalten hätte. Doch in seinem Traum war sie immer gekommen. Manchmal zusammen mit Ursel und Edith, doch in seinen schönsten Träumen war sie allein.

Das Wiedersehen mit Ursel war ein kleiner Trost. Ein sehr kleiner. Er hatte vergessen, wie nett sie war. Sie war älter geworden. Wer war das nicht? Aber bei Ursel wirkte sich das sehr vorteilhaft aus. Es war, als würde sich ihre Reife endlich auch in ihrem Körper bemerkbar machen. Noch nie war Park einem Menschen wie ihr begegnet. Sie war so bescheiden und doch so zäh wie die meisten deutschen Frauen ihrer Generation. Wie sonst hätten sie die Härten ertragen können, die das Leben ihnen bescherte? Irgendwie hatte Ursel nicht nur überlebt, sie hatte auch ihr Lächeln beibehalten und das nicht nur als einen Zufall des Krieges. Sie war süßer als alles, was auf der Speisekarte des Cafés Lorenz stand.

Und Edith erst! Das Mädchen strahlte von innen heraus. Sie hatte sofort sein Herz im Sturm erobert. Die Tatsache, dass sie Josef und Monika Schumachers Tochter war, setzte allem die Krone auf. Es war die Garnierung aus Haselnussschlagsahne.

Von ihrem Vater hatte sie die hellbraunen Haare, das strahlende Lächeln, bei dem alle Zähne zu sehen waren, und ihre Augen funkelten wie das Sonnenlicht auf einem See an einem Sommertag. Sie strahlte eine Lebensfreude aus, die ansteckend wirkte. In der Stunde, in der er sie nun kannte, hatte sie bei ihm beschützende, väterliche Gefühle geweckt, von denen er gar nicht wusste, dass sie in ihm schlummerten. Das machte das, was er ihnen zu sagen hatte, noch dringlicher.

„Natürlich sind die Neuigkeiten bereits zu euch gedrungen", sagte er zu ihnen.

Edith runzelte die Stirn.

„Eigentlich könnte der Zeitpunkt gar nicht besser sein", flüsterte er. „Ihr befindet euch gerade auf der Seite der Freiheit. Geht nicht zurück. Mit meinen Verbindungen könntet ihr hier bleiben."

„Sie gehören noch immer der Armee an?", fragte Ursel. Die drei beugten sich jetzt so weit über den Tisch, dass ihre Köpfe sich beinahe in der Mitte berührten.

„Mein Militärdienst war mit dem Krieg beendet."

„Was sind das für Verbindungen?"

„Das kann ich nicht sagen."

Ursel musste das zuerst verarbeiten, bevor sie fortfuhr: „Können Sie uns sagen, womit Sie Ihren Lebensunterhalt verdienen?"

„Ich bin Professor für Philosophie an der Universität von Los Angeles in Kalifornien."

Ursel lehnte sich zurück. „Professor für Philosophie?"

Park zuckte zusammen. „Ich fürchte, ja."

Sie lächelte. Sie setzte zu sprechen an, hielt inne und versuchte es noch einmal. „Park! Ich wusste gar nicht, ich meine ... nun, das kommt wirklich unerwartet. Sie wirken einfach nicht ... Ich weiß nicht, warum, ehrlich, da wir doch viel Zeit miteinander verbracht haben ... Es ist nur so, ich meine, ich hätte Sie nie für einen Philosophen gehalten."

Park zuckte verlegen die Achseln.

Ursel beugte sich wieder vor. „Eine Tarnung, richtig?"

„Nein, ich bin wirklich Philosophieprofessor."

Edith sagte: „Aber Sie wirken so normal."

Park stieß ein Lachen aus, das zu viel Aufmerksamkeit erregte, aber er konnte einfach nicht anders. Sie pickten die letzten Krümel ihres Kuchens mit den Gabeln auf, bis die Aufmerksamkeit nachgelassen hatte.

„Jetzt ist die Zeit, aus Ostdeutschland zu verschwinden", flüsterte Park, während er sich wieder vorbeugte. „Das war schon mein Eindruck, bevor ich mich mit Monika in Verbindung gesetzt habe, aber ganz bestimmt jetzt nach der Schließung der Grenze."

„Sie wussten nicht, was passieren würde?", fragte Ursel.

„Niemand wusste es. Das hat die ganze Welt überrascht."

„Ich habe gehört, wie jemand sagte, das sei nur vorübergehend", wandte Ursel ein.

„Darauf würde ich mich nicht verlassen. Hören Sie. Ich kann Sie in ein Flüchtlingslager in Marienfelde bringen und danach nach Amerika."

„Amerika?", quietschte Edith so laut, dass sie wieder angestarrt wurden.

Die Gabeln traten wieder in Aktion.

„Wenn ihr zurückgeht, werdet ihr vielleicht nie wieder herauskommen", flüsterte Park nach einer Weile.

„Was ist mit Monika?", fragte Ursel.

„Ich hatte gehofft, sie wäre dabei. Aber wir sollten uns jetzt erst auf das konzentrieren, was wir haben. Ich werde Sie und Edith in Sicherheit bringen, dann werden wir versuchen, Monika herauszuholen."

„Was ist mit Herrn Gellert?", fragte Edith.

Park unterdrückte ein Seufzen. Er hatte zwar damit gerechnet, dass Ursel vielleicht verheiratet oder verlobt sein könnte, aber er hatte eigentlich gedacht, es sei Konrad. Gellert war eine Komplikation.

„Was für ein Mann ist er?", fragte Park.

„Ein Kommunist", erwiderte Ursel.

„Ein Kommunist!"

Edith hatte keine Probleme, das zu verstehen. Sie lächelte über Parks Verlegenheit und seine Überreaktion.

„Wie ist das passiert?", fragte er leise.

„Lange Geschichte."

Park seufzte. „Würde er in Erwägung ziehen –"

„Nein", unterbrach Ursel ihn. „Aber wie auch immer, ich würde Monika nie verlassen."

„Monika", wiederholte Park, der noch immer nicht über Herrn Gellerts Parteizugehörigkeit hinwegkam. „Sie hat die Neuigkeiten mittlerweile bestimmt gehört. Denken Sie nicht, sie hofft, dass Sie und Edith auf dieser Seite der Grenze bleiben? Vielleicht können wir sie anrufen."

„In unserer Wohnung gibt es kein Telefon", erklärte Ursel.

„Herr Gellert hat ein Telefon."

„Monika und ich sind seit dem Krieg unzertrennlich", wandte Ursel ein. „Wir sind immer füreinander da gewesen. Eine geschlossene Grenze wird daran nichts ändern."

„Dann bringe ich wenigstens Edith weg. Bei mir wird sie in Sicherheit sein."

Eine Reihe von Emotionen spiegelten sich in Edith Schumachers ausdrucksstarken Gesichtszügen. Erregung und Furcht dominierten vor den anderen.

Ursel nahm die Hand des Mädchens. „Ich weiß, Sie meinen es gut, Park. Glauben Sie mir, das weiß ich. Pastor Schumacher hat Ihnen vertraut; ich vertraue Ihnen. Aber ich könnte nicht nach Hause zurückkehren und Monika sagen, dass ich ihre Tochter im Westsektor gelassen habe."

„Vermutlich nicht", stimmte Park zu.

Sein sechzehn Jahre alter Traum geriet in Gefahr. Nagende Augenblicke des Zweifels hatten ihn gewarnt. Er konnte nicht einfach angereist kommen und Monika, Ursel und die Kinder aus der Rama-Klause retten.

„Wann gehen Sie zurück?“, fragte er.

„Jetzt.“

Park starrte auf den Tisch. „Ich hatte gehofft, den Rest des Tages Zeit zu haben, um Sie zu überzeugen.“

„Sie sind uns immer ein lieber Freund gewesen, Park.“

„Kann ich Sie zur Grenze begleiten?“

Sie hatten ihre Fahrkarten zurückgegeben, denn ein Zug konnte ohne Schienen nicht fahren. Auch die Straßen waren blockiert. Wie aus dem Nichts tauchten Berge von Trümmern auf, um den Durchgang zu verhindern. Und als wäre das noch nicht genug, waren Panzerabwehrblockaden errichtet worden. Unmengen von Stacheldraht waren zwischen allen Durchgängen zwischen Ost und West ausgerollt worden. Zusätzlich waren noch alle fünf Meter bewaffnete Soldaten postiert. Hinter ihnen standen die sowjetischen Panzer.

Die Kommunisten kannten keine Feinfühligkeit.

Die aufgeregten Berichte, die Edith so lässig ausgeblendet hatte, bekamen nun drohende Gesichter. Sie dachte an ihre Mutter und kämpfte mit den Tränen.

Sie hatten gehört, dass die Leute an der Friedrichstraße in den Osten gelassen würden, darum machten sie sich dorthin auf den Weg.

Während auf der östlichen Seite der Grenze Trümmer, Panzer und Gewehre warteten, befand sich die westliche Seite im Chaos. Je näher sie kamen, desto größer war die Zahl der Protestierenden, die die Fäuste schwangen und ihrem Zorn Luft machten. Sie brüllten die Grenzbeamten an, warfen mit Steinen, hielten die Ostdeutschen, die über die Grenze nach Hause gehen wollten, fest und belästigten sie.

Ursel, Edith und ihr amerikanischer Begleiter mieden die Menge, bis sie den Grenzübergang in der Friedrichstraße erreichten. Die Stimmung war spannungsgeladen. Park bemerkte, sie seien nur eine Beleidigung von einem Massaker entfernt.

In der Friedrichstraße hatte sich die bekannte Schlange gebildet, nur standen die Menschen dieses Mal nicht wegen Obst, Gemüse oder Suppenknochen an. Die Schlange an der Grenze kannte nur eine Richtung. Hinein. Einen Ausgang gab es nicht mehr. Nicht an diesem Tag.

„Danke, Park", sagte Ursel und wandte sich zu ihm um. „Danke für den Besuch und für Ihr großzügiges Angebot. Ich weiß, Sie wollen nur unser Bestes."

„Ich werde euch noch zum Übergang begleiten", sagte Park.

„Das ist nicht nötig."

„Es ist mir aber lieber", beharrte er.

Ursel und Edith waren froh, dass er es tat. Kaum hatten sie den äußeren Rand der Protestanten durchdrungen, als eine Frau Edith festhielt.

„Stehen bleiben!", rief sie. „Sie werden nicht wieder hineingehen!"

Edith wollte sich losreißen, aber die Frau war größer und stärker als sie. Wie eine zornige Mutter hielt sie Edith am Ärmel fest. Sie handelte mit dem Eifer einer Frau, die versucht, eines ihrer Kinder vor dem Abgleiten in die Hölle zu bewahren.

„Sie tun mir weh", schrie Edith.

Park trat zwischen sie. Er überragte beide. Fest packte er das Handgelenk der Frau. „Lassen Sie sie los", befahl er.

Sie tat es nicht, sondern verstärkte ihren Griff sogar noch.

„Amerikaner?", rief die Frau. „Sie sind Amerikaner, nicht? Sie sollten es doch wirklich besser wissen! Was für ein Freund sind Sie denn?" Ihre Augen verengten sich zu Schlitzen. „Amerikaner, aber Kommunist. Richtig? Werden Sie dafür bezahlt, dass Sie die armen Leute zusammentreiben, oder tun Sie das nur aus Spaß?"

Park drehte das Handgelenk der Frau so lange, bis sie Edith losließ, dann ließ auch er sie los. Er drehte ihr den Rücken zu. Sie traktierte ihn mit Schimpfwörtern. Einige der anderen Demonstranten schlossen sich ihr an, doch nachdem sie gesehen hatten, wie stark er war, hielten sie lieber Distanz. Zwei Teenager stellten sich ihnen johlend und schreiend in den Weg, doch sie traten beiseite, als Park auf sie zuging.

Er führte Ursel und Edith zu der Schlange und blieb bei ihnen stehen.

„Danke, Park", sagte Ursel.

„Ja, vielen Dank", fügte Edith hinzu.

„Ich kann die Leute gut verstehen", bemerkte Park.

Ursel lächelte ihn herzlich an und legte ihre Hand auf seinen Arm. „Dadurch wird das, was Sie für uns getan haben, umso heldenhafter."

Während der folgenden halben Stunde schoben sie sich langsam auf die mit Stacheldraht gesicherte Grenze zu.

„Hol deinen Pass und deine Identitätskarte heraus", forderte Ursel Edith auf.

Die Menschen in der Schlange schwiegen, während die Menge lärmte. Der sowjetische Sektor Berlins mit seinen Grenzposten, den Hunden, dem Stacheldraht, den Gewehren und dem Panzeraufmarsch erinnerte an ein Gefangenenlager.

„Ich schätze, hier muss ich euch verlassen", sagte Park, als nur noch ein halbes Dutzend Leute vor ihnen waren. „Und ihr wollt es euch bestimmt nicht noch einmal überlegen?"

Ursel stellte sich auf die Zehenspitzen und gab ihm einen Kuss auf die Wange. „Noch einmal vielen Dank, Park. Ich bete nur, dass nicht wieder sechzehn Jahre vergehen müssen, bis ich Sie wieder sehe."

Edith folgte Ursels Beispiel. Sie gab Park einen Kuss auf die Wange. „Vielen Dank, Herr Parker", sagte sie. „Sie gehören jetzt zu meinen Erinnerungen an das Café Lorenz."

„Wenn Sie denken, dass es Ihre Mutter nicht zu sehr aufregt", sagte Park, „dann grüßen Sie sie ganz herzlich von mir."

Er trat aus der Schlange.

Ursel reichte ihre Papiere einem uniformierten Grenzsoldaten. Er studierte sie, dann stellte er ihr eine Frage. Park konnte wegen des Lärms um ihn herum nicht verstehen, was der Soldat fragte. Schließlich reichte er ihr die Papiere zurück und winkte sie durch. Sie blieb auf der sowjetischen Seite stehen, während sich der Grenzsoldat Ediths Papiere vornahm. Ursel sah auf und lächelte Park zum Abschied zu. Edith wurde durchgewunken. Sie bemerkte Ursels Lächeln, sah über die Schulter zurück und winkte Park noch einmal zu.

Ein ungeheures Gefühl der Machtlosigkeit überfiel Park, während er beobachtete, wie der Sowjetsektor Monikas einzige Tochter und ihre beste Freundin verschluckte.

* * *

Zwei Tage später wurde die Grenze unwiderruflich geschlossen, wie zwei große Eisentore, die ins Schloss fallen. Mit erschreckender Geschwindigkeit ersetzten Betonblöcke die Trümmer und den Stacheldraht. Die Berliner Mauer war nun ein unauslöschliches Kennzeichen in der Weltgeschichte.

3

Dienstag, 15. August 1961

Toba duckte sich in den Schatten, den Rücken gegen einen Eisenzaun gedrückt. Nur zu deutlich hörte er seinen eigenen schweren Atem, mehr von der Erregung als von der Anstrengung. Sein rechter Fuß fand einen Stein, den er mit seinen bloßen Zehen umklammerte und wieder losließ, wie jemand mit den Händen damit spielen würde. Er hörte keine ungewöhnlichen Geräusche, sondern nur das Summen der Flutlichter auf dem Gelände und das ferne Husten eines Wagens auf der Hauptstraße, bei dem nicht alle Zylinder arbeiteten.

Davon überzeugt, dass er bisher unentdeckt geblieben war, kniete er nieder und wartete. Er war zu früh. Deswegen so früh, weil der Pfleger so früh gewesen war, und der Pfleger war deshalb so früh, weil er das heutige Radioprogramm nicht mochte und seinen Rundgang deshalb eher machte als sonst. Und so musste Toba die Zeit überbrücken, bis das schwere Klicken ertönte, mit dem die Flutlichter ausgeschaltet wurden. Die Dunkelheit war ein Freund, auf den zu warten es sich lohnte. Seine Blindheit verschaffte ihm in der Dunkelheit einen Vorteil. Das und neue Informationen.

„Der dritte Versuch“, murmelte er.

Er grinste. Dieses Mal war es anders. Dieses Mal würde er nicht Detektiv spielen müssen. Er wusste genau, wohin er ging.

Toba führte sein Glück auf Gott zurück. Gott nutzte das Unglück zu etwas Gutem. War das nicht, was Gott am besten konnte? In diesem Fall war das Unglück seine häufige Schlaflosigkeit. Und das Gute ein belauschtes Telefongespräch.

Toba lief oft nachts, während die anderen schliefen, durch die Flure. Er hatte noch nie so viel Schlaf gebraucht wie die anderen, vermutlich weil er nachmittags schon mal ein kurzes Nickerchen hielt. Auf jeden Fall gab es Nächte, in denen er einfach nicht mehr im Bett liegen bleiben konnte und den Drang verspürte, durch die Flure zu streifen. Darum schlich er herum, bis er entdeckt und mit Gewalt wieder in sein Bett gebracht wurde.

Meistens blieb er bis zum Morgen unentdeckt. Das war keine große Sache. Er kannte die Routine der Pfleger besser als sie selbst, und Toba war geübt darin, immer dort zu sein, wo sie nicht waren. Normalerweise wurde er nur aufgespürt, wenn Herr Witzell, der Verwalter von K7, länger arbeitete. In diesen Nächten wurde Toba zum Opfer seiner Schwäche für moderne Musik. Diese Schwäche teilte er mit dem Mann.

Toba mochte Herrn Witzell. Er war ein anständiger Mann mit einem guten Herzen und einer freundlichen Stimme. Er beschützte Toba und die anderen vor den Pflegern, die es alle früher oder später als ihr Vorrecht empfanden, die Insassen der Anstalt herumzustoßen, herumzuzerren, zu packen, zu würgen und von Zeit zu Zeit auch zu schlagen. Manchmal geschah dies aus Frustration. Einige von ihnen waren aber auch einfach nur bösartig. Wie Fricke zum Beispiel, der überhaupt nur wenige Talente besaß. Sein großes Talent allerdings war die Gemeinheit. Einmal hatte Viktor sein Essenstablett fallen gelassen und Schweinegulasch auf Frickes Schuhe gekleckert. Das war ein Unfall gewesen; Viktor würde so etwas niemals mit Absicht tun. Vor Fricke hatte er eine Heidenangst.

Fricke zwang den armen Viktor, das Gulasch von seinen Schuhen zu lecken. Er packte Viktor am Kragen und drückte sein Gesicht gegen seine Schuhe, während er ihn die ganze Zeit beschimpfte. Viktor war vollkommen verängstigt gewesen und hatte angefangen zu weinen. Dann hatte er jedes Stück Gulasch von Frickes Schuhen abgeleckt. Fricke hätte Viktor den Gulasch auch vom Boden auflecken lassen, wenn Witzell nicht aufgetaucht wäre, um zu sehen, was los sei.

Toba wusste nicht, wie Witzell es gemacht hatte, aber irgendwie hatte er es geschafft, dass Fricke ging. Vermutlich handelte es sich um einen Gefallen oder so etwas, denn mehr als einmal hörte Toba Witzell zu einem der Pfleger sagen: „Wenn ich über das Personal zu bestimmen hätte, dann wären Sie Geschichte.“ Doch Fricke hatte er irgendwie loswerden können. Als die Nachricht von Frickes Abschied die Station erreichte, wurden keine Tränen vergossen.

Darum mochte Toba Herrn Witzell. Er war immer um sie besorgt – Viktor, Anni, Hermann, Marlene und ihn. Anni nannte Witzell ihren Schutzengel. In diesem Punkt musste Toba ihr zustimmen, was sonst selten geschah.

Und dann noch Sinatra. In seinem Büro hörte Witzell oft Radio, in Berlin konnten das oft „zufällig" Westsender sein, in denen Sinatra dauernd lief. Toba hörte die Musik und wurde wie die Motte zum Licht zu Witzells geschlossener Bürotür gezogen. Er lehnte sich dann gegen die Tür und vergaß alles um sich herum, wo er war und dass er eigentlich im Bett liegen sollte. Er vergaß auch, auf die Pfleger zu achten, und unweigerlich wurde er von einem erwischt und wieder in sein Bett geschleift.

Natürlich machten sich die anderen über seine übergroße Vorliebe für Sinatra lustig. Anni sagte, nur alte Männer würden sich Sinatra anhören. Sie selbst war Elvis-Fan, genau wie die anderen. Toba konnte diesen Kerl nicht ausstehen, er mochte Rock'n Roll ganz allgemein nicht besonders. Das war ihm zu penetrant. Er mochte keine Musik, die sich dem Zuhörer so aufdrängte. Gute Musik war eine Verführung. Sie war sanft. Glatt. Und bei sanfter Musik war Sinatra einfach ein König. Nicht einmal Anni konnte dem widersprechen.

In einer dieser schlaflosen Nächte hatte Toba besagtes Telefongespräch belauscht, das ihn zu einem weiteren Fluchtversuch veranlasst hatte.

Sinatra hatte ein Versprechen gesäuselt, es würde keine Tränen und keine Ängste mehr geben und dass ihnen immer noch das Morgen bliebe. Wie immer hatten die Musik und seine Stimme Toba in ihren Bann gezogen. Er hatte auf dem Boden gesessen und das Ohr an Witzells Tür gepresst.

„Sie haben sie gefunden? Ausgezeichnet."

Toba hatte sich die größte Mühe gegeben, Witzells Worte von Sinatras zu trennen. *„Dein Kuss, dein Lächeln ..."*

„Warten Sie ... Ich nehme mir gerade einen Stift. So, schießen

Sie los. Wiederholen Sie das noch einmal? Kellerstraße 23. Ja, ich notiere es mir. Großartig. Wie haben Sie sie gefunden?"

Toba runzelte die Stirn. So sehr er Witzell mochte, im Augenblick störte ihn die Stimme des Mannes. Toba hatte sein Ohr noch fester gegen die Tür gedrückt. Wieder versprach Sinatra, dass sie wieder zusammen sein würden.

Herr Witzell hatte etwas gesagt, das Sinatra vollkommen in den Hintergrund treten ließ.

„Frau Schumacher. Genau. Und Sie sind sicher, dass sie es ist? Monika Schumacher?"

Toba war hochgefahren. Sein Herz hatte vor Erregung geklopft, wie nicht einmal Sinatra sie hervorrufen konnte.

„Ist sie verheiratet?", hatte Witzell gefragt. „Okay. Lebt jemand bei ihr?"

Sinatra warnte vor Versuchungen und davor, sich durch Stimmungen traurig machen zu lassen.

„Gut. Geben Sie mir auch den Namen", sagte Witzell. Es war eine Pause entstanden. „Nachname. Ein s oder zwei? Gut ... habe ich ... Ursel Janssen. Sonst noch jemand?"

Frankie-Boy hatte immer noch gesungen.

„Edith", hatte Witzell wiederholt.

Beim Klang ihres Namens hatte sich Tobas Brust zusammengezogen. Ihm war leicht schwindelig geworden.

„Habe ich ... gut ... ich verstehe." Eine Pause. „Schicken Sie das in mein Büro. Ich werde Ihnen das Geld zukommen lassen ... nein. Nein, das wird nicht nötig sein. Ich nehme es von hier."

In diesem Augenblick war Toba auf die Füße gezerrt worden. Pfleger. Zwei. Sie hatten ihn halb geschleift, halb ihn in sein Zimmer zurückgetragen.

Als er nun an dem hohen Zaum des Geländes lehnte, brauchte Toba die Adresse, die er zufällig gehört hatte, nicht zu wiederholen, um sie zu behalten. Sie gehörte zu ihm wie sein eigener Name.

Kellerstraße 23.

Selbst jetzt noch, eine Woche später, verursachte ihm allein der Gedanke daran eine Gänsehaut. Nach all diesen Jahren würde er sie endlich finden. Er hatte immer gehofft, dass es eines Tages so weit sein würde. Anni hatte immer wieder gesagt, er würde sie nie finden. Nun, jetzt würde sie wohl endlich den Mund halten, oder?

Das metallische Klicken eines Lichtschalters ertönte. Die Lichter auf dem Gelände gingen aus. Um keine Zeit zu verlieren, begann Toba, den Zaun nach einer Öffnung abzusuchen.

* * *

„Das ist er? Sind Sie sicher?", flüsterte Spuhler. Er verfolgte Toba mit dem Fernglas. „Er bewegt sich nicht, als wäre er blind."

Otto Witzell wischte sich mit einem Taschentuch die Stirn ab und blinzelte in die Dunkelheit. Seine Augen mussten sich noch an die Dunkelheit gewöhnen. Schließlich entdeckte er Toba am hinteren Ende des Platzes. Er glitt am Zaun entlang und betastete ihn mit den Händen.

„Wenn er sich wie ein Blinder bewegen würde", fuhr Witzell ihn an, „dann brauchte ich Sie ja nicht, oder?"

Spuhler ließ das Fernglas sinken. Offensichtlich gefiel ihm Witzells Ton nicht.

„Ich entschuldige mich", sagte Witzell kleinlaut. „Das ist die Hitze."

Der Tag war schrecklich heiß und drückend gewesen. Nicht einmal der Abend hatte Abkühlung gebracht. Vor allem im Gebäude stand die Luft und alles war feucht und klebrig. Draußen hatte Witzell auf eine angenehme Brise gehofft, die sein Leiden linderte. Wie sich herausstellte, versteckte sich die Brise noch besser als Toba.

Spuhler schien die drückende Hitze nichts auszumachen. In seiner unerträglichen preußischen militärischen Haltung stand er steif neben ihm, seine Haut war weiß und trocken. Dass er nicht schwitzte, ärgerte Witzell. Der Mann war ungefähr in seinem Alter – Ende sechzig, Anfang siebzig vielleicht. Beide Männer waren klein von Statur, Witzell jedoch wog gut zwanzig bis fünfundzwanzig Pfund mehr als Spuhler. Mit Mitte sechzig hatte er seinen persönlichen Kampf gegen die Gewichtszunahme verloren. Spuhler hatte seinen gewonnen; die Taille des Mannes war nur halb so umfangreich wie Witzells. Während Witzell versuchte, die Schweißströme einzudämmen, die ihm über Stirn und Hals liefen, stand Spuhler pudertrocken neben ihm. *Vielleicht werden die Agenten der Stasi darauf getrimmt, nicht zu schwitzen*, überlegte Witzell, *und bei Spuhler zeigt diese Ausbildung auch nach der Pensionierung noch Wirkung.*

„Er trägt keine Schuhe", bemerkte Spuhler. Er sah wieder durch den Feldstecher.

„Er behält einfach keine Schuhe an den Füßen."

„Dann haben Sie es nicht beharrlich genug probiert."

Witzell kräuselte die Lippen und schluckte eine Antwort hinunter. Am liebsten hätte er gesagt, dass nicht alles mit Gewalt erzwungen werden kann. Vielleicht war es ein Fehler gewesen, Spuhler um Hilfe zu bitten.

„Sie müssen wissen", erklärte Witzell, „Toba Schuhe anzuziehen, ist, als würde man einem Jungen, der sehen kann, eine Augenbinde anlegen. Er ertastet den Boden mit den Füßen."

Spuhler ließ den Feldstecher sinken. „Toba? Sie haben mir gesagt, sein Name sei Scott."

„Er wird Toba gerufen, aber das ist kein passender Name für eine offizielle Auflistung. Er hört jedoch auf Toba."

„Und was haben Sie da gerade gesagt? Dass er den Boden mit den Füßen ertastet?"

„Das ist wie Braille. Doch anstatt seine Hände zu nehmen, gebraucht Scott ... Toba seine Füße. Er liest also keine Reihe von Punkten auf einem Blatt, sondern die Form des Bodens. Er hat auch ein sehr feines Gehör und einen sehr ausgeprägten Geruchssinn. Diese Informationen zusammengenommen ergeben eine Karte in seinem Gedächtnis, die er nie vergisst. Wenn er einmal irgendwo gewesen ist, kann er sich dort beinahe so gut bewegen wie ein Mensch, der sehen kann. Im Dunkeln sogar noch besser."

„Und ich habe einmal einen Hund besessen, der reden und Schals stricken konnte", höhnte Spuhler.

„Unterschätzen Sie den Jungen nicht, Spuhler. Wenn Sie das tun, verlieren Sie ihn."

Das passte Spuhler nicht. „Mehr als ein Jahrzehnt lang habe ich Agenten und Doppelagenten verfolgt. Ich denke, mit einem blinden Jungen werde ich schon fertig. Wie weit kann er realistisch gesehen denn kommen?"

„Als er uns das letzte Mal entwischt ist, haben wir ihn auf dem Alexanderplatz aufgelesen."

Spuhler schnalzte angewidert mit der Zunge. Witzell hatte es langsam satt.

„Am Alexanderplatz? Da hat Ihnen aber jemand einen Bären aufgebunden, Witzell." Er sah wieder durch den Feldstecher. „Er probiert an diesem Pfosten den Zaun aus."

„Dort ist er das letzte Mal entkommen."

„Sie haben ihn reparieren lassen? Warum?"

„Er wäre misstrauisch geworden, wenn wir es nicht gemacht hätten."

„Ein erstaunlicher junger Mann, das muss man ihm lassen", sagte Spuhler.

* * *

Edith war bestimmt auch Sinatra-Fan. Dessen war Toba sicher. Sie zu finden, war sein größter Traum. Er würde Sinatra erwähnen und ihr Gesicht würde sich aufhellen. Sie würde sagen, dass sie an ihn dachte, wann immer sie einen Song von Sinatra hörte. Sie würden feststellen, dass die Sinatra-Musik das unzerbrechliche Band war, das sie über all diese Jahre verbunden hatte.

Wie in dem Lied. Sie gingen einander unter die Haut und bewahrten sich tief in ihren Herzen auf.

Toba sang die Worte leise vor sich hin, während er nach der Öffnung im Zaun suchte, durch die er das letzte Mal entkommen war. Es war eine Stelle in der Nähe eines Pfostens ganz unten, wo eine Metallverbindung gebrochen war. Falls sie noch immer zerbrochen war, brauchte er die Kette nur wie eine Papierecke hochzuziehen und darunter hindurchzukriechen. Er fand die Stelle. Sie war repariert.

Toba war nicht erstaunt. Ein guter Direktor kannte jeden Zentimeter von K7, sowohl des Gebäudes als auch des Geländes, und Witzell war ein guter Direktor. Toba machte weiter – probierte, zog, drückte – und suchte nach irgendwelchen Anzeichen von Schwachstellen im Zaun, während er davon sang, wie er alles opfern würde, komme, was wolle, um Edith bei sich zu haben, weil sie ihm unter die Haut ging.

Er konnte sich nicht erinnern, dass sie ihm einmal nicht unter die Haut gegangen wäre. Die Tatsache, dass er sie fünfzehn Jahre lang nicht mehr gesehen hatte, zählte nicht. Sie beide waren füreinander bestimmt. Das wussten sie. Sie hatten es schon als Kinder gewusst, und manche Dinge ändern sich auch im Laufe der Zeit nicht.

Darum war er bereits zweimal ausgebrochen. Nicht um von K7 wegzukommen, sondern um nach Edith zu suchen. Das Problem war nicht so sehr die Flucht, das Problem war, Informationen zu bekommen. Sobald die Leute die Leere in seinen Augen bemerkten, konnten sie ihn nicht schnell genug den Vopos übergeben, der Volkspolizei. Er brauchte nur K7 zu erwähnen und schon bekam er einen Freifahrschein nach Hause.

Und dort bekam er dann immer von Anni was zu hören. Sie war seine schärfste Kritikerin, Anni mit der verkrüppelten linken Hand. Sie sonnte sich in seinem Versagen und verbrachte viel zu viel Zeit damit, sich zu überlegen, wie sie ihn ärgern könnte.

Toba hielt in seiner Inspektion inne. Ein Gedanke durchzuckte ihn, ein Gedanke, der ihn zum Lachen brachte. Edith Schumacher ging ihm vielleicht unter die Haut, aber Anni war der Dreck unter seinen Fingernägeln.

Das gefiel ihm. Er konnte es nicht erwarten, Anni das zu erzählen.

In diesem Augenblick bemerkte er etwas. Ein erdiger Geruch bestätigte den Fund. Er wühlte mit den Zehen in der Erde, dann ließ er sich auf die Knie sinken. Die Erde dort war frisch umgegraben. Sie war noch weich. Er begann zu graben.

* * *

„Er hat etwas gefunden“, sagte Spuhler.

Witzell fuhr sich mit dem Taschentuch über den Hals. „Wir haben nicht viel Zeit.“

Spuhler wandte sich an Witzell. „Sie haben die Erde für ihn aufgegraben.“

„Ich habe einige alte Zaunpfosten ersetzen lassen.“

„Was für ein Spiel spielen Sie, Witzell?“

Der Verwalter mahnte ihn zum Leisesein. „Nicht so laut. Er hat ein unglaublich feines Gehör. Ihre Aufgabe ist es, ihm zu folgen und mir zu berichten. Mehr brauchen Sie nicht zu wissen.“

„Ich werde nichts Illegales tun.“

„Das ist ja absurd! Wir verstoßen nicht gegen die Gesetze.“

Spuhlers Miene zeigte Skepsis. Er war nicht überzeugt.

„Er ist schon fast durch“, bemerkte Witzell. „Folgen Sie ihm. Wenn er mit jemandem in Kontakt tritt, melden Sie es mir. Falls er in Gefahr gerät oder falls ihn jemand festhalten will, schreiten Sie ein und bringen ihn wieder hierher zurück. So einfach ist das.“

„Dann ist meine Schuld Ihnen gegenüber beglichen.“

„In vollem Umfang.“

Witzell sah Spuhler über die Schulter.

„Er ist durch.“

Spuhler warf einen letzten misstrauischen Blick auf den Direktor von K7 und machte sich dann an die Verfolgung des blinden Jungen.

„Spuhler.“

„Ja?“

„Sie kennen Ihre Aufgabe?“

„Ihm folgen. Nicht eingreifen.“

„Wenn er ein Haus betritt, dann möchte ich die Adresse.“

Spuhler legte den Kopf zur Seite. „Sie wissen doch, wohin er will, nicht?“

„Wenn ich wüsste, wohin er geht, warum sollte ich Sie dann bitten, ihm zu folgen?“

Der ehemalige Stasi-Agent wandte sich zum Gehen.
„Spuhler! Unterschätzen Sie ihn nicht.“

* * *

Toba tauchte auf der anderen Seite des Zaunes auf und klopfte sich den Dreck ab. Er hob den Kopf und schnüffelte.

Witzell.

Witzell war draußen. Ganz in der Nähe. Der Mann liebte seine Zigarren. Der Geruch hing ihm an, auch wenn er nicht rauchte. Das war wirklich seltsam. Witzell rauchte nur an zwei Stellen: in seinem Büro und auf den Zementstufen vor der Hintertür. Noch nie hatte man gehört, dass er an der einen oder anderen Stelle war, ohne eine Zigarre zu rauchen.

Toba hörte eilige Schritte. Das war nicht Witzell. Witzell war zu dick, um sich so schnell zu bewegen. Die Schritte blieben stehen.

Wenn sie wussten, dass er sich außerhalb des Gebäudes aufhielt, warum riefen sie nicht nach ihm? Warum hatten sie nicht die Scheinwerfer eingeschaltet? Was war da los?

Toba grinste. Bis er ihre Hände auf sich spürte, würde er weitermachen wie geplant.

Die Sinatra-Melodie, die er gesungen hatte, klang noch in ihm nach. Es ging um einen Narren, der nie gewinnen konnte, der seinen Geist gebrauchen und sich der Realität stellen musste.

Er folgte dem Zaun zum Tor und den Feldweg entlang, der ihn zur Hauptstraße bringen würde. Aufmerksam lauschte er auf die Geräusche.

* * *

Witzell verließ sein Versteck in der Nähe des Gebäudes von K7, einem tristen Ziegelgebäude. Die Fenster waren mit Maschendraht gesichert. Die Anstalt war eine alte Militärbaracke. Witzell beobachtete, wie Toba das Eingangstor erreichte und sich auf den

Weg zur Hauptstraße machte. Innerhalb von wenigen Sekunden war der Junge in der Dunkelheit verschwunden.

Spuhler folgte ihm. Er warf einen Blick zu Witzell zurück, bevor er sich an die Verfolgung machte.

„Sie werden schon dichter an ihm dranbleiben müssen", murmelte Witzell vor sich hin. „Sie arroganter Dummkopf. Sie werden ihn noch verlieren."

Er wischte sich die Stirn und den Nacken ab, dann steckte er sein Taschentuch in die Tasche und holte eine Zigarre hervor, die er mit zitternder Hand anzündete. Eine unerklärliche Furcht ergriff ihn, die Art von Furcht, von der verzweifelte Männer befallen werden, nachdem sie sich zu einer risikoreichen Aktion entschlossen haben.

Das vorgetäuschte Telefongespräch. Die Tatsache, dass er einen blinden Schutzbefohlenen nachts durch Berlin laufen ließ. Die Einbeziehung eines ehemaligen Stasi-Agenten.

Wozu?

Aus selbstsüchtigen Gründen.

Als Witzell das letzte Mal dieses Gefühl gehabt hatte, war er es gewesen, der eine Flucht versucht hatte. Erfolglos, wie sich herausstellte.

„Herr, er ist jetzt in deinen Händen", betete er leise.

Fast eine Stunde lang saß Witzell auf den Betonstufen und starrte in die Nacht. Dann stand er auf und ging hinein. Ihm ging ein Sinatra-Song durch den Kopf, in dem es um einen Narren ging, der niemals gewinnen konnte, der seinen Verstand gebrauchen und sich der Realität stellen sollte.

* * *

Spuhler murmelte vor sich hin: „Für einen blinden Kerl läuft er ziemlich gleichmäßig, das muss ich ihm zugestehen."

Seit mehr als einer Stunde folgte er Toba nun schon auf einer Landstraße, die von großen Bäumen gesäumt war. Sterne funkelten über ihm. In etwa zehn Jahren würde der Himmel nicht mehr zu sehen sein, wenn die Äste von beiden Seiten der Straße zusammengewachsen und ein Baldachin gebildet hätten. Die Straße führte durch eine lange Talsohle, den Straßenrand bildeten sanft abfallende, mit Gras bewachsene Abhänge. Toba lief mit einem Fuß über das Gras. Es war für ihn eine Orientierungshilfe. Spuhler folgte ihm in angemessener Entfernung. Er konzentrierte sich auf das Mondlicht auf den Schultern des Jungen, damit er ihn nicht aus den Augen verlor.

Nach fünf Kilometern trat Toba ins direkte Mondlicht, kurz bevor der Feldweg auf die geteerte Hauptstraße traf. Der Junge blieb mitten auf der Hauptstraße stehen. Er schien unentschlossen, wohin er sich wenden sollte. Instinktiv versteckte sich Spuhler hinter einem Baum. Er schimpfte mit sich. Was machte er? Der Junge konnte ihn doch gar nicht sehen. Er war blind, und so wie es aussah, auch verwirrt.

Spuhler lehnte sich gegen den Baum. Er freute sich über die Ruhepause. Obwohl er täglich spazieren ging und auch trainierte, um sich fit zu halten, spürte er sein Alter.

„Alexanderplatz", höhnte Spuhler und schüttelte den Kopf. „Sieh ihn nur an."

Toba betastete mit den Zehen das Pflaster, drehte Kreise und schwang die Arme.

Das würde eine kurze Nacht werden, was Spuhler nur allzu recht war. Seine Schuld Witzell gegenüber wäre bezahlt, und das wäre es dann.

Toba war zu einer Entscheidung gekommen. Er machte sich in Richtung Berlin auf den Weg.

Gut geraten, dachte Spuhler.

Toba verhielt sich jetzt genau, wie man es von einem blinden Junge erwartete. Wie Fühler hatte er die Arme vor sich ausgestreckt. Seine Füße tasteten sich zögernd vor; im Schneckentempo lief er in der Mitte der Straße.

Spuhler blieb hinter ihm zurück. Er würde dem Jungen ein paar Minuten Vorsprung geben. Vielleicht würde er ja, wenn er sich dieses Mal genügend fürchtete, erkennen, dass es Gründe gab, warum er weggeschlossen wurde.

Ein Wagen kam näher. Spuhler hörte ihn zuerst, dann sah er die Scheinwerfer um eine Kurve kommen. Er fuhr direkt auf Toba zu.

Spuhler stieß einen Warnruf aus.

Er war zu weit entfernt. Toba hörte ihn nicht. Der Junge tastete sich noch immer mitten auf der Straße weiter.

Zum Glück entdeckte der Fahrer ihn rechtzeitig und bremste, sodass eine dicke Bremsspur auf der Straße zurückblieb. Das Kreischen der Bremsen erschreckte den blinden Jungen. Er wirbelte herum, stolperte und stürzte auf den Asphalt. Der Fahrer sprang aus dem Wagen und rannte zu ihm hin. Eine Frau stieg an der Beifahrerseite aus, blieb aber abwartend am Wagen stehen.

Spuhler rief erneut etwas, konnte sich aber über den Lärm des Motors hinweg nicht verständlich machen. Wenn er auf kürzestem Weg zu Toba gelangen wollte, musste er zuerst durch eine kleine, nicht allzu tiefe Schlucht. Spuhler wagte sich hinein. Der Mond beleuchtete seinen Weg. Er achtete genau darauf, wohin er trat, um nicht zu stolpern. Die Straße entschwand seinem Blickfeld.

Eigentlich war es ein glücklicher Zufall, fand Spuhler. Der Junge hatte den nötigen Schrecken bekommen, und jetzt konnte er den Fahrer vielleicht überreden, sie nach K7 zurückzufahren.

Er stieg den Abhang wieder hoch. Seine Beine zitterten von der Anstrengung, seine Lungen brannten. Der Abhang war sehr uneben. Spuhler rutschte aus, zerriss sich seine Hose und schürfte sich ein Knie auf. Als er wieder Halt hatte, stieg er den Rest zur Straße hoch. Er konnte gerade noch sehen, wie der Fahrer die Wagentür zuknallte.

Toba saß auf dem Rücksitz.

Spuhler versuchte noch einmal zu rufen. Er rutschte aus, verlor den Boden unter den Füßen.

Eine zweite Tür wurde zugeknallt, dann knirschend der Gang eingelegt.

Spuhler tauchte gerade in dem Augenblick aus dem Dickicht auf, als die Frau sich umdrehte und etwas zu Toba sagte. Sie schien ihn irgendwie zu trösten. Der Motor heulte auf. Der Wagen beschleunigte.

Spuhler sprang mitten auf die Straße, schrie und schwenkte die Arme, sprang immer wieder in die Höhe.

Der Wagen fuhr unbeirrt weiter. Spuhler konnte noch einen Blick auf Toba werfen. Der Junge drehte sich zu Spuhler um. Sicher, der Junge war blind, doch Spuhler konnte es einfach nicht anders beschreiben: Tobas Gesicht erschien in dem kleinen ovalen Rückfenster, erleuchtet vom Mond, und Spuhler hätte schwören können, dass er grinste.

4

Mittwoch, 16. August 1961

„Ein Nachmittag", sagte Monika. „Du hast einen Nachmittag mit einem Mann verbracht und meinst, ihn zu kennen?"

„Er war nett", beharrte Edith.

„Du kennst ihn nicht, wie ich ihn kenne."

„Ich weiß, dass er ein angesehener Professor an einer amerikanischen Universität ist. Er ist sehr nett und fürsorglich. Und er mag Zimtstreusel."

„Der perfekte Mann", höhnte Monika.

„Nun, er ist ganz sicher nicht das Ungeheuer, als das du ihn hinstellst."

Ursel, die mit einer Stopfarbeit in der Ecke saß, sah auf. „Edith, sprich bitte nicht in diesem Ton mit deiner Mutter."

Monika nahm eine Bluse aus dem Wäschekorb, den sie und Edith ausräumten. Sie schüttelte die Bluse aus, faltete sie und legte sie zum Bügeln zur Seite. Die Spätnachmittagsonne fiel durch das Wohnzimmerfenster.

„Ein Mann muss kein Ungeheuer sein, um dich zu verletzen, Edith", gab Monika zu bedenken. „Zumindest weißt du bei einem Ungeheuer, woran du bist. Park ... Herr Parker ist schlimmer als ein Ungeheuer. Er ist ein Wurm."

„Mutter!"

„Er lockt dich mit seinem Lächeln und seinen Versprechungen in tiefes Wasser, und dann lässt er dich im Stich und du musst ganz allein schwimmen."

„Monika, das ist nicht fair", wandte Ursel ein.

„Du stellst ihn als Feigling hin", sagte Edith.

„Nenne es, wie du willst. Ich spreche aus Erfahrung. Dem Mann kann man nicht trauen."

Edith verschwand im Schlafzimmer.

Ursel und Monika arbeiteten schweigend weiter. Die letzten

beiden Tage waren angespannt verlaufen. Die Erleichterung, die Monika empfunden hatte, als die beiden Frauen durch die Tür traten, war nur von kurzer Dauer gewesen. Nur so lange, wie es dauerte, bis Edith anfing, über Park zu sprechen.

* * *

Edith war egal, was ihre Mutter über Herrn Parker dachte. Sie mochte ihn.

Nachdem sie sich die Haare gebürstet hatte, schaltete sie das Licht aus und legte sich ins Bett. Sie hörte die Stimmen auf der anderen Seite der Wand. Zwar konnte sie die Worte nicht verstehen, doch der erregte Tonfall ihrer Mutter war eindeutig. Ursel besänftigte, wie sie es immer tat.

Edith drehte sich mit dem Rücken zur Wand. Sie dachte an das Café Lorenz. Und an Herrn Parker.

Ein Gedanke schoss ihr durch den Kopf. Erika! Sie konnte es kaum erwarten, Erika von Herrn Parker zu erzählen. Oh, das war gut. Das war sogar sehr gut! Erika machte immer ein solches Aufheben um ihren reichen Onkel aus Amerika. Wie hieß er noch? Onkel Abner? Onkel Albert? Einmal hatte Erika ihr stolz zwei Fotos gezeigt, nachdem sie ein Päckchen von Onkel Albert bekommen hatte, mit amerikanischen T-Shirts, amerikanischen Büchern und amerikanischer Schokolade.

Das erste Schwarzweißfoto zeigte einen vornehm aussehenden, graubärtigen Mann in seinem Arbeitszimmer. Darauf zu erkennen waren ein großer Ledersessel und ein großer Schreibtisch mit einer Schreibunterlage aus Leder, einem Tintenfass aus Marmor und zwei Stiften. Das Gemälde eines amerikanischen Präsidenten hing an der Wand und ein großer ovaler Teppich lag auf dem Boden. Der Mann, der geheimnisvolle Onkel Albert, stand stolz neben seinem Schreibtisch.

Auf dem zweiten Foto war die Frau von Onkel Albert zu sehen. Sie war ziemlich dick. Richtig dick. Sie sah aus wie ein Schneemann in Kleidern: freundlich, mit fröhlichen Augen und dicken

Wangen. Sie stand neben einem Vogelhäuschen vor einem großen Haus mit riesigen Fenstern, die sich von einer Seite des Hauses bis zu der anderen erstreckten. Der Garten hinter dem Haus war nicht nur groß, sondern auch wunderschön angelegt. Eine Unmenge bunter Blumen blühten dort. Eingeschlossen wurde der Garten von hohen Bäumen und Büschen, außerdem gab es auch ein Vogelbad.

Edith konnte es nicht erwarten, Erika die Fotos von Herrn Parker zu zeigen, die er ihnen schicken wollte. Bei dem Gedanken grinste sie zufrieden. Sie hatte nicht nur einen amerikanischen Onkel, der es mit Erikas Onkel Albert aufnehmen konnte, sondern er stellte den hoch gelobten Onkel Albert sogar noch in den Schatten! Edith lachte leise. Ja, verglichen mit Onkel Albert sah ihr neuer Onkel Park aus wie ein Filmstar.

Die Tür zum Schlafzimmer wurde geöffnet. Ihre Mutter kam herein und brachte ihren Zorn mit. Edith konnte es spüren. Sie tat so, als würde sie schlafen, während ihre Mutter sich auszog.

* * *

Monika legte sich ins Bett. Sie drehte sich auf die Seite und starrte die stille Silhouette im Bett auf der anderen Seite des Raumes an.

Edith wusste es nicht besser. Das Mädchen hatte sich von Parks gutem Aussehen und seinem schiefen Lächeln blenden lassen, so wie sie damals. Edith war zu jung, um sich an die Gefahr zu erinnern, die tägliche Angst.

„Das sind Deutsche, um Himmels willen, Parker! Was hast du dir gedacht? Schaff sie hier weg."

So waren sie begrüßt worden, als sie endlich das amerikanische Lager erreicht hatten: sie selbst, Ursel und sechs Kinder. Und mit diesen Worten waren sie von bewaffneten Männern aus dem Lager der amerikanischen Armee geleitet worden. Wovor hatten sie Angst gehabt? Dass zwei deutsche Frauen und eine Hand voll Kinder sie plötzlich angriffen?

Alle seine Versprechungen, sie zu beschützen, hatten sich in Luft aufgelöst, und Monika, Ursel und die Kinder waren auf sich selbst gestellt, während die Sowjets und die Alliierten um Deutschland kämpften wie Hunde, die wegen eines Stückes Fleisch aufeinander losgingen.

Und was hatte Parker getan, um ihnen zu helfen? Nichts. Warum sollte er auch? Er hatte ja, was er wollte. Er hatte seinen deutschen Raketenwissenschaftler und bekam vermutlich eine Medaille für seine Bemühungen. Was kümmerte ihn, dass Monika und die Kinder abgewiesen wurden wie ein Stück Dreck?

Es gab einen Augenblick, als sie vor dem amerikanischen Lager standen, unter den Blicken der Lagerwache, der Monika erschüttert hatte. Selbst jetzt noch empfand sie den Schock, wenn sie nur daran dachte.

Hermann und Marlene hatten geweint. Ursel hatte Edith in den Armen gehalten. Toba hatte sich mit seinen schmutzigen Händen an ihren Rock geklammert. Und Monika war die Hoffnungslosigkeit ihrer Situation bewusst geworden. Sie hatten keine Unterkunft; die Kinder waren hungrig, und sie konnte ihnen nichts zu essen geben, ihnen auch kein Essen versprechen. In wenigen Stunden würde es dunkel werden, und sie konnten nicht einmal ein Feuer machen. Sie hatten nichts außer den Kleidern auf ihrem Leib. Monika hatte keine Ahnung, wie weit sie von Berlin entfernt waren, nur dass sie die ganze Nacht auf der Ladefläche eines Lastwagens gefahren waren. Sie stand mit Ursel und sechs Kindern zwischen drei Armeen, die es darauf abgesehen hatten, sich gegenseitig zu töten. Und in diesem Augenblick hatte der amerikanische Wachposten gesagt: *„Move along now."*

Offensichtlich waren sie auch eine Bedrohung für das Lager, wenn sie einfach nur hier standen.

Der Soldat hatte ein paar Schritte auf sie zu gemacht, sein Gewehr geschwenkt und wiederholt: *„Move along! You can't stay here."*

Konnte er denn nicht erkennen, dass sie viel zu große Angst hatte, um weiterzugehen?

Irgendwie hatte sie aber doch die Kraft dazu gefunden. Sie hatte die Hände von zwei der Kinder genommen, den Amerikanern den

Rücken zugedreht und sich auf den Weg zurück zur Rama-Klause gemacht. Hätte sie gewusst, welche Entfernung sie davon trennte oder was sie vorfinden würde, wenn sie dort ankam, hätte sie sich vermutlich einfach mitten auf die Straße gesetzt und geweint.

Es war ihr Zorn, der sie antrieb. Zorn war ihr tägliches Brot. Er nährte sie nachts, wenn die Kinder schliefen, so weit, dass er sie durch den nächsten Tag brachte.

Eine der ersten Lektionen, die Monika lernte, war, dass sie nicht mehr in Deutschland waren. Nicht in dem Deutschland, das sie kannte. Es gab keine Zivilisation, keine Gesetze und kaum etwas zu essen. Das Land war zu einem Dschungel geworden, in dem jeder nur für sich selbst sorgte. Das bezog sich auch auf Frauen und Kinder.

Die russischen Soldaten übten Rache am deutschen Volk für die Zerstörung, die seine Soldaten in ihren Städten und Dörfern angerichtet hatten. Aber das waren noch nicht die schlimmsten. Banden von Plünderern, Wehrmachtssoldaten und vereinzelte Angehörige der Waffen-SS, zogen raubend und plündernd durch das Land und terrorisierten auf der Suche nach Nahrung Dörfer und Bauernhöfe. Sie zerstörten Straßen und Brücken und stellten Fallen in den Häusern auf, ohne zu wissen, ob ein russischer Soldat, ein deutscher Bauer oder eines von Monikas Kindern hineinlaufen würde.

Durch diesen Dschungel hatte Monika ihre kleine Kinderschar geführt. Sie hatten in Wäldern, Scheunen und Gräben geschlafen, sich von Wurzeln und Johannisbeeren ernährt, Regenwasser und brackiges Wasser aus den Gräben getrunken.

Monika und Ursel hatten abwechselnd bei den Bauern um Gemüse, Obst, Beeren und Eier gebettelt. Viele Bauern hatten sie abgewiesen und ihnen die Tür vor der Nase zugeschlagen. Aber irgendwie hatten es Ursel und Monika geschafft, genügend Nahrung zusammenzukratzen, um alle Kinder vor dem Hungertod zu bewahren.

Die meisten, denen sie begegneten, waren in der anderen Richtung unterwegs. Sie flohen vor den Russen, versuchten die von

Amerikanern besetzten Städte zu erreichen. Sie hatten Unverständnis gezeigt für Monikas Vorhaben und sich über sie empört. Sie führe die Kinder in den sicheren Tod, hatten sie ihr prophezeit. Aber Monika wollte unbedingt nach Hause. In der Rama-Klause würden sie überleben können, hatte sie gedacht.

In einem Dorf hatte sich Monika ein Stück Schnur von einem mitfühlenden ostpreußischen Bauern erbettelt, der eine aus einem Stück Zeitung selbst gedrehte Zigarette rauchte. Gewehrfeuer war im Wald hinter seinem Land zu hören gewesen. Das Seil hatte Monika den Kindern um die Taille gebunden. So konnte sie sie besser zusammenhalten. Meistens funktionierte das recht gut. Es gab jedoch andere Tage, wo eines der Kinder müde wurde oder krank oder einfach nur trotzig war. Dann war es, als würde man bei einem Schiff den Anker liften, und die Wellen schaukelten es ziellos hin und her.

Monika und Ursel hatten sich die Verantwortung nach ihren Stärken aufgeteilt. Monika hatte den Kurs bestimmt. Ursel hatte die Kinder bei Laune gehalten. Sie hatte ihnen Geschichten erzählt, meistens von der Wüstenwanderung der Israeliten aus dem Alten Testament.

Ursel ließ die Kinder die Geschichten spielen. Monika war Mose, der Anführer unter Gott. Die Kinder spielten den Aaron, die Rolle wurde jeden Tag mit einem anderen Kind besetzt. Aaron führte die Gruppe am Seil an und gab den Reisenden notwendige Informationen weiter, die Monika ihm zuflüsterte.

In der Rückschau erschien es Monika wie ein Wunder, dass sie die Rama-Klause tatsächlich erreicht hatten. Als das Gebäude in Sicht kam, wusste Monika, was Mose empfunden haben musste, als er am Ostufer des Jordan stand und das verheißene Land erblickte. Doch statt der Kanaaniter entdeckte sie Russen. Sie hatten die Rama-Klause in eine Art Bezirksverwaltung umfunktioniert.

Monika hatte nie die Zeit gehabt, darüber nachzudenken, was sie nun machen sollten. Deutsche Soldaten hatten sie eingekreist. Sie und die Kinder waren gefasst worden. Die Kinder wurden ihr weggenommen. Ihre Reise – der Dreck, der Hunger, das Betteln, die Müdigkeit, die Angst, das Rennen und Verstecken – alles war umsonst gewesen.

In gewisser Weise gab sie sich selbst die Schuld daran, weil sie Park überhaupt vertraut hatte. Aber in erster Linie gab sie ihm die Schuld, weil er ihr Versprechungen gemacht hatte, die er nicht halten konnte, und weil er keinen Finger gerührt hatte, um ihnen zu helfen, nachdem sie gestrandet waren.

„Du siehst also, Liebes", flüsterte Monika vor sich hin, „auch ich wurde damals von dem Charme von Park getäuscht. Nur weiß ich es jetzt besser. Nie wieder werde ich diesem Mann vertrauen. Und nie werde ich ihm vergeben, was er uns angetan hat."

5

Hans Spuhler schwitzte, und das nicht wegen der Hitze. Der stolze kleine Mann kam, um einzugestehen, dass er in seiner Mission gescheitert war.

Witzell saß an seinem Schreibtisch und zündete sich eine Zigarre an.

„Ich habe ihn verloren“, gestand Spuhler.

„Was?“ Witzell sprang auf, die Zigarre hielt er zwischen den Zähnen. „Sie haben ihn verloren?“

„In der einen Minute noch war er hilflos, stand mit rudernden Armen mitten auf der Straße ... und in der nächsten –“

„Er hat Sie ausgetrickst. Das war nur eine Show für Sie.“

„Ich glaube nicht.“

Witzell betrachtete das Ende seine Zigarre. Sie hatte noch kein Feuer gefangen, was ihn viel mehr ärgerte. Er knallte sie auf seinen Schreibtisch. „Habe ich Sie nicht davor gewarnt, ihn zu unterschätzen?“, brüllte er.

Spuhler stand gerade wie ein Stock, den Blick auf einen Punkt an Witzells Wand gerichtet, unerträglich, und wie immer weigerte er sich, den Umhang der preußischen Überlegenheit abzulegen.

„Ich bin ihm bis zur Straße gefolgt. Dann –“, Spuhler schluckte, „dann tat er so, als sei er blind.“

„Er *ist* blind, Sie arroganter Schwachkopf!“

Spuhlers Kopf wurde knallrot, seine Augen traten hervor bei seinem Versuch, die Fassung nicht zu verlieren. „Sie wissen sehr gut, dass er sich nicht wie ein Blinder bewegt.“ Dann fing er an zu beschreiben, wie Toba beinahe von einem Wagen überfahren worden wäre.

„Er hat den Wagen gehört“, erklärte Witzell. „Er hat ihn angehalten.“

Spuhler schüttelte den Kopf. „Das glaube ich nicht.“

„Er wusste, dass Sie ihm folgen.“

„Unmöglich! Er konnte das nicht gemerkt haben. Ich bin immerhin ausgebildeter Stasi-Agent. Ich habe internationale Spione durch halb Europa verfolgt, ohne auch nur einmal –"

„Ach kommen Sie, Spuhler! Er hat Sie bemerkt. Ob er Sie gerochen oder gehört, Sie vielleicht gespürt oder ob eine Eule es ihm ins Ohr geflüstert hat, ist unwichtig. Tatsache ist: Ihre Aufgabe war es, ihn unter Beobachtung zu halten, und Sie haben einen blinden Jungen entwischen lassen."

„Aber ich habe ihn wieder aufgespürt", wandte Spuhler ein.

Witzell zog die Augenbrauen in die Höhe. „Wo?"

„Am Alexanderplatz. Sie hatten davon gesprochen. Ich habe gesehen, wie er in ein Kino gegangen ist."

„In ein Kino?" Witzell kaute auf seiner Zigarre herum. Was hatte Toba in einem Kino zu suchen? Und warum am Alexanderplatz? Das war doch überhaupt nicht in der Nähe von ...

„Ich bin ihm hineingefolgt und habe mich drei Reihen hinter ihn gesetzt."

Witzell ließ sich wieder auf seinen Stuhl sinken und hoffte auf ein glückliches Ende von Spuhlers kleiner Eskapade.

„Sie haben mir gar nicht gesagt, dass der Junge auch geistig zurückgeblieben ist", sagte Spuhler vorwurfsvoll.

„Zurückgeblieben? Wovon sprechen Sie? Er ist blind, nicht geistig zurückgeblieben."

Darüber dachte Spuhler eine Weile nach. Sein Mund zuckte. Ein Schweißtropfen lief ihm über die Wange.

„Nun, er hat zumindest so getan, als sei er zurückgeblieben", fuhr er schließlich fort. „Es war, als würde er sich selbst in einen Anfall hineinsteigern oder so etwas." Spuhlers Augen schlossen sich halb, während er über die Ereignisse nachdachte. „Zuerst war alles in Ordnung. Er saß da wie alle anderen und starrte auf die Leinwand, als würde er sich den Film ansehen. Ich weiß noch, wie ich gedacht habe: Was um alles in der Welt macht er da? Er kann doch gar nichts sehen. Dann dachte ich mir: Selbst wenn er den Film nur hört, dann würde er doch trotzdem zur Leinwand hinsehen, nicht?"

„Was geschah weiter?“, drängte Witzell.

Aber Spuhler ignorierte die Frage und nahm seinen Bericht genau an derselben Stelle wieder auf. „Dann fing er an, auf seinem Sessel herumzuhopsen, er beugte sich vor, als hätte er schreckliche Bauchschmerzen, dann richtete er sich wieder auf. Ich gab mir Mühe, nicht überzureagieren. Bauchschmerzen sind nicht schlimm. Ärgerlich, aber das ist das Problem der Reinigungsmannschaft, nicht meines. Er machte das immer wieder – herunter, hoch, herunter, hoch – bestimmt eine Viertelstunde lang. Das störte den Mann, der zwei Reihen hinter ihm saß. Er stand auf und ging.“

„Sie haben ihn wieder verloren, nicht?“, fragte Witzell.

Und wieder antwortete Spuhler nicht auf seine Frage. Sein Blick wanderte in die Ferne. „Die Sache ist die: Die Intervalle waren unregelmäßig“, erklärte er.

„Spuhler, sagen Sie mir nicht, dass Sie ihn schon wieder verloren haben.“

„Er fing an, länger unten zu bleiben. Nicht mehr zu sehen. Aber er kam immer wieder hoch. Und als er dann nicht mehr hochkam –“

„Spuhler!“

Der ehemalige Agent atmete tief ein und seine Augen öffneten sich erschrocken. Er kehrte in die Gegenwart zurück. „Als ich losging, um nach dem Jungen zu sehen, war er fort.“

„Wie lange ist das her?“

Spuhler zögerte, was Witzell noch mehr verärgerte.

„Wie lange?“, brüllte Witzell.

„Vierundzwanzig Stunden.“

Witzell explodierte: „Und das sagen Sie mir erst jetzt?“

„Ich dachte, ich könnte seine Spur wieder aufnehmen.“

„Sie wollten nur Ihren verdammten Stolz nicht verletzen! Sie wollten nicht eingestehen, dass Sie nicht einmal einem blinden Jungen folgen konnten. Dass Sie ihn verloren haben – nicht nur einmal, sondern zweimal!“

„Hören Sie, Witzell. Sie sind nicht mein Vorgesetzter. Ich brauche mir das alles gar nicht anzuhören.“

„Sie haben Recht, das brauchen Sie nicht. Verschwinden Sie aus meinem Büro!"

Witzell trat hinter seinem Schreibtisch hervor, ging an Spuhler vorbei und riss die Tür auf.

„Hören Sie, Witzell ..."

„Raus!"

Spuhler bewegte sich auf die Tür zu. „Ich möchte noch einmal betonen, dass ich meine Schuld Ihnen gegenüber als beglichen betrachte."

„Ich sagte, raus!", brüllte Witzell.

Die Pfleger der Nachtschicht tauchten zu beiden Seiten des Flurs auf, angezogen von dem Lärm und froh darüber, dass sie aus ihrer monotonen Routine gerissen wurden.

„Ich möchte Ihr Wort darauf, Witzell."

„Ich werde Ihnen meinen Fuß geben!"

Spuhler trat in den Flur und drehte sich noch einmal um. „Ich werde nicht gehen, bis Sie –"

Witzell knallte die Bürotür zu.

* * *

Kellerstraße.

Otto Witzell brauchte keine Wegbeschreibung, um sie zu finden. Er lenkte seinen kleinen grauen Wartburg an den Straßenrand und stellte den Motor ab. Obwohl es dunkel war und er die Zahlen an den Häusern nicht erkennen konnte, wusste er genau, welches die Nummer 23 war, so wie er auch genau wusste, wo er parken musste, um einen guten Blick auf das Gebäude zu haben, ohne verdächtig zu wirken. Er drehte seine Uhr etwas ins Licht, sodass er die Uhrzeit erkennen konnte. Am Himmel zeigten sich mittlerweile helle Streifen, Anzeichen für den herannahenden Morgen.

Das Beifahrerfenster war heruntergedreht, trotzdem schwitzte er. Es würde schon wieder so ein schrecklich heißer Tag werden. Trotzdem ging ein Schauder über ihn hinweg, wie bei Kindern, die Verstecken spielen.

Abwesend griff Witzell nach einer Zigarre. Als er merkte, wonach sich seine Hand ausstreckte, zog er sie zurück.

Eine Reihe von zehnstöckigen Wohnhäusern zog sich eineinhalb Kilometer die Straße entlang. An dem Haus, das Witzell beobachtete, war ein Schild angebracht: *Firma Schönner.* Schönner produzierte Schuhe, und in diesen Häusern wohnten die Fabrikarbeiter.

Obwohl die Häuser noch keine zehn Jahre alt waren, zeigten sie bereits die ersten Anzeichen von Alter und Verfall. Auf dem Rasenstück vor dem Haus wucherte das Unkraut. Müll verunstaltete den Eingang, den Rasen und auch die Straße – trotz eines Schildes, auf dem Strafen angedroht wurden für das achtlose Wegwerfen von Müll. Das Gebäude verfügte über drei Eingänge, zwei davon waren mit einem Hängeschloss verriegelt.

Witzell drehte sich um und überprüfte die Straße hinter sich. Zum einen hielt er Ausschau nach Toba, aber er wollte auch wissen, ob er von einem anderen beobachtet wurde, während er selbst das Wohngebäude beobachtete. Bewusst war er nur ganz selten hierher gekommen. An diesem Tag hatte er keine andere Wahl gehabt.

Obwohl man nie sicher sein konnte – jemand könnte hinter einem der Hunderte mit Vorhängen versehenen Fenster lauern –, hatte er den Eindruck, nicht beobachtet zu werden. Und so wandte er seine Aufmerksamkeit wieder dem Haus Nr. 23 zu.

Toba konnte unter einer Treppe zusammengerollt liegen oder unter einem Busch. Möglicherweise hatte er sich auch im Schatten zwischen den Häusern verborgen. Selbst wenn der Junge die richtige Straße gefunden hatte – wie würde er wissen, welches der Gebäude das richtige war?

Er würde es wissen.

Unterschätze ihn nicht, Witzell, mahnte er sich. Er war nicht sicher, wie Toba das richtige Haus erkennen würde, aber irgendwie würde er es schon schaffen.

Der Himmel wurde heller. Witzell hatte nicht viel Zeit. Am helllichten Tag in einem geparkten Wagen zu sitzen, würde zu vielen Fragen herausfordern, auf die er keine guten Antworten hatte.

Allmählich bedauerte er seinen Plan. Spuhlers Aufgabe war es gewesen, Toba zu beschützen. Witzell hatte nie die Absicht gehabt, Toba in Gefahr zu bringen. Hätte er gedacht, dass es so weit kommen würde, hätte er ganz bestimmt die Finger von der ganzen Sache gelassen.

Kein Anzeichen von dem Jungen.

Witzell legte die Hand an den Türgriff. Von seinem Auto aus hatte er die Straße gut im Blick, aber es gab Bereiche, die ihm verborgen blieben, Bereiche, in denen sich ein Mann durchaus verstecken konnte. Und obwohl Witzell Toba immer als Kind sehen würde, allein schon wegen des Altersunterschieds, war er doch nach den Maßstäben der Welt inzwischen erwachsen. Witzell hatte die Wahl. Er konnte den Motor anlassen und durch die Straße fahren, oder er konnte sich zu Fuß auf die Suche machen. Im Wagen war er mobil, doch das schränkte seine Suche gleichzeitig ein, und außerdem könnte das Motorengeräusch Aufmerksamkeit erregen. Zu Fuß war er leiser, effizienter, auch wenn es auf Kosten der Mobilität ging.

Als er gerade die Tür öffnen und aussteigen wollte, fing er eine Bewegung auf: geduckt. Zwischen den Gebäuden. Ein Mann, der geduckt an dem Gebäude entlangschlich und mit den Fingerspitzen an der Mauer entlangfuhr.

Das ist mein Junge!

Toba bewegte sich langsam, während seine Füße den Boden abtasteten. Er schlich zur Vorderfront des Gebäudes – des richtigen Gebäudes.

Wie macht er das nur?, fragte sich Witzell.

Toba fand den Seiteneingang, ertastete die Kette und das Schloss, dann trat er um einen Busch herum, der unbedingt beschnitten werden musste, zur Vorderfront und fand den unverschlossenen Eingang. Er blieb stehen.

Geh weiter, drängte Witzell ihn von der anderen Straßenseite aus. *Weiter. Jetzt die Treppe hoch.*

Toba trat in den Hauseingang.

Guter Junge!, lobte Witzell.

Er wartete mehrere Minuten, um zu sehen, ob Toba wieder auftauchen würde. Als das nicht der Fall war, griff Witzell nach dem Anlasser.

Eine Hand kam durch das Beifahrerfenster und legte sich auf seinen Arm.

„Was für ein Spiel spielen Sie, Witzell?"

„Spuhler ..."

Der kleine Agent funkelte ihn an. „Sie wussten die ganze Zeit, dass der Junge herkommen würde, nicht wahr? Warum sollte ich ihm folgen?"

„Um sicherzustellen, dass ihm nichts geschieht", erklärte Witzell.

Spuhler starrte das Wohnhaus an. „Was bedeutet Ihnen dieses Haus?"

„Das geht Sie nichts an."

„Es geht mich etwas an, Herr Witzell. Wenn jemand mich zum Narren hält, dann geht mich das sehr wohl etwas an."

„Sie haben sich selbst zum Narren gemacht, Spuhler. Sie brauchten dazu gar keine Hilfe." Sobald diese Worte seinen Mund verlassen hatten, bereute Witzell sie schon. Nicht, dass sie nicht stimmten. Aber Spuhler hatte etwas an sich, das ihn zur Weißglut brachte.

Spuhler schäumte vor Wut. „Ich möchte Sie daran erinnern, dass ich durchaus noch Kontakte zur Stasi habe."

„Und ich bin sicher, die würden nur zu gern erfahren, wie ein blinder Junge Sie gestern Nacht ausgetrickst hat – gleich zweimal."

Die beiden Männer sahen sich an. Witzell machte als Erster einen Rückzieher. „Gehen Sie, und wir sind quitt", sagte er.

„Dann ist meine Schuld bezahlt?"

„Wenn Sie jetzt verschwinden und keine Fragen stellen."

Das war genau das, was Spuhler gewollt hatte. Witzell konnte es in seinen Augen erkennen.

„Eins noch", wandte Spuhler ein.

„Was?"

Der ehemalige Stasi-Agent blickte erneut zu dem Gebäude hinüber. „Ihr Wort, dass hier nichts Illegales vorgeht."

„Das ist eine persönliche Angelegenheit, Spuhler."
„Keine ausländische Spionage?"
Witzell lachte. „Falls das so wäre, würde ich das Ihnen gegenüber eingestehen?"
Spuhler funkelte ihn an.
„Sie haben mein Wort", lenkte Witzell ein in der Hoffnung, die Waagschalen wieder auf die Seite der Vernunft zurückzuholen.
Dies schien den Agenten zufrieden zu stellen. Mit einem letzten Blick auf das Haus drehte er sich um und ging davon.
Witzell sank auf seinem Sitz zusammen. Nach einer Weile ließ er den Motor an, fuhr langsam an dem Gebäude vorbei und hielt ein letztes Mal Ausschau nach Toba.
Der Eingang war leer.
Zufrieden gab Witzell Gas und fuhr nach Hause.

* * *

Bei dem leiser werdenden Geräusch des Wagens trat Toba aus dem Eingang des Wohnhauses heraus. Das Wissen, dass Witzell sich so sehr um ihn sorgte, dass er den ganzen Weg hierher gekommen war, um sich von seiner sicheren Ankunft zu vergewissern, gab ihm ein tiefes Gefühl der Zufriedenheit.

6

Donnerstag, 17. August 1961

Ursel und Edith saßen nebeneinander vor ihren Nähmaschinen, eingehüllt von dem Surren von fünfzig weiteren Nähmaschinen. Die Nadeln der Maschinen jagten über das Leder, während erfahrene Hände die vorgeschnittenen Stücke hin- und herschoben und zogen, wenn auch nicht so schnell wie gewöhnlich. Wie alle anderen in der Fabrik litten die beiden Frauen unter der Hitze. Deshalb lagen auch nicht so viele fertige Schuhe auf dem Boden wie sonst, und es war Monikas Aufgabe, Herrn Gellert die niedrige Produktionsrate zu beichten.

Schönner-Schuhe wurden in acht Produktionsschritten angefertigt: Der obere Teil wurde geschnitten und genäht, danach wurde die Sohle vorbereitet, dann der obere Teil über einen hölzernen Fuß gestreift, die Sohle angenäht, der Absatz an der Sohle angebracht und schließlich der fertige Schuh poliert und das Firmenzeichen auf die Sohle gestempelt. Zum Schluss wurden die Schnürsenkel, Schleifen oder Schnallen angebracht. Den Abschluss bildete eine letzte Säuberung und Inspektion.

Ursel und Edith waren für die Sohlen zuständig; mit schweren Industrienähmaschinen nähten sie die Sohlen an das Lederoberteil an. Zu dieser Arbeit brauchte man kräftige Finger. Am Ende eines Arbeitstages waren ihre Finger so wund und steif, dass sie kaum einen Türgriff fassen oder einfache Aufgaben wie Schreiben erledigen konnten.

Es könnte schlimmer sein. Und das wäre es auch, wenn sie in einer Qualitätsfabrik Sohlen nähen müssten. Aber Schönner-Schuhe waren billige Schuhe aus Lederimitat, und obwohl für eine gute Sohle zwei oder drei Lagen nötig waren, wurde in der Fabrik Schönner nur eine genommen.

„Schuhe sollen aufgetragen werden“, hatte Herr Gellert Ursel eines Tages erklärt. „Wir könnten Schuhe machen, die mindestens zwanzig Jahre halten, aber warum sollten wir? Das wäre nicht gut fürs Geschäft. Leute, die unsere Schuhe kaufen, brauchen jedes Jahr ein neues Paar, einige sogar noch öfter. Wir verkaufen ihnen billige Schuhe zu einem Preis, den sie sich leisten können. So hat jeder etwas davon. Sie haben Schuhe, Arbeiter haben Arbeit und die Fabrik bleibt im Geschäft."

Edith sah zu Herrn Gellerts Büro am hinteren Ende der Produktionshalle hinüber, als ihre Mutter gerade an die Tür klopfte. Monika wartete, bis sie hereingerufen wurde.

Ediths Finger taten weh, aber sie achtete kaum darauf. Die Hitze war einfach unerträglich. Alle Fenster in der Fabrik standen offen. Nicht die kleinste Brise verschaffte ihnen Abkühlung. Da neben den Maschinen auch alle Körper Hitze abgaben, war es in der Halle so heiß wie in einem Glutofen. Sie wollte gar nichts anfassen. Sogar ihr Arm war an der Unterseite heiß und unangenehm feucht. Und darum hielt sie beim Nähen den Ellbogen von ihrem Körper weg.

Es dauerte bestimmt noch eine Stunde bis zum Feierabend. Das jedenfalls vermutete Edith, denn Herr Gellert erlaubte keine Uhren auf dem Fabrikgelände. Er sagte, dann würden die Leute nur ständig auf die Uhr schauen, und das würde sich nachteilig auf die Produktionsrate auswirken. Ein guter Arbeiter mache sich keine Gedanken um die Zeit; die Arbeitszeit eines Arbeiters gehöre der Partei. Ein guter Arbeiter kümmere sich ausschließlich um eines – die Produktion.

„Habe nur ich den Eindruck, oder schmelzen die Maschinen wirklich langsam vor sich hin?", fragte Edith.

Ursel lächelte. „Du hast Recht. Ich könnte jetzt auch einen kühlen Schluck vertragen."

„Es ist, als würde sich alles nur in Zeitlupe bewegen. Ob diese Schicht jemals zu Ende sein wird?"

Ihre Maschine klemmte. Edith warf den Kopf in den Nacken und stieß ein frustriertes Seufzen aus. Sie hob die Nadel, riss das Leder darunter hervor und machte sich daran, den Schaden zu beheben. Hitzig ließ sie sich über die antiquierten Maschinen aus.

„Von mir hast du kein Mitleid zu erwarten", erwiderte Ursel. „Deine Mutter und ich haben auf Maschinen angefangen, die sehr viel älter waren als diese. Diese Nähmaschinen sind im Vergleich zu denen ein Traum."

Edith warf ein Stück Faden auf den Boden. Sie fädelte den Faden wieder in die Nadel ein und bereitete die Maschine vor. „Sprechen wir über etwas anderes", meinte sie. „Über irgendetwas, das mich ablenkt und verhindert, dass ich verrückt werde."

„Wir dürfen uns doch nicht unterhalten", erinnerte Ursel sie.

„Und wenn du dabei erwischt wirst, was wird Herr Gellert tun? Dich in die Packabteilung schicken? Unwahrscheinlich." Sie grinste schelmisch. „Vielleicht zitiert er dich ja in sein Büro und –"

„Hör auf. Kein weiteres Wort", unterbrach Ursel sie. „Was Herr Gellert und ich hinter verschlossenen Türen tun, geht dich nichts an."

Edith zog die Augenbrauen in die Höhe. „Ich wollte doch nur sagen –"

„Das geht dich nichts an!", wiederholte Ursel.

Edith machte sich wieder an ihre Arbeit. Ein kleines Lächeln umspielte ihre Lippen.

„In letzter Zeit bist du ziemlich vorlaut, Edith", meinte Ursel.

„Das hilft mir, die Zeit rumzukriegen."

„Vielleicht solltest du die Zeit damit verbringen, zu überlegen, wie respektlos du dich deiner Mutter gegenüber verhalten hast."

Edith runzelte die Stirn. Aber sie schwieg.

Ihre Beziehung war einzigartig. Ursel war ihre Freundin und gleichzeitig ihre zweite Mutter. Edith konnte Ursel Dinge anvertrauen, die sie ihrer Mutter nie erzählen würde. Aber Ursel wies sie auch auf Fehler hin – wie jetzt.

„Mir gefällt nicht, wie Mutter von Herrn Parker spricht", sagte Edith schließlich. „Sie stellt ihn als Feigling und Schuft hin. Ich glaube, er ist keines von beidem. Du hältst Herrn Parker doch auch nicht für einen schlechten Kerl, oder?"

Es dauerte eine Weile, bis Ursel antwortete. „Herr Parker ist ein guter Mensch", erwiderte sie. „Deine Mutter hat jedoch Gründe für ihre Gefühle ihm gegenüber."

„Ich wüsste nicht, was Herr Parker getan haben könnte, das diesen Zorn rechtfertigen würde, den sie in sich trägt."

Ursel hielt ihre Maschine an. „Lässt du nur Dampf ab oder willst du es wirklich wissen?", fragte sie.

Edith hörte ebenfalls auf zu arbeiten. Ursels Stimme klang irgendwie Unheil verheißend. Edith war wirklich nicht sicher, ob sie die Geschichte hören wollte oder nicht. „Ist es schlimm?"

„Es ist das Leben."

„Wird es uns helfen, die Zeit schneller herumzukriegen?", neckte Edith in dem Versuch, die Stimmung aufzuheitern.

„Du bist alt genug, diese Dinge zu erfahren. Willst du es nun wissen oder nicht?"

Ursel begann weiterzunähen. Auch Edith setzte die Nadel ihrer Maschine wieder in Betrieb. „Ja, ich möchte es wissen", sagte sie.

Ursel sah zu dem Büro des Schichtleiters hinüber. Monika war noch immer bei ihm. „Wir verloren den Krieg", begann sie. „Die sowjetischen Truppen standen nur noch wenige Kilometer vor Berlin. Park schlug vor, wir sollten Schutz bei den Amerikanern suchen."

„Wie habt ihr Park kennen gelernt? Ich meine, er ist Amerikaner ..."

„Durch deinen Vater. Die Rama-Klause war eine Zufluchtsstätte für abgestürzte amerikanische Flieger, die wieder zu ihren Einheiten zurückkehren wollten."

„Aber warum habt ihr ihnen geholfen? Sie waren doch Feinde."

Ursel lächelte. „Die Linien der Verbündeten sind im Krieg nicht so scharf definiert wie in den Geschichtsbüchern. Dein Vater leistete humanitäre Hilfe im Austausch für Lebensmittel und Vorräte, um euch Kinder am Leben zu erhalten. Auf jeden Fall war Oberst Parker der Teamleiter der Amerikaner. Er hielt den Funkkontakt zu deinem Vater. Als die Sowjets nun immer näher kamen, bot er an, uns ins amerikanische Lager zu bringen."

„Und Park dachte, sie würden ein paar deutschen Frauen mit Kindern helfen?"

„Wir hatten jemand, der von Interesse für die Amerikaner war. Einen Raketenwissenschaftler."

„Onkel Ernst."

„Doch dann nahmen sie Onkel Ernst und schickten uns weg."

„Herr Parker hat euch angelogen?"

„Er hatte uns keine Garantien gegeben. Wir wussten von Anfang an um das Risiko. Es lag nicht in Parks Entscheidungsgewalt."

„Und wieso gibt Mutter dann ihm die Schuld?"

„Sie gibt ihm die Schuld für das, was später mit uns geschah. Sie denkt, er hätte mehr tun können, um uns zu helfen, nachdem man uns weggeschickt hatte."

„Machst auch du ihn dafür verantwortlich?"

„Nein."

„Dann ist Mutter einfach nur unvernünftig."

„Du hast noch nicht die ganze Geschichte gehört."

Ursel sah noch einmal zu Herrn Gellerts Büro hinüber. Die Tür war geschlossen, Monika noch drin.

„Wir nennen sie unsere Drei-Koffer-Jahre", erklärte sie, „wenn wir davon sprechen, was nicht oft geschieht."

Edith hörte aufmerksam zu.

Ursel fuhr fort: „Ich bin davon überzeugt, wenn deine Mutter nicht gewesen wäre, wäre heute keiner von uns mehr am Leben." Tränen traten ihr in die Augen. „Deine Mutter gab niemals auf. In ihr brannte ein Feuer, das uns alle antrieb. Das war kurz nach dem Krieg. Man hatte uns die anderen Kinder weggenommen, und wir drei waren übrig geblieben. Wir liefen von einem Bauernhof zum anderen, von Dorf zu Dorf und suchten nach einem Platz, wo wir leben konnten. Unser gesamter Besitz war in drei Koffern verstaut. Es ist schwer zu beschreiben, wie groß unsere Angst war. Immerhin lebten wir in besetztem Gebiet." Sie schluckte. „Die sowjetischen Soldaten dachten an nichts anderes, als uns zu benutzen, um ihre Bedürfnisse zu befriedigen, genau wie sie eine Straße oder ein Haus dazu benutzten. Wo immer wir gingen, riefen sie: ‚Uhry! Uhry!' Das bedeutete, sie wollten irgendetwas von uns. Ich erinnere mich an einen Soldaten, der eine Frau anbrüllte, die die Griffe eines Fahrrads festhielt. Dieser Iwan –"

„Iwan?", fragte Edith.

„Ein Schimpfname für die Russen. Die Frau wollte ihr Fahrrad nicht loslassen. Iwan zog am Hinterrad und schrie immerzu: ‚Uhry! Uhry! Uhry!'"

„Und hat er das Fahrrad bekommen?"

„Vermutlich. Ich erinnere mich nicht mehr. Ich erinnere mich nur an den Gesichtsausdruck der Frau. Dieses alte Fahrrad bedeutete ihr mehr als dem Iwan."

Ursel nähte einen Schuh fertig und legte ihn zur Seite. Mechanisch griff sie nach einer neuen Sohle.

„Ein paar Mal mussten wir uns im Wald verstecken, um einer Vergewaltigung zu entgehen. Das einzige Deutsch, das einige sowjetische Soldaten kannten, war: *‚Frau, komm.'* Das sagten sie, wenn sie einen in einen Raum, eine Gasse oder auf ein Feld zerrten."

Ursels Nähmaschine blieb stehen. Sie griff nach einem Taschentuch.

„Das ist zu schwer für dich ...", meinte Edith.

Ursel schüttelte den Kopf. „Wenn du deine Mutter verstehen willst, musst du alles erfahren." Sie riss sich zusammen und fuhr fort: „In einem Dorf – ich kann mich gar nicht mehr an den Namen erinnern; vermutlich habe ich ihn auch nie erfahren – wohnten wir bei einer Frau mit drei Töchtern, vierzehn bis sechzehn Jahre alt. Die Frau war richtig hysterisch. Immer wieder sagte sie, die russischen Soldaten würden sie und ihre Töchter bestimmt vergewaltigen. Monika versuchte sie abzulenken. Sie fragte die Frau nach Essen, Wasser und anderen Notwendigkeiten. Doch die Gedanken der Frau kreisten ausschließlich um die Soldaten und ihre Angst vor einer Vergewaltigung ihrer Töchter. Sie fing an von Selbstmord zu sprechen. Sie wollte sich die Pulsadern aufschneiden. Sie sagte, das wäre nicht so schmerzhaft, aber ihre Töchter hatten Angst. Deine Mutter sagte, sie sei töricht. Sie wies die Frau darauf hin, dass Gott über uns wachen würde wie über den Israeliten in der Wüste. Aber die Frau reagierte nicht."

Ursel betupfte ihre Nase mit einem Taschentuch.

„Am folgenden Morgen fanden wir sie und ihre Töchter in einem Zimmer auf dem Boden. Alle tot."

„Oh mein Gott!" Edith schnappte nach Luft.

„Tragödien gehörten zum Leben im Nachkriegsberlin. Fast die Hälfte der Stadt lag in Schutt und Asche, das Ergebnis von mehr als dreihundertfünfzig Luftangriffen. Der Raum zum Leben war spärlich. Die meisten Wohnhäuser waren zerstört. Die Bezirke Mitte, Tiergarten, Friedrichshain und Kreuzberg hatte es am schlimmsten getroffen. Du kennst doch den Begriff *Trümmerfrauen*?"

Edith nickt.

„Trümmerfrauen, so wurden wir genannt. Es war billiger, die Ruinen abzureißen und wieder neu aufzubauen, als sie zu reparieren. Und hier kamen wir ins Spiel. Es gab sechzigtausend von uns. Wir gruben uns durch die Trümmer und räumten ganze Straßenzüge mit unseren bloßen Händen frei, Stein für Stein. Natürlich fanden wir auch eine stattliche Anzahl Leichen unter den Trümmern.

Ich erinnere mich an einen Tag, als drei französische Soldaten uns arbeiten sahen. Sie fingen an, uns zu beschimpfen, und warfen Steine nach uns."

„Warum haben sie so etwas gemacht?"

„Sie haben uns Nazis genannt. Am folgenden Tag brachte unser Aufseher ein Schild mit an die Baustelle, darauf stand auf Französisch: *Hier sind keine Nazis.* Ich sage dir, in jenen Tagen herrschte eine düstere Stimmung. Niemand machte sich die Mühe, uns zu fragen, was wir in Bezug auf die Nazis und Hitler empfanden. In ihren Augen waren alle Deutschen Nazis. Sie waren der Meinung, Hitler hätte für uns alle gesprochen.

Oft schliefen wir nachts im Schutz eines Hauses auf der Straße. Du warst noch so klein, sodass deine Mutter dir einfach in einem der Koffer ein Bett gemacht hat. Du hast noch genau hineingepasst, wenn du dich auf den Kleidern zusammengerollt hast."

Bei diesen Worten musste Edith lächeln.

„Gegessen haben wir Kohlsuppe, trockenes Brot und, wenn wir Glück hatten, eine Kartoffel. Wenn wir großes Glück hatten, haben wir etwas Fleisch und Butter bekommen, aber das gab es nur auf dem Schwarzmarkt. Einmal hörten wir, das Pferd eines Bauern sei gestorben. Das bedeutete, dass es am folgenden Tag Fleisch geben würde. In Windeseile verbreitete sich die Nachricht, ein Metzger vom Ort hätte sich das Pferd gesichert und würde es verarbeiten.

Ich war an der Reihe mit Anstehen, so stand ich am folgenden Morgen früh auf und ging zum Metzgerladen. Um sieben Uhr stellte ich mich in der Schlange an. Der Laden sollte erst um ein Uhr mittags öffnen. Als ich dort ankam, zog sich die Schlange fast einen Straßenzug weit. Damals trugen wir alle schwarze oder graue Mäntel – die meisten passten uns gar nicht – und Schals. Es war bitterkalt, und wir standen dicht zusammengedrängt, um uns zu wärmen."

Edith wischte sich mit dem Handrücken den Schweiß von der Stirn. „Es fällt mir schwer, mir das vorzustellen", gestand sie.

„Zwei Frauen stellten sich hinter mich in die Schlange. Sie waren anscheinend gut befreundet, denn sie schnatterten ununterbrochen wie zwei Gänse. Und dann, als mir auffiel, dass sie mal aufgehört hatten mit dem Reden, sagte eine zu der anderen: ‚Siehst du sie? Da. An ihrem Mantel. Sieh nur, eine krabbelt ihr über den Rücken.'

Kannst du dir vorstellen, wie es ist, wenn du einfach weißt, dass ein anderer über dich redet? Nun, so habe ich mich gefühlt. Ich wusste, sie sprachen über mich und dass sie glaubten, eine Laus gesehen zu haben. Aber ich wusste auch, dass ich keine Läuse hatte. Du weißt ja, wie peinlich genau ich auf Sauberkeit achte."

„Besessen, fanatisch", stimmte Edith zu.

Ursel sah sie an. „Diese Worte hätte ich nicht unbedingt gewählt", meinte sie.

„Die Frauen hinter dir – sie dachten, du hättest Läuse."

Ursel nickte. „Ich ignorierte sie. Sie sprachen lauter. ‚Warum müssen wir hinter einer Frau stehen, die Läuse hat?', sagten sie.

‚Wir bekommen bestimmt selbst Läuse, nur weil wir unseren hungrigen Familien Fleisch vorsetzen wollen.'

Mir wurde immer beigebracht, dass es keinen Streit geben kann, wenn eine Seite nicht mitmacht, so blieb ich mir treu und ignorierte sie. Das ging eine Stunde lang so weiter. Dann zwei. Dann drei. Die anderen Frauen in der Schlange wurden langsam ärgerlich. Nicht wegen der beiden Frauen, sondern wegen mir. Sie blickten mich finster an, beschimpften mich, sagten mir, ich solle gehen und ich hätte kein Recht, sie mit meinen Läusen anzustecken und sie würden sie dann vielleicht an ihre Kinder und Babys weitergeben."

„Was hast du gemacht?"

„Ich habe meinen Mantel und Schal fester um mich gewickelt und ignorierte sie. Als das nichts nützte, versuchte ich ihnen zu erklären, dass ich gar keine Läuse hätte. Aber sie hörten nicht. Eine weitere Stunde verging. Sie ließen mir einfach keine Ruhe. Schließlich wurde es mir zu viel. Ich konnte es einfach nicht mehr ertragen. Ich verließ die Schlange und rannte zurück in das Zimmer, in dem wir untergekommen waren. Natürlich war ich in Tränen aufgelöst. Deine Mutter fragte, was passiert sei. Während ich es ihr erzählte, zog ich meinen Mantel aus und eine tote Laus fiel auf den Boden."

Edith erschauderte.

„Genau", sagte Ursel.

„Also hattest du wirklich Läuse."

Ursel schüttelte den Kopf. „Deine Mutter sagte, sie hätte so etwas schon vorher erlebt. Sie erzählte mir, eine der Frauen hätte sie mir auf den Rücken gesetzt, um mich aus der Schlange zu vergraulen."

„Sie haben das gemacht, um in der Schlange eine Position weiter vorzurücken?"

„Eine Position konnte damals den Unterschied bedeuten zwischen Fleisch für die Familie oder mit leeren Händen nach Hause zu gehen."

„Und war Mutter böse mit dir?"

„Sie ging mit mir zu der Metzgerei zurück. Die Schlange war verschwunden und auch alles Fleisch. Mir war schrecklich zu Mute. Ich hatte sie und dich im Stich gelassen. Ich wollte nichts weiter als nach Hause zu gehen und zu weinen, aber dann nahm deine Mutter mich an der Hand und ging mit mir in den Metzgerladen. Sie erzählte dem Metzger meine Geschichte und fragte, ob er wirklich gar nichts mehr für uns hätte. Der Metzger war sehr freundlich und die Geschichte schien ihn zu rühren. Er gab uns einen Knochen für einen Eintopf und hat uns nicht mal was dafür berechnet."

Auf der anderen Seite der Fabrik ging die Tür zum Büro des Produktionsleiters auf. Monika kam heraus. Sie schlängelte sich zwischen den Nähmaschinen hindurch. In der Hand hielt sie ein gelbes Blatt. Ihr Gesicht war zu einer Maske erstarrt; sie zeigte keinerlei Emotionen.

Ursel beendete schnell ihre Erzählung: „So schlimm diese ‚Drei-Koffer-Jahre' auch waren – deine Mutter hat durchgehalten und hat die Suche nach den anderen Kindern nie aufgegeben. Sie wollte sie unbedingt zurückholen."

Monika hatte sie schon fast erreicht.

„Aber sie kann nicht Herrn Parker für alles verantwortlich machen, was während dieser Jahre passiert ist", flüsterte Edith.

„Das tut sie auch nicht. Doch sie gibt ihm die Schuld daran, dass wir in eine Situation gerieten, wo uns die Kinder weggenommen wurden. Wenn du deine Mutter verstehen willst, musst du wissen, was sie durchgemacht hat. In ihr schwelen viel Zorn und Wut. Parker ist ihr Blitzableiter."

„Du bist gar nicht so", meinte Edith, „und du hast das auch alles durchgemacht."

Ursel sah auf. Monika hatte das Ende ihrer Nähmaschinenreihe erreicht.

„Deine Mutter ist die Starke. Wenn alles von mir abgehangen hätte, wäre keiner von uns jetzt noch am Leben."

Ursel und Edith konzentrierten sich wieder auf ihre Näharbeiten, als Monika sie erreichte. Sie setzte sich auf ihren Platz neben Ursel.

Wortlos machte sie sich wieder an die Arbeit. Die Nadel an ihrer Maschine wurde lebendig.

Nach einigen Minuten, nachdem die anderen Arbeiter aufgehört hatten, sie neugierig anzustarren, sagte sie: „Er wird eine Versammlung einberufen."

Das letzte bisschen Energie, das Edith noch in sich hatte, schmolz nun dahin. Sie sank in sich zusammen. Diese Schicht würde nie enden.

„Er ist enttäuscht von den Produktionszahlen", erklärte Monika, „und der Meinung, wir wüssten nicht zu schätzen, was die Partei für uns getan hat. Und darum beruft er eine Versammlung ein, um die Arbeiter zu motivieren."

Kaum hatte sie das ausgesprochen, als die Tür des Büros sich öffnete. Der Schichtleiter kam zuerst heraus – ein kleiner Mann mit einem Schnurrbart, wie Stalin ihn getragen hatte, und einem hervorstehenden Bauch, über dem sich der Hemdstoff spannte. Ihm folgte sein Vorgesetzter, Herr Gellert.

Sie begaben sich zu einem Holzpodium, auf dem ein Tisch mit einer Lautsprecheranlage stand. Schalter wurden umgelegt. Das Mikrofon wurde mit fünfmaligem Klopfen ausprobiert. Nicht dreimal, nicht sechsmal. Es waren immer fünf Mal. Dann ertönte die Stimme des Schichtleiters, sehr verhaucht und verzerrt durch die Verstärkung, weil er das Mikrofon immer so fest an die Lippen presste.

„Ich bitte um Ihre Aufmerksamkeit", sagte er. „In zehn Minuten, am Ende der Schicht, wird es eine Arbeiterversammlung geben. Die Teilnahme ist zwingend. Eine Anwesenheitsliste wird geführt. Das ist alles."

Es gab keine hörbare Reaktion. Enttäuschung oder verärgerte Rufe würden auf fehlenden Parteigeist schließen lassen, was Entlassung oder härtere Vergeltungsmaßnahmen zur Folge haben würde. Aber die Ehepartner und Kinder würden am Abend in ihren Wohnungen ganz bestimmt Entsprechendes zu hören bekommen.

Zehn Minuten später verstummte das Surren der Nähmaschinen. Die Frauen blieben an ihrem Platz hinter den Maschinen sitzen, während ein Parteisprecher nach dem anderen vor das Mikrofon trat.

Es war der längste und heißeste Tag in Edith Schumachers Leben.

7

Auf dem Heimweg von der Fabrik wurde nur wenig gesprochen. Die Hitze und dazu die Arbeiterversammlung hatten die Frauen aller ihrer Energie beraubt, aber das war nicht der einzige Grund. Sie hatten gelernt, vorsichtig zu sein mit dem, was sie in der Öffentlichkeit sprachen.

Es war allgemein bekannt, dass Ostberliner ein Doppelleben führten – das eine tagsüber parteikonform, das andere abends in der Privatsphäre ihrer Wohnungen. Persönliche Meinungen behielt man für sich und das aus gutem Grund. Die falsche Meinung der falschen Person anvertraut, manchmal sogar einem Familienmitglied, galt als kriminell.

Darum waren die Frauen in der Öffentlichkeit immer auf der Hut. Die Partei hatte überall Ohren. Ein Ausrutscher konnte bestenfalls zum Verlust einer Position und von Privilegien führen. Schlimmstenfalls konnte er ihnen den Besuch der Behörden einbringen oder sogar eine Verhaftung. Wie es schien, hatte jeder eine Geschichte von einem Onkel oder einem Mitarbeiter zu erzählen, der der falschen Person etwas anvertraut oder in einem Restaurant zu laut gesprochen hatte.

„Ich werde mit Edith noch zu Kirsch gehen“, erklärte Monika. „Sie braucht eine neue Bluse. Möchtest du mitkommen?“

„Nein, danke. Ich gehe nach Hause und fange schon mal mit dem Abendessen an.“

„Es wird nicht lange dauern.“

„Winke Herrn Puttkamer für mich zu“, sagte Edith.

Herr Puttkamer war der Spion ihres Wohnkomplexes. Er bekam alles mit, was im Flur vor sich ging. Vor seiner Pensionierung war er Schichtleiter in der Schuhfabrik gewesen und natürlich treues Parteimitglied. Jetzt wohnte er in einer Wohnung am Ende des Flures, von wo aus er den Flur durch ein Guckloch permanent im Auge behielt. Er hatte schon Leute an die Behörden verraten, weil sie zu später Stunde Besuch bekommen hatten oder weil sie unregelmäßig nach Hause kamen. Manchmal schlich er durch die Korridore und lauschte an den Türen, um dann jeden zu verraten, der verbotenerweise einen Westsender eingeschaltet hatte.

Vor Jahren, als Edith klar geworden war, dass Herr Puttkamer sie immerzu beobachtete, hatte sie angefangen, ihm zuzuwinken. Manchmal fand Monika sie im Flur vor seiner Tür sitzend. Sie unterhielt sich mit ihm. Als sie fragte, was sie da tue, erklärte Edith ihr, Herr Puttkamer würde ihr Geschichten erzählen. Zuerst hatte sich Monika nichts dabei gedacht, bis sie merkte, was für Geschichten Puttkamer ihr erzählte.

Darin ging es um Reisen in Länder, in denen Muskelfrauen Überfälle auf die männliche Bevölkerung ausübten, oder um die Mariposa-Inseln, wo die Eingeborenen eine transparente Haut hätten, sodass man bei ihnen die Verdauungsorgane in Aktion beobachten könnte, oder darum, dass die Beine der Frauen in Amerika so schwach seien, dass sie keinen halben Kilometer zu Fuß laufen könnten und deshalb so viel mit dem Auto fahren würden. Daraufhin wurden die Erzählstunden unterbunden.

Allein bog Ursel in die Kellerstraße ein. Vor dem Eingang zu Haus Nummer 23 kramte sie in ihrer Tasche nach den Schlüsseln zur Wohnung.

„Miau."

Das Geräusch ließ sie innehalten. Vor allem, weil es von einer Männerstimme kam. Er trat aus dem Schatten. Obwohl sie ihn mehr als sechzehn Jahre lang nicht gesehen hatte, erkannte Ursel ihn sofort.

„Toba!"

* * *

„Wo lebst du?", fragte Ursel. „Wie hast du uns gefunden? Und woher wusstest du, dass ich vor dem Eingang stand?"

Sie und Toba saßen nebeneinander auf dem Sofa. Sie hielt seine Hände. Normalerweise hätte sie eine solche Vertrautheit mit einem jungen Mann niemals zugelassen, aber das hier war Toba.

Wenn Menschen, die sehen können, sich nach langer Zeit wieder sehen, dann kann ein einziger Blick die Jahre der gemeinsamen Erinnerungen wieder heraufbeschwören. Bei Toba ging das über die Hände.

Natürlich hatte sie ihn in die Wohnung gebeten, und sie hatte sich nichts dabei gedacht, bis sie ein deutliches „ts, ts, ts" aus der Wohnung am Ende des Flures gehört hatte. Herr Puttkamer. Sie wusste, wie das aussehen musste, dass sie einen jungen Mann in die Wohnung bat, aber das war ihr egal. Um ihn würde sie sich später kümmern.

Toba schien es nicht eilig zu haben, ihre Fragen zu beantworten. Seine Augen waren geschlossen und ein zufriedenes Lächeln umspielte seine Lippen, während er ihren Handrücken streichelte.

„Eine meiner frühesten Erinnerungen ist dein Duft", sagte er. „Eigentlich erinnere ich mich an zwei Düfte aus jener Nacht."

„Das ist erstaunlich!", rief Ursel.

„Der andere Duft war ein Parfüm. Ich kenne den Namen nicht und seither habe ich es nicht oft gerochen, aber wann immer das der Fall ist, überläuft es mich eiskalt."

„An dem Abend, an dem ich dich gefunden habe", erzählte Ursel, „war noch eine andere Frau da. Eigentlich hat sie dich gefunden."

„Aber du hast mich gerettet."

„Du hast ihr Angst gemacht."

„Sie mochte mich nicht. Das habe ich gespürt."

„Das ist schon so lange her. Wie kannst du dich an einen Geruch von vor so langer Zeit erinnern?"

Toba lächelte. „Ich erinnere mich an dich, als wäre es gestern gewesen."

„Aber ich benutze kein Parfüm."

Sein Lächeln wurde noch breiter. „Du hast mich an dich gedrückt. Ich habe mich sicher gefühlt."

„An diesem Abend musste ich den weiten Weg zurück zur Klause zu Fuß zurücklegen."

„Du hast schwer geatmet."

„Ich bin gerannt."

„Ich wollte für immer in deinen Armen bleiben."

Ein Geräusch an der Wohnungstür: Ein Schlüssel wurde ins Schloss gesteckt. Monikas Stimme ertönte von der anderen Seite. „Wir werden es morgen noch mal versuchen", sagte sie.

Die Tür öffnete sich. Monikas Kopf war gesenkt, denn sie zog den Schlüssel aus dem Schloss. Edith stand hinter ihr und drehte sich zu der Wohnungstür am Ende des Flures um. Sie winkte. „Hallo, Herr Puttkamer!", rief sie mit lauter Stimme.

Als Monika aufsah, war sie verblüfft, dass Ursel nicht allein war. Dann: „Toba?"

Die Wiedervereinigung begann mit diesem köstlichen Augenblick der Ungläubigkeit. Toba stand von einem Ohr zum anderen grinsend im Zimmer. Monika eilte auf ihn zu und warf die Arme um ihn. Als Edith seinen Namen hörte, folgte sie ihr mit strahlendem Gesicht. Ganz eindeutig wollte auch sie ihn umarmen, sehnte sich so sehr danach, ihn zu umarmen, doch eine Schüchternheit hielt sie zurück, die von den Jahren der Trennung herrührte.

Und als sie an der Reihe war, Toba zu begrüßen, entschied sich Edith für eine zurückhaltende Begrüßung. Statt ihn in den Arm zu nehmen, strich sie ihm liebevoll über die Schulter. Tobas Reaktion war ähnlich zurückhaltend. Er errötete und winkte unbeholfen.

* * *

„Hermann ist der Mensch-ärgere-dich-nicht-König", erzählte Toba. „Er braucht eine Fünf – wum! – er würfelt eine Fünf. Anni wird dann so böse auf ihn."

Es war schon spät. Die drei Frauen und Toba saßen am Küchentisch. Sie hatten nur drei Stühle, darum saß Toba auf einem Hocker, niedriger als die anderen. Manchmal sah er aus und redete wie ein kleiner Junge, genau so, wie sie ihn in Erinnerung hatten, nur dass seine Stimme jetzt viel tiefer war. Daran mussten sie sich erst noch gewöhnen.

Toba erzählte von den anderen, die er „Die sechs von Hadamar" getauft hatte. Zwar waren nur fünf von ihnen in K7, doch bei der Auswahl des Namens hatte er Edith mit einbezogen in der Hoffnung, dass sie eines Tages wieder zu ihnen gehören würde.

Nach Tobas Erzählungen war Hermann nicht nur der „Mensch-ärgere-dich-nicht-König", er war der Intellektuelle unter ihnen. Zwar hemmte sein Klumpfuß ihn in seiner Bewegungsfreiheit, doch sein Verstand schien dafür umso schneller zu arbeiten. Er verbrachte seine Zeit mit Lesen und dem Erlernen von fremden Sprachen. Fünf Sprachen beherrschte er bereits, jetzt lernte er die sechste.

Anni behauptete, er würde ihnen etwas vormachen. Woher sollten sie wissen, ob er tatsächlich Französisch, Russisch, Englisch, Schwedisch und Italienisch sprach? Keiner in K7 beherrschte auch nur eine einzige dieser Sprachen. Und ganz gewiss nicht Latein, seine sechste Sprache. Woher sollten sie wissen, dass er sie nicht einfach nur zum Narren hielt? Annis Gerede ließ Hermann kalt. Er hörte einfach nicht zu.

„Den größten Teil des Tages ignorieren wir sie einfach", berichtete Toba.

Viktor liebte das Radio. Er saß sehr oft davor. Die Pfleger neckten ihn wegen seines Down-Syndroms.

Marlene war so still und freundlich wie immer, immer noch recht gehemmt wegen ihrer Hasenscharte. Wenn sie sprach, versteckte sie ihre Lippe.

„Zeichnet sie noch?", fragte Monika. Seit sie die Wohnung betreten hatte, war das Strahlen nicht aus ihrem Gesicht gewichen. Sie sog jedes Wort von Tobas Geschichten in sich auf.

„Marlene zeichnet noch. Und sie malt auch. Vorwiegend mit Wasserfarben, weil sie nicht so viel kosten. Aber sie würde gern mit Ölfarben malen, und Herr Witzell versucht, ihr welche zu beschaffen. Ich glaube, er muss das ins Budget aufnehmen oder so."

„Und was ist mit Anni?", fragte Ursel.

Toba seufzte genervt. „Anni ist immer noch Anni", sagte er.

„Du musst uns schon mehr erzählen", sagte Monika.

Toba verzog das Gesicht. „Nun ... sie sitzt den ganzen Tag herum und bürstet sich die Haare – als ob das was nützen würde. Und wenn sie das nicht macht, bringt sie uns andere zur Weißglut."

Die drei Frauen tauschten amüsierte Blicke.

„Herr Witzell, ist das ein guter Mensch?", fragte Monika. Zuerst hatten sie alle drei Toba mit Fragen bestürmt, schneller, als er sie beantworten konnte. Monika hatte schließlich die Rolle der Fragestellerin übernommen, um ihn nicht zu verwirren.

„Herr Witzell ist der Beste", erwiderte Toba. „Er passt auf uns auf. Nur ist er leider alt. Einige der Pfleger sagen, er sei viel zu alt, er hätte schon vor Jahren in Rente gehen sollen."

„Und warum tut er es nicht?"

„Ich glaube, wir sind der Grund dafür", erklärte Toba. „Ich glaube, er hat Angst, dass man uns trennen wird, wenn ein anderer die Leitung übernimmt. Marlene sagt, er sei unser Schutzengel."

„Er scheint wirklich ein guter Mensch zu sein", meinte Monika.

„Einmal hat ein Pfleger, ein Typ mit Namen Fricke, auf Viktor herumgehackt. Er hat ihn beschimpft und ließ ihn den Boden mit seinem Hemd aufwischen, weil Viktor übel geworden war und er sich übergeben hatte. Viktor ist nicht besonders stark, darum habe ich mich vor ihn gestellt. Und dann haben Fricke und zwei Pfleger mich zu Boden geworfen und mich schließlich in einem Schrank eingeschlossen. Sie wollten mich herauslassen, bevor Herr Witzell auftauchte, doch sie haben Skat gespielt und mich ganz vergessen. Als Herr Witzell das erfuhr, hat er alle drei zur Schnecke gemacht und vor allem Fricke. Noch nie zuvor hatte ich ihn zornig erlebt. Wie ich schon sagte, er passt auf uns auf."

„Ich würde Herrn Witzell gern eines Tages kennen lernen", meinte Monika.

„Kann ich jetzt eine Frage stellen?"

Die drei Frauen lachten. Fast zwei Stunden lang hatten sie Toba mit Fragen bombardiert.

„Nur zu", forderte Monika ihn auf.

„Was ist aus Konrad geworden?"
Eine unbehagliche Stille legte sich über den Raum. Die drei Frauen sahen sich an. Zuerst Park, jetzt Toba. Zum zweiten Mal in dieser Woche hatte jemand nach Konrad gefragt.
Schließlich erzählte ihm Ursel, was passiert war. Toba war über die Neuigkeiten erschüttert.
„Ich habe Konrad immer für einen Helden wie Siegfried gehalten, wisst ihr? Unbesiegbar", erklärte er. „Was ist mit seinem bösartigen Bruder?"
„Toba!", ermahnte Monika. „Willi ist nicht bösartig. Wie kommst du nur darauf?"
Toba zuckte die Achseln. „Ich spüre so etwas", erwiderte er.
„Wir wissen nicht, was aus Willi geworden ist", berichtete Ursel.
Edith wechselte das Thema. „Also, wie lange kannst du bleiben?"
„So lange ich will."
„Wann erwartet Herr Witzell dich zurück?", fragte Monika.
„Gar nicht. Ich bin weggelaufen."
„Weggelaufen! Toba! Wir müssen Herrn Witzell anrufen und ihm sagen, dass es dir gut geht", bestimmte Monika.
„Herr Gellert besitzt ein Telefon", sagte Monika zu Ursel.
Ursel wand sich. „Er mag es nicht, wenn andere Leute von seinem Apparat aus telefonieren", erklärte sie. „Und ich würde ihn nur ungern damit behelligen."
„Wir brauchen nicht anzurufen", wandte Toba ein.
„Das ist das Mindeste, was wir tun können", meinte Ursel. „Herr Witzell muss außer sich sein vor Sorge."
„Er weiß, wo ich bin."
„Er weiß es?", fragte Monika.
„Er ist mir gefolgt. Nur weiß er nicht, dass ich weiß, dass er es weiß."
Monika blickte Ursel an. „Verstehst du das?"
Toba grinste. „Was meint ihr, wer mir eure Adresse gegeben hat?"
„Warte, ich bin verwirrt", sagte Monika. „Du hast gesagt, du seist davongelaufen."

„Genau."
„Aber Herr Witzell hat dir unsere Adresse gegeben."
„Ich habe sie zufällig gehört. Ich glaube, das war Absicht."
Die drei Frauen wurden seltsam schweigsam, und erst in diesem Augenblick kam Toba der Gedanke, dass die Umstände, die ihn in die Kellerstraße Nummer 23 geführt hatten, vielleicht nicht unbedingt gut waren.

8

„Wieso hast du uns nicht geholt?“

Dies war die zweite Frage, die Toba stellte. Sie war noch schwerer zu beantworten als die erste.

„Wir haben darauf gewartet“, fuhr er fort, „alle, außer Anni. Aber ich habe den anderen immer gesagt, du würdest uns eines Tages holen. Konrad ganz sicher. Natürlich wusste ich nicht, dass er tot ist.“

Monika zuckte zusammen.

„Anni hat immer gesagt, ich sei verrückt.“ Er lachte. „Na, die wird Augen machen!“

Monika ergriff Tobas Hand. „Wir haben euch gesucht“, erklärte sie. „Wir haben es über jede Organisation versucht, jede Behörde, die uns einfiel. Nach einer Weile konnten wir einfach niemanden mehr fragen.“

„Nun, jetzt wisst ihr ja, wo wir sind!“

„Und was genau erwartest du von uns, Toba?“, fragte Monika. Ihr Tonfall war weich, mitfühlend, doch es fehlte ihm jegliche Hoffnung.

Toba wirkte verletzt, dass sie überhaupt fragte.

„Hol uns nach Hause“, sagte er.

Monika drückte seine Hand. „Das wird man nicht zulassen. Der Staat ist euer Vormund. Darum haben sie euch uns überhaupt erst weggenommen.“

„Dann rette uns“, sagte Toba. „Rette uns, wie Pastor Schumacher uns gerettet hat, als wir noch klein waren.“

„Hadamar“, sagte Ursel. „Das ist schon so lange her, als wäre es in einem anderen Leben gewesen.“

„Und wohin sollen wir euch bringen?“, fragte Monika mit lauter werdender Stimme. Sie fühlte sich immer mehr in die Ecke gedrängt, in eine Position, wo sie sich verteidigen musste. „Hier haben wir keinen Platz für euch.“

„Das ist doch schon mal gegangen", sagte Toba.

„Nein", erklärte Monika und erhob sich. „Nein, das ist nicht schon einmal gegangen. Josef hat es getan. Josef und der Sturmbannführer Wolff und ... und dieser andere."

„Adolf", ergänzte Ursel.

Monika lief im Zimmer umher. „Die Situation damals war anders", erklärte sie. „Ihr wärt umgebracht worden. Jetzt seid ihr nicht in Gefahr. Ihr bekommt zu essen. Ihr habt Kleider, ein Dach über dem Kopf, und Herr Witzell wacht über euch."

„Aber ihr seid doch unsere Familie", wandte Toba ein.

Ursel, die finster vor sich hinbrütete, senkte den Kopf. Edith saß mit verschränkten Armen und zusammengepressten Lippen daneben.

„Wir werden euch besuchen", schlug Monika vor. „Wir werden Ausflüge machen, die Ferien zusammen verbringen."

„Konrad hätte uns geholt."

Das saß. Monikas Schmerz hätte nicht schlimmer sein können, wenn Toba sie geschlagen hätte. Es dauerte eine Weile, bis sie sich erholt hatte. „Du kannst heute Nacht hier bleiben", sagte sie. „Morgen werden wir alles für deine Rückkehr vorbereiten."

„Aber wir haben doch kein Telefon", wandte Edith ein.

Monika verließ die Küche, ohne gute Nacht zu sagen.

* * *

Toba stand neben dem Sofa, während Edith ihm mit einem Laken und einer Decke ein Bett machte. „Es ist ziemlich heiß", bemerkte sie.

Ursel hatte gute Nacht gesagt und war Monika ins Schlafzimmer gefolgt. Durch die Wand hörten sie gedämpftes Stimmengemurmel.

„Vielleicht hätte ich nicht kommen sollen", sagte Toba.

„Ich bin froh, dass du gekommen bist", erwiderte Edith schnell, vielleicht ein wenig zu schnell.

Sie stand vor ihm. Am liebsten hätte sie ihm einen Gutenachtkuss gegeben. Nur ein schneller Kuss auf die Wange. Und beinahe hätte sie es auch getan, doch dann traute sie sich doch nicht.

Toba setzte sich auf das Sofa. „Ich erinnere mich, dass Konrad in der Klause immer auf dem Sofa geschlafen hat.“

„Ich habe dir eine Tasse in die Küche gestellt“, sagte Edith, „für den Fall, dass du heute Nacht Durst bekommst.“

„Danke, aber ich schlafe ziemlich gut.“

Er wartete darauf, dass sie ging. Sie fragte sich: *Wird er sein Hemd ausziehen? Auch seine Hose? Hier im Wohnzimmer?*

Bei diesen Gedanken errötete sie. Nicht, dass sie bewusst darüber nachgedacht hätte. Die Gedanken waren einfach so gekommen, sie hatte gar nichts dagegen unternehmen können.

„Gute Nacht, Toba.“

Eigentlich wollte sie noch mehr sagen, aber im Augenblick brachte sie nicht mehr heraus aus Angst, sich selbst zu verraten.

Toba streckte sich auf dem Sofa aus. „Edith?“

„Ja?“

„Magst du eigentlich Frank Sinatra?“

„Ihhh. Nein! Er singt doch nur Lieder für alte Leute. Warum?“

„Nur so.“

9

Freitag, 18. August 1961

Ursel hatte mittlerweile erkannt, dass es zwecklos war, zu reden, wenn Herr Gellert seine Pfeife anzündete. Das war eine ganz private Angelegenheit. Als sie das erste Mal sein Ritual des Pfeifenanzündens miterlebt hatte, hatte sie sich unbehaglich gefühlt, als wäre sie in seine Intimsphäre eingedrungen. Im Laufe der Zeit hatte sie sich daran gewöhnt.

Der Mann, der seine Pfeife stopfte, war selbstgefällig und wählerisch. Wenn er erkannt hatte, wie etwas funktionierte, dann erledigte er diese Aufgabe immer nach demselben Muster. Ursel konnte nur raten, wie viele Jahre Herr Gellert dieses Ritual des Pfeifenanzündens einstudiert hatte.

Mit der Pfeife in der Hand öffnete er die Tabakdose. Er rauchte nur eine bestimmte Tabakmarke und gab der Haushälterin strikte Anweisungen, dafür zu sorgen, dass sein Vorrat immer frisch war. Dann stopfte er genüsslich seine Pfeife, zuerst mit den Fingern, dann mit einem silbernen Pfeifenstopfer. Ursel war sicher, dass es einen Namen für dieses besondere Gerät gab, aber er fiel ihr nicht ein, und es interessierte sie auch nicht so sehr, dass sie ihn gefragt hätte.

Als Nächstes kam das Anzünden des Streichholzes – mit einer großartigen, ausschweifenden Geste. Wenn die Flamme mit dem Tabak in Berührung kam, schloss Herr Gellert immer die Augen.

Danach kam das saugende Geräusch, ein schrecklicher Zischlaut. Wenn der Tabak nicht sofort Feuer fing, wurde das Zischen lauter, begleitet von einem Stirnrunzeln. Die letzte Phase des Rituals war das *Ahhhh*. Herr Gellert lehnte sich mit noch immer geschlossenen Augen in seinem Sessel zurück und genoss beglückt die ersten Züge. Ein halbes Dutzend Züge brauchte er, bevor er bereit war, sich der Welt außerhalb seiner Pfeife wieder zu stellen.

Ursel hatte ein aufgeschlagenes Buch auf dem Schoß liegen –

Herr Gellert hatte beschlossen, dass sie lesen sollte – und starrte den Mann an, den sie heiraten würde. Diese Entscheidung war ganz langsam gereift.

Liebte sie ihn?

Noch nicht, aber sie glaubte, ihn eines Tages lieben zu können. Und es war nicht so, als hätte sie viele Möglichkeiten gehabt. Eigentlich war er der Einzige gewesen. Männer ihres Alters waren in den Nachkriegsjahren Mangelware. Und die wenigen allein stehenden Männer waren entweder sehr jung, sehr alt oder litten an Kriegsverletzungen.

Eines Tages, kurz nach dem Tod seiner Frau, war Herr Gellert in der Fabrik an ihre Maschine getreten. Irgendwie war es süß gewesen. Er hatte keinen Grund gehabt, so lange dort zu stehen, wie er es tat. Er hatte nicht über die Arbeit gesprochen, sondern einfach dagestanden und mit ihr geplaudert, was nicht unbedingt seine Stärke war.

„Er wirbt um dich", hatte Monika gesagt. Edith hatte ihr grinsend zugestimmt.

Sie hatten natürlich Recht gehabt, aber damals wollte Ursel das nicht zugeben. Immer häufiger hatte er sich dann unter einem Vorwand in der Nähe ihrer Nähmaschine aufgehalten. Er war sehr freundlich zu ihr, machte ihr kleine Geschenke, lud sie zum Abendessen ein, und Ursel lernte eine Welt kennen, in der man nichts vom Schlangestehen, Engpässen und Entbehrungen wusste. Noch nie hatte sie solchen Komfort genossen. Und es gefiel ihr.

Es war, als würde man in einen Laden kommen, in dem es genügend Fleisch und andere Lebensmittel gab und man der einzige Kunde war. Und nicht nur für sie war genug da, sondern auch für Monika und Edith.

Herr Gellert machte es sich in seinem Sessel bequem und rauchte zufrieden seine Pfeife.

Er hatte sie nur einmal geküsst und nur auf die Wange. Hinterher hatte er sich dafür entschuldigt.

Nach einem Abendessen in einem vornehmen Restaurant auf der Straße *Unter den Linden* waren sie in die Oper gegangen. In dem Lokal war es üblich, dass der Kellner neben dem Tisch stehen blieb und andere losschickte, um einen zu bedienen. In diesem Restaurant lagen unterschiedliche Tischdecken auf den Tischen, und auf jedem Tisch standen Pfeffer- und Salzstreuer. In allen anderen Restaurants, die Ursel bisher besucht hatte, lag das Besteck auf einem Teller in der Mitte des Tisches, und die Pfeffer- und Salzstreuer wurden von allen anderen Gästen im Restaurant geteilt.

Herr Gellert und Ursel speisten allein.

Vielleicht war es der Wein zum Abendessen, vielleicht war Waldemar – Herr Gellerts Vorname – auch nur etwas übermütig gewesen, auf jeden Fall hatte er sich, als sie vor der Oper aus dem Taxi ausstiegen, impulsiv vorgebeugt und sie auf die Wange geküsst. Das hatte sie beide schockiert. Den Rest des Abends war Waldemar ziemlich schweigsam gewesen. Später hatte er sich für den Kuss entschuldigt.

„Ich habe den Kopf verloren!“, gestand er. „Was habe ich mir nur dabei gedacht? Und wenn das nun jemand beobachtet hätte? Ein so unziemliches öffentliches Schauspiel. Ich könnte meine Position in der Partei verlieren. Es war dumm, so etwas zu tun. Einfach nur dumm!“

Wie sich herausstellte, verlor er seine Position nicht, auch nicht sein Ansehen in der Partei. Doch von diesem Abend an verhielt er sich ihr gegenüber in der Öffentlichkeit sehr distanziert. Er war immer auf der Hut und achtete darauf, dass seine Gefühle nicht wieder mit ihm durchgingen.

Für einen Kommunisten war er ein guter Mensch. Er behandelte sie gut. Nach ihrer Kindheit mit einem gewalttätigen Vater war das Ursel sehr wichtig.

Er war ein loyales Parteimitglied. Aber wer war das heutzutage nicht? Obwohl sie zugeben musste, dass seine Ausführungen über die Partei manchmal recht lästig sein konnten.

„Der Himmel ist ein kommunistischer Staat“, sagte er oft zu ihr. „Gut ist, was von harter Arbeit kommt. Böse ist, was jeden Tag auf den westlichen Sendern gesendet wird.“ Diese Worte stammten von ihm, und er fand sie sehr tiefsinnig. Vielleicht zitierte er sie deshalb so oft.

Herr Gellerts Haus zeugte von seinem Wohlstand. Es war groß, geräumig und erstaunlich unkonventionell, was Ursel seinen vier verflossenen Frauen zuschrieb, die alle älter gewesen waren als Herr Gellert.

Da war Rikka, die er kurz vor dem Krieg geheiratet hatte. Sie starb an einer Gallenkrankheit kurz nach der Geburt ihres Sohnes, Waldemar Gellerts einzigem Kind. Der Junge war mittlerweile dreiundzwanzig und arbeitete als Goldschmied in München. Herr Gellert hatte nicht mehr mit ihm gesprochen, seit der Junge im Alter von achtzehn Jahren von zu Hause fortgelaufen war, anstatt Kommunist zu werden.

Nach Rikka heiratete er Hertha. Sie war zwanzig Jahre älter als er. Ihr erster Mann, ein Nazi-Offizier, war bei dem Marsch auf Stalingrad ums Leben gekommen. Sie heiratete Waldemar vermutlich nur deshalb, weil er gerade zur Verfügung stand.

Dann war da seine dritte Frau, Verena. Verena war gerade Witwe geworden, depressiv und sehr reich. Nach nur sechs Monaten Ehe verließ sie Herrn Gellert mit einem sehr gut aussehenden jungen Hauptmann.

Und schließlich kam noch Katharina, eine Krankenschwester, die Herr Gellert im Krankenhaus kennen gelernt hatte, wo ihm die Gallenblase herausgenommen worden war. Sie waren zehn Jahre verheiratet, als Katharina an einer Lebensmittelvergiftung starb. Zwei Wochen nach ihrer Beerdigung fing Herr Gellert an, Ursel den Hof zu machen.

„Ich bin nicht fürs Alleinsein bestimmt“, sagte er einmal zu ihr. „Ich brauche eine Frau.“

Ursel war davon überzeugt, dass Herr Gellert sie liebte, auf seine eigene steife Art. Sie wäre als erste seiner Ehefrauen jünger als er. Bestimmt hatte jede einzelne seiner Verflossenen dem Haus ihre eigene Prägung gegeben.

In dem Raum, in dem sie saßen, lag ein cremefarbener Teppich. Ein Flügel dominierte das Zimmer, obwohl Herr Gellert überhaupt nicht darauf spielen konnte. Eine chinesische Schriftrolle und Amateurgemälde von Landschaften zierten die Wand. Das waren bestimmt Katharinas Beiträge, aber Ursel hatte nie nach der Signatur der Künstler geschaut. Eine Nacktfigur stand in der Ecke. Ursel fand sie vollkommen unpassend für den Besitzer des Hauses. Vermutlich wollte Verena diese Figur haben. Bestimmt gab es eine Geschichte zu dieser Figur, und eines Tages würde sie auch danach fragen, vielleicht bevor sie sie entfernte.

Hunderte Bücher füllten ein Bücherregal, das vom Boden bis zur Decke reichte. Ein antiker Stuhl mit geschwungenen Beinen und einer ovalen Rückenlehne hatte seinen Platz neben dem Fenster gefunden. Eine Reihe von kostbaren Weingläsern zierten das Kaminsims. Da Ursel Herrn Gellerts Leidenschaft für Wein kannte, war dies bestimmt sein Beitrag zur Ausstattung des Raumes. Die Sitzgruppe stand in der Mitte des Zimmers, zwei Sessel und ein kleiner Couchtisch mit einer Lampe und Herrn Gellerts Pfeife samt seiner Tabakdose.

Hier verbrachte Ursel jeden Freitag- und Sonntagabend mit dem Mann, den sie eines Tages heiraten würde.

Herr Gellert räusperte sich. Das war seine Art, ihr anzukündigen, dass er etwas sagen wollte, ähnlich wie in der Fabrik vor der Durchsage immer erst auf das Mikrofon geklopft wurde.

„Es gibt da etwas, das du für mich tun könntest“, begann er.

„Sprich es ruhig aus, Waldemar.“ Erst seit ungefähr einem Monat nannte Ursel ihn beim Vornamen, was ihr immer noch schwer fiel.

„Bist du mal in unserem Laden in Pankow gewesen?“

„Warum um alles in der Welt sollte ich nach Pankow fahren, um Schuhe zu kaufen, wo ich sie doch in der Fabrik bekommen kann?“

Herr Gellert starrte sie an.

„Nein, mein Lieber“, antwortete Ursel. „Ich bin nicht in dem Laden in Pankow gewesen.“

„Ich möchte dich bitten, dorthin zu fahren.“ Er reichte ihr einen gefalteten Zettel vom Tisch.

Ursel beugte sich vor und nahm ihn entgegen. Sie faltete ihn auf. Eine Reihe von Zahlen, die sie als Schuhmodellnummern erkannte, stand darauf. Daneben waren einige Schuhnummern aufgelistet.

Er nahm zwei tiefe Züge von seiner Pfeife, bevor er fortfuhr: „Wir vermuten, dass der Geschäftsführer die Bücher manipuliert."

Ursel ließ den Zettel sinken. „Ich soll ihn ausspionieren?"

„Wir haben ihm ein paar Überraschungsbesuche abgestattet, aber offensichtlich hat er jedes Mal einen Tipp bekommen. Dieses kleine Projekt führe ich allein durch."

Ursel konnte kaum glauben, was sie da hörte. „Waldemar, bei so etwas fühle ich mich nicht wohl", sagte sie.

„Du gehst als Kundin hin. Du betrittst das Geschäft und lässt dir ein paar Schuhe zeigen. Verlange die falsche Größe. Wenn sie nicht passen, muss der Verkäufer nach hinten gehen und eine andere Größe holen. Du wirst ungeduldig und folgst ihm ins Lager, um selbst nach den Schuhen zu sehen. Im Lager überprüfst du die Zahlen auf diesem Zettel. So etwas passiert andauernd. Niemand wird sich dabei etwas denken."

Und wieder konnte Ursel nicht glauben, dass sie ein solches Gespräch führten. „In meinen Ohren klingt das aber ziemlich nach spionieren. Ich bin kein Spion."

„Tu es bitte für mich, meine Liebe", beharrte er. „Niemand wird dich verdächtigen. Du bist die unauffälligste Person, die ich kenne."

An der Art, wie er seine Pfeife hielt und sie ansah, spürte sie, dass die Diskussion beendet war. Und obwohl sie es nach wie vor nicht tun wollte, wusste Ursel, dass sie es doch tun würde.

* * *

Samstag, 19. August 1961

Ursel nahm die S-Bahn nach Pankow. Als sie aus dem Bahnhof kam, ging sie die fünf Straßenzüge zu dem Geschäft zu Fuß. Das bekannte Schild mit der Aufschrift *Schönner-Schuhe* hing in großen Buchstaben mit Schattenwirkung über dem Eingang, sodass der Name aus einem weißen Hintergrund hervorzutreten schien.

„Ich kann kaum glauben, dass ich mich wirklich dazu habe überreden lassen", murmelte sie vor sich hin. Seit dem Abend zuvor schüttelte sie den Kopf über sich. Auch Monika und Edith konnten nicht glauben, dass sie sich von Herrn Gellert zu so etwas hatte drängen lassen. Toba bot an, sie zu begleiten, doch obwohl sich Ursel über seine Begleitung gefreut hätte, hatte sie abgelehnt. Sie wollte ihn Edith nicht wegnehmen, da sie so wenig Zeit miteinander hatten.

Ursel fand den Mut zu ihrem Auftrag, indem sie sich einredete, dass sie ja auch vorher schon spioniert habe. Schließlich war die Rama-Klause ein Standort für Kriegsspionage gewesen. Allerdings hatte sie keine richtigen Spionageerfahrungen gesammelt, und das wusste sie. Sie hatte die Kinder versorgt. Das qualifizierte sie als Hausfrau, nicht als Geheim-Agentin.

Sie hatte überlegt, gar nicht zu gehen, und sich vorgestellt, wie sie Waldemar erklären würde, sie könnte es einfach nicht. Wie würde er reagieren? Das war das Problem: Sie wusste es nicht. Es machte ihr Angst, das nicht zu wissen, und noch mehr Angst machte es ihr, das herauszufinden.

Schon hatte sie den Laden erreicht. Im Zug hatte sie den Zettel hervorgeholt, und seither hielt sie ihn fest in der Hand. Es blieb ihr nichts anderes übrig als hineinzugehen. Die Türglocke schlug an, als sie die Ladentür öffnete.

Der Laden schien leer zu sein. Langsam und möglichst unauffällig schlenderte sie an den Damenschuhen vorbei. Sie erkannte den Stil, auch das billige Material. Sie nahm ein Paar braune Laufschuhe zur Hand. Die Naht war schlecht gemacht, vermutlich von einem der neuen Mädchen in der Fabrik.

„Sie suchen etwas Bequemes?"

Ein Mann mittleren Alters mit dünner werdendem Haar tauchte hinter einem Vorhang auf, der den Ladenraum von dem Vorratslager abteilte. Über dem Vorhang hing ein Schild: *Zutritt nur für Personal.* Der Mann trug ein kurzärmeliges Hemd mit einer braun gefleckten Krawatte.

Ursel reichte ihm den Schuh und bat ihn, ihr diesen Schuh eine

Nummer kleiner zu bringen, als sie eigentlich trug. Der Verkäufer nahm ihr den Schuh ab. Skeptisch wanderte sein Blick zu ihren Füßen, aber er sagte nichts. Offensichtlich verkaufte er schon so lange Schuhe, dass er gelernt hatte, eine Frau nicht zu korrigieren, wenn sie ihm ihre Schuhgröße nannte.

Er verschwand im Lagerraum. Ursel tat so, als würde sie sich einen anderen Schuh ansehen, und verhielt sich bewusst unauffällig. Aber ihr Herz klopfte zum Zerspringen. Und in diesem Augenblick entwarf sie einen neuen Plan – ein Paar Schuhe zu kaufen und so schnell sie konnte aus dem Laden zu verschwinden. Später würde sie für Waldemar eine Ausrede erfinden.

Der Verkäufer kam wieder. Ursel nahm Platz. Natürlich passten die Schuhe nicht. Sie bat den Verkäufer, ihr eine andere Größe zu holen, ihre eigentliche Größe. Der Verkäufer nickte zustimmend, wie um zu bestätigen, dass dies die richtige Größe sei, als das Telefon läutete. Er entschuldige sich und nahm den Anruf entgegen.

Für jemanden, der an dem ursprünglichen Plan hing, hätte es gar nicht besser laufen können. Die Tatsache, dass der Verkäufer selbst den Anruf entgegengenommen hatte, war ein Anzeichen dafür, dass er allein arbeitete. Der Anruf war eine ausgezeichnete Ablenkung, eine maßgeschneiderte Ausrede für sie, Ungeduld vorzutäuschen und selbst auf Entdeckungsreise zu gehen. Aber für jemanden, der den ursprünglichen Plan eigentlich aufgeben wollte, hätte das Läuten des Telefons zu keinem ungünstigeren Zeitpunkt kommen können.

Und dann wurde es noch schlimmer. Der Verkäufer wandte ihr den Rücken zu, beugte sich vornüber und sprach ganz leise, ein Anzeichen dafür, dass er eine Weile beschäftigt sein würde.

„Mist", murmelte Ursel.

Sie stand auf und ging zum hinteren Teil des Ladens. Ein Vorhang trennte ihn vom Lager ab. Schnell schob sie den Vorhang zur Seite und trat in den Lagerraum.

„Ich wollte nicht mehr länger auf Sie warten", probierte sie ihren Text. „Ich wollte nicht mehr länger auf Sie warten." Dann fiel ihr ein anderer Trumpf ein, den sie ausspielen könnte, falls es sein müsste. Ganz offensichtlich war dies ein privates Gespräch. Das könnte sie seinen Vorgesetzten melden, falls es nötig wäre.

Ursel überprüfte die vierstelligen Zahlen auf dem Zettel, den Herr Gellert ihr gegeben hatte. Auf den Schuhkartons in den vorderen Regalen standen nur drei Zahlen. Sie arbeitete sich weiter nach hinten durch. Der Verkäufer telefonierte noch immer.

Drei Reihen weiter hinten im Lager trugen die Schuhkartons vier Zahlen. Sie brauchte die 2743. Am Ende der Reihe merkte sie, dass sie noch immer bei den Zahlenkombinationen mit 26 war. Sie umrundete das Regal zum nächsten Gang. Und dann blieb sie abrupt stehen.

Mitten im Gang stand ein Mann. Vorgebeugt räumte er Schuhkartons in das untere Regal ein. Sein weites weißes Hemd, viel zu groß für ihn, wurde in der Taille von einem Gürtel zusammengehalten, der auch viel zu groß war. Er schien nicht zu bemerken, dass sie hinter ihm stand.

Ursels Instinkte schrien ihr zu, sich leise umzudrehen und in den Laden zurückzukehren. Aber eine innere Stimme ließ sie innehalten. Vermutlich war dies die Stimme von Herrn Gellert, der ihr sagte, erst zu gehen, wenn sie die Zahlen überprüft hatte. Sie konnte einfach keine Entscheidung treffen.

„Kann ich Ihnen helfen?"

Ursel erstarrte. Sie vergaß ihren Text. Ihr einziger Gedanke war: *Lauf davon!* Leider arbeitete ihr Verstand zwar fieberhaft, doch ihre Beine nicht. Sie würde als Spionin entlarvt werden.

Irgendwie war sie sich bewusst, dass der Mann sich umgedreht hatte und sie ansah. Ursels Blick jedoch war auf den Boden geheftet, wie bei einem verängstigten Kind, das bei etwas Verbotenem ertappt worden war.

„Ist dies die Größe, nach der Sie suchen?"

Er griff nach dem Schuh in ihrer Hand. Doch er nahm ihr den Schuh nicht ab. Stattdessen berührte er ihre Hand.

Eine vertraute Berührung. Diese Hand berührte sie nicht zum ersten Mal. Sie wusste es in dem Augenblick, da seine Hand ihre traf. Ursel starrte die Hand an und der Anblick weckte in ihr eine Unmenge schlummernder Erinnerungen. Aber das konnte nicht sein!

Sie blickte auf. Beinahe hätte sie ihn nicht erkannt; er war so dünn, ein Schatten seiner selbst.

10

Ursel stürmte atemlos durch die Tür. Edith und Toba saßen auf der Couch. Edith nahm hastig ihre Hand von Tobas Knie und legte sie auf ihren Schoß. Toba drehte sich zur Tür um. Doch wie sich herausstellte, wurde ihre Verlegenheit nicht bemerkt.

„Ist deine Mutter da?“, fragte Ursel keuchend.

„In der Küche. Stimmt was nicht?“

Ursel schnappte nach Luft. Sie konnte nur ahnen, wie sehr ihr plötzliches Auftauchen die anderen erschreckte. Herr Puttkamer war vermutlich vor Neugier ganz außer sich.

Monika kam aus der Küche. Sie trocknete sich die Hände an einem Geschirrtuch ab. „Was ist los?“

Ursel ließ sich gegen die Tür sinken. Sie war noch ganz durcheinander und wusste nicht, wo sie anfangen sollte.

„Liebes? Alles in Ordnung?“, fragte Monika in höchster Besorgnis. „Der Schuhladen! Es ist etwas passiert, nicht wahr? Du hättest gar nicht gehen sollen.“

„Du bist ertappt worden!“, rief Edith. „Du bist ertappt worden, oder?“

Ursel wusste genau, was sie sagen wollte, sie hatte nur nicht genügend Luft, um es auszusprechen. Oder nicht genügend Selbstbeherrschung. Denn als sie glaubte, wieder reden zu können, schwappten die Gefühle in ihr hoch und erstickten ihre Worte.

„Komm hierher, Liebes“, sagte Monika.

Edith und Toba räumten die Couch.

Ursel hatte mittlerweile zu weinen begonnen.

Monika wollte etwas Unfreundliches über den Mann sagen, der eine Frau losschickte, um für ihn die Schmutzarbeit zu erledigen.

Ursel schüttelte den Kopf. Sie hob die Hand. „Ich habe ihn gesehen!“, keuchte sie, doch dann wurde sie wieder von Schluchzern geschüttelt.

„Wen hast du gesehen?“, fragte Monika.

Sie warteten auf eine Antwort von Ursel. Monika und Edith

sahen sich mitfühlend an. Toba legte die Hand auf Ursels Schulter.

„Kon ... Konrad", brachte Ursel mühsam heraus.

„Konrad?", wiederholte Monika ungläubig.

„Bist du sicher?", fragte Edith.

„Wo hast du ihn gesehen?", fragte Monika. „Auf der Straße? Im Zug? Aus welcher Entfernung war das? Bist du sicher, dass er es war, oder war es nur –"

„Er hat mich berührt", erklärte Ursel.

Dann brach sie in Tränen aus, als hätten allein diese vier Worte den Damm gehalten. Ursel weinte zum Herzerweichen und konnte nicht mehr aufhören. Monika setzte sich neben sie auf das Sofa. Edith rannte los, um Taschentücher zu holen. Toba stand hilflos daneben.

„Lass dir ruhig Zeit, Liebes", beruhigte Monika. „Wenn du bereit bist."

Es dauerte eine Weile, aber schließlich sagte Ursel: „Er war es."

„Wo?", fragte Edith.

„Bist du sicher, dass er es war?", hakte Monika nach.

„Ja. Wir haben miteinander gesprochen", erklärte Ursel. „In dem Schuhladen. Er arbeitet dort."

„Oh meine Liebe", sagte Monika und drückte sie fester an sich.

Ursel nahm sich ein Taschentuch, dann noch eines.

„Wo hat er all die Jahre gesteckt?", fragte Edith. „Hat er nach dir gesucht?"

Ursel sah auf und sagte: „Er lebt schon seit sieben Jahren wieder in Berlin!"

* * *

Zum Abendessen gab es Gemüsesuppe, Brot und Marmelade. Die Mahlzeit verlief in gedrückter Stimmung. Ursel ging es wieder etwas besser, aber sie fühlte sich ausgelaugt, als hätte sie zu lange in der Sonne gelegen.

Sie erzählte, ihr Gespräch mit Konrad sei nur kurz gewesen.

Unmittelbar nach ihrer Begegnung hatte der andere Verkäufer sein Telefonat beendet.

„Als er mich in dem Lager entdeckte, rief er: ‚Haben Sie denn nicht das Schild über dem Vorhang gesehen?'"

Sie erzählte, er hätte auch Konrad angebrüllt, weil er sie nicht weggeschickt hätte. Konrad zeigte keine Regung. Der Zorn des Mannes schien an ihm abzuprallen. Er machte keine Anstalten, sich zu verteidigen oder eine Erklärung abzugeben. Der Verkäufer hatte ihn an seine Arbeit zurückgeschickt, und er hatte sich gefügt.

„Konrad drehte sich um, hockte sich hin und stapelte weiter seine Schuhkartons, als wäre ich überhaupt nicht da", berichtete Ursel.

„Hat er dir gesagt, wo er wohnt?", fragte Monika.

„Der Verkäufer hätte das nicht zugelassen, selbst wenn er es versucht hätte. Er war zu sehr damit beschäftigt, mich aus dem Lager zu schaffen."

„Schien Konrad denn wenigstens froh zu sein, dich zu sehen?", fragte Edith.

Ursel begann wieder leise zu weinen. „Ich habe ihn beinahe nicht erkannt. Er ist so dünn. Seine Augen lagen tief in den Höhlen, richtig leblos."

Toba verhielt sich den ganzen Abend seltsam schweigsam.

* * *

Sonntag, 20. August 1961

Es war Ursel, die entdeckte, dass Toba sie verlassen hatte. Normalerweise stand sie morgens als Erste auf. So war es auch an diesem Morgen. Sie erwachte mit Kopfschmerzen, eine Reaktion auf den vorhergehenden Tag. Als sie nach ihrem Morgenrock griff, merkte sie, dass es nicht mehr so heiß war. Sie hoffte, die Hitzewelle wäre endlich vorbei.

Schnell ging sie in die Küche und setzte den Teekessel auf, dann sah sie nach, ob genügend Käse zum Frühstück da war. Wenn ein junger Mann im Haus war, verschwanden die Vorräte immer sehr schnell.

Ganz leise spähte sie ins Wohnzimmer, um zu sehen, ob er bereits aufgewacht sei. Das Sofa war leer, die Laken und Decke zusammengefaltet und ordentlich aufeinander gelegt. Ursel nahm an, dass er auf der Toilette war, darum kümmerte sie sich um den Tee, während sie auf seine Rückkehr wartete. Monika tauchte auf und rief Edith zu, es sei an der Zeit, sich für die Kirche fertig zu machen.

Noch immer kein Toba, darum machte sich Ursel auf die Suche nach ihm. Sie trat in den Hausflur und roch Zigarettenrauch. Herr Puttkamer kauerte hinter seiner Wohnungstür. Sie ging zur Tür der Herrentoilette und klopfte.

„Toba? Bist du da drin?"

Von der anderen Seite ertönte eine verschlafene Männerstimme. „Ich bin der Einzige hier drin, gnädige Frau."

Die Stimme gehörte nicht Toba.

Besorgnis machte sich in Ursel breit. Im Laufe des Tages würde sie noch größer werden.

Sie ging zum Ende des Flures. „Herr Puttkamer, haben Sie den jungen Mann gesehen, der bei uns zu Besuch ist?"

Keine Antwort. Vielleicht war Herr Puttkamer nicht zu Hause. Doch ein hässlicher Hustenanfall belehrte sie eines Besseren. Jedermann wusste, dass Herr Puttkamer eigentlich immer das Auge am Guckloch hatte. Und er dachte, keiner würde es bemerken.

„Herr Puttkamer?"

„Niemand ist aus Ihrer Tür gekommen", antwortete Herr Puttkamer wiederstrebend.

„Wie lange sind Sie schon auf, falls ich das fragen darf?"

„Sie dürfen. Das geht Sie nichts an."

„Danke, Herr Puttkamer", bedankte sich Ursel.

Sie ging zu ihrer Wohnungstür.

„Seit vier Uhr", rief Puttkamer.

„Danke, Herr Puttkamer."

Edith war sehr aufgebracht über Tobas Verschwinden. Sie wollte sich sofort auf die Suche nach ihm machen, aber ihre Mutter meinte, es gebe vermutlich eine ganz einfache Erklärung dafür und sie sollten sich für die Kirche fertig machen. Toba könne sehr gut allein für sich sorgen und würde vermutlich vor der Treppe auf sie warten, wenn sie von der Kirche nach Hause kamen.

Schweigend nahmen sie ihr Frühstück zu sich.

* * *

Es war ein typischer Sonntag in einem sozialistischen Land. Die Kirchenbänke waren nur spärlich besetzt. In den Jahren nach dem Krieg hatte der Gottesdienstbesuch ständig abgenommen. Früher hatten mehr Menschen die Kirche besucht. Jetzt waren es nur noch ganz wenige. Die Zahl der Taufen, Konfirmationen und kirchlichen Trauungen sank ebenfalls. Ohne die Zuwendungen und Geschenke aus den westdeutschen Gemeinden hätten die Gemeinden in Ostdeutschland vermutlich nicht überleben können.

Der Gottesdienstbesuch war ein Streitpunkt zwischen Ursel und ihrem Zukünftigen, Herrn Gellert. In seinen Augen hatten die Kirchen keine Daseinsberechtigung. Er sagte, der Staat sei an ihre Stelle getreten. Doch obwohl er Ursels Kirchenbesuch nicht gut hieß, verbot er es ihr auch nicht. Ursel fragte sich, ob das auch nach ihrer Hochzeit noch so sein würde.

Nach dem Gottesdienst trat Edith ungeduldig von einem Fuß auf den anderen, während Monika und Ursel mit ihren Freundinnen plauderten, die sie nur einmal in der Woche sahen. Als sie schließlich nach Hause kamen, wartete Toba nicht vor der Tür auf sie, er wartete auch nicht im Flur auf sie, und er hatte es auch nicht irgendwie geschafft, in die Wohnung zu kommen – alles Möglichkeiten, die Edith während der Predigt durchdacht hatte.

Auch Monika und Ursel machten sich jetzt Sorgen wegen Tobas geheimnisvollem Verschwinden. Die drei Frauen verzichteten auf das Mittagessen, zogen sich bequemere Kleidung an und begannen, in den Straßen in der Nähe des Mietshauses nach Toba zu suchen.

Sie konnten ihn nicht finden.

„Wir könnten in K7 anrufen“, schlug Edith vor.

„Warum sollte er dorthin zurückkehren?“, meinte Monika. „Von dort ist er doch weggelaufen.“

„Aber vielleicht weiß Herr Wie-auch-immer, wo wir nach ihm suchen könnten“, wandte Edith ein.

„Vermutlich suchen sie ihn schon seit seinem Verschwinden“, erwiderte Ursel. „Außerdem, hat Toba nicht gesagt, Herr Witzell wüsste, dass er herkommen würde?“

„Und wir haben auch gar keine Telefonnummer“, fügte Monika hinzu.

„Aber irgendetwas müssen wir doch tun!“, weinte Edith in höchster Verzweiflung. „Vielleicht hat ihn jemand entführt.“

„Unwahrscheinlich“, wehrte Ursel ab. „Wenn das der Fall wäre, warum sollten sie das Bettzeug zusammenfalten?“

„Eine Beziehung hat er nur zu K7 und zu uns.“

„Und zu Konrad“, erklärte Ursel.

„Natürlich! Er könnte nach Pankow gefahren sein!“, rief Monika.

Edith machte sich auf den Weg zur Tür. „Dann los!“

„Denkst du wirklich, er versucht, Konrad zu finden?“, fragte Monika.

„Das ist möglich“, sagte Ursel, obwohl ihr Gesichtsausdruck zeigte, dass die Vorstellung, Konrad so bald wieder zu sehen, alles andere als angenehm für sie war.

„Morgen nach der Arbeit werden wir direkt dorthin fahren“, beschloss Monika. „Ursel, du bleibst hier.“

„Nein“, wiedersprach Ursel. „Ich werde mitkommen.“

11

Montag, 21. August 1961

Noch nie war Monika, Ursel und Edith ein Arbeitstag so endlos vorgekommen wie dieser Montag. Endlich war Feierabend, und sie beeilten sich, die S-Bahn nach Pankow zu erreichen. Wie schon am Samstag fand Ursel den Weg zum Schuhladen sofort. Es war kurz vor Ladenschluss. Entschlossen stürmten die drei Frauen durch die Tür. Monika bildete die Vorhut, dicht gefolgt von Edith, und Ursel war die Nachhut. Als der Verkäufer sie entdeckte, war er alles andere als erfreut. Er stemmte die Hände in die Hüften und bereitete sich auf ein Gefecht vor.

Monika gab die erste Salve ab. „Wir sind gekommen, um mit Konrad Reichmann zu sprechen."

Das war keine Bitte. Während sie sprach, bewegte sie sich auf den Vorhang zu, hinter dem sich das Lager befand.

Der Verkäufer stellte sich zwischen die eindringende Streitmacht und den Vorhang. „Dies ist ein Schuhladen, kein Café! Sie können nach Feierabend mit ihm reden."

„Wir sind auf der Suche nach einem Vermissten", erklärte Edith, „und Herr Reichmann weiß vielleicht, wo er ist."

Der Verkäufer blieb ungerührt. „Ich wüsste nicht, was mich das etwas angeht."

Monika trat neben ihn. „Wir brauchen nur eine Minute."

Er blockierte den Weg. „Verschwinden Sie aus meinem Laden!"

Während dieser Konfrontation war Ursel still hinter die Theke zum Telefon gegangen. Sie nahm den Hörer ab und begann zu wählen.

„Was machen Sie da?", rief der Verkäufer. „Legen Sie sofort den Hörer wieder auf!" Er wollte zu ihr hinlaufen, doch dann wurde ihm klar, dass er damit die Verteidigung des Vorhangs aufgeben würde, und er trat zurück. Er funkelte Ursel an, die Firmeneigentum benutzte.

„Sie ruft Herrn Gellert an“, erklärte Edith.

„Ich kenne diesen Namen nicht“, erwiderte der Verkäufer. „Aber wenn Sie nicht sofort gehen, werde ich Herrn *Vopo* rufen.“ Er lachte leise. Anscheinend fand er die Personalisierung der Volkspolizei sehr lustig.

„Herr Gellert ist Parteiführer und Direktor der Schönner-Fabrik“, erläuterte Monika. „Er hat Sie im Verdacht, die Firma zu bestehlen. Meine Freundin besitzt eine Liste von Lagerbeständen, die sie überprüfen soll. Vermutlich ruft sie ihn an, um ihm zu berichten, dass Sie alles andere als kooperativ sind.“

Der Verkäufer erbleichte. Auf einmal gewann das Telefon größere Bedeutung als die Tür. Er verließ seinen Posten, um Ursel von ihrem Anruf abzuhalten.

Da die Tür nun frei war, schob Monika den Vorhang zur Seite und betrat das Lager. Edith folgte ihr. Zwei Reihen weiter hinten fanden sie Konrad mit Schuhschachteln unter dem Arm.

„Monika“, sagte er, als hätten sie sich erst vor kurzem gesehen. Dabei waren Jahre vergangen.

Monika konnte ihren Augen kaum trauen. Konrad war wirklich entsetzlich abgemagert. Ursel hatte sie gewarnt, aber keine Warnung der Welt hätte sie auf diesen Anblick vorbereiten können. Er sah beinahe so aus wie Josef kurz vor seinem Tod, nachdem er Opfer der Experimente mit Drogen und Medikamenten der Nazis geworden war, die seine Eingeweide zerfressen hatten. Zum Schluss war er nur noch Haut und Knochen gewesen.

„Konrad.“ Ihr Flüstern war kaum zu verstehen.

„Ihr hättet nicht ins Lager kommen sollen“, sagte er. „Man mag es nicht, wenn Kunden das Lager betreten.“

„Wir sind auf der Suche nach Toba“, erklärte Edith. „Hast du ihn gesehen?“ Auch sie war entsetzt über sein Aussehen.

Konrad legte den Kopf zur Seite.

„Das ist Edith“, stellte Monika vor.

„Edith?“, fragte Konrad und starrte sie an. Seine Augen füllten sich mit Tränen. „Edith“, wiederholte er.

„Konrad, wir brauchen deine Hilfe“, sagte Monika. „Wir glauben, dass Toba sich auf die Suche nach dir gemacht hat. Hast du ihn gesehen?"

Beim Namen des Jungen rollten Konrad noch mehr Tränen über die Wangen.

„Toba?"

„Ja. Hast du ihn gesehen?", wiederholte Edith ihre Frage.

Konrad brachte nur mit Mühe eine Antwort zu Stande. Schließlich stammelte er: „Nein, ich habe ihn nicht gesehen."

* * *

Die drei Frauen kehrten in ihre Wohnung zurück. Konrads Anblick hatte sie sehr mitgenommen, und das setzte ihnen eigentlich mehr zu als ihre Enttäuschung darüber, Toba nicht gefunden zu haben. Trotzdem durften sie die Suche nach ihm jetzt nicht aufgeben.

Edith wiederholte ihren Vorschlag, in K7 anzurufen, aber Monikas Einstellung dazu hatte sich nicht geändert. Nur als letzten Ausweg, meinte sie. Trotz allem, was Toba von dem Verwalter erzählt hatte, war K7 noch immer eine Institution der Regierung, die man, wenn möglich, meiden sollte.

Doch mit jeder Stunde, die verging, wurde die Last der Sorge schwerer. Edith machte es zu ihrer Aufgabe, immer wieder zu betonen, wie viel Zeit vergangen war, seit Ursel Tobas Verschwinden bemerkt hatte.

„Jetzt ist er schon acht Stunden fort."

„Zehn Stunden und keine Nachricht. Nichts."

Bilder von Toba verfolgten sie. Toba, der hilflos in einem Rinnstein lag. Toba, der von einem Auto angefahren auf der Straße lag. Toba, der bei einem Fremden ins Auto gestiegen war und dann entführt, ausgeraubt oder erstochen worden war. Keine von ihnen fasste diese Visionen in Worte, obwohl ihnen klar war, dass alle nur an das Schlimmste dachten.

So war es keine Überraschung, dass sie zusammenfuhren, als es spätabends an ihrer Tür klingelte. Edith eilte in den Flur, um aufzumachen, gefolgt von Monika und Ursel.

„Konrad!“, rief Edith.

Mit hängenden Schultern und niedergeschlagenem Blick stand er vor der Tür und wartete auf eine Einladung oder Anweisung.

„Komm rein“, forderte Monika ihn mit einem Seitenblick auf Ursel auf.

Konrad schlurfte in die Wohnung.

„Oh!“, rief Ursel. „Ich habe ganz vergessen, Herrn Gellert Bescheid zu geben wegen der Schuhe!“ Sie stürzte hinaus, um Herrn Puttkamer um die Benutzung seines Telefons zu bitten.

Monika erläuterte: „Herr Gellert ist –“

„Ich weiß, wer Herr Gellert ist“, unterbrach Konrad sie. „Er und Ursel werden heiraten.“ Er sprach mit tonloser Stimme. Monika fragte sich unwillkürlich, woher er das wusste oder wie lange er es schon wusste oder warum er es wusste und nichts gesagt hatte oder warum er keine Nachricht geschickt hatte oder in die Wohnung gekommen war, wo er doch offensichtlich ihre Adresse kannte! Sie versuchte, die immer größer werdende Lawine an Emotionen durch Höflichkeit in Schach zu halten. „Komm herein. Setz dich“, forderte sie ihn auf.

Er nahm in dem Sessel Platz, in dem Ursel gesessen hatte. Sehr aufrecht, die Hände auf die Knie gelegt, den Kopf gesenkt, hockte er auf der Kante. Er schien nicht besonders eifrig darauf bedacht zu sein, ihnen den Grund für seinen Besuch mitzuteilen oder überhaupt etwas zu sagen.

„Ich nehme an, es hat Ärger mit deinem Vorgesetzten gegeben, nachdem wir gegangen waren“, begann Monika.

„Das ist egal“, erwiderte Konrad, ohne aufzusehen. „Ich arbeite nicht mehr dort.“

„Er hat dich entlassen?“, fragte Edith.

„Ich werde morgen mit Herrn Gellert reden“, sagte Monika. „Bestimmt kann er –“

„Ich wurde nicht entlassen“, unterbrach Konrad sie. Er blickte Monika an. „Ich habe gekündigt.“

Monika saß auf dem Sofa ganz in seiner Nähe, Edith daneben. „Nun, ich bin sicher, du hattest deine Gründe“, meinte Monika in der Hoffnung, er würde es ihr erklären. Es fiel ihr schwer, ihn anzusehen. Dass sie Konrad vor sich hatte, daran konnte es keinen Zweifel geben. Die Stimme, das Verhalten, sein Gesicht und seine Haare, all dies war ihr vertraut. Doch im Augenblick fiel es ihr schwer, sich vorzustellen, dass dieser Mann in ihrer Wohnung der arrogante Junge war, den sie als Führer in der Hitler-Jugend oder als breitschultrigen SS-Offizier kannte. „Wie hast du uns gefunden?", fragte sie.

„Ich kannte eure Adresse."

Monika wollte fragen, wie lange er sie schon kannte. Diese Frage quälte sie.

„Erzählt mir von Toba", sagte Konrad. „Wann habt ihr ihn zuletzt gesehen?"

Edith berichtete. Sie erzählte von Tobas plötzlichem Auftauchen in ihrem Leben und seinem ebenso plötzlichen Verschwinden. Konrad stellte einige Fragen. Besonders zu beeindrucken schien ihn Tobas Fähigkeit, im Leben klarzukommen. Sie erzählte ihm alles, was von dem Augenblick an geschehen war, als er an ihre Tür geklopft hatte.

„Miaut er noch?", fragte Konrad mit einem Anflug von einem Lächeln. Es schien ihm schwer zu fallen.

„Nein", erwiderte Edith lächelnd.

Nach einer Weile sagte Konrad: „Ich glaube, ich weiß, wo Toba steckt."

„Wirklich?", sagte Edith.

„Er ist ins K7 zurückgekehrt."

„Das bezweifle ich", erwiderte Monika.

„Nein, ich bin sicher."

Monika war nicht davon überzeugt.

Konrad schien Monikas Meinung egal zu sein. Sie musste ihm eine Erklärung entlocken.

„Wenn Ediths Erzählung stimmt", erklärte er, „dann hat er euch doch gesagt, wo er sein würde."

Monika schüttelte den Kopf. „Vielleicht hast du etwas gehört, das wir überhört haben."

„Wie nennt er sie? ‚Die sechs von Hadamar?'"

Edith nickte eifrig. Sie wollte Konrad so gern glauben. „Das stimmt. Viktor, Anni, Hermann –"

„Und er wollte, dass ihr sie rettet."

„Ja, aber ...", wandte Monika ein.

„Er ist ins K7 zurückgekehrt, um sich retten zu lassen."

Edith grinste, Monika nicht. „Ich glaube, du misst dem zu viel Bedeutung bei", sagte sie. „Außerdem habe ich ihm selbst gesagt, dass es keinen Sinn hat, sie dort wegzuholen. Sie haben zu essen, Kleidung, jemand, der auf sie achtet. Und wir haben gar nicht die Mittel, den Platz, ganz zu schweigen von dem Geld, acht Erwachsene zu versorgen."

„Acht?", fragte Edith.

„Sechs junge Leute mit dir, Ursel und mich", erwiderte Monika.

„Ursel wird heiraten. Sie wird uns verlassen."

„Acht, sieben, welchen Unterschied macht das schon? Wir haben nicht genügend Geld, so viele Leute zu ernähren. Außerdem bin ich nach wie vor nicht davon überzeugt, dass Toba ins K7 zurückgekehrt ist."

„Daran besteht kein Zweifel", beharrte Konrad. „Er ist dort. Er verschwand, unmittelbar nachdem Ursel euch erzählt hat, dass sie mich in dem Schuhladen gefunden hat."

„Am folgenden Morgen!", korrigierte Edith.

„Er wusste, dass ich, sobald ich ihren Aufenthaltsort wüsste, kommen würde, um sie zu holen."

„Toba sagte tatsächlich, du würdest sie retten!", rief Edith aufgeregt.

„Toba hatte Recht", bestätigte Konrad.

Monika schüttelte heftig den Kopf. „Hört hier denn niemand zu? Habt ihr eine Ahnung, wie viel es kostet, so viele Menschen zu ernähren und zu versorgen? Wir kommen ja allein schon kaum zurecht!"

„Wir werden nicht lange für sie sorgen müssen", meinte Konrad.

„Was meinst du damit?"

„Sie aus K7 zu holen, ist nur der erste Schritt. Wir werden sie aus Ostdeutschland herausschaffen."

Monika starrte ihn mit offenem Mund an.

Konrad fuhr fort: „Menschliche Wesen sollten nicht hinter verschlossenen Türen und Zäunen aus Stacheldraht leben, ob es sich nun um eine Anstalt, eine Stadt oder ein Konzentrationslager handelt. Gott hat die Menschen erschaffen, damit sie in Freiheit leben. Ich werde die Kinder von Hadamar ein für alle Male befreien. Das hätte Pastor Schumacher für sie gewollt. Das hätte er getan. Ich werde zu Ende bringen, was Josef angefangen hat."

12

Freitag, 1. September 1961

Ein weißer Lieferwagen mit ausgeschalteten Scheinwerfern kam im Schatten der Nacht vor einem dicken alten Baum zum Stehen. Es war genau 22 Minuten nach 22 Uhr. Der Mond stand groß, aber noch nicht voll am Himmel. In etwa einhundert Meter Entfernung war K7 durch das Seitenfenster auf der Fahrerseite zu erkennen.

„Das sieht schrecklich deprimierend aus", meinte Edith vom Beifahrersitz.

Flutlichter tauchten das graue Steingebäude in einen gelben Schein. Die schmutzigen Fenster hinter dem Stacheldraht spiegelten das künstliche Licht wider. Auf dem Gelände wuchs nichts außer etwas Unkraut. Es war mit einem Zaun eingefasst, das Tor war verschlossen und mit einem Vorhängeschloss gesichert. Es gab kein Schild, nur ein großes *K7* war in Schwarz in der oberen rechten Ecke des Gebäudes auf die Wand aufgemalt. Das Gebäude war grau wie vieles im Sozialismus.

Ursel kroch von der Ladefläche des Wagens nach vorn, um es sich selbst anzusehen. „Herr, erbarme dich", stöhnte sie entsetzt.

Von ganz hinten, aus einer dunklen Ecke des fensterlosen Wagens, ertönte Konrads Stimme. „Sie werden nicht mehr sehr viel länger dort drinbleiben müssen. Wie viel Uhr ist es?"

„Wir haben noch sechs Minuten", erklärte Monika.

Toba hatte sie auf diese Mission vorbereitet. Monika behauptete, es sei ohne Absicht gewesen, er hätte ihnen einfach nur von seinem Leben in K7 erzählt. Konrad war nicht dieser Meinung. Er beharrte darauf, Toba hätte ihnen bewusst alle Informationen gegeben, die sie brauchten, um eine Flucht zu planen.

Sie wussten genau, wann die Flutlichter auf dem Gelände abgeschaltet wurden, um Punkt 22.30 Uhr. Sie wussten auch, dass die Kinder von Hadamar zusammen im Ostflügel untergebracht waren. Sie wussten sogar, dass Tobas Zimmer das zweite von hinten auf der linken Seite war und dass sein Bett das letzte von drei Betten von der Tür aus gesehen waren. Sie wussten, dass es nur selten Sicherheitsüberprüfungen gab. Warum auch? Wer würde schon in eine psychiatrische Klinik einbrechen? Im Vergleich zu Hadamar war K7 eine Festung, aber andererseits war Hadamar auch eine geheime Forschungseinrichtung mit militärischer Präsenz gewesen. Das einzige Geheimnis in Bezug auf K7 war, dass die sozialistische Bevölkerung unter denselben körperlichen und geistigen Behinderungen litt wie der Rest der Welt.

Toba hatte ihnen sogar den Tagesablauf beschrieben. Sie wussten, dass das Eingangstor um 21 Uhr verschlossen wurde und dass die Pfleger dann meistens Karten spielten und Radio hörten. Regelmäßig, wenn eine neue Sendung begann, machten die Pfleger einen Kontrollrundgang und gingen zur Toilette.

Anhand von Tobas Informationen hatte Konrad einen Rettungsplan entworfen. Wenn alles nach Plan lief, würden sie innerhalb von zehn Minuten im Gebäude und wieder draußen sein. Sie würden das Gebäude um 22 Uhr 58 betreten und fünf Minuten Zeit haben, um Toba und die anderen zu suchen. Nach weiteren fünf Minuten würde Monika mit den sechs Überlebenden von Hadamar von K7 losfahren.

Das Eindringen in das Gebäude würde durch die Tür zum Ostflügel geschehen, wenn ein Pfleger den Müll aus dem Haus brachte. Toba hatte erwähnt, dass normalerweise zwei Pfleger dazu nötig seien – einer, der den Müll trug, ein anderer, der die selbst schließende Tür aufhielt. Oft legten die Pfleger jedoch einen Holzkeil zwischen die Tür, sodass der Müll von einem Mann hinausgebracht werden konnte, damit der andere vor dem Radio sitzen bleiben konnte.

Konrad und Ursel würden durch die offene Tür hineinhuschen. Sie hätten fünf Minuten Zeit, wieder aus dem Gebäude zu verschwinden, bis der Pfleger zurückkäme.

22 Uhr 30. Die Außenscheinwerfer gingen aus.

„Los“, sagte Konrad.

Er öffnete die hinteren Türen des Lieferwagens, sprang hinaus und drehte sich dann um, um Ursel zu helfen, doch sie ignorierte seine Hand. Konrad schnappte sich eine Tasche mit Werkzeug und machte sich auf den Weg zum Zaun. Ursel folgte ihm. Als sie an der Beifahrertür vorbeikamen, hörte Konrad die Worte: „Gott sei mit euch." Das war Edith. *Ihrem Vater so ähnlich,* dachte Konrad.

Am Zaun duckte sich Konrad, machte die Tasche auf und holte eine Drahtschere heraus, die so groß war, dass er damit sogar ein dickes Vorhängeschloss knacken könnte. Mit dem Zaun machten sie kurzen Prozess. Ursel stand daneben und beobachtete ihn. Er zischte und bedeutete ihr, sich zu ducken.

Konrad warf die Drahtschere wieder in die Tasche, nahm einen Revolver heraus und steckte ihn in seinen Hosenbund.

„Eine Pistole? Du hast eine Pistole mitgebracht?", fragte Ursel.

„Einen Ausgleichshelfer."

„Auf wen willst du denn damit schießen? Und wenn eines der Kinder getroffen wird?"

Konrad seufzte. „Er ist nicht geladen, okay?"

„Und warum hast du ihn mitgebracht?"

„Vertrau mir einfach. Lass uns gehen." Er rollte den Zaun zurück und hielt ihn für sie fest, damit Ursel darunter durchkriechen konnte. Ursel rührte sich nicht.

„Ich werde nicht hineingehen, wenn du diese Pistole mitnimmst", sagte sie. „Und wenn nun einer der Pfleger sie sieht und anfängt, auf uns zu schießen?"

„Pfleger tragen keine Pistolen!", flüsterte Konrad laut.

Ursel verschränkte die Arme.

Seufzend sagte Konrad: „Es werden drei, vielleicht sogar vier Pfleger sein. Die meisten dieser Kerle haben eine Statur wie ein Baumstamm. Sie sind unglaublich stark, weil sie die bettlägerigen Patienten hochheben müssen. Falls du es noch nicht bemerkt haben solltest: Ich bin nicht unbedingt in bester körperlicher Verfassung. Sollte irgendetwas schief gehen und wir müssten uns gegen mehrere von ihnen wehren, hätten wir keine Chance." Er zog die Pistole hervor. „Damit will ich sie nur in Schach halten – ich will ihnen doch nichts tun." Er klappte das Magazin heraus. „Siehst du? Ich habe es dir ja gesagt – sie ist nicht geladen. Noch Fragen?"

Ursel ließ die Arme sinken. „War es so schwer, mir das zu erklären?"

Konrad hob erneut den Zaun für sie hoch. Ursel kroch hindurch.

„Warum hast du mir das nicht schon auf der Fahrt hierher erklärt?", fragte sie. „Wir hatten genügend Zeit. Aber andererseits, wenn man an die letzten sieben Jahre denkt, bist du wirklich kein großer Kommunikator."

Zähneknirschend folgte Konrad ihr unter dem Zaun hindurch. Die Tasche blieb vor dem Zaun stehen. Er hatte schon unzählige Missionen durchgeführt, aber nie mit einer so gesprächigen Partnerin.

Das Wetter war sehr drückend und heiß, selbst jetzt noch spätabends. Sie folgten dem Zaun zur nächstgelegenen Hausecke. Konrad überprüfte ihre Richtung. Er entdeckte die Tür zum Ostflügel. Toba hatte erzählt, dass durch diese Tür der Müll fortgetragen wurde.

Er bedeutete Ursel, ihm zu folgen. Sie tat dies mit Leichtigkeit. Er selbst schlurfte zwar nicht mehr so wie im Schuhladen, doch seinen Schritt forsch zu nennen, wäre eine Übertreibung gewsen. Sie nahmen ihre Position unmittelbar hinter der Hausecke in der Nähe der Tür ein.

„Wir liegen gut in der Zeit", flüsterte Konrad. Sein Atem ging schwer. „Wir haben noch zwanzig Minuten Zeit, bis jemand mit dem Müll herauskommt."

„Gibt es sonst noch irgendwelche Überraschungen, die du vor mir geheim hältst?", wollte Ursel wissen. „Wir haben Zeit. Sag mir, bist du verheiratet? Hast du Kinder?"

Konrad brachte sie zum Schweigen.

Zwanzig Minuten lang hockten sie in bedrücktem Schweigen nebeneinander an der rauen Ziegelmauer.

Es wurde 22 Uhr 58. Kein mit Müll beladener Pfleger erschien. Dann 23 Uhr ... 23 Uhr 03 ... Mittlerweile hatte die nächste Sendung begonnen.

„Vielleicht wird am Freitagabend kein Müll weggebracht", meinte Ursel.

23 Uhr 05.

„Wir sollten morgen wiederkommen. Vielleicht wird er nur samstags hinausgebracht", sagte sie.

Konrad sagte keinen Ton. Sein Blick hing fest an der Tür zum Ostflügel. Das war seltsam. Nach dem, was die Frauen erzählt hatten, hatte Toba betont, Herr Witzell hätte jeden Arbeitsablauf in K7 streng geregelt. Sie konnten die Sache nicht auf morgen verschieben. Der Zaun war beschädigt worden. Wenn sie jetzt verschwanden und jemand das Loch im Zaun entdecken würde, hätten sie keine Möglichkeit mehr, so einfach das Gelände zu betreten. Aber um ihre Mission noch heute Nacht durchzuführen, musste jemand aus dieser Tür kommen.

23 Uhr 10.

„Vielleicht haben sie den Ablauf geändert", flüsterte Ursel wieder. „Vielleicht bringt die Frühschicht den Müll raus."

23 Uhr 14.

Sie fuhr zusammen, als die Seitentür aufgerissen wurde. Konrad spähte um die Ecke. Ein Mann in Weiß bückte sich und schob einen Holzkeil unter die Tür, um sie aufzuhalten. Er ging wieder hinein und erschien beinahe sofort wieder mit einem großen Mülleimer, den er mit beiden Händen trug. Er eilte die drei Betonstufen hinunter und rannte zum hinteren Teil des Gebäudes. Offensichtlich hatte er es eilig.

Es war keine Zeit, noch irgendetwas zu sagen. Konrad packte Ursels Hand und zog sie um die Ecke, die Stufen hoch und in den Flur. Draußen konnte er das Klappern des Mülleimerdeckels hören.

Ihnen blieben nur wenige Sekunden, um zu verschwinden, bevor der Pfleger wieder die Stufen hochkam, den Holzkeil vom Boden nahm und in sie hineinrannte. Der Flur war von Türen gesäumt. Tobas Zimmer lag hinter der zweiten von hinten, aber nach den näher kommenden Schritten zu urteilen, würden sie keine Zeit haben, dieses Zimmer zu erreichen. Konrad griff nach der ersten Türklinke und hoffte, dass die Tür nicht verschlossen war.

Die Türklinke ließ sich herunterdrücken und die Tür ging auf. Konrad zog Ursel hinein und schloss die Tür hinter ihnen, als ein Stampfen auf dem Absatz ertönte. Das Knacken der Tür folgte. Sie schloss sich. Die Füße des Pflegers dröhnten den Flur entlang.

Konrads Augen mussten sich erst an die Dunkelheit in dem Zimmer gewöhnen. Schließlich erkannte er drei Betten. Die Decken raschelten, als ein kleines Mädchen sich in dem mittleren Bett aufsetzte. Auf einmal bekam er Angst. Würde das Kind schreien?

Ursel trat zu dem Mädchen. „Musst du zur Toilette?", fragte sie.

„Nein", erwiderte eine leise Stimme.

„Dann leg dich wieder hin und schlaf weiter."

Sie sprach mit mütterlicher Autorität. Das wirkte. Ohne auch nur zu murren, ließ sich die kleine Gestalt wieder in die Kissen sinken.

„Gutes Mädchen", lobte Ursel. „Wir sehen nachher noch mal nach dir."

Sie öffnete die Tür, und sie betraten den Flur.

„Du bist gut", sagte Konrad.

„Jahrelange Übung."

Der Flur war leer. Männerstimmen waren auf halber Höhe des Flurs zu hören, gemischt mit den Geräuschen der Radiosendung. Irgendwo in der Ferne meinte Konrad Musik zu hören.

Leise öffneten sie die zweite Tür, hinter der sie Toba zu finden hofften. Konrad legte seine Hand auf die Klinke, dann sah er Ursel an. Einen Augenblick lang überfielen ihn die Zweifel. Und wenn er sich irrte? Und wenn Toba nicht ins K7 zurückgekehrt war? Wie sollte er Edith diese Nachricht beibringen?

Er öffnete die Tür und betrat, gefolgt von Ursel, das Zimmer. Toba hatte gesagt, er würde im dritten Bett schlafen. Konrad und Ursel schlichen durch das Zimmer. Eine Gestalt im Schlafanzug lag schlafend im Bett, ein ziemlich großer junger Mann. Die Decke lag zurückgeschlagen am Fußende. Erst als sie am Bett standen, sah Konrad, dass es tatsächlich Toba war.

Er stieß einen Seufzer aus.

„Lass mich“, forderte Ursel. Sie berührte ihn an der Schulter.

Toba rührte sich. Lächelnd schlug er die Augen auf.

„Ursel“, sagte er.

„Woher weiß er das?“, flüsterte Konrad.

„Und Konrad!“ Toba setzte sich grinsend auf. „Ich wusste, dass ihr kommen würdet!“

Das Licht ging an.

Eine dicke Gestalt mit einer Zigarre stand im Türrahmen.

„Ich auch“, sagte der Mann.

* * *

„Irgendetwas ist schief gelaufen“, sagte Edith. Sie saß vorgebeugt auf ihrem Sitz, um besser an ihrer Mutter vorbeischauen zu können. Seit der Pfleger die Stufen hochgesprungen war und die Tür hinter sich geschlossen hatte, hatten sie keine Regung in K7 mehr wahrgenommen.

„Lass ihnen etwas Zeit“, erwiderte Monika. Sie trommelte mit ihren Fingern auf das Lenkrad. „Sie sind erst spät reingekommen.“

„Aber sie wissen doch, wo alle liegen! Sie sollten mittlerweile wieder hier sein.“

„Jetzt ist nicht der richtige Zeitpunkt für eine Panik. Wenn etwas schief gegangen wäre, dann wären die Lichter angegangen, dann würden die Sirenen losgehen und so.“

„So etwas geschieht nur in Filmen, Mutter.“

Monika drehte sich mit ernstem Gesicht zu ihr um. „Falls tatsächlich etwas schief läuft, dann möchte ich, dass du aus dem Wagen springst und davonläufst.“

„Was?“

„Du hast mich genau verstanden.“

„Und wohin soll ich verschwinden?“

„Du läufst nach Hause zurück.“

„Und was genau soll ich da?“

„Auf uns warten.“

„Mutter, das ist lächerlich."

„Wenigstens bist du dort in Sicherheit."

„Und allein – und ich wäre nicht sehr lange dort sicher."

Darüber dachte Monika nach. „Du könntest zu Herrn Gellert gehen", schlug sie vor.

Edith riss die Augen auf. „Zu Herrn Gellert? Ich würde lieber allein leben, als zu ... Nein, ich weiß, wohin ich gehen würde. Ich würde Herrn Parker benachrichtigen. Ich könnte bei ihm wohnen."

„Das kommt nicht in Frage! Park lebt in Amerika."

Edith meinte es gar nicht ernst. Sie wollte es ihrer Mutter nur heimzahlen, dass sie vorgeschlagen hatte, sie könnte bei Herrn Gellert wohnen, und sie wusste, die Erwähnung von Parks Namen würde ihr den Rest geben. Doch aus irgendeinem Grund setzte sich diese Idee bei ihr fest.

In diesem Augenblick gingen die Scheinwerfer auf dem Gelände an.

„Ist jetzt der richtige Zeitpunkt für eine Panik?"

* * *

Das Büro, in das Ursel und Konrad gebracht wurden, hing voller Zigarrenrauch. Entweder hatte Herr Witzell hier stundenlang auf sie gewartet, oder der Raum gehörte einem Zigarrenraucherclub und sie hatten in diesem Zimmer gerade eine Sitzung abgehalten.

Als er sie in Tobas Schlafraum überrascht hatte, war er in Begleitung von fünf stämmigen Pflegern gewesen, die ihm Rückendeckung gaben.

Konrad zog seine Pistole.

„Bleibt ruhig", forderte Witzell. Er sprach zu den Pflegern, nicht zu Konrad. „Er wird niemanden erschießen."

„Darauf würde ich mich nicht verlassen", erwiderte Konrad. „Sie werden jetzt zurücktreten, und wir werden fünf Kin-", er sah sie noch immer als Kinder, „fünf Insassen mitnehmen. Unserer Wahl. Niemand wird verletzt."

Witzell stand einfach da und grinste ihn an, was bei Konrad nicht besonders gut ankam.

„Glauben Sie, ich mache nur Spaß?“

„Offen gestanden, ja.“ Er ging langsam und mit ausgestreckter Hand auf Konrad zu. „Du weißt doch genau, dass du diese Pistole nicht benutzen wirst. Sie ist nicht einmal geladen, richtig? Gib sie mir, Konrad.“

Ursel schnappte nach Luft.

Konrads Blick schoss von einem zum anderen. Schon war Witzell bei ihm. Konrads Bluff war aufgeflogen, er hatte keine andere Möglichkeit, als seine Waffe aus der Hand zu geben. Witzell befahl, Konrad und Ursel in sein Büro bringen zu lassen. Er sagte, er käme in wenigen Minuten nach. Als sie das Zimmer verließen, sprach Witzell mit Toba.

Jetzt, hier in Witzell Büro, stand ein Pfleger mit finsterem Blick in der Tür. Sie konnten nichts tun. Selbst wenn sie es irgendwie schaffen würden, das Weißhemd mit den dicken Muskeln zu überwältigen, so warteten noch zwei andere im Flur auf sie.

Konrad beugte sich zu Ursel und flüsterte: „Wir können nur hoffen, dass Monika gemerkt hat, was los ist, und weggefahren ist.“

„Nicht sprechen“, fuhr der Pfleger sie an.

„Ich habe nicht gehört, dass uns das Sprechen untersagt worden wäre“, erwiderte Ursel. „Haben Sie wirklich solche Anweisungen bekommen oder gefällt es Ihnen einfach, irgendwelche Regeln aufzustellen?“

Ein seltsamer Ausdruck trat auf das Gesicht des Pflegers. Er öffnete den Mund, um zu sprechen, aber kein Wort kam heraus.

Dann wurde die Tür geöffnet und Witzell kam herein. „Sie wollten bestimmt nicht zu Fuß von hier verschwinden“, sagte er zu den beiden Pflegern hinter ihm. „Irgendwo wartet hier ganz in der Nähe ein Fahrzeug. Sucht es und bringt, wer immer drinsitzt, zu mir. Geht.“

Die Pfleger drehten sich um und wollten den Befehl ausführen.

„Herr Witzell“, wandte Ursel ein. „Ich möchte sie holen.“

Ihr Angebot verblüffte Witzell.

„Ursel!", warnte Konrad. „Was soll das?"

Sie ignorierte Konrads Einwand und sagte zu Witzell gewandt: „Wenn Sie Ihre Pfleger hinausschicken, werden Sie sie nur zu Tode erschrecken. Lassen Sie mich gehen. Ich werde sie hereinholen."

Zuerst war Konrad unklar, was sie vorhatte. Doch dann dämmerte es ihm. Es war riskant, aber es könnte klappen. Sie würde Monika warnen, vielleicht sogar versuchen, selbst zu entkommen. Was konnte ihr schon passieren? Man könnte sie wieder einfangen und zurückbringen. Konrad fragte sich, warum ihm diese Idee nicht gekommen war.

Mit zusammengezogenen Augenbrauen betrachtete Witzell sie. Seltsamerweise lächelte er und Konrad bemerkte ein Funkeln in seinen Augen.

„Gut. Tu es", sagte er.

Ohne auch nur einen Blick in Konrads Richtung erhob sich Ursel und verließ das Zimmer.

Als sie fort war, sagte Witzell zu Konrad: „Möchtest du gern ein wenig Musik hören, während wir warten?"

* * *

„Sieh nur!", rief Edith.

Sie deutete zur Seitentür, durch die Konrad und Ursel das Gebäude betreten hatten.

Monika griff nach dem Zündschlüssel, ohne den Blick von der Tür abzuwenden.

Zwei Männer erschienen. Beide waren in Weiß gekleidet, und beide waren sehr muskulös. Sie kamen heraus, inspizierten den Zaun und suchten die Gegend dahinter ab.

„Das ist nicht gut", sagte Monika besorgt.

Ursel tauchte als Nächste auf.

„Oh nein, sie haben Ursel geschnappt!", stöhnte Edith.

„Lauf davon", forderte Monika. „Steig aus und lauf davon!"

„Mutter, ich werde dich nicht verlassen."

„Lauf!"
„Nein!"
„Edith ..."
„Sieh nur! Ursel winkt."
Edith hatte Recht. Ursel winkte. Sie winkte nicht nur, sie bedeutete ihnen, zu ihr zu kommen.
„Du glaubst doch nicht, dass man ihr eine Gehirnwäsche verpasst hat ...", sagte Edith.
Monika schnaubte. „Sie war doch nur dreißig Minuten da drin!"
Jetzt rief Ursel nach ihnen.
„Was sollen wir tun?", fragte Edith.
Monika zog den Schlüssel aus dem Zündschloss und machte die Tür auf. „Wir bleiben zusammen", sagte sie. „Wir sind immer zusammen geblieben und egal, was passiert, wir bleiben jetzt auch zusammen."
„Aber ich sollte doch davonlaufen."
„Das war eine Panikreaktion. Das war die Mutter in mir."
„Dann bleiben wir also zusammen?"
„Wir bleiben zusammen."

* * *

Witzell und Konrad saßen schweigend im Zimmer, als sie hereinkamen. Konrad mochte die Musik nicht besonders.
Ursel trat zuerst ein, gefolgt von Edith und Monika.
Doch Monika blieb abrupt stehen. Sobald ihr Blick auf Witzell fiel, erstarrte sie.
Ursel übernahm es, sie miteinander bekannt zu machen. „Edith, ich möchte dir deinen Großvater vorstellen."

13

Matthew Parker schlenderte mit der Aktentasche in der Hand über das Universitätsgelände. Die untergehende kalifornische Sonne tat besonders gut, nachdem er fast zwei Stunden mit einer Reihe geschwollen daherredender Universitätsprofessoren in einem Zimmer eingesperrt gewesen war.

Das Schlimmste an seinem Beruf war, dass er sich mit den anderen Professoren abgeben musste. Nur selten war er so kleinlichen und unangenehmen Menschen begegnet. Diese Sitzungen vor dem Beginn eines neuen Semesters waren unerträglich. Wie jedes Jahr beschwerte sich Emory Clarkson über seine Raumzuteilung. Grey stöhnte über die intellektuellen Fähigkeiten der Studienanfänger. Adele Ramsey versuchte, ihren Vorsitz im Junge-Philosophen-Club abzutreten. Aber niemand wollte sie ablösen. Und Adrian Lindsey langweilte sie mit Amtszeiten, medizinischen Versorgungsplänen und Änderungen bei den Pensionierungsbestimmungen, wovon keines besonders ermutigend war.

Zwischen den Berichten zu dem Müllproblem auf dem Campus, der Debatte über die Kleiderordnung, der Haarlänge und der geplanten Ankunft eines akkreditierten Überprüfungsteams war der einzige schöne Augenblick des Nachmittags das Hereinplatzen der Cheerleader gewesen, die die Fakultät auf die bevorstehende Footballsaison einstimmen wollten.

Die Uni-Mannschaft hatten sich in der vergangenen Saison 1960 nicht besonders hervorgetan. Zwar waren ihre Ergebnisse respektabel, 7:2:1, doch sie waren zu keinem Bowl-Spiel eingeladen worden. Park hatte im vergangenen Jahr nur ein Spiel besucht, das gegen die North Carolina State. Es hatte sich zu einem offensiven Zweikampf zwischen den beiden Quarterbacks entwickelt, die sich als Profis qualifizieren wollten: Billy Kilmer für die Uni von Los Angeles und Roman Gabriel für die NC State. Und auch wenn es kein besonders anregendes Spiel gewesen war, so gewannen sie doch mit 7:0. Die Mannschaft schien eine denkwürdige Saison vor sich zu haben, doch zwei Wochen später mussten sie eine niederschmetternde Niederlage gegen die USC hinnehmen, und die Hoffnungen auf eine Einladung zum Rose Bowl oder auch nur zu einem Spiel in der Nachsaison sanken. Jetzt sah es so aus, als würde die Saison 1961 sehr viel besser werden als die letzte.

Park marschierte quer über den Campus. Das Fakultätsgebäude lag hinter ihm. Er hatte seinen 56er Plymouth-Belvedere, zweifarbig in Blau und Weiß, mit Flossen und einem einschaltbaren Automatikgetriebe, auf einem Parkplatz neben dem Tennisplatz abgestellt. Am Morgen hatte er seinen Tennisschläger in den Kofferraum geworfen in der Hoffnung, vor dem Abendessen noch etwas spielen zu können. Doch daraus würde wohl nichts werden. Da dieser Tag ein verlängertes Wochenende einläutete, war der Campus wie ausgestorben.

Egal. Es war einfach schön, draußen an der frischen Luft zu sein. Obwohl ein heißes Ferienwochenende vorausgesagt worden war, war dieser Tag einfach perfekt, wie aus dem Bilderbuch. Er genoss die sanfte Brise vom Meer und atmete tief durch.

„Professor Parker!"

Park drehte sich um, weil er sehen wollte, wer nach ihm rief. Doch dann wünschte er, er hätte es nicht getan.

„Professor!"

Ein schlaksiger junger Mann kam auf ihn zugerannt. Park ging unbeirrt weiter. Der Student hielt sich an seiner Seite. „Professor", sagte er. Dann mit leiser Stimme: „Genosse."

„Was tun Sie hier, Ferrell? Alle anderen sind in die Ferien gefahren."

„Ich habe auf Sie gewartet."

Mein Glückstag, dachte Park.

Wann immer Park Ferrell Welch ansah, wurde er an Fett erinnert. Dieser Student wusch sich anscheinend nie die Haare. Schwarz und glänzend fielen sie ihm bis auf den Kragen. Sein Bart war fleckig, seine Kleider immer verschmutzt und verknittert. Seine Persönlichkeit und ethischen Ansichten waren schlüpfrig, und er sprach so wortgewaltig wie ein Verkäufer. Seine Brille mit Goldrand vervollständigte die Aufmachung, die an drei Tage alte Pommes erinnerte.

„Sie waren da, Mann!"

„Wo?"

„In Berlin, Mann! Sie waren da, als die Mauer errichtet wurde!"

„Ja, ich schätze schon."

„Die Partei hat für den 19. ein Treffen anberaumt", erklärte Ferrell. „Sie sollten uns einen Bericht geben von dem, was Sie gesehen haben. Davon und von Ihrer Fabrikbesichtigung."

Park blieb stehen und starrte ihn an.

Ferrell grinste ihn an – das Grinsen eines Wiesels.

„Sie wissen darüber Bescheid?", fragte Park.

„Hat Sie niemand darüber informiert?", erwiderte Ferrell. „Ich wurde zum Campusvorsitzenden gewählt. Ich stelle das Jahresprogramm zusammen."

Eine blondhaarige Studentin kam angerannt. „Da bist du", rief sie hocherfreut. Sie hakte sich bei Ferrell unter.

„Das ist Weena", stellte Ferrell vor. „Sie ist Studienanfängerin, und ich habe sie angeworben. Nun, Professor? Wie steht es? Passt Ihnen der 19.?"

„Lassen Sie mich einen Augenblick nachdenken", erwiderte Park. „Der neue Stundenplan und so." Er suchte fieberhaft nach einer guten Ausrede, um Ferrell zu vertrösten.

„Ferrell, Süßer", säuselte Weena, „der 19. ist ..." Sie flüsterte ihm etwas ins Ohr.

„Ich weiß", erwiderte Ferrell. „Das ist schon in Ordnung. Professor Parker gehört zu uns."

Weenas Augen leuchteten auf. „Sie sind auch Kommunist?"

* * *

Park warf seine Aktentasche auf den Beifahrersitz und stieg in seinen Wagen. Die Tennisplätze waren leer, abgesehen von einem mageren Studenten und seiner Freundin, die keinen Ball im Feld halten konnten. Auch gut – er war sowieso nicht mehr in Stimmung für ein Tennismatch.

Er löste die Handbremse und fädelte sich in den Verkehr in Richtung Süden ein. Er musste einen klaren Kopf bekommen. Vielleicht würde er über das Wochenende hinunter nach San Diego fahren.

Er nahm sich vor, den 19. in seinen Terminkalender einzutragen, bevor er es vergaß. Ferrell Welch würde ihm niemals glauben, wenn er sagte, dass er das Treffen vollkommen vergessen hätte.

Er musste vorsichtig sein. Vor Ferrell hatte er keine Angst, was vermutlich ein Fehler war, weil gerade von denjenigen, die schlecht zu fassen waren, eine besondere Gefahr ausging. Eigentlich war die gesamte kommunistische Infrastruktur beängstigend. Die rechte Hand wusste immer, was die linke Hand tat. Immer.

Sie wussten über Ursel und Edith Bescheid.

Das war an sich keine Überraschung. Jeder, der zur kommunistischen Partei gehörte und tat, was er tat, und dabei noch glaubte, er würde nicht unter ständiger Beobachtung stehen, war ein Narr. Doch was ihn so wütend machte, war die Art, wie diese finsteren Typen ihre Informationen einsetzten.

Park hatte zu lange gebraucht, um sich eine Ausrede auszudenken. Ferrell war misstrauisch geworden.

Ferrell hatte seinen Gedankenprozess mit den Worten unterbrochen: „Wie war Ihr Essen im Café Lorenz? Wie ich höre, schmeckt der Kuchen dort einfach himmlisch. Ich habe auch gehört, dass Sie einige Damen zur Gesellschaft an Ihrem Tisch hatten."

Aus Gründen, die Park vollkommen schleierhaft waren, hatte jemand Ferrell über alle Einzelheiten informiert. Ferrell wusste, dass Park, nachdem die Frauen die Grenze überschritten hatten, selbst nach Ostdeutschland gefahren war und die Warnow-Werft besichtigt hatte. Aber was Park besonders irritierte, war die schmierige Art, mit der Ferrell seine Informationen ausspielte. Wie so viele andere in der Partei gehörte Erpressung zu seiner bevorzugten Überzeugungsmethode.

„Die Reise nach Ostberlin, die Besichtigung, alles ist festgehalten“, hatte Park erklärt. „Ich tue nur meine Arbeit für die Partei. Was die Frauen im Café Lorenz betrifft, das geht Sie nichts an, also sollten Sie vielleicht besser den Mund halten!“

„Menschenskind! Das war nicht sehr nett, Professor“, hatte Weena protestiert.

Park bedauerte seinen Ausbruch. Es war nicht klug, kleine Wiesel vor ihren Freundinnen zu demütigen. Kleine Wiesel waren eines Tages große Wiesel.

Park war davon überzeugt, dass Menschen wie Ferrell Welch die kommunistische Partei eines Tages zu Grunde richten würden. Was hatte der Sozialismus nur an sich, dass er einen solchen Menschentyp hervorbrachte? Oder zumindest anzog?

Ferrell Welch war für Park kein Unbekannter. Er hatte seine eigenen Informationen über den Jungen. Ferrell war in gewisser Weise ein Blaublüter der Kommunisten von dem legendären Walter Thälmann rekrutiert. Thälmann, ein deutscher Physiker, war nach der dramatischen Explosion eines Flugzeugs über Nebraska im Jahr 1954 durch das Netz des FBI geschlüpft. Mit akribischer Sorgfalt und den modernsten wissenschaftlichen Techniken hatte das FBI Hunderte Trümmerteile des Flugzeugs und das, was von seiner Ladung und den Passagieren noch übrig geblieben war, untersucht. Sie fanden Hinweise auf eine Explosion und konnten ermitteln, dass sich die Explosion im Gepäckraum ereignet hatte. Sogar Überreste des Koffers, in dem die Bombe versteckt war, konnten ausfindig gemacht werden. Dann hatten sie sich mit dem Hintergrund aller vierundvierzig Opfer beschäftigt, eine Verbindung zum Bombenleger hergestellt und ihn verhaftet. Später gestand er die Tat, und sowohl das FBI als auch der Staat wurden wegen ihrer guten Arbeit gelobt. Nur konnte nie ermittelt werden, woher der Sprengstoff stammte. Diese Quelle und das Superhirn hinter dem Anschlag war Walter Thälmann.

Nach dem Bombenanschlag zog Thälmann nach Glendale in Kalifornien, in das Nachbarhaus eines Fernsehtechnikers mit Namen Welch. Dieser hatte eine Frau, Audra, und drei Söhne. Der jüngste davon hieß Ferrell. In seinem letzten Jahr in der Highschool gewann Ferrell das blaue Band bei einem Wissenschaftswettbewerb. Seine Arbeit hatte mit Plastiksprengstoff und elektrischer Leitung zu tun. Thälmann suchte seine Bekanntschaft, freundete sich mit dem Jungen an und redete mit ihm über die Wissenschaft – und Marx, Lenin und Hegel. Ferrell hatte schon immer etwas von einem klugen Rebellen in sich, und so wechselte er ohne zu zögern zum Kommunismus über.

An der Universität ließen Ferrell Welchs Noten zu wünschen übrig. Er war frustriert, wurde dann wütend und suchte nach etwas, das er tun könnte und das ihm ein gutes Gefühl in Bezug auf sich selbst geben würde, ein Gefühl der Zugehörigkeit. Für solche Leute gab es im Kommunismus immer einen Platz.

Ferrells Anspruch auf Ruhm war die Tatsache, dass er 1958 Nikita Chruschtschow gesehen hatte, als der Generalsekretär Los Angeles besucht hatte. Wenn man Ferrell darüber reden hörte, gewann man den Eindruck, Chruschtschow sei nur an die Westküste gekommen, um ihn zu treffen.

Aber auch wenn Ferrell Welch sich vielleicht einbildete, er könnte eines Tages schaffen, was William Z. Foster und Earl Browder nicht geschafft hatten – der erste kommunistische Präsident der Vereinigten Staaten zu werden –, war er eigentlich nichts weiter als ein kleiner Fisch im Ozean des Kommunismus. Eines Tages würde ein richtiger sozialistischer Hai mit großen Zähnen ihn bestimmt verschlucken.

Doch Park wusste, dass er Ferrell gegenüber für den Augenblick seine Gefühle beiseite lassen musste. Aus Pflichtgefühl würde er seinen Beitrag für die Partei leisten. Er würde am 19. auf dem Treffen sprechen. Er würde seine Eindrücke vom 13. August wiedergeben, von dem Tag, an dem die Mauer errichtet worden war. Er würde dies als eine heroische Tat von Generalsekretär Chruschtschow darstellen, um die faschistische Absicht des stümperhaften und jugendlichen Präsidenten Kennedy zunichte zu machen. Er würde voraussagen, dass Ostdeutschland nun, da es gegen die Mächte des Bösen, die es zu vernichten suchten, geschützt sei, eine reale Chance hätte, zu gedeihen. Er würde ihnen erzählen, dass die Welt in Ostdeutschland die Glorie des Sozialismus miterleben würde.

„Fortschritt durch Arbeit baut den Sozialismus“, murmelte Park vor sich hin. „Arbeiter der Welt, vereinigt euch.“

14

Gesehen hatten sie Pastor Wilhelm Olbricht das letzte Mal, als er mit dem Lastwagen, mit dem sie die Kinder von Hadamar retten wollten, auf einer Brücke davonfuhr. Seither hatte keiner von ihnen mehr von ihm gehört.

Das war vor einundzwanzig Jahren gewesen. Edith war damals noch sehr klein gewesen, Konrad jung und hochmütig, der Vorzeigejunge der Hitlerjugend. Monika hatte gerade erkannt, wie sehr sie ihren Mann liebte. Josef war noch am Leben, doch die Experimente mit Drogen und Medikamenten hatten seine Körper zerstört, und es würde nicht lange dauern, bis sie ihm den Tod brachten.

Es war das erste Mal gewesen, dass Monika sich gegen ihren Vater gestellt und Josef ihm vorgezogen hatte.

„Ich nehme an, ihr fragt euch, was ich hier tue", sagte Witzell. Nun, da sie seine wahre Identität kannten, hatte seine Stimme sehr viel Ähnlichkeit mit Pastor Olbricht.

Konrad und Ursel saßen auf den einzigen beiden Stühlen im Zimmer, abgesehen von dem Schreibtischstuhl. Edith stand mit dem Rücken zur Wand neben der Tür. Monika lehnte mit verschränkten Armen an der geschlossenen Tür. Die Pfleger hatten den Raum verlassen. Witzell hatte sie weggeschickt, denjenigen, die nicht regulär Nachtschicht hatten, gesagt, sie sollten nach Hause gehen.

Witzells Blick hing wie gebannt an Edith. Er sah sie an mit den Augen eines Großvaters. Und sie hielt seinem Blick stand. Schließlich stieg nicht jeden Tag der eigene Großvater aus dem Grab, um mit einem zu plaudern.

Vorsichtig streckte er die Hand nach ihr aus.

Sie wich zurück, dichter an ihre Mutter heran.

Witzell zog sich zurück. Er schien ihr das nicht übel zu nehmen. Verständnis war in seiner Miene zu lesen. „Dein Gehör", sagte er. „Mit welchem Ohr kannst du hören?"

Edith berührte mit der Hand leicht ihr linkes Ohr.

„Und das andere Ohr. Hörst du irgendetwas damit?“

Edith schüttelte den Kopf.

„Aber du hast gelernt, von den Lippen abzulesen“, bemerkte er.

„Sie hat keine richtige Ausbildung darin“, erklärte Monika kurz angebunden. „Wirst du uns jetzt erklären, was das alles soll?“

Der Blick, mit dem Witzell Monika bedachte, zeigte, dass er am liebsten die nächste Stunde damit verbracht hätte, sich wieder mit ihrem Gesicht vertraut zu machen. Um ihretwillen widerstand er diesem Drang. Er trat wieder an den Schreibtisch und zog den Stuhl hervor.

„Möchtest du dich setzen, Edith?“

Edith schüttelte den Kopf.

„Monika?“

„Jetzt fang schon an.“

Witzell betrachtete den Stuhl, dann schob er ihn wieder unter den Schreibtisch. „Womit soll ich beginnen?“, sagte er. Er öffnete den Deckel seines Zigarrenkästchens, dann schloss er ihn wieder, ohne eine Zigarre zu nehmen. „Wo soll ich anfangen?“, wiederholte er. „Zwei Jahrzehnte auf ein paar Sätze zu reduzieren, ist nicht leicht.“ Er lachte nervös. „Auf der Brücke. Wie ihr euch erinnert, habe ich Parteiweisheiten zum Besten gegeben von manchem Leben, das nicht lebenswert ist. Doch da auf dieser Brücke in Hadamar standen meine Tochter und mein Schwiegersohn und Konrad“, er nickte Konrad zu, „und Hartmut und Ernst ...“

Er brach ab und hielt eine Sekunde inne.

„Bist du übrigens mit Hartmut und Ernst in Kontakt geblieben?“, fragte er Konrad.

„Hartmut kam ums Leben“, erklärte Konrad.

Witzell seufzte tief. „Wie so viele von ihnen.“

„Ernst ist in Amerika“, sagte Ursel. „Er hat eine Französin geheiratet.“

„Vermutlich arbeitet er als Wissenschaftler.“

„Er baut Raketen.“

Witzell strahlte. Er deutete mit dem Finger auf Konrad und

Ursel und sagte: „Vermutlich seid ihr beide mittlerweile verheiratet."

„Wohl kaum", erwiderte Ursel.

„Lange Geschichte", fügte Konrad hinzu.

„Nun mach schon weiter!", drängte Monika erneut.

„Natürlich, natürlich." Es dauerte eine Weile, bis Witzell wieder wusste, wo er stehen geblieben war. Dann erzählte er weiter: „Ich war ungefähr fünf Kilometer nördlich von Hadamar, als ich eingeholt wurde. Sie waren auf der Suche nach dem Lastwagen. Natürlich waren sie erstaunt, mich auf dem Fahrersitz vorzufinden. Sie brachten mich in die Einrichtung, verhörten mich und sperrten mich dann fünf Tage ein. Das verschaffte mir die Zeit, alles zu durchdenken, und ich kam zu einigen Erkenntnissen. Offensichtlich war, dass Josef die ganze Zeit Recht gehabt hatte und mein Leben von der Furcht bestimmt war. Ich wollte auf Nummer Sicher gehen und hatte gedacht, meine Familie beschützen zu können, obwohl ich mich eigentlich dem Teufel verkauft hatte. Kurz gesagt: Ich sah ein, dass ich es war, dessen Leben lebensunwert gewesen war. Und so kam ich in dieser Zelle in der Irrenanstalt von Hadamar zu der Erkenntnis, dass Wilhelm Olbricht sterben musste.

Ich ging vor Gott auf die Knie und brachte Olbricht zu Tode. Da ich meine Schwäche kannte, wusste ich auch: Wenn ich nach Hause ginge und versuchte, da weiterzumachen, wo ich aufgehört hatte, würde der alte Olbricht bald wieder zurückkehren. Zum ersten Mal verstand ich die Notwendigkeit der alttestamentlichen Praktik, einen neuen Namen anzunehmen. Ihr erinnert euch doch, nicht? Am Wendepunkt in seinem Leben wurde Abram zu Abraham und seine Frau Sarai wurde Sarah."

„Jakob wurde Israel", fügte Ursel hinzu.

Witzell lächelte. „Dein Pastor wäre stolz auf dich. Ich verdrehte also die Initialen meines Namens. Wilhelm Olbricht. WO wurde OW. Ich dachte mir einen neuen Namen aus. Otto, der Name meines Großvaters – Witzell, einer meiner Professoren im Seminar, den ich sehr bewunderte. Die Nazis hatten Wilhelm Olbricht gefangen und sie ließen Otto Witzell frei. Ich ging dann nach Leipzig und schloss mich der Widerstandsbewegung an."

„Du hast Mutter im Stich gelassen?", fragte Monika.

„Edda", sagte Witzell. Er senkte den Blick. „Sie war zu gern die Frau eines Pastors. Es wäre nicht leicht für sie gewesen, die Frau eines Gesetzlosen zu sein."

„Und du hast sie einfach im Unklaren gelassen? Sie hat sich zu Tode gesorgt?"

„Der Plan war, mich in Leipzig zu etablieren, mir eine Wohnung zu beschaffen, eine Identität aufzubauen. Ich dachte, wenn sie die Veränderungen sehen könnte ... sie war nie besonders gut darin, Dinge in Begriffe zu fassen. Doch ich erwies mich als lausiger Widerstandskämpfer. Innerhalb weniger Wochen wurde ich gefasst und verbrachte den Rest des Krieges in Dachau als politischer Gefangener. Als ich deine Mutter in Köln ausfindig machte, war sie bereits verstorben."

„Das tut mir so Leid", sagte Ursel.

Konrad rutschte unruhig auf seinem Stuhl herum. Immer wieder veränderte er seine Position und versuchte, eine bequeme Lage zu finden. Es fiel ihm schwer, längere Zeit zu sitzen. Einige Leute werteten seine Unruhe als mangelndes Interesse. Doch so war es nicht.

„Nach dem Krieg", fuhr Witzell fort, „wollte ich meine Fähigkeiten einsetzen, den Menschen zu helfen, sich an die Veränderungen zu gewöhnen, vor allem den Kindern. Da dies die Zeit der Beichte ist, kann ich dir auch gleich alles erzählen." Er sah Monika direkt an. „Auf der Brücke von Hadamar hast du mir gesagt, ich könnte den Rest meines Lebens in dem Versuch verbringen, so zu werden, wie Josef war, und ich würde es doch nie mit ihm aufnehmen können. Du hattest Recht. Seit Dachau habe ich das zu meinem Lebensziel gemacht.

Stell dir also meine Überraschung vor, als ich bei meiner Arbeit für die Hilfsorganisationen, deren Anliegen es war, die Waisenkinder unterzubringen, auf eine Liste von fünf Kindern stieß, die alle kurz zuvor eingetroffen waren, die alle behindert waren und denselben Nachnamen trugen – Schumacher." Tränen traten ihm in die Augen. „Es war, als würde Gott mir eine zweite Chance geben, die Chance, mein Unrecht wieder gutzumachen. Welchen besseren Weg könnte es geben, Josef Schumacher zu ehren, als ihn mit seinen Kindern zu vereinen? Natürlich erfuhr ich, dass Josef tot war, und von euch fand ich keine Spur."

„Wir haben alles Menschenmögliche versucht, die Kinder aufzuspüren", erklärte Monika.

„Das bezweifle ich nicht", sagte Witzell.

Eine weitere Erklärung war nicht nötig und auch nicht gewollt, nach Monikas Kiefer zu urteilen, der heftig mahlte. Alle im Zimmer kannten das Chaos im Nachkriegsberlin.

„Etwa zur selben Zeit bekam ich den Posten in K7 zugewiesen und ließ die Kinder hierher bringen. Das war vor etwa fünfzehn Jahren. Einmal hat man versucht, sie mir wegzunehmen. Ich wusste nicht, wer der Drahtzieher war, nur dass Druck auf Einzelne ausgeübt wurde. Ich konnte jedoch einige Verbindungen spielen lassen und behielt die Vormundschaft über die Kinder. Ich weiß, sie gehören nicht in eine Einrichtung wie diese, aber es war die einzige Möglichkeit, sie alle zusammenzubehalten."

„Toba hat eine hohe Meinung von Ihnen", sagte Ursel.

Witzell lächelte. „Er ist mein Junge", erwiderte er. „Wir hören uns gemeinsam Musik an."

„Darum ging es also", sagte Edith mehr zu sich selbst als zu einem anderen. Als alle sie ansahen, erklärte sie: „Er hat mich gefragt, ob ich die Musik von Frank Sinatra mag."

„Wissen die Kinder, wer du bist?", fragte Monika.

„Sie kennen mich nur als Herr Witzell."

„Und doch haben Sie heute Abend offensichtlich auf uns gewartet", bemerkte Konrad.

„Ja", erwiderte Witzell. „Bei unserer Regierung ist es unmöglich, Nachforschungen anzustellen, ohne Verdacht zu erregen. Zwar habe ich all die Jahre nach euch gesucht, doch ich musste das in aller Stille und mit großer Geduld tun und natürlich nach meinem Geldbeutel."

„Deinem Geldbeutel?"

„Anonyme Informationen haben ihren Preis. Vor etwa sechs Monaten kaufte ich eine Liste mit drei Namen, alle M. Schumacher. Es war eine Liste von Arbeiterinnen. Eine arbeitete in einer Musikschule, eine andere im Intershop am Alexanderplatz und die dritte in Schönners Schuhfabrik. Um nicht aufzufallen, meldete ich mich für Klavierstunden in der Musikschule an. Stellt euch das vor! In meinem Alter in die Musikschule! Ich wurde schrecklich ausgelacht."

„Sie sind nicht besonders gut bei verdeckten Ermittlungen, oder?", meinte Konrad.

Witzell nahm die Bemerkung mit Humor, so wie es auch gemeint war. „Mir gelang es dann, Westwährung zu bekommen, und ich ging in den Intershop", berichtete er weiter.

„Du hättest wegen des Besitzes dieser Währung und des Besuchs im Intershop verhaftet werden können!", sagte Edith entsetzt.

Witzell zuckte die Achseln. „Ich konnte wohl kaum jemanden bitten, mir dieses Risiko abzunehmen", antwortete er. „Aber wie ihr euch wohl denken könnt, war es der dritte Name auf der Liste, der mich zu euch geführt hat. Ich habe bei Schichtende vor der Fabrik gewartet. Nach fünf Tagen habe ich Ursel entdeckt." Er sah Monika an und fügte hinzu: „Du und dieses wunderhübsche Mädchen, meine Enkeltochter, ihr wart hinter ihr."

„Du bist uns nach Hause gefolgt", sagte Monika anklagend. „Du hast uns verfolgt wie ein Stasi-Agent."

Falls Witzell vorgehabt hatte, ihnen zu erzählen, dass er einen pensionierten Agenten eingesetzt hatte, um einen Kontakt zu ihnen herzustellen, dann verwarf er diesen Gedanken jetzt.

„Was sollte ich tun? Zu dir hingehen und sagen: ‚Hallo Liebes, wie ist es dir ergangen?'"

„Stattdessen hast du einen blinden Jungen in Gefahr gebracht", warf Monika ihm vor.

„Jemand ist ihm gefolgt", erwiderte Witzell. Er kam zu dem

Schluss, dass im Augenblick nicht der richtige Zeitpunkt war zu gestehen, dass sie Toba mehrere Stunden aus den Augen verloren hatten.

„Warten Sie mal, ich kann nicht folgen“, wandte Ursel ein. „Warum Toba?“

„Ja, warum Toba?“, echote Edith.

„Zweimal ist er uns ausgebüchst und hat sich auf eigene Faust auf die Suche nach euch gemacht“, erklärte Witzell. „Dieses Mal habe ich ihn ein Telefongespräch belauschen lassen. So hat er eure Adresse bekommen. Glaubt mir, wenn ich der Meinung gewesen wäre, dass es gefährlich für ihn wäre, dann hätte ich ihn nie mit einbezogen.“

„Und warum hast du es getan?“, fragte Monika.

„Ich hatte Angst.“ Witzell sank auf seinen Stuhl und lehnte sich zurück. „Ich hatte Angst, dass du, wenn ich auf einmal vor deiner Haustür erscheinen würde, mir die Tür vor der Nase zuschlagen würdest. Scott – Tobas legaler Name ist Scott Schumacher, was den Papierkram sehr erleichtert hat. Toba war mein Gesandter. Ich hoffte, du würdest mir, wenn wir uns dann begegnen, wenigstens eine Chance geben, wenn er euch erzählte, dass ich, Witzell, ein anständiger Mensch bin.“

Wie ein Rechtsanwalt, der sein letztes Plädoyer vor einem Geschworenengericht hielt, gab Wilhelm Olbricht alias Otto Witzell seinen Fall nun ab und wartete auf das Urteil.

„Können wir die Kinder sehen?“, fragte Monika.

„Natürlich.“

Sie drehte sich um und legte die Hand an die Türklinke.

„Kann ich dich zuerst etwas fragen?“, sagte ihr Vater.

Monika drehte sich um, und wie aus einem Reflex heraus verschränkte sie die Arme vor der Brust.

„Welche Pläne hattet ihr für die Kinder?“, fragte er. „Wenn es euch gelungen wäre, sie aus K7 herauszuholen, was wolltet ihr dann tun?“

„Sie aus Ostdeutschland herausschaffen“, erklärte Konrad.

Nun war es an Witzell, verblüfft zu reagieren. „Nun, das ist ganz bestimmt eine neue Wendung", sagte er. „Ich möchte gern mehr darüber erfahren."

Doch diese Diskussion würde warten müssen. Im Augenblick war es an der Zeit für ein Wiedersehen.

Auf Witzells Befehl hin wurden die Lichter im Gemeinschaftsraum eingeschaltet, was eine Krise beim Nachtdienst auslöste. Die einen murrten so laut vor sich hin, dass jeder ihren Unwillen mitbekam. Es war schon nach Mitternacht. Andere warfen Witzell vor, eine Gruppe Verbrecher zu beherbergen. Waren diese Leute nicht bei einem Einbruch ertappt worden? Die lautesten Einwände kamen jedoch von den Pflegern, die bei ihrem Skatspiel gestört wurden.

Wie ein guter Gastgeber führte Witzell sie in den Gemeinschaftsraum. Ursel folgte unmittelbar hinter ihm, den Flur entlang, um eine Ecke herum, dann ein kurzes Stück Flur, wieder um eine Ecke. Da sie ihn zuerst als Olbricht erkannt hatte, hatte sie mehr Zeit gehabt, sich mit dieser Tatsache auseinander zu setzen, und hatte keine Angst mehr vor ihm. Möglicherweise wollte sie auch ein paar Schritte vor Konrad bleiben. Monika folgte ihnen in einiger Entfernung.

Der Raum war groß genug für sie alle. Weiße Wände. Grüne glänzende Fliesen auf dem Fußboden. Grelles Licht. Vergitterte Fenster, eine Erinnerung daran, dass dies kein Erholungsraum in einer Kirche oder einem Hotel war.

Sie brauchten nicht lange zu warten. Schon bald wurde Toba von einem Pfleger in den Raum geschoben. Er strahlte über das ganze Gesicht.

„Jeder sagt etwas, damit ich weiß, wo ihr seid", sagte er glücklich.

Nacheinander riefen sie ihm einen Gruß zu. Toba konnte sich sofort orientieren. Er ging geradewegs zu Edith, nahm ihre Hände und flüsterte ihr etwas ins Ohr. Er brauchte gar nicht erst nachzudenken, auf welchem Ohr sie hörte.

Lächelnd nickte sie.

„Ja?", fragte er.

„Ja", erwiderte Edith.

„Herr Witzell?"

„Ja, Toba?"

„Wäre es in Ordnung, wenn Edith und ich die anderen aufwecken und sie herholen?"

„Wenn es keine Einwände gibt", erwiderte Witzell und sah die anderen an.

Es gab keine.

Toba nahm Edith an der Hand und führte sie zur Tür hinaus und den Flur entlang.

„Wann immer ich ihn so etwas tun sehe, bin ich erstaunt", erklärte Witzell.

In den folgenden Minuten warf Witzell Monika verstohlene Blicke zu. Monika ignorierte ihn ganz bewusst.

Das erste der Kinder aus Hadamar war schon auf dem Flur zu hören, was untypisch für sie war, aber dies war auch eine ungewöhnliche Nacht. Die Tür flog auf und Marlene erschien in Begleitung von Toba und Edith.

„Fräulein Ursel! Frau Schumacher!", schrie sie. Vor Aufregung sprach sie noch undeutlicher als sonst.

Ursel war zuerst bei ihr und schloss sie fest in die Arme. Monika folgte ihr, dann Konrad.

Marlene war klein und zierlich, doch sie war zur Frau herangereift.

Toba und Edith nahmen sich an der Hand und zogen los, um den Nächsten zu holen.

Kurze Zeit verging, bevor sie mit dem humpelnden, aber überglücklichen Hermann ankamen. Sein Haar stand ihm wirr vom Kopf ab.

„Ihr hättet ihm wenigstens Zeit lassen können, sich die Haare zu kämmen", lachte Witzell.

Der Nächste war Viktor. Er war so fassungslos, dass er weinte. Und als er Ursel umarmte, legte er sein Gesicht an ihre Brust und drückte sich so fest an sie, dass sie sich fragte, ob sie ihn jemals wieder von ihr lösen könnten.

Anni wurde als Letzte geweckt. Sie kam großtuerisch daher, vermutlich als Reaktion auf Tobas Sticheleien auf dem Weg zum Gemeinschaftsraum. Er hielt ihren Arm, den mit der verkrüppelten Hand – über dem Ellbogen. Es sah aus, als wäre er ein Gefängniswärter und sie eine Gefangene.

„Und wer dachte, ich könnte es nicht schaffen? Ich wette, du möchtest diese Worte jetzt hinunterschlucken, oder, Anni? Denn ich habe es geschafft. Ich habe gesagt, ich würde es schaffen, und so war es auch!"

„Toba", mahnte Witzell, „sei höflich."

Der Gemeinschaftsraum war groß genug für ihre kleine Gruppe. Sie waren so laut bei ihrer spontanen Wiedersehensfeier, dass nach und nach eine Reihe verschlafener Insassen in der Tür erschienen, die sich wunderten, warum sie nichts von der Party erfahren hatten.

Witzell stand abseits und beobachtete die Wiedervereinigung mit hoch zufriedenem Gesicht. Konrad war mitten drin, obwohl er manchmal so stark mit seinen Gefühlen zu kämpfen hatte, dass er beinahe verängstigt wirkte. Edith stand im Mittelpunkt des Interesses, da sie all diese Jahre nicht miterlebt hatte. Toba huschte zwischen ihr und Konrad hin und her. Ursel und Monika saßen nebeneinander am Rand und beobachteten. Dann und wann steckten sie die Köpfe zusammen und sprachen über eine Beobachtung. Ursel hatte die meiste Zeit die Hand an den Mund gelegt. Ein tränennasses Taschentuch lag in ihrem Schoß. In dieser Nacht flossen die Tränen in Strömen. Auch Monika hielt sich nicht zurück, aber sie lachte auch viel, so viel wie schon lange nicht mehr. Nicht einmal sah sie ihren Vater an. Und obwohl sie das Zusammensein zu genießen schien, war doch auch eine gewisse Skepsis und Ablehnung spürbar.

Das Gespräch wurde von Erinnerungen an die Vergangenheit dominiert.

„Erinnert ihr euch noch, als Marlene an der Reihe war, Aaron zu sein, und Fräulein Ursel sie nicht so weit beruhigen konnte, dass sie mit dem Weinen aufhörte und uns sagte, wohin wir gehen sollten?", fragte Toba.

„Und dann sagte jemand, wenn sie weiterhin so weinen würde, dann gäbe es bestimmt noch eine Überschwemmung“, fügte Edith hinzu.

„Das habe ich gesagt“, warf Viktor strahlend ein.

„Das warst du nicht“, widersprach Anni. „Das kam von Hermann.“

„Ich habe das gesagt!“, beharrte Viktor.

„Und ein anderer sagte: ‚Das ist in Ordnung. Mose hat einmal das Meer geteilt, er kann das auch noch mal machen!‘“

„Dann habe ich das gesagt!“, rief Viktor.

„Du hast gar nichts gesagt, Viktor“, fuhr Anni ihn an. „Du warst viel zu sehr damit beschäftigt, dich an Fräulein Ursels Bein zu klammern, weil du so verängstigt warst.“

„Dann haben wir alle angefangen zu lachen“, warf Edith ein. „Sogar Marlene. Sie lachte so sehr, dass sie kein Wort mehr rausbrachte.“

„Erinnert ihr euch noch an das Weihnachtsfest, als Edith und Anni sich gestritten haben, wer denn nun die Maria spielen sollte?“, fragte Marlene.

„Wir Hirten haben Bademäntel getragen“, sagte Hermann. „Wo steht in der Bibel, dass die Hirten Bademäntel trugen? Hatten sie auch Duschkappen auf?“

„Ich war ein Hirte! Daran erinnere ich mich!“, rief Viktor.

„Das warst du gar nicht“, brummte Anni. „Du warst eines der Schafe.“

Alle lachten, sogar Viktor.

Und so ging es weiter, bis beinahe der Morgen anbrach. Die Insassen von K7 kehrten in ihre Zimmer zurück. Alle klagten darüber, dass sie jetzt nicht mehr würden schlafen können. Witzell brachte die vier Retter zu ihrem Wagen und wartete, bis sie davongefahren waren. Ein zufälliger Beobachter wäre nie auf den Gedanken gekommen, dass vorher ein Rettungsversuch stattgefunden hatte.

In der Wohnung in der Kellerstraße wurde Konrad die Couch zum Übernachten angeboten. Er lehnte ab. Zwar sagte er es nicht, aber er hatte genügend Gesellschaft gehabt und wollte nun allein sein. Er fuhr mit dem Wagen nach Hause.

Edith ging zu Bett und wiederholte die Klagen der Insassen von K7, es sei zwecklos zu versuchen, noch etwas Schlaf zu bekommen. Als Ursel und Monika schließlich in ihrem Bett lagen, als wäre es eine normale Nacht, dachten sie über die Ereignisse nach und überlegten, wie es nun weitergehen sollte.

15

Amüsiert beobachtete Konrad, wie der kleine Wartburg den Berg hinaufkroch. Er hatte Pastor Olbricht immer mit großen Autos in Verbindung gebracht, mit einem leistungsstarken Motor und einem satten Klang. Einmal hatte er ganz unerwartet am Tag der Rettung der Hadamar-Kinder Olbrichts Limousine fahren dürfen. Als er jetzt zusah, wie er in seinem kleinen grauen Wartburg mit der Leistung von zwei Mäusen, die in einem Laufrad flitzen, mühsam den Berg hochkroch, fiel es Konrad schwer, nicht in Lachen auszubrechen. Er wünschte, Hartmut wäre hier und könnte das miterleben.

Der Wagen kam schließlich eingehüllt in einer Staubwolke zum Stehen. Witzell stieg aus. „Er gehört der Einrichtung", erklärte er, bevor Konrad die Chance hatte, eine Bemerkung zu machen.

Witzell ging zur Vorderfront der Hütte, seine allgegenwärtige Zigarre im Mund, und begutachtete die Hütte.

„Das ist sie also?", fragte er.

Als Witzell die Einzelheiten des ursprünglichen Fluchtplanes erfahren hatte, hatte er darauf bestanden, das Quartier in Augenschein zu nehmen, das sie als Übergangslösung ins Auge gefasst hatten, bevor er sich weiter darauf einließ.

Konrad stand auf der Veranda, die sich um das ganze Haus herumzog. Vier zwei Meter breite Holzstufen trennten ihn von dem herannahenden Olbricht. Oder Witzell, korrigierte er sich. Es würde eine Weile dauern, bis Konrad in ihm nicht mehr Pastor Olbricht sah.

Die Stufen knackten, als Witzell sich hinaufschleppte. Er streckte Konrad die Hand entgegen. Um sie zu schütteln, oder brauchte er Hilfe? Konrad nahm sie und war nicht ganz sicher, worum es dabei ging, denn es war ein wenig von beidem.

„Ja, ja", sagte Witzell, während er sich umsah. „Ein hübscher Wind hier."

Konrad führte ihn hinein. Die Besichtigungsrunde dauerte zehn Minuten. Konrad zeigte ihm beide Stockwerke, oben und unten. Doch die ganze Zeit sagte Witzell nichts anderes als „Ja, ja“. Außer in dem Raum, in dem Konrad schlief.

„Keine Matratze?“, fragte Witzell und deutete mit seiner Zigarre auf die Decken in der Ecke.

„Ich habe es versucht“, erklärte Konrad. „Zu weich.“

„Ja, ja. Was dagegen, wenn wir uns auf die Veranda setzen?“

Konrad holte zwei Stühle. Die beiden Männer setzten sich nebeneinander mit Blick auf den dichten Wald und den tief gefurchten Feldweg, der den Berg hinunterführte.

„Toba ist der Held von K7“, sagte Witzell.

„Er ist schon ein ganz Besonderer, nicht wahr?“

„Hat eine besondere Vorliebe für dich. Sie nennen dich ‚Rad‘ – Weißt du, was es damit auf sich hat?“

„So haben mich die Kinder in der Rama-Klause genannt. Ich glaube, es war Tobas erstes Wort.“

Witzell zündete seine Zigarre wieder an. Er bot auch Konrad eine an.

„Danke, nein.“

„Josef hat Zigarren auch nie gemocht. Ich schätze, es besteht keine Hoffnung mehr für die jüngere Generation.“

Konrad lachte.

„Ich vermisse ihn schrecklich“, gestand Witzell. „Ich hatte immer gehofft, ich hätte die Gelegenheit, wieder gutzumachen, was ich ihm angetan habe.“

Der Wind nahm zu und trieb drei Blätter vor sich her.

„Mit einigen Sünden muss man einfach leben“, seufzte Witzell traurig.

„Sie können es an Monika und Edith wieder gutmachen.“

„So Gott will.“

Konrad beneidete ihn nicht. Sich in Monikas Gunst wieder hochzuarbeiten, würde schwierig werden.

„Ländlich“, sagte Witzell. Er machte eine ausholende Handbewegung.

„Ja."

„Sieht so aus, als sei es von einem Mann ausgestattet worden, der zu viele Jahre in einem russischen Gulag verbracht hat."

Konrad lachte. „So übel?"

„Wir können es besser."

Es war irgendwie seltsam, mit Pastor Olbricht auf der Veranda zu sitzen. Er war Konrad Reichmanns Pastor gewesen, bevor Josef das Amt von ihm übernommen hatte. Konrad erinnerte sich an ihn als einen donnernden Prediger, der gern herumlief und auf die Kanzel trommelte. Konrads Vater hatte Pastor Olbricht immer gemocht. Er hatte ihn offen unterstützt. Zu Josef hatte er jedoch eine andere Einstellung gehabt. Konrad fragte sich, ob Olbricht wusste, dass sein Vater tot war, dass er von einem abtrünnigen SS-Offizier ermordet worden war, der sich eigentlich an Konrad hatte rächen wollen.

„Wie war es im Gulag?", fragte Witzell.

„Vermutlich so wie in Dachau."

„Es hilft, darüber zu reden."

Konrad wollte nicht darüber reden. Er wurde nicht mit der Tatsache fertig, dass er hier mit Pastor Olbricht saß. Das erinnerte ihn an seine Kindheit, wenn er bei den Erwachsenen sitzen durfte. *Wenn nur Pastor Schumacher uns jetzt sehen könnte*, dachte er. *Ich sitze mit seinem Schwiegervater auf einer Veranda, und wir vertrödeln den Nachmittag.*

„Du hast Angst, nicht?", fragte Witzell.

Konrad antwortete nicht.

„Decken für ein Bett in der Ecke deines Zimmers. Diese Hütte, kilometerweit von jeglicher Zivilisation entfernt. Sieben Jahre, ohne dass du dich auch nur bei Ursel gemeldet hättest."

„Diese Hütte ist für die Kinder."

„Und Ursel?"

Aus dem dunklen Schatten heraus starrte Konrad in das helle Sonnenlicht. Witzell schaute in dieselbe Richtung und paffte heiter seine Zigarre. Konrad wollte nicht darüber reden. Er erinnerte sich daran, dass früher manchmal gesagt wurde, Olbricht ähnele einer Bulldogge, sowohl in der Erscheinung als auch im Temperament. *Einige Dinge ändern sich nicht*, dachte er.

„Bei Monika wusste ich, was mich erwarten würde. Dass sie mich hassen würde, war ziemlich sicher. Was mir zu schaffen machte, war die Qual, die ich ihr bereiten würde, wenn ich auf einmal wieder in ihrem Leben auftauche. All diese Jahre bin ich für sie tot gewesen. Sie hatte sich damit abgefunden. Die Tatsache, dass ich wieder in ihr Leben getreten bin, bedeutet, dass sie sich jetzt wieder irgendwie mit meiner Existenz auseinander setzen muss. Nur ist es nicht mehr die gleiche Beziehung wie früher. Das geht gar nicht. Wir sind jetzt beide andere Menschen. Sie ist kein kleines Mädchen mehr. Ich bin nicht mehr derselbe Mann, den sie als ihren Vater kannte. Werden wir einander überhaupt mögen? Ich weiß es nicht. Ich wusste jedoch, dass ich Dinge aufwühlen würde, die abgeschlossen waren, und ein Teil von mir drängte mich, alles ruhen zu lassen. In gewisser Weise war sie besser dran, als sie mich für tot hielt."

„Und warum haben Sie es getan?"

„Ich rede mir ein, es sei wegen der Hadamar-Kinder gewesen. Ich werde nicht ewig da sein. Mit meiner Gesundheit steht es nicht zum Besten. Jemand muss sich um die Kinder kümmern, wenn ich es nicht mehr kann." Er machte zwei Züge, dann fügte er hinzu: „Aber ich glaube, wenn ich ehrlich bin, dann muss ich sagen, dass ich es auch meinetwegen getan habe. Ich kam schließlich an den Punkt, wo mein Wunsch, an meiner Tochter und Enkeltochter wieder gutzumachen, was ich getan hatte, größer war als das Unbehagen, dass es für sie mit sich bringen würde. Selbstsüchtig, meinst du nicht?"

Aber Konrad schwieg. Er sagte lange nichts. Auch Witzell schwieg. Die Bulldogge brauchte Zeit. Es war Konrad, der schließlich das Schweigen brach.

„Ich bin nicht mehr derselbe Mann, in den Ursel sich verliebt hat", sagte er.

„Ja, ja."

Noch mehr Stille.

„Sie ist nicht mehr dasselbe Mädchen, in das ich mich verliebt habe."

„Ja."

Konrad starrte auf die Verandadielen. „Ich sah, wie ein Mann sie vor der Oper geküsst hat. Er ist alt. Ein Kommunist. Ursel wird ihn heiraten."

„Bald?"

„Mit ihm wird sie besser dran sein."

„Vermutlich."

Sie starrten weiter auf die Bretter. Sie waren alt, abgetreten, schmutzig. Jemand müsste sie noch mal abschleifen und neu versiegeln.

„Ich bin nicht mehr derselbe Mann wie früher."

„Das sagtest du bereits."

„Es stimmt."

„Ich habe nicht gesagt, dass es nicht stimmt."

„Ich habe mich verändert."

„In der Kriegsgefangenschaft verändert man sich."

„Aber Sie wissen nicht ... ich meine, natürlich wissen Sie – Dachau war schließlich auch kein Osterspaziergang für Sie."

Witzell lachte leise. „Nein, kein Osterspaziergang."

„Aber das waren die Russen. Und ich hatte das hier ..." Er zog seinen Hemdsärmel hoch. Die SS-Tätowierung auf seinem Arm war noch immer zu sehen. „Das qualifizierte uns für eine Sonderbehandlung, falls Sie verstehen, was ich meine."

„Ich glaube nicht. Erzähle mir davon."

Konrad starrte die alte Bulldogge an. Ganz plötzlich empfand er den dringenden Wunsch, darüber zu reden. Doch gleichzeitig wollte er auch nicht darüber reden. Einige Dinge blieben besser in der Vergangenheit verschlossen, wie zum Beispiel alte Familiengeheimnisse, die niemand kannte. Er hatte Angst, die Gegenwart mit der Vergangenheit zu verderben. Er wollte die Tür zu dem Gulag nicht öffnen aus Angst, der schreckliche Gestank – das mörderische Verhalten, der Hass und die Verzweiflung dort könnten herausquellen in diese Welt und auch sie verderben. Nein, das konnte er Ursel nicht antun. Darum hatte er all diese Jahre geschwiegen. Es war besser, diese Tür verschlossen zu halten. Ganz fest verschlossen.

Und doch …

Die Tür wölbte sich nach außen. Die Angeln quietschten und drohten nachzugeben. Wie viel länger würde er sie noch geschlossen halten können?

An manchen Tagen war es leicht. An anderen Tagen konnte er kaum verhindern, dass es herausquoll und alles vergiftete. Und da saß Witzell und hantierte am Riegel herum.

„Er gibt Lieder in der Nacht“, sagte Witzell.

„Wie bitte?“

„Dieser Gedanke half mir, die Zeit in Dachau zu ertragen. Das steht in den Psalmen. ‚Am Tage sendet der Herr seine Güte und des Nachts singe ich ihm und bete zu dem Gott meines Lebens.‘ Nachts war es am schlimmsten, nicht wahr? Im Dunkeln tut die Hoffnung sich schwer. Die Zeit scheint stillzustehen. Der Griff der Angst wird ungemein fest. Um mich zu wehren, sang ich leise vor mich hin. Die schönen Lieder kamen mir wieder in den Sinn. Ich wurde an Gottes Liebe erinnert, seine Kraft, seine Fürsorge. Diese Lieder in der Nacht haben mir geholfen zu überleben.“

Bei dieser Erinnerung war Witzells Bulldoggengesicht ernst geworden. Konrad verstand.

„Nachdem sie meine Wunde versorgt hatten, brachten sie mich in ein Lager mit zwölftausend anderen Soldaten“, erzählte Konrad. „Es gab keine Zelte. Zwei Monate lang, während der Krieg langsam zu Ende ging, lebten wir auf einer sumpfigen Wiese, eingepfercht von Stacheldraht. Es war ein Aussonderungsprozess. Sie ließen uns dort, weil sie sehen wollten, ob wir sterben würden.“

Konrad merkte, dass Witzell ein erfahrener Seelsorger war. Er hütete sich davor, Fragen zu stellen oder einen Kommentar abzugeben. Der alte Pastor lehnte sich auf seinem Stuhl zurück, kaute auf seiner Zigarre herum und starrte in die Ferne. Gelegentlich nickte er, um zu zeigen, dass er zuhörte.

„Ich bin beinahe gestorben. Ich bekam eine Infektion. Gefangen genommene deutsche Ärzte taten ihr Bestes, um uns zu behandeln, aber sie bekamen keinerlei Medikamente; sie konnten also nicht viel tun. Einmal am Tag gab es eine dünne Gemüsesuppe, einen harten Zwieback jeden dritten Tag. Nach einer Weile konnten nur wenige noch auf ihren Füßen stehen. Täglich starben Hunderte.

Nachdem wir zwei Monate dort gelegen hatten, wurden wir von russischen Soldaten umzingelt, die uns befahlen aufzustehen. Sie wollten uns wegbringen. Es war ein trauriger Anblick. Viele von uns mussten das Laufen erst wieder lernen. Die einst so stolze Waffen-SS war eine Horde abgerissener, dreckiger, hustender, kranker und humpelnder Männer. Es ist seltsam, wie der Verstand manchmal funktioniert. Hier waren wir, wir taumelten in unseren sicheren Tod, und ich konnte nur daran denken, wie wir *Unter den Linden* hermarschiert waren in unseren Uniformen der Hitlerjugend.

Sie brachten uns zu einem Verteilungslager unmittelbar vor Stalingrad. Tausende starben unterwegs. Sie waren die Glücklichen, wie sich herausstellte. Man verlud uns in Viehwaggons und schloss die Türen. Dann standen wir einfach da. Tag für Tag standen wir dort, nichts tat sich. Nach fünf Tagen öffneten sie die Türen und holten uns heraus. Eine Woche lagerten wir bewacht neben den Schienen. Dann wurden wir wieder in die Waggons getrieben. Dieses Mal setzte sich der Zug in Bewegung. Sie brachten uns ins Herz Russlands.

Oranski Nummer vierundsiebzig, Provinz Gorki, vierhundert Kilometer östlich von Moskau. Wir waren Arbeiter für die sowjetischen Reparationsprojekte, Nachkriegsaufbau – Eisenbahnen, Straßen, Kanäle, Forstwirtschaft, Minen, Landwirtschaft, Bau von Häusern und anderen Gebäudekomplexen. Wie Sie sich denken können, waren die Zustände unmenschlich, ungesund und tödlich. Man kann nicht sagen, sie hätten uns nicht gewarnt. Kaum hatten wir den Zug verlassen, da standen wir auch schon vor dem Lagerkommandanten, der uns die Bedingungen erklärte, unter denen wir am Leben bleiben könnten. Er sagte: ‚Macht keinen

Fehler. Wir repräsentieren den organisierten Terror. Das sollte allen sehr klar sein.‘ Bereits am nächsten Morgen machte er sich daran, das unter Beweis zu stellen.

Um unsere Begeisterung für die Arbeit anzuregen – und die Lagerbevölkerung zu reduzieren, indem die Schwachen wegstarben –, mussten wir uns jeden Morgen, bevor wir zur Arbeit gingen, in einer Reihe vor den Baracken aufstellen. Der letzte Mann in der Reihe wurde zum Faulpelz erklärt und erschossen.

Einmal fiel mir ein Schienenverbindungsstück auf den Fuß und brach mir ein paar Zehen. Ich bekam keine medizinische Behandlung und konnte kaum stehen, geschweige denn, mir einen Platz in der Reihe erkämpfen. Einen Monat lang hat Klaus Laufer … ein Junge aus Pankow, wie sich herausstellte. Er hat in der Klaustaler Straße gewohnt.“

„Drüben beim Panke“, sagte Witzell.

„Genau. Klaus war während des Krieges Hauptmann bei der Luftwaffe. Wir freundeten uns an und schwelgten in Erinnerungen an zu Hause. Auf jeden Fall hat Klaus mich einen Monat lang zum Morgenappell hinausgetragen.“

„Ich bin sicher, du hättest dasselbe für ihn getan.“

„Ich tat es.“ Konrads Stimme wurde düster. „Etwa ein Jahr später ereignete sich ein Unfall. Ein Bulldozer fuhr einen Verstärkungspfosten aus Metall um. Er bohrte sich in Klaus’ linken Oberschenkel. Es war nichts gebrochen oder so, aber er bekam eine Infektion. Es war ihm nicht nur fast unmöglich zu laufen, er lag auch oft im Delirium. Eines Morgens beim Morgenappell war das Fieber so hoch, dass er nicht richtig bei sich war. Als ich versuchte, ihm aufzuhelfen, wehrte er sich gegen mich. Ich schaffte es, ihn aus der Tür zu zerren, doch wieder stieß er mich beiseite. Alle anderen waren bereits angetreten, und wir lagen am Boden und rangen miteinander. Ich versuchte, Klaus in die Reihe zu zerren, er schrie und stieß mich fort. Die Wachen beschlossen, sich einen Spaß mit uns zu erlauben. Sie trennten uns. Dann befahlen sie uns, um die Wette zum letzten Platz in der Reihe zu laufen.

Das Signal ertönte. Ich machte keine Anstalten zu laufen. Klaus ging auf mich los, und als einer der Wärter ihn packte, ging er auch auf ihn los. Als die Wärter erkannten, dass es kein Rennen geben würde, befahlen sie mir, mich in die Reihe zu stellen. Sie hätten mich erschossen, wenn ich nicht gehorcht hätte. Da wusste ich, dass ich nicht in der Lage sein würde, Klaus zu retten."

Witzell sagte: „Sie haben ihn erschossen."

Konrads Schweigen bestätigte Witzells Bemerkung.

„Die Wärter wussten, dass Klaus und ich befreundet waren. Sie fanden es amüsant, mir seinen Tod in allen Einzelheiten zu schildern."

Witzell schloss die Augen.

Konrad atmete tief durch, bevor er fortfuhr. „Ein Albtraum quält mich immer wieder", erzählte er. „Ich halte Klaus in den Armen und bette seinen Kopf in meinen Schoß."

Witzell fuhr sich mit dem Handrücken über die Augen.

„Dann – ich glaube, es war '52 – hörten wir Gerüchte, alle Gefangenen würden im Laufe des kommenden Jahres freigelassen werden. So eine Art Generalamnestie. Nun, wir hatten auch früher schon Gerüchte gehört. Erst als sie anfingen, einige von uns wegzubringen, glaubten wir daran. Sie schienen damit jedoch keine Eile zu haben. Die SS-Offiziere waren zuletzt an der Reihe. Ich kam 1955 frei. Wenn ich daran zurückdenke, dann war das Grausamste, was die Sowjets mir angetan haben, meine Freilassung."

Witzell betrachtete seine Zigarre, die bis auf einen Stumpen heruntergebrannt war. Er warf sie weg. Dann stand er auf, streckte sich und starrte in die Ferne. „Gib dir Zeit", sagte er.

Konrad nickte. „Ja."

Witzell stampfte mit den Füßen. Es sah so aus, als würde eine Horde Ameisen vor seinen Füßen herlaufen, und er schien entschlossen, sie totzutreten. Doch in Wirklichkeit gab es keine Ameisen. Er wollte nur seinen Blutkreislauf wieder anregen.

Konrad erhob sich und streckte sich ebenfalls. „Also, was denken Sie?", fragte er und zeigte auf die Hütte.

Witzell drehte sich um und warf einen letzten Blick auf die Hütte. „Das geht auch besser."

Damit watschelte er die Stufen hinunter zu seinem Wagen. Konrad blieb oben auf der Stufe stehen und wusste immer noch nicht mehr.

Der alte Pastor öffnete die Fahrertür. Er deutete auf den Beifahrersitz. „Steig ein“, forderte er ihn auf.

Konrad stieg die Stufen hinunter. Er öffnete die Beifahrertür und amüsierte sich erneut darüber, dass Pastor Wilhelm Olbricht eine solche Klapperkiste fuhr.

„Wohin fahren wir?“

„Zu etwas Besserem“, erwiderte Witzell.

16

Montag, 4. September 1961

Sie trafen sich in Witzells Haus. In der Wohnung von Monika, Ursel und Edith war ein Treffen nicht möglich, denn Herr Puttkamer hätte sie sofort verdächtigt, den Sturz des Kommunismus zu planen. Als die anderen eintrafen, war Konrad bereits da. Er hatte den Sonntagabend mit Witzell verbracht und beschlossen, bei ihm zu übernachten.

Otto Witzell wartete an der S-Bahnstation auf die Frauen, als der Zug einlief. Von dort waren es noch drei Kilometer Fahrt mit seinem Wartburg zum Stadtrand. Monika hatte mit einer kleinen Wohnung gerechnet. Doch er brachte sie zu einem recht großen Haus.

„Wie viele Schlafzimmer?", fragte Monika, während sie das Haus betrachtete.

„Fünf", erwiderte Witzell.

„Und du wohnst ganz allein hier?"

Edith und Ursel stiegen nun ebenfalls aus dem Wagen aus.

„Du liebe Zeit!", sagte Edith beeindruckt. „Sieh nur, Ursel. Das ist noch größer als Herrn Gellerts Haus!"

Ursel starrte das Haus an und sagte kein Wort. Seit sie aus der Fabrik gekommen waren, hatte sie kaum ein Wort gesprochen, nicht auf dem Heimweg, beim Abendessen oder während der Zugfahrt.

„Sieben Jahre lang habe ich es mit Ulla geteilt", berichtete Witzell.

„Ulla?", hakte Monika nach.

„Meine zweite Frau. Sie ist vor zwei Jahren gestorben." Ganz genau beobachtete er Monikas Reaktion.

Ihr Gesicht versteinerte sich. „Du warst noch mal verheiratet?", fragte sie, ohne ihn anzusehen.

„Monika, ich wusste nicht, wo du warst."

„War sie wie Mutter?"

Witzell erwiderte ruhig: „Edda war geselliger; du weißt doch, wie lebendig deine Mutter wurde, wenn Menschen da waren. Ulla war auch gern allein. Es machte ihr nichts aus, wenn ich Überstunden machte. Sie beschäftigte sich mit Rätseln."

Monika erinnerte sich, wie ihre lebhafte Mutter es immer vermocht hatte, die gesellige Seite in ihrem Mann zum Vorschein zu bringen. Manchmal musste sie ihn, wenn Gäste kamen, regelrecht aus seinem Arbeitszimmer zerren. Sie half ihm, die ersten Anfangsschwierigkeiten zu überwinden. Es war beinahe so, als würde man ein Buch vom Regal nehmen und den Staub fortblasen, fand Monika. Nachdem sich ihr Vater geöffnet hatte, konnte er recht unterhaltsam sein. Ulla hatte ihn anscheinend auf dem Regal stehen gelassen.

Monika hasste den Klang des Namens dieser Frau, vor allem, weil ihr Vater ihn so zärtlich aussprach. Für Monika würde Ulla stets die andere Frau sein.

„Hier entlang, meine Damen", sagte Witzell fröhlich und schob sie den gepflasterten Weg entlang.

Er führte sie in ein geschmackvoll eingerichtetes Wohnzimmer und ging, um Konrad über ihre Ankunft zu informieren.

Edith ließ sich in einen bequemen Sessel sinken. „Es ist schön hier", sagte sie und sah sich um.

Ursel saß auf der Sesselkante, die Hände in ihrem Schoß gefaltet.

Monika blieb stehen.

„Wie ihr wisst", sagte Witzell, als er zurückkam, „bin ich gestern zu Konrad gefahren, um mir seine Hütte anzusehen."

„Er kam zu dem Schluss, dass es eine bessere Möglichkeit geben müsste", ergänzte Konrad, der ihm ins Zimmer folgte.

„Eine bessere Möglichkeit?", fragte Monika. „Anscheinend verwechselst du uns mit reichen Leuten. Ich hätte diesem Plan nie zugestimmt, wenn es nicht ein Haus mit passenden –"

Konrad unterbrach sie. „Das hier ist besser", sagte er. „Dies hier." Er wedelte mit beiden Händen durch das Zimmer, um zu zeigen, dass er dieses Haus meinte. „Dies ist die neue Rama-Klause."

„Sie hatten die ganze Zeit vor, die Kinder hierher zu bringen", sagte Ursel.

„Ich wünschte, ihr würdet aufhören, uns *Kinder* zu nennen", wandte Edith ein. „Wir sind keine Kinder mehr."

„Tut mir Leid, Liebes", entschuldigte sich Ursel und griff nach Ediths Hand.

„Kannte Ulla deine Pläne?", fragte Monika.

„Vor meiner Frau hatte ich keine Geheimnisse."

„Und sie wollte für die Kinder kochen und waschen?"

Die Frage war berechtigt. Es war Monikas Tonfall, der sie so streitsüchtig erscheinen ließ.

„Wir sind keine Kinder!", murmelte Edith verhalten.

„Sie haben alles gelernt, was sie zum Leben brauchen", erwiderte Witzell geduldig. „Manchmal jedoch brauchen sie noch etwas Überwachung. Aus diesem Grund hoffte ich, euch zu finden. Sie können nicht ewig in K7 bleiben."

„Warum nicht?" Monika forderte ihn heraus. „Dort sind sie doch in Sicherheit, nicht? Sie haben Nahrung, ein Dach über dem Kopf, Kleidung."

„Aber ich werde nicht ewig dort sein. Ich habe das Pensionsalter schon weit überschritten. Ein neuer Direktor würde sie trennen. Eigentlich gehören sie nicht nach K7."

„Ich verstehe noch immer nicht, wozu du uns brauchst", sagte Monika. „Wie du schon sagtest, sie können ihr Leben meistern – und jetzt dieses Haus? Du hast diese ganzen Jahre für sie gesorgt. In meinen Ohren klingt das so, als hättest du alles gut durchdacht."

Witzell sah auf seine Hände. „Sieh mich an. Ich bin ein alter Mann, und meine Gesundheit lässt allmählich nach."

Es dauerte eine Weile, bis jemand das Wort ergriff.

„Wir wollen doch helfen, Pastor Olbricht", sagte Ursel. „Was können wir tun?"

Witzell korrigierte sie nicht wegen seines Namens. Es schien passend, dass sie ihn so ansprach. „Danke, meine Liebe", sagte er. „Ihr könnt mir bei den Hadamar-Kindern helfen."

„Natürlich werden wir das“, stimmte Ursel zu.

„Gib kein Versprechen ab, das du nicht halten kannst“, warnte Konrad.

Dass seine Bemerkung Ursel wehtat, war für alle offensichtlich.

„Konrad Reichmann“, sagte sie mit zitternder Stimme, „wie kommst du dazu, so etwas zu sagen?“

„Ich weiß nicht, aber ich möchte dir eine Frage stellen. Wie wird Herr Gellert reagieren, wenn du ihm erklärst, dass du dich um ein paar behinderte Kinder kümmern musst? Wird er dich nach der Hochzeit herkommen und wenn nötig hier übernachten lassen?“

Ursel antwortete nicht. Vermutlich weil sie keine Antwort darauf hatte. Herr Gellert war über die neusten Entwicklungen nicht informiert. Doch das hielt Ursel nicht daran ab, Konrad böse anzufunkeln.

„Wir sind keine Kinder!“, betonte Edith erneut. „Wir brauchen niemanden, der nachts bei uns bleibt.“

„Wie kommst du auf den Gedanken, dass du auch hier wohnen würdest?“, fragte Monika. „Du hast ein Bett zu Hause, bei mir.“

Witzell trat in ihren kleinen Kreis. „Eine Unterkunft für die Hadamar-Kin-“, er brach ab und sah seine Enkelin an, „für die ehemaligen Insassen von Hadamar zu besorgen –“

„Sie nennen sich die ‚sechs von Hadamar‘“, erklärte Edith.

„Sechs?“

„Ich gehöre dazu.“

„Aha! Das ist auch richtig so.“

„Du wirst nicht hier wohnen, junge Dame“, beharrte Monika.

Witzell fing noch einmal von vorn an. „Den ‚sechs von Hadamar‘ eine Unterkunft zu besorgen, ist nur eines der Probleme, vor denen wir stehen.“

„Wir müssen sie noch aus Ostberlin herausschaffen“, ergänzte Konrad.

„Bevor wir uns daran machen, diese Nuss zu knacken“, sagte Witzell, „müssen wir uns mit dem Papierkram und der Stasi beschäftigen.“

„Der Stasi?“, fragte Monika.

Witzells buschige graue Augenbrauen schossen in die Höhe. „Seit ich sozusagen die Vormundschaft übernommen habe, weiß ich, dass meine monatlichen Berichte an die Sicherheitsbehörden des Staates weitergegeben werden.“

„Wieso haben sie Interesse an den Kindern?“, fragte Monika.

Edith funkelte ihre Mutter an, die sie, da war sie fast sicher, nur „Kinder“ nannte, um sie wütend zu machen.

„Ich weiß es nicht“, antwortete Witzell. „Es gibt keinen Grund, warum die Stasi Interesse an einer Anstalt für Geistesgestörte zeigt. Ich habe keine Ahnung, wer die Berichte anfordert. Ich weiß nur, dass meine Berichte Monat für Monat weitergegeben werden.“

„Sie haben bestimmt ihre Gründe, da können Sie sicher sein“, meinte Konrad.

„Und dann sind da noch die Berichte selbst“, fuhr Witzell fort. „Wenn es euch gelungen wäre, sie neulich mitzunehmen, hätte ihr Verschwinden alle möglichen Fragen und Nachforschungen zur Folge gehabt. Soweit wir wissen, behält das sozialistische System seine Bürger im Auge. Ein Verschwinden wird nicht einfach so hingenommen. Wenn ihr Erfolg gehabt hättet, dann wären euch alle möglichen Regierungsleute auf den Fersen gewesen.“

„Das hatten wir nicht bedacht“, gestand Ursel.

Witzell ließ ihnen etwas Zeit, um darüber nachdenken, dann fuhr er fort: „Aber ich glaube, ich habe eine Lösung gefunden, sowohl für das Stasi-Problem als auch für das Regierungsproblem.“

„Spannen Sie uns nicht auf die Folter“, forderte Ursel ihn auf.

„Wir wissen, dass es, solange sie am Leben sind, Papierkram wegen ihnen geben wird. Aber was ist, wenn sie sterben sollten?“

Witzell hatte viel darüber nachgedacht. Dem Personal von K7 würde er sagen, sie würden in andere Einrichtungen verlegt. Niemand würde diese Erklärung in Zweifel ziehen. Sie wussten, dass die fraglichen Insassen eigentlich nicht nach K7 gehörten.

Dann würde Witzell das Personal in gewissen Abständen von ihrer Verlegung in Kenntnis setzen. Die offiziellen Papiere würden jedoch eine ganz andere Geschichte erzählen. In seinem Bericht an die Regierung wäre von ihrem Tod die Rede. Er würde die entsprechenden Totenscheine einreichen. Solange er nicht zu eifrig wurde und eine angemessene Zeitspanne zwischen den Todesfällen lag, würde keiner misstrauisch werden. Immerzu starben Menschen in Irrenanstalten – ihr Tod war normal. Was die Stasi betraf, was immer ihr Interesse an K7 war: Diese fünf Individuen würden von ihrem Radarschirm verschwinden.

„Dann wird dieses Haus für sie die Übergangsstation, bevor sie aus Ostdeutschland weggebracht werden", sagte Konrad.

„Immer eins nach dem anderen", wandte Monika ein.

„Wir müssen sofort mit der Planung beginnen", wiedersprach Konrad. „Eine Gruppe behinderter Kinder über die Grenze zu schaffen, wird nicht einfach sein."

„Hast du eigentlich von diesem Mann gehört", fragte Edith, „diesem Günter sowieso?"

„Litfin", erklärte Ursel. „Günter Litfin."

„Er wurde von einem Grenzposten erschossen, als er versuchte, über die Mauer zu klettern", berichtete Edith. „Er hatte sich im Stacheldraht verfangen."

„Darüber können wir später reden", beschwichtigte Monika.

„Sie ließen ihn einfach verbluten", fuhr Edith fort. „Aber ich habe auch gehört, dass eine Frau es geschafft hat, indem sie aus einem Fenster in der Nähe der Mauer gesprungen ist. Sie ist allerdings später an ihren Verletzungen gestorben."

„Später!", wiederholte Monika mit lauter werdender Stimme.

Edith hielt ihrem Blick stand, aber nicht lange. Sie sank in ihrem Sessel zusammen und verschränkte die Arme vor der Brust.

„Wir müssen trotzdem anfangen, uns Gedanken darüber zu machen", beharrte Konrad.

„Vielleicht sollte ich euch den Rest des Hauses zeigen", erbot sich Witzell.

Die Besichtigungstour durch das Haus erwies sich als sehr interessant. Edith blieb dicht neben ihrem Großvater und ging ihrer Mutter aus dem Weg. Ursel achtete darauf, dass Monika zwischen ihr und Konrad ging, damit sie nicht etwa allein in einem Zimmer mit ihm war, und Monika hielt Abstand von ihrem Vater. Konrad stand oft allein in einem Raum, doch das machte ihm nichts aus. Er hatte sowieso niemandem etwas zu sagen.

Das Haus selbst war sehr geräumig. Die fünf würden hier mehr Platz und bessere Bedingungen haben, als sie von K7 her gewöhnt waren.

Nach der Besichtigungstour fragte Monika: „Wo fangen wir an?"

„Toba wird als Erster sterben", sagte Konrad.

Das war scherzhaft gemeint, wurde aber nicht so aufgefasst.

Witzell sagte: „Ich habe Konrad gebeten, sofort einzuziehen. Toba scheint mir ein guter Anfang zu sein."

Monika wollte Einwände erheben, brach jedoch ab. Sie suchte ihre Sachen zusammen. „Werden wir zum Bahnhof zurückgebracht oder müssen wir laufen?"

Witzell nahm die Autoschlüssel aus der Tasche.

* * *

An diesem Abend konnte es Monika kaum erwarten, allein zu sein. Ursel und Edith schienen eine Ewigkeit zu brauchen, um sich fürs Bett fertig zu machen.

„Bleibst du noch auf?", fragte Ursel.

„Ein wenig."

„Ich weiß nicht, warum du uns immer Kinder nennst", beschwerte sich Edith. Sie gab ihrer Mutter keinen Gutenachtkuss.

„Möchtest du Gesellschaft?", fragte Ursel.

„Wir sollten Haferbrei zum Frühstück machen", erwiderte Monika statt einer Antwort.

Ursel nickte und zog sich ins Schlafzimmer zurück.

Endlich war sie allein. Monika blieb im Dunkeln sitzen. Im Dunkeln konnte sie ihrem Zorn besser nachgeben. Sie wollte ihrem Zorn freien Lauf lassen. Sie wartete darauf zu wüten. Und sie wütete. Da waren keine Tränen, nur Zorn.

Nacheinander überdachte sie die Ereignisse, die über sie hereingebrochen waren, seit Toba mit großem Getöse wieder in ihr Leben getreten war. Sie bedachte jedes Ereignis, durchlebte es erneut, spielte die Dialoge noch einmal durch.

Ihre Brust hob und senkte sich mühsam. Als sie bei den Ereignissen des heutigen Tages ankam, war der Ofen ihres Zornes beschickt, und das Feuer loderte.

Sie war zornig auf ihren Vater, weil er sich wieder in ihr Leben gedrängt hatte, weil er zurückgekommen war, wo er doch eigentlich tot sein sollte, und weil er eine Frau gehabt hatte, die nicht ihre Mutter war. Sie war zornig auf Konrad, weil er immerzu drängte und drängte und nie über die Gefahr oder die Konsequenzen nachdachte, die ihr Handeln nach sich ziehen würde, wenn sie gefasst würden. Sie war auch zornig auf Edith, weil sie einfach unerträglich war. Sie war zornig auf Ursel, weil sie wusste, dass sie sie an Herrn Gellert verlieren würde.

Aber in erster Linie war sie zornig auf sich selbst. Sie war zornig über ihre Einstellung. Über ihren Zorn. Sie schien immer nur auf die Menschen loszugehen, die ihr besonders nahe standen, wo sie ihnen doch eigentlich Liebe entgegenbringen wollte.

Obwohl sie sich große Mühe gab, ließen sich die Tränen nicht zurückhalten.

Mehr als alles andere wollte sie die Arme um den Hals ihres Vaters legen und ihn „Papa“ nennen – mit ihm über alte Zeiten reden und ihm sagen, dass sie immer für ihn da sein würde, dass nichts sie jemals wieder trennen würde.

Sie wollte Konrad umarmen. Obwohl sie keine Einzelheiten über das wusste, was er seit den Ereignissen in der Rama-Klause erlebt hatte, war ihr doch klar, dass es entsetzlich gewesen sein musste, wenn es einen breitschultrigen jungen Mann zu einem dürren, vornübergebeugten Wrack machte, der doppelt so alt aussah, wie er war. Wann immer sie ihn ansah, erinnerte er sie an Josef, und sie würde am liebsten weinen. Sie wollte ihm danken, dass er ihnen bei der Rama-Klause Zeit zur Flucht verschafft hatte, trotz des Wissens, dass es ihn vermutlich das Leben kosten würde. Und so wie es aussah, war genau das eingetreten.

Sie wollte Ursel beiseite nehmen und mit ihr von Frau zu Frau, von Freundin zu Freundin reden, ihr raten, dass sie einen Fehler machte, wenn sie Herrn Gellert heiratete, ihr sagen, sie solle Konrad Zeit geben, weil er sie noch immer liebe und niemand Ursel glaubte, wenn sie behauptete, ihn nicht mehr zu lieben.

Und sie wollte Edith in den Arm nehmen, wie sie es getan hatte, als sie noch klein gewesen war. Monika spürte, wie ihr kleines Mädchen ihr entglitt, und das tat weh. Es tat schrecklich weh.

An jenem Abend in dem Gemeinschaftsraum von K7 hätte sie gern jedes dieser Kinder an sich gezogen und wäre mit ihm davongeflogen, fort aus diesem Staat, der sie einsperrte und sie niemals freiwillig gehen lassen würde.

Sie dachte an das vor ihnen liegende Unternehmen. Das weckte Erinnerungen. Entsetzliche, schlimme, schmerzliche Erinnerungen, Erinnerungen an Dinge, an die sie nie wieder denken wollte.

Monika hatte Angst, war bis ins tiefste Innere ihres Wesens aufgewühlt. Sie wusste nicht, ob sie das noch einmal schaffen würde. Sie wusste nicht, ob sie die Kraft dazu hatte. Den Mut dazu hatte sie nicht, daran bestand kein Zweifel. Die Vorratskiste, in der diese Handelsware gelagert war, war schon vor langer Zeit geleert worden. Doch wieder würden sich alle auf sie verlassen, und sie konnte nichts anderes denken, als dass sie unter ihre Decke kriechen und nie wieder aus dem Bett steigen wollte. Denn dann würde sie niemanden enttäuschen.

Und dann kam ihr aus irgendeinem Grund Park in den Sinn. Ihr Zorn loderte wieder neu auf, weil alles seine Schuld war. Hätte er sein Versprechen gehalten, wären ihr die Kinder nie entrissen worden. Hätte er sein Versprechen gehalten und hätten die Amerikaner sie aufgenommen, dann würden sie jetzt vermutlich auf der freien Seite der Berliner Mauer leben.

Park hatte sie und die Kinder im Stich gelassen.

Er hatte sie im Stich gelassen.

Und gerade als sie ihm vertraut hatte, als sie gedacht hatte, es könnte etwas zwischen ihnen entstehen, hatte er ihnen den Rücken zugewandt und nur an sich gedacht. Er war nach Hause, nach Amerika gefahren, in das Land des Überflusses, und hatte sie und die Kinder zurückgelassen, Hunger und Entbehrung ausgeliefert oder dem Tod oder um zwischen zwei Armeen zermahlen oder von herumziehenden Anarchisten vergewaltigt zu werden.

Das würde sie ihm niemals verzeihen.

Ihr Hass auf Park machte sie stark. Er stachelte ihren Überlebensinstinkt an, trieb sie, einen Plan zur Rettung der Kinder zu entwerfen.

17

Dienstag, 12. September 1961

Monika Schumachers Reaktion erstaunte Konrad nicht. Er hatte das früher schon gesehen. Nicht nur gesehen –, er hatte es im Gulag jeden Tag erlebt. Er hatte es sogar überlebt. Viele hatten das nicht geschafft.

Wie Dyakonow zum Beispiel, der Dissident, der sich vor der Strafe fürchtete, weil er einem anderen Gefangenen ein Stück Brot gestohlen hatte. Seine Angst war durchaus berechtigt gewesen. Das Brot, das er gestohlen hatte, gehörte Fabrizio, einem italienischen Gewichtheber, der Männer schon wegen eines geringeren Vergehens totgeschlagen hatte. Dyakonow ersparte ihm die Mühe. Er rammte sich einen Holzstab in die Eingeweide, bevor Fabrizio ihn erwischte.

Und dann war da Seppanen, der sich eines Tages ohne ersichtlichen Grund einfach seiner Angst hingab. Seppanen brach aus der Reihe aus und rannte am helllichten Tag über ein offenes Feld. Er kam nicht weit. Hatte er wirklich gedacht, er würde es schaffen? Er wurde erschossen, bevor er noch ein Dutzend Schritte getan hatte.

Und Cegielski, der Kollaborateur, dessen Nerven nicht stark genug gewesen waren während des Baus eines Fluchttunnels und der in der Nacht der Flucht den Tod fand. Seine Schreie alarmierten die Wachen. Die Schreie kamen aus der Erde unter ihren Füßen.

Einer der seltsamsten jedoch war Eisenbein, der sich verabschiedet und sich dann auf seiner Koje zur Wand umgedreht hatte. Am Morgen war er tot gewesen. Dazu konnte man nur sagen, dass er einfach hatte sterben wollen.

Die Russen hatten sie vielleicht eingesperrt, sie missbraucht und geschunden, aber was den Gefangenen am meisten zusetzte, war die Angst. Sich der Angst hinzugeben, bedeutete den Tod. Ein

Mensch musste dagegen ankämpfen. Jeden Tag. Immerzu, wie man so schön sagte.

Für Konrad bedeutete das, jeden Morgen die Beine über den Kojenrand zu schwingen und, der Angst zum Trotz, die Füße auf den Boden zu setzen, sich selbst hochzuziehen und sich einem weiteren Tag zu stellen.

In dieser Hinsicht war das Leben in Ostberlin hinter der Mauer nicht anders als im russischen Gulag. Darum ließ Konrad Monika keine Ruhe. Genau wie Eisenbein wollte sie im Bett liegen bleiben und das Gesicht zur Wand drehen. Aber das würde Konrad nicht zulassen.

* * *

Die ersten Insassen von K7 starben nach Zeitplan. Otto Witzell unterschrieb Scott Schumachers Totenschein und schickte ihn an die Verwaltung. Noch am selben Tag zog Toba in sein neues Heim, jetzt Rama-Klause genannt, obwohl es überhaupt nicht wie eine Klause aussah.

In der Woche vor Tobas Tod hatte Konrad das geräumige Haus für sich. Im Vergleich zu seiner Hütte auf dem Land war es ein Palast. Witzell arbeitete den ganzen Tag und normalerweise bis spät in die Nacht. Wenn er dann nach Hause kam, redeten er und Konrad miteinander. In Konrad wuchs die Bewunderung für den Mann, obwohl er sich zuerst dagegen gewehrt hatte, weil Witzell zum Teil mitverantwortlich war für Josefs Tod. Doch so wie Konrad die Sache jetzt sah, hatte Witzell seine Schuld gesühnt und sich mehr als freigesprochen, indem er sich um die Kinder von Hadamar gekümmert hatte. Außerdem, war er nicht in besseren Tagen Josefs Lehrer, sein Mentor gewesen? Gelegentlich gab Witzell Bemerkungen von sich, die Konrad bekannt vorkamen, und er erinnerte sich, dass er so etwas von Josef gehört hatte, der es wiederum von Witzell hatte.

Konrad konnte Tobas Ankunft kaum erwarten. Andererseits hatte er Bedenken, ob er es vertragen könnte, den ganzen Tag Gesellschaft um sich zu haben. Seine Sorgen erwiesen sich als unbegründet. Er und Toba verstanden sich. Beide brauchten ihre Freiräume.

Wenn sie zusammen waren, war es Konrads Aufgabe, Toba mit dem Grundriss des Hauses vertraut zu machen. Konrad beschrieb ein Zimmer, dann führte er Toba hindurch und machte ihn auf alle ungewöhnlichen Gegenstände oder Hindernisse aufmerksam. Toba las die Oberflächen des Bodens mit seinen Füßen und testete die Entfernungen mit ausgestreckten Händen. Er lernte schnell. Innerhalb von einer Woche konnte er die meisten Zimmer mühelos durchqueren. Innerhalb von einem Monat konnte er sich überall im Haus so gut bewegen wie jemand, der sein Augenlicht noch hatte, in der Dunkelheit sogar noch besser.

Kurz nach Tobas Einzug gewöhnten es sich Ursel, Monika und Edith an, abends herüberzukommen. Ursel kam weniger oft als die anderen. Drei, manchmal vier Abende in der Woche verbrachte sie mit Herrn Gellert. Nach dem wenigen, das Konrad mitbekam, machten die Hochzeitspläne des Paares Fortschritte, doch das genaue Datum kannte er nicht. Die Ehe würde auf dem Standesamt geschlossen werden, denn Herr Gellert ließe sich nicht einmal im Traum dazu bewegen, sich in einer Kirche trauen zu lassen.

An den Abenden, die Ursel in der Rama-Klause verbrachte, schwang sie den Putzlappen. Dies war ihre Art der Verarbeitung: einerseits den Stress wegen Konrad, aber auch das Wiederauftauchen der „sechs von Hadamar". Auf diese Weise verarbeitete sie auch das Leben im sozialistischen Ostdeutschland mit seinen langen Listen an Restriktionen, der ständigen Überwachung und der Unterdrückung der Redefreiheit. Einige Menschen reagierten mit einem Gefühl der Hilflosigkeit, ließen sich abhängig machen vom System. Andere beklagten sich immerzu, dass nichts mehr funktionierte. Wieder andere wurden fatalistisch. Ursel putzte, als wollte sie sagen: „Wir sind vielleicht nicht frei, aber wenigstens achten wir auf Sauberkeit."

Vermutlich widmete sich Ursel auch deshalb der Sauberkeit im Haus, um ein Zusammensein mit Konrad zu vermeiden. Wie auch immer, sie machte ihre Sache gut – sowohl das Putzen als auch ihm aus dem Weg zu gehen.

Monika bewegte sich ganz selbstverständlich in der Rama-Klause und bereitete sich freundlich, höflich und methodisch auf jeden Neuzugang vor. Nur selten lachte sie oder zeigte Emotionen. Monika schaffte Ordnung, Ursel polierte.

Die „sechs von Hadamar" brachten schließlich wieder Leben ins Haus. Vor allem Edith schaffte das. Mit ihr zog Fröhlichkeit in das Haus ein, vielleicht weil es so viel nachzuholen galt.

Die ersten beiden Wochen war sie mit Toba allein. Der romantische Funke zwischen ihnen war entfacht. Nur einmal stritten sie miteinander, als Toba versuchte, ihr moderne Musik aufzuzwingen. Er ließ ihr keine Ruhe, bis sie einwilligte, sich eine seiner Radiosendungen anzuhören.

Edith tat nur so, als würde sie zuhören. Nach ein paar Liedern gähnte sie, dann stand sie auf, um so wichtige Dinge zu erledigen, wie eine Nagelfeile zu suchen. Als die Sendung endlich zu Ende war, fragte Toba sie, was sie davon hielte. Sie gab ihm eine ehrliche Antwort, und seine Gefühle waren verletzt.

Eines Abend bat sie ihre Mutter um die Erlaubnis, das Radio einschalten zu dürfen, weil sie hoffte, moderne Musik finden zu können, die Toba vielleicht gefiel.

„Das ist nicht unser Radio", erwiderte Monika. „Es gehört Herrn Witzell." Eigensinnig nannte sie ihn Herr Witzell und bestand darauf, dass auch Edith ihn so ansprach. Sie hatte ihr ausdrücklich verboten, ihn Großvater oder Opa zu nennen.

Edith bat Herrn Witzell um die Erlaubnis, Radio zu hören, und er sagte ihr, das Haus gehöre genauso ihr wie ihm und sie könne sich ruhig auch so verhalten. Doch als Monika das Radio hörte, ließ sie Edith es ausschalten.

„Und wenn es kaputtgeht?", fragte sie.

„Dann werden wir es reparieren lassen", erwiderte Witzell.

„Ich möchte nicht, dass sie es einschaltet", beharrte Monika. Sie sah ihren Vater an mit einem Blick, der besagte: „Dies ist Sache der Eltern, also mische dich nicht ein."

Witzell gab nach. „Du tust am besten, was deine Mutter sagt“, riet er seiner Enkelin.

* * *

Marlene war die Nächste aus K7, die starb und in die Rama-Klause zog. Ihr folgten eineinhalb Wochen später Hermann, dann Viktor. Seine Freude, Toba wieder zu sehen, war so groß, dass er in Tränen ausbrach. Doch er hatte Eingewöhnungsschwierigkeiten. Er flehte Toba an, mit ihm in die Anstalt zurückzukehren. Nach einer Weile hatten sie ihn jedoch gemeinsam überzeugt, dass die Rama-Klause nun sein neues Heim war.

Ihre Tage waren genau strukturiert; tagsüber hatte jeder bestimmte Aufgaben zu erledigen, der Abend gehörte ihnen. Da das Radio verboten war, übernahm es Edith, die Lebenserfahrungen der ehemaligen Insassen von K7 zu erweitern, die ihr Leben lang hinter den dunklen Ziegelmauern gelebt hatten. Sie erzählte ihnen, wie es war, am Alexanderplatz einkaufen zu gehen, sie berichtete von ihrer Arbeit in der Fabrik, und natürlich erzählte sie von dem Kuchen und den Würstchen im Café Lorenz. Sie ließ die anderen an ihrem Leben teilhaben, erzählte, dass sie am staatlichen Musikkonservatorium vorgespielt hatte und abgelehnt worden war, weil ihre Improvisationsfähigkeiten nicht den Anforderungen entsprachen. Und sie erzählte, wie ihre Lehrer sie in der Schule geschlagen hatten.

„Das war in der achten Klasse“, berichtete sie, „etwa drei Wochen nach Beginn des neuen Schuljahres. Aus irgendeinem Grund bekamen wir einen neuen Lehrer für unseren Kompositionsunterricht.“

Viktor, Marlene, Hermann und Toba saßen um sie herum, als sie die Geschichte zum Besten gab.

„Der Name des neuen Lehrers war Herr Zollner. Er hatte eine Glatze. Ich meine, auf seinem Kopf wuchs wirklich kein einziges Haar mehr. Und die Haut oben war ganz glatt und sah aus wie ein Ei.“

Viktor lachte.

„Wirklich!“, bekräftigte Edith. „Ich erinnere mich, einmal aufgeschaut zu haben, als wir gerade einen Test schrieben. Er saß an seinem Pult und las ein Buch. Sein Kopf war so glänzend, dass sich das Licht darauf gespiegelt hat.“

Sie hielt inne, damit Viktor lachen konnte. Das tat er auch.

„Frau Holz war vorher unsere Lehrerin gewesen. Sie war sehr nett. Ich mochte sie. Aber ich schätze, sie war nicht streng genug, darum wurde sie von Herrn Zollner ersetzt. Am ersten Tag teilte er uns mit, es würde Veränderungen geben, drastische Veränderungen. Er sagte, er wüsste, dass einige von uns die Hausaufgaben während der Pausen erledigen. Das müsse sofort aufhören.“

„Warum solltet ihr keine Hausaufgaben während der Pause machen?“, fragte Marlene.

„Das war eine Regel.“

„Warum war das eine Regel?“

„Ich weiß es nicht. Man hat uns die Regeln nicht erklärt; von uns wurde einfach erwartet, dass wir sie befolgten. Und Herr Zollner warnte uns. Wir sollten nicht versuchen, ihn zu täuschen. Er könnte das Alter der Tinte bestimmen. Er sagte, Arbeiten, die mit Bleistift oder Kugelschreiber geschrieben seien, würde er nicht akzeptieren.“

„Puh, das ist aber streng“, sagte Marlene.

„Zu streng“, meinte Toba.

„Am ersten Tag hat er unsere Namen und unsere Sitzordnung gelernt“, fuhr Edith fort. „Aber wie er das getan hat, war ziemlich unheimlich. Er ging durch die Reihen, blieb an jedem Tisch stehen und forderte uns auf, ihm in die Augen zu sehen. Dann sagte er dreimal unsere Namen, ganz langsam, während er uns in die Augen sah. Und dann warnte er uns, ein Verstoß gegen die Regeln würde mit Schlägen bestraft.“

Viktor bekam Angst. Er umklammerte seine Knie.

„Vielleicht sollte Viktor das nicht hören“, meinte Marlene.

„Alles in Ordnung, Viktor?“, fragte Toba.

„Ja."
Aber er ließ seine Knie nicht los.
„Soll ich weitererzählen?", fragte Edith.
„Es geht ihm gut", meinte Toba. „Wenn nicht, würde er es mir sagen."
„Kurt Klüpke bekam einmal Schläge", berichtete Edith.
„Weswegen?", fragte Marlene.
„Er hat betrogen. Wir haben es nicht mitbekommen. Aber wir haben davon gehört. Kurt fing an zu weinen. Er flehte Herrn Zollner an aufzuhören. Es war schrecklich."
„Herr Zollner scheint ein sehr unangenehmer Mann gewesen zu sein", meinte Marlene.
„Nach ein paar Wochen wurde er netter. Er hat sogar ein wenig Spaß mit uns gemacht. Und so dachten wir, wir könnten uns einen kleinen Scherz erlauben – keinen schlimmen Scherz, nur ein wenig herumalbern."
„Oh-oh", sagte Hermann. Er ahnte, was als Nächstes kommen würde.
Edith fuhr fort: „Wir warteten darauf, dass Herr Zollner die Klasse verließ. Dann ließen wir die Rollläden herunter, steckten Kerzen in unsere Tintenfässer und zündeten sie an. Das sah so schön aus! Dann warteten wir auf Herrn Zollners Rückkehr. Die Tür wurde geöffnet. Er kam zurück."
Sie hielt inne.
„Was ist passiert?"
Edith lächelte und zögerte ihre Erzählung hinaus, um die Spannung zu steigern.
„Nun", sagte sie, „zuerst stand er einfach nur da. Wir konnten sein Gesicht nicht erkennen, weil der Flur hinter ihm zu hell war. Dann schaltete er das Licht an. Er war so zornig, dass sein Gesicht und der Hals rot geworden waren!"
Viktor fing an, sich vor- und zurückzuwiegen.
„Er stieß sein schreckliches Gebrüll aus, stürmte in die Klasse und zog die Rollos hoch – so fest, dass eines davon riss und herunterfiel. Er brüllte uns an, wir sollten uns hinter unsere Tische stel-

len und die Kerzen ausmachen. Dann befahl er jedem, der eine Kerze hatte, sich draußen im Flur aufzustellen."

„Hattest du eine Kerze auf deinem Tisch?", fragte Marlene.

„Alle hatten eine", erklärte Edith.

„Und bekamst du Schläge?", fragte Viktor. Er schien den Tränen nahe zu sein.

„Das wollte ich ja gerade erzählen, Viktor", erwiderte Edith. „Herr Zollner führte uns in einen leeren Klassenraum. Ich konnte nur an Kurt Klüpke denken und wie er Herrn Zollner angefleht hat, er solle aufhören, ihn zu schlagen."

„Was ist passiert?", fragte Marlene. Sie zog die Beine an und legte genau wie Viktor die Arme darum.

„Herr Zollner ließ uns einen nach dem anderen an ihm vorbeilaufen. Wir mussten ihm in die Augen sehen, genau wie damals, als er unsere Namen gelernt hatte. Und als wir ihn dann ansahen, gab er uns eine Ohrfeige."

„Hat er dich auch gehauen?", fragte Toba.

„Er hat uns alle gehauen."

„Hast du das deiner Mutter erzählt?", fragte Hermann.

„Nicht sofort", antwortete Edith. „Erst ein Jahr später. Ich hatte Angst, sie wäre böse auf mich, weil wir Herrn Zollner einen Streich gespielt haben."

„Und war es so?", fragte Toba.

„Ja", erwiderte Edith. „Aber sie hat mich nicht bestraft oder so was."

„Herr Zollner scheint wirklich ein böser Mann gewesen zu sein", sagte Marlene.

„Ich hasse ihn!", rief Viktor.

„Danach war er wirklich gar nicht mehr so übel", sagte Edith. „Ich habe viel von ihm gelernt. Ich glaube, irgendwie mochte er mich."

18

Dienstag, 24. Oktober 1961

Anni sollte als letzte Insassin von K7 sterben und in der neuen Rama-Klause zu neuem Leben erwachen. Wie bei allen anderen füllte K7-Verwaltungsdirektor Otto Witzell den erforderlichen Totenschein aus. Die Todesfälle ereigneten sich schneller, als er ursprünglich geplant hatte. Es war nämlich eine unerwartete Komplikation aufgetreten – die Kinder selbst. Mit jedem, der ging, wurden die, die übrig blieben, zunehmend ruhelos und einsam. Sie suchten die Gesellschaft der freundlicheren Pfleger. Und auch wenn sie über Witzells Doppelspiel nicht informiert waren – wie das Personal wussten sie nur, dass sie in eine andere Einrichtung verlegt werden würden – so wussten sie doch genug über die Rama-Klause, um bei den intelligenteren Angehörigen des Pflegepersonals Verdacht zu erregen. Witzell war nicht so dumm zu glauben, dass seine Einrichtung frei von Stasi-Informanten sei.

Als Reaktion auf diese unerwartete Störung inszenierte er eine kleine Epidemie. Es war eine Krankheit, der er mit der entsprechenden Medizin beikommen konnte, aber erst, nachdem es mehrere Todesfälle gegeben hatte. Drei, um genau zu sein. Witzell entschied sich für eine virusbedingte Lungenentzündung, eine große Gefahr bei allen Krankenhaus- und Anstaltspatienten.

Nach seinem Bericht zeigten Hermann und Viktor die ersten Symptome. Bei ihnen war die Krankheit schon zu weit fortgeschritten, bevor sie diagnostiziert wurde. Sie starben an zwei aufeinander folgenden Tagen. Anni bekam dieselbe Krankheit, und nach dem Bericht schien es zuerst so, als sei ihre Krankheit unter Kontrolle. Sie hielt noch ein paar Tage durch, starb dann aber auch.

An dem Abend von Annis Tod wurde in der neuen Rama-Klause ein Fest veranstaltet. Zum zweiten Mal in mehr als sechzehn Jahren waren sie alle zusammen. Vermutlich aus Erleichterung darüber

– vielleicht auch, weil er es geschafft hatte, seinen Traum, Josefs Kinder wieder mit Monika zusammenzubringen, Wirklichkeit werden zu lassen, war Witzell fröhlicher, als irgendjemand ihn jemals erlebt hatte. Auch Monika war ungewöhnlich gut gelaunt. Und nichts bereitet einem Vater größere Freude, als seine Tochter glücklich zu sehen, vor allem wenn er weiß, dass er verantwortlich ist für diese Freude.

Einen Becher Fruchtpunsch in der Hand, trat Monika zu Ursel, die am Rand stand und beobachtete, zuhörte und strahlte.

„Erinnert dich das an was?"

„Ich habe gerade dasselbe gedacht", erwiderte Ursel. „Weihnachten 1939, in eurem Haus."

„Sie sind älter, als ihr damals wart", meinte Monika.

Ursel lachte. „Aber genauso laut."

„Ich glaube, sie sind noch lauter. Und es sieht so aus, als kämen sie genauso wenig miteinander aus wie ihr."

Monika deutete mit ihrer Tasse auf Edith und Anni, die miteinander stritten. Toba stand in der Nähe und versuchte, sich herauszuhalten, aber Anni zog ihn mit hinein, indem sie ihn am Arm packte.

„Wie gut, dass Oktober ist", meinte Ursel. „Sie können keinen Weihnachtsbaum umwerfen."

„Armer Kaiser", sagte Monika.

Sie und Ursel begannen bei der Erinnerung daran zu lachen.

„Ich frage mich, was aus Kaiser geworden ist", sagte Ursel.

Kaiser, der Kater, hatte zurückbleiben müssen, als sie aus der erste Rama-Klause flohen. Wie so viele Tiere war er vermutlich dem Krieg zum Opfer gefallen. Aber das hinderte sie nicht daran, diese Frage gelegentlich zu stellen. Wie immer blieb sie unbeantwortet in der Luft hängen, wie ein unvergesslicher Refrain.

Der Streit zwischen Edith und Anni wurde lauter. Nur ein paar Worte drangen über den Lärm hinweg zu Monika und Ursel. Vor allem zwei ließen Monika erstarren.

Onkel Parker.

„Also wirklich, wie kann ein erwachsener Mann einer jungen

Frau ein solches Päckchen schicken?", fragte Monika. „Man sollte doch meinen, er hätte mehr Verstand."

„Er hat sich nichts dabei gedacht, Monika. Ich finde das nett. Er hatte ihr Abzüge von den Fotos versprochen, die er im Café Lorenz gemacht hat."

„Aber musste er ihr auch all den anderen Unsinn schicken? Sieh nur. Das schafft eine Kluft. So etwas können wir nicht gebrauchen."

Parks Päckchen war am Tag vor Annis Ankunft in der Rama-Klause in die Wohnung geliefert worden. Neben den Fotos enthielt es Kaugummi, Kaubonbons, eine Dose Kakao, Nescafé und eine Schachtel mit Toblerone – sehr begehrte Artikel in Ostdeutschland. Diese Dinge waren auf dieser Seite der Mauer nur auf zwei Arten zu bekommen. Es gab sie in einem Intershop zu kaufen, der eine Auswahl an Westgütern führte, wie zum Beispiel Nylonstrümpfe, Marlboro-Zigaretten, Jakobs-Kaffee, Lux-Seife und Johnny-Walker-Whisky. Aber im Intershop konnte man nur mit Westwährung bezahlen, und Ostdeutschen war es verboten, diese Währung zu besitzen. Natürlich wurden diese Dinge auch durch Westbesucher eingeführt.

„Weißt du, sie erzählt jedem, er sei ihr reicher Onkel aus Amerika", berichtete Monika.

„Das ist doch harmlos", meinte Ursel. „Ihre Freundin Erika hat einen reichen Onkel in Amerika."

„Aber das hier ist etwas anderes. Edith ist mit Park nicht verwandt. Ich will nicht, dass sie den Leuten erzählt, er sei ihr Onkel."

Ursel wusste, dass es nichts brachte, Monika etwas ausreden zu wollen, wenn sie einmal eine Meinung gefasst hatte.

„Ich frage mich, wo Karin steckt", sagte Ursel, um abzulenken.

„Karin Wissing? Ich habe sie seit Jahren nicht gesehen."

„Vermutlich heißt sie nicht mehr Wissing. Bestimmt hat sie mittlerweile geheiratet."

„Wenigstens wissen wir, dass nicht Konrad der Glückliche ist", meinte Monika.

„Nicht dass sie es nicht versucht hätte."

„Und Willi. Was wohl aus Willi geworden ist? Weiß Konrad etwas über seinen Bruder?“

Jetzt war es an Ursel, ablehnend zu reagieren. „Keine Ahnung“, erwiderte sie.

* * *

In diesem Augenblick schlenderte Willi Reichmann durch den dunklen Flur des Staatssicherheitsgebäudes, besser bekannt und gefürchtet als „Stasi“. Willi empfand keine Furcht. Angesichts seines Ganges hätte ein Beobachter ihn für einen hochrangigen Beamten oder einen Topagenten halten können. Seine Kleidung verriet dem Beobachter, dass er wohl eher ein Agent war. Undercover.

Auffällig an Willis Erscheinung war die Klappe über seinem rechten Auge, die nur teilweise die Narbe an seiner Augenbraue verdeckte. Es war eine Kriegsverletzung, wie auch seine zu einer Klaue verkrüppelte linke Hand. Um sie zu verstecken, hielt er den Griff eines Stockes so in der Hand, dass es aussah, als würde er ihn festhalten. Das Nächste, was einem Beobachter auffiel – und Willi liebte es, die Aufmerksamkeit auf sich zu ziehen –, war eine schwarze Baskenmütze, wie die Franzosen und Spanier sie häufig trugen. Seinen Sommermantel trug er offen, sodass er ihn beim Gehen umflatterte.

Doch hier gab es keinen Beobachter. Das war seltsam angesichts der Tatsache, dass die Hauptaufgabe der Stasi die Beobachtung war. Dies waren die Büros der niedrigeren Verwaltungsangestellten, und sollte er auf einen Wachposten stoßen, der ihm Ärger bereiten wollte – und er müsste schon neu sein, um Willi nicht zu erkennen –, würde ein Telefonanruf alles ins rechte Lot rücken. Natürlich könnte er die Informationen, um die es ihm ging, auch auf regulärem Weg bekommen. Fragen würden keine gestellt werden. Diesen speziellen Beamten, der für die Berichte zuständig war, erpresste er jetzt schon seit Jahren. Sie hatten eine recht angenehme Arbeitsvereinbarung getroffen. Trotzdem machte Willi gern gelegentlich einen unangekündigten spätabendlichen Besuch, nur um sicherzugehen, dass sein Informant ihm die richtigen Informationen zukommen ließ.

Willi blieb vor dem entsprechenden Büro stehen. Er holte einen spitzen Gegenstand aus der Tasche, um das Schloss zu knacken. Wo er das Gesuchte in dem Büro finden würde, wusste er genau. Bedächtig schritt er durch die beiden Reihen mit Schreibtischen zum hinteren Teil des Raumes, öffnete ein weiteres Schloss und stand schließlich in einem kleinen Büro, das kaum groß genug war für den Schreibtisch. Er zog den Stuhl unter dem Schreibtisch hervor und setzte sich, knackte ein drittes Schloss, das der Schreibtischschublade, und leuchtete mit der kleinen Taschenlampe hinein, die er zwischen den Zähnen hielt. Aus der Schublade nahm er drei Aktenordner und legte sie auf die Schreibtischplatte, die Taschenlampe hielt er nach wie vor zwischen den Zähnen. Er schlug den ersten Aktenordner auf, blätterte vier Seiten um und fand, was er gesucht hatte. Sein Mund verzog sich zu einem breiten Grinsen.

In seiner gesunden Hand hielt er die Kopie eines Totenscheines.

„Und Anni macht fünf", sagte er.

19

Mittwoch, 25. Oktober 1961

„Gestern Abend erzählte einer im Zug, dass ein Grenzposten in den Westen geflohen sein soll", erzählte Konrad. „Es soll in der Friedrichstraße gewesen sein, aber ich bin mir nicht sicher. Ich habe es vielleicht nicht richtig verstanden. Er schaute auf den Stacheldraht, wandte den Blick ab, schaute wieder hin. Dann ließ er sein Gewehr einfach fallen und sprang über den Stacheldraht."

„Und was haben die anderen Posten gemacht?", fragte Monika.

„Nichts. Sie waren wohl zu verblüfft."

„Eine überholte Nachricht", meinte Witzell. „Jetzt ist es schwieriger und wird zunehmend schwerer. Nach jeder geglückten Flucht werden die Sicherheitsmaßnahmen verschärft."

„Und die es nicht schaffen?", fragte Monika

„Gefängnis", erklärte Witzell. „Ihnen werden politische Verbrechen gegen den Staat zur Last gelegt."

Sie saßen zu viert im Wohnzimmer, dieselben vier im selben Raum, in dem sie gesessen hatten, als Monika und Ursel das Haus zum ersten Mal angeschaut hatten. Eine dicke Wolke von Zigarrenrauch hing über ihnen. Jemand, der gerade hereinkam, könnte den Eindruck bekommen, sie würden eine Art Spiel spielen, Männer und Frauen. Aber dies war kein Spiel.

An diesem Abend hatten sie den ehemaligen Insassen von K7 mitgeteilt, dass Witzells Haus nur ein Übergangsquartier für ihren nächsten Umzug sei, ein Umzug, der sie aus Ostberlin herausführen würde.

Diese Nachricht hatte alle schockiert. Damit war zu rechnen gewesen. Die Insassen von K7 waren in Bezug auf die gegenwärtigen Ereignisse vollkommen unwissend, doch sie begriffen auch nicht viel davon. Sie waren zu lange von allem abgeschirmt gewesen.

Nachdem sie über den Plan informiert worden waren, wurden

sie aus dem Zimmer geschickt, während die Pläne im Einzelnen besprochen wurden.

„Sie behandeln uns wie Kinder!“, beschwerte sich Anni.

„Das tun sie immer!“, stimmte Edith zu. Zum ersten Mal seit Annis Einzug ins Haus war Edith mit ihr einer Meinung.

„Sie tragen die Verantwortung“, beschwichtigte Toba. „Wie die Generäle in einer Armee. Sagt, was ihr wollt, ich vertraue ihnen.“

Edith und die anderen blieben ganz in der Nähe und konnten fast alles verstehen, was gesagt wurde.

„Wir wissen nicht, was uns erwartet“, begann Monika. „Und nach dem, was ich gehört habe, wird man nicht so dicht an die Mauer herangelassen, dass man einen Blick darauf werfen kann.“

„Was ist mit den Leuten, deren Häuser in Sichtweite der Mauer stehen?“, fragte Konrad.

„Alle Personen, die im Umkreis von einem oder zwei Kilometern der Mauer gewohnt haben, bekamen andere Wohnungen zugewiesen. Die Leute, die jetzt dort leben, sind überzeugte Kommunisten, und alle kennen sich. Sie melden alle Fremden, die sie sehen.“

„Mir könnte es gelingen, einen Blick auf die Mauer zu werfen“, meinte Witzell. „Ich kenne einen der Grenzposten. Hab ihm geholfen, den Job zu bekommen. Ich könnte ihm einen Besuch abstatten, vielleicht sogar so was Ähnliches wie eine Besichtigungstour bekommen.“

„Würde er nicht misstrauisch werden?“, fragte Monika.

„Der Junge prahlt gern. Wenn ich ein wenig Interesse zeige, wer weiß?“

„Das wäre ein Anfang“, sagte Konrad.

Ursel, die bisher noch nichts zur Diskussion beigetragen hatte, saß mit einem abwesenden Blick in den Augen dabei. Offensichtlich waren ihre Gedanken ganz woanders. Konrad fragte sich, ob sie Herrn Gellert zu dieser Besprechung mitgebracht hatte, zumindest in Gedanken. Dachte sie darüber nach, wie er reagieren würde, wenn er wüsste, dass sie einen Fluchtversuch plante?

In diesem Augenblick durchzuckte ihn ein entsetzlicher Gedanke. Er sah die Gruppe vor sich, wie alle über die Mauer in die Freiheit kletterten, er als Letzter. Als er ein Bein über die Mauer schwang, sah er zurück. Da war Ursel und winkte ihm zum Abschied zu. Natürlich würde sie nicht mitkommen. Sie würde dann ja schon Frau Gellert sein. Doch erst jetzt brachte dieser Gedanke einen Schwall Gefühle mit.

Konrad sah sie an.

Ursel sah ihn an.

Dachten sie dasselbe?

„Ich möchte etwas sagen", sagte Edith. Sie stand etwa zwei Meter vor der Sitzgruppe.

Monika drehte sich zu ihr um und sagte: „Edith, du solltest den Raum verlassen. Geh zu den anderen." Nachdem sie sich der Störung angenommen hatte, wandte sie ihre Aufmerksamkeit wieder den anderen zu. In ihren Augen war die Angelegenheit geregelt.

„Wir sollten mit Herrn Parker Verbindung aufnehmen", sagte Edith. „Er wird uns helfen."

„Edith! Das geht dich nichts an!", fuhr Monika sie an.

„Wer ist Herr Parker?", fragte Konrad.

„Du kennst ihn", erklärte Ursel. „Der amerikanische Oberst, der Josefs Kontaktmann in der Rama-Klause war."

„Ihr habt noch Kontakt zu ihm?"

„Erst seit kurzem wieder. Wir haben uns im Westsektor im Café Lorenz getroffen", entgegnete Ursel.

„An dem Tag, an dem die Grenze geschlossen wurde", fügte Edith hinzu. „Er wollte uns damals helfen. Er sagte, er könnte es, und ich glaube ihm."

„Edith! Jetzt reicht es", warnte Monika.

„Aber –"

„Ich sagte, es reicht!"

Verärgert wandte sich Edith zum Gehen.

„Danke, Liebes", rief Witzell ihr mit seiner Großvaterstimme nach. „Das war sehr hilfreich."

„Ich will mit diesem Mann nichts zu tun haben!", schnappte Monika.

„Man sollte darüber nachdenken“, meinte Konrad.

„Nein, man sollte nicht darüber nachdenken. Man kann diesem Mann nicht trauen. Er hat uns einmal im Stich gelassen; wir wären töricht, ihm ein zweites Mal zu vertrauen.“

„Er hat euch im Stich gelassen?“, fragte Konrad. „Er schien mir nicht die Art von Mann zu sein –“

„Du warst nicht dabei“, wies Monika ihn zurecht.

Konrad sah zu Ursel hinüber, die anscheinend nichts zu dem Gespräch beizutragen hatte.

„Trotzdem“, meinte Konrad, „es könnte hilfreich sein, eine Kontaktperson draußen zu haben. Stell dir das als Ausbruch aus dem Gefängnis vor, denn genau das ist es. Einen Kontaktmann wie Herrn Parker zu haben, könnte den Unterschied zwischen Erfolg und Misserfolg darstellen.“

Mit fester Stimme sagte Monika: „Ich sage euch, was es sein wird. Es wird ein Misserfolg werden, wenn ihr denkt, ihr könntet euch auf ihn verlassen. Das ist keine Möglichkeit. Nicht, was mich betrifft.“

In Tränen aufgelöst, stürmte Edith durch das Zimmer, in dem die anderen saßen. Man hätte schon blind sein müssen, um nicht zu sehen, dass sie im Augenblick nicht in der Stimmung war, mit jemandem zu reden. Vielleicht stand Toba aus diesem Grund auf und folgte ihr. Edith stürmte durch den Flur und aus dem Haus.

„Edith?“

„Nicht jetzt, Toba.“

Er streckte die Hand aus und legte sie ihr auf die Schulter. Sie zuckte zusammen. Einen Augenblick lang dachte er, sie würde sie abschütteln. Doch das tat sie nicht.

„Es wird gut werden“, tröstete er sie.

„Immer behandelt sie mich so! Ich wünschte, sie würde mir nur einmal zuhören“, sagte Edith.

„Konrad hat zugehört. Und auch Herr Witzell.“

Edith schniefte. Sie drehte sich um. Toba ließ die Hand sinken. Er wollte sie auf ihrer Schulter lassen und ihr auch die andere

Hand noch auf die Schulter legen, aber er hatte nicht den Eindruck, als sei es der passende Augenblick für einen solchen mutigen Schritt.

„Danke, dass du mir nachgekommen bist."

„Ich habe mir Sorgen gemacht."

Eine Zeit lang standen sie voreinander, und keiner sprach ein Wort. Aus dem Haus hörten sie Stimmengemurmel. Monika sprach mit entschlossener, beharrlicher Stimme. Witzell beruhigte, argumentierte.

Edith hatte aufgehört zu weinen. Toba spürte ihre Nähe. Sie sah ihn an, das spürte er.

„Toba?"

„Ja?"

„Denkst du ab und zu über uns nach?"

„Manchmal."

Das war eine Lüge, aber irgendetwas hielt ihn davon ab, ihr die Wahrheit zu sagen. Er dachte immerzu an sie.

„Wenn du an uns denkst, was denkst du dann?"

„Ich denke daran, wie es damals in der Rama-Klause war, als wir noch Kinder waren."

Edith lachte. Es war ein wundervoller Klang, sehr viel besser als Schniefen. „Ich denke auch daran", gestand sie. „Und ich denke über uns nach, wenn ich Musik höre."

„Und ich denke über uns nach, wenn ich an Konrad und Ursel denke", antwortete er.

„Wirklich? Warum?" Edith war überrascht.

„Weil ich finde, sie gehören zusammen."

Es folgte ein Augenblick der Stille, dann ein Schniefen. Warum ein Schniefen? Toba hatte gedacht, das Schniefen hätten sie überstanden.

„Wirklich?", fragte Edith. Ihre Stimme zitterte leicht.

„Nun, ja. Ich habe immer gedacht, dass Konrad und Ursel zusammengehören. Ich glaube, sie wissen es auch."

„Du denkst, *wir* würden zusammengehören."

„Nun … ja."

Eine Hand legte sich auf seine Schulter. Sie war warm – wie im Fieber. Dann spürte er ihren Atem, kurz bevor er ihre Lippen spürte.

* * *

„Ich sage doch nur, dass wir wissen müssen, womit wir es zu tun haben, bevor wir anfangen können, Pläne zu schmieden", sagte Monika.

„Denkst du das wirklich?", fragte Konrad. „Oder gebrauchst du das nur als Ausrede, um die Planung der Flucht hinauszuzögern?"

„Ich denke, Monika hat Recht", warf Ursel ein. „Wir sollten uns mehr Informationen beschaffen."

„Ich werde mich mit meinem Kontaktmann treffen. Es dürfte nicht zu schwierig werden, ihn dazu zu bringen, mich –"

Eine Bewegung zog ihre Aufmerksamkeit auf sich, und sie merkten, dass sie nicht mehr allein waren.

Die anderen starrten die Neuankömmlinge an. Konrad erhob sich.

„Sieht aus wie eine Wiedervereinigungsparty", sagte Willi.

„Und wir wurden nicht eingeladen", fügte seine Begleitung hinzu.

„Karin? Bist du das?", fragte Ursel.

„Wir wollten euch doch nicht unterbrechen", sagte Willi grinsend. Sein Grinsen war etwas zu breit, um freundlich zu sein. „Wir wollten eine Besichtigungstour machen."

Witzell erhob sich. „Ich hätte schwören können, ich habe die Haustür zugeschlossen", sagte er.

Karin machte ein wegwerfende Handbewegung. „Oh, Schlösser können Willi nicht aufhalten", meinte sie leichthin. „Er lässt sich einfach selbst herein. Er hat nicht mal mehr einen Schlüssel dabei."

„Zu lästig", meinte Willi. „Schlüssel halten einen nur auf."

„Da ihr nun schon mal da seid", meinte Witzell, „möchtet ihr euch nicht setzen?"

Begleitet von Karin trat Willi in den Kreis, und die beiden setzten sich auf das Sofa. „Danke, Pastor Olbricht. Oh, Verzeihung, ich meinte, Herr Witzell. In letzter Zeit ist es schwierig, mit den Namen immer auf dem neusten Stand zu sein, nicht?"

„Immer noch derselbe alte Willi", sagte Konrad.

„Derselbe alte Willi", ahmte Willi ihn nach. „Aber du, lieber Bruder … es sieht so aus, als hättest du eine Diät gemacht. Hast ein paar Pfund abgenommen, nicht?"

Ursel griff ein. „Karin! Es ist Jahre her. Aber du scheinst mit Willi in Kontakt geblieben zu sein."

„Leider sind unsere – Kontakte nicht mehr so oft wie früher", meinte Willi augenzwinkernd.

„Wir sind verheiratet", erklärte Karin.

„Ach …?", stammelte Ursel. „Nun, das ist aber …"

„Ein Schock?", fragte Willi. „Dass die gut aussehende Karin Wissing sich herablässt, einen einäugigen Krüppel zu heiraten?"

„Willi, ich wollte nicht …", begann Ursel.

„Hilft es euch vielleicht zu erfahren, dass ich reich bin?", fragte Willi. „Das wirft doch ein neues Licht auf die Situation, meint ihr nicht?"

Karin saß mit gleichgültigem Lächeln neben ihm. Offensichtlich hatten sie diese Ein-Mann-Show schon mehr als einmal durchgezogen.

Sie trug teure Kleidung, die aus dem Westen zu stammen schien. Das war seltsam bei manchen wohlhabenden Kommunisten. Auf der einen Seite verachteten sie die Übel des Kapitalismus, doch auf der anderen Seite trugen sie stolz ihre westlichen Besitztümer dezent zur Schau.

Konrad fiel auf, dass Karin zwar ihre Figur behalten hatte – vielleicht weil sie, wie sie später erfahren würden, nie ein Kind geboren hatte. Trotzdem war sie gealtert, und sie versuchte, ihre Falten durch großzügiges Make-up zu verstecken. Er hatte Karin immer hübsch gefunden. Es hatte Spaß gemacht, mit ihr zusammen zu sein und zu flirten – eigentlich eine ganz normale Sache für einen jungen Mann. Nach einer Weile war er ihrer jedoch überdrüssig geworden. Man konnte nicht lange in ihrer Nähe sein, ohne dass sie anfing, über Geld zu reden. Vor und während des Krieges hatte ihr Vater genügend Geld besessen, um sie glücklich zu machen. Konrad fragte sich, ob das unter den Kommunisten auch noch so war. Vermutlich nicht. Wie es schien, hatte Willi diese Rolle in Karins Leben übernommen, und Konrad fragte sich unwillkürlich, woher das Geld kam. Trotzdem: Karin als billige Imitation ihrer selbst zu sehen, war ziemlich deprimierend. Für ihn war sie immer die Sahne in der Gruppe gewesen. Die Sahne war definitiv umgeschlagen.

Willi sah genauso aus wie früher. Er trug noch immer dieses irritierende, süffisante Grinsen zur Schau wie als Junge, wenn ihr Vater es nicht gerade mit einer Ohrfeige aus seinem Gesicht vertrieben hatte. Willi war schlank und drahtig geblieben, seine Wangen wirkten eingefallen. Seine Behinderungen erregten Konrads Mitleid, die Augenklappe, die verkrüppelte Hand mit dem Stock als Tarnung. Das war typisch Willi. Als Junge hatte er immer einen Stock in der Hand gehabt und damit nach allem geschlagen, was vor ihn kam, Bäume, Häuser, Zäune, nach jedem Tier, das in seine Reichweite kam, und gelegentlich auch nach Menschen. Konrad erinnerte sich, dass Willi Hartmut einmal nach einem Treffen der Hitler-Jugend kräftig gegen die Schienbeine geschlagen hatte. Hartmut hätte Willi den Kopf abgerissen, wenn Konrad nicht dazwischengegangen wäre. Das passierte nicht allzu oft, denn Willi war ein Zwerg, und das spielte er gern aus. Ihr Vater sagte immer, es sei gut, dass Willi nicht als Katze auf die Welt gekommen sei, denn die Kleinen und Schwachen würden ertränkt. Doch was Willi nicht mit Talent, gutem Aussehen oder Stärke bekommen konnte, nahm er sich durch List und Tücke.

Sieh uns jetzt nur an, dachte Konrad. Wer hätte gedacht, dass es so kommen würde? Willi war reich, verheiratet, ein Kriegsheld mit Auszeichnungen. Und was besaß Konrad? Nichts.

„Kommen wir zum geschäftlichen Teil", sagte Willi und tappte dreimal mit dem Stock auf den Boden, als würde er in einer Sitzung um Aufmerksamkeit bitten. Er legte den Kopf zur Seite und lächelte, als sein Blick von einer Bewegung in der Tür angezogen wurde. Er hob seinen Stock und rief: „Kommt, kommt nur, ihr Kleinen. Onkel Willi ist hier!"

Anni und Viktor hatten ihre Köpfe durch die Tür gesteckt. Zögernd traten sie ins Zimmer, dann etwas mutiger, als Witzell ihnen zunickte und damit bedeutete, es sei in Ordnung. Die Tatsache, dass er nicht lächelte, war vermutlich der Grund, dass sich auf ihrem Gesicht wenig Begeisterung zeigte.

„Kommt nur her, kommt heraus!", rief Willi ihnen zu. „Na, wollt ihr euren Onkel Willi nicht umarmen? Erinnert ihr euch denn nicht mehr an mich? Ich habe euch doch damals all die guten Sachen in die Klause gebracht. Ich war euer Schutzengel, erinnert ihr euch nicht? Euer Retter, als ihr gehungert habt."

Er zählte laut, als sie einer nach dem anderen hervorkamen.

„Ein, zwei … kommt, ich weiß doch, dass noch mehr da sind. Genau … drei, vier. Wo sind die anderen? Der blinde Junge. Wo ist der blinde Junge, der immer miaut hat? Wie habt ihr ihn noch genannt? Katzenjunge?"

„Toba", erwiderte Monika.

„He, komm nur her, Toba!", rief Willi erneut.

Toba erschien im Türrahmen. Er hielt Edith an der Hand.

„Das macht fünf … und sechs! Natürlich, die kleine Elli! Sieh nur, Karin, das ist die kleine Elli! Du erinnerst dich doch an Pastor Josefs kleines Mädchen."

„Edith", korrigierte Monika.

Aber Willi hörte gar nicht zu. Er schwenkte seinen Stock gebieterisch hin und her. „Stellt euch auf, stellt euch auf! Ich möchte euch alle sehen. Oh mein Gott, seht euch nur an! Was seid ihr alle gewachsen. Ihr seid ja gar keine Kinder mehr! Ihr seid jetzt alle erwachsen."

Willi breitete die Arme aus. Sein Stock kam Witzell so nah, dass er den Kopf zur Seite legen musste, um nicht getroffen zu werden. „Schaut euch an. Ihr seht alle so gesund aus", staunte er. „Und sehr lebendig. Überhaupt nicht tot."

Karin neben ihm hatte ein bösartiges Lächeln aufgesetzt. Offensichtlich hatte Willi sie vor ihrer Ankunft über alles informiert.

Willi sagte zu Witzell: „Ich muss sagen, Pastor, in gewisser Weise freue ich mich, sie bei so guter Gesundheit zu sehen. Eine Zeit lang dachte ich, Sie würden sie einen nach dem anderen umbringen."

„Die Berichte an die Stasi", bemerkte Witzell.

Willi lachte. „Sehr gut, Pastor Olbricht."

„Du gehörst zur Stasi?", fragte Konrad.

„Nein! Natürlich nicht", widersprach Willi. „Ich habe jedoch gelegentlich für sie gearbeitet. Und sie für mich."

„Noch immer ein Kollaborateur mit den alten Tricks", sagte Konrad.

„Tricks? Nein. Ein Spiel. Aber andererseits ist doch alles ein Spiel, nicht? Gewinner und Verlierer. Die Gewinner bekommen das Geld, während die Verlierer umkommen." Er beugte sich vor und sprach leise und eindringlich zu Konrad, als würde er ihm ein Geheimnis anvertrauen. „Das Entscheidende, lieber Bruder, ist, mit den Gewinnern zu spielen und sie dann in ihrem eigenen Spiel zu schlagen." Er blinzelte.

„Egal, wen man dabei ans Messer liefert", bemerkte Konrad. „Du wolltest ihnen Ernst übergeben."

„Du warst bei Bewusstsein, nicht wahr?", fragte Willi. „Ich konnte es nicht genau sagen. Du hättest auch tot sein können. Der Zeitpunkt war in diesem Punkt falsch gewählt. Eine wertvolle Lektion und eine, die mich teuer zu stehen gekommen ist."

„Die Kinder", sagte Monika in einem Versuch, das Gespräch wieder auf die Gegenwart zu bringen. „Wie hast du von ihnen und K7 erfahren?"

„Wir sind keine Kinder mehr!", schnappte Edith hinter ihr.

Willi sah Monika an. Er antwortete nicht sofort. Er stützte sich auf seinen Stock und legte das Kinn darauf. Seine ganze Haltung wurde weicher. „Weißt du, du siehst noch genauso atemberaubend aus wie früher. Zu einigen Menschen waren die Jahre nicht sehr freundlich." Er deutete mit dem Kopf auf seine Frau. Karin schnitt ihm eine Grimasse wie ein trotziges zweijähriges Kind. Willi ignorierte sie. „Zu anderen, wie zu dir, sind sie freundlich gewesen. Mehr als freundlich. Du bist jetzt schöner als je zuvor."

Die Art, wie er Monika verschlagen anblickte, bereitete den anderen Unbehagen. Aber Willi schien es nicht zu bemerken. Oder falls er es tat, dann genoss er es. Monika hielt seinem Blick stand, ohne mit der Wimper zu zucken. Falls sie sich unangenehm berührt fühlte, so wollte sie ihm nicht die Genugtuung verschaffen, es sich anmerken zu lassen.

Daraufhin lehnte sich Willi abrupt wieder ins Sofa zurück und beantwortete Monikas Frage. „Gelegentlich", sagte er, „ist es für die Stasi von Vorteil, psychiatrische Anstalten wie K7 zu nutzen."

Witzell nickte, um zu zeigen, dass es stimmte.

Willi fuhr fort: „Manchmal muss jemand verschwinden, aber sie wollen ihn nicht töten. Eine Irrenanstalt kommt für solche Arrangements ganz gelegen. Oder manchmal möchten sie jemanden foltern, aber anstatt von Knüppel- und Faustschläge werden Drogen verwendet. Pastor Olbricht, Sie kennen diese Praktiken ja, oder? War das nicht, was Sie Josef Schumacher in der Anstalt in Hadamar angetan haben?"

„Willi!", rief Ursel. „Das war jetzt nicht nötig!"

Willi täuschte Unwissenheit vor. „Was? Ich dachte, alle wüssten darüber Bescheid."

„Ist schon in Ordnung, Ursel", beruhigte Witzell.

Willi lachte. Kopfschüttelnd sah er Ursel an. „Die liebe, nette Ursel. Einige Menschen ändern sich eben nie, nicht? Sie werden nie erwachsen. Sie weigern sich, die unangenehmen Seiten der Welt anzuerkennen." Er schnippte mit den Fingern. „Aber andererseits könnte ich mich darin auch täuschen. Wie ich höre, bist du ja selbst zur Kollaborateurin geworden. Mit einem Kommunisten aus der Schuhfabrik. Einem Herrn Gellert, wenn ich mich nicht irre. Das passt gar nicht zu dir, Ursel, das muss ich schon sagen. Ich dachte immer, du und Konrad, ihr würdet eines Tages heiraten. Obwohl du dich ja schon immer von den starken Parteimännern angezogen gefühlt hast, nicht? Nazi. Kommunist. Welchen Unterschied macht das?"

Ursel wurde tiefrot.

„Lass sie in Ruhe, Willi", warnte Konrad.

Das süffisante Grinsen auf Willis Gesicht kam wieder zu Tage.

„Du hast die Kinder bis zum K7 verfolgt“, hakte Monika nach.

„Nicht wirklich“, korrigierte Willi. „Eigentlich habe ich gar nicht richtig nach ihnen gesucht. Eines Abends ging ich ein paar Akten durch und stieß zufällig auf ihre Namen. Fünf Waisen, alle mit dem Nachnamen Schumacher, und da dachte ich bei mir: Wie stehen die Chancen, dass dies ein Zufall ist? Sie standen auf der Liste – Anni Schumacher, Viktor Schumacher … ihr versteht schon. Danach – nun, in gewisser Weise wurde das zu meinem Hobby. Ich habe versucht, sie an einen Ort verlegen zu lassen, an dem ich sie im Auge behalten konnte.“

„Nein, wie freundlich du bist“, spottete Konrad.

„Dann warst du also derjenige, gegen den ich ankämpfen musste“, sagte Witzell.

„Genau der war ich“, erwiderte Willi. „Aber in dieser Runde haben Sie mich geschlagen. Und ich verliere nicht so gern. Also dachte ich, ich forsche mal ein wenig nach und versuche, alles über meinen Gegner herauszufinden. Stellt euch meine Überraschung vor, als ich feststellte, dass Otto Witzell kein anderer war als der alte Pastor Olbricht, frisch aus dem Konzentrationslager Dachau. Und ich dachte: Was ist nur mit diesen Außenseitern? Sie sind eine Art Magnet, denn sie ziehen immer die Leute, die ich kenne, an. Und so habe ich sie im Auge behalten, einfach so aus Neugier. Um zu sehen, wer sonst noch auftaucht. Und jetzt habe ich nur eine Frage an euch: Warum habt ihr so lange gebraucht? Ich meine, sechzehn Jahre!“

„Wir haben nicht die Stasi im Rücken“, erklärte Konrad.

„Schade für euch“, erwiderte Willi. „Wenn ihr das Spiel spielen wollt, dann müsst ihr Kontakt zu den richtigen Leuten knüpfen.“

„Dies ist kein Spiel“, sagte Monika.

Willi beugte sich vor. „Was denn dann, meine Liebe? Was genau geht hier vor? Und sagt nicht, es ginge mich nichts an. Ich finde, dass alles mich was angeht. Auf diese Weise verdiene ich meinen Lebensunterhalt.“

„Das ist mein Werk“, gestand Herr Witzell. „Ich hatte zwei Ziele: das Unrecht, das ich Josef Schumacher angetan hatte, wieder gutzumachen, indem ich sie aus diesem Todeshaus rettete und sie, so Gott wollte, irgendwie wieder mit meiner Tochter und Enkelin vereinte. Diese Ziele waren rein persönlicher Natur. Sie sind keine Bedrohung für den Staat."

„Das überzeugt nicht, Herr Witzell", sagte Willi. „Obwohl ich sagen muss, der Hinweis auf den heiligen Josef von Pankow hat mir beinahe die Tränen in die Augen getrieben. Aber das erklärt nicht die gefälschten Totenscheine. Verstehen Sie mich nicht falsch, ich liebe eine gute Täuschung. Aber es steckt mehr dahinter. Ich kann es riechen."

„Ich glaube, diesen faulen Gestank, den du in der Nase hast", sagte Konrad, „hast du selbst mitgebracht."

Willi deutete mit seiner gesunden Hand auf seinen Bruder, als hätte er eine Pistole in der Hand. Er schoss sie ab. „Der war gut, Bruder." Er erhob sich. Karin stand ebenfalls auf. „Ich kann gar nicht sagen, wie viel Spaß mir das macht", sagte Willi. „Das müssen wir irgendwann noch mal wiederholen. Bald. Denkt einfach an mich als den neugierigen alten Onkel Willi, der ein gutes Rätsel liebt und entschlossen ist, dieses hier zu lösen."

Er wandte sich zum Gehen, dann drehte er sich noch einmal um.

„Übrigens, ich rechne damit, dass die Bewohnerzahl hier konstant bleibt. Verstanden? Keine vorgetäuschten Todesfälle mehr, kein Durchbrennen und Davonlaufen." Er blinzelte Edith zu. Sie errötete und ließ Tobas Hand los. „Ich werde von Zeit zu Zeit vorbeischauen, um zu sehen, wie es euch allen geht." Er winkte. „Macht euch nicht die Mühe, mich zur Tür zu bringen. Ich kenne den Weg."

Karin lächelte gelangweilt und hob halbherzig die Hand zum Gruß.

Die Tür fiel ins Schloss. Draußen wurde ein Motor angelassen, und fort waren sie.

20

Nachdem sich alle von ihrem Schock erholt hatten, schickte Monika die „sechs aus Hadamar" zum zweiten Mal an diesem Tag aus dem Zimmer. Wie beim ersten Mal zogen sie nur murrend und brummend ab, doch dieses Mal hatten sie ein Gesprächsthema: „Onkel" Willi.

„Das ist das Ende unserer Pläne", stöhnte Monika.

„Vielleicht nicht", widersprach Konrad.

„Was meinst du damit? Du hast ihn doch gehört. Wie sollen wir planen, was wir vorhaben, wenn er hier herumschnüffelt? Es war auch vorher schon gefährlich genug. Aber jetzt …"

„Monika hat Recht", stimmte Witzell ihr zu. „Ich kenne diese Typen. Er braucht nur ein Wort zu der richtigen Person zu sagen, und wir enden alle im Gefängnis. Für die Stasi haben wir schon genug angestellt mit den falschen Todesnachrichten."

Aber Konrad war noch nicht bereit aufzugeben. „Ich sage ja nur, dass es vielleicht trotzdem noch einen Weg gibt. Wir sollten nicht vorschnell aufgeben und keine übereilte Entscheidung treffen. Lasst uns ein paar Tage nachdenken."

„Konrad, jetzt ist nicht der richtige Zeitpunkt, eine persönliche Rivalität mit deinem Bruder wieder aufleben zu lassen. Hier stehen Menschenleben auf dem Spiel."

„Ich weiß, was auf dem Spiel steht", erwiderte Konrad. „Ich weiß auch, dass jetzt nicht der richtige Zeitpunkt ist, sich unter dem Bett zu verstecken, nur weil Willi Reichmann uns einen Besuch abgestattet hat."

Die Stimmen wurden immer erregter.

Witzell hob beruhigend die Hand. „Heute Abend können wir nichts mehr tun", sagte er.

Monika sah Ursel an. „Du bist den ganzen Abend über so still gewesen", sagte sie. „Was denkst du, Ursel?"

Ursel antwortete nicht. Sie sah auch keinen an. Stattdessen erhob sie sich und verließ den Raum.

* * *

Es war schon spät, als Monika den Schlüssel in das Schloss ihrer Wohnung steckte. Edith war unmittelbar hinter ihr. Sie schlief beinahe im Stehen ein. Ursel war die Letzte. Auch auf dem Heimweg hatte sie kein einziges Wort gesprochen.

Ein Klopfen ertönte vom Ende des Flurs. Jemand klopfte an eine Tür, aber es war sonst niemand im Flur.

„Wir sind es nur, Herr Puttkamer", rief Monika. „Tut uns Leid, wenn wir Sie aufgeweckt haben." Als sie sich wieder der Wohnungstür zuwandte, murmelte sie leise: „Geht dieser Geier denn nie schlafen?"

Klopf. Klopf. Klopf. Klopf. Klopf.

Das war es schon wieder.

„Gute Nacht, Herr Puttkamer", sagte Edith verschlafen.

Monika hatte die Tür jetzt aufgeschlossen.

Klopf. Klopf. Klopf. Klopf. Klopf.

„Ich glaube, er will was", sagte Ursel.

„Er will uns ärgern", sagte Monika. „Das ist, was er will."

„Er ist nur einsam", meinte Edith.

„Kein Wunder", erwiderte Monika. „Wer will schon mit einem solchen Menschen zusammenleben?"

Klopf. Klopf. Klopf. Klopf. Klopf.

„Herr Puttkamer, brauchen Sie etwas?", rief Ursel und ging ein Stück auf seine Wohnung zu.

Klopf. Klopf. Klopf. Klopf. Klopf.

„Herr Puttkamer?"

Sie stellte sich dicht vor das Guckloch, sodass Herr Puttkamer sie gut sehen konnte. „Herr Puttkamer?", sagte Ursel. „Brauchen Sie Hilfe?"

Monika und Edith waren neben sie getreten. Ihre Wohnungstür hatten sie offen gelassen. Als alle drei vor der Tür standen, begann Herr Puttkamer zu sprechen.

„Es ist spät", sagte er.

„Es tut uns Leid, dass wir Sie gestört haben, Herr Puttkamer", entschuldigte sich Ursel. „Wir gehen jetzt zu Bett. Wir werden Sie nicht mehr stören."

„Ich weiß, dass Sie irgendetwas vorhaben", sagte Puttkamer.

Die drei Frauen sahen sich an und jede hatte denselben Gedanken: *Wie viel kann er wissen?*

„Drei allein stehende Frauen, die abends immer sehr spät nach Hause kommen. Das ist unnatürlich. Verdächtig, wenn Sie mich fragen."

Wieder sahen sie sich an, dieses Mal mit ausdruckslosen Gesichtern. Er war ein alter Mann, der sein Auge nicht von dem Guckloch nahm und jede Bewegung aus seiner Fischaugenperspektive verfolgte.

Ursel sagte: „Wir sind Christen, Herr Puttkamer. Wir tun nichts Unmoralisches."

„Als ob ihn das etwas anginge!", flüsterte Edith etwas zu laut.

Ursel und Monika warnten sie mit einem alarmierenden Blick.

„Mein Schwager hat Mieter wie Sie", sagte Puttkamer. „Sie kommen und gehen zu jeder Tages- und Nachtzeit. Er hat die Stasi gerufen, und wissen Sie, was die gefunden haben?"

„Was haben sie gefunden, Herr Puttkamer?", fragte Ursel.

„Fluchtpläne. Sie hatten eine Flucht über die Mauer geplant. Sie bauten ein U-Boot. Die Stasi fand die Pläne in einem Mehlkrug in der Küche."

Keine Blicke wurden ausgetauscht. Vielleicht ein Glückstreffer oder so.

„Ich hätte rechte Lust, die Stasi zu rufen, damit sie nachsehen, was sie in Ihrer Küche finden", sagte Puttkamer.

Monika trat vor. „Sie würden Mehl finden, Herr Puttkamer. Mehl und einen Boden, der wieder einmal gewachst werden muss."

„Und wie erklären Sie Ihr langes Fortbleiben? Bis vor wenigen Monaten waren Sie abends immer zur selben Zeit zu Hause."

„Es ist mein Vater", erklärte Monika. „Ediths Großvater. Wir hatten einander während des Krieges aus den Augen verloren und haben ihn nicht mehr gesehen, seit Edith ein Baby war. Fünfzehn

Jahre lang hat er nach uns gesucht und jetzt hat er uns gefunden. Wir verbringen die Abende bei ihm und erzählen uns, was wir erlebt haben."

Auf der anderen Seite der Tür herrschte Schweigen. Herr Puttkamer versuchte, das zu verdauen.

„Sein Name ist Herr Witzell", berichtete Monika bereitwillig. „Otto Witzell. Er ist der Verwaltungsdirektor von K7, einer psychiatrischen Anstalt vor der Stadt. Manchmal vergessen wir einfach die Zeit und erwischen gerade noch den letzten Zug nach Hause. Es tut uns Leid, wenn wir Sie beunruhigt haben."

Sie wartete auf eine Antwort. Es kam keine.

„Herr Puttkamer?", fragte Monika. „Sind Sie noch da?"

Vielleicht war der alte Mann bei ihrer Geschichte eingeschlafen.

Monika winkte den anderen beiden Frauen zu, und die drei gingen wieder durch den Flur zurück.

„Ich werde Sie im Auge behalten", rief Puttkamer ihnen nach.

„Danke für Ihre Besorgnis, Herr Puttkamer", erwiderte Ursel.

Die Tür zu ihrer Wohnung fiel hinter ihnen ins Schloss.

„War es klug, ihm den Namen deines Vaters zu nennen?", fragte Ursel an Monika gewandt.

„Es ist riskant. Wenn der alte Geier tatsächlich seinen Anruf macht, wird, wer immer ihn entgegennimmt, hoffentlich genügend Wahrheit darin finden, dass sie sich zufrieden geben, bevor sie zu tief graben."

„Du hast Recht, es ist ein Risiko", sagte Ursel.

„Müssen wir morgen früh wirklich aufstehen und arbeiten gehen?", fragte Edith. „Können wir nicht sagen, wir seien krank, und ausschlafen?"

* * *

Ursel lag in ihrem Bett. Sie hob den Kopf. Der Wecker auf der Kommode stand zu weit weg; sie konnte die Uhrzeit nicht erkennen. Sie hörte Monika und Edith auf der anderen Seite des Raumes. Ihre Atmung war gleichmäßig, rhythmisch. Sie merkten nicht, dass Ursel nicht eingeschlafen war und vermutlich die ganze Nacht wach bleiben würde.

Hinter den Vorhängen war bereits etwas Licht zu sehen. Es wurde hell draußen. Ursel seufzte tief. Das würde ein langer Arbeitstag werden. Ihre Produktionszahlen würden niedrig sein, und Waldemar würde das nicht kommentarlos hinnehmen. Das tat er nie, wenn die Zahlen zu niedrig waren. Doch hohe Produktionszahlen waren in seinen Augen keines Kommentars wert.

Willis unerwarteter Besuch hatte sie zum Nachdenken gebracht und das Thema aufgewühlt, das sie bisher erfolgreich verdrängt hatte. Es war die Frage, was sie hier eigentlich tat. In gewisser Weise hatte Willi ihr einen Gefallen getan. Er zwang sie, eine Entscheidung zu treffen, die sie früher oder später sowieso treffen musste. Sie konnte sich nicht mehr mit Waldemar Gellert treffen und gleichzeitig die Flucht der Kinder aus Ostdeutschland vorbereiten. Sie konnte ihn nicht mehr länger hinhalten. Sie musste eine Entscheidung treffen, je früher, desto besser.

Die ganze Nacht hindurch hatte Ursel das Für und Wider gegeneinander abgewogen. Sie liebte die Kinder. Sie freute sich so, sie wieder zu sehen, mit ihnen zu plaudern, zu sehen, wie sie gewachsen waren, wie sie sich zu Persönlichkeiten entwickelt hatten. Sie freute sich darüber, dass Edith nun wieder mit ihnen zusammen war. Die Kinder fügten ihrem Leben eine Dimension hinzu, die ihr gefehlt hatte.

Ursel ordnete die Kinder auf der positiven Seite ein. Das Negative war, dass die Kinder gehen würden und sie bleiben müsste. Hinzu kam noch Waldemars Reaktion, wenn sie ihm von ihnen erzählte. Oh, wie gern würde sie ihm von ihnen erzählen. Von Viktors fester Umarmung, die einem beinahe die Rippen brach, von Annis durchbohrendem Blick und ihrer Art, einem genau zu sagen, was sie dachte, und von Hermanns Sprachenkenntnissen. Und Toba – der erstaunliche Toba. Mehr als einmal lag ihr während eines Abends mit Waldemar Gellert einer dieser Namen auf der Zunge, und sie musste ihn hinunterschlucken. Es gefiel ihr überhaupt nicht, dass sie diese Seite ihres Lebens vor ihm geheim halten musste. Aber er würde das nicht verstehen. Er würde kein Mitgefühl zeigen. Wenn er darüber Bescheid wüsste, würde er sie verraten, das wusste sie. Für ihn gab es nur schwarz und weiß. Manchmal bewunderte Ursel solche Menschen. Ihr Leben war so viel einfacher. Aber sie konnten auch sehr grausam sein. Und sie hatte Angst, dass sie sich eines Abends verplappern und Waldemar alles erfahren würde. Die Kinder hätten dann darunter zu leiden. Falls das passieren sollte, würde sie mit dieser Schuld nicht leben können. Das war definitiv sehr negativ.

Aber sie musste Waldemar Gellert auch auf die positive Seite schreiben. Er gab ihr Sicherheit. Als Frau Gellert würde sie nie mehr auf der falschen Seite des Gesetzes stehen, wie es damals gewesen war, als sie die Kinder vor den Nazis versteckt hatten. Und wie es jetzt wieder der Fall war, wo sie sie vor den Behörden versteckten – und das nicht besonders erfolgreich, nachdem Willi von ihnen wusste. Jeden Tag, wenn sie zu Herrn Witzells Haus ging, fragte sie sich, ob die Stasi oder die Volkspolizei auf sie wartete, um sie zu verhaften. Wenn sie Waldemar besuchte, brauchte sie sich so etwas nicht zu fragen. Auch würde sie nie mehr überlegen müssen, ob genug Geld für Nahrung und Kleidung da wäre oder ob sie ein Dach über dem Kopf haben würden. So viele Jahre hatte sie nun schon mit diesen Unsicherheiten leben müssen. Sie hatte mit anderen Frauen in der Schlange um ein Stück Fleisch oder etwas Gemüse gekämpft. Und das hatte sie einfach satt. In dem Wissen zu leben, dass die täglichen Bedürfnisse erfüllt würden, nun, das war doch der Himmel auf Erden, oder nicht?

Außerdem, was hatte sie schon zu dem Fluchtplan beizusteuern? Monika und Konrad waren die Anführer. Obwohl sie sich oft nicht einig waren, wollten sie beide im Endeffekt doch dasselbe – sie wollten, dass die Kinder in Sicherheit waren. Und Witzell war jetzt da, um, wenn nötig, zwischen ihnen zu vermitteln. Auch er handelte im Interesse der Kinder. Er hatte sie so weit gebracht, sie zusammengehalten und ein Haus für sie besorgt. Er verfügte über finanzielle Mittel. Wenn man ihn mit den Kindern zusammen beobachtete, merkte man, dass sie ihn offensichtlich liebten; Ursel konnte es in ihren Augen lesen. Und er liebte sie auch, kannte sie. In gewisser Weise waren sie Ursel fremd geworden. Früher war es ihre Aufgabe gewesen, für sie zu sorgen, während Monika den Weg bestimmte. Aber jetzt waren die Kinder älter; sie konnten für sich selbst sorgen. Und Herr Witzell gab ihnen Ermutigung. Sie brauchten Ursel nicht mehr. Das war kein Versuch, sich bescheiden zu geben. Das war eine Tatsache.

Und dann war da Konrad. In welche Spalte passte er? Auf die positive Seite für die Kinder. Mit jedem Tag wurde er kräftiger. Ursel merkte das daran, wie er aus seiner Einsiedlerhöhle hervorkam und mehr und mehr mit den anderen Kontakt aufnahm. Er übernahm wieder die Führung. Diese ganze Episode mit Witzell, Toba und den Kindern war gut für ihn gewesen. Ein Stück des alten Konrads kam langsam wieder zum Vorschein.

Aber sie und Konrad? Negativ. Aus dem einfachen Grund, weil er sie nicht wollte. Das hatte er ganz deutlich gemacht, indem er sich in den letzten sieben Jahren vor ihr versteckt hatte. Wäre nicht Herr Gellert gewesen, der sie in diesen Schuhladen nach Pankow geschickt hatte, würde Konrad noch immer im Lager arbeiten, die Schuhe sortieren und einordnen. Und auch wenn sie sicher war, dass Waldemar sie nicht liebte – auf seine Weise und nach seinem Vermögen liebte er sie natürlich, aber das Einzige, was Waldemar Gellert wirklich liebte, waren Produktionsberichte, die eine Produktionssteigerung zeigten. Doch wenigstens *wollte* er, was mehr war, als sie von Konrad Reichmann behaupten konnte.

Und wenn man nun alles gegeneinander abwägte, was bedeutete das? Dass sie den Fluchtplan in Gefahr brachte; dass sie ihnen nicht von Nutzen sein konnte. Außerdem liebte der Mann, den sie liebte, sie nicht mehr.

Hatte sie das wirklich gerade gedacht? Ihre Gedanken erstaunten sie.

Ursel begann leise zu weinen.

Sie liebte Konrad immer noch.

Der Wecker ging los. Ursel fuhr erschrocken zusammen.

Monika stöhnte. Sie warf die Decke zurück, erhob sich und stellte den lästigen Wecker ab. „Ursel? Du liegst noch im Bett? Geht es dir nicht gut?"

„Ich habe nur verschlafen", log Ursel.

„Komm schon, Edith", sagte Monika. „Es ist Zeit zum Aufstehen. Ein neuer Tag hat begonnen."

21

Das Hochgefühl nach der erfolgreichen Verlegung der Insassen von K7 in die Rama-Klause war mit dem Auftauchen von Willi Reichmann verpufft. Doch den Todesstoß versetzte ihnen Ursel, als sie am folgenden Tag verkündete, sie würde nicht mehr in die Rama-Klause kommen.

Sehr gefasst und ruhig erläuterte sie ihnen ihre Gründe dafür. Sie sagte den Kindern, wie stolz sie auf sie sei und wie gern sie sie wieder sehen würde, aber wie schwer es für sie sei, Herrn Gellert gegenüber nicht von ihnen zu erzählen. Es sei nicht richtig, Geheimnisse vor ihrem zukünftigen Mann zu haben. Das führte zum nächsten Eingeständnis – was, wie sie sagte, eigentlich von Anfang an hätte klar sein müssen, doch sie hätte sich das bisher selbst noch nicht eingestanden. Sie würde nicht mit ihnen kommen. Die anderen würden nach Westberlin gehen, aber Ursel würde in Ostberlin bleiben müssen.

Sie gab keine weitere Erklärung. Sie erzählte ihnen nichts von ihren Gefühlen der Nutzlosigkeit, dass sie sie gar nicht mehr brauchten, weil sie eigentlich nichts mehr beizusteuern hätte. Auch verschwieg sie, wie weh es ihr tat, in Konrads Nähe zu sein, zuzusehen, wie er immer kräftiger und wieder zu dem Konrad wurde, den sie schon seit so vielen Jahren liebte, und doch zu wissen, dass er sie nicht mehr liebte. Dies waren persönliche Angelegenheiten. Sie vertraute sie nicht einmal Monika an.

Natürlich gab es Einwände und Tränen, aber Ursel blieb fest. Sie weinte nur, als Toba sie umarmte, sie anflehte, sich das noch mal zu überlegen, und ihr sagte, dass er es nun, da er sie nach so vielen Jahren wiedergefunden hätte, nicht ertragen könnte, sie wieder zu verlieren. Konrad stand mit ausdruckslosem Gesicht abseits gegen die Wand gelehnt, die Hände in den Taschen vergraben.

Als Ursel die Rama-Klause an jenem Tag verließ, tat sie dies allein und ohne noch einmal mit Konrad zu reden. Monika und Edith blieben zurück, weil sie es nicht klug fanden, die beiden Männer mit ihren aufgewühlten Gefühlen allein zu lassen. Niedergeschlagenheit legte sich über das Haus wie ein Leichentuch. Als Monika und Edith an diesem Abend in die Wohnung kamen, fanden sie einen Zettel von Ursel, auf dem sie ihnen mitteilte, sie sei zu Herrn Gellert gegangen. Erst um ein Uhr morgens hörten sie sein Auto vor dem Wohngebäude und das Öffnen und Schließen der Tür, als Ursel hereinkam und sich leise im Dunkeln auszog.

Herr Witzell wartete mit seiner Ankündigung noch eine Woche. Er wollte ganz klarstellen, dass auch er nie die Absicht gehabt hatte, Ostdeutschland zu verlassen. Er würde ihnen bei der Flucht in den Westen helfen, aber er würde sie nicht begleiten. „Ich bin zu alt für solche Sachen", sagte er. Er versicherte ihnen, er würde sich natürlich nach Kräften einsetzen und jedes nur erdenkliche Mittel nutzen, um ihnen zu helfen, den Plan durchzuführen.

„Und was dann?", fragte Monika. „Wenn Willi sieht, dass wir fort sind, wird er dich umbringen."

„Ich werde schon vorher untergetaucht sein", erwiderte Witzell. Er freute sich, dass sie sich um ihn Sorgen machte. „Ich habe schon einmal einen anderen Namen angenommen, ich kann das auch noch einmal tun. Darum sage ich es euch jetzt. Ich habe bereits Vorkehrungen getroffen. Eines Tages werde ich ohne Vorwarnung einfach verschwinden."

„Wohin willst du gehen, Opa?", fragte Edith. Es war ihr egal, dass ihre Mutter es nicht mochte, wenn sie ihn mit diesem Namen ansprach.

Witzell legte seine Hand an ihre Wange. „Es ist das Beste, wenn ihr keine Einzelheiten kennt", sagte er.

„Aber das ist nicht fair!", beschwerte sich Edith.

„Wir dürfen nicht erwarten, dass es in einer Welt, in der böse Menschen die Zügel der Macht in Händen halten, fair zugeht", erklärte Witzell.

„Und was tun wir?"

Witzell legte auch seine andere Hand an ihre Wange und hielt das Gesicht seiner Enkelin in seinen Händen. „Wir setzen unser Vertrauen auf den einen, der über aller irdischer Macht steht."

* * *

Der Winter 1961 überzog die Straßen mit seiner eisigen Schicht und ließ in diesem Jahr mehr als nur den Boden gefrieren; er ließ alles Reden über Flucht unter den Bewohnern der Rama-Klause erstarren.

Konrad teilte die Bewohner in Arbeitsgruppen ein, die die Hausarbeit unter sich aufteilten. Jeder war einmal mit Kochen, Spülen und Putzen an der Reihe.

Der Haushalt wurde durch vier Gehälter finanziert. Witzell ging wie gewöhnlich zur Arbeit, obwohl sie vermuteten, dass er – so wie er früher einen großen Teil seiner Zeit eingesetzt hatte, um für die Rama-Klause zu planen – nun viel Zeit darauf verwendete, seine neue Identität aufzubauen. Monika, Edith und Ursel arbeiteten nach wie vor in der Schuhfabrik und steuerten so viel, wie sie erübrigen konnten, zum Lebensunterhalt bei. Abends fuhren Monika und Edith zur Rama-Klause hinaus. Immer häufiger verbrachte Ursel den Abend mit Herrn Gellert, obwohl es auch oft vorkam, dass Monika und Edith, wenn sie abends nach Hause kamen, Ursel bereits in der Wohnung vorfanden. Sie vermuteten, dass sie an drei oder vier Abenden in der Woche allein zu Hause saß. Doch aus Respekt vor ihrer Privatsphäre fragten sie nicht.

Genau wie er gesagt hatte, kam Willi häufig unangekündigt vorbei. Karin begleitete ihn nicht mehr, was nicht erstaunlich war angesichts der Tatsache, dass sie bei ihrem ersten Besuch so gelangweilt gewirkt hatte.

Wenn er in der Rama-Klause war, wurde Willi Monikas Schatten. Wo immer sie ging, folgte er ihr. Egal, wer sich im Raum aufhielt, sein Blick hing allein an ihr; manchmal beugte er sich dicht zu ihr herüber und flüsterte ihr etwas ins Ohr. Die Art, wie er sie ansah, zeigte, dass er seine kindliche Zuneigung zu ihr nie überwunden hatte. Nur dass er kein Kind mehr war. Von dem Augenblick, in dem Willi durch die Tür trat, bis zu dem Augenblick, da er ging, wenn er darauf bestand, dass sie ihn zu seinem Auto begleitete, verfolgte er sie mit seinen Blicken.

Einmal, als Willi nicht da war, nahmen Witzell und Konrad Monika beiseite. Zuerst beteuerte sie, sie würde schon mit Willi fertig und sie sollten sich um sich selbst kümmern. Doch als sie nicht locker ließen, gestand sie, dass er ihr unanständige Avancen mache, aber sie wollte nicht, dass die anderen, vor allem Edith, davon erfuhren.

Sie erzählte ihnen, Willi habe ihr gestanden, der einzige Grund, warum er die Rama-Klause weiterhin dulde, sei sie – um ihretwillen würde er wegschauen. Dann ließ er sie wissen, er erwarte als Gegenleistung „freundliche Gefälligkeiten“ von ihr. „Ich nehme große Risiken auf mich, weil ich Informationen zurückhalte“, hatte er zu ihr gesagt. „Aber alles hat seinen Preis. Das solltest du dir unbedingt merken, Monika. Alles hat seinen Preis.“ Sie fragte ihn, was passieren würde, wenn jemand den Preis nicht bezahlen könne. Darauf antwortete er: „Das ist keine Option. Bitte stelle mich darin nicht auf die Probe, Monika.“

Nachdem Konrad das hörte, nahm er sich vor, Monika und Willi nie wieder allein zu lassen. Er erzählte den anderen, trotz seiner vielen Arbeit würde Willi in die Rama-Klause kommen, um sie zu besuchen, doch er sei zu zurückhaltend, um seine Gefühle in Worte zu fassen. Das hätte etwas mit einem tragischen Kriegserlebnis zu tun. Es sei darum wichtig, dass sie, sobald er im Haus sei, sich die größte Mühe gäben, ihm zu zeigen, wie sehr er geschätzt würde.

Wie erwartet reagierten die „sechs von Hadamar“. Sie brachten Willi Kekse und Kaffee oder Tee. Sie zogen ihn ins Gespräch. Sie sangen ihm was vor und führten manchmal auch kleine Sketche zu seiner Unterhaltung auf. Und wenn sie nicht um ihn herum waren, dann übernahm Konrad diese Aufgabe.

Weihnachten kam, und Ursel verbrachte die Feiertage mit ihnen. Dem Kommunisten Herrn Gellert bedeutete dieses Fest nichts, darum konnte Ursel sich problemlos davonstehlen. Später vertraute sie Monika an, Waldemar Gellert hätte ihr deutlich zu verstehen gegeben, dies sei das letzte Weihnachtsfest gewesen, das sie feiern würde.

Der Weihnachtsmann persönlich hätte nicht mehr Freude ins Haus bringen können. Geschichten von den Weihnachtsfesten in der ersten Rama-Klause hingen in der Luft. Edith sang mit lauter Stimme „O Tannenbaum". Toba kämpfte mit dem Baumschmuck. Und wieder stritten sie darüber, wer an der Reihe sei, die Rolle der Maria zu übernehmen, wenn die Weihnachtsgeschichte laut vorgelesen wurde.

An diesem Abend ging Konrad zu Ursel und wünschte ihr frohe Weihnachten. Sie plauderten nett miteinander und mieden jede Erwähnung von Herrn Gellert und der Zukunft. Sie hatten ihre eigenen Erinnerungen: an Hartmut, den Spaßmacher. An Ernst, der immer so herzhaft über Hartmuts Witze gelacht hatte. An Josef und Monika und das Weihnachtsfest in ihrem Haus, als Josef sich so viel Mühe gegeben hatte, eine Andacht zu halten, und jedem von ihnen eine Münze mit einem eingravierten Bibelvers geschenkt hatte. Und an Konrad und Willi, die den Baum umgeworfen und den Kater Kaiser aus dem Zimmer vertrieben hatten.

„Hast du deine Münze noch?", fragte Ursel.

„Natürlich. Und du?"

„Natürlich."

Wie unschuldig diese Tage gewesen waren. Wie viel sich durch den Krieg und Deutschlands Niederlage verändert hatte. Wie viele hässliche Tage, Tage der Not, trennten sie von diesem Weihnachtsfest vor so langer Zeit. Wie sehr sie Josef vermissten. Und auch Hartmut. Konrad wurde erneut von Schuldgefühlen wegen Hartmuts Tod überfallen. Er würde sich nie verzeihen, dass es ihm nicht gelungen war, ihn zu schützen, auch wenn er wusste, dass die Chancen, dass einer von ihnen den Krieg überleben würde, gering gewesen waren. Dass so viele von ihnen noch am Leben waren, war ein Wunder.

Konrad dankte Ursel für ihr Kommen. Er sagte ihr, diese kleine

Reise auf dem Weg der Erinnerung mit ihr sei das schönste Weihnachtsgeschenk, das er seit langem erhalten hätte.

Den Silvesterabend verbrachte Ursel nicht in der Rama-Klause, sondern mit Herrn Gellert.

Konrad dachte an diesem Abend an den Silvesterabend siebzehn Jahre zuvor. Er und Ursel hatten den Weihnachtsbaum in der Rama-Klause abgeschmückt, als Ursel eine Idee hatte. Sie hatte eine Schüssel aus der Küche geholt und ihn aufgefordert, sich auf den Boden zu setzen. Sie hatte sich ihm gegenüber hingehockt und die Schüssel zwischen sich gestellt. Sie hatte ihm einen Zettel in die Hand gedrückt und ihm aufgetragen, einen Wunsch für das kommende Jahr niederzuschreiben. Sie hatte dasselbe getan. Dann hatte sie ihn gebeten, den Zettel zweimal zu falten und in die Schüssel zu legen.

Danach hatte sie die beiden Zettel verbrannt.

Er hatte wissen wollen, was sie auf ihren Zettel geschrieben hatte, und sie hatte geantwortet, er würde warten müssen bis zum nächsten Silvesterabend, wenn sie mit Sicherheit wüssten, ob sich ihr Wunsch erfüllt hätte oder nicht. Konrad erinnerte sich daran, wie hübsch Ursel ausgesehen hatte und wie er sich vorgebeugt hatte, um sie zu küssen, und auch, wie sie sich zurückgezogen hatte. Er erinnerte sich, wie weh das getan hatte. Diesen Schmerz hatte er wieder neu kennen gelernt. Er spürte ihn jetzt, wann immer er Ursel sah oder an sie dachte.

Silvester 1944, ein Jahr, nachdem Ursel ihre Wünsche in der Schüssel verbrannt hatte, wollte Konrad von ihr wissen, welches ihr Wunsch gewesen sei. Ursel hatte so getan, als würde sie sich nicht mehr daran erinnern, aber Konrad ließ ihr das nicht durchgehen. Schließlich entlockte er es ihr.

Sie sagte: „Mein Wunsch war, dass du noch vor Jahresende eine Frau findest, die dich glücklich macht."

Als sie ihn nach seinem Wunsch fragte, sagte er, er könne sich nicht erinnern, dass sie einmal nicht zu seinem Leben gehört hätte und dass er sich wünsche, dies würde sich nie ändern. „Mein Wunsch war, dass wir immer zusammen sein würden."

Das war noch immer sein Wunsch.

Konrad fragte sich, wie Ursel und Herr Gellert wohl das neue Jahr feierten.

* * *

Während die Erde langsam auftaute und ihren weißen Wintermantel abstreifte für das neue Frühlingsgrün, sprachen sie wieder neu von der Flucht in die Freiheit.

Sie hörten im Westradio von erfolgreichen Fluchtversuchen. Diese erfolgreichen Fluchtversuche machten ihnen zwar Mut, ihnen fehlte jedoch noch immer die zündende Idee. Sie mussten acht Personen über die Grenze bringen, sechs davon mit einer Behinderung. Hörprobleme, Blindheit, ein Klumpfuß, ein verkrüppelter Arm, eingeschränkte Sprechfähigkeit und ein erwachsener Mann mit dem Verstand eines Kindes schränkten sie in ihren Möglichkeiten ein. Und sie mussten alle zusammen gehen. Willis Überraschungsbesuche machten es unmöglich, einen nach dem anderen in den Westen zu bringen. Sobald eine Person fehlte, würde Willi wissen, dass etwas im Busch war.

Leider wurden die Grenzposten auch mit jeder Flucht klüger und vorsichtiger, und das erhöhte das Risiko für die Fluchthelfer. Die Mauer wurde aufgestockt. Die Grenzposten, die sich weigerten, auf ihre eigenen Landsleute zu schießen, wurden schnell durch andere ersetzt, die diese Skrupel nicht kannten. Wachtürme wurden errichtet, Hunde trainiert und Todesstreifen eingerichtet. Je länger die Bewohner der Rama-Klause zögerten, desto schwieriger würde ihre Flucht werden.

Eine Kontaktaufnahme zu Witzells früherem Angestellten, der nun zur Grenzwache gehörte, wurde wieder diskutiert. Und obwohl Witzell bereit war, dies zu tun, fürchtete er doch, dass sie ihre Fluchtpläne nach seinem Bericht endgültig begraben könnten.

22

Samstag, 23. Juni 1962

Otto Witzell lockerte den Boden um seine Rosen herum auf. Neben Rätseln hatte Ulla Rosen geliebt, auch wenn sie nicht geschickt genug gewesen war, sie zu pflegen. Sie hatte die Neigung gehabt, sie zu Tode zu gießen. Um der Rosen willen hatte Witzell diese Arbeit übernommen, und er stellte fest, dass es ihm sogar gefiel. Es tat gut, draußen zu arbeiten, die Sonne auf dem Rücken, und er zeigte stolz die Ergebnisse seiner Arbeit vor, mit mehr Stolz, als ein erwachsener Mann für so etwas empfinden sollte.

An diesem Morgen war er draußen und genoss die Sonne, den Duft der frisch umgegrabenen Erde und die Stille. Das war etwas, das er und Konrad teilten. So sehr Witzell Josefs Kinder liebte – sie waren ein lärmender Haufen, und manchmal kam er an den Punkt, wo seine Ohren schmerzten von dem ganzen Lärm, so stark, dass er glaubte, es nicht mehr aushalten zu können. Darum war er in den Garten geflüchtet, um sich ein wenig von dem Radau zu erholen.

Die Stille war ein einzigartiges Gefühl. Manchmal gab es nichts Schöneres, vor allem an einem Tag wie diesem. Die Morgensonne. Frische Luft. Und Stille. Diese Kombination war etwas, das nicht jeder zu genießen wusste.

Menschen, die die Stille liebten, waren eine aussterbende Rasse. Die meisten brauchten ständig eine Geräuschkulisse um sich herum: Radio, Schallplatten, Musik. Nicht so Witzell. Nach einer Zeit der Stille konnte er sich umso mehr an schöner Musik erfreuen. Nachdem man miteinander geschwiegen hatte, wurde ein Gespräch umso bedeutsamer. Zu viel Lärm war nicht gesund, und zu viele Menschen in einem Haus, die sich schon ihr ganzes Leben lang kannten, war zu viel des Guten.

Witzell richtete sich auf und streckte sich, als er sie auf das Haus zukommen sah. „Ursel! Wie schön, dich zu sehen!“

Er ließ die Gartenhacke fallen und zog sich die Handschuhe aus.

Neben Ursel ging ein Mann, den Witzell nicht kannte. Er war groß und hatte dichtes Haar. Sein Gang war beschwingt. Ursel schien sich in seiner Gegenwart wohl zu fühlen.

„Herr Witzell!" Ursel winkte.

Während sie näher kamen, hatte Witzell die Gelegenheit, den Mann eingehender zu betrachten. „Seht nur, wer vorbeigekommen ist", rief Ursel, als sie die Rama-Klause betrat.

Edith, Toba und Anni machten gerade das Wohnzimmer sauber. Edith und Toba hielten Staubtücher in der Hand. Anni fegte das Zimmer aus.

Edith wirkte verwirrt. „Ursel? Ich dachte, du wolltest nicht mehr … Herr Parker!" Sie ließ ihr Staubtuch fallen und rannte zu Park, warf die Arme um ihn und drückte ihn fest an sich.

Ihre Reaktion überraschte Park. Er wurde rot. Auch Edith schien über ihre Reaktion erstaunt zu sein. Nachdem sie die Arme um ihn gelegt hatte, wurde sie auf einmal verlegen. Sie wusste nicht, wie sie sich nun verhalten sollte.

Konrad rettete sie. Er trat ins Zimmer und begrüßte ihren Gast. Edith konnte nun mit Anstand beiseite treten, damit die beiden Männer sich die Hand geben konnten.

„Oberst Parker", sagte Konrad.

Park streckte ihm die Hand hin, sprach ihn aber nicht mit Namen an.

„Vermutlich erinnern Sie sich nicht mehr an mich", sagte Konrad.

„Natürlich erinnert er sich an dich, Konrad!", widersprach Ursel.

„Konrad …", sagte Park, als die beiden Männer sich die Hand schüttelten. „Ja, jetzt entsinne ich mich wieder."

Monika kam aus der Küche, ein Geschirrtuch in der Hand, neugierig, was die Unruhe zu bedeuten hatte. Als sie ihren Gast erkannte, blieb sie abrupt stehen.

Park blickte zu ihr hinüber. Seit dem Tag, an dem sie damals im Jahr 1945 mit den Kindern das amerikanische Lager verlassen hatte, hatte er sie nicht mehr gesehen.

„Monika“, sagte er.

Wie oft hatte er sich ihr Wiedersehen vorgestellt! In seiner Vorstellung verlief es etwas romantischer als mit Staubtüchern, Besen und Geschirrtüchern. Manchmal handelte es sich um ein zufälliges Wiedersehen auf einer Straße, *Unter den Linden* zum Beispiel. Manchmal in einem Café wie dem Café Lorenz. Er blickte von seiner Tasse Kaffee auf, und sie stand vor ihm, genau wie er sie in Erinnerung hatte. In seinen Träumen wurde sie nie älter, was natürlich dumm war, wie er jetzt erkannte, denn als reife Frau war sie schöner denn je, selbst mit dem Geschirrtuch in der Hand. In seinen Träumen lächelte sie ihn an mit einem Lächeln, das über ihn hinwegstrich, ihn wärmte und erfüllte, und alle ihre Differenzen und alle vergangenen Jahre wurden bedeutungslos.

Jetzt, in der Realität, stand Monika in der Tür und sah ihn an. In ihren Händen knüllte sie das Geschirrtuch zusammen. Dann drehte sie sich auf dem Absatz um und verschwand.

„Sie müssen den Empfang entschuldigen“, sagte Konrad. „Sie hier zu sehen … um ehrlich zu sein, Sie sind der letzte Mensch, den wir hier erwartet hätten.“

Park setzte sich in einen Sessel, die Ellbogen auf die Knie gelegt. „Ich hätte mich gern angemeldet“, sagte er, „aber wie?“

„Das stimmt“, bestätigte Edith. Sie setzte sich auf das Sofa neben ihren Großvater. Sie hatte bleiben dürfen, nachdem sie ihren Großvater darum gebeten hatte. Monika hatte von der Küche aus alle wieder an ihre Arbeit geschickt.

Anni und Toba verschwanden im Nebenzimmer, während Ursel, Witzell und Konrad sich mit ihrem Gast unterhielten.

„Ich glaube, Konrad wollte sagen, dass wir erstaunt sind, Sie hier in Ostberlin zu sehen“, erklärte Witzell. „Wir bekommen nicht viele Besucher aus dem Westen.“

Park antwortete zuerst nicht. „Monika hat Ihre Augen“, sagte er an Witzell gewandt. „Es besteht eine deutliche Familienähnlichkeit.“ Er sah auf seine Hände. „Ich entschuldige mich“, stammelte er. „Ja. Angesichts der momentanen politischen Situation weiß ich, was Sie meinen.“

Sie warteten auf eine weitere Erklärung. Als keine kam, fragte Konrad: „Sind Sie Diplomat?"

„Nein, ich bin Professor. Professor der Philosophie. Ich arbeite an einer Universität in Kalifornien."

Park sah Ursel an. „Warum sind alle so erstaunt darüber? Ist das so schwer zu glauben?"

„Verzeihen Sie, Oberst Parker", sagte Konrad, „aber als ich Sie das letzte Mal gesehen habe, führten Sie Ihre Truppe hinter die feindlichen Linien. Und diese Rolle stand Ihnen. Sie wurden ihr gerecht. Sie scheinen mir einfach nicht der typische Philosophieprofessor zu sein."

„Was soll ich sagen? Genau das ist mein Beruf."

„Wie auch immer", sagte Witzell, „was macht ein kalifornischer Philosophieprofessor im kommunistischen Ostberlin?"

Park richtete sich auf. „Offiziell? Ich übersetze große deutsche Philosophen."

„Und inoffiziell?", hakte Konrad nach.

Park wurde ernst. „Ich bin hier, um euch zu helfen, Ostberlin zu verlassen."

Ob Monika nun die ganze Zeit gelauscht hatte oder ob es nur ein Zufall war, sie kam auf jeden Fall in diesem Augenblick ins Zimmer und beteiligte sich am Gespräch.

„Wie kommen Sie darauf, dass wir Berlin verlassen wollen?", fragte sie. „Und selbst wenn das so wäre, was lässt Sie glauben, wir würden dazu Ihre Hilfe brauchen?"

Sie stand vor Park, wie eine Mutter vor ihrem Kind steht und die Antwort auf eine Frage fordert.

Aber Park war eher amüsiert als verletzt. Wenn er sie besser gekannt hätte, dann wäre das vermutlich anders gewesen. „Ich weiß, wie das Leben auf dieser Seite der Mauer aussieht", erklärte er. „Ich weiß auch, wie es sich auf der anderen Seite lebt. Es wäre töricht, hier bleiben zu wollen."

Im anderen Zimmer wurde es laut. Ein Schrei der Frustration, gefolgt von einem Entrüstungsschrei. Hermann erschien in der Tür. Sein Hemd war mit Seifenschaum durchnässt. Auch in seinem Gesicht hingen Schaumblasen. Der Schaum an seinem Kinn sah aus wie ein Ziegenbart.

„Frau Schumacher!", jammerte er. „Sehen Sie nur, was Marlene gemacht hat!"

„Er hat damit angefangen!", rief Marlene hinter ihm. „Er hat das Geschirr immer wieder ins Wasser gelegt und gesagt: ‚Das ist nicht richtig sauber! Das ist nicht richtig sauber!', obwohl es ganz sauber war!"

Mit einem ärgerlichen Seufzen deutete Monika zur Küche hinüber. Hermann drehte sich um. Monika folgte ihm auf den Fersen.

„Wir sind keine Kinder mehr", neckte Konrad.

Ursel und Witzell lachten. Edith schien das nicht lustig zu finden.

Einige Minuten später kehrte Monika zurück.

„Sehen Sie, Monika", sagte Park, „Sie haben jedes Recht, mich zu hassen, aber wir wussten, dass es keine Garantien gab, als wir die Kinder ins amerikanische Lager brachten. Ich habe getan, was ich konnte, nur leider hatte ich keine Entscheidungsgewalt."

„Sie hätten uns im Haus lassen sollen", sagte Monika.

„Monika, das weißt du doch gar nicht", widersprach Ursel. „Damals erschien uns die Flucht mit Park die einzige Chance zu sein."

„Es dauerte nicht lange, bis wir herausfanden, dass unsere Hoffnungen falsch gewesen waren, erinnerst du dich?", meinte Monika.

„Denken Sie, was Sie wollen", sagte Park. „Aber ich halte mein Wort. Ich hatte vor, die Kinder in Sicherheit zu bringen, und das ist auch jetzt meine Absicht. Ich habe Ihrem Mann ein Versprechen gegeben, und das will ich auch halten."

„Sie kommen siebzehn Jahre zu spät", warf Monika ein.

Park sprang auf und sein Gesicht wurde streng. „Siebzehn Jahre lang habe ich an wenig anderes gedacht, als dieses Versprechen zu erfüllen!"

„Das wette ich", höhnte Monika. „Bestimmt haben Sie eine sorgenvolle Nacht nach der anderen im Land des Überflusses verbracht."

Park erlebte einen immer wiederkehrenden Albtraum. Er wollte davon erzählen, doch dann schluckte er es hinunter. Er setzte sich wieder.

„Wenn Sie uns helfen wollten", begann Witzell, „wie würden Sie es anstellen?"

Park brauchte eine Weile, bis er sich auf die Frage konzentrieren konnte. Noch hatte er den Schlagabtausch mit Monika nicht verdaut.

„Wie?", wiederholte Witzell.

„Indem ich einfach mit ihnen über die Grenze gehe. Mit einem nach dem anderen."

23

Ein Motorengeräusch war zu hören. Der Wagen fuhr schnell, die Karosserie ächzte und stöhnte, als er durch die Schlaglöcher rumpelte.

Monika saß am nächsten am Fenster. Sie sah nach draußen. „Das ist Willi“, verkündete sie. „Bringt ihn nach hinten. Ursel, mach du das.“

Park war nicht entgangen, dass Monika noch nicht einmal seinen Namen ausgesprochen hatte. Aber angesichts der Schnelligkeit, mit der sich alle erhoben und verteilten, schien die unmittelbare Sorge der Person zu gelten, die da mit dem Wagen ankam.

Monika kehrte in die Küche zurück. Konrad verschwand im Flur. Witzell riss die Haustür auf und blieb darin stehen, während er sich seine Gartenhandschuhe wieder überstreifte. „Gerade rechtzeitig, um mir beim Hacken meiner Rosen zu helfen!“, begrüßte er Willi, wer immer Willi war. Von seinem Platz aus konnte Park ihn nicht erkennen.

Ursel nahm Park an der Hand und führte ihn in den hinteren Teil des Hauses, in ein Zimmer mit drei Betten. Sie schloss die Tür hinter ihnen.

Falls sich eine ähnliche Szene in einem amerikanischen Haus abgespielt hätte, hätte sich Park amüsiert und wäre neugierig geworden, aber das hier war Ostdeutschland. Hier gehörte Verheimlichung und Verstecken zum Leben dazu. Wer klug war, drehte sein Radio nicht laut auf. Er behielt sein Privatleben für sich, und vor allem sagte er niemals in der Öffentlichkeit seine Meinung. Wer immer dieser Willi war – wenn Monika und die anderen es für das Beste hielten, dass Park sich versteckte, dann diente das zu ihrer aller Sicherheit, das war Park klar.

Park setzte sich auf einen hochlehnigen Stuhl in einer Ecke des Zimmers. Darüber hing eine Hose, und ein Paar Schuhe war darunter geschoben. Ursel lief nervös im Zimmer umher und starrte auf den Boden. Gelegentliche Blicke zur geschlossenen Tür zeigten, dass sie versuchte zu hören, was vorne im Haus vorging. Einmal blieb sie stehen, drückte ihr Ohr an die Tür und hielt die Luft an.

Park sah sich in dem Zimmer um. Die beiden Fenster standen offen. Eine leichte Brise bauschten die Vorhänge. Hinter dem Haus begann der Wald – an einem ansteigenden Hügel. Obwohl Park das Ausmaß der Bedrohung noch nicht kannte, schien es ihm geraten, eine Fluchtroute zu suchen.

Ursel beruhigte sich etwas, schlich auf Zehenspitzen von der Tür weg. „Er ist mit Monika in der Küche“, flüsterte sie.

„Sind Sie in Gefahr?“

„Willi trägt keine Waffe“, erklärte Ursel. „Konrad hat ihn einmal gefragt. Er hat Angst vor Waffen. Allerdings trägt er einen Stock, mit dem er um sich schlägt. Das tut er schon seit seiner Kindheit.“

„Sie kennen ihn?“

„Er ist Konrads jüngerer Bruder.“

„Dann ist er doch nicht gefährlich.“

Darüber dachte Ursel nach. „Die Leute, mit denen er zusammenarbeitet, machen ihn gefährlich.“

„Stasi?“

Ursel nickte. „Willi verdient seinen Lebensunterhalt als Spitzel. Damit und auch mit Erpressung, wie es scheint.“

„Und er ist Konrads Bruder?“

„Ja, aber die beiden sind so unterschiedlich wie Tag und Nacht.“ Sie setzte sich auf eines der Betten und wurde etwas ruhiger.

„Also“, sagte Park, „wann findet die Hochzeit statt?“

Ursel spannte sich sichtlich an, senkte den Blick. „Ich weiß es nicht genau, aber er wird langsam ungeduldig. Doch jetzt habe ich eine Frage an Sie“, sagte sie mit einem zögernden Blick in seine Richtung. Es dauerte eine Weile, bis sie die Frage zu stellen wagte.

„Damals, im amerikanischen Lager, als man uns wegschickte. Was war passiert?“

Park kräuselte die Lippen und starrte auf den Boden.

„Sie brauchen nicht zu antworten“, meinte Ursel.

„Das ist eine faire Frage."

Diese Szene verfolgte ihn Tag und Nacht und hatte ihm im Laufe der Jahre zahllose Stunden Schlaf geraubt. Wann immer er sie im Geiste neu durchlebte, fiel ihm etwas anderes ein, das er hätte tun können, um diesen Ausgang zu verhindern.

„Sie wollten einen Wissenschaftler", begann er.

„Das wussten wir von Anfang an", erwiderte Ursel. „Sie haben uns gewarnt, dass es riskant sei, die Kinder mitzunehmen, und nicht nur wegen der Fahrt."

„Tatsächlich? Daran kann ich mich nicht mehr so genau erinnern. Ich erinnere mich, Ihnen versichert zu haben, dass man sich um Sie kümmern würde."

Ursel lächelte. „Das war, was Sie sich für uns wünschten."

„Der Sieg war in greifbare Nähe gerückt. Die große Landnahme war im Gange. Die Russen fielen in Horden ein, und es wurde ein Wettrennen veranstaltet, wer was zuerst bekam." Park seufzte. „Die Kinder waren einfach im Weg. Mein Kommandeur sagte, sie würden uns nur aufhalten. Wir hätten keine Veranlassung, uns um sie zu kümmern. ‚Wir sind doch kein Babysitting-Dienst', sagte er. ‚Außerdem sind sie doch nur ein Haufen …' Na ja, Sie waren der Feind."

Ursel lächelte. Park war verblüfft über die Schönheit ihres Gesichtes. Es waren die Augen. Immer freundlich. Warm. Überhaupt nicht gefährlich. Sie gab einem Menschen das Gefühl, dass sie, egal, was er tat oder sagte, nicht schlecht von ihm denken würde. Park verstand, warum die Kinder sie so liebten. Doch dass er eine so gutherzige Frau enttäuscht hatte, setzte ihm ganz besonders zu.

„Ich habe angeboten, Sie unter meine Fittiche zu nehmen. Doch mein Kommandeur schlug mir diesen Wunsch ab, betonte noch einmal, Sie seien nicht unser Problem. Es wäre eine Kleinigkeit für uns gewesen, Sie, Monika und die Kinder an einen sicheren Ort zu bringen. Er wollte nur nicht. Er gehörte zu den Männern, die an einer Entscheidung festhalten, komme, was da wolle. Er hatte seine Entscheidung getroffen, und es gefiel ihm nicht, dass ich sie infrage stellte."

„Haben Sie Ärger bekommen?“

„Nachdem ich ihn geschlagen habe.“

Ursel zog die Augenbrauen in die Höhe. „Sie haben Ihren kommandierenden Offizier geschlagen?“

„Er war selbst daran schuld. Je mehr ich argumentierte, desto wütender wurde er. Er befahl mir, sein Zelt zu verlassen. Ich wollte nicht gehen. Er rief die Wachen. Sie haben mich festgenommen.“

„Und wann haben Sie ihn geschlagen?“

„Als ich hinausgeführt wurde, sagte er etwas über Monika. Was genau, brauchen Sie nicht zu wissen. Ich riss mich los und schlug ihn.“

„Park!“

„Das hat mir einige Zeit Bau eingebracht. Ich dachte, er würde mich anzeigen. Dann wäre ich vor Gericht gestellt und unehrenhaft aus der Armee entlassen worden, aber das war mir alles egal. Ich konnte nicht glauben, wie sehr wir unser Ziel aus den Augen verloren hatten. Zwei deutsche Frauen und ein halbes Dutzend behinderte Kinder waren niemals unser Feind. Sie gehörten genauso sehr zu den Opfern dieses schnauzbärtigen Ungeheuers wie der Rest Europas. Und wir betonten immer wieder, wir seien hier, um für Freiheit und Gerechtigkeit zu kämpfen, um das Richtige zu tun. Warum konnten wir nicht etwas davon auch auf Sie ausweiten?“

„Wurden Sie denn vor Gericht gestellt?“

„Es war Kriegsende. Wir hatten den Kopf voll, waren voll ausgelastet mit der Sicherung des Territoriums und dem Versuch zu verhindern, dass zwei Armeen, die mittlerweile vor Wut schäumten, wie zwei Flutwellen aufeinander prallten. Ich schätze, eine Auseinandersetzung zwischen zwei Männern war damals eher unwichtig. Vielleicht ist es auch einfach in Vergessenheit geraten. Ich weiß nur, dass ich freigelassen wurde und man mir sagte, ich solle wieder zu meiner Einheit zurückkehren.“

„Aber es war keine Kleinigkeit“, bemerkte Ursel.

Park grinste. „Sie haben Recht. Einen vorgesetzten Offizier zu schlagen, ist ein –“

„Das meinte ich nicht", unterbrach Ursel ihn. „Ich meinte, Sie haben sehr wohl etwas unternommen. Sie haben uns nicht einfach im Stich gelassen. Sie haben für uns gekämpft."

„Ich habe nicht genug getan", bekannte Park.

Schnelle Schritte kamen über den Flur. Park hatte kaum Zeit, einen Satz zum Fenster zu machen, als die Tür aufschwang.

Ursel starrte die Tür an, die Hand auf den Mund gepresst, und fürchtete das Schlimmste.

Konrad kam herein. Er schloss die Tür hinter sich.

„Er wird wohl eine Weile hier bleiben", erklärte er. An Park gewandt, fuhr er fort: „Sie verlassen am besten das Haus."

Park sah auf seine Uhr. „Für wie lange?"

„Das kann man nie sagen."

„Was liegt hinter den Bäumen dort draußen?"

„Da stehen noch mehr Bäume."

„Wie wäre es, wenn ich bis zum Einbruch der Dunkelheit im Wald warte? Wenn er dann immer noch da ist, werde ich in die Stadt zurückkehren."

„Meiden Sie die Zugangsstraße. Nur wir nutzen sie. Die Hauptstraße ist –"

„Ich weiß, wo sie ist."

Konrad nickte.

„Soll ich Ursel mitnehmen?", fragte Park. „Bei mir ist sie in Sicherheit."

„Nicht nötig", meinte Konrad. „Ihre Anwesenheit ist leichter zu erklären." Als Park bereits ein Bein aus dem Fenster geschwungen hatte, sagte Konrad: „Ich würde gern mehr über Ihren Plan hören."

Park nickte und rannte den Berg hinauf. Mit jedem Schritt spürte er sein Alter. Obwohl er sich mit Tennis fit gehalten hatte, beschwerten sich seine alternden Knochen mit jedem Jahr etwas lauter. Nachdem er eine sichere Entfernung zwischen sich und das Haus gebracht hatte, suchte er sich eine Stelle, an der er nicht zu sehen war, von der aus er aber das Haus im Blick hatte.

Er hockte sich auf den Boden. Sein Herz klopfte von der unerwarteten Anstrengung, aber auch vor Aufregung. Er war zu alt für diese Art von Aktionen. Die Tatsache, dass er sich in einem deutschen Wald verbarg, dass er, falls er geschnappt würde, ins Gefängnis wandern würde – diese Dinge brachten eine Flut von Erinnerungen an sein früheres Leben wieder, das nun so weit von dem Campus der Universität entfernt war wie die Erde von der nächsten Galaxie.

Wie sich herausstellte, brauchte Park nur ein paar Stunden zu warten, bis Willis Limousine wieder zum Leben erwachte und eine Staubwolke hinter sich herziehend den Hügel hinabbrauste. Selbst als er den Wagen nicht mehr sehen konnte, konnte er ihn noch immer hören, bis er auf die Hauptstraße abbog. Schließlich verklang der Motorenlärm. Er wartete noch weitere dreißig Minuten, bis er aus dem Wald herauskam.

Aber sollte er wieder durch das Fenster einsteigen oder ums Haus herum zur Haustür gehen? Nachdem er eine Weile darüber nachgedacht hatte, entschied er sich für die Haustür. Herr Witzell hatte seine Arbeit offensichtlich beendet. Der Boden um die Rosenbüsche herum war umgegraben worden. Ein Ring von Wasser umgab sie.

Witzell öffnete die Tür. „Ach! Sie haben uns doch nicht verlassen."

Als wieder alle im Wohnzimmer zusammensaßen, erklärten sie ihm Willis Rolle. Dadurch bestätigten sie ihm, dass sie zumindest überlegt hatten, die Kinder über die Mauer zu schaffen. Monika saß neben Ursel. Park fragte sich unwillkürlich, ob Ursel ihr etwas von dem Gespräch im Schlafzimmer erzählt hatte.

„Ich fürchte, das macht alles noch komplizierter", sagte Park, nachdem er nun Willis Rolle verstand.

„Wieso?", fragte Konrad.

Dazu wollte Park sich nicht äußern. Bei seiner Ankunft hatte er geglaubt, einen guten Plan zu haben. Jetzt nicht mehr. Er hatte ihnen sogar gesagt, er hätte einen Plan. Aber nun war es ein schlechter Plan, und das wollte er nicht zugeben. Er hatte Angst vor Monikas Reaktion.

„Ich habe Zugang zu Studentenvisa“, erklärte er.

Sie sahen ihn an und warteten auf mehr.

„Der Plan war, die Visa hereinzuschmuggeln und damit die Kinder einen nach dem anderen herauszubringen.“

„Als amerikanische Studenten“, bemerkte Konrad.

„So hatte ich mir das gedacht.“

„Sie wollten mit ihnen einfach die Grenze überqueren?“, fragte Witzell.

„Ja, aber ich könnte immer nur einen, möglicherweise zwei auf einmal mitnehmen. Ich könnte keinen Ausflug mit ihnen machen.“

„Einen Ausflug?“, fragte Ursel.

„In den Staaten gibt es in den Grundschulen einen Wandertag. Die ganze Klasse macht einen Ausflug. In den Zoo, in ein Museum.“

„Sein Plan wird nicht funktionieren“, sagte Monika.

Park zuckte zusammen. Es war nicht, was sie gesagt hatte – er wusste bereits, dass der Plan nicht durchführbar war –, es war ihr Tonfall und dass sie das so schnell herausstrich und ihn nicht beim Namen nannte. Nicht etwa: „Ihr Plan wird nicht funktionieren“, sondern: „Sein Plan wird nicht funktionieren.“

Witzell fragte: „Sie haben uns noch nicht gesagt, wie Sie über die Grenze kommen wollen. Studentenvisa unterliegen einer strengen Regelung. Können Sie wirklich so leicht kommen und gehen, wie Sie behaupten?“

Park war beeindruckt von Witzell. „Es tut mir Leid, das kann ich Ihnen nicht sagen.“

„Sind Sie Diplomat?“, fragte Konrad.

„Wir unterhalten keine diplomatischen Beziehungen mit dem Westen“, stellte Witzell klar.

„Wie dann?“, fragte Monika. Ihre Augen waren stahlhart.

„Das kann ich Ihnen nicht sagen“, erklärte Park. „Sie müssen einfach ...“

Er brachte den Satz nicht zu Ende. Er hätte ihn gar nicht anfangen dürfen. Sobald die Worte seinen Mund verlassen hatten, wusste er, dass es ein Fehler gewesen war. Aber jetzt konnte er sie nicht mehr zurücknehmen.

„Das haben wir schon mal gehört", fuhr Monika ihm über den Mund.

„Monika …" Ursel legte ihr beschwichtigend die Hand auf den Arm.

„Monika hat Recht", sagte Park. Er sah auf seine Uhr und erhob sich.

Auch die anderen standen auf. Monika verließ den Raum. Park verabschiedete sich von den anderen.

„Soll ich Sie zurückbegleiten?", fragte Ursel.

„Ursel?", rief Monika aus der Küche. „Ich brauche mal deine Hilfe."

„Ist schon in Ordnung. Ich finde den Weg", wehrte Park ab.

Er wollte ihnen versichern, dass er nicht aufgeben würde, er würde sich etwas ausdenken, aber Versprechungen auf Enttäuschung zu häufen, schien nicht der beste Anknüpfungspunkt zu sein.

Matthew Parker ging zurück zu dem Zug, der ihn nach Berlin bringen würde.

24

Sonntag, 24. Juni 1962

Es war ein Zufall, dass Park sie am Sonntagmorgen sah. Monika, in einem mit Blumen bedruckten Kleid und mit weißem Hut und Handschuhen, ging ein paar Schritte vor Ursel und Edith, die sich ebenfalls für den Sonntagsgottesdienst herausgeputzt hatten. Vor allem Edith! Ihr Haar glänzte in der Sonne und tanzte im Rhythmus ihres Schrittes fröhlich auf ihren Schultern.

Park, auf der anderen Straßenseite, trat einen Schritt zurück und versteckte sich hinter einem Baum, damit sie ihn nicht entdeckten, falls sie sich umdrehten.

Diese Vorsichtsmaßnahme erwies sich als unnötig. Ihre Gedanken drehten sich um den Gottesdienst, während sie sich einem kleinen Gebäude mit weit offen stehenden Türen zuwandten. Ein älterer Mann in einem grauen Anzug und mit weißen Haaren begrüßte sie und reichte ihnen ein Programm, ein Liedblatt oder so etwas. Auch das Ehepaar, das vor den drei Frauen die Kirche betreten hatte, hatte ein solches Blatt bekommen. Monika und Edith traten durch die Tür ein. Ursel blieb stehen und sagte etwas zu dem Mann in dem grauen Anzug. Er warf den Kopf in den Nacken und lachte. Dann beugte er sich zu Ursel hinüber und erwiderte etwas, das offensichtlich nur für ihre Ohren bestimmt war. Sie lachte und legte ihm die Hand auf den Arm, dann verschwand auch sie in dem Gebäude.

Der Mann in dem grauen Anzug blieb noch fünf Minuten auf seinem Platz stehen. Nur noch eine Person kam, ein junger Mann, vielleicht Anfang dreißig, bekleidet mit einem weißen Hemd, einem flatternden Tuch und ohne Jacke. Aus dem Gebäude drang Klaviermusik. Der Mann in dem grauen Anzug machte einige Schritte auf die Straße zu, sah hinauf und hinunter, dann drehte er sich um und verschwand ebenfalls in der kleinen Kirche. Nach dem Stapel in seiner Hand zu urteilen, schien er sehr viel mehr Zuhörer erwartet zu haben.

„Schafe auf der Suche nach einem Hirten."

Die Stimme ließ ihn zusammenfahren, obwohl er sie natürlich kannte. Park machte sich Vorwürfe, weil er unachtsam gewesen war und der Mann sich so an ihn hatte heranschleichen können. Das war unverzeihlich, eine Art der Unachtsamkeit, die einen das Leben kosten könnte.

„Herr Köhler", sagte Park.

Der Mann, den er begrüßte, trug ebenfalls einen grauen Anzug, nur sah seiner aus, als hätte er ihn bereits eine Woche an, als hätte er sogar darin geschlafen. Der Hemdkragen des Mannes war verknittert, seine Krawatte gelockert. Er wirkte definitiv nicht wie ein Kirchgänger, sondern genau wie das, was er war: ein Akademiker und der Mann, der Park als Spion rekrutiert hatte.

Köhler sah zu Park auf. Das musste er, denn er war gut dreißig Zentimeter kleiner und auch dreißig Zentimeter dicker als Park. Er blinzelte, dann schirmte er die Augen gegen die Sonne ab. „Wir sollten uns ein schattiges Plätzchen suchen", schlug er vor.

Einen Straßenzug weiter fanden sie ein Café. Park bot an zu bezahlen. Köhler bestellte einen großen Kaffee und nahm dann nur drei Schlucke davon. Sie setzten sich in eine Ecke ganz hinten im Café.

„Hatten Sie gestern einen interessanten Tag?", fragte Köhler.

Park sah ihn an. Köhler interessierte nicht wirklich, ob sein Tag interessant gewesen war oder nicht. Park war dem Mann gestern entwischt, und jetzt wollte Köhler wissen, wo er den Tag verbracht hatte.

„Soll ich etwas langsamer gehen? Würde das helfen?", fragte Park. Er hütete sich davor, den Mann auflaufen zu lassen. Kommunisten hatten keinen Sinn für Humor. Und schon gar nicht auf ihrem eigenen Terrain. Sie waren die Oberhunde und spielten ihren Heimvorteil gern aus. Und sehr gern knurrten und schnappten sie.

Köhlers Augen blitzten zornig auf. „Herr Parker, muss ich Sie daran erinnern –"

„Verzeihen Sie", unterbrach ihn Park in einem Versuch einzulenken. „Eine amerikanische Schwäche. Amerikaner lieben flotte Sprüche."

„Wir nicht."

„Ja, das merke ich."

Köhler funkelte ihn an. Er vermutete, dass Park ihn schon wieder nicht ernst nahm, war aber nicht sicher. „Ich habe den Nachmittag mit einer Freundin verbracht", erklärte Park.

Köhler runzelte missbilligend die Stirn. „Woher kennen Sie sie?"

„Wir kennen uns schon seit dem Krieg."

Köhler griff in seine Tasche und nahm einen Block und einen Stift heraus. „Ihr Name."

Das war keine Bitte.

„Herr Köhler, ich würde sie gern aus dieser Sache heraushalten."

Köhlers Stift verharrte über dem Blatt. Er wartete.

Mit offensichtlichem Widerwillen gab Park die Informationen, die er haben wollte, an den Mann weiter. Name, Adresse, Einzelheiten. Dann beantwortete er eine Reihe von Fragen, die zweifellos aus irgendeinem kommunistischen Handbuch zur Verhörtechnik auswendig gelernt worden waren. Gehörte sie der kommunistischen Partei an? Hatte er sie jemals Bemerkungen über die Partei machen hören? Hatte sie jemals etwas gesagt oder getan, das ihm Grund gab, an ihrer Loyalität zu zweifeln?

Park stellte seiner Freundin ein gutes Zeugnis aus, da er wusste, dass man zweifellos Erkundigungen über sie einholen würde. Doch sie würden sie nicht finden. Die Informationen waren erfunden. Sie würden sich wieder an ihn wenden. Damit rechnete er. Er würde mit Erstaunen und Entsetzen auf ihr Verschwinden reagieren. Dies würde als verdächtig gelten, doch andererseits waren sie immer misstrauisch, was machte es also?

„Denken Sie daran, Sie sind Gast in diesem Land", warnte Köhler.

„Ein eingeladener Gast", korrigierte Park. Manchmal war es angebracht, verbindlich zu reagieren, manchmal musste man aber auch seinen Standpunkt vertreten. „Sie wissen ja, Sie haben mich zu dieser Party eingeladen", fügte er noch hinzu.

Park merkte, dass Köhler sein Tonfall nicht gefiel, aber das, was er gesagt hatte, ließ sich nicht bestreiten. Köhler war auf den Amerikaner Matthew Parker zugegangen, der damals an der Universität in Frankfurt Philosophie studiert hatte. Wie jetzt hatten sie stundenlang zusammengesessen, Kaffee getrunken und über die Vorteile des Sozialismus und den unausweichlichen Zusammenbruch des Kapitalismus diskutiert. Köhler war es gewesen, der Park über die wachsende Studentenbewegung in den Vereinigten Staaten und die kommunistische Partei in Amerika ausgefragt hatte, in der Park Mitglied war. Köhler hatte Park aufgefordert, einen Aufsatz über das Potenzial der Studentenbewegung zu verfassen. Und Köhler hatte Park auf Grund dieses Aufsatzes gebeten, einige Studenten auszuwählen, die Ostdeutschland besuchen sollten, um die Wunder des Sozialismus aus erster Hand zu bewundern, und die dann als Botschafter des Kommunismus in die Staaten zurückkehren würden.

Köhler nickte, gewissermaßen als Zugeständnis. Offensichtlich war er nach wie vor besorgt über Parks Verschwinden am gestrigen Tag. Park war sein Schützling, und Köhler hatte sich höheren Ortes zu verantworten.

„Können Sie von Fortschritten berichten?"

„Ich habe auf dem Campus vor einer Gruppe von jungen Leuten von meinen Besuch in der Werft berichtet", erzählte Park.

„Ja, das wissen wir. Sie kamen gut an."

Park war nicht erstaunt über das Eingeständnis, dass er sogar zu Hause unter Beobachtung stand. „Es gibt einige viel versprechende Möglichkeiten, an denen ich während des Sommers arbeiten werde." Park richtete sich auf. Ihm war plötzlich eine Idee gekommen. Jetzt wusste er, wie er die „sechs von Hadamar" aus Ostdeutschland herausschaffen konnte!

„Was ist?", fragte Köhler.

Park lächelte. „Ich dachte gerade an den Samen, der ausgestreut worden ist. Wissen Sie, im kommenden Herbstsemester, denke ich, werden wir die ersten Früchte sehen können. Eigentlich bin ich sogar davon überzeugt."

Nach ihrer Besprechung bestand Köhler darauf, Park für die Dauer seines Aufenthaltes unterzubringen. Köhler konnte Park nichts vormachen. Aber andererseits gab er sich auch gar keine Mühe, ihm etwas vorzumachen, wofür Park in gewisser Weise dankbar war, auch wenn dies ein weiteres lästiges Hindernis für ihn darstellte.

Von dem Café liefen sie zwei Straßenzüge zu Köhlers Wagen, der schon bessere Tage gesehen hatte. Köhler brachte Park zu dem kleinen Haus eines älteren Ehepaares. Treue Anhänger der Partei, vermutlich mit Verbindungen zur Stasi. Köhler stellte sie als Herr Nikolai Popitz und seine Frau Hilde vor. Das Ehepaar führte Park in ein kleines Zimmer und schloss die Tür hinter ihm. Sie hätten ihn genauso gut in eine Gefängniszelle stecken können.

Herr und Frau Popitz waren freundliche Leute. Er war klein und dünn, sein Haar stand ihm buschig vom Kopf ab. Die Haare oben auf dem Kopf fehlten. Frau Popitz wirkte matronenhaft und war mindestens fünfzig Pfund schwerer als ihr Mann. Sie hatte graue Haare, ein Doppelkinn und sprach mit hoher dünner Stimme.

Zum Mittagessen bekam Park eine Kohlsuppe, selbst gebackenes Brot und Kompott. Frau Popitz machte viel Aufhebens um ihn, als wäre er ein richtiger Gast. Am Nachmittag, als Park einen Spaziergang machen wollte, zeigte sich Herr Popitz begeistert von der Idee und wollte ihn begleiten. Der alte Mann konnte nicht weiter als einen halben Kilometer laufen, bevor sie wieder umkehren mussten.

Wann immer Park die Tür öffnete, tauchte einer seiner Gastgeber auf. Das ging automatisch so. Zu automatisch. Park fand den Grund: Oben am Türrahmen war eine Metallplatte installiert. Sobald er die Tür öffnete, wurde eine Art elektrischer Alarm ausgelöst, vermutlich eine Glocke oder ein Summer, obwohl Park selbst nie etwas hörte. Er überprüfte das einzige Fenster in seinem Zimmer. Falls auch dort eine solche Metallplatte angebracht war, konnte er sie nicht finden, weil sich das Fenster nicht öffnen ließ. Es war zugenagelt oder was auch immer. Auf jeden Fall müsste er die

Scheibe einschlagen, wenn er durch das Fenster hinaussteigen wollte.

Dies war ein ziemliches Dilemma. Nachdem er einen Weg gefunden hatte, die „sechs von Hadamar" aus Ostberlin herauszuschaffen, konnte er es kaum erwarten, Monika und den anderen seinen neuen Plan zu erläutern. Aber dazu musste er aus diesem kleinen Sicherheitsgefängnis ausbrechen und sich dann wieder hineinschleichen, ohne dass Herr und Frau Popitz mitbekamen, dass er überhaupt fort gewesen war.

Den Rest des Nachmittags arbeitete Park an diesem Problem.

* * *

„Was hast du dir dabei gedacht?", schrie Monika.

Sie war nun schon den zweiten Tag in Folge auf dem Kriegspfad, wie Hartmut, der Westernfan, sagen würde.

„Auf keinen Fall brauchen wir jetzt noch eine weitere Ablenkung! Und genau das ist er – eine Ablenkung!"

„Ich dachte, er könnte helfen", schluchzte Edith. Sie war böse auf ihre Mutter und böse auf sich selbst, weil sie wie ein kleines Mädchen heulte, während ihre Mutter sie anbrüllte.

Sie waren in der Küche. Monika hatte Toba und Anni weggeschickt, weil sie mit Edith reden wollte. Monika spülte das Geschirr. Edith trocknete ab. Nachdem das Geschirr fertig war, begann Monika mit den abnehmbaren Herdstangen, dann kamen die Kannendeckel an die Reihe, die Keksdose, alles in der Küche, das ins Spülbecken passte. Sie brauchte noch mehr Zeit, um Dampf abzulassen.

„Er kann uns helfen!", erklärte Edith. „Außerdem mag ich ihn. Ich finde, er ist ein netter und liebevoller Mensch."

„Du kennst ihn doch gar nicht. Ein Nachmittag im Café Lorenz mit ihm und du glaubst, ihn zu kennen? Du kennst ihn nicht."

„Ursel mag ihn auch!"

Das war die falsche Äußerung. Monika wurde noch wütender,

vermutlich weil sie keine angemessene Erwiderung darauf hatte. Ursel kannte Park genauso lange wie Monika. Und es stimmte; Ursel mochte Park tatsächlich.

Der Seifenschaum quoll über den Rand des Spülbeckens, während Monika die Stäbe der Herdplatte schrubbte. „Halt einfach den Mund und tu deine Arbeit“, fuhr sie Edith an. Sie ließ den letzten Stab in den Geschirrständer fallen und sah sich suchend um, was sie noch abspülen könnte.

* * *

Park beklagte sich Herrn Popitz gegenüber wegen des Fensters. Er sagte, es sei sehr stickig in seinem Zimmer und er könne das Fenster nicht öffnen, um ein wenig zu lüften.

Herr Popitz lachte. „Das Fenster ist seit Stalins Beerdigung nicht mehr geöffnet worden.“ Das klang so, als sei Stalin in diesem Zimmer aufgebahrt gewesen.

„Können wir das ändern?“, fragte Park. Er erklärte, er wohne in der Nähe der Pazifikküste und sei es gewohnt, bei offenem Fenster zu schlafen.

Popitz nickte verständnisvoll. „Ich glaube, dagegen können wir etwas unternehmen“, sagte er. „Einen Augenblick.“ Der alte Mann verschwand. Ein paar Minuten später kehrte er mit einem alten elektrischen Ventilator unter dem Arm zurück. Es war ein Tischmodell, schwarz und verstaubt. Es sah aus wie ein Relikt aus dem Krieg, möglicherweise dem Ersten Weltkrieg. Die Schnur war an mehreren Stellen brüchig, und es würde bestimmt nicht lange dauern, bis es einen Kurzschluss gab. Herr Popitz überreichte Park den Ventilator mit den Worten: „Die Frau und ich habe den hier auf unserer Hochzeitreise benutzt.“

Park wusste nicht so genau, was der Mann damit meinte. Er fragte nicht nach. Park dankte ihm und kehrte in sein Zimmer zurück. Er steckte den Stecker in die Dose. Eigentlich rechnete er nicht damit, dass er funktionierte, aber er setzte sich tatsächlich in Bewegung, und der Staub von vielen Jahren flog Park ins Gesicht. Er nieste ein paar Mal, dann untersuchte Park den Ventilator etwas eingehender. Er war genau das, was er brauchte.

Der Ventilator lief, als Herr Popitz an die Tür kam, um gute Nacht zu sagen. Park wartete eine Stunde, dann machte er sich an die Arbeit. Mit seinem Taschenmesser löste er vorsichtig die runde Abdeckung über den Flügeln und legte zwei Schrauben frei. Er schraubte sie heraus, befreite die freigelegten Enden von der elektrischen Schnur. Als Nächstes entfernte er die Deckelschrauben für den Motor. Der Draht im Inneren war verlötet. Das machte nichts, denn wenn er fertig war, würde er den Draht an dem Ende auseinander ziehen können.

Nachdem er die Schnur freigelegt hatte, schnitt Park die Isolation von der Schnur unmittelbar am Motor ab. Dabei stellte er sich auf den Holzstuhl am Fußende des Bettes. Doch dann überlegte er es sich anders, stellte den Stuhl wieder zurück und verstaute den Draht unter dem Bett. Er war wütend auf sich, dass er nicht schon früher darauf gekommen war.

Er ging zur Tür und öffnete sie. Wie erwartet tauchte ein paar Sekunden später Herr Popitz auf. Er rieb sich die Augen. „Suchen Sie etwas?", fragte er.

„Vermutlich zu viel von dem Tee Ihrer reizenden Frau", entschuldigte sich Park.

Popitz nickte. „Sie wissen ja, wo es ist."

„Danke", sagte Park, drückte sich an dem alten Mann vorbei und ging den Flur entlang. Er betete, Herr Popitz möge nicht so neugierig sein und in sein Zimmer schauen. Dann würde er nämlich entdecken, dass der Ventilator abgeschaltet war. Und falls er ihn untersuchen sollte …

Park blieb angemessen lange im Bad. Als er herauskam, stand Herr Popitz noch genau an der Stelle, an der er ihn verlassen hatte. Park dankte ihm erneut, und jeder wandte sich seinem Zimmer zu.

„Ach übrigens", sagte Popitz, „funktioniert der Ventilator?"

„Er ist genau das, was ich brauchte", erwiderte Park.

„Die Frau und ich haben ihn während unserer Flitterwochen gebraucht", erklärte Popitz.

In seinem Zimmer lief Park eine gute halbe Stunde auf und ab, bevor er sich erneut den Stuhl schnappte und ihn neben die Tür stellte. Er holte den Draht unter der Matratze hervor und stellte sich auf den Stuhl. In dem Spalt zwischen der Tür und dem unteren Teil des Türrahmens konnte Park zwei Metallplatten erkennen. Er fragte sich, wer die wohl dort angebracht hatte: die Stasi oder Herr Popitz in dem Versuch, ein herumstreunendes Kind zu kontrollieren?

Mithilfe seines Taschenmessers drückte Park ein Ende des Drahtes unter die erste Platte. Er probierte es aus, um sicherzugehen, dass es halten würde. Diesen Prozess wiederholte er bei der zweiten Platte, dann stieg er vom Stuhl herunter. Er knipste das Licht im Zimmer aus.

Während er die Tür öffnete, murmelte er: „Der Augenblick der Wahrheit."

Er zog die Tür ganz auf und wartete. Kein Licht ging an. Niemand erschien.

Er trat hinaus in den Flur und schloss die Tür hinter sich. Vom Ende des Flurs hörte er Schnarchgeräusche, dann ein Räuspern. Er wartete und das Schnarchen ging weiter. Das Räuspern stammte definitiv von Herrn Popitz, was bedeutete, dass das Schnarchen von seiner Frau kam.

Park überprüfte die Wohnungstür nach einer Sicherung, dann vergewisserte er sich, dass auf der Straße keine Beobachter warteten, bevor er in der Nacht verschwand.

Die Rama-Klause war dunkel, als Park eintraf. Das war natürlich keine Überraschung. Es war schon weit nach Mitternacht. Noch immer waren alle seine Sinne geschärft, und er näherte sich nicht sofort dem Haus, sondern wartete und hielt Ausschau nach verdächtigen Bewegungen oder dem Aufflammen eines Streichholzes von einem gelangweilten Wachposten. Er rechnete nicht damit, dass das Haus unter Beobachtung stand, aber trotzdem musste er überaus vorsichtig sein. In seiner Begeisterung, Monika wieder zu sehen, hatte er in seiner Wachsamkeit etwas nachgelassen. Das hatte ihm das Popitz-Gefängnis eingebracht. Diesen Fehler wollte er nicht wiederholen.

Nach einer Weile suchte Park langsam die Umgebung ab. Alles war ruhig. Zufrieden ging er zur Haustür und klopfte. Das Geräusch wurde vom Wald zurückgeworfen.

Niemand öffnete. Sollte er noch länger warten? Oder noch einmal klopfen? Parks Herz begann zu rasen. Er hob die Hand, um erneut zu klopfen, als sich etwas rührte.

„Wer ist da?", ertönte ein Flüstern hinter der Tür.

„Ich bin es, Park. Matthew Parker. Oberst Mat –"

Die Tür wurde aufgeschlossen und einen Spalt geöffnet, zögernd, bis Parks Identität bestätigt wurde, dann wurde sie so weit aufgeschoben, dass ein Mann eintreten konnte. Witzell stand in Hose und Unterhemd im Türrahmen. „Gibt es Probleme?", fragte er und sah über Parks Schulter hinweg.

„Nein."

„Es ist spät."

„Ich entschuldige mich für die Störung, aber es war schwierig für mich zu entwischen. Ich würde Ihnen lieber drinnen alles erklären."

Witzell betrachtete ihn von oben bis unten, als würde er ihn zum ersten Mal sehen. Dann trat er beiseite und ließ Park herein.

Konrad stand im Flur, wie Witzell angezogen, abgesehen von seinem Gürtel, der nicht zugeschnallt war. Keiner der Männer hatte eine Waffe, was Park erstaunte.

„Mir ist etwas eingefallen", sagte Park.

„Und das konnte nicht bis morgen warten?", fragte Konrad.

„Ich reise morgen ab. Es musste heute Nacht sein."

Witzell und Konrad sahen einander an und kamen zu einer stummen Übereinkunft. Witzell knipste ein Licht an, und die drei setzten sich.

„Es wäre gut, wenn Monika und Ursel dies auch hören würden", sagte Park.

Konrad wirkte verwirrt. „Dann müssten wir zu ihrer Wohnung fahren und sie holen."

Park kam sich töricht vor. Er wusste doch, dass sie nicht hier übernachteten. Was dachte er sich? Seit er die Grenze mit Monikas Adresse in der Tasche überquert hatte, verhielt er sich wie ein verwirrter Idiot.

„Sie sind nicht sehr gut in solchen Dingen, nicht?", meinte Witzell.

„Früher schon", erwiderte Park. „Die Regeln haben sich verändert. Und jetzt gibt es mehr Ablenkungen."

„Sie sagten, Sie hätten einen Plan", bemerkte Konrad.

Park legte die Finger ineinander. Er wünschte sich wirklich, Monika wäre hier und könnte seinen Plan hören. „Also gut", sagte er. „Folgendes: Doppelgänger."

„Doppelgänger", wiederholte Konrad.

„Der ursprüngliche Plan wird funktionieren; wir brauchen nur Doppelgänger. Passende Paare. Das funktioniert wie der gute alte Aktentaschentausch. Wir haben identische Aktentaschen. Wir treffen uns an einem öffentlichen Ort. Der Tausch wird vorgenommen, und ich nehme das Original mit in die Staaten."

„Und der Doppelgänger ...?", fragte Konrad.

„Kommt mit Ihnen hierher, damit Will nichts merkt."

„Willi", korrigierte Witzell.

„Richtig."

„Sie bringen die Doppelgänger mit?", fragte Konrad.

„Genau. Ich werbe sie an, gebe ihnen die nötigen Hintergrundinformationen, bringe sie mit einem Studentenvisum ins Land. Der Austausch wird vollzogen, und ich nehme die Austauschstudenten wieder mit. Die Doppelgänger bleiben hier."

„Und leben hier?", fragte Konrad.

„Vorübergehend", erklärte Park. „So lange, bis wir alle aus dem Land geholt haben."

„Und was geschieht dann mit ihnen?"

„Das ist das Gute daran", sagte Park, der sich freute, seinen Plan zu erklären. „Die ursprüngliche Idee war, Studentenvisa mit einem Einreisestempel hereinzuschmuggeln. Wir tun das, um die Doppelgänger herauszuschaffen. Nachdem die Kinder sicher in den Staaten angekommen sind, werde ich die Visa wieder zurückbringen, und sie können auf eigene Faust und ungehindert das Land verlassen."

„Wo werden die Kinder in den Staaten leben?", fragte Witzell.

„Ich dachte, wir könnten –"

„Bei Ernst und seiner Frau", unterbrach Konrad.

„Ihrem Freund, dem Wissenschaftler?", fragte Park. „Noch besser."

Diese Idee gefiel Witzell. Er nickte. Doch bei seinem nächsten Gedanken verfinsterte sich sein Gesicht. „Und Sie können diese Doppelgänger besorgen? Junge Männer und Frauen, die zu so etwas bereit sind?"

„Studenten. Ja, ich denke, das geht."

„Die die gleichen Behinderungen haben wie unsere Kinder?"

„Das ist eine Herausforderung, aber machbar."

Witzell lehnte sich zurück, starrte Park an und sagte: „Vielleicht ist es an der Zeit, uns zu erklären, wer Sie wirklich sind, Herr Parker."

* * *

Montag, 25. Juni 1962

Matthew Parkers Flug startete pünktlich vom Flughafen Tempelhof. Auf seinem Flugticket stand seine Flugroute: Stockholm, New York, Denver, Los Angeles. Er lehnte sich in seinem Sitz zurück und schloss die Augen.

Gestern Nacht war er kurz vor Sonnenaufgang wieder in das Haus der Popitz' zurückgekehrt und hatte alles so vorgefunden, wie er es verlassen hatte. Hilde schnarchte noch immer. Nachdem er die Tür hinter sich geschlossen hatte, hatte er die Drähte von dem Rahmen entfernt, sie wieder an dem Ventilator befestigt und ihn getestet. Er lief so gut wie vorher.

Köhler kam pünktlich vorbei, um Parker abzuholen. Er bot großmütig an, Park zur Grenze zu bringen. Park bemerkte, wie freundlich alle in Ostberlin seien.

Auf der anderen Seite der Grenze atmete Parker tief durch. Endlich zahlten sich die Jahre der Vorbereitung aus, und er hatte etwas Greifbares, mit dem er arbeiten konnte.

25

„Und ich soll dir glauben, dass Oberst Matthew Parker ein Kommunist ist?", fragte Monika.

„Das zu glauben, fällt tatsächlich schwer", stimmte Ursel zu. Sie wusste, wovon sie sprach, denn sie würde in Kürze einen heiraten. „Aber andererseits kann ich ihn mir auch nicht als Philosophieprofessor vorstellen."

„Er sagte, er würde Philosophie verachten", berichtete Witzell lachend, „das sei schon immer so gewesen. Wenn ihr sein Gesicht gesehen hättet, dann würdet ihr ihm das ohne weiteres abnehmen."

„Hast du ihm geglaubt?", fragte Ursel Konrad.

„Wenn ihr die ganze Geschichte hört, klingt das sinnvoll", erwiderte Konrad.

Während Park über den Atlantik flog, saßen Monika und Ursel im Wohnzimmer der Rama-Klause und hörten zu, wie Konrad von den Ereignissen der vergangenen Nacht berichtete. Witzell hatte die drei Frauen nach der Arbeit an der Fabrik abgeholt. Alle hatten sich in seinen gelben Wartburg gezwängt und waren direkt zur Rama-Klause gefahren. Nur mit Mühe war der Wagen den Berg hochgekommen, und Witzell schimpfte darüber, dass diese kleinen Marx-Mobile, wie er sie nannte, keinerlei Kraft unter der Motorhaube hätten.

Konrad gab Parks Geschichte wieder, wie er sie in Erinnerung hatte. Ursel hatte ihnen bereits erzählt, wie knapp er damals einer Anklage entkommen war. Monika zeigte sich unbeeindruckt.

„Er sagte, sein einziges Ziel seit dem Krieg sei gewesen, sein Versprechen zu erfüllen, dafür zu sorgen, dass die Kinder aus der Rama-Klause in Sicherheit leben können", begann Konrad.

„Na, seht ihr? Genau das meine ich", unterbrach Monika ihn. „Warum? Warum sollte er das tun? Er weiß doch nichts von diesen Kindern. Auch uns kennt er kaum. Warum sollte sich ein Mann so viel Mühe machen?"

„Du denkst, er hat andere Motive?“, fragte Witzell.
„Allerdings tue ich das.“
„Und die wären …?“
Monika wand sich. Darauf hatte sie keine Antwort. So weit war sie in ihren Überlegungen nicht gekommen. Sie hatte die Zeit damit verbracht, sich über Parks Unfähigkeit aufzuregen, sie zu beschützen, als sie damals im amerikanischen Lager angekommen waren. Weiter hatte sie nicht gedacht. Warum er nun zurückgekehrt war, dafür hatte sie keine plausible Erklärung.
„Ich würde dir dieselbe Frage stellen“, sagte sie. „Warum? Was ist für ihn drin?“
„Park sagte, er hätte Josef sein Versprechen gegeben, alles in seiner Macht Stehende zu tun, um die Kinder zu schützen“, erklärte Konrad.
„Das ist ja sehr passend, da Josef nicht hier ist, um das zu bestätigen“, höhnte Monika.
Witzell beugte sich vor, stützte die Ellbogen auf die Knie ab. „Ist das so schwer zu glauben, Monika?“
Es war Pastor Wilhelm Olbricht, der da jetzt sprach. Und so, wie er Monikas Namen aussprach, wurde er wieder ihr Vater.
„Sieh uns an“, fuhr Olbricht fort. „Wer unter uns ist nicht wegen Josef Schumacher hier? Wäre ich hier, wenn nicht um Josefs willen?“
Ursel sagte: „Ich bin wegen ihm in die Rama-Klause gekommen und du auch, Monika.“
„Pastor Schumacher glaubte an mich, als ich ein frecher Nazi-Lümmel war“, gestand Konrad. „Mir vertraute er diese Kinder kurz vor seinem Tod an. Diese Verantwortung nehme ich sehr ernst.“
„Josef hat Einfluss gehabt auf so viele Menschen“, sagte Olbricht. „Ist es so schwer zu glauben, dass er noch einen weiteren beeinflusst hat?“
Als Monika nicht antwortete, fuhr Konrad fort. „Park sagte, nach dem Krieg habe er versucht, eine Stellung im diplomatischen Dienst zu bekommen. Er hoffte, seine diplomatischen Beziehun-

gen nutzen zu können, um die Kinder den Sowjets abzunehmen und möglicherweise nach Amerika zu holen. Aber dann wurde die Beziehung zwischen den Sowjets und dem Westen immer schwieriger. Diplomatische Beziehungen wurden gar nicht erst aufgenommen, und es war auch nicht abzusehen, ob sie jemals zu Stande kommen würden. Nachdem er mehrere Jahre in einer Sackgasse vertrödelt hätte, wie er es ausdrückte, sei er zu dem Schluss gekommen, dass er es auf eigene Faust versuchen müsse."

„Er müsse den einsamen Ranger spielen, wie er sagte", fügte Witzell hinzu. Jetzt war er wieder Witzell.

„Etwa um diese Zeit gab es in Amerika Spannungen mit der Kommunistischen Partei. Gerichtsverhandlungen, Aussagen vor dem Kongress, diese Dinge. Er schrieb sich in der Universität ein, um Philosophie zu studieren."

„Obwohl er dieses Fach überhaupt nicht mochte?", wunderte sich Ursel

„Er sagte, er habe seine Gründe gehabt", erklärte Konrad. „Und er wurde Mitglied der amerikanischen Kommunistischen Partei."

„Arbeitet er noch für die Regierung?", fragte Ursel.

„Er steht nicht auf ihrer Gehaltsliste, sagt er. Aber er schickt Berichte an die Behörden. Seine Beobachtungen und Eindrücke von der Partei – die Sicht eines Insiders. Nachdem er sein Philosophiestudium abgeschlossen hatte, wollte er sich im Bereich Sozialismus und Marxismus hier in Deutschland weiterbilden."

„Er studierte in Frankfurt", erklärte Witzell.

„Er wusste natürlich, dass sie sich mit seinem Hintergrund beschäftigen und erfahren würden, dass er Mitglied der Kommunistischen Partei ist", fuhr Konrad fort. „Er wusste auch, dass Philosophiestudenten dazu neigen … wie drückte er sich noch aus?"

„‚Rührig zu sein', ich glaube, das sagte er", half Witzell ihm aus.

„Richtig, rührig", bestätigte Konrad. „Und tatsächlich, nachdem er einige Jahre dort studiert hatte, wurde Kontakt zu ihm aufgenommen. Zuerst traten sie an ihn heran und baten ihn, einen Aufsatz über die Studentenbewegung in Amerika zu schreiben. Und dann baten sie ihn, Studenten anzuwerben, die dazu gebracht werden konnten, sich dem Sozialismus zu verschreiben. Führungspersönlichkeiten. Schriftsteller. Menschen mit Potenzial, eines Tages Einfluss auszuüben auf die Politik oder die großen Massen."

„Darum konnte er so problemlos über die Grenze kommen", erklärte Witzell.

„Doch er steht natürlich noch immer unter Beobachtung. Gestern Nacht musste er sich wegschleichen, um uns über seinen Plan zu informieren", berichtete Konrad.

„Ihr spracht von Doppelgängern", hakte Ursel nach.

Konrad erklärte den Frauen Parks Plan so ausführlich, wie er ihm dargelegt worden war.

„Wir würden also eine Gruppe fremder Amerikaner beherbergen und hoffen, dass Willi es nicht merkt?", fragte Monika. „Und wenn doch?"

„Niemand hat gesagt, dass es nicht riskant wäre", räumte Konrad ein.

„Was halten Sie von dem Plan, Herr Witzell?", fragte Ursel.

„Es würde bedeuten, dass wir keine Massenflucht über die Mauer zu versuchen brauchten", antwortete er.

Monika schüttelte den Kopf.

„Letzte Woche erst hat es einen Zwischenfall gegeben", gab Ursel zu bedenken. „Ein Grenzposten ist von einem Flüchtenden erschossen worden. Der RIAS berichtet immer noch von diesem Skandal. Sie werden bestimmt die Grenzposten in nächster Zeit verstärken."

Monika schüttelte noch immer den Kopf.

„Ich denke, es wäre einen Versuch wert", meinte Konrad.

Nach wie vor kopfschüttelnd sagte Monika: „Was haben wir denn tatsächlich in der Hand? Nur irgendwelche Versprechungen. Und was tun wir in der Zwischenzeit?"

„Er bat uns zu warten, bis er zurückkehrt", sagte Witzell.

„Das erscheint mir nicht klug zu sein", meinte Monika skeptisch. „Ich schlage vor, wir machen mit unserem eigenen Plan weiter. Wenn wir hier herumsitzen, die Hände in den Schoß legen und darauf warten, dass Colonel Parker zurückkommt, warten wir vermutlich noch weitere siebzehn Jahre."

„Er wird wiederkommen", sagte Ursel.

„Er wird bestimmt wiederkommen", stimmte Konrad ihr zu.

„Wie könnt ihr da so sicher sein?", fragte Monika.

„Er liebt dich", erklärte Ursel.

Monika schnaubte verächtlich. „Das ist doch lächerlich."

„Oh, er liebt dich wirklich", bestätigte Konrad. „Daran besteht kein Zweifel."

Witzell nickte. „Ein Vater merkt so etwas. Ganz eindeutig ist er in dich verliebt, Monika."

„Ich habe jetzt genug von diesem Unsinn!", empörte sich Monika und verließ den Raum.

26

Dienstag, 3. Juli 1962

Horst Fricke war die Art von Mensch, der alles an sich hatte, was Otto Witzell an einem Menschen verachtete. Normalerweise würde Witzell einem solchen Menschen aus dem Weg gehen und sich vor ihm schützen, wie man sich zum Beispiel vor einer Grippe schützen würde. Aber dabei gab es zwei Probleme. Erstens: Witzells Theologie und Ausbildung. Als Christ, so war ihm beigebracht worden, müsse man alle Kinder Gottes respektieren, sogar die unangenehmen, egal wie lästig, unhöflich oder widerspenstig sie seien. Als Pastor wurde von ihm erwartet, zu allen Menschen freundlich zu sein. Im Laufe von Witzells Dienst, das heißt, des Dienstes von Pastor Wilhelm Olbricht, hatte es mehrere Personen gegeben, bei denen es ihm schwer gefallen war, diesen Erwartungen gerecht zu werden. Allerdings nicht so schwer wie bei Horst Fricke. Der zweite Grund, warum Witzell diesem Mann nicht aus dem Weg ging, war der, dass Fricke über Informationen verfügte, die Witzell benötigte.

Um Monikas und der anderen willen ging Witzell zwei Tage vor seinem angesetzten Treffen mit Fricke auf die Knie und betete um den Geist und die Kraft Jesu für die bevorstehende Geduldsprobe. Wie sich herausstellte, waren zwei Tage Gebet kaum ausreichend für ihn, um so viel Freundlichkeit aufzubringen, dass er einen Nachmittag mit Horst Fricke überleben könnte.

Er wollte Fricke an einem Wachturm an der Kieler Straße treffen. Schon Jahre war er nicht mehr in diesem Teil der Stadt gewesen. Ihm erschien es in einem anderen Leben gewesen zu sein. Er und Edda hatten in der Zeit, als sie verlobt waren, ein hübsches kleines Schokoladengeschäft auf der Kieler Straße entdeckt, wo sie häufig einkehrten, nachdem sie im Tiergarten spazieren gegangen waren. Der Laden gehörte einem sehr dicken, sehr fröhlichen Ehepaar, den Rehses. Aus irgendeinem Grund entwickelten sie eine besondere Zuneigung zu Otto – Wilhelm damals noch – und Edda.

„Ich wusste vom ersten Augenblick an, als ihr durch die Ladentür tratet, dass ihr verliebt seid!“, hatte Frau Rehse einmal zu ihnen gesagt.

Ihr Mann Wolfgang war immer aus dem Hinterzimmer gekommen, hatte aufgeregt mit den Händen gefuchtelt, und sein Gesicht war ganz rot geworden. Er war ein beeindruckender Mann gewesen, dieser Wolfgang, mit einem großen Schnurrbart, der an den gewachsten Spitzen grau wurde. Er hatte Wilhelm umarmt und dabei gelacht und gebrummt wie ein Bär. Immer hatte er Wilhelm nach seinen Fortschritten im Studium gefragt und gesagt, Deutschland brauche mehr Männer Gottes wie Wilhelm.

Wolfgang und Irene Rehse. Witzell lachte. Es war eine schöne Erinnerung.

Er erinnerte sich, wie Irene Rehse immer ein zusätzliches Stück Schokolade in ihre Tüte gepackt und darauf bestanden hatte, dass Edda und er es teilten. „Ein Ehepaar kann jede Schwierigkeit in der Ehe bewältigen, wenn es jeden Tag etwas Süßes miteinander teilt“, hatte sie ihnen geraten.

So wie sie ausgesehen hatten, hatten Wolfgang und Irene in ihrem Leben viele Süßigkeiten geteilt.

Witzells Ziel erhob sich vor ihm wie ein Ungeheuer aus Beton. Der Wachturm an der Kieler Straße wirkte hier auf dieser Straße, in der früher Wolfgang und Irene Rehse gewohnt hatten, so vollkommen fehl am Platze. Groß. Grau. Glatte Betonwände ragten in die Höhe und gingen in eine Fensterfront zu allen Seiten über. Kurz über den Fenstern befand sich ein flaches Dach mit einem Geländer und Scheinwerfern. Witzell wurde an Dachau erinnert. So etwas gehörte in ein Konzentrationslager, nicht an eine Straße in einer Stadt.

Der Gedanke hatte ihn ganz unerwartet getroffen. Auf einmal war er wieder im Konzentrationslager. Dachau bei München. Und jetzt Ostberlin. Welchen Unterschied gab es? Die Unterkünfte waren besser, aber das änderte nichts an der Tatsache, dass er auch hier nicht die Freiheit hatte zu gehen, wohin er wollte. Wenn er heute versuchen würde, an dem Wachturm vorbei im Tiergarten spazieren zu gehen, dann würde er erschossen werden. Das war so sicher wie damals, wenn er versucht hätte, das Konzentrationslager zu verlassen.

Er war nach Dachau geschickt worden, weil er, um seinem Gewissen zu folgen, ein Gesetz gebrochen hatte in dem vollen Bewusstsein, dass er, falls er geschnappt würde, den Preis dafür würde zahlen müssen. Aber welche Gesetze hatte Monika gebrochen? Oder Edith? Oder eines der Kinder? Warum mussten sie in dem Schatten dieses tödlich grauen Ungeheuers leben?

Bis zu diesem Augenblick war Witzell nicht so richtig von einem Fluchtversuch überzeugt gewesen. Es war ihre Idee gewesen, nicht seine. Jetzt war es seine.

In der Nähe des Turmes stand er. Horst Fricke hatte ihn gesehen. Er tippte bedeutungsvoll auf seine Armbanduhr, fuhr mit dem Zeigefinger über die Nase, zog sich die Hose hoch und kam Witzell entgegen.

Widerstrebend stieg Witzell aus dem Wagen aus.

* * *

Erschöpft saß Otto Witzell auf einem Stuhl, seine müden Füße auf einen Hocker gelegt. Sie waren geschwollen vom vielen Laufen, und er hatte Kopfschmerzen, weil er den ganzen Tag in der Sonne gewesen war. Und das alles außerdem in Gesellschaft von Horst Fricke. Doch der schlimmere Teil des Tages stand ihm noch bevor. Er musste Monika und den anderen berichten, was er gesehen hatte.

Konrad und Ursel waren gerade durch die Tür gekommen. Konrad hatte sie mit Witzells Wagen am Bahnhof abgeholt. Während Monika und Edith geradewegs von der Arbeit hergekommen waren, hatte Ursel zuerst noch mit Herrn Gellert gesprochen. Konrad und Ursel schienen irgendwie erregt zu sein. Konrad sprach. Er beendete gerade einen Satz, als sie durch die Tür traten.

„… von ihnen denken“, schimpfte er. Als er aufsah, entdeckte er Witzell, die nackten Füße hochgelegt. Worüber die beiden auf der Fahrt vom Bahnhof zum Haus auch gesprochen hatten, wurde abrupt unterbrochen.

Monika kam als Letzte dazu. Sie deutete mit dem Kopf auf das angrenzende Zimmer. „Sie spielen Mensch-ärgere-dich-nicht“, sagte sie, als sich die anderen setzten. „Hast du nützliche Informationen bekommen?“, fragte sie Witzell.

Ihr Vater zuckte zusammen und nahm die Füße vom Hocker. Es war schwer zu sagen, ob er wegen der Schmerzen in seinen Füßen zusammenzuckte oder wegen der Informationen, die überhaupt nicht gut waren, oder wegen beidem.

„Ich habe mich mit Fricke in der Kieler Straße getroffen“, begann er. „Ist irgendjemand von euch kürzlich dort gewesen? Sie haben einen großen Betonturm dort gebaut. Er ist beeindruckend und zugleich deprimierend.“

„Was hast du ihm gesagt?“, fragte Monika.

„Er wusste ja, dass ich als Verwalter von K7 von seinem Wunsch, zur Grenzwache zu gehen, erfahren hatte, dass ich ihm geholfen hatte, den Posten zu bekommen. Ich habe ihm gesagt, dass ich mich nun interessiere, wie es ihm geht.

„War Herr Fricke Ihnen dankbar?“, fragte Ursel.

Witzell lachte. „Du kennst Fricke nicht. Das Wort *dankbar* gehört nicht zu seinem Wortschatz. Er ist genauso selbstsüchtig und unausstehlich wie immer. Nur leider verfügt er jetzt über eine staatliche Autorität. Es ist erschreckend. Wie auch immer, es war von Vorteil für uns.“

Witzell legte seine Füße wieder hoch; er wollte das Weitergeben der schlechten Nachricht noch etwas hinauszögern.

„Wie sich herausstellte, zeigte sich Fricke als ziemlich guter Fremdenführer, auf seine eigene kranke Art. So wie er von der Mauer spricht, könnte man meinen, er hätte sie selbst entworfen. Er zeigte mir ein Stück der Mauer in diesem Stadtbezirk, und dann fuhren wir vor die Stadt zu einem entlegeneren Teil der Mauer, wo er stationiert ist.“

„Gut“, sagte Konrad. „Ich habe mir schon wegen der entlegeneren Bezirke Gedanken gemacht. Je weiter weg, desto besser.“

„Vielleicht auch je näher, desto besser“, hielt Monika dagegen. „Ich habe gehört, dass zwei Männer mit einer einfachen Leiter über die Mauer geklettert sind.“

„Und niemand hat sie aufgehalten?“, fragte Ursel.

„Das ist der Punkt“, berichtete Monika. „Sie waren zwei gewöhnlich aussehende Männer mit einer Leiter. Und dann auf einmal waren sie über die Mauer und in Freiheit.“

„Das kann jetzt nicht mehr passieren“, wandte Witzell ein.

„Ich sage ja nur, wir sollten nicht versuchen, einen ausgeklügelten Plan zu entwerfen, wenn auch etwas Einfaches funktioniert“, beharrte Monika.

Witzell widersprach ihr nicht, aber er zeigte sich auch nicht begeistert von ihrem Ansatz. „Ich werde euch sagen, was ich gesehen habe“, fuhr er fort, „dann können wir entscheiden.“

Da er keine bequeme Sitzposition finden konnte, nahm er die Füße vom Hocker und richtete sich im Sessel auf. Er wappnete sich innerlich gegen ihre Reaktion auf die schlechten Nachrichten. Witzell beugte sich vor und begann.

„In der Stadt wird die Mauer oben noch einmal mit Stacheldraht gesichert. Wie Fricke berichtet, führt sie durch einhundertzweiundneunzig Straßen, zweiunddreißig Eisenbahnlinien, acht S-Bahnlinien und vier Untergrundlinien sowie durch mehrere Flüsse und Seen. An den Übergängen sind Betonbarrieren errichtet worden, sodass alle Wagen langsam im Zickzack über die Grenze fahren müssen. Die Autos werden angehalten, die Papiere überprüft und mithilfe von Spiegeln und Hunden werden Geheimfächer aufgespürt. Was die Mauer betrifft: Wenn es früher auch ging, mit Lastwagen an bestimmten Punkten durchzubrechen, so ist das jetzt nicht mehr möglich. Gräben und Panzerabwehrbarrieren wurden errichtet, um solche Versuche zu verhindern.“

„Wie sieht es draußen auf dem Land aus? Ist es da besser?“, fragte Konrad.

„Parallel zur Mauer verläuft ein fünf Kilometer breiter Streifen.

Nur ausgewählte Personen dürfen dort leben. Sie kennen sich untereinander und sind angehalten, Fremde sofort zu melden. In dieses Gebiet kommt man nur mit einer Sondergenehmigung. Näher an der Mauer sind noch andere Zonen eingerichtet, eine gefährlicher als die andere und jede auf die Gegebenheiten dieses bestimmten Bezirkes abgestimmt. Hindernisse gibt es in Fülle, zum Beispiel Zäune aus Stacheldraht, Signalzäune und elektrische Zäune. In einer Sektion wurde die Erde speziell präpariert, um Fußabdrücke festzuhalten. Es gibt Türme, Bunker, Hunde, Flutlichter und einen fünfzehn Meter breiten, verminten Todesstreifen."

„Ach du meine Güte", stöhnte Ursel.

„Was die Grenzposten betrifft", fuhr Witzell fort, „waren offensichtlich viele von ihnen zuerst nicht bereit, auf ihre Mitbürger zu schießen. Doch die sind mittlerweile ersetzt worden. Wenn Grenzposten bei Fluchtversuchen nicht auf die Menschen schießen, werden sie bestraft."

„Und es gibt keinen Mangel an Grenzposten, da bin ich sicher", meinte Monika.

Konrad schloss die Augen.

„Nun, das war es dann wohl", sagte Monika. „Es ist vorbei."

„Es ist nicht vorbei", widersprach Konrad.

„Automatische Schießanlagen? Landminen?", fragte sie. „Wie sollen wir sechs behinderte Kinder da hindurchbringen?"

„Vielleicht brauchen wir sie ja gar nicht hinüberzubringen", meinte Konrad. „Lass uns doch sehen, was –"

„Sprich es nicht aus!" Monika hob warnend den Finger. „Was immer du tust, sprich den Namen Park nicht aus. Wir werden nicht auf Grund seiner Versprechungen unser Leben aufs Spiel setzen." An ihren Vater gewandt, fragte sie: „Wie hoch ist die Strafe, wenn man geschnappt wird?"

Witzell sah sie traurig an. „Jeder, der anderen bei der Flucht hilft und dabei geschnappt wird, wird zu lebenslangem Zuchthaus verurteilt."

„Ach du meine Güte", sagte Ursel erneut.

„Wir müssen es versuchen“, beharrte Konrad.

„Wie?“, schnappte Monika. „Sollen wir ihnen ein Seil umbinden und sie hinüberführen?“

„Ich weiß es nicht. Aber wir müssen es versuchen.“

„Ursel“, sagte Monika, „du bist hier doch die Stimme der Vernunft. Nachdem du all dies gehört hast, was denkst du?“

Ursel schien den Tränen nahe zu sein. „Ich sollte gar nicht hier sein“, erwiderte sie.

27

„Und wie haben sie die Nachricht aufgenommen, was denkst du?", fragte Konrad.

In einer Staubwolke bog der Wagen auf die Hauptstraße ab. Bisher hatte sich Ursel mit einer Hand am Armaturenbrett festgehalten. Sie sah ihn beim Sprechen nicht an.

„So gut, wie zu erwarten war, schätze ich. Es ist schwer zu sagen", erwiderte sie. „Ich kenne ihre Reaktionen nicht mehr so gut wie früher."

„Und wessen Schuld ist das?", fuhr Konrad sie an.

„Schuld?" Ursel sah ihn an. „Schuld? Muss jemand Schuld daran sein?"

„Hast du ihre Gesichter nicht gesehen?", fragte Konrad. „Musstest du ihnen sagen, dass du sie vermutlich nie wieder sehen würdest?"

„Ich habe ihnen die Wahrheit gesagt!", verteidigte sich Ursel. „Es musste ausgesprochen werden. Was hätte ich denn sonst tun sollen? Einfach verschwinden und sie im Unklaren lassen?"

Konrads Finger umklammerten das Lenkrad. „Ja, du hast Recht. Jetzt geht es allen viel besser."

Ursel begann zu weinen. „Auch für mich ist das schwer, weißt du", sagte sie.

„Ich bin sicher, dein reicher kommunistischer Ehemann in spe wird einen Weg finden, dich zu trösten."

„Konrad Reichmann! Das war sehr hässlich!"

Genau dorthin brachte er sie, zu Gellerts Haus. Eine Zeit lang schwiegen sie. Beide waren zu zornig, um zu sprechen.

„Bleib stehen", forderte Ursel.

Konrad sah sich um. Nichts als Geschäfte und kleine Läden waren in der Straße. „Ich sagte, ich würde dich …" Das nächste Wort blieb ihm im Halse stecken. Er machte einen neuen Anlauf. „Ich sagte, ich würde dich nach Hause bringen, und das werde ich auch. Zeige mir nur den Weg."

„Fahr hier an den Straßenrand“, beharrte Ursel.

„Aber …“

„Herr Gellert wohnt hier in der Nähe, ich werde den Rest des Weges zu Fuß gehen.“ Sie suchte ihre Sachen zusammen. Ihre rechte Hand lag am Türgriff.

„Ich werde dich vor das Haus fahren.“

„Konrad, bitte fahr rechts ran. Sofort.“

Konrad riss das Lenkrad herum und lenkte den Wagen ein wenig zu schnell an den Straßenrand. Er hüpfte, als er mit dem Bordstein in Berührung kam. Konrad ließ den Motor laufen. „Sag mir“, forderte er, „schämst du dich meinet- oder seinetwegen?“

„Sei nicht kindisch.“ Ursel öffnete die Wagentür.

Konrad packte sie am Arm.

„Lass los!“, rief Ursel.

Aber er hielt sie fest. „Es geht um mich, nicht? Du willst mich ihm nicht vorstellen.“

„Angst wäre das richtige Wort. Ich habe Angst, dass du dich selbst zum Narren machst.“

Sie unternahm einen zweiten Versuch, aus dem Wagen auszusteigen. Er ließ sie nicht.

„Ursel …“

„Ich sagte, lass mich los!“, rief sie.

„Bitte, Ursel … geh nicht.“

„Herr Gellert erwartet mich.“

„Das meinte ich nicht.“

Sie hörte auf sich zu wehren. Einen Fuß auf den Bordstein gestellt, saß sie auf dem Rand des Beifahrersitzes und sah ihn an.

„Ich meinte, heirate diesen Mann nicht“, erklärte Konrad.

„Ich wüsste nicht, dass dich das etwas angeht. Du kennst ihn doch nicht einmal.“

Konrad lockerte seinen Griff.

Ursel stieg aus dem Wagen aus. Sie richtete ihr Kleid und legte eine Hand an die Wagentür, um sie zu schließen.

„Er ist nicht der Richtige für dich, Ursel“, sagte Konrad.

Einen Augenblick lang stand sie einfach da, die Hand wie eine

Statue an die Tür gelegt. Sie stand hoch aufgerichtet, sodass ihr Gesicht von dem Dach des kleinen Wagens verdeckt war.

„Das ist toll“, sagte sie schließlich. „Einfach toll. Was gibt dir das Recht dazu, Konrad Reichmann?“

Konrad beugte sich vor, um sie anzusehen. Es ging noch immer nicht.

Sie beugte sich herunter, um ihm in die Augen zu sehen. „All diese Jahre …“, stammelte sie, „all diese Jahre …“ Sie kam einfach nicht über diese drei Worte hinaus. Mit jedem Mal, die sie sie aussprach, wurde sie zorniger.

Konrad versuchte, ihr weiterzuhelfen. „Es ist nur, dass ich immer dachte, wir würden wieder zusammenkommen, Ursel. Du weißt schon, irgendwann. Und ich denke, Herr Gellert war nötig –“

„Das hast du immer gedacht, stimmt's? Hast du das auch gedacht, als du im Land herumgezogen bist, während ich wie ein liebeskrankes kleines Mädchen zu Hause auf dich gewartet habe in der Hoffnung, der Stolz und die Freude des Führers würde auftauchen oder vielleicht einen Brief schicken? Hast du das gedacht, als du deinen persönlichen Rachefeldzug gegen den Führer unternommen hast? Hast du das gedacht, als du sieben Jahre –“, ihre Stimme versagte ihr den Dienst, „als du sieben Jahre nur wenige Kilometer von mir gewohnt hast, während ich dich die ganze Zeit für tot gehalten habe? Ist es das, Herr Reichmann? Dass wir eines Tages wieder zusammen sein würden?“

„Ich habe diesen Job im Schuhladen nur angenommen, um in deiner Nähe zu sein“, gestand Konrad.

„Was? Um in meiner Nähe zu sein? Das ist gut!“

„Ja, um in deiner Nähe zu sein. Ich habe doch gesehen, wie es dir ging. Du hattest es überwunden. Du hattest eine Arbeit. Du hattest Monika und Edith. Du hattest Herrn Gellert. Du hast ein normales Leben geführt. Was hatte ich dir schon zu bieten? Ein Leben im sowjetischen Gulag? Glaube mir, Ursel, ich bin vielleicht entlassen worden, aber er gehört noch immer zu meinem Leben. Jede Nacht bin ich wieder dort und durchlebe alles wieder neu.“ Seine Stimme versagte.

„Konrad …“ Tränen stiegen ihr in die Augen. „Konrad, du hättest doch nur –“

„Bitte nicht! Sag mir nicht, was ich hätte tun sollen“, unterbrach Konrad sie. „Das Leben ist sehr viel einfacher, wenn du im Wohnzimmer eines reichen Mannes sitzt, Ursel. Glaubst du nicht, ich würde mir nicht jeden Tag sagen, was ich eigentlich tun sollte? Ich brauche keinen Rat von dir.“

„Was dann, Konrad? Was erwartest du von mir?“

Konrads Brust zog sich schmerzhaft zusammen, sodass er kaum noch Luft bekam. Er konnte nicht mehr klar denken. „Ich weiß es nicht“, platzte er heraus. Er griff über den Sitz und packte den Türgriff. Kurz bevor er die Tür zuknallte, sagte er noch: „Dein Verlobter wartet.“

Er legte den Gang ein und brauste davon, eine blau-schwarze Wolke hinter sich herziehend, die nach Öl roch. Im Rückspiegel sah er Ursel mit hilflos hängenden Armen am Straßenrand stehen. Sie weinte.

* * *

Das Mensch-ärgere-dich-nicht-Spiel im Jungenzimmer war wieder in vollem Gange. Edith und Toba saßen sich im Schneidersitz im Mädchenzimmer auf dem Boden gegenüber. Es war eine Regel, dass die Jungen nicht ins Mädchenzimmer durften und umgekehrt, aber nach dem Familientreffen war Edith nicht nach Spielen zu Mute. Außerdem saßen sie ja auf dem Boden und die Tür stand offen. Wer könnte dagegen etwas einzuwenden haben?

Der liebesbedürftige Viktor sah sie im Zimmer verschwinden und folgte ihnen. Er wollte ebenfalls auf dem Boden sitzen. Edith bat ihn höflich zu gehen. Viktors Gefühle waren verletzt, und Toba nahm ihn beiseite und versuchte, die Wogen wieder zu glätten. Der Junge war von Toba fasziniert.

„Wie nimmst du die Nachricht auf?“, fragte er, als er sich wieder zu Edith auf den Boden setzte.

„Welche Nachricht? Dass wir bleiben? Oder Ursels Neuigkeit?“

„Welche macht dir mehr zu schaffen?“

Für einen Mann war Toba sehr einfühlsam. Er hatte die außergewöhnliche Fähigkeit, die Stimmung eines Menschen zu spüren.

„Ursels Entschluss ist natürlich nicht schön, aber für mich ist das anders. Ich sehe sie ja trotzdem noch. Bei der Arbeit. Und zu Hause, das heißt, bis sie heiratet.“

„Aber …“

Edith lächelte. „Aber ich schätze, ich habe gehofft, irgendetwas würde passieren, damit sie Herrn Gellert nicht heiratet.“

„Ist er ein schlechter Mann?“

„Nicht schlecht. Nicht wirklich. Er ist unser Vorgesetzter. Er drängt uns immer, noch schneller zu arbeiten.“ Sie ahmte die Stimme des Mannes nach. „Die Produktionszahlen sind zu niedrig! Das ist nicht akzeptabel, Leute! Nicht akzeptabel! Verlieren wir denn unser Ziel aus den Augen? Muss ich Sie daran erinnern, dass wir den großartigsten sozialistischen Staat der Welt aufbauen? Ich glaube, am meisten macht mir zu schaffen, dass er das tatsächlich glaubt. Diese Dinge sind ihm wichtig.“

„Aber ist das nicht deine Arbeit – Schuhe nähen?“

Edith seufzte. „Du sprichst wie jemand, der nie in einer Fabrik gearbeitet hat“, sagte sie. Sie berührte seine Hand. „Das ist nicht böse gemeint, Toba. Es ist nur so, dass Herr Gellert sich mehr um die Produktion von Schuhen kümmert als um die Leute, die sie herstellen. Und ich fürchte, so wird das auch mit Ursel sein. Und ich denke, Ursel hat etwas Besseres verdient.“

Toba nickte.

„Was das Hierbleiben betrifft, schätze ich, bin ich enttäuscht. Ich hatte gehofft, wir alle könnten nach Amerika gehen, aber ich habe es nie richtig geglaubt. Verstehst du, was ich meine?“

„Ja.“

„Wie geht es dir? Bist du enttäuscht, dass wir hier bleiben?“

Toba zuckte die Achseln. „Mir gefällt das Leben hier besser als im K7. Die Pfleger hier sind netter.“

Edith lachte.

„Doch eines vermisse ich trotzdem."

„Sprich es nicht aus", warnte Edith.

„Ich vermisse –"

„Sprich es nicht aus!" Sie beugte sich vor und legte ihre Hand auf seinen Mund.

Seine Worte kamen gedämpft, waren aber trotzdem zu verstehen. „Ich vermisse es, mit Herrn Witzell Musik von Frank Sinatra zu hören."

Beide lachten jetzt. Toba vermisste es tatsächlich.

„Aber für dich würde ich Sinatra mit Freuden aufgeben", meinte Toba.

Edith zog einen Schmollmund. „Wie nett, das zu sagen."

Sie fasste seine Hand. Er umklammerte sie und zog sie näher zu sich heran. Eine Einladung, die sie nur zu gern annahm. Edith schloss die Augen. Sie wusste nicht warum, sie tat es einfach. Vielleicht um das Gefühl besser zu genießen, was tatsächlich so war, weil sie die Wärme von Tobas Lippen und seinem Atem spüren konnte. Das steigerte die Vorfreude auf das, was kommen würde.

„Kann ich jetzt hereinkommen?", fragte Viktor. „Sie lassen mich nicht mitspielen. Sie behaupten, ich würde nicht richtig spielen."

* * *

Die Dämmerung brach an. Witzell und Monika machten einen Spaziergang durch den Garten. Monika hatte einen Stein aufgehoben und warf ihn von einer Hand in die andere.

„Ich wollte nicht, dass die anderen uns hören", sagte Witzell und erklärte damit, warum er sie gebeten hatte, mit ihm nach draußen zu kommen. Sie waren bereits durch mehrere Reihen gelaufen und hatten über die Rosen gesprochen. „Du sollst wissen, wie stolz ich auf dich bin", sagte er.

Monika gestattete sich ein halbherziges Lächeln. „Ich verstehe, warum du nicht willst, dass die Kinder das hören."

Witzell lachte. „Du hast eine scharfe Zunge. Schon als kleines Mädchen. Das hast du von deiner Mutter."

„Ich nehme an, als Nächstes wirst du mir sagen, dass du immer der mit dem weichen Herzen gewesen bist.“

„Das würde ich mir nicht anmaßen. Es gab Zeiten, da dachte ich, dass du mich noch besser kennst als deine Mutter. Ganz bestimmt konntest du mit mir umgehen.“

„Alle kleinen Mädchen können mit ihren Vätern umgehen“, erwiderte Monika. „Wolltest du mir das sagen? Denn in der Küche wartet noch ein ganzes Spülbecken voll Kartoffeln darauf, geschält zu werden.“

Wenn sie ihn mit dem Stein geschlagen hätte, hätte sie ihm nicht mehr wehtun können. Die Kartoffeln waren nur eine Ausrede, nicht mit ihm zusammen zu sein. Monika schälte keine Kartoffeln; das war die Art von Arbeit, die sie den jungen Leuten überließ. Sie suchte nur einen Grund, Witzell allein zwischen seinen Rosen stehen zu lassen. Ein Spülbecken voller Kartoffeln kam ihr da gerade recht.

Trotz dieses Tiefschlags sprach Witzell weiter. Er musste ihr unbedingt etwas sagen.

„Als du klein warst …“, begann er.

Monika seufzte ein wenig zu laut.

„Ich hätte alles getan, um dich zu retten. Ich habe meine Theologie geopfert, meine persönlichen Überzeugungen, sogar meine Seele in dem Versuch, dich zu beschützen.“

„Jetzt häufe das nicht alles vor meiner Tür auf“, fuhr Monika ihn an. „Du hattest Angst, das war der Grund. Du hattest zu viel zu verlieren. Die Nazis haben dich eingeschüchtert, und du hast nachgegeben. Ich hatte damit nichts zu tun!“

„Du hattest eine Menge damit zu tun!“, widersprach Witzell mit erhobener Stimme. „Denkst du, ich hätte um mein Leben Angst gehabt? Ich hatte Angst um dich und deine Mutter. Ich habe kooperiert und gedacht, dadurch könnte ich euch vor Schaden bewahren.“

„Und darum hast du Josef verraten? Um mich zu schützen?“

„Ja!“, antwortete Witzell mit hochrotem Kopf. In seinen Augen standen Tränen. „Ja! Ja, ja …“ Mit jedem Ja wurde seine Stimme weicher. „Er war rücksichtslos und in seiner Rücksichtslosigkeit hat er dich – uns alle – in Gefahr gebracht. Ich habe für dich getan, was ich konnte."

„Du hast meinen Mann auf dem Gewissen!"

Witzell war so durcheinander, dass er sich kaum noch auf den Beinen halten konnte. Aber es gab nichts, an das er sich anlehnen konnte, nur Rosensträucher, und weder die Rosen noch Monika würden ihn jetzt stützen.

„Willst du das Schlimmste wissen?", fragte Witzell.

„Es gibt etwas noch Schlimmeres als der Mord an Josef?"

Witzell nickte traurig. „Das Schlimmste ist, dass du meinen Schutz gar nicht brauchtest. Du warst stark genug, dich selbst zu schützen, das habe ich nur damals nicht erkannt."

Monika schwieg. Sie zupfte an den Blütenblättern einer Rose.

„Sieh doch, was du alles überstanden hast. Du hast mehr Not und Leid in deinem Leben erlebt, als ein Mensch erleben sollte. Und du hast überlebt. Den Krieg. Tod. Hunger. Kälte und Hitze. Verlassen und auf dich allein gestellt. Und doch hast du überlebt."

„Den Rübenwinter."

„Was?"

„Mutter hat mir von dem Rübenwinter und der Not nach dem Ersten Weltkrieg erzählt. Sie sagte, ich könne mich glücklich schätzen, dass ich das nicht zu erleben brauchte."

„Aber du hast es und dazu noch mit sechs Kindern. Du hast sie am Leben erhalten. Sicher. Zusammen. Und auch wenn in ihren Adern nicht dasselbe Blut fließt, stehen sie sich näher als die meisten Familienangehörigen."

„Sie streiten wie Geschwister miteinander."

„Dann bring die Aufgabe zu Ende."

Monika wandte sich zu ihm um. „Was hast du gesagt?"

„Du hast mich genau verstanden. Du bist so weit gekommen. Jetzt bring die Aufgabe zu Ende. Konrad hat Recht. In Ostdeutschland gibt es für diese Kinder keinen Entwicklungsraum."

„Ich habe nicht den Eindruck, als hätten wir eine Wahl", meinte Monika. „Du hast mit eigenen Augen gesehen, wogegen wir antreten."

„Ja, das habe ich. Ich habe die Mauer gesehen. Ich sah die Grenzposten. Ich habe die Türme gesehen, den Stacheldraht. Und weißt du, was ich noch gesehen habe? Dachau. Ich habe Dachau vor mir gesehen. Ich habe gesehen, dass meine Tochter und meine Enkelin hinter den Mauern eines Lagers von der Größe einer Stadt festsitzen, und das hat mir nicht gefallen."

„Das scheint unser Los im Leben zu sein."

„Solches Gerede entspringt der Angst", tat Witzell ihren Einwand ab.

„Ich kann nicht glauben, dass du das gesagt hast!"

„Ich spreche aus Erfahrung. Jahrelang habe ich mich davor geduckt, habe mein Leben davon bestimmen lassen wie von einem Zuchtmeister. Und jetzt tust du dasselbe."

„Ich muss jetzt Kartoffeln schälen", erwiderte Monika. Sie machte sich auf den Weg zum Haus.

„Wegen meiner Angst habe ich dich zwanzig Jahre lang verloren, Monika. Ich habe dich verloren, als ich glaubte, dich zu beschützen. Mach nicht denselben Fehler."

Monika antwortete nicht. Sie lief unbeirrt weiter.

„Es wird ein Punkt kommen", rief er ihr nach, „wo das Leben in der Haft, so schlimm es auch ist, bequem wird, weil es eine Ordnung gibt, weil du deinen Platz kennst und weißt, was von dir erwartet wird. Sprich mit Konrad. Er weiß darüber Bescheid. Er hat mir einmal erzählt, das Schlimmste, das die Sowjets ihm angetan hätten, sei gewesen, ihn freizulassen. So ist das bei dir, Monika. Du hast Angst vor der Freiheit. Hier kannst du zornig sein und allen die Schuld daran geben, dass du hier bist. Hier bist du eine Märtyrerin."

Sie hatte die Haustür erreicht.

„Du nährst lieber deinen Zorn, als dem Glück Raum zu geben. Du würdest sogar das Glück aller anderen in diesem Haus opfern, damit du deinen Zorn und dein Märtyrertum nicht aufzugeben brauchst. Warum hast du Angst, dir selbst zu folgen und glücklich zu sein, Monika? Hast du dir diese Frage schon einmal gestellt?“

Monika drehte sich zu ihm um und erwiderte: „Steht das Glück in irgendeinem Zusammenhang mit dieser Welt? Gibt es überhaupt Glück?“

* * *

„Ich verstehe nicht, warum ich mitkommen muss“, beschwerte sich Karin. Sie zog einen kleinen Spiegel aus der Tasche und überprüfte ihr Make-up.

Im Augenwinkel entdeckte sie einen kleinen Klecks Wimperntusche. Sie kratzte ihn mit dem Fingernagel weg. Die Limousine holperte in voller Fahrt durch ein Schlagloch, und sie hätte sich mit dem Finger beinahe ins Auge gestochen.

„Du fährst immer viel zu schnell“, jammerte sie.

Willi lenkte mit dem Ballen seiner verkrüppelten Hand, während er mit seiner gesunden Hand eine Zigarette rauchte und gleichzeitig schaltete. Sein Stock lag auf dem Rücksitz.

Obwohl die Dämmerung schnell hereinbrach, blieb noch genügend Licht, um ihre Umgebung wahrzunehmen. Sie fuhren durch einen Wald.

„Ich begleite dich doch auch immer zu deinen Freunden“, wandte Willi ein. „Es ist Zeit, dass du dich dafür revanchierst.“

Karin steckte den Spiegel in die Tasche und verzog das Gesicht. „Ich kenne diese Leute genauso lange wie du, abgesehen von deinem Bruder. Und seit wann betrachtest du sie als deine Freunde? Wir beide wissen, dass du nur dorthin fährst, weil du um Monika Schumacher herumscharwenzeln willst. Das ist krank, und ich habe keine Lust, das den ganzen Abend lang mit anzusehen.“

Von Anfang an war ihre Ehe eine Vernunftehe gewesen. Liebe hatte nichts damit zu tun. Sie hatten sich gegenseitig ihre Seitensprünge gestattet, ohne Fragen und ohne Eifersucht. Karin hatte nichts dagegen, dass er Monika anschmachtete. Das war ihr egal.

Abgesehen vielleicht davon, dass er besessen davon war, Karin alles zu erzählen, was er über Monika dachte, worüber sie gesprochen hatten. Jetzt sollte sie Zeuge ihrer Gespräche werden oder was immer sie zufällig zusammen taten, was vermutlich gar nichts war. Sie war sicher, dass zwischen Monika und Willi nichts war. Die Anziehung war vollkommen einseitig. Willi machte sich nur etwas vor. Nein, schlimmer noch: Er machte sich zum Narren. Und obwohl es Karin ein gewisses Vergnügen bereitete zuzusehen, wie Willi sich erniedrigte, so wollte sie doch keinen ganzen Abend dafür opfern.

„Was ist das?", fragte Willi. Er sah in seinen Rückspiegel. Ein Wagen hatte sich hinter sie gesetzt und blinkte ihn an.

Karin drehte sich um. „Wer ist das?"

Willi betrachtete das Bild im Rückspiegel. „Das ist Georg. Ich frage mich, was er will."

„Georg?"

„Georg Zaisser. Er arbeitet mit mir zusammen."

„Was will er?"

„Woher soll ich das wissen?" Willi bog von der Straße in einen Feldweg ein. Sie waren stetig bergauf gefahren und hatten einen Aussichtspunkt erreicht. Der Horizont hatte seine Farbe noch nicht vollständig abgegeben; ein blauer und roter Streifen zog sich in der Ferne noch über den Himmel.

„Fahr nicht so dicht an den Abgrund!", warnte Karin. Sie drückte sich in ihren Sitz, als würde das verhindern, dass sie vornüberkippten.

Willi trat auf die Bremse. Er zog den Schlüssel aus dem Schloss und öffnete die Tür. „Ich bin gleich wieder da."

„Beeile dich", sagte Karin. „Ich habe bestimmte Bedürfnisse, falls du weißt, was ich meine."

„Lehne dich einfach zurück und genieße die Aussicht", sagte Willi.

Georg stieg aus seinem Wagen. Seine glatten, fettigen Haare standen in alle Richtungen ab, was ihn anscheinend nicht störte. Hygiene schien ihm nicht wichtig zu sein. Sein Hemd und seine

Hose waren stark verknittert und schmutzig und seine Schnürsenkel an den Schuhen nicht zugebunden.

„Wie schnell bist du gefahren?", fragte Georg. Er wirkte ziemlich erregt. „Ich habe das Gaspedal bis unten durchgetreten und hätte dich trotzdem kaum eingeholt!"

„Sprich nicht so laut", sagte Willi. „Sie kann dich hören."

Karin beobachtete vom Wagen aus, wie Willi mit dem anderen Mann sprach. Sie kannte ihn nicht. Aber andererseits interessierte sie sich nicht für Willis Angelegenheiten. Sie wusste nicht einmal genau, was er arbeitete. Wichtig war für sie nur, dass er genügend Geld mit nach Hause brachte und ihr einen gewissen Betrag überließ, ohne darüber Rechenschaft von ihr zu verlangen. Gelegentlich führte er sie auch in ein schönes Restaurant aus. Manchmal war er eine Woche oder zwei unterwegs, aber das kam nicht so häufig vor. Meistens war er abends da, ein Mensch, mit dem sie reden konnte und der sie beschützte, wenn sie Angst bekam, obwohl sie sich manchmal Vorwürfe machte wegen ihrer Ängste. Willi und sie schliefen in getrennten Schlafzimmern, und normalerweise war er weg, wenn sie aufstand, was gewöhnlich gegen Mittag war.

Die beiden Männer gingen zum Kofferraum des Autos. Willi machte den Kofferraum auf. Karin konnte sie nicht mehr sehen.

„Das ist ein altes Teil", sagte Georg.

„Es gehörte meinem Vater", erklärte Willi, während er das Gewehr aus dem Kofferraum nahm. Er überprüfte, ob es geladen war. Es war.

Georgs Augen leuchteten auf. Während einer Operation war er immer ganz aufgeregt, wie ein kleiner Junge am Heiligabend.

Willi trat vom Wagen zurück. Er schüttelte seine Beine aus und rollte seine Schultern, um die Verspannungen zu lösen. Mit einer glatten Bewegung, bei seiner Behinderung nur durch Übung und Sachwissen entstanden, hob Willi Reichmann mit seinem verkrüppelten Arm den Gewehrkolben. Mit seiner gesunden Hand legte er den Kolben an seine Schulter und den Finger an den Abzug. Er war ganz gelassen, atmete ruhig. Er nickte Georg zu, der noch immer neben dem geöffneten Kofferraum stand. Auf das Signal hin knallte Georg den Kofferraum zu.

Karin hatte erneut ihren Taschenspiegel hervorgeholt und überprüfte ihr Make-up. Ihr kleiner Finger lag wieder an ihrem Augenwinkel.

Gleichzeitig mit dem Knall des Gewehrs zersplitterte das Rückfenster des Mercedes. Karin sank in ihrem Sitz zusammen. Georg begann zu klatschen. Der Dummkopf klatschte tatsächlich. „Eine Scheidung à la Willi!", lachte er. Er fand das schrecklich lustig. „Verstanden? Scheidung nach Willi-Art. Ziemlich gut, oder?"

„Leg das in deinen Wagen", sagte Willi und reichte ihm das Gewehr.

Willi lachte nicht. Er war bei der Arbeit und bewegte sich mit geschäftsmäßiger Effizienz. In Windeseile lief er zur Fahrerseite, machte die Fahrertür auf, steckte den Schlüssel wieder ins Schloss und stellte den Motor an. Seiner toten Frau schenkte er keinen Blick. Stattdessen löste er die Handbremse, schlug die Tür zu und rief Georg zu: „Hilf mir mal!"

Die beiden Männer schoben den Wagen über den Abgrund, vor dem Karin Willi noch gewarnt hatte, weil sie Angst gehabt hatte, er könnte zu dicht heranfahren. Sie beobachteten, wie der Wagen den steilen Abhang hinunterstürzte und eine Schneise in das Gebüsch schlug. Immer schneller rollte er sich überschlagend bis zum steinigen Fuß des Berges.

Willi stand da und starrte seinem Wagen nach. „Komm schon, komm schon", murmelte er.

Eine Stichflamme schoss hoch.

„Na los doch!"

Bevor er am Abend losgefahren war, hatte er noch voll getankt.

„Komm schon!"

Georg stand neben ihm und betrachtete den Wagen, als wäre er ein interessanter Film.

Der Wagen explodierte.

Georg klatschte.

An Georg gewandt, sagte Willi: „Ich hole das Gewehr am Samstag wieder bei dir ab."

„Samstag", wiederholte Georg.

„Jetzt bleibt nur noch eines zu tun", sagte Willi.

Georg wich einen Schritt zurück.

Willi trat an Rand des Abgrunds, Georg den Rücken zugewandt. Als er den Felsenrand erreichte, verschwand sein geschäftsmäßiges Verhalten. Er begann zu zittern; sein ganzer Körper bebte. Dann fing er an zu lachen. „Tu es", befahl er Georg, ohne sich umzudrehen.

„Bist du sicher?"

Willis Lachen wurde hysterisch. „Tu es!"

„Du machst mir später bestimmt Vorwürfe deswegen", beschwerte sich Georg. Er hatte wirklich Angst. „Kannst du nicht einfach, du weißt schon, noch einen Schritt weiter machen?"

Der Schweiß lief an Willis Schläfe herunter. Seine Augen waren geschlossen. Er lachte halb, halb weinte er. Er hatte begonnen, vom Abgrund zurückzuweichen. „Ich sagte, tu es! Tu es! Tu es!"

Nach einem kurzen Zögern rannte Georg von hinten an Willi heran und stieß ihn über den Rand des Abgrunds. Er blieb nicht abwartend stehen, um zu sehen, was passierte. Nachdem er schlitternd zum Stehen gekommen war, drehte Georg sich um und rannte zu seinem Wagen zurück. Er warf das Gewehr auf den Beifahrersitz, sprang hinein und raste mit durchdrehenden Reifen davon.

* * *

Als Witzell an diesem Abend die Tür öffnete, stand Willi davor, zerschunden und mit Platzwunden übersät. Seine Kleider hingen in Fetzen an ihm herunter. Er war schrecklich dreckig und trug nur einen Schuh. Sein linkes Auge, das gesunde, war schwarzblau verfärbt. Die Augenklappe für das andere Auge fehlte und entblößte eine schreckliche Narbe.

Willi erzählte eine albtraumhafte Geschichte, die damit begann, dass er von der Straße in den Feldweg eingebogen. Das war Karins Idee gewesen. Der Himmel sei so wunderschön in der Dämmerung und sie wollte den Sonnenuntergang genießen. Eins führte zum anderen. Sie begannen zu schmusen, und in ihrer Begeisterung, legte sie versehentlich den Gang ein. Willi erklärte, mit zwei gesunden Händen hätte er den Wagen wieder unter Kontrolle bekommen können. Aber da eine Hand nicht zu gebrauchen sei ... Der Wagen rollte zum Abgrund. Das Letzte, an das Willi sich erinnerte, bevor er unten am Fuß des Berges aufwachte, seien Karins Schreie gewesen. Er selbst sei aus dem Wagen geschleudert worden. Karin nicht.

Willi bekam die erwünschte Reaktion in der Rama-Klause. Alle waren schockiert, traurig, mitfühlend. Von Monika hatte er sich eine emotionalere Reaktion erwartet, aber das würde schon noch kommen. Nun, da Karin aus dem Weg war, würde Monika seinem Werben gegenüber offener sein. Und Willi hatte noch einiges vor. Alle würden schön dableiben, wo sie waren.

28

Dienstag, 21. August 1962

In der Rama-Klause kehrte eine gewisse Routine ein. Konrad führte tagsüber das Haus und bemühte sich nach Kräften, die Bewohner beschäftigt und produktiv zu halten. Witzell leistete sein normales Dienstpensum in der Anstalt K7 ab. Allerdings entfielen die Überstunden bis spät in die Nacht hinein. Monika und Edith arbeiteten tagsüber in der Schuhfabrik und fuhren dann mit dem Zug weiter. Witzell holte sie auf seinem Heimweg vom Bahnhof ab.

Willis Besuche wurden häufiger. Er kam jetzt an vier Abenden in der Woche: am Montag, Mittwoch, Donnerstag und Samstag. Niemand wusste, warum ausgerechnet an diesen Abenden und warum nicht an den anderen, auch wusste niemand, wie Willi die anderen drei Abende der Woche verbrachte. Wenn er kam, dann brachte er gewöhnlich Geschenke mit – Blumen, Schokolade oder Kaffee – die er im Intershop gekauft hatte.

Es dauerte nicht lange, bis Willi ihren Plan durchschaute, ihn an einem Alleinsein mit Monika zu hindern. Er fing an, Monika in leere Räume zu ziehen, die Tür zu schließen und von innen zu verbarrikadieren mit allem, was immer greifbar war – einem Stuhl, einem Papierkorb, einer Schreibmaschine. Jeder Versuch, in den Raum einzudringen, wurde mit Flüchen und Schimpfkanonaden quittiert, bis Monika den anderen schließlich mitteilte, sie käme sehr gut auch allein mit Willi zurecht und brauche keine Rettungsversuche. Niemand wusste, was hinter geschlossenen Türen vorging. Monika sprach darüber nicht.

Ursel gehörte nicht zu dieser neuen Routine. Monika und Edith sahen sie an Werktagen in der Fabrik. Sie berichteten, es ginge ihr gut und sie würde jeden Abend mit Herrn Gellert verbringen. Ihre Schilderungen vermittelten den Eindruck, als seien sie und Herr Gellert bereits verheiratet. Ursel erzählte von dem Haus, den gemeinsamen Mahlzeiten, von Herrn Gellerts Ziel, die Fabrik zum Vorbild der sozialistischen Produktionsstätten zu machen, und natürlich von seinen Ansichten zum Weltgeschehen. Präsident Kennedy hielt er für einen typischen Westler, der große Reden schwang, intellektuell aber nicht so viel auf dem Kasten hatte und die Welt durchaus in einen weiteren Krieg stürzen könnte; die sowjetischen Leistungen im Bereich Raumfahrt zeigten, dass die kommunistischen Wissenschaftler einzigartig in der Welt seien, und Waleri Brumels Weltrekord im Hochsprung von 2,27 m beweise, dass kommunistische Männer den Amerikanern überlegen seien. Ursel sprach mittlerweile über nichts anderes mehr als Herrn Gellert. Deswegen verbrachten sie ihre Tage in der Fabrik überwiegend schweigend.

An diesem Abend sollte es Gemüseeintopf geben. Am Abend zuvor hatte Monika eine Brühe vorbereitet und Anweisungen hinterlassen, dass das Gemüse geschnitten und am Spätnachmittag bei niedriger Hitze in die Brühe gelegt werden sollte. Als sie nach der Arbeit in die Küche kam, war der Herd jedoch kalt und das Gemüse lag unberührt auf dem Tisch. Edith war sofort in den hinteren Zimmern des Hauses verschwunden, um nach den anderen zu sehen. Irgendetwas sollte kochen, und da es nicht das Abendessen war, war es Monika.

Sie sah sich nach einer Erklärung um, als sie die Haustür hörte. In der Annahme, es sei Konrad, marschierte sie vor Zorn bebend zur Tür, um ihn zur Rede zu stellen. Er hatte besser eine gute Antwort parat.

„Sie“, sagte sie verblüfft. Von dem Mann, der im düsteren Hausflur vor ihr stand, würde sie keine Antwort für das nicht gekochte Gemüse bekommen.

„Monika“, sagte Park.

Edith stand neben ihm.

Warum nur hatten gewisse Leute eine Vorliebe dafür, aufzutauchen, wenn sie sie am wenigsten zu sehen wünschte? Park gehörte zu den Menschen, mit denen sie im Augenblick überhaupt nicht reden wollte.

„Komme ich ungelegen?“, fragte Park.

Monika setzte zu einer Antwort an. Es kamen keine Worte. Irgendetwas stimmte nicht, etwas, auf das sie nicht sofort kam. Und es hatte mit Edith zu tun, nicht mit Park, obwohl es sie verärgerte, dass er tatsächlich wiedergekommen war, wie alle vorausgesagt hatten.

Das war nicht Edith! Das Mädchen, das neben Park stand, war nicht Edith!

Toba kam aus dem Flur. „Habe ich da Oberst Parkers Stimme gehört?“, fragte er.

„Hallo Toba“, sagte Park.

Edith lächelte. Ein hübsches Lächeln. Aber es war nicht Ediths Lächeln. Monikas Gedanken wirbelten durcheinander. Sie musste sich an etwas festhalten.

Toba trat an Monikas Seite. „Will mich nicht jemand unserem Gast vorstellen?“, fragte er.

„Beeindruckend“, sagte Park.

Monika starrte das Mädchen neben Park an. Die Ähnlichkeit mit Edith war überwältigend.

„Toba sieht sie nicht, deshalb ist er nicht durcheinander“, fügte Park hinzu.

„Warum? Sieht sie wie Edith aus?“, fragte Toba.

„Ja“, erwiderte Monika mit abwesender Stimme. „Ja, das tut sie.“

„Wahnsinn“, staunte Toba.

Das ungeschnittene, ungekochte Gemüse war für den Augenblick vergessen, obwohl das Thema noch einmal aufkommen würde, wenn es keinen Eintopf zum Abendessen geben würde. Toba rief die anderen zusammen, um sich die neue Edith anzusehen, auch die richtige Edith.

Ein paar Minuten später traten Konrad und Witzell durch die Haustür.

„Wessen Wagen steht denn da vor der Tür?“, fragte Witzell. Dann plötzlich entdeckte er die beiden Ausgaben seiner Enkelin.

Konrad war ebenfalls verblüfft. „Oberst Parker, Sie haben es geschafft", sagte er. „Sie sagten, Sie würden es schaffen, und so war es auch."

„Ich möchte euch allen Sharon Lewis vorstellen. Miss Lewis studiert Journalismus."

Es entstand ein allgemeines Durcheinander, als alle sie begrüßen wollten. Witzell trat vor.

„Willkommen in der Rama-Klause, Miss Lewis", sagte er. „Gestatten Sie mir, Sie vorzustellen. Ich bin –"

„Bitte", unterbrach Park ihn. „Überlassen wir dies doch Miss Lewis."

Witzell war genau wie die anderen fasziniert.

„Also gut", sagte Sharon Lewis. Sie trat auf Witzell zu. „Herr Witzell", sagte sie. „Oder sollte ich sagen, Pastor Olbricht? Aber andererseits, ich werde dich ja Opa nennen, nicht?"

Nacheinander trat sie vor jeden hin.

„Herr Reichmann, Konrad." Sharon gab ihm die Hand.

„Frau Schumacher, Monika. Mutter. Wenn ich darf …" Sie umarmte Monika.

„So, mal sehen …", sagte sie. „Viktor, das ist leicht – du bist der Hübsche."

Viktor errötete.

Anni versteckte ihre linke Hand hinter dem Rücken und stellte sich so, dass Sharon Lewis sie nicht sehen konnte. Marlene stand wie so oft, die Hände hinter den Rücken gelegt. Aber Sharon ließ sich nicht täuschen.

„Marlene und Anni", sagte sie und identifizierte sie ganz richtig. „Hermann. Hast du beim Mensch-ärgere-dich-nicht wirklich so viel Glück, wie alle sagen?"

„Er mogelt", schmollte Anni.

„Und Toba", sagte Sharon. „Du bist ja noch hübscher, als Park erzählt hat."

Nun war es an Toba zu erröteten. Zuerst lachte Edith zusammen mit den anderen. Dann hörte sie abrupt auf zu lachen.

„Ich kann Fräulein Ursel nicht sehen", wunderte sich Sharon Lewis und sah sich um.

„Sie … ist heute Abend nicht hier“, erklärte Konrad.

Sharon ging zu Edith hinüber. „Weißt du … auf einmal habe ich einen Aussetzer. Wer bist du?“

Alle brachen in Gelächter aus, vor allem Viktor, der dies für den lustigsten Scherz hielt, den er je in seinem Leben gehört hat. Er freute sich, jetzt zwei Ediths um sich zu haben. Es war bemerkenswert. Für Edith war es ein ganz seltsames Gefühl, ihr Spiegelbild vor sich zu sehen, mit einer Stimme und einer Persönlichkeit.

Nach dem Abendessen – Wurstbrote, denn es war zu spät, das Gemüse noch zu kochen – wurde das Gespräch ernster. Der Spaß und die Spiele waren vorbei. Alle wussten, warum Park Sharon Lewis in die Rama-Klause gebracht hatte, und die Gedanken an Flucht und die Gefühle der damit verbundenen Gefahr waren jetzt sehr präsent.

Sharon war eine intelligente junge Frau. Park erklärte, wie er sie nach Ostdeutschland hereingebracht hatte.

„Sie ist hier, um die deutsche Arbeiterbewegung kennen zu lernen“, sagte er, „als Studienbesuch. Die kommunistische Partei ist daran interessiert, ausgewählte amerikanische Studenten weiterzubilden, die sich für Geschichte interessieren und dem Sozialismus nicht abgeneigt zu sein scheinen.“

„Und Sie sind dem Sozialismus nicht abgeneigt, Miss Lewis?“, fragte Witzell.

„Ja“, sagte sie überzeugend und ohne zu zögern. Dann lächelte sie. „Das heißt, offiziell. Und vor allem hier auf dieser Seite der Mauer. Wenn Sie mir diese Frage auf dem Bruin Plaza stellen würden, würde ich Ihnen vermutlich eine andere Antwort geben.“

„Dem Bruin Plaza?“, fragte Konrad.

„Der Universitätscampus in Kalifornien“, erklärte Park.

„Und unter welchen Bedingungen sind Sie hier?“, fragte Witzell.

Park übernahm die Antwort. „Studentenvisa werden an der Grenze für sechs bis acht Wochen ausgestellt. Meine Kontaktleute sind vor allem an Journalismus-Studenten interessiert. Sie arrangieren Besichtigungstouren für die Studenten, bei denen sie sich mit offiziellen Arbeitervertretern vor Ort treffen, mit Mitgliedern der Sozialistischen Einheitspartei, mit Universitätsprofessoren, Vertretern der deutsch-sowjetischen Freundschaftsvereine. Geplant ist auch ein Besuch im Lenin-Museum und der Denkmäler der deutschen Arbeitsbewegung, wie zum Beispiel Karl Liebknechts Haus in Leipzig und dem Museum der deutschen Geschichte. Sogar bestimmtes Buch- und Archivmaterial wird zur Verfügung gestellt."

„Als Sie das letzte Mal hier waren, Oberst Parker", sagte Konrad, „mussten Sie sich nachts hierher schleichen. Wie kommt es, dass Sie sich jetzt so ungehindert bewegen können?"

Das war eine berechtigte Frage. Die Bewegungsfreiheit im kommunistischen Ostdeutschland war eingeschränkt und reglementiert. Die einzigen Personen, die sich ungehindert bewegen konnten, waren vertrauenswürdige Angehörige der kommunistischen Partei.

„Wir sind schon seit dem 3. August hier", erklärte Park. „Da ich zum offiziellen Reiseführer bestimmt wurde, bekam ich das Privileg, mich frei zu bewegen. Der Wagen draußen zum Beispiel. Und ich bin für Miss Lewis' Beweglichkeit zuständig. Aber natürlich wäre es unklug von mir zu denken, ich würde dieses Privileg nicht unter ständiger Beobachtung ausüben."

„Eine kluge Annahme", meinte Witzell.

„Unser Schatten, so nennen wir ihn, ist vor der Universität eingeschlafen", berichtete Sharon kichernd.

„Nach sechs Stunden in den Archiven", fügte Park hinzu. „Ich denke, morgen werden wir einen ausgeschlafenen Ersatzmann haben."

„Warum tun Sie das?", fragte Monika.

Nicht einmal ein Anflug von Freundlichkeit lag in ihrer Stimme. Es war eine offene Frage, in einem kalten, harten Tonfall gestellt. Sie beugte sich vor, auf eine Antwort wartend, und starrte das Mädchen mit dem Gesicht ihrer Tochter an.

Sharon Lewis hielt ihrem Blick stand. „Wenn Sie denken, ich würde das zum Spaß machen, als Spiel betrachten oder aus reiner Abenteuerlust und des Nervenkitzels wegen, dann täuschen Sie sich, Frau Schumacher. Habe ich Angst? Ich habe schreckliche Angst. Ich mache mir nichts vor. Wenn ich geschnappt werde, werde ich vermutlich ins Gefängnis von Hohenschönhausen wandern. Woher ich das weiß? Ich habe mich mit der Geschichte von einem Sohn eines Psychologieprofessors aus Vermont beschäftigt. Er wurde hier in Berlin verhaftet und in einem geschlossenen Gerichtsverfahren verurteilt, weil er angeblich Ostdeutschen bei der Flucht geholfen hat. Er war hier, um einen Aufsatz über den kommunistischen Schriftsteller Bertold Brecht zu schreiben. Nach Aussage seines Vaters war er vom Kommunismus positiv beeindruckt. Doch er machte den Fehler, öffentlich zu sagen, das kommunistische Regime in Ostberlin würde zusammenbrechen, falls Moskau seine zwanzig Divisionen aus Ostdeutschland abziehe. Er wurde wegen Verleumdung verhaftet, und das Ehepaar, bei dem er wohnte, bezeugte, vermutlich unter Druck, dass er angeboten hätte, ihnen bei einer Flucht in den Westen zu helfen. Also, ja, Frau Schumacher, ich weiß genau, was ich hier tue und welche Risiken ich auf mich nehme."

„Aber *warum*? Warum tun Sie das?", fragte Monika.

Bisher hatte sich Sharon keinerlei Emotionen anmerken lassen. Sie hatte sich selbstsicher und beherrscht gezeigt. Diese Frage jedoch trieb ihr die Tränen in die Augen, und ihre Stimme klang belegt.

„Weil Professor Parker mir von Ihnen erzählt hat. Von dem, was die Nazis euch antun wollten …" Sie hielt inne und sah die „sechs von Hadamar" einzeln an. „Und wie Ihr Mann sie gerettet hat. Ich kann mir nicht vorstellen, wie diese ganzen Jahre für Sie gewesen sind. Aber eines weiß ich, ich möchte mithelfen, Sie in die Freiheit zu bringen, weil ich denke, dass Sie das verdient haben."

„Eine Frage noch", sagte Monika.

„Sie können fragen, was Sie wollen."

„Können Sie nähen?"

„Ein wenig", erwiderte Sharon.

„Haben Sie jemals Schuhe in einer Fabrik genäht?"

„Nein."

29

Monika hatte ein Problem mit Parks Fluchtplan – er könnte funktionieren. Die amerikanische Ausgabe ihrer Tochter war freundlich, intelligent und bewies Mut. Ein beiläufiger Beobachter könnte sie für Edith halten. In der Fabrik konnten Monika und Ursel sie decken, während sie sich mit der Maschine und der Arbeit vertraut machte. Vermutlich würde sie an einigen Tagen krank sein müssen; die Finger des Mädchens waren weich und glatt, die Finger einer Journalistin, nicht einer Näherin in der Fabrik. Das Gespräch mit den anderen würde riskant sein, aber das war sowieso auf die Fabrik beschränkt. Sie konnten „Edith" zwischen sich setzen. Meistens fuhren sie von der Arbeit sowieso geradewegs in die Rama-Klause. Es könnte funktionieren. Und das war das Problem.

„Warum Edith?", fragte Monika.

„Ich verstehe nicht", erwiderte Park.

„Warum Edith? Warum haben Sie sie für Ihr kleines Experiment ausgewählt?"

„Jemand musste der Erste sein. Was Edith betrifft: Ihre Schwerhörigkeit ist nicht sichtbar, darum war sie die erste Wahl für den Probedurchgang. Außerdem hatte ich Fotos von ihr."

„Ach ja?" Das klang so, als hätte sie Probleme damit, dass er Fotos von ihrer Tochter hatte.

„Aus dem Café Lorenz", erklärte er. „Von dem Nachmittag, als wir uns dort getroffen haben. Mit Ursel."

Mit jeder Frage spürte Monika, dass Edith ihr entglitt, und sie konnte nichts dagegen unternehmen. „Und wenn etwas schief geht?"

„Zum Beispiel?"

Monika winkte ab. „Was auch immer. Ich weiß es nicht. Fingerabdrücke, ein Versprecher, irgendetwas."

„Wenn sie nicht irgendein Verbrechen begeht, wird man ihr wahrscheinlich nicht die Fingerabdrücke nehmen. Die Behörden haben Miss Lewis' Fingerabdrücke bereits in den Akten. Ich habe versucht, alles zu berücksichtigen. Aber ich werde Ihnen nichts vormachen. Jeder Versuch, den wir unternehmen, ist riskant."

Die ganze Sache entglitt ihr, rutschte ihr unaufhaltsam durch die Finger. Es war, als hätte Park alles mit Fett eingeschmiert und Monika könnte es nicht mehr länger festhalten.

„Du bist ungewöhnlich still", sagte Monika zu Edith, die neben Toba auf dem Boden saß. Es gab nicht genügend Stühle für alle.

„Du meinst, abgesehen von dem unheimlichen Gefühl, mich auf dem Sofa sitzen zu sehen? Oder abgesehen davon, dass es in gewisser Weise aufregend, aber andererseits auch Furcht einflößend ist?"

„Wovor hast du Angst?", fragte Monika.

„Nicht vor dem eigentlichen Grenzübergang", erwiderte Edith. „Ich meine, sieh uns doch an, auf dem Foto sehen wir wirklich gleich aus. Und es ist nicht so, als würde ich allein gehen. Herr Parker wird bei mir sein, und ich vertraue ihm."

„Es wäre das Beste, wenn du anfangen würdest, mich Professor Parker zu nennen", gab Park zu bedenken. „Herr Parker würde zwar auch keinen Verdacht erregen, aber da ich dein Professor bin und du meine Studentin bist, wäre Professor Parker passender."

Er denkt wirklich an alles, dachte Monika. Noch mehr Fett.

Edith nickte. Sie nahm seinen Hinweis an.

„Also, was macht dir Angst?", wiederholte Monika ihre Frage.

„Euch alle zu verlassen", antwortete Edith, und Tränen traten ihr in die Augen. Sie tastete nach Tobas Hand und fand sie, aber sie sah ihre Mutter an. „Noch nie in meinem Leben bin ich von dir und Ursel weg gewesen. Gerade erst habe ich Toba, Viktor und die anderen wieder gefunden. Der Gedanke, euch alle zu verlassen, macht mir zu schaffen."

„Aber wir kommen doch alle nach", gab Toba zu bedenken.

„Wirklich?", fragte Monika an Park gewandt.

Park seufzte. „Es wird nicht leicht sein. Es ist nicht so, als könnte ich in der Zeitung eine Annonce aufgeben. Und es wird eine Weile dauern. Außerdem werde ich Fotos brauchen. Ich habe meine

Kamera mitgebracht. Aber doch, ja, ich denke, ich kann für jeden einen Doppelgänger finden. Nicht alle werden so gut passen, wie es bei Edith der Fall ist, aber ich habe da so einige Ideen. Vielleicht kann mir Herr Witzell dabei helfen."

„Ich bin gern bereit zu helfen, so gut ich kann", erwiderte Witzell.

„Frau Schumacher ... ich meine, Mutter", sagte Sharon Lewis. „Wenn Edith ihn Professor Parker nennen soll, dann sollte ich vielleicht auch anfangen, dich Mutter zu nennen. Falls es jemand schafft, dann Professor Parker."

„Nun, angesichts dessen, was wir über die Mauer erfahren haben", meinte Konrad, „scheint dies der aussichtsreichste Plan zu sein."

Alle versuchen, mir mein Baby wegzunehmen, dachte Monika. Sie sah ihren Vater an, der ihrem Blick begegnete. Sie wusste, was er dachte. Er hatte versucht, sie zu beschützen, und sie dabei verloren. Sie tat dasselbe mit Edith. Aber wie konnte sie Edith aufgeben und sie trotzdem gleichzeitig haben? Sie entglitt ihr, rutschte ihr aus den Händen. Ihr Kind rutschte ihr aus den Händen.

„Was ist mit Viktor?", fragte Monika. „Sie können wirklich einen zurückgebliebenen Studenten finden, der marxistische Geschichte studieren will?"

Das war ihre letzte Trumpfkarte. Wenn einer von den Rettungsversuchen ausgeschlossen wurde, dann würde vermutlich das ganze Gebilde in sich zusammenstürzen.

Seufzend erwiderte Park: „Viktor ist eine Herausforderung. Mit ihm müssen wir vermutlich einen anderen Weg einschlagen. Der Studenten-Ansatz wird bei ihm nicht funktionieren. Ich habe einige Ideen, mit denen ich mich noch eingehender beschäftigen muss. Ein medizinischer Ansatz könnte passen. Das gehört zu den Dingen, über die ich mit Herrn Witzell reden wollte."

„Ein medizinischer Ansatz?", fragte Monika. „Können Sie nicht etwas deutlicher werden?"

„Im Augenblick nicht."

„Dann wird es wohl das Beste sein", sagte Monika, „wenn wir warten, bis Sie etwas deutlicher werden können."

Park zuckte zusammen. „Das ist vielleicht nicht möglich."

Monika verschränkte die Arme. Sie hatte das Gefühl, dass ihr nicht gefallen würde, was Park als Nächstes sagen würde.

Park rieb die Hände aneinander. „Sharons Visum läuft am Montag ab."

„Am Montag?", rief Monika. „Das ist ja in weniger als einer Woche."

Park sah sie mitfühlend an. „Wir müssen den Austausch am Sonntag vornehmen. Ich weiß, da bleibt nicht viel Zeit, aber wir müssen uns mit dem begnügen, was wir haben."

„Angesichts alles dessen, was Sie getan haben, Colonel Parker", sagte Konrad, „können wir die nötigen Vorbereitungen bis dahin treffen."

Monika funkelte Konrad und Park an. Für sie war es eine so einfache Entscheidung. Sie hatten keine Ahnung von dem Aufruhr in ihr. Sie sprachen schon darüber, wie der Austausch vonstatten gehen sollte.

„Eins noch", sagte Park, als er sich erhob. Er sah Sharon an.

Sie suchte in ihrer Handtasche herum und holte vier Briefe und eine Plastiktüte voll Erde heraus. Park verteilte die Briefe: einen für Monika, einen für Konrad, einen für Edith. „Und der hier ist für Ursel", sagte Park und hielt den letzten Brief in die Höhe.

„Ich werde dafür sorgen, dass sie ihn bekommt", erbot sich Edith.

„Die Briefe sind von Ernst", erklärte Park. „Er und Rachelle freuen sich darauf, euch bei sich in Huntsville in Alabama zu haben. Ihr Haus ist groß genug, um drei von euch unterzubringen. Sie suchen ein größeres Haus, in dem ihr alle Platz habt. Es ist ein wunderschönes Land. Bäume. Seen. Freundliche Menschen. Es wird euch gefallen und ihnen auch. Sie sind wundervolle Menschen. Und sie haben euch das hier geschickt." Park hob die Tüte in die Höhe.

Sharon Lewis begann zu lachen. „Man glaubt nicht, welche Aufmerksamkeit eine Tüte mit Erde an der Grenze erregt. Das hat uns zwei Stunden aufgehalten."

„Offensichtlich ist es nicht üblich, dass jemand Erde mit nach Ostberlin bringt“, meinte Park.

„Ein Inspektor roch daran“, lachte Sharon. „Er hielt seine Nase daran, und dann hat er davon probiert!“

„Mit herzlichen Grüßen von Ernst und Rachelle Ehrenberg“, sagte Park. Er erhob sich und entleerte den Beutel auf den Dielenboden.

Monika schnappte nach Luft. Wenn Ursel hier gewesen wäre, dann hätte sie bestimmt lauthals protestiert.

„Kommt her“, sagte Park, während er die Erde mit der Fußspitze verteilte. „Eine kleine Zeremonie. Das war Ernsts Idee.“

Alle standen auf, doch sie wussten nicht so recht, was sie tun sollten. Park winkte sie zu sich heran. „Stellt euch alle auf die Erde“, sagte er.

Es war wie ein Spiel bei einem Kindergeburtstag. Sie lächelten, sahen sich an, schnitten Grimassen, zogen die Augenbrauen in die Höhe. Damit alle auf die Erde passten, mussten sie sich dicht aneinander drängen. Dabei knirschte die Erde unter ihren Füßen, während sich jeder seinen Platz suchte.

Park sagte: „Ernst möchte euch sagen, dass diese Erde aus Cedar Ridge stammt, ganz aus der Nähe seines Hauses. Dort wird er ein Haus kaufen, wo ihr alle leben könnt. Er wird es *Haus der Freiheit* nennen. Er möchte euch sagen, dass ihr jetzt auf freiem Boden steht und dass ihr eines Tages wieder alle zusammen auf dem Boden von Cedar Ridge in Amerika stehen werdet. Ich gebe euch mein Versprechen, nicht zu ruhen, bis dieser Tag da ist.“

* * *

Sonntag, 26. August 1962

Park sah auf die Uhr.

11 Uhr 44.

Es war an der Zeit. Sie waren eine ganze Weile nach Monika

und Edith bei der Kirche angekommen, damit niemand zufällig die beiden gleich aussehenden Frauen bemerkte. Edith wollte den Gottesdienst besuchen. In einer Minute würde sie zur Toilette gehen und drei Minuten später würde sie die Kirche durch eine Seitentür verlassen, wo Park auf sie wartete. Um 11 Uhr 46 würde Sharon Lewis die Kirche betreten und Ediths Platz neben Monika einnehmen, die auf der rechten Seite in der Nähe der Tür sitzen würde, auf ihrem Stammplatz. Die beiden Frauen trugen die gleichen Kleider.

Park machte Sharon ein Zeichen, die sich hinter einer Ecke verbarg, um von der Kirche aus nicht gesehen zu werden. „Bereit?", fragte er.

Sharon atmete tief durch.

„Sie sollen wissen, dass Sie eine beeindruckende junge Frau sind", sagte Park.

„Danke, Professor."

„Ich werde Sie herausholen."

„Das weiß ich."

Mit einem Kopfnicken überquerte sie die Straße. Schon bald war sie durch die Seitentür verschwunden. Zwei Minuten später tauchte sie wieder auf. Nur dass sie es nicht war. Es war Edith.

Sie brauchte eine Weile, bis sie sich orientiert hatte. Als sie Park dann entdeckte, hielt sie geradewegs auf ihn zu. Sie beeilte sich etwas zu sehr.

„Ist sie das?"

Die Stimme neben ihm ließ Park zusammenfahren. Als er sich umwandte, sah er Herrn Köhler auf sich zukommen. Er war genauso derangiert wie immer und rauchte eine Zigarette. Park sah Edith an. Es war keine Zeit mehr, sie zu warnen.

„Miss Lewis?", sagte Park.

Köhler steckte sein Hemd an einer Stelle in die Hose, wo es herausgerutscht war. Er unternahm keinen Versuch, auch die anderen herausgerutschten Zipfel hineinzustecken.

„Ich habe viel von ihr gehört", sagte Köhler und sah der herannahenden Edith entgegen.

Jetzt hatte Edith Parks Begleiter bemerkt. Sie blieb mitten auf der Straße stehen.

Geh weiter, geh weiter!, drängte Park sie stumm. Er durfte nichts sagen oder sie heranwinken, ohne sich verdächtig zu machen. Vielleicht hatte er laut gedacht, denn Edith setzte sich wieder in Bewegung, mit selbstsicher wirkendem Schritt. Park war stolz auf sie. Sie war jetzt nahe genug, sodass Park sie rufen konnte.

„Miss Lewis!", sagte er und winkte sie heran. „Ich möchte Ihnen jemanden vorstellen. Wirklich eine angenehme Überraschung. Ich hätte nicht gedacht, dass Sie ihn auf dieser Reise kennen lernen würden."

Edith lächelte herzlich.

„Miss Lewis, dies ist Herr Köhler."

„Es ist mir eine Ehre, Ihre Bekanntschaft zu machen, Herr Köhler", sagte Edith. Zumindest dachte Park, dass es Edith war. Sie sah eher aus wie Edith und nicht wie Sharon, aber in diesem Augenblick war er nicht sicher.

„Miss Lewis", begrüßte Herr Köhler sie. „Kommen Sie! Ich spendiere Ihnen beiden eine Tasse Kaffee!" Er deutete zu dem Café hinüber, in dem er und Park sich schon einmal getroffen hatten.

„Wir müssen unseren Zug erreichen", wandte Park ein. „Aber wer bin ich, dass ich Sie an die deutsche Pünktlichkeit erinnern müsste?"

„Ihr Zug fährt erst um 13 Uhr", tat Köhler seinen Einwand ab. „Ich sorge dafür, dass Sie rechtzeitig am Bahnhof sind."

„In Ordnung", sagte Park. „Miss Lewis, möchten Sie gern einkehren und eine Tasse Kaffee trinken?"

Sie lachte. „Das ist meine Rettung in so vielen Nächten gewesen, in denen ich an meinen Aufsätzen gearbeitet habe."

Gute Antwort, dachte Park. *Das ist doch Edith, oder?*

Park eilte an ihren Tisch. Er setzte sich auf den Platz dem Fenster gegenüber und bot seiner Studentin den Platz am Kopfende an. Da das andere Ende an die Wand geschoben war, blieb Herrn Köhler nichts anderes übrig, als sich mit dem Rücken zum Fenster zu setzen.

Köhler lächelte zu viel. Park wusste nicht so genau, was für ein Spiel der Mann mit ihnen spielte.

„Sagen Sie mir, Fräulein Lewis", begann er, während er mit einem Finger über den Henkel seiner Tasse strich, „was halten Sie von unserer Mauer?"

Park beobachtete beide eindringlich. Es fiel ihm schwer, seine angesichts der Situation zunehmende Nervosität zu verbergen.

„Und dem Erschießen Ihrer Bürger, die versuchen, sie zu überwinden?", fragte Miss Lewis nach.

Sie saß hoch aufgerichtet auf ihrem Stuhl und sah ihm bei dieser Bemerkung in die Augen, ohne Angst vor seiner Reaktion. Oder war ihr einfach nicht klar, welche Macht dieser Mann über ihr Leben hatte? Als Köhlers Lächeln verschwand, setzte Parks Herzschlag beinahe aus.

„Die Mauer ist natürlich da", fuhr sie fort, „und die westliche Presse spielt den unglücklichen Tod derer, die versuchen, illegal über die Mauer zu kommen, hoch. Sie sind doch unglücklich, nicht?" Sie berührte Köhlers Hand. „Ich bedauere zwar den Verlust von Menschenleben, doch ich denke, dass diejenigen, die zu fliehen versuchen, und die westliche Presse beide das größere Bild übersehen."

Hinter Köhler, auf der anderen Seite des Fensters, war der Gottesdienst zu Ende. Derselbe alte Mann in demselben grauen Anzug wie jede Woche verabschiedete die Gottesdienstbesucher. Park beobachtete die Kirche, während er dem Gespräch am Tisch lauschte. Monika erschien. Hinter ihr trat Edith aus dem Gebäude. Das Mädchen blieb stehen, um sich von dem alten Mann zu verabschieden. Sie sagte etwas. Er lachte. Sie lachte. Dann nahm sie den Arm ihrer Mutter. Ursel kam heraus und gesellte sich zu ihnen. Lachend lief Edith zwischen ihnen, glücklich, sorglos, vollkommen eins mit sich.

Miss Lewis am Tisch redete noch immer. „Aber mit der Mauer haben Sie sich nun eine Identität als Staat gegeben. Vorher waren Sie Deutsche. Jetzt sind Sie Bürger der DDR. Ich persönlich denke, es wird aufregend sein, die erste Generation der DDR-Bürger zu beobachten, die keinen Überhang aus der Vergangenheit mehr mitbringen, keine Erinnerungen an die faschistischen Jahre, an den Krieg und diese schwierigen Zeiten. Dies wird eine Generation des Glaubens sein, treue Anhänger der Partei."

Köhler lehnte sich zurück. Sie hatte ihn beeindruckt, das war klar, und nicht nur mit ihrem hübschen Aussehen. „Und was halten Sie vom Kapitalismus, Fräulein Lewis?", fragte er.

Sie antwortete nicht sofort, sondern trank zuerst einen Schluck Kaffee, den Blick in die Ferne gerichtet, als würde sie über ihre Antwort nachdenken.

„Ein sehr verschwenderisches System", sagte sie schließlich.

„Was für eine Art der Verschwendung?"

„An Menschen", erwiderte sie. „Vor allem die Arbeitslosigkeit. Aber auch Rohstoffe werden verschwendet. Und Lebensmittel. Vor allem Lebensmittel! Zum Beispiel die Vernichtung von Milch oder bestimmter Früchte zu niedrigen Preisen."

Park sah auf seine Uhr.

Köhler verstand den Hinweis. Als sie sich erhoben, sagte er zu Park: „Auf ein Wort. Allein."

Er drehte sich um und verließ das Café. Park folgte ihm nach draußen.

Draußen packte Köhler Park am Arm und zog ihn in eine Seitenstraße. Parks militärische Ausbildung machte sich bemerkbar. Sofort sah er sich nach einer Fluchtroute um. Aber aus dieser Straße herauszukommen, war sein geringstes Problem. Aus Ostdeutschland herauszukommen, das war etwas ganz anderes.

Köhler beugte sich vor. „Außergewöhnlich!", sagte er mit zusammengebissenen Zähnen. „Einfach außergewöhnlich. Und Sie haben sie in der Universität gefunden?"

Park war verblüfft von der aggressiven Begeisterung des Mannes. „Ja", erwiderte er.

Köhler nickte. „Und es gibt noch andere wie sie?"

„Ich denke schon. Vor allem eine. Sie ist sehr klug, aber es gibt da ein Problem."

„Ein Problem?"

„Sie ist … behindert."

Köhler verzog das Gesicht. „Behindert? Inwiefern?"

„Ein Arm ist nicht voll ausgebildet."

Darüber dachte Köhler einen Augenblick nach. „Aber sie ist wie die hier?", fragte er und deutete mit dem Daumen zum Café hinüber.

„Von Intellekt kann sie es mit Sharon Lewis aufnehmen. Aber sie ist noch entschlossener. Ihr ganzes Leben lang ist sie zurückgewiesen worden. Sie träumt von einer Gesellschaft, in der alle Arbeiter wertgeschätzt und gleichwertig sind."

Park wusste genau, welche Knöpfe er drücken musste. Er hoffte nur, dass es reichte.

Köhler nickte.

„Eine ausgezeichnete Schriftstellerin", fügte Park noch hinzu.

„Außergewöhnlich! Damit können wir arbeiten", freute sich Köhler. „Möglicherweise könnte sie einen Aufsatz über den schlechten Zustand des amerikanischen Gesundheitssystems schreiben. Besser noch darüber, wie wenig die Kapitalisten für die Sicherheit ihrer Arbeiter sorgen. Also gut, bringen Sie sie herüber." Dann schlug er Park auf den Rücken und sagte: „Kümmern Sie sich um das Mädchen. Ich hole den Wagen."

Während der Fahrt zum Bahnhof, wo sie in den Zug steigen würden, der sie über die Grenze bringen würde, übernahm Köhler größtenteils das Reden. Eigentlich hielt er eine Vorlesung über den Sozialismus. Als er sie verließ, strahlte er wieder.

Sie stiegen in den Zug und waren schon eine Weile unterwegs, als Park sich an das Mädchen wandte, das neben ihm saß. „Edith?", fragte er.

Sie strahlte ihn an.

„Ich war mir wirklich nicht sicher! Du warst großartig."

Nachdem die Aufregung nun hinter ihnen lag, begannen Ediths Hände zu zittern. Park nahm ihre Hand in seine. „Nach dieser Vorstellung", sagte er, „wird der Grenzübergang kein Problem mehr werden."

Edith lächelte. Sie war beruhigt, aber trotzdem noch ängstlich.

„Als ich ihn bei Ihnen stehen sah, hätte ich beinahe auf dem Absatz kehrtgemacht und wäre wieder in die Kirche gerannt."

„Ich habe dein Zögern bemerkt."

„Doch den ganzen Morgen musste ich daran denken, wie viel Spaß Miss Lewis diese Woche zu haben schien, als sie vorgab, ich zu sein. Da hatte ich eigentlich keine Wahl mehr." Sie lachte nervös.

„Nun, du hast einen ausgezeichneten Eindruck von Sharon Lewis hinterlassen. Und dein Sachwissen! Köhler war fasziniert, aber ich muss sagen, ich war genauso beeindruckt."

Edith lächelte. „Alle diese Arbeiterversammlungen, diese ganze Parteipropaganda – ich schätze, Sie haben sich endlich mal ausgezahlt."

* * *

Monika dachte, der erste Tag wäre der schwierigste. Sie irrte sich. Als sie aus der Kirche kamen, ging für alle anderen Edith eingehakt neben ihr. Aber das stimmte nicht. Es war eine Amerikanerin, die Monika erst seit einer knappen Woche kannte. Der Arm, der sich bei ihr untergehakt hatte, fühlte sich nicht an wie Ediths. Ihr Gang war nicht Ediths Gang. Vielleicht sahen ihre Augen von weitem aus wie Ediths, aber wann immer Monika hineinsah, blickte ein anderes Mädchen sie an, nicht Edith.

Der Nachmittag in der Rama-Klause verlief bedrückt. Alle warteten auf Nachrichten, die, wie sie wussten, weder an diesem noch am folgenden Tag kommen würde. Die Wahrheit war: Sie wussten nicht, wann sie überhaupt kommen würden oder wie. Zwischen den Ost- und Westsektoren der Stadt gab es keine Telefonverbindung, man konnte nicht einfach in Westberlin zum Hörer greifen und sagen: „Hallo Mutter! Wir haben es geschafft. Ich wünschte, du wärst hier!"

Monika konnte sich nur fragen, wo sich ihre Tochter im Augenblick befand. Sie waren an der Grenze, redete sie sich ein. Standen in der Schlange. Die Beamten würden ihr Visum sehen wollen.

Sie würden das Bild mit der Person vergleichen, die vor ihnen stand. Sie würden Fragen stellen. Sie wären schrecklich misstrauisch. Dazu wurden diese Leute ausgebildet. Darin waren sie gut. Sie suchten nach Anzeichen von Nervosität, Vermeidung von Blickkontakt oder einem herausfordernden Blick. Beim kleinsten Verdacht würden sie Edith aus der Reihe zerren, in einen Raum bringen, sie von Park trennen, um sie zu verhören. Was würde Edith dann tun? Was würde sie sagen? Sie wusste nichts über das Leben in Kalifornien oder in der Universität. Würden sie sie als Amerikanerin durchgehen lassen oder sie als Deutsche erkennen, so wie Monika sofort den Unterschied zwischen Edith und Sharon Lewis erkannte?

Den ganzen Nachmittag und Abend und selbst am folgenden Morgen quälte sich Monika mit schrecklichen Bildern, wie Edith ins Gefängnis gebracht wurde, von Vopos, die die Straße hochkamen und die Rama-Klause durchsuchten, weil Park und Edith in ihrem ersten Fluchtversuch gescheitert waren. Monika war egal, was mit ihr passierte. Nach dem, was sie durchgemacht hatte, konnte sie sich nicht vorstellen, dass das Überleben im Gefängnis schwieriger sein sollte als das Überleben in einem vom Krieg zerrissenen Deutschland während der Tage der Anarchie, als sie versucht hatte, ein halbes Dutzend hungernder Kinder zu ernähren, ohne dabei erschossen zu werden. Sie hatte mehr Angst darum, was aus Edith und den anderen Kindern würde. Gott wusste, sie hatten etwas Besseres verdient. Sie hatten nie irgendjemandem etwas getan. Und doch erlebten sie eine Welt, in der Menschen ihr Leben einschränkten.

Der schlimmste Augenblick war der Montagmorgen. Monika hatte in der Rama-Klause übernachtet. Kurz vor Tagesanbruch war sie endlich eingeschlafen.

Jemand weckte sie auf.

Sie schlug die Augen auf.

Es war Edith.

Und für den Bruchteil einer Sekunde war Edith wieder zu Hause und in Sicherheit. All das Gerede von Flucht war nur ein Traum gewesen. Alles war wieder in Ordnung. Alles war so, wie es sein sollte.

„Sollten wir nicht in die Fabrik aufbrechen?"

Dieses Gesicht.

Es war nicht Ediths.

Sharons.

Die Realität holte sie wieder ein. Parks Besuch mit der Doppelgängerin aus Kalifornien: Die amerikanische Erde auf dem Dielenboden. Sie hatten nur eine knappe Woche, um sich zu verabschieden. Der Gottesdienst am Sonntag. Edith, die während der Predigt aufstand. Sich entschuldigte. Ihrer Mutter einen letzten Blick zuwarf. Ein verängstigtes Lächeln. Dann die Kirche verließ. Kurz darauf kehrte eine Amerikanerin zurück und setzte sich neben sie. Und lächelte sie an. Nicht Edith.

„Wie viel Zeit habe ich, um mich fertig zu machen?"

Die Wahrheit lag wie Blei auf Monika und erlaubte ihr nicht zu sprechen.

Es würde ein unmöglich langer Tag werden – ihr erster ganzer Tag ohne Edith, ohne zu wissen, wo Edith war oder wie es ihr ging.

* * *

Mittwoch, 5. September 1962

Ursel kam mit einem Päckchen in die Rama-Klause.

„Was für eine angenehme Überraschung", sagte Witzell, als er sie erblickte. „Wir haben uns schon so lange nicht mehr gesehen."

„Wo ist Monika?", fragte Ursel.

„Hier." Monika erschien. Sie sah das Päckchen in Ursels Hand.

„Für Edith", erklärte Ursel. „Aus Amerika." Sie reichte Monika die Schachtel.

Bald waren alle aus dem Haus im Wohnzimmer versammelt. Ursel stand im Mittelpunkt des Interesses, bis die anderen das an Edith adressierte Päckchen entdeckten. Der Absender lautete *E. Ehrenberg, Huntsville, Alabama.*

„Mach es auf!“, forderte Ursel Monika auf. „Seit ich es von Herrn Puttkamer bekommen habe, sterbe ich vor Neugier.“

„Von Herrn Puttkamer?“

„Es wurde gebracht, als wir noch auf der Arbeit waren. Herr Puttkamer hat es entgegengenommen.“

Monika betrachtete das Päckchen. „Hat er es geöffnet?“

„Ich glaube nicht“, meinte Ursel. „Ich habe es mir auf dem Weg hierher im Zug genau angesehen. Es scheint nicht geöffnet worden zu sein.“

Monika riss an dem Klebeband. Für Viktors Geschmack, der ganz besonders aufgeregt war, brauchte sie viel zu lange. Sharon Lewis stand dabei und sah zu. Konrad war mehr damit beschäftigt, Ursel zu betrachten, als dass er sich für den Inhalt des Päckchens interessierte. Alle anderen drängten sich um Monika, weil sie sehen wollten, was das Päckchen enthielt.

Sie schlug das Papier auseinander.

„Geht zur Seite. Ich kann es nicht sehen! Ich kann es nicht sehen!“, rief Toba.

Alle lachten. Monika griff in das Päckchen und tastete herum. „Das Übliche“, erklärte sie für Toba. „Schokolade, Kaffee, Comics.“

„Was für Comics?“

„Superman!“, rief Hermann. Auch für ihn war Monika zu langsam.

„Und da ist ein Umschlag“, sagte Monika. Sie machte ihn auf. „Fotos. Oh …“

Sie konnte nicht weitersprechen. Ihre Hand fuhr an den Mund, um ihr Schluchzen zu unterdrücken. In der anderen Hand hielt sie die Fotos. Sie starrte das oberste an.

Ursel übernahm die Erklärung, obwohl auch ihr das Sprechen Mühe machte. „Es sind … Ernst und Rachelle Ehrenberg“, erklärte sie. „Und es sieht so aus, als würden sie vor ihrem Haus stehen.“ Sie wandte sich an Monika. „Sieh nur, wie alt sie geworden sind! Ernst sieht gut aus und Rachelle ist immer noch eine wunderschöne Frau, aber … wir sind doch nicht auch so alt geworden, oder?“

„Wer sonst noch?“, rief Toba.

„Tut mir Leid“, entschuldigte sich Ursel. „Colonel Parker steht neben ihnen. Und Edith. Sie wirkt sehr glücklich.“

30

Donnerstag, 20. September 1962

Toba war der Nächste.

Park fand einen breitschultrigen blonden Surfer, der im zweiten Jahr studierte. Sein Name war Fletcher Green. Er war nicht so uneigennützig wie Sharon Lewis, sondern eher ein Rebell und ein Abenteurer und für eine Herausforderung immer zu haben. Vielleicht war er ein wenig zu eifrig. Aber wichtig war seine auffallende Ähnlichkeit zu Toba, und darum beschloss Park, es mit ihm zu versuchen.

Sein Vater, Blake Green, war Autohändler. Er hatte ein Vermögen durch seine Aufsehen erregende Werbung verdient. Zum Beispiel hatte er sich in einem Käfig über dem Parkplatz aufhängen lassen, bis seine Verkäufer eintausend Autos verkauft hatten, oder aber er ließ die Haut seiner Verkäufer färben und verbreitete den Slogan: „Ich bin Blake Green, und wenn wir Sie nicht in einen neuen Wagen setzen können, sind wir alle blau!" Blake Green verkaufte in diesen drei Wochen mehr Autos als jemals zuvor.

Als sein Sohn Fletcher zwei Jahre alt war, setzte Green ihn für einen seiner Werbespots ein. Er zog dem kleinen Jungen eine Windel an, setzte ihm einen Cowboyhut auf, legte ihm lederne Beinschützer an, schnallte ihn auf den Rücken eines Schweins und ließ das Tier über den Platz mit ausgewählten Wagenmodellen laufen. Durch diesen Spot verkaufte Blake Green nicht nur eine Menge Autos, er bekam auch Hunderte Briefe und Postkarten, durch die die Zuschauer ihm mitteilten, wie süß sein Sohn auf diesem Schwein aussehe.

Blakes Fernsehpossen machten Fletcher sozusagen zu einer Berühmtheit unter seinen Klassenkameraden in der Grundschule. In der weiterführenden Schule jedoch wurde sein Vater zu einer Peinlichkeit, die ihm anhing. Fletcher rebellierte. Er rannte von zu Hause fort. Er klaute Kleidungsstücke, obwohl er genügend Geld hatte, um sie zu bezahlen. Er gründete eine Untergrundorganisation auf seinem Campus, genannt die Jungen Kommunisten – nicht weil er an den Sozialismus glaubte, denn damals verstand er noch gar nicht, was der Kommunismus bedeutete. Er ließ sich mit der Partei ein, weil er wusste, dass es seine Lehrer und vor allem seinen Vater verärgern würde.

Fletchers große Liebe jedoch war das Surfen. Die meisten Tage und Wochenenden verbrachte er am Strand, schwänzte dafür häufig die Schule. Er und sein Vater hatten sich voneinander entfernt. In den vergangenen zwei Jahren hatten sie nur zweimal miteinander gesprochen, und es war jedes Mal Fletcher gewesen, der angerufen hatte.

Als Fletcher im Herbst 1962 zum ersten Mal Parks Vorlesung zur Einführung in die Philosophie besuchte, erkannte Park in ihm sofort einen möglichen Doppelgänger für Toba. Eine Reihe von persönlichen Gesprächen mit Fletcher brachten Parks anfängliche Vorbehalte immer mehr zum Schwinden. Unter der rebellierenden Oberfläche fand er das Herz eines idealistischen jungen Mannes, der seinen Freunden gegenüber loyal war und der mit seinem Leben etwas bewirken wollte.

Der nächste Schritt war besonders riskant. Park beschrieb ihm die Mission, allerdings nur in groben Zügen und ohne Einzelheiten zu nennen. Fletcher befürchtete sofort, eine verborgene Kamera sei irgendwo im Raum aufgestellt worden und er sei einem Dummejungenstreich zum Opfer gefallen. Nachdem Park ihm jedoch seiner Ernsthaftigkeit versichert und ihm die Gefahren dieses Planes erläutert hatte, dachte Fletcher einen Augenblick nach, dann sagte er: „Na dann los. Wann fliegen wir?“

Sie begannen mit einem Schnellkurs in den Grundlagen der deutschen Sprache. Park hatte die Befürchtung, dass ein amerikanischer Student, der unter einer solchen Maßgabe nach Ostdeutschland reiste und kaum der deutschen Sprache mächtig war, vermutlich übermäßige Aufmerksamkeit auf sich ziehen würde. Später, bei der Ausreise, würde Park den Beamten erzählen, der amerikanische Student solle nur Deutsch sprechen. Das gehöre zu seiner Ausbildung.

Natürlich war Fletcher nicht blind. Das war auch nicht nötig. Der schwierigste Teil der Täuschung würde von Tobas Fähigkeit abhängen, sich wie jemand zu bewegen, der sehen konnte. In der Rama-Klause konnte Sharon Lewis, die recht gut Deutsch sprach, für Fletcher übersetzen. Und am besten gefiel Fletcher die Tatsache, dass er barfuß gehen würde, vermutlich weil es zu seinem Hobby, dem Surfen, passte.

Vor ihrer Abreise nach Deutschland kaufte Park identische konservative Kleidung für Toba und Fletcher. Weißes Hemd, schwarze Hose, schmale Krawatte. Keine typisch amerikanischen T-Shirts, die den deutschen Beamten ins Auge fallen könnten. Er schickte Toba die Sachen in einem Päckchen mit Leckerbissen, zusammen mit einer Nachricht:

> *Ich habe Onkel Fred von dem kleinen Laden an der Ostseite des Alexanderplatzes erzählt. Er interessiert sich für die Postkarten in der hinteren Ecke. Das sei genau das, was er suche, sagt er. Erinnere mich, bei meinem nächsten Besuch einige für ihn zu besorgen. Parker*

Er hielt es für das Beste, die Kommunikation unverbindlich zu halten. Auf keinen Fall wollte er riskieren, misstrauische Beamte auf die Rama-Klause aufmerksam zu machen. In einem anderen Brief wurden Datum und Uhrzeit festgelegt. Diesen Brief schickte er an Otto Witzell in die Anstalt K7.

* * *

Matthew Parker saß auf einer Bank am Alexanderplatz und beobachtete, wie Fletcher Green in dem Laden mit den Postkarten verschwand. Streng genommen verstieß Park damit gegen seine Auflagen. Er durfte seine Studenten nicht aus den Augen lassen. Für einen Beobachter – und es gab immer einen Beobachter – rieb er sich die Füße, als täten sie ihm weh, dann streckte er sich und lehnte sich gegen die Bank, als wäre er müde. Wie gut, dass die Beobachter nicht seinen Herzschlag kontrollieren konnten, denn es schlug so schnell, dass es beinahe ein gleichmäßiges Summen war.

Edith zu retten, war leichter gewesen. Ihre Behinderung war minimal und nicht sichtbar. Toba stellte eine größere Herausforderung dar. Nicht so groß wie Viktor, aber trotzdem sehr gefährlich.

Park widerstand dem Drang, auf die Uhr zu sehen. Obwohl er wusste, dass Fletcher erst vor ein paar Sekunden den Laden betreten hatte, empfand er aus irgendeinem Grund den drängenden Wunsch, auf die Uhr zu sehen, weil er wissen wollte, wie viele Sekunden genau es waren.

In diesem Augenblick tauchte Fletcher wieder auf. Er kam aus dem Laden und trat ins helle Sonnenlicht. Obwohl er eine dunkle Sonnenbrille trug, schirmte er die Augen mit den Händen gegen die Sonne ab.

„Na, da werd' ich doch ...", murmelte Park.

Fletcher ging weiter, mit einer kleinen Abweichung vom Kurs.

Park erhob sich. „Haben Sie gefunden, was Sie gesucht haben?", rief er.

Eine leichte Kursänderung und Fletcher kam geradewegs auf ihn zu.

„Entsprechen diese Karten dem, wonach Onkel Fred sucht? Ich war nicht ganz sicher. Ich hatte gehofft, Sie könnten es sagen, da Sie seine Sammlung beim letzten Besuch in seinem Haus gesehen haben."

Park redete dummes Zeug, aber mit Absicht.

Fletcher blieb etwa einen Meter vor Park stehen. „Die Karten sind ähnlich", sagte er, „aber sie passen nicht in seine Sammlung. Vielleicht können wir uns noch woanders umsehen."

Park trat näher und flüsterte: „Das mit der Sonne war beeindruckend."

„Ich habe lange daran geübt", erwiderte Toba.

„Alles in Ordnung? Noch können wir umkehren."

„Danke, Professor Parker", sagte Toba mit ruhiger Stimme. „Aber ich denke, ich habe genug gesehen. Ich kann es kaum erwarten, wieder in die Staaten zu kommen.“ Mit leiser Stimme fügte er hinzu: „Bleiben Sie dicht bei mir und reden Sie weiter. Mit diesen Schuhen an den Füßen bin ich blind wie ein Fledermaus.“

* * *

Toba wusste, dass er an einem Fenster saß, aber da er keinerlei sensorischen Input von der anderen Seite des Glases bekam, beschränkten sich seine Eindrücke auf das Zugabteil. Seine Stimme und sein Atem prallten am Glas ab, wenn er sprach. Der Sitz fühlte sich klebrig an. Rechts von ihm knallte eine Frau beim Kauen mit ihrem Kaugummi, links von ihm las ein Mann eine Zeitung. Er hörte, wie die Seiten umgeblättert wurden. Eine Zeitung machte ein ganz besonderes Geräusch. Ansonsten war die Luft im Abteil abgestanden, der Zug laut und eintönig. Toba war nervös, vor allem wegen der Schuhe. Seine Zehen krümmten sich umsonst, um sich selbst zu befreien, etwas anderes zu ertasten als das enge, dunkle Gefängnis, in dem sie gefangen waren.

Er zwang sich, an etwas anderes zu denken.

„Sind wir schon in der Nähe der Mauer?“, fragte er.

„Sie ist von hier aus zu sehen“, erklärte Park mit leiser Stimme.

„Ist sie so schrecklich, wie Herr Witzell sie beschrieben hat?“

„Sie ist eindrucksvoll. Daran kann kein Zweifel bestehen“, erwiderte Park. „Aber das macht uns nichts aus. Wir werden durch die Vordertür hinausmarschieren.“

Der Zug bremste ab. Toba wurde gegen Park geschleudert, als der Zug mit kreischenden Bremsen zum Stehen kam.

Park sagte: „Weißt du, wer du bist?“

Als Vorbereitung auf eine mögliche Befragung hatte Toba die Informationen über Fletcher Green, die Park ihm geschickt hatte – Namen, Orte, Hintergrund, Lebenslauf –, auswendig gelernt. Im Gegensatz zu Edith hatte Toba nicht die Gelegenheit gehabt, seinen Doppelgänger kennen zu lernen; er hatte ihn nur für ein paar Sekunden in dem Postkartenladen getroffen.

„Der große Tag, Mann. Du bist dran.“

Dies war schon die ganze Begegnung mit Fletcher Green gewesen, der nach Sonnencreme gerochen hatte.

Auf Parks Frage erwiderte Toba: „Mein Name ist Fletcher Green, Mann.“

„Lass das ‚Mann‘ weg.“

Parks Stimme klang angespannt. Toba wollte nur einen Spaß machen. Er würde sich hüten, einen ostdeutschen Beamten mit „Mann“ anzusprechen. Ostdeutsche Beamte waren bekannt für ihren mangelnden Humor. Für amerikanischen Humor hatten sie schon gar nichts übrig. Zwar würde eine flapsige Bemerkung einen Mann nicht hinter Gitter bringen, aber ganz bestimmt würde es ihren Grenzübergang und die Anerkennung ihrer Pässe um Stunden verzögern.

Der Zug blieb stehen.

Park erhob sich.

Toba griff nach seinem Gepäck. „Sieht so aus, als seien wir da, M…“ Er ließ das letzte Wort ungesagt, obwohl die Versuchung, sich wie ein kalifornischer Surfer zu verhalten, groß war.

Park bewegte sich langsam und schlurfend vorwärts. Toba folgte ihm, passte sich seinem Schritt an. Park räusperte sich und klopfte auf ein Geländer, als er nach rechts drehte, um den Zug zu verlassen. Draußen auf dem Bahnsteig begann er zu pfeifen. Toba kannte die Melodie nicht, aber er konnte Park problemlos folgen. Er folgte den Geräuschen, hielt sich immer in Parks Nähe. Auch das hatte er in der Rama-Klause geprobt – Schuhe zu tragen und anderen zu folgen. Nur einmal mit Anni, denn sie hatte ihn ganz bewusst in eine Ecke geführt. Natürlich schwor sie, sie hätte es nicht mit Absicht getan. Toba glaubte ihr nicht.

„Hol deinen Pass heraus“, sagte Park und rückte näher an Toba heran. „Wir gehen jetzt diese Stufen hinunter und durch die zweite Tür dort drüben.“

Das war die Art von Bemerkung, die ein Mentor seinem Studenten gegenüber machen würde. Park machte ihn auf die Stufen aufmerksam. Schulter an Schulter folgte Toba einen halben Schritt hinter ihm. Seine Ellbogen berührten Parks Arm; so zeigte er ihm den Weg.

Tobas Nacken und seine Schultern begannen von der Anspannung zu schmerzen. Er mahnte sich zur Ruhe. Wenn er zu angespannt wirkte, dann würde er nur die Aufmerksamkeit der Grenzbeamten auf sich lenken und Verdacht erregen. Auf keinen Fall sollte man sich in der Nähe von Menschen verdächtig verhalten, die darauf trainiert waren, misstrauisch zu sein.

Sie betraten einen Flur, der nach Parks Meinung schrecklich schmutzig war. Er war kalt, und an den Mauern waren mehr Kratzer als Farbe. Angesichts der Tatsache, dass die kommunistische Partei so darauf bedacht war, der Öffentlichkeit ein modernes Gesicht zu zeigen – vor allem durch ihre neuen Wohnkomplexe und Einkaufszentren wie dem am Alexanderplatz –, war Park sicher, dass die bedrückende Atmosphäre des Grenzüberganges bewusst und aus einem ganz bestimmten Zweck geschaffen worden war. Die Grenzer wussten, was sie taten, denn es funktionierte. Er und Toba stellten sich in einer Schlange von etwa dreißig Leuten an.

Die lange Wartezeit bis zur Befragung hatte begonnen.

„Wir gehören zusammen“, sagte Park und stellte sein Gepäck ab, das Signal, stehen zu bleiben. Er legte seinen Pass auf den Tresen.

Toba nahm seinen Pass aus der Hemdtasche und legte ihn neben Parkers Pass. Der Mann auf der anderen Seite des Tresens roch nach Rettich und Bouletten. Toba wusste genau, dass es ein Mann war, und sogar noch ein ziemlich junger, denn er hatte fast eine Stunde lang, während er in der Schlange gestanden hatte, seine monotone Stimme gehört.

„Es ist ein altes Foto“, erklärte Park.

Der Beamte betrachtete Park genau. Man hatte Toba darüber aufgeklärt, dass die Beamten der Nase, den Ohren und dem Kinn einer Person besondere Aufmerksamkeit schenkten. Da Toba das Foto auf dem Visum nie gesehen hatte, musste er Park vertrauen, dass die Gesichtszüge auf dem Foto seinen ähnelten.

„Amerikanische Sonnenbrille“, sagte der Beamte.

Sein Tonfall zeigte, dass er beeindruckt war von Fletcher Greens Sonnenbrille, vielleicht sogar neidisch.

„Nehmen Sie sie ab, Herr Green.“

„Tut mir Leid, das geht nicht“, erwiderte Toba.

„Ein Kratzer auf der Hornhaut“, erklärte Park. „Wir haben die Chemiefabrik in Mahlsdorf besichtigt.“

„Ich hätte früh genug in Deckung gehen sollen“, meinte Toba mit einem trockenen Lächeln.

Der Beamte lachte nicht.

Toba holte aus seiner Hemdtasche ein gefaltetes Blatt. Er faltete es auf, hielt es hoch, wie um sicherzugehen, dass es das richtige Papier war, obwohl er nur dieses eine Blatt zusammen mit seinem Visum in der Tasche hatte. Er merkte, dass es auf dem Kopf stand, drehte es schnell um und reichte es dem Beamten. Es war ein Attest von einem ostdeutschen Arzt, mit besten Grüßen von Herrn Witzell.

Es folgte eine Stille, dann rief der Beamte nach seinem Vorgesetzten.

Park schniefte. Er trat von einem Fuß auf den anderen. Kein Signal für Toba, nur Nervosität. Wenn die Grenzbeamten Tobias blinde Augen sehen würden, dann war es vorbei.

Schritte kamen von der anderen Seite des Tresens.

„Wo liegt das Problem?“ Die neue Stimme klang so, als warte sie ungeduldig darauf, Autorität auszuüben.

„Er sagt, er könne seine Sonnenbrille nicht abnehmen“, erklärte der Beamte.

„Aus medizinischen Gründen“, fügte Park hinzu. „Er hat ein Attest von einem ostdeutschen Arzt. Ganz bestimmt sind keine bewaffneten Beamten nötig.“

Das erklärte die vielen Schritte.

„Nehmen Sie die Sonnenbrille ab“, forderte der Vorgesetzte.

„Selbst bei diesem Licht kann ein Abnehmen der Brille seinen Augen dauerhaften Schaden zufügen“, argumentierte Park.

Er hörte ein Schlurfen von Füßen.

„Ich muss gegen diese Aktion protestieren!", rief Park.

Der vorgesetzte Beamte hatte anscheinend ein Zeichen gegeben. Toba hörte, wie jemand um den Tresen herum und auf ihn zukam. Und dann auf einmal wurde ihm die Sonnenbrille abgenommen.

Toba schloss die Augen.

Stille.

Der Beamte sagte nichts. Die Beamten auch nicht. Selbst Park schwieg.

Hatten sie einen Verdacht? Hatte der Beamte vielleicht einen Blick auf seine Augen erhascht, bevor die Brille abgenommen wurde?

Toba schluckte. Das Warten zog sich unendlich hin. Sollte er etwas sagen? Erwarteten sie, dass er etwas sagte? Was taten sie? Er spürte die Anwesenheit des Grenzbeamten auf einer Seite und Parks auf der anderen, er wusste also, dass nicht alle auf einmal verschwunden waren. Hinter ihm hustete jemand in der Schlange. Von der anderen Seite des Tresens hörte er Schreibmaschinengeklapper, gedämpfte Gespräche, Leute, die herumliefen. Aber die, die in seiner Nähe standen, diejenigen, die bestimmen würden, wohin Toba als Nächstes gehen würde, über die Grenze oder ins Gefängnis, blieben unheimlich still.

Toba spürte, wie sich Schweißtropfen auf seiner Oberlippe bildeten.

„Eine amerikanische Sonnenbrille", sagte der Beamte mit Autorität.

Toba atmete etwas leichter. Sie untersuchten die Sonnenbrille. Nicht ihn, die Sonnenbrille.

„Strecken Sie Ihre Hand aus", forderte Park ihn auf.

Einen Augenblick lang war Toba verwirrt. So etwas würde ein sehender Mensch zu einem blinden sagen, aber er tat doch so, als könnte er sehen, warum also sagte Park so etwas … Stimmt ja! Toba erinnerte sich daran, dass er ja ein Blinder war, der vorgab, ein Sehender zu sein, der vorübergehend nicht sehen konnte.

„In diese Reihe", sagte der Beamte mit einer Handbewegung.

„In die längste?", fragte Park. Er hatte Toba den Rücken zugewandt. Toba drehte sich um und folgte ihm.

„Unsere Papiere", erinnerte Toba ihn.

„Sie behalten sie für den Augenblick", erklärte Park.

Toba folgte seiner Stimme.

„Unsere nächste Station ist der Währungstausch."

Sie stellten sich in der Schlange an und vollführten den „bürokratischen Seiltanz", wie Park es nannte – ein langsamer Tanz mit Gepäck.

„Zu viele Spionagethriller", flüsterte Park Toba zu. „Sie schienen beinahe enttäuscht zu sein, dass sie keinen Sender im Gestell gefunden haben."

Toba lächelte erleichtert.

„Wir haben es noch nicht überstanden", warnte Park. „Und was war das mit dem Attest? Woher wusstest du, dass es auf dem Kopf stand?"

Tobas Grinsen wurde noch breiter. „Das war nicht schlecht, oder? Die obere rechte Ecke war eingeknickt. Nicht viel, nur ein wenig."

Sie schoben sich wieder einen halben Meter vor.

„Oh-oh", stöhnte Park.

„Was ist?"

„Ich habe unsere Papiere im Auge behalten. Sie wurden weitergegeben."

„Ärger?"

„Möglicherweise."

Beim Umtauschschalter mussten sie über jeden Penny amerikanischer Währung Rechenschaft ablegen, den sie eingeführt hatten. Bei der Einreise waren die Reisenden verpflichtet, in einer schriftlichen Erklärung detailliert aufzuführen, wie viel fremde Währung sie mit ins Land brachten. Die Quittungen und das Restgeld mussten bei der Ausreise genau übereinstimmen. In Ostdeutschland hatte der Besucher diese Erklärung sorgfältig aufzubewahren. Bei einem Verlust konnte er große Schwierigkeiten bei der Ausreise bekommen. Ostdeutschen Bürgern war der Besitz von westlicher Währung verboten.

Nachdem ihre Erklärung überprüft worden war, wurden Park und Toba in einen Warteraum gebracht. Und dort sollten sie warten. Und warten. Und warten.

Es gab nicht genügend Sitzplätze für alle; Park und Toba mussten stehen. Toba achtete darauf, dass er den Kopf bewegte, ein Rat von Konrad. „Du hältst deinen Kopf zu still", hatte Konrad ihm gesagt. „Beim Warten betrachten die Leute die Wände, die Lichter, die anderen Menschen, den Boden." Darum wandte Toba den Kopf zum Summen der Lichter über sich oder in die Richtung, aus der das Räuspern kam, ein Stuhlscharren oder das Öffnen der Tür, durch die einer nach dem anderen endlich aufgerufen wurde.

Park erklärte ihm leise, dass ein Beamter, nachdem man aufgerufen worden sei, noch einmal die Übereinstimmung von Foto und Person überprüfen würde. Danach würde man zum Zoll geschickt, was alles Mögliche bedeuten könnte: von einer Überprüfung des Gepäcks nach versteckter Währung oder verbotenen Büchern bis hin zu einer Leibesvisitation. Nach diesen ermutigenden Worten verfielen sie wieder in nervöses Schweigen.

„Ich glaube, sie mag dich", sagte Park.

„Wer?"

„Wie alt bist du?", fragte Park, offensichtlich nicht an Toba gewandt. „Vier? Du bist ja schon ein großes Mädchen."

Toba sah in die Richtung, in die Park sprach. Er grinste.

„Aha. Sie ist schüchtern", sagte Park.

Drei Stunden später wurden sie aufgerufen. Sie wurden an der Schlange vor dem Zoll vorbei einen verlassenen Flur entlanggeführt. Toba folgte Parks Schritten. Drei Abbiegungen und …

„Warum die Polizei?", fragte Park.

„Herr Parker, hier entlang bitte. Herr Green, folgen Sie Herrn Thunert."

„Hier entlang, Herr Green", sagte eine weiche Baritonstimme.

„Ich hätte gern eine Erklärung", wandte Park ein. „Ich habe die Verantwortung für diesen Studenten übernommen. Falls es ein Problem gibt, dann möchte ich gern darüber informiert werden."

„Hier entlang, Herr Green." Dieselbe Stimme, doch dieses Mal wurde er mit festem Griff gepackt, einem Griff, der jede Diskussion ausschloss. Toba wurde beinahe hochgehoben.

Parks Protest wurde schwächer, während Toba durch einen anderen Flur geführt wurde.

„Herr Green“, kündigte ihn die Baritonstimme an.

Toba wurde in einen Raum gestoßen. Die Tür schloss sich hinter ihm. Das Schloss klickte. Nur selten war sich Toba seiner Blindheit bewusst. Doch dies war ein solcher Augenblick. Er wusste nicht, ob er sich allein in diesem Raum aufhielt oder ob der halbe Regierungsapparat der DDR hier versammelt war. Nach dem Geräusch der Tür zu schließen, handelte es sich um einen kleinen Raum. Er lauschte auf Atemgeräusche oder irgendwelche Anzeichen von Leben. Es gab nichts. Die Luft war abgestanden und roch nach Rauch. Er schien allein zu sein. Aber jemand könnte ganz still in einer Ecke stehen und ihn beobachten, und er würde es nicht merken. Oder sie beobachteten ihn vielleicht durch einen dieser Einwegspiegel. Auf keinen Fall durfte er sich wie ein Blinder verhalten.

Aber er war nun mal blind und trug Schuhe an den Füßen.

„Was soll das?“, fragte er.

Die Frage wurde sein Radar, ein Signal, das ausgeschickt wurde, um zu sehen, ob jemand antwortete. Er drehte immerzu den Kopf, als würde er sich alles genau ansehen. Er hoffte auf ein Geräusch, irgendetwas, auf das er sich konzentrieren könnte.

Sein Radar ging ins Leere. Kein einziges Ping. Keine Stimme. Keine merkliche Bewegung.

Er überlegte, eine weitere Frage auszusenden, doch dann entschied er sich dagegen. Falls sich doch jemand mit ihm in diesem Raum aufhielt und er die Frage nicht an diese Person oder Personen richtete, dann wüssten sie mit Sicherheit, dass er blind war. Und falls niemand in dem Raum war und er sprach, als wäre jemand da, dann würden sie auch wissen, dass er blind war – oder verrückt.

Am besten wartete er einfach, blieb da stehen, wo er stand, und tat gar nichts. Er tat so, als würde er ins Leere starren. Stummer

Trotz. Falls sie ihn beobachteten, sollten sie seine Pose als passiven Widerstand deuten.

Er verschränkte die Arme und stellte einen Fuß vor. Sein Mund zog sich zu einem dünnen Strich der Empörung zusammen. Er rührte sich nicht, weder nach links noch nach rechts.

Nach einer halben Stunde kam er zu dem Schluss, dass er allein im Raum war. Trotzdem blieb er stehen.

Eine Stunde verging, dann noch eine halbe.

Das Schloss hinter ihm wurde aufgeschlossen. Die Tür ging auf. Er drehte sich um und sah … was? Wen? Einen Raucher, das zumindest konnte er erkennen.

„Setzen Sie sich, Herr Green."

Wer immer es war, er schritt mit energischen, selbstbewussten Schritten an ihm vorbei. Er hörte, wie ein Aktendeckel oder ein Stapel Papiere auf den Tisch gelegt wurde. Ein Stuhl kratzte über den Boden und der Mann ließ sich ächzend darauf nieder.

„Setzen Sie sich, Herr Green", wiederholte er, dieses Mal etwas harscher.

Der Mann saß ihm gegenüber. Das bedeutete, dass vermutlich ein Tisch zwischen ihnen stand und ein Stuhl auf seiner Seite.

„Worum geht es eigentlich?", fragte Toba in Richtung der Stimme.

„Die Befragung wird erst beginnen, wenn Sie sich gesetzt haben."

Toba machte einen Schritt und schätzte am Klang seiner Stimme die Entfernung zwischen ihm und dem Mann ab. Aber wie groß war der Tisch? Er löste seine Arme und hakte die Daumen in seinen Gürtel ein, wie es die amerikanischen Cowboys tun. Der Grund dafür war in erster Linie, sich vortasten zu können. Seine Hände fassten ins Leere.

„Muss ich die Wache rufen?", fragte der Mann.

Toba ging langsam weiter. „Ich möchte keinen Ärger."

„Dann setzen Sie sich!", forderte der Mann ungeduldig.

Tobas Knöchel streiften einen Stuhl. Er wusste, dass es ein Stuhl war und nicht die Tischkante, weil der Stuhl durch die Berührung vorgeschoben wurde. Betont resigniert zog er sich den Stuhl heran und setzte sich.

Von der anderen Seite des Tisches ertönte ein genervtes Seufzen. Der Aktendeckel wurde aufgeschlagen, die Seiten umgeblättert.

„Stimmt etwas mit meinem Visum nicht?", fragte Toba.

„Name."

Toba tat so, als würde er zur Decke sehen, seine Interpretation von amerikanischer Rebellion.

„Name!", brüllte der Beamte.

„Green, Fletcher H."

„Voller Name."

Toba überlegte, ob er erneut protestieren sollte, wollte es aber nicht übertreiben. „Fletcher Hyram Green."

„Sie sind amerikanischer Staatsbürger?"

„Ja."

„Sie leben in Kalifornien?"

„Ja."

„In Glendora?"

„Ja."

„3458 Belmont Drive?"

Die Nummer stimmte nicht. Ein Versehen? Ein Test?

„3488."

„Sie studieren an der Universität von Kalifornien in Los Angeles?"

„Ja."

„Hauptfach?"

„Sozialwissenschaften. Das ist mein eingetragenes Hauptfach. Ich überlege jedoch –"

„Name des Vaters."

Toba hatte einen Blackout.

„Name des Vaters?"

Der Name fiel Toba einfach nicht ein. Im Zug hatte er ihn noch gewusst. Doch jetzt war er weg. Verschwunden. Einfach so. Er suchte nach Einzelheiten, hoffte, dabei würde ihm der Name wieder einfallen, wie ein Zauberer Blumen aus einem

Ärmel zieht oder eine Münze hinter dem Ohr eines anderen verschwinden lässt.

Fletcher Greens Mutter heißt Lois. Lois Green. Lois und … Er konnte sich einfach nicht erinnern. Er versuchte die Reihenfolge der Namen umzukehren, aber auch das half ihm nicht. *Der Mann ist Autoverkäufer. Eine Fernsehberühmtheit. Mr Green. Mein Name ist … Green und ich kann Ihnen einen guten Preis für einen Gebrauchtwagen machen. … Wie heißt er nur?*

„Herr Green", sagte der Beamte, „wenn es Ihnen lieber ist, können wir dieses Gespräch auch in einer Gefängniszelle weiterführen."

Die Greens leben seit 1946 in Südkalifornien. Sein erstes Autogeschäft befand sich auf dem Century Boulevard. Fünfzehn Wagen. Jetzt hat er mehr als dreitausend Autos …

„Wache!"

„Blake", antwortete Toba. „Der Name meines Vaters ist Blake Edward Green. Edward nach dem Bruder seines Vaters."

Ein Grenzbeamter kam herein. Der verhörende Beamte trug ihm auf zu bleiben für den Fall, dass Herrn Greens Gedächtnis auf einmal wieder Lücken aufweise. Wie sich herausstellte, wurde seine Anwesenheit nicht gebraucht. Problemlos gab Toba die restlichen Informationen über die Greens weiter.

Während er die Fragen beantwortete, konnte Toba Parks Stimme in der Ferne hören. Er schien in einem der Nachbarräume herumzubrüllen.

„Wache, sehen Sie zu, ob der Arzt jetzt im Flur wartet."

Ein kalter Schauer lief Toba über den Rücken.

„Herr Green, nehmen Sie bitte Ihre Sonnenbrille ab."

„Sie wissen, dass –"

„Ich weiß. Nehmen Sie Ihre Sonnenbrille ab."

„Ich habe –"

„Eine Hornhautverletzung. Ich habe den Bericht gelesen."

Tobas Herz begann zu klopfen. Er gab sich die größte Mühe, seiner Stimme Festigkeit zu geben. „Ich muss protestieren. Ich verstehe nicht den Sinn hinter dem allen."

„Die DDR bedauert, dass Sie sich bei dem Besuch unserer Fabrik in Mahlsdorf verletzt haben. Wir fühlen uns dafür verantwortlich. Es ist unser Wunsch, den Schaden einzuschätzen und Ihnen jede medizinische Hilfe zukommen zu lassen, die Sie vielleicht benötigen. Nur ungern lassen wir Sie versehrt in Ihr Land zurückkehren."

Versehrt. Das klang mehr wie ein Versprechen und nicht wie eine Entschuldigung.

„Ich ziehe es vor, meinen eigenen Arzt –"

„Herr Green, hier geht es nicht um das, was Sie möchten. Nehmen Sie bitte Ihre Sonnenbrille ab."

Sein höflicher Tonfall war nur eine dünne Fassade, eine glänzende Oberfläche auf dem Knüppel des Gesetzeshüters und jedes „Herr Green" klang wie ein drohendes Schwingen des Knüppels.

Die Tür hinter dem Beamten öffnete sich. Der verhörende Beamte erhob sich. „Herr Green, dies ist Dr. Becker."

„Bleiben Sie sitzen", forderte die neue Stimme. Etwas Schweres wurde auf dem Tisch abgestellt, vermutlich seine Arztasche. „Bitte schalten Sie das Licht aus", sagte er.

Ein Schalter klickte.

Toba spürte, wie ihm die Sonnenbrille abgenommen wurde. Er hielt sie fest.

„Ich muss darauf bestehen", sagte Toba. „Mein Vater wird … in den Staaten …"

„Herr Green, ich werde Sie nicht noch einmal auffordern", sagte der Beamte. Verschwunden war die vorgetäuschte Höflichkeit. Zurück blieb der Knüppel.

Die Sonnenbrille wurde Toba abgenommen. Er schloss die Augen.

„Also dann …" Der Arzt beugte sich zu ihm herunter. Toba spürte den warmen Atem des Mannes und dann, wie die warme Hand des Arztes sein Gesicht berührte, sein Finger auf dem oberen Lid, der Daumen am unteren Lid.

Toba konnte nichts tun, um ihn aufzuhalten. Eine kleine Bewegung von Daumen und Zeigefinger und der Mann würde wissen, dass Toba nicht Fletcher Green war. Alle würden es wissen. In diesem Augenblick stand ihm Ediths Bild vor Augen, wie sie aussehen würde, wenn man ihr erzählte, dass er an der Grenze verhaftet worden war.

Die Tür wurde aufgerissen.

„Nehmen Sie die Hände von diesem Jungen!"

Park!

Noch nie zuvor war Toba so erleichtert gewesen, die Stimme eines Menschen zu hören.

Der Arzt trat zurück.

„Wache!", brüllte der das Verhör führende Beamte.

Aber eine neue Stimme widersprach dem Beamten. „Das ist dann alles."

Vier Worte und es war vorbei. Toba wusste nicht, wem die neue Stimme gehörte. Es war ihm auch egal. Ihn interessierte nur, dass der Beamte, der Arzt und die Wache die Autorität des Mannes anerkannten.

„Wir sprechen später darüber", sagte die neue Stimme. „Herr Parker, Herr Green. Die Wache wird Sie zum Zoll bringen."

Toba tastete nach seiner Sonnenbrille. Wie vorher schon alarmierte ihn das. Er brauchte eine Weile, bis ihm einfiel, dass das normal war für einen Mann, der seine Augen geschlossen hielt. Er fand die Sonnenbrille und setzte sie wieder auf. Park war an seiner Seite, nahm seinen Arm unmittelbar über dem Ellbogen und half ihm auf.

Toba war dankbar für die Hilfe. Sein Verstand hatte ausgesetzt, als der Arzt sich an seinen Augenlidern zu schaffen gemacht hatte.

Wortlos führte Park Toba hinaus auf den Flur. Sie folgten den schweren Schritten von Stiefeln auf einem gefliesten Boden. Zweimal nach rechts. Eine Tür. Schon bald standen sie wieder in einer Schlange.

Bis zu diesem Augenblick hatte Toba gar nicht gewusst, wie gern er in einer Schlange wartete. Das war eindeutig besser als die Alternative, allein in einem Verhör zu sitzen.

Erst nachdem sie Westberlin erreicht hatten, erfuhr Toba, wie

Park gekämpft hatte, bis man ihm gestattete, seinen Kontaktmann in der Partei Herrn Köhler anzurufen. Zwar bekam er Vorhaltungen gemacht, weil er den Zwischenfall nicht sofort Köhler gemeldet hatte, doch Park konnte Köhler davon überzeugen, dass Fletcher Greens in Hollywood berühmter Vater – eine Übertreibung – gar nicht freundlich darauf reagieren würde, wenn er erführe, dass sein Sohn gegen seinen Willen wegen etwas festgehalten würde, das nicht seine Schuld gewesen sei. Er fügte hinzu, dass die daraus resultierende Publicity Parks Chancen, weitere Studenten anzuwerben, deutlich verringern würde. Und außerdem deutete Park an, Fletcher Greens unglaublich reicher Vater könnte sehr großzügig seine Dankbarkeit beweisen.

Ein Bluff. Aber es funktionierte.

Zwei Wochen später kam ein weiteres Päckchen an, dieses Mal in der Rama-Klause, damit es nicht Herrn Puttkamer in die Hände fiel.

Das Päckchen enthielt die üblichen Leckereien und ein Foto. Auf diesem waren wieder Ernst und Rachelle Ehrenberg zu sehen, außerdem Edith und ein grinsender Toba, der den Arm lässig um Edith Schumachers Schultern gelegt hatte. Ein weiterer Bewohner der Rama-Klause stand auf freiem Boden.

31

Bis November 1962 waren alle außer Viktor von Ostdeutschland ins *Haus der Freiheit* in Alabama übergesiedelt. Unvorhersehbare Probleme entstanden bei den Amerikanern, die in der Rama-Klause zurückblieben. Zwar waren sie nach wie vor der Sache ergeben, doch ihr Maulen und Klagen über Engpässe und fehlende Annehmlichkeiten ging allen auf die Nerven. Sharon Lewis litt unter einem Kaffee- und Schokoladenentzug. Fletcher Green ärgerte sich über das fehlende Fernsehprogramm und dass er keinen Rock'n Roll hören konnte. Es gab Tage, an denen die ganze Operation beinahe gescheitert wäre, weil sich die jungen Leute nach einem guten alten amerikanischen Hamburger sehnten. Abends weinte sich Viktor häufig in den Schlaf. Er vermisste Toba, Edith und die anderen.

Witzells seelsorgerliche Fähigkeiten wurden täglich auf die Probe gestellt, wenn er vermitteln musste zwischen Bad-Privilegien und Streitereien über die Arbeitseinteilung. Eines Abend überraschte er alle mit einem Barbecue und seiner Interpretation eines Hamburgers. Seine Bemühungen, den Gästen in der Rama-Klause ihren Aufenthalt so angenehm wie möglich zu gestalten, blieben nicht unbemerkt. Nur Konrad murrte über das Grillfest. Er sagte, während des Krieges hätte er oft genug draußen essen müssen.

Nur durch Beharrlichkeit und entschlossenen Einsatz war es Park gelungen, Doppelgänger für die noch verbleibenden Bewohner der Rama-Klause zu finden. Die Anwerbung der einzelnen Doppelgänger war eine Geschichte für sich.

Marlenes und Hermanns Doppelgänger kamen gemeinsam als Pärchen in den Osten. Marlenes Doppelgängerin hatte Park durch einen Tipp von Sharon Lewis gefunden. Sie und das Mädchen hatten dieselbe Schule in Santa Barbara besucht. Darlene Narducci war einige Klassen über Sharon gewesen, hatte in der Schülervereinigung mitgearbeitet und an einem Schüleraustauschprogramm mit einer brasilianischen Schule teilgenommen. Ihre Haarfarbe, ihre Figur und Größe stimmten mit Marlenes überein. Soweit Sharon wusste, wollte Darlene nach Abschluss ihres Studiums als Missionarin ins Ausland gehen. Sharon wusste allerdings nicht, in welches Land.

Park startete die Suche nach ihr an der Schule. Er hatte Glück. Darlene lebte noch in der Gegend, arbeitete als Kassiererin in einem Supermarkt am Ort. Sie erinnerte sich an Sharon. Sie wurde ganz eifrig, als sie von Sharons Rolle bei der Rettung der Bewohner der Rama-Klause hörte, und schien dieser Operation nicht abgeneigt gegenüber zu stehen. Auch faszinierte sie die Tatsache, dass sie einem Mädchen ähnlich sah, das in Deutschland lebte, und dass sie sogar ihre Doppelgängerin zu sein schien, bis Park ihr Marlenes Foto zeigte.

„Was ist das?", fragte Darlene und zeigte auf Marlenes Oberlippe.

In diesem Augenblick hätte Park sie beinahe verloren. Darlene erwies sich als eitler, als Sharon gedacht oder verraten hatte. Park erinnerte sie daran, dass sie doch Missionarin werden wollte. Doch er erfuhr, dass sich ihre Pläne wieder zerschlagen hatten, wegen einer unglücklichen Liebe zu einem Missionar. Dreimal fuhren sie zum Krankenhaus der Universität, wo man Darlene die wieder rückgängig machbare Herstellung einer Hasenscharte zeigte. Die Betonung lag vor allem auf ‚wieder rückgängig machbar'. Schließlich gewann Park sie für sich. Er konnte sie davon überzeugen, dass nur wenige Menschen im Leben die Chance hatten, etwas so Großartiges zu tun und einem Menschen zu helfen, der weniger gut dran war als man selbst. Und er traf ein Abkommen mit ihr: Sie sollte die Prozedur an sich vornehmen lassen, und wenn sie innerhalb von drei Tagen ihre Meinung änderte, würde alles wieder rückgängig gemacht, ohne Fragen zu stellen. Nach einem erfolgreichen spätabendlichen Eingriff hatte Park seine Marlene.

Um seinen Hermann zu finden, musste Park bei einer Talentagentur in Hollywood Hilfe suchen. Nachdem er erkannt hatte, dass es zwecklos war, die Studentenvereinigungen abzuklappern –

er hatte bereits zwei Dutzend Schulen und Universitäten abgesucht –, dachte er, er könnte sich ja auch von Hermann finden lassen. Der Inhaber der Agentur, ein Kriegsveteran, der in der Normandie gekämpft hatte, war ihm nur zu gern dabei behilflich. Gemeinsam erstellten sie einen Castingaufruf für einen Film, in dem es um einen amerikanischen Footballspieler ging, der sich nach Ostdeutschland einschleusen ließ, um seine entführte Freundin zu retten, deren Vater amerikanischer Diplomat in Berlin war. Als Park erklärte, Amerika habe keine diplomatischen Beziehungen zu Ostdeutschland, zuckte der Inhaber nur die Achseln.

„Wir haben es hier mit Schauspielern zu tun, nicht mit Politikwissenschaftlern", entgegnete er. „Außerdem ist das hier Hollywood. Wenn wir sagen, ein amerikanischer Diplomat wird in Ostdeutschland gefangen gehalten, wer wird uns widersprechen?"

Mehr als dreihundert junge Männer meldeten sich für die Hauptrolle des Hermann. Der junge Mann, der die Rolle schließlich bekam, war tatsächlich ein Footballspieler am College, ironischerweise an der Universität von Südkalifornien – der größten Rivalin von Parks Universität.

Er wurde überredet, den Hermann zu spielen, und bekam dafür das Versprechen, nach seiner Rückkehr lebenslang durch die Talentagentur vertreten zu werden. Eine Sportverletzung wurde vorgetäuscht, das Bein eingegipst, um Hermanns Klumpfuß später bei der Ausreise besser kaschieren zu können, und schon hatte Park seinen Hermann.

Annis Ausreise war, wie erwartet, noch schwieriger. Wo sollte man eine zweiundzwanzigjährige Frau mit einer verkrüppelten linken Hand finden? Park entdeckte sie, nachdem er zahllose Stunden im Unikrankenhaus verbracht hatte, im Warteraum der orthopädischen Abteilung für Prothesen. Er versuchte es mit dem direkten Ansatz und bat darum, die Akten einsehen zu dürfen. Aber er konnte reden, so viel er wollte, er erreichte nichts außer einer Begegnung mit einem Wachmann des Sicherheitsdienstes.

Connie Hayes entdeckte er eines Nachmittags nach seiner dritten Tasse des entsetzlichen Krankenhauskaffees. Sie war etwas größer als Anni. Die Haarfarbe stimmte nicht, aber das war kein großes Problem. Und sie sah älter aus als Anni, sie war auch acht Jahre älter, wie sich herausstellte, doch das würde sich mit entsprechendem Make-up vertuschen lassen. Noch etwas anderes fand er beinahe sofort über sie heraus: Sie hasste Männer.

Park musste all seine Überredungskünste aufwenden, um diese arbeitslose Telefonistin davon zu überzeugen, dass es ihm nicht darum ging, eine Frau aufzulesen. Nachdem sie gerade ihre zweite hässliche Scheidung hinter sich hatte, hörte Connie Hayes Park erst zu, nachdem er ihr ein Foto von Anni gezeigt und erklärt hatte, er versuche Anni zu helfen, ein normales, unabhängiges Leben zu führen. Er musste seine Empfehlungsschreiben, Fotos von allen sechs Kindern von Hadamar vorzeigen und die Beharrlichkeit eines Pitbulls an den Tag legen, um sie wenigstens in ein Restaurant zu führen. Dort legte er ihr seine Sache dar, während sie ein Hähnchensteak verputzte – der Preis für ihre Zeit, denn sie sagte, sie wolle wenigstens ein Essen herausschlagen.

Erst als sie beinahe fertig war mit Essen und er sich dem Ende seiner Argumentation näherte, bemerkte Park zu seinem Entsetzen, dass seine Bemühungen vergeblich gewesen waren. Diese Erkenntnis kam ihm, als Connie Hayes Sahne in ihren Kaffee goss. Sie goss sie mit der linken Hand hinein. Ihrer *gesunden* linken Hand. Annis gesunde Hand war ihre rechte Hand.

In seiner Begeisterung, eine Frau mit einer verkrüppelten Hand zu finden, die zumindest eine entfernte Ähnlichkeit mit Anni hatte, hatte Park diesen ziemlich offensichtlichen Unterschied übersehen. Sein Herz sank und nicht nur, weil er fünf Dollar für Connies Essen zahlen musste.

Ob es nun Müdigkeit oder einfach die reine Verzweiflung war – Park beschloss, es trotzdem zu wagen. Connie dagegen war noch nicht überzeugt. Eine Reise nach Huntsville war nötig, um sie zu überzeugen. Sie weigerte sich, ihm zu glauben, bis sie das *Haus der Freiheit* und die Menschen auf den Fotos, die bereits in Amerika angekommen waren, mit eigenen Augen gesehen hatte. Sie bestand darauf, dass sie sie am Flughafen abholten, und wenn sie nicht da seien, wenn sie das Flugzeug verließ, würde sie umdrehen und sofort wieder nach Hause fliegen.

Als sie Edith und Toba Hand in Hand am Flughafen stehen sah, um sie abzuholen, verschwand auch das letzte bisschen Widerstand in Connie Hayes. Sie begann zu weinen und hörte zwei Stunden lang nicht wieder auf. Jetzt musste Park sich nur noch überlegen, wie er erklären sollte, dass der falsche Arm verkrüppelt war.

Er zog in Erwägung, bei der Beantragung des Visums den Beamten zu bestechen, damit er „linker Arm" anstatt „rechter Arm" in die Spalte für ungewöhnliche körperliche Merkmale eintrug. Das war riskant, vor allem angesichts der Tatsache, dass die Studentenvisa an der ostdeutschen Grenze ausgehändigt wurden. Zu riskant, fand er. Schließlich beschloss er einfach mit dem zu arbeiten, was er hatte. Vielleicht hatte er ja Glück.

Aber so war es nicht.

Nach Ostberlin konnten sie ungehindert einreisen, auch der Austausch in einer Buchhandlung in der Straße *Unter den Linden* ging problemlos vonstatten. Doch an der Grenze verließ sie das Glück. Der Beamte an der Passkontrolle nahm die übliche Überprüfung vor, verglich Annis Ohren, ihre Nase und das Kinn mit dem Foto. Er blinzelte einmal. Fiel der Altersunterschied auf? Wenn das so war, so reichte es nicht, um sie aufzuhalten.

Er wollte gerade seinen Stempel auf das Visum drücken und sie zum Weitergehen zum Wechselschalter auffordern, als er in der Bewegung innehielt.

Er legte den Stempel wieder aus der Hand. „Hier steht ‚rechter Arm.'"

Dieses Mal rief Park sofort bei Herrn Köhler an. Park gab die Schuld an der Abweichung der Visum-Stelle und beharrte darauf, es sei nicht Annis Schuld, dass der Mann nicht rechts von links unterscheiden könne. Dies war ein vernünftiges Argument, aber Köhler spürte, dass mehr dahintersteckte.

„Denken Sie etwa, ich spiele hier irgendwelche Spielchen?", widersprach Park. „Ich habe Ihnen doch vor einiger Zeit von dieser jungen Frau erzählt. Es ist einfach ein Versehen."

Park wollte diese Sache unbedingt allein mit Köhler ausmachen. Auf keinen Fall wollte er, dass Herr Köhler mit Anni sprach, wie er sich beim ersten Mal mit Edith unterhalten hatte.

Köhler fasste zusammen: „Ein Augenunfall in einer Fabrik. Eine Hasenscharte. Eine Fußverletzung und jetzt das? Sie erwarten wirklich von mir, dass ich Ihnen abnehme, dass alle diese amerikanischen Studenten solche Behinderungen haben?"

Park hatte sich gut vorbereitet. Er hatte damit gerechnet, früher oder später ein solches Gespräch mit ihm zu führen. Der Erfolg seiner Argumentation würde davon abhängen, wie viel Köhler von der anti-amerikanischen Propaganda glaubte, mit der die Kommunisten die Öffentlichkeit fütterten.

„Leider ist es um die Gesundheit der amerikanischen Jugendlichen sehr schlecht bestellt", lamentierte Park. „Sie verbringen viel zu viel Zeit vor dem Fernsehgerät, essen zu viel Zucker, bewegen sich viel zu wenig und leben dazu in einer Gesellschaft, die Dekadenz über Opferbereitschaft und harte Arbeit stellt. Sie wären erstaunt über die Zahl der behinderten und untauglichen Jugendlichen in der Bevölkerung. Sie ist alarmierend hoch, viel höher, als öffentlich bekannt ist. Die Regierung unterdrückt diese Zahlen aus Angst, das Ansehen Amerikas in der internationalen Gemeinschaft zu schwächen."

Köhler nickte wissend, als hätte er das bereits vermutet. Er zündete sich eine Zigarette an, sah Anni an. Dann ihr Visum.

Sie überquerte die Grenze ohne weiteren Zwischenfall.

Anni war die Letzte der sechs, die mit einem Studentenvisum aus Ostdeutschland ausreisen würde. Selbst wenn Park jemanden mit einem Down-Syndrom finden könnte, der Viktor ähnlich sähe und bereit wäre, das Risiko auf sich zu nehmen, könnte er Köhler noch so einen Zwischenfall an der Grenze nicht zumuten. Der Plan mit den Doppelgängern hatte bis jetzt funktioniert. Um Viktor aus Ostdeutschland zu holen, würde Park sich etwas anderes einfallen lassen müssen.

* * *

In diesem Herbst kam Willi noch häufiger in die Rama-Klause als früher, fünfmal in der Woche. Und er hatte es sich angewöhnt, bei Feierabend in seinem Auto vor der Fabrik auf Monika zu warten.

Zwei Dinge beunruhigten Monika daran, ein drittes empörte sie. Sie beschäftigte die Frage, wie er so schnell einen neuen Wagen hatte bekommen können. Es war allgemein bekannt, dass man acht Jahre auf einen Wartburg warten musste, wie Herr Witzell ihn fuhr – ein Wagen, der mitunter liegen blieb und für den es kaum Ersatzteile gab. Für das Privileg, einen Wagen zu besitzen, wurde viel Geld bezahlt. Doch irgendwie hatte Willi innerhalb von nur wenigen Wochen nach Karins Tod einen neuen Wagen bekommen. Monika beunruhigte auch die Tatsache, dass nur zwei Personen in dem Wagen Platz hatten – der Fahrer und ein Beifahrer. Wie passend für Willi, dass Edith und Ursel mit dem Zug nach Hause fahren mussten.

Was sie aber empörte, war Willis Benehmen, wenn sie allein waren. Er war sehr aufdringlich und offensiv. Er sagte ihr, er hätte seit seiner Jugendzeit von ihr geträumt und nun, da sie beide allein stehend seien, sähe er keinen Grund, warum seine Träume nicht in Erfüllung gehen sollten.

Auch in der Rama-Klause benahm er sich unmöglich. Er bestand darauf, dass sie allein aßen, den Abend allein verbrachten. Manchmal führte er sie abends aus. Nie erzählte Monika, wo sie gewesen waren oder was sie getan hatten, aber sie kamen nie vor zwei Uhr morgens zurück. Jedes Mal rochen Monikas Kleider nach Zigaretten und Alkohol, ihr Atem dagegen nicht.

Eines Tages stellte Konrad Willi zur Rede und sagte ihm, er solle Monika in Ruhe lassen, er solle ihr nicht mehr länger nachsteigen. Am folgenden Abend kam Monika mit einem blauen Fleck im Gesicht nach Hause. Sie gab Konrad die Schuld daran und sagte, er hätte alles nur noch schlimmer gemacht. Er und alle anderen sollten sich aus ihren Angelegenheiten heraushalten, sie käme schon klar. Sie sei bereit, diesen Preis für die Sicherheit der Studenten und von Viktor zu zahlen.

Mit der zunehmenden Zahl an Doppelgängern im Haus wurde das Risiko größer, entdeckt zu werden, wenn Monika und Willi zum Beispiel an einer geschlossenen Tür vorbeigingen, hinter der Englisch gesprochen wurde. Sie war fast sicher, dass Willi das gehört hatte. Ein anderes Mal machte Willi eine Bemerkung über Tobas Doppelgänger.

„Dieser blinde Junge …“, sagte er.

„Toba“, half Monika ihm aus.

„Was ist das mit der Sonnenbrille? Wann hat er angefangen, eine Sonnenbrille zu tragen?“

„Du weißt doch, wie leicht die jungen Leute zu beeindrucken sind“, lachte Monika. „Eigentlich ist es Ediths Schuld. Sie hat gesagt, wie gut Männer mit Sonnenbrille aussehen. Und jetzt will er sie nicht mehr abnehmen. Er kämmt sich jetzt auch sehr oft. Du weißt doch, wie das in seinem Alter ist.“

Das schien Willi zu besänftigen, zumindest für den Augenblick. Aber nachdem Willi an diesem Tag weggefahren war, rief sie alle Bewohner des Hauses zusammen und betonte noch einmal, wie wichtig es sei, dass jeder von ihnen jede Minute in seiner Rolle bliebe. Keiner von ihnen sei ein genauer Doppelgänger, erinnerte sie sie. Wann immer Willi in der Nähe sei, sollten sie sich möglichst von ihm fern halten und nur Deutsch sprechen. Es dürfe keine Ausnahmen geben.

Trotz ihrer Bemühungen passierten Ausrutscher. Viktor hätte die Sache eines Abends beinahe auffliegen lassen, als Willi Monika spät in der Nacht nach Hause brachte. Willi war betrunken und lauter als sonst. Er warf eine Lampe um, und davon wurde Viktor wach. Im Halbschlaf kam er ins Wohnzimmer gestolpert und murmelte vor sich hin, wie sehr er Toba vermisse, den wirklichen Toba.

Monika begann zu reden. Sie konnte sich nicht mehr genau erinnern, was sie sagte, aber irgendwie schaffte sie es, Viktor wieder ins Bett zu schaffen und Willi aus dem Haus. Doch als er ging, bemerkte sie Willis seltsamen Blick. Der Same war ausgestreut, ein Same, der irgendwann die Frucht der Erkenntnis tragen würde. Dessen war Monika sicher. Es war nur eine Frage der Zeit.

32

Samstag, 10. November 1962

Deutsche oder Amerikaner, das war egal. Wenn man genügend Leute in einem Haus zusammenpferchte, wurde es eng und laut, und nach einer Weile hatte man das Bedürfnis, dem zu entkommen. Außerdem, sagte sich Konrad, war seine Aufgabe nicht, auf eine Horde gesunder Amerikaner aufzupassen. Er musste nur so tun, als würde er auf sie aufpassen, wenn Willi in der Nähe war.

Darum begann er, tagsüber lange Spaziergänge zu machen. Zumindest *sagte* er den anderen, er würde einen Spaziergang machen, und in dieser Aussage lag genügend Wahrheit, um sein Gewissen zu beruhigen. Er hielt es nicht für nötig, den anderen zu erzählen, dass seine Spaziergänge ihn zur S-Bahn-Station führten und dass er von dort mit dem Zug in die Stadt fuhr. Er nahm eine Kamera und sein Teleobjektiv mit. Es war nicht die Kamera mit dem Fadenkreuz, die Hartmut entworfen hatte; diese Kamera war damals bei der Auseinandersetzung mit Krahl in der ersten Rama-Klause verloren gegangen. Diese neue Kamera war nicht ganz so gut, aber für Konrads Zwecke reichte sie.

Es hatte geschneit. Als er aus dem Zug stieg, knirschte der frisch gefallene Schnee unter seinen Stiefeln. Ein scharfer Wind fegte durch den Bahnhof, peitschte gegen Konrads Wangen und stach an seinen Händen.

Wie ein alter Mann murmelte er leise vor sich hin. Warum machte ihm die Kälte neuerdings so zu schaffen? Dies war doch nichts im Vergleich zu den Wintern an der russischen Front, doch er konnte sich nicht erinnern, dass seine Haut und Knochen wegen eines bisschen Schnees so geschmerzt hätten. Als Kind hatte er sich immer darüber lustig gemacht, dass alte Leute so schrecklich über den Winter jammerten.

Gehörte er jetzt etwa dazu?

Konrad zuckte bei jedem Schritt zusammen, als er die Treppe

vom Bahnsteig heruntersteig. Er mied die Hauptstraßen, lief wie zufällig eine Seitenstraße hinauf und eine andere hinunter. Niemals wählte er zwei Tage hintereinander denselben Weg, aber langsam und allmählich schob er sich immer weiter nach Westen.

Unterwegs studierte er die Häuser. Wenn er eines verlassen vorfand oder von so vielen Mietparteien bewohnt, dass ein neues Gesicht nicht auffallen würde, oder ein Haus, das leichten Zugang bot, dann stieg er auf das Dach. Dort wurde er wieder zum Scharfschützen. Sein Ziel war die Mauer, seine Waffe die Kamera.

Tag für Tag studierte und fotografierte er sie. Er notierte sich die Stellung und den Dienstplan der Grenzbeamten. Wenn er eine Sektion genau kannte, dann zog er weiter zur nächsten. Auf diese Weise arbeitete er sich systematisch an der Mauer entlang, zumindest an dem Teil im Innern der Stadt.

Nicht dass er Park nicht zutrauen würde, sein Versprechen zu halten und alle Kinder herauszuholen. Das tat er. Aber wenn Konrad während seiner Militärausbildung eines gelernt hatte, dann dieses, dass kein Plan perfekt war, dass man sich niemals vom Unerwarteten überraschen lassen und immer einen Ausweichplan zur Hand haben sollte.

Noch gab es diesen Ausweichplan nicht, aber Beobachtung und das Zusammentragen von Fakten waren der erste Schritt zu einem zweiten Plan. Wie auch immer – nach einer Woche mit den in der Rama-Klause eingesperrten Amerikanern brauchte er eine Abwechslung, auch wenn das bedeutete, im Schnee auf einem Dach zu liegen.

Die Spätvormittagssonne bahnte sich einen Weg durch die hohen Wolken. Konrad sah auf den Lichtmesser, stellte die Blende und Verschlussgeschwindigkeit ein, hob die Kamera ans Auge und nahm seine Beobachtung der Mauer an der Stelle wieder auf, an der er das letzte Mal aufgehört hatte.

* * *

„Herr Reichmann? Haben Sie einen Augenblick Zeit?"

Sharon Lewis stand in der Tür zu Konrads Schlafzimmer. Er legte seine Kamera in das oberste Fach seines Schranks und schlug die Schranktür zu. Sein Magen knurrte. Als er wiedergekommen war, hatten die jungen Leute gerade das Geschirr vom Abendessen gespült. Er würde sich selbst etwas machen müssen.

Konrad drehte sich zu der jungen Dame um. Schon längst sah er in ihr nicht mehr Edith. Die beiden mochten sich ähnlich sehen, aber mittlerweile hatte er genügend Zeit mit dem amerikanischen Mädchen verbracht, um zu wissen, dass sie und Edith sich überhaupt nicht ähnlich waren. Während Edith fröhlich, kokett und manchmal auch übermütig war, war ihre amerikanische Doppelgängerin ernst und wissbegierig. Nicht dass man Sharon nicht gern um sich hatte. Sie hatte ein gewinnendes Lächeln und passte sich an. Nur war sie eben ganz offensichtlich nicht Edith. Und wenn das für Konrad so offensichtlich war, dann bestimmt auch für andere. Wenn nicht auf den ersten Blick, dann würde es aber sicherlich nicht lange dauern.

„Was ist los, Sharon?", fragte Konrad.

„Ich hätte gern einen Augenblick Ihrer Zeit", erklärte Sharon. „Es geht um Ursel."

„Nur zu."

„Wie Sie wissen, sitze ich in der Fabrik neben ihr."

„Und wie läuft es?"

Sharon hielt ihre wunden Hände in die Höhe. „Schmerzend", lachte sie. „Ursel und Monika decken mich hervorragend. Auf jeden Fall unterhalten wir uns viel. Über alles Mögliche. Und manchmal habe ich den Eindruck, dass Ursel vergisst, dass ich nicht Edith bin. Sie erzählt mir Dinge, persönliche Dinge, die sie mir sonst bestimmt nicht erzählt hätte."

„Wie zum Beispiel?"

Sharon schüttelte den Kopf. „Ich denke, ich sollte nicht darüber reden, was sie erzählt, es ist nur, dass …"

„Sie hatten das Gefühl, ich sollte erfahren, dass Sie und Ursel sich während der Arbeit unterhalten", sagte Konrad.

„Ich weiß, es geht mich nichts an", erwiderte Sharon Lewis.

„Das stimmt, Sharon, es geht Sie nichts an. Sonst noch was?"

„Nein, Sir, sonst nichts." Sie wandte sich zum Gehen, machte zögernd einen Schritt und drehte sich dann wieder um. Die Worte sprudelten aus ihr hervor, als wollte sie alles aussprechen, was ihr auf der Seele lag, bevor er ihr das Wort abschnitt. „Nur dass sie nicht glücklich ist, und ich habe den Eindruck, sie hat sich in eine Ecke manövriert und weiß jetzt nicht mehr, wie sie da herauskommen soll, aber eigentlich möchte sie da herauskommen. Sie sagt es nicht mit so vielen Worten, aber eine Frau merkt das, und ich weiß, wenn Sie ihr nur irgendein Seil zuwerfen würden, irgendetwas, an dem sie sich festhalten könnte, dann –"

„Gute Nacht, Sharon", unterbrach Konrad sie.

Sharon Lewis wollte noch mehr sagen, aber der Ausdruck auf Konrads Gesicht machte ihr klar, dass dies vielleicht keine so gute Idee war.

* * *

Herr Gellert beendete gerade sein Pfeifenanzündritual. Der Pfeifenkopf, der aussah wie ein alter Mann mit buschigen Augenbrauen, war gestopft, das Streichholz angezündet und die saugenden und zischenden Geräusche hatten länger als gewöhnlich gedauert, doch jetzt war er in der *Aaaahhhh*-Phase.

Ursel saß in einem Sessel neben seinem. Eine noch unfertige Stickerei lag auf ihrem Schoß. Ein Roman, den sie gerade las, lag auf dem Tisch zwischen ihren beiden Sesseln. Nachdem seine Pfeife nun zu seiner Zufriedenheit brannte, griff Herr Gellert nach dem wöchentlichen Produktionsbericht, den er auf Ursels Buch abgelegt hatte, bevor er seine Pfeife angezündet hatte. Mit einem Seufzer, der besagte, dass er sich nun dem Geschäftlichen zuwenden wollte, lehnte er sich in seinem Sessel zurück und konzentrierte sich auf den vor ihm liegenden Bericht.

Es war ein für ein Ehepaar typischer Samstagabend. Sie saßen in ihren Sesseln, den Sesseln, in denen sie immer saßen. Ursel schaute sich in dem Zimmer um. Sie könnte sich daran gewöhnen, dachte sie. Sie hatten ein gutes Abendessen genossen, luxuriös im Vergleich zu ihren Mahlzeiten in der Wohnung in der Kellerstraße. Hier war es ruhig, angenehm. Sie fühlte sich entspannt, warm und sicher. Ja, sie könnte sich daran gewöhnen.

Abends las sie gewöhnlich. Sie las ein Buch, das Herr Gellert gebilligt hatte, auf dem er sogar bestanden hatte. In Bezug auf Romane waren sie zuerst unterschiedlicher Meinung gewesen. Herr Gellert war der Meinung, Romane seien nichts als klug erfundene Lügen, die schwache Menschen beeinflussen sollten. Ursel führte die großen russischen Schriftsteller Tolstoi und Dostojewski an und argumentierte, sie würden in der Sowjetunion noch immer verehrt. Darauf wusste Herr Gellert keine passende Antwort. Darum gestattete er ihr, ausgewählte Werke zu lesen. Im Augenblick las sie Dostojewskis *Die Brüder Karamasow*, aber aus irgendeinem Grund fand sie Iwan Karamasows Weigerung, Gott anzuerkennen trotz der Tatsache, dass er Gottes Existenz einräumte, an diesem Abend ein wenig langweilig.

Wenn ihr nicht nach Lesen zu Mute war, dann nahm sie lieber ihre Stickarbeit zur Hand. Sticken war Pastor Schumachers geheime Freizeitbeschäftigung gewesen, und Monika hatte das nach dem Zwischenfall in Hadamar übernommen, als Josef dazu nicht mehr in der Lage gewesen war. Ursel fand, dass es die richtige Ablenkung für sie war. Doch nach einem langen Arbeitstag vor der Nähmaschine waren ihre Hände oft zu müde, um eine Nadel zu halten.

Anstatt zu lesen oder zu sticken saß sie darum an diesem Abend einfach da und lauschte auf Herrn Gellerts zischende Geräusche, wenn er an seiner Pfeife zog, und überlegte, was sie morgen in den Gottesdienst anziehen würde.

Die Haushälterin – die nicht gern Dienstmädchen genannt wurde – störte sie.

„Ein Herr möchte Sie sprechen“, sagte sie. „Ein Herr Reichmann.“

Gellert löste seinen Blick von dem Produktionsbericht. Er wurde nicht gern gestört. Wie immer, wenn er gestört wurde, zog er die Stirn kraus.

„Herr Reichmann", wiederholte die Haushälterin.

Ursels Herz tat einen Sprung. Auf einmal war sie nicht mehr müde. Konrad? Oder konnte es Willi sein? Allerdings wusste sie nicht, warum Willi in Herrn Gellerts Haus auftauchen sollte. Aber andererseits wusste sie auch keinen guten Grund, warum Konrad sie besuchen sollte.

Sie blickte Herrn Gellert an. Er betrachtete sie.

„Du erinnerst dich sicher, ich habe dir von –", begann sie.

„Ich weiß, wer Herr Reichmann ist", meinte er abwehrend.

„Es könnte auch Willi Reichmann sein ...", beeilte sich Ursel zu sagen.

„Führen Sie Herrn Reichmann herein", forderte Gellert die Haushälterin auf.

Ursel faltete ihre Stickarbeit zusammen und legte sie beiseite. Sie strich ihr Kleid glatt und richtete sich in ihrem Sessel auf. Sie überlegte, ob sie aufstehen sollte, doch das könnte zu eifrig erscheinen, vor allem da Waldemar Gellert sitzen blieb. Aus den Augenwinkeln bemerkte sie, dass er sie anstarrte. Er fand das überhaupt nicht lustig.

„Herr Reichmann", kündigte die Haushälterin ihren Besucher an.

Konrad betrat den Raum und war überwältigt von dem zur Schau gestellten Reichtum.

„Kommen Sie herein, Herr Reichmann", forderte Gellert ihn mit einer Handbewegung auf. Er erhob sich nicht und reichte ihm auch nicht die Hand. Und weil Waldemar nicht aufstand, tat Ursel es auch nicht.

Konrad trat von dem polierten Holzboden auf den cremefarbenen Teppich. Er nickte Herrn Gellert zu. Ursel begrüßte er mit einem Blick.

„Konrad, was machst du hier?", fragte Ursel.

„Das ist doch offensichtlich, oder?", erwiderte Gellert. „Herr Reichmann ist gekommen, weil er versuchen will, dich mir wegzunehmen."

„Es ist nichts zwischen mir und Konrad", widersprach Ursel.
„Ursel, Liebes", sagte Gellert. „Geh doch bitte nach oben ins Schlafzimmer und hole mir eine neue Packung Tabak."
Ursel runzelte die Stirn. Es brachte sie in Verlegenheit, dass Gellert andeutete, sie sei vertraut mit seinem Schlafzimmer. Sicher, sie war schon darin gewesen. Sie hatte Waldemar Gellert Tabak geholt. Er hatte ihr erklärt, wo er ihn aufbewahrte, und sie hatte ihn für ihn geholt. Aber dass er sie jetzt darum bat, vor Konrad, nun, das ließ auf eine Vertrautheit zwischen ihnen schließen, die nicht … sie hatte nicht … sie hatten nicht …
„Du weißt doch, wo ich ihn aufbewahre, Liebes", erklärte Gellert. „In der oberen linken Schublade der Kommode neben meinem –"
„Ich weiß, wo er ist", unterbrach Ursel ihn. „Jetzt?"
„Ich bin sicher, Herr Reichmann wird dich entschuldigen, nicht wahr, Herr Reichmann?"
Ursel erhob sich. Um den Raum zu verlassen, musste sie an Konrad vorbeigehen. Dabei würde es einen Augenblick geben, wo sie Waldemar den Rücken zudrehte und er ihr Gesicht nicht sehen konnte. Sie war bereit für Konrad. Konrad fand seine Vorstellung vielleicht lustig. Er begab sich auf gefährliches Terrain. Und sie hatte einen Gesichtsausdruck für ihn, der ihn warnen würde, den Mund zu halten, falls er wüsste, was gut für ihn sei.
Sie passte den Zeitpunkt genau ab.
Aber Konrad hatte nichts dergleichen vor. In seinem Blick lag kein Anzeichen von Fröhlichkeit, keine Amüsiertheit, es gab kein Zucken seiner Mundwinkel. Es war zu spät, sie konnte ihren Gesichtsausdruck nicht mehr ändern; er hatte ihn bereits gesehen und in sich aufgenommen. Jetzt fühlte sie sich schrecklich. Sie eilte die Treppe hoch und lauschte mit einem Ohr zum Wohnzimmer hinunter, wo Konrad und Herr Gellert saßen. Doch keiner von ihnen sprach. Bestimmt wartete Herr Gellert, bis sie außer Hörweite war.
Was wollte er Konrad in ihrer Abwesenheit sagen? Wie würde Konrad reagieren? Weshalb war Konrad überhaupt gekommen?

Ursel erreichte den oberen Treppenabsatz und lauschte. Noch immer keine Stimmen von unten!

Herrn Gellerts Schlafzimmer lag am hinteren Ende eines langen Flures. Sie eilte hindurch, eilte, ohne zu rennen. Sie wollte sich nicht lächerlich machen.

Sie riss die Tür auf, durchquerte den Raum bis zur Kommode und öffnete die Schublade. Kein Tabak. Aber er bewahrte dort immer eine Reservepackung auf.

Dann erinnerte sie sich daran, dass Herr Gellert seiner Haushälterin am Abend gesagt hatte, er habe keinen Tabak mehr. Er wusste also, dass er keinen Tabak mehr hatte, trotzdem hatte er sie hier heraufgeschickt!

Wütend schob Ursel die Kommodenschublade zu und eilte wieder durch den Flur, schneller als zuvor, die Treppe hinunter, wobei sie sich bemühte, zum Wohnzimmer hinüberzulauschen und die Stufen so leise wie möglich hinunterzusteigen, damit sie sie nicht hörten. Sie rechnete damit, Gebrüll zu hören. Wenn kein Gebrüll, dann zumindest einen leisen, eindringlichen Austausch. Stattdessen hörte sie nichts. Kein einziges Geräusch außer dem Ticken der Uhr auf dem Kamin.

Sie trat wieder ins Wohnzimmer ein.

Konrad hatte sich nicht gerührt.

Herr Gellert hatte sich nicht gerührt.

Hatten sie sich etwa die ganze Zeit nur angestarrt?

„Da ist kein Tabak mehr in deiner Schublade, Lieber", sagte Ursel so freundlich, wie es ihr möglich war, obgleich es ihr sehr schwer fiel, weil sie sehr zornig war. „Erinnerst du dich? Du hast die Haushälterin daran erinnert, dass du keinen mehr hast."

„Das stimmt", gestand Gellert.

Ursel nahm wieder Platz. Sie betrachtete Konrads Gesicht. Es war noch genauso, wie sie es verlassen hatte. Er starrte Herrn Gellert an, Gellert starrte ihn an. Herr Gellert schien auf eine Herausforderung zu warten, aber offensichtlich war Konrad nicht gekommen, um sich zu streiten.

„Konrad?", fragte Ursel.

„Im Augenblick, meine Liebe, scheint Herr Reichmann etwas überwältigt zu sein. Obwohl er, dessen bin ich sicher, mit einem leidenschaftlichen Appell gekommen ist, den er zweifellos bis zur Perfektion vorbereitet und geprobt hatte, doch nun, in der Realität, sind ihm die Worte entfallen. Zwar hält er sich für redegewandt und denkt, du würdest seiner Leidenschaft erliegen und mich noch an diesem Abend verlassen, schwören, keinen Fuß mehr in dieses Haus zu setzen, doch in dem Augenblick, als er diesen Raum betrat, lösten sich seine Fantasien in Luft auf. Stimmt das nicht, Herr Reichmann?"

Konrad machte keine Anstalten, eine Antwort zu geben.

„Du siehst, meine Liebe", fuhr Gellert in dem Tonfall eines Polizeibeamten fort, der gerade einen Mordfall aufgeklärt hat, „dein Herr Reichmann begann sich infrage zu stellen, als er dieses Haus erblickte. Und nun, wo er sich in seinem Inneren befindet, muss er unwillkürlich die schöne Einrichtung bewundern, und er hat Bestandsaufnahme bei sich gemacht, so wie du in diesem kleinen Schuhladen in Pankow Bestandsaufnahme gemacht hast."

Ursel erhob Einwände. „Waldemar, du bist unhöflich."

„Nicht unhöflich, Liebes. Nur aufmerksam. Weißt du, nachdem du deinen Herrn Reichmann im Lager dieses Ladens gefunden hattest, habe ich ein paar Erkundigungen eingeholt."

„Du hast Erkundigungen über ihn eingezogen?", fragte Ursel schockiert.

„Es ist immer gut, seine Konkurrenz zu kennen", sagte Gellert. „Sie tragen noch immer Ihre SS-Tätowierung, stimmt's?", fragte er an Konrad gewandt. „Darf ich sie sehen?"

Konrad schien eine Weile über diese Frage nachzudenken, dann zog er seine Jacke aus und rollte seinen Ärmel hoch. Die Tätowierung, auf die er in seiner Jugend so stolz gewesen war und die in der sowjetischen Gefangenschaft ein Blitzableiter für jede Art des Missbrauchs gewesen war, war nicht zu übersehen.

Gellert beugte sich vor, um besser erkennen zu können.

„Siehst du, Liebes", sagte er und lehnte sich wieder in seinem Sessel zurück, „als ich erfuhr, dass er zur SS gehört hatte und in einem sowjetischen Gefängnislager gewesen war und nun in aller Abgeschiedenheit Schuhe sortierte, habe ich ihn nicht mehr ernst genommen. Sieh ihn nur an. Er steht da wie ein geprügelter Hund; sein einst so stolzer Faschismus, der Terror von ganz Europa, hat sein Gegenüber im Sozialismus und einem überlegenen kommunistischen System gefunden."

„Konrad, sag etwas!", forderte Ursel ihn auf.

Konrad sah sie an. Er sagte kein Wort.

„Ihm fällt keine Erwiderung ein", fuhr Gellert fort. „Im Augenblick ist er beherrscht von dem Gedanken, wie gern er hier verschwinden möchte. Herzukommen war ein Fehler. Aber das ist gut. Er weiß das jetzt. Und in gewisser Weise ist es gut, dass er gekommen ist. Er wird sich von nun an keine Illusionen mehr von Dingen machen, die er nicht haben kann. Er wird ein besserer Mensch sein, weil er hergekommen ist."

„Konrad?"

„Es ist schon in Ordnung, Herr Reichmann", sagte Gellert und nahm seinen Produktionsbericht wieder zur Hand. „Sie haben ehrenhaft gehandelt. Trösten Sie sich damit. Ich bin sicher, Sie finden allein hinaus." Gellert wandte sich wieder seinem Bericht zu.

Konrad stand noch an derselben Stelle, an der er, als er das Zimmer betreten hatte, stehen geblieben war. Als er von dem Teppich heruntertrat, konnte Ursel die Eindrücke sehen, die seine Schuhe hinterlassen hatte. Zwei perfekte Fußabdrücke. Bis jetzt hatte er sich nicht bewegt, war keinen Zentimeter zur Seite gewichen, seit er darauf getreten war.

Er ging zur Haustür.

Ursel sah, wie er um die Ecke bog und im Hausflur verschwand. Sie rutschte nervös auf ihrem Sessel herum, als sie die Haustür hörte. Unfähig, sich selbst zu bezähmen, sprang sie auf und lief ihm nach.

„Ursel!", rief Gellert ihr nach.

Sie wusste, das würde sie teuer zu stehen kommen, aber sie ließ sich nicht aufhalten. Er war unten auf der Treppe vor dem Haus angekommen, als sie die Tür erreichte.

„Konrad!“

Er blieb stehen und drehte sich um.

„Warum bist du hergekommen?“

Er sah sie einfach nur an.

„Sag doch was!“, rief sie. „Sag etwas! Das ist verrückt!“

Konrad schwieg; er sah sie einfach nur an.

Sie hielt seinem Blick stand. Sie konnte sich nicht erinnern, ihm jemals so in die Augen gesehen zu haben, nicht seit sie ihn in Pankow gefunden hatte. Es hatte flüchtige Blicke gegeben, aber niemals einen längeren Blick wie diesen. Das erinnerte sie an die Art, wie sie sich vor so langer Zeit angesehen hatten, am Silvesterabend 1944, als sie in der Rama-Klause auf dem Boden gesessen hatten. Nur sie beide. Mit diesem Blick hatten sie sich angesehen, kurz bevor sie sich geküsst hatten. Das war der Konrad, wie nur sie ihn kannte.

Ursel schrie frustriert auf, stürmte ins Haus zurück und knallte die Tür hinter sich zu.

33

Sonntag, 11. November 1962

Nach seinem Nachmittagsspaziergang – mit der Kamera über die Dächer Berlins – wurde Konrad, als er in die Rama-Klause eintrat, von zwei zornigen Frauen begrüßt.

„Was hast du Ursel angetan?“, rief Monika.

„Während des ganzen Gottesdienstes war sie in Tränen aufgelöst“, fügte Sharon Lewis hinzu.

Da Konrad seit über fünfzehn Jahren nicht mehr mit anderen gestritten hatte, war sein Reaktionsvermögen etwas eingerostet. Er hatte gerade einen Film verknipst und war auf dem Weg zum Keller, wo er sich eine provisorische Dunkelkammer eingerichtet hatte. Ihm fiel ein, dass seine Entwicklerflüssigkeit knapp war, und er fragte sich gerade, ob wohl noch genügend in dem Kanister war, dass er den Film entwickeln könnte, als Monika und Sharon ihn mit ihren Vorwürfen überfielen.

„Ich habe Ursel gar nichts angetan.“ Die Worte sprudelten aus Konrad hervor.

„Was hast du zu ihr gesagt?“, fragte Monika.

„Ich habe gar nichts gesagt.“

Das war die Wahrheit.

Sharon Lewis übernahm das Kreuzverhör. „Aber Sie sind doch gestern Abend zu Herrn Gellerts Haus gegangen.“

„Was hat sie euch erzählt?“, fragte Konrad interessiert.

„Sie hat so heftig geweint, dass sie kein Wort herausgebracht hat“, erklärte Monika. „Den ganzen Gottesdienst über hat sie geschnieft und später, als wir sie fragten, was denn los sei, ist sie zusammengebrochen. Aus ihr herausbekommen haben wir nur, dass du gestern Abend in Herrn Gellerts Haus aufgetaucht bist, und dann rannte sie davon.“

„Stimmt das?“, fragte Sharon Lewis.

Nachdem er sich wieder gefangen hatte, beschloss Konrad, dass der Informationsfluss in dieser Diskussion nur in eine Richtung fließen sollte. Er würde keinen Kommentar dazu abgeben. Darum entschuldigte er sich und zwängte sich zwischen den beiden Frauen hindurch. Er hatte die anderen bisher noch nicht zu Gesicht bekommen, aber die Amerikaner und Viktor verfolgten das Drama von weitem als interessierte Zaungäste.

Monika war noch nicht bereit, ihn so davonkommen zu lassen. „Konrad, irgendetwas ist doch gestern Abend geschehen."

Konrad ging unbeirrt weiter. Über die Schulter zurück sagte er: „Ich bin hingegangen. Nichts ist passiert."

„Du bist hingegangen? Warum?", wollte Monika wissen.

„Um es mit eigenen Augen zu sehen."

„Was wolltest du mit eigenen Augen sehen?"

Aber Konrads Rolle in dieser Szene war vorbei. Er verließ die Bühne und stieg hinunter in den Keller. Den Dialog der beiden auf der Bühne verbleibenden Schauspieler bekam er sehr wohl noch mit.

„Warum nur ist er hingegangen?", fragte Monika.

„Ich glaube, das ist zum Teil meine Schuld", gestand Sharon. „Ich habe ihm gesagt, er solle mit Ursel sprechen, aber ich habe natürlich nicht gedacht, dass er gleich Herrn Gellerts Haus stürmt."

„Mit Ursel zu sprechen, das war richtig. Aber allein, nicht in Herrn Gellerts Wohnzimmer."

„Und ganz bestimmt nicht in seiner Anwesenheit."

„Natürlich nicht."

„Männer können so begriffsstutzig sein."

„Liebes, du hast überhaupt keine Ahnung."

* * *

Konrad lag ausgestreckt auf seinem Bett, als er ein lautes Klopfen an seiner Tür vernahm. Ein dreimaliges Klopfen, sehr forsch.

Er sah von dem Buch auf, das er las, *Der Menschen Hörigkeit* von Somerset Maugham. Er hatte es in einem von Parks Päckchen gefunden, zusammen mit einigen Romanen von Graham Greene.

Da er die Romane auf Englisch las, kam er nur langsam voran. Sein Interesse für die englische Sprache war durch die Ankunft der Amerikaner angestachelt worden, und er hatte überlegt, Sharon Lewis zu bitten, ihm bei dem Roman zu helfen, bis er auf der Rückseite des Covers las, dass es sich um die Geschichte von Philip Careys Obsession für eine blasse Kellnerin mit Namen Mildred handelte.

Er legte das Buch unter sein Kissen. „Kann das nicht bis morgen früh warten?“, rief er.

Die Tür ging auf. Monika stand da. „Nein, das kann es nicht“, erklärte sie.

Ihre Augen blickten stahlhart, der Mund war zu einem dünnen Strich zusammengezogen. Sie trat ein. Ursel folgte ihr. Sie hatte die Hände gefaltet, die Augen waren rot, auf den Wangen waren noch Tränenspuren zu erkennen.

Konrad schwang die Beine über die Bettkante und stand auf.

Monika warf Konrad einen finsteren Blick zu und verließ das Zimmer, wobei sie die Tür nur anlehnte. Das Schwingen der Tür zwang Ursel, einen Schritt weiter in den Raum einzutreten, näher zu Konrad, was sie nur mit größtem Widerstreben tat.

Sie standen voreinander, ungefähr einen Meter voneinander entfernt, und keiner konnte den anderen ansehen.

Schließlich fragte Ursel: „Warum bist du gekommen?“

Konrad wollte dieses Gespräch nicht führen. Nicht jetzt. Möglicherweise nie. Ursel in dem Haus dieses Mannes zu sehen, wie sie gemütlich im Wohnzimmer saßen und aussahen wie ein Ehepaar, hatte Konrad sehr zugesetzt. Als er da auf diesem Teppich gestanden und gesehen hatte, wie Ursel nach oben gerannt war und dann ihren Platz an der Seite dieses Mannes wieder eingenommen hatte, des Mannes, der sie zu seiner Frau machen würde, der Mann, der der Vater ihrer Kinder werden würde – das hatte etwas in Konrad ausgelöst. Es hatte seine Gefühle für Ursel wieder angefacht.

„Nun?“, fragte Ursel. „Wirst du jetzt etwas sagen oder willst du wieder herumstehen wie bei Herrn Gellert?“

Am liebsten hätte Konrad einfach nur dagestanden. Er hatte Angst, dass es, wenn er etwas sagte, nur noch mehr wehtun würde. Aber indem er nichts sagte, tat er ihnen beiden weh.

Ursel wartete auf eine Antwort.

„Ich musste es mit eigenen Augen sehen", gestand Konrad leise.

„Was sehen, Konrad?", fuhr Ursel ihn an. „Wie reich Herr Gellert ist? Sag es mir."

„Ich wollte sehen, ob du glücklich bist."

„Glücklich?", rief Ursel. „Ich habe Neuigkeiten für dich, Konrad Reichmann. Mein Glück geht dich nichts an. Vor Jahren hast du jedes Recht auf mein Glück verspielt."

„Herr Gellert schien sich über meinen Besuch nicht besonders aufzuregen."

„*Ich* habe mich über deinen Besuch aufgeregt", sagte Ursel. Sie hatte wieder zu weinen begonnen. „Du hattest nicht das Recht, so in unser Leben zu platzen!"

„Unser Leben." Sie sagte: „Unser Leben." Ursel und Waldemar. Sie waren jetzt ein *Unser*. Natürlich. Aber diese Worte aus Ursels Mund zu hören, war ein neuer Stoß in eine offene Wunde.

„Soll ich mich entschuldigen? Ist es das?", fragte Konrad.

Ursel starrte ihn an. Ihr Kinn begann zu zittern. Sie drehte sich um und rannte aus dem Zimmer.

Ursel verbrachte den Abend in der Rama-Klause. Und den folgenden Abend. Und den darauf folgenden Abend. Jeden Abend kam sie nach der Arbeit zusammen mit Monika und Sharon Lewis ins Haus. Doch sie mied Konrads Gesellschaft. Sie schlug ihr Lager im Zimmer der Mädchen auf.

Erst am vierten Abend, als Sharon Lewis bemerkte, wie Konrad Ursel beobachtete, trat die Amerikanerin neben ihn und flüsterte: „Sie hat Herrn Gellert verlassen. Die Hochzeit ist abgesagt."

Kurz darauf zogen Monika und Ursel aus ihrer Wohnung in der Kellerstraße aus und in der Rama-Klause ein.

* * *

Monika hatte genug von den Reichmann-Jungen. Zwar war sie sehr erleichtert, dass Ursel mit Herrn Gellert gebrochen hatte, aber das entschuldigte nicht Konrads rüpelhaftes Benehmen in dieser Angelegenheit. Er hatte Ursel tief verletzt, und wenn Monika ein Mann wäre, würde sie ihn in den Wald schleppen und ihm eine saftige Abreibung verpassen.

Was Willi betraf: Seine Avancen wurden zunehmend aggressiver. Er gab sich nicht mehr wie bisher mit einer Mischung aus Plaudern und plumpen Anspielungen zufrieden. Seine Ungeduld wuchs zunehmend, und es fiel ihr immer schwerer, ihn auf Distanz zu halten. Er wusste, dass sie mit ihm spielte. Sie wusste, dass er es wusste. Aber ihre Anziehungskraft auf ihn war so groß, dass er trotzdem immer wieder kam.

Doch bei jedem Besuch wollte er mehr von ihr. Er fing an, sie in die Enge zu treiben, mit dem Rücken zur Wand hielt er sie fest und begrapschte sie, forderte Küsse von ihr. Die Begegnungen wurden zunehmend unangenehmer. Monika redete sich ein, sie müsse noch eine Weile durchhalten. Jeden Tag könnte Park jetzt mit einem Doppelgänger für Viktor kommen, und dann konnten sie alles offen legen. Die Amerikaner könnten mit ihren Visa das Land wieder verlassen. Was würde Willi dann tun? Die Bedrohung der Gruppe war sein Faustpfand. Wenn er das nicht mehr hatte …

Monikas einzige Hoffnung war, dass sie Willi in Schach halten könnte, bis Park mit Viktors Doppelgänger auftauchte.

Park hatte sie tatsächlich überrascht. Im Gegensatz zu früher hatte er sein Versprechen ihnen gegenüber tatsächlich gehalten. Sie musste seine Beharrlichkeit anerkennen. Nachdem er drüben in Amerika wieder angekommen war, hätte er sie leicht vergessen können. Stattdessen kam Park wieder. Das sagte einiges über den Mann aus.

Und obwohl sie das niemandem gegenüber eingestehen würde, musste Monika zugeben, dass sie sich auf seine Besuche freute, so kurz sie auch waren. Genau wie die anderen wurde sie nervös und aufgeregt, wann immer ein Grenzübergang geplant war. Doch seit

Tobas Abreise überwog die Aufregung jede Nervosität. Park hatte sich als vertrauenswürdig erwiesen. Man konnte ihm die jungen Leute anvertrauen. Natürlich konnte trotzdem das Unerwartete geschehen. Es war ein gefährliches Geschäft. Es gab keine Garantien. Aber falls jemand damit fertig werden würde, dann Park. Das wusste Monika jetzt.

Ursel hatte ihr erzählt, wie Park seinen vorgesetzten Offizier geschlagen hatte und dass er nur ganz knapp einer Verurteilung entgangen war. Er war für sie eingetreten. Das machte den anschließenden Albtraum nicht weniger entsetzlich, doch er hatte es wenigstens versucht. Das musste sie ihm zu Gute halten.

Und dass alle sagten, Park sei in sie verliebt, nun, das fand sie längst nicht mehr so abstoßend wie früher. Eigentlich war das sogar ganz nett. Der Gedanke, dass jemand sie attraktiv fand, weckte Gefühle in ihr, die sie seit ihrer Jugend nicht mehr empfunden hatte. Zuletzt vor vielen Jahren – in einer anderen Welt. Nun, da der Druck, für die Sicherheit der Gruppe zu sorgen, geringer geworden war, stellte Monika fest, dass sie gelegentlich dachte, wie es wohl sein würde, sich mit Park hinzusetzen und einfach nur zu reden, mit ihm zum Abendessen auszugehen, mit ihm einen Nachmittag am See zu verbringen oder einen Spaziergang im Park zu machen.

Warum nicht?, fragte sie sich, wenn die Schuldgefühle sie überfielen. Es würde gut tun, einmal wegzukommen und sich keine Sorgen über die Produktionsziele zu machen, über Geheimnisse, die Mahlzeiten oder all die anderen Dinge, die ihren Körper, Geist, ihr Herz und ihre Seele, ihre ganze von Angst durchsetzte ostdeutsche Existenz gefangen nahmen.

* * *

„Das ist es“, sagte Park.

Er sprach mit seinem Beifahrer, als sie vor der Rama-Klause vorfuhren, während er sich gleichzeitig nach einem nicht dorthin gehörenden Auto oder irgendeinem anderen Hinweis auf Willi

Reichmanns Anwesenheit umsah. Er schaute auch in den Rückspiegel, ob irgendwelche Scheinwerfer oder andere Hinweise darauf, dass sie verfolgt wurden, zu sehen waren.

Seine Hände am Lenkrad waren feucht. Ihm war richtiggehend übel. Sein Besuch in der Rama-Klause bedeutete ein großes Risiko. Doch die Umstände waren außergewöhnlich, darum hatte er wider besseres Wissen beschlossen, das Risiko einzugehen. Park hatte nach besseren Örtlichkeiten für diesen speziellen Austausch gesucht, aber angesichts dieser höchst riskanten Aktion hielt er es für das Beste, diesen Austausch in einer kontrollierten Umgebung vorzunehmen.

„Schönes Haus", sagte Alex, in die dichte Dunkelheit spähend.

„Ihr Heim für die nächsten Monate, falls alles gut geht", erklärte Park.

„Es hat einen Garten."

„Eine Leidenschaft, die Sie mit Herrn Witzell teilen."

Park öffnete seine Tür. Der Mond stand voll am Himmel. Noch einmal überprüfte er die Straße. Nichts als die von ihm aufgewirbelte Staubwolke. Dahinter – Dunkelheit. Er lauschte. Unter der Motorhaube zischte es.

Er und Alex näherten sich dem Haus. Alle Fenster waren dunkel.

„Eine Schande, dass wir sie aufwecken müssen", meinte Alex.

„Das ist nun mal nicht zu ändern."

Park atmete tief durch. Von allen Grenzübergängen würde dieser der schwierigste werden.

Er klopfte an die Haustür.

34

Park musste ein zweites Mal klopfen, bevor eine Reaktion aus der Rama-Klause kam.

„Wer ist da?“, fragte jemand durch die geschlossene Tür.

„Konrad?“

Es war geraten. Die Stimme klang zu jung; Witzell konnte es nicht sein.

„Konrad? Hier ist Park.“

Der Riegel wurde zurückgeschoben, die Tür einen Spalt geöffnet. Augen blickten ihn aus der Dunkelheit heraus an. Bevor er die Tür weiter öffnete, drehte sich Konrad zu jemandem hinter ihm um.

„Ich bin es, Park“, sagte er.

Konrad öffnete die Tür, doch dann erstarrte er mitten in der Bewegung, seine Augen wurden weit. „Ich glaube es nicht!“, sagte er schockiert.

Konrad brauchte eine Weile, um so weit wieder zu sich zu kommen, dass er zurücktrat und sie hereinließ.

Ein Licht wurde angeknipst.

Witzell stand hinter Konrad. Seine Augen waren genauso weit aufgerissen wie Konrads, sein Mund stand genauso offen. Verblüfft starrte er ihre nächtlichen Besucher an.

„Alex Moffett“, stellte Park vor.

„Sie holen besser Monika und Ursel“, sagte Konrad.

Witzell nickte und wich zurück, bis er gegen eine Wand stieß. Das brachte ihn wieder zu sich, und er verschwand in dem dunklen Flur.

Einen Augenblick später hörte man ihn an eine Tür klopfen. Er rief Monikas Namen. Zwar konnten sie nicht verstehen, was aus Monikas und Ursels Zimmer geantwortet wurde, aber sie hörten Witzell sagen: „Es ist Park. Ihr müsst kommen und es euch selbst ansehen.“

Mittlerweile war Konrad hellwach und wieder bei sich. Er grinste dümmlich.

Witzell kam zurück, gefolgt von Monika, die gerade den Gürtel ihres Morgenmantels zuband. Ursel war direkt hinter ihr.

Monika blieb abrupt stehen, als sie aufsah, so plötzlich, dass Ursel gegen sie prallte.

Falls Monikas erste Reaktion ein Hinweis darauf war, ob sie Parks Plan nun billigte oder nicht, so bestand wenig Hoffnung auf eine Billigung.

„Was soll das?“, fuhr sie Park an.

Ursels Reaktion ähnelte der von Konrad und Witzell.

Monika riss an dem Gürtel ihres Morgenrocks und zurrte ihn fest. Sie trat vor und starrte in ihr Spiegelbild.

„Monika Schumacher, Alexandra Moffett. Alex, dies ist Monika Schumacher.“

„Ich freue mich, Sie kennen zu lernen“, sagte die Frau und hielt ihr die Hand hin.

Monika ignorierte sie. Ihr Blick war einzig auf Park gerichtet. „Ich glaube, Sie sollten das besser erklären, Oberst Parker“, zischte sie. „Und ich kann für Sie nur hoffen, dass Sie eine gute Erklärung haben.“

„Sie sollten einen Doppelgänger für Viktor bringen“, sagte Monika.

Park hatte neben Monikas Doppelgängerin auf dem Sofa Platz genommen. Monika saß ihnen direkt gegenüber. Witzell, Konrad und Ursel – keiner der Amerikaner hatte sich aus seinem Zimmer getraut – wählten die Sessel zu beiden Seiten, um das Schauspiel mitzuerleben. Nur mit Mühe konnten sie das Lachen unterdrücken, doch um Monikas willen beherrschten sie sich. Die Blicke der Zuschauer wanderten wie bei einem Tennismatch bei dem Wortgefecht zwischen Park und Monika hin und her. Sie verglichen die beiden Monikas miteinander.

Alexandra Moffett saß hoch aufgerichtet auf dem Sofa, die Hände sittsam auf dem Schoß gefaltet. Ihre hochgesteckten Haare ließen ihren anmutigen Hals frei. Sie trug ein braunes Kostüm. Die

Beine hatte sie an den Knöcheln übereinander gelegt. Sie wirkte ruhig. Gelegentlich blitzten ihre Augen auf bei etwas, das Monika sagte. In ihren Augen war Intelligenz zu lesen – und ein wenig Zorn, den sie in Schach hielt. Zumindest für den Augenblick. Das Reden überließ sie Park.

Die richtige Monika zupfte ständig an ihrem mit Blumenmuster bedruckten Hausmantel herum. Sie zerrte am Gürtel. Monikas Haare waren offen und zerzaust. Sie sah aus wie eine Frau, die gerade aus dem Bett geholt worden war. Ihre Haut war nicht so glatt wie die ihrer Doppelgängerin. Mit den bloßen Zehen spielte sie mit den Fransen des Teppichs.

Park saß auf der Sofakante, vorgebeugt, die Ellbogen auf die Knie aufgestützt, die Hände offen und ausgestreckt, als versuche er die Situation zu erklären.

„Sie wissen, dass wir Viktor nicht einfach wie die anderen über die Grenze schaffen können", begann er.

„Das ist nichts Neues", erwiderte Monika, die sich bemühte, den Blick auf Park gerichtet zu halten und nicht auf die Frau neben ihm.

„Ja, ich sage nur, dass … nun, ich habe es versucht und es noch nicht geschafft, einen –"

„Sie haben es versucht? Wie? Was haben Sie unternommen?"

Park gestikulierte wild mit den Händen. „Sie müssen das verstehen, Monika. Nach Anni mussten wir die ganze Sache ganz anders anpacken."

„Auch das ist nichts Neues."

„Wir mussten einen plausiblen Grund finden, einen Jungen mit Viktors Behinderung nach Ostdeutschland zu bringen. Ich habe mich mit einigen Experten an der medizinischen Hochschule und", mit der linken Hand deutete er auf Witzell, „mit Ihrem Vater beraten, und bisher ist es uns nicht gelungen, einen plausiblen Grund zu finden. Schließlich wollen wir ja keine unnötige Aufmerksamkeit erregen. Es tut mir wirklich Leid."

„Es tut Ihnen Leid. Und das ist alles?"

„Monika", wandte Witzell ein, „du bist etwas zu streng zu –"

„Nein, das glaube ich nicht", widersprach Monika. „Wieder einmal hat Oberst Parker Versprechungen gemacht, die er nicht halten kann." An ihren Vater gewandt, fuhr sie fort: „Du solltest doch besser als alle anderen verstehen, was auf dem Spiel steht. Jahrelang hast du die Kinder zusammengehalten. Jetzt ist es Oberst Parker gelungen, sie auseinander zu reißen, auf zwei Kontinente zu verteilen, und der arme Viktor ist allein. Wer wird es ihm sagen? Es wird ihm das Herz brechen."

„Ich habe ihn nicht im Stich gelassen", beharrte Park hitzig. „Wir werden einen Weg finden. Mir ist nur noch keiner eingefallen. Aber wir werden es schaffen. Davon bin ich überzeugt."

„In der Zwischenzeit haben Sie etwas anderes gefunden."

Park und Alex sahen sich an.

„Ich dachte nur –"

„Es ist ziemlich offensichtlich, was Sie gedacht haben!", fuhr Monika dazwischen.

„Einen Augenblick", mischte Konrad sich ein. „Ich weiß zwar nicht, wie es den anderen geht, aber ich würde gern erfahren, was Park sich gedacht hat."

Park sah Konrad an. Er konnte nicht erkennen, ob Konrad ihn verteidigen oder ihm ein Seil zuwerfen wollte, an dem er sich selbst aufhängen konnte.

„Ich würde auch gern seine Erklärung hören", fügte Ursel hinzu.

„Es ist doch der nächste logische Schritt", erklärte Park sachlich. „Wir schaffen die Kinder aus dem Land, und Sie anderen folgen. Ich bin auf der Suche nach einem Doppelgänger von jedem von Ihnen."

„Das war nie vorgesehen", wandte Monika ein.

„Da irren Sie sich. Das war immer der Plan. Damals im Jahr 1945 und auch jetzt. Damals gehörten Sie und Ursel dazu. Jetzt haben wir noch Herrn Witzell und Konrad hinzugefügt."

„Sie sind auf der Suche nach einem Amerikaner, der aussieht wie ich?", fragte Konrad.

„Der Ihnen zumindest sehr ähnlich sieht."

„Ich habe nie gesagt, dass ich nach Amerika gehen möchte", erklärte Monika. „Und selbst wenn: Ich würde niemals gehen, wenn ich nicht Viktor mitnehmen könnte."

Sie ließ keinen Raum für Diskussionen, so viel war klar.

„Es ist nur so, da fast alle anderen bereits in den Staaten sind und da Konrad, Ursel und Herr Witzell noch hier sind und sich um Viktor kümmern können, dachte ich …"

„Ja, ich kann sehen, was Sie gedacht haben", unterbrach Monika ihn. Dieses Mal sah sie Alexandra Moffett direkt an.

Mittlerweile war Alex bereit, die Herausforderung anzunehmen. Sie wollte etwas sagen, doch Park unterbrach sie.

„Genau wie die anderen", erklärte Park ernst, „hat sie ihr Leben riskiert, um hierher zu kommen, eine gut gehende Praxis im Stich gelassen."

„Eine Praxis?", fragte Herr Witzell.

„Ich bin Augenärztin", erklärte Alex.

Witzell blickte Park mit hochgezogenen Augenbrauen an. Er war sichtlich beeindruckt.

„Was genau ist Ihre Rolle?", fragte Monika sie. „Ich würde gern wissen, wie Park Sie dazu überredet hat, sich auf diese Sache einzulassen."

„Professor Parker kann sehr überzeugend sein", erwiderte Alex. „Er ist ein Mann mit hohen Idealen. Sehr leidenschaftlich."

Jetzt zog Monika die Augenbrauen in die Höhe.

Konrad und Ursel schnaubten.

Das ärgerte Alexandra Moffett. Sie erhob sich und sagte: „Ich weiß nicht, was hier zwischen Ihnen vorgeht oder in der Vergangenheit zwischen Ihnen vorgefallen ist, aber eines möchte ich Ihnen sagen: Wann immer Professor Parker von Ihnen gesprochen hat, von Ihnen allen, tat er dies mit dem äußersten Respekt und der größten Hochachtung. Ihnen ist das vielleicht nicht klar, aber dieser Mann hat sich der Aufgabe verschrieben, jeden Einzelnen von Ihnen aus Ostdeutschland herauszuholen. Wann immer er die Grenze überquert, tut er das in dem Wissen, dass er vielleicht nie wieder herausgelassen wird. Ihnen bedeutet das vielleicht nicht viel, aber es gibt nur wenige Menschen auf dieser Welt, die wiederholt Gefangennahme und Gefängnis riskieren. Ich glaube, Sie können sich glücklich schätzen, einen Mann wie ihn zu kennen, der bereit ist, dies für Sie zu tun!"

Keiner sagte ein Wort. Keiner verzog mehr das Gesicht.

An Park gewandt, sagte sie: „Ich warte im Wagen auf Sie." Damit verließ sie den Raum.

Monika erhob sich. Park auch.

Monika würdigte ihn keines Blickes mehr. Wortlos drehte sie sich einfach um und kehrte in ihr Schlafzimmer zurück.

Park rief ihr hinterher: „Ich werde auch weiter einen Weg suchen, Viktor herauszuholen."

Er verabschiedete sich und ging zur Tür.

* * *

Der Flug von Tempelhof startete pünktlich. Während das Flugzeug zur Startbahn rollte, machte der Motorenlärm in der Kabine eine Unterhaltung unmöglich.

Park und Alex saßen angeschnallt nebeneinander. Die Lichter Berlins erhellten die Dunkelheit.

Die Motoren heulten auf und das Flugzeug beschleunigte. Die Passagiere wurden in ihre Sitze gedrückt. Dann hoben sie ab und waren in der Luft.

„Es tut mir Leid, dass ich Sie ganz umsonst um die halbe Welt geschleift habe", sagte Park mit einem entschuldigenden Lächeln.

Alex lächelte ihn freundlich an. Sie wusste es nicht, aber es zerriss Park das Herz. Es war das erste Mal. Die Vorbereitung von Alexandra Moffett auf diese Aufgabe war Park sehr schwer gefallen. Wann immer er sie ansah, sah er Monika. Wann immer sie ihn anlächelte, war es, als würde er in seinen Träumen leben. Wenn sie über etwas, das er gesagt hatte, lachte, war es Monika, die diesen Augenblick mit ihm teilte. Es gab Zeiten, ungeschützte Augenblicke, wo sie ihn ertappte, und er musste den Impuls unterdrücken, sie in die Arme zu nehmen, ihr seine Liebe zu erklären.

„Vielleicht war es doch nicht umsonst“, meinte Alex. Sie legte ihre Hand auf seine.

Er sah ihre Hand an, dann in ihre Augen.

„Diese vergangenen Wochen waren etwas ganz Besonderes für mich“, erklärte Alex.

Sie sprach die Worte mit Monikas Lippen aus.

„Ich weiß nicht, in welcher Beziehung Sie zu dieser Frau stehen“, sagte sie. „Aus dem wenigen, das ich mitbekommen habe, ist da etwas zwischen Ihnen.“

„Feindseligkeit“, erwiderte Park. „Das ist zwischen uns.“

„Da wäre ich nicht so sicher. Wie auch immer, ich möchte Ihnen sagen, dass ich in der Zeit, in der ich Sie nun kenne, Gefühle für Sie entwickelt habe.“

Park wusste, es war gefährlich, sie anzusehen. Doch er konnte nicht anders. Die Worte. Das Gesicht. Ihre Bereitschaft. Sie neben sich zu haben, war alles, was er wollte.

Es war nur – sie war ein Trugbild.

Sie war nicht Monika.

Am folgenden Morgen gab Monika es bekannt. „Wir werden auf eigene Faust versuchen, Viktor aus Ostdeutschland herauszubringen“, sagte sie.

Witzell war anderer Meinung. „Vielleicht fällt Park ja etwas ein.“

„Ich stimme Monika zu“, sagte Konrad. „Falls Park etwas einfällt, um Viktor herauszuholen, gut. In der Zwischenzeit sollten wir uns selbst etwas überlegen. In meinem Zimmer habe ich Fotografien von der Mauer.“

Er ging in sein Zimmer, um sie zu holen. Kurz darauf lagen die Schwarzweißfotos von der Berliner Mauer vor ihnen ausgebreitet auf dem Tisch.

„Der Besitz dieser Fotos ist schon ein Grund, verhaftet zu werden“, gab Witzell zu bedenken. „Ursel, geh zum Fenster und halte Ausschau nach Willi. Wie viel Zeit haben wir noch, bis er auftaucht?“

Monika sah auf die Uhr. „Dreißig Minuten bis eine Stunde."

Ursel ging zum Fenster, während Monika, Konrad und Witzell die Fotos studierten. Dann und wann deutete Witzell auf ein Motiv, das er bei seiner Besichtigungstour gesehen hatte. Je mehr sie sich in diese Fotos vertieften, desto unmöglicher erschien ihnen ein Fluchtversuch über die Mauer.

„Ich habe viele Spaziergänge unternommen", sagte Ursel. Sie schob leicht den Vorhang zurück. „Früh am Abend, wenn Herr Gellert noch in der Fabrik und ich allein im Haus war. Meistens in Pankow. Ich wollte die alte Kirche wieder sehen, das Haus, in dem ich aufgewachsen bin." Sie lächelte bei der Vorstellung. „In dem Haus wohnt jetzt eine glückliche Familie. Einmal bin ich sogar zur ursprünglichen Rama-Klause gefahren. Ich konnte nicht erkennen, ob die Hütte mittlerweile von einer Familie bewohnt wird oder ob irgendeine Organisation darin ihre Büros hat. Es gab keine Schilder."

Die anderen beschäftigten sich weiter mit den Fotos.

„Eigentlich bin ich hingefahren, um Pastor Schumachers Grab zu besuchen."

Konrad und Monika sahen auf. Auch Konrad. Sie hatten ihn in einem unmarkierten Grab begraben, aber es erstaunte sie nicht, dass Ursel es ausfindig machen konnte.

„In dieser Nacht habe ich von Pastor Schumacher geträumt. Ich stand an seinem Grab, und ganz plötzlich war er neben mir. Doch es war überhaupt nicht beängstigend. Ich glaube nicht, dass ich jemals Angst haben könnte vor Pastor Schumacher."

Jetzt beschäftigte sich keiner mehr mit den Fotos.

„Dann stieg er in sein Grab und setzte sich hinein, wie man sich in eine Badewanne setzt. Und er sah mich an und streckte seine Arme aus, als wollte er, dass ich mich zu ihm setze."

„Oh Ursel", sagte Monika, „du solltest in so etwas nicht zu viel hineininterpretieren. Das war doch nur ein Traum."

Ursel sah sie an. „Das weiß ich, aber trotzdem musste ich darüber nachdenken. Ich glaube, Pastor Schumacher hat versucht, mir zu sagen, dass Sterben keine so schreckliche Erfahrung ist, wie wir denken, und wenn wir an der Reihe sind zu sterben, dann wird er dort auf uns warten."

Nach einer Weile wandten sich die drei wieder den Fotos zu, doch die Stimmung war gedrückt.

„Ich weiß nicht einmal, warum ich jetzt daran denken musste", sagte Ursel. „Vielleicht wegen Herrn Parker, wie er die anderen über die Grenze geholt hat. … Pastor Schumacher wird da sein, um uns in unser neues Leben im Himmel zu helfen."

„Ich glaube nicht, dass es darum geht", sagte Konrad. Er richtete sich auf und hielt ein Foto in die Höhe. „Ich glaube ganz und gar nicht, dass es das ist."

„Ist dir was eingefallen?", fragte Witzell.

„Ich weiß jetzt, wie wir Viktor über die Grenze bringen können."

35

Der Winter 1962 verlief sehr problematisch. Nicht so sehr wegen des Wetters, vielmehr wegen der Vorbereitungen für einen neuen Fluchtversuch im kommenden Frühling. Aber vor allem war es eine Zeit der Rückschau.

Die Amerikaner erlebten ein Klausen-Fieber. Es war ihr erstes Weihnachten außerhalb der Staaten. Und obwohl Monika und Ursel sich Mühe gaben, das amerikanische Thanksgiving im November mit Truthahn zu feiern, so erinnerten sie doch die anderen Gerichte – Sauerkraut und Linsensuppe mit Würstchen – daran, dass sie weit von zu Hause fort waren. Weihnachten verlief besser, da dieser Feiertag in beiden Kulturen gefeiert wurde, obwohl in Ostdeutschland offiziell nicht so viel Wert darauf gelegt wurde. Ihre Gastgeber gingen mit ihnen einkaufen, aber das war eine deprimierende Erfahrung für sie. Die Regale in den Geschäften waren grau und leer. Doch sie kauften Kleinigkeiten, die sie finden konnten. Sie sangen Weihnachtslieder und schmückten einen Baum mit Kerzen und Lametta. Trotzdem war Heimweh eine allgemeine Krankheit in der Rama-Klause, zumal es keine Nachricht von Park gegeben hatte, wie lange sie noch würden bleiben müssen.

Viktors Gefühle schwankten zwischen Begeisterung über die ungewöhnliche Aufmerksamkeit, die ihm zuteil wurde, und tiefer Niedergeschlagenheit hin und her. Dies war das erste Weihnachtsfest, das er von den anderen getrennt verlebte. Er bekam ein Päckchen aus den Staaten mit Weihnachtsgeschenken. Die anderen schickten ihm Briefe oder Karten. Beigefügt war ein Foto von ihnen zusammen mit Ernst und Rachelle vor einem großen Weihnachtsbaum. Auf der Rückseite des Fotos stand: *Nächstes Jahr zusammen im HdF.* Wer immer das geschrieben hatte, hatte nicht gewagt, Haus der Freiheit auszuschreiben, aus Angst, es könnte den ostdeutschen Postinspekteuren zu viel verraten.

Monika verbrachte die Feiertage in gedrückter Stimmung. Ursel wieder im Haus zu haben, tat ihr gut. Was die Männer in ihrem Leben betraf, so schaffte sie es, einigermaßen ausgeglichen damit umzugehen. Willis Besuche wurden hingenommen; sie waren ein notwendiges Übel. Immer häufiger nannte sie Herrn Witzell „Vater“, und sie fing an, ihm einen Gutenachtkuss auf die Wange zu geben. Er freute sich natürlich über diese Veränderung. Was Konrad betraf, hatte sein brillanter Fluchtplan ihn in ihren Augen rehabilitiert. Nicht selten sah man die beiden die Köpfe zusammenstecken und an den Einzelheiten des Fluchtplans feilen.

Für Ursel und Konrad waren die Feiertage besonders schwer, da sie zu dieser Jahreszeit in der Vergangenheit die größte Nähe erlebt hatten. Die Weihnachtsfeier 1939 in Pastor Schumachers Haus, als er jedem Jugendlichen eine Münze mit einer persönlichen Inschrift geschenkt hatte und die Jungen den Weihnachtsbaum umgeworfen hatten – *„Armer Kaiser!“* – und Ursel das Radio angestellt und sich über die Weihnachtsmusik gefreut hatte, um dann zu erfahren, dass sie den verbotenen Sender BBC eingestellt hatte. Am Silvesterabend 1943, nach Hartmuts Tod, und 1944, als sie sich ihre Neujahrswünsche erzählt hatten, hatte Konrad Ursel gesagt, sie sei die Frau, die ihn glücklich machen könnte.

Am letzten Tag des Jahres 1962 unternahm Ursel einen kurzen Spaziergang. Warm eingepackt gegen die Kälte, hinterließ sie eine Fußspur in dem verharschten Schnee, die sich zwischen den Bäumen hindurchzog. Die Münze, die Josef für sie hatte prägen lassen, nahm sie mit. Ihre Münze trug die Inschrift: „Kraft und Schöne sind ihr Gewand.“ Dieser liebe Mann.

Er wusste von ihrem unglücklichen Familienleben, als er diesen Text ausgesucht hatte. Es war sein Versprechen an sie, dass ihr Leben nicht immer in einem Strudel von Zank und Streit verlaufen würde. Grinsend fragte sie sich, was Pastor Schumacher wohl sagen würde, wenn er wüsste, dass sie sich dreiundzwanzig Jahre später immer noch nicht kraftvoll und schön fühlte.

Diese Münze und die Erkenntnis, dass sie mit Waldemar Gellert nie glücklich werden würde, hatten sie an dem Abend von Konrads stummem Besuch davon überzeugt, die Beziehung zu beenden. Das und noch etwas anderes: die Art, wie Konrad dort in Herrn Gellerts Wohnzimmer gestanden hatte, reglos, unberührt von dessen Spott. Es war dem alten Konrad so unähnlich. Der alte Konrad hätte Schlag um Schlag geführt, mit den Fäusten, falls nötig. Der Konrad, der in Waldemar Gellerts Wohnzimmer stand, war ein anderer Konrad. An diesem Abend traf Ursel die Erkenntnis, dass sie in ihm das Bild von Pastor Schumacher sah. Es war keine körperliche Ähnlichkeit, aber die moralische Stärke, eine Stärke, die keine Prahlerei oder Selbstdarstellung brauchte, um sich zu beweisen. An diesem Abend entdeckte sie in Konrad die moralische Stärke, die in das Muster seines Wesens eingewebt war.

Nachdem sich ihr Zorn so weit abgekühlt hatte, dass sie das erkannt hatte, hatte sie gewusst, dass sie ihr Glück nur gemeinsam mit ihm oder nie finden konnte.

Während sie alle gemeinsam mit Trinksprüchen am Kaminfeuer das Jahr 1963 begannen, merkte Ursel, wie Konrad sie anstarrte. Seine Augen waren feucht, genau wie ihre. Die Erinnerungen waren zu stark.

36

Freitag, 22. März 1963

Auf einem Holzstuhl neben einem Fenster, von dem aus man die Wilmersdorfer Straße in Westberlin überblicken konnte, saß Willi Reichmann und blickte hinab auf die Straße. Sie glich einem aufgescheuchten Bienenstock.

Er lachte leise. Das hatte er früher einmal gemacht – mit einem Stock in einem Bienenstock gestochert. Nicht dass er es auf den Honig abgesehen gehabt hätte. Er hatte den Bienenstock gesehen und gedacht, es müsste Spaß machen hineinzustechen. Das hatte sich als Fehler erwiesen. Siebenundzwanzig Stiche. Er hatte sie gezählt. Seine Haut war dick angeschwollen, und ihm war tagelang übel gewesen. Doch besonders in Erinnerung geblieben waren ihm weniger die Bienenstiche als die stechende Zunge seines Vaters. Während die Bienen an einem Tag ihr Werk vollendeten, machte Herr Reichmann seinen Sohn an jedem nur denkbaren Ort in der Öffentlichkeit herunter, und das über Wochen hinweg.

Aber das war Vergangenheit. Er hatte seine Lektion gelernt. Willi wusste jetzt, dass man, wenn man in einem Bienenstock stocherte, bessere Vorkehrungen treffen musste.

Er nahm das Gewehr auseinander, legte es in eine Holzkiste, versteckte es in einer langen Holztruhe und stellte dann neun Kästchen mit Schlüsselrohlingen nebeneinander darauf. Er drehte seinen Stuhl zu dem rotierenden Schleifstein, setzte die Schutzbrille auf, die sein gesundes Auge vor den herumsprühenden Funken schützen sollte, und schliff einen Rohling passend zu der Vorlage.

Nachdem er einen fertig hatte, nahm er einen zweiten aus der Schachtel. Er sah nicht mehr zum Fenster hinaus. Das war unnötig. Er hatte oft genug zugeschaut. Jetzt brauchte er nur noch auf die Polizei zu warten.

Während er wartete, dachte er an Monika. Den ganzen Morgen

freute er sich auf diese Zeit, wenn er sich, nachdem er seine Arbeit getan hatte, auf sie konzentrieren konnte. Noch hatte er nicht herausgefunden, was sie an sich hatte, das ihn so faszinierte. Er wusste nur, dass er schon immer so für sie empfunden hatte. Es war nicht ungewöhnlich für einen jungen Mann, Gefühle für eine ältere Frau zu entwickeln. Jetzt amüsierte er sich darüber, dass sie die Frau des Pastors gewesen war. Die meisten Jungen jedoch überwanden ihre erste Zuneigung, indem sie sich jüngeren Mädchen zuwandten, die zu haben waren. Willi hatte das nicht getan.

Während sich seine Kumpels in der Armee nach den Mädchen verzehrten, die sie zurückgelassen hatten, oder sogar für weibliche Gesellschaft bezahlten, konnte Willi Monika nicht vergessen. Bei seiner Rückkehr von der Front war sein erster Gedanke, dass er sie sehen wollte. Und als er erfuhr, dass ihr Mann mit Drogen voll gepumpt worden war wegen seiner Rolle in irgendeinem verrückten Plan, ein paar zurückgebliebene Kinder zu retten, hatte Willis Herz einen Sprung getan bei dem Gedanken, dass Pastor Schumacher vermutlich jung sterben würde. Die Erkenntnis, dass er Monika ganz für sich allein haben könnte, machte ihn glücklich.

Der Tag, an dem Josef Schumacher starb, war ein Freudentag für Willi gewesen. Sofort hatte er begonnen, nach Möglichkeiten zu suchen, Monikas Herz für sich zu gewinnen. Mittlerweile war Hitler auf dem Rückzug, und fast alles war knapp. Durch Willis gute Beziehungen zum Schwarzmarkt konnte er den Helden spielen und vieles besorgen, Lebensmittel und auch alles andere Lebensnotwendige. Monika war ihm zu Dank verpflichtet. Und gerade als er dachte, er würde Fortschritte machen, kam das Kriegsende und vermasselte alles.

Monika verschwand. Willi tröstete sich durch die Heirat mit Karin Wissing. Sie war mit Monika nicht zu vergleichen, aber sie war auch sehr attraktiv. Willi wurde wohlhabend, verschaffte sich viele persönliche Vorteile durch seine Kollaboration mit den vorpreschenden Sowjets. Während Deutschland unter den Gewissensbissen der nationalen Schuld litt, in den Ruinen seiner einst so stolzen Städte lebte und sich von Kohlsuppe ernährte, kam bei Willi und Karin Reichmann nur das Beste auf den Tisch, was die Sowjets Willi für den Verrat von gesuchten Deutschen bei den militärischen Führern gegeben hatten.

Und dann, als er gedacht hatte, er hätte jede Hoffnung auf ein Wiedersehen mit Monika aufgegeben, stieß er bei seinen spätabendlichen Schnüffeleien im Stasi-Hauptquartier auf einige Papiere, die darauf schließen ließen, dass Monikas behinderte Kinder nach wie vor am Leben waren. Er spürte sie auf. Obwohl er Monika nicht fand, stieß er auf ihren Vater – Überraschung, Überraschung; eigentlich sollte er tot sein –, und er wusste, dass er diese Kinder nun nur noch im Auge behalten musste. Er hoffte, falls Monika noch am Leben war, würde sie irgendwann wieder von den Kindern angezogen werden, so wie Karin von Schmuck angezogen wurde.

Wie sich herausstellte, hatte Willi Recht gehabt. Seine Besessenheit fand neue Nahrung.

Die Tür zu dem Schlüsselladen flog mit einem lauten Krachen auf. Vier Polizisten platzten mit gezogenen Revolvern herein. Willi tat überrascht. Um der besseren Wirkung willen stieß er eine Schachtel mit Rohlingen um. Sie verteilten sich auf dem Boden.

Willi hob langsam die Hände.

„Herr Kippenberger?“, fragte der Polizist, der als Erster durch die Tür gekommen war.

„Wie auf der Tür steht“, erwiderte Willi.

Die Tür, die gerade eingetreten worden war, trug in goldenen Buchstaben die Aufschrift *Kippenbergers Schlüsselladen.* Willi hatte den Laden gemietet und war sechs Monate zuvor eingezogen.

Die Polizisten sahen sich mit gezückten Pistolen in dem Raum um, schauten hinter die Theke und die Kisten und sahen in den Schränken nach.

„Ist kürzlich jemand hier gewesen?“

„Nein.“

„Haben Sie etwas gehört? Gesehen?“

„Nein. Nur dass es irgendeine Unruhe auf der Straße gegeben

hat." Er sah zum Fenster hinaus. „Ist der Mann, der da im Schnee liegt, schlimm verletzt?"

Die Polizisten sahen sich ein letztes Mal um.

„Wir gehen", ordnete einer der Beamten an.

„Ist das jemand Wichtiges?", rief Willi ihnen nach.

Er bekam keine Antwort. Er brauchte auch keine. Der Mann, der da im Schnee lag, war tot. Willi wusste mehr über den Verstorbenen als die Polizisten, die jetzt in das nebenan liegende Büro stürmten.

Der tote Mann auf der Straße war Alfred Kleiber, einunddreißig Jahre alt. Er hatte eine Frau, Ingrid, und drei Söhne, Wolfgang, Franz und Walter. Er war aus Westdeutschland, Leiter einer militärischen Gegenspionagegruppe. Vor einem Jahr hatte er sich mit einem Umschlag winkend einer ostdeutschen Grenzbarriere genähert und einen ostdeutschen Grenzbeamten überredet, den Umschlag anzunehmen. In diesem Brief hatte er der Stasi seine Dienste angeboten und behauptet, er könne Einzelheiten über die Standorte der streng geheimen Standorte der amerikanischen taktischen Nuklearwaffen in Westdeutschland liefern. Natürlich hätte alles seinen Preis.

Allerdings hatte Kleiber keine Ahnung, dass ein Maulwurf der Stasi in Westdeutschland die Daten überprüfen konnte. Die Koordinaten stimmten nicht. Es war ein Versuch, westdeutsche Falschmeldungen weiterzugeben. Die Stasi schickte Willi, um sich Kleibers anzunehmen.

Willi wusste Dinge über den Mann, von denen sogar seine Frau Ingrid keine Ahnung hatte. Zum Beispiel wusste sie nichts von seiner Geliebten – Adelheid Klar, eine brünette Schönheit, die immer in Stöckelschuhen herumlief, um ihre Beine besser zur Geltung zu bringen – und dass sie in Kleibers Wohnung in der Wilmersdorfer Straße wohnte. Er besuchte sie jeden Freitag um zwei Uhr mittags für ein paar Stunden, bevor er nach Hause ins Wochenende ging. Außer heute natürlich. Alfred Kleiber würde sein heutiges Rendezvous mit Adelheid nicht einhalten können.

Willi sah zum Fenster hinaus. Die Polizei hatte eine Absperrung um den Tatort gezogen, um die kleine, aber zunehmend größer werdende Zuschauermenge auf Abstand zu halten. Er hielt Ausschau nach Adelheid. Hatte sie es bereits erfahren? Oder wartete sie in ihrer Wohnung, ärgerte sich darüber, dass ihr Geliebter sich verspätete? Er griff nach einem weiteren Rohling. Sein Magen knurrte. Im Gegensatz zu früher, als das Töten ihm noch auf den Magen geschlagen war, machte es ihn nun hungrig. Auch darüber musste er lachen. Seit seiner Jugendzeit in Pankow war er in so vieler Hinsicht gewachsen. Diejenigen, die ihn noch als kleinen und knochigen Jungen kannten, würden nicht glauben, wozu er heute fähig war.

Seltsam, wie sich manches entwickelte. Eigentlich war Konrad zum Scharfschützen ausgebildet worden, während Willi Angst vor Pistolen gehabt hatte. Der Krieg hatte vieles verändert. Jetzt konnte Konrad nicht mehr töten, und Willi verdiente seinen Lebensunterhalt als Mörder. Nun, dort lag das große Geld. Seinen Lebensunterhalt verdiente er durch den Verkauf von Informationen und durch Erpressung.

In Stalingrad hatte Willi gelernt, dass das Töten profitabel war. Noch immer erstaunte es ihn, *wie* profitabel. Und wie einfach. Natürlich war er in den Schützengräben vor Stalingrad noch ein verängstigter kleiner Junge gewesen, als er die Granate in seinen eigenen Graben geworfen hatte. Der Plan war ganz einfach gewesen. Er wollte sich selbst verletzen und wieder nach Hause geschickt werden, bevor die Russen ihn töteten. Und er dachte immer noch, dass alles gut gelaufen wäre, wenn sich Georg Bauer nicht unerwartet umgedreht hätte. Der dicke Georg. Wenn das kein lustiger Anblick gewesen war! Mit weit aufgerissenen Augen hatte Georg ihn angesehen, als die Granate von seiner Brust abgeprallt war. Es war die letzte Überraschung, die Georg erlebte. Willi allerdings traf das Schrapnell im Gesicht und am Arm anstatt am Bein.

Als Willi wieder zu sich kam, sah er, dass es noch einen weiteren Überlebenden gegeben hatte – Rudi Reck, ihren Gruppenführer. Willi schuldete ihm noch eineinhalb Sold. Er hatte beim Kartenspiel einfach Pech gehabt. Rudi hatte ein Bein verloren. Er hatte mitbekommen, dass Willi die Granate geworfen hatte; mit mörderischem Blick hatte er Willi angestarrt. Was war Willi anderes übrig geblieben? Sein rechtes Auge war zerstört und eine Hand nutzlos, trotzdem war es ihm gelungen, sich Rudi über die Schulter zu legen. Rudi verlor viel Blut. Damit er mit niemandem sprechen musste, war Willi auf Umwegen zu der Stelle zurückgekehrt, an der sich ihre Einheit eingegraben hatte. Ein Arzt sah ihn herankommen und eilte ihm zu Hilfe. Willi kämpfte mit ihm um Rudi, weil er dachte, dass Rudi noch am Leben sein könnte. Der Arzt wertete Willis Verhalten als Schockreaktion. Und als er Willi den Mann schließlich abnehmen konnte, war Rudi tot.

Willi bekam eine Auszeichnung und wurde als Held nach Hause geschickt. Er erhielt ein Silberband für seine Verwundung und ein Eisernes Kreuz zweiter Klasse. Und dafür brauchte Willi nur eine Granate in den eigenen Schützengraben zu werfen.

Seither hatte er nur einmal aus anderen Gründen als Geldgier getötet – nun, zweimal, wenn er Karin mitzählte, aber an sie dachte er kaum noch. Er hatte aus Rache getötet. Wegen der lebenslangen Verspottung und des körperlichen und verbalen Missbrauchs hatte Willi seinen Vater getötet.

Konrad dachte, Krahl hätte es getan. Nachdem Willi als verwundeter Kriegsheld von der Front zurückgekehrt war, fing sein Vater tatsächlich an, ihm einen gewissen Respekt entgegenzubringen. Es war zu wenig, zu spät.

Nachdem er seine Schlüssel beendet hatte, drehte Willi einen Knopf und setzte dadurch einen zweiten Schleifstein in Bewegung. Er drückte die geschnittenen Kanten des Schlüssels gegen das sich drehende Rad, um die rauen Kanten zu glätten. Nachdem er beide Schleifsteine abgestellt hatte, lauschte er auf Geräusche im Flur. Alles war ruhig. Die Polizei war weitergezogen.

Er stand auf, streckte sich und zog seine Arbeitsschürze aus. Herr Kippenberger würde seinen Laden heute früher schließen. Im Café Lorenz, so hatte man ihm erzählt, seien die Würstchen besonders würzig, genau so, wie er sie mochte. Vielleicht würde er dort vorbeischauen, bevor er wieder über die Grenze nach Ostdeutschland zurückging. Willi würde sich in keiner Schlange anstellen müssen. Es gab ein Teilstück an der Grenze, wo keine Landminen vergraben waren. Die Stasi schleuste an diesem Teilstück ihre Agenten und Handlanger über die Grenze. Ja, die Stasi kümmerte sich um ihre Leute.

Während Willi den Laden abschloss, begann er zu lachen. *Kippenbergers Schlüsselladen.* Er war stolz auf seinen Einfall. Für einen Mann, der mit einem Dietrich Schlösser knackte, war die Vorstellung, einen Laden zu besitzen, in dem Schlüssel nachgemacht wurden, eine nette Idee.

37

Samstag, 23. März 1963

Willi hoffte nur, dass er sich täuschte. Es würde die Sache mit Monika erheblich verkomplizieren. Doch er konnte das Gefühl nicht abschütteln, dass in der Rama-Klause irgendetwas nicht stimmte. Und so sehr er hoffte, dass sie nicht versuchten, ihn hinters Licht zu führen, so würde er ganz bestimmt nicht zulassen, dass sie ihn zum Narren hielten.

Bei Karin war es Schmuck und alles, was man mit Geld kaufen konnte, gewesen. Willi wusste, dass sie ihn nie geliebt hatte. Es war ihm egal gewesen. Er wollte sie an seiner Seite haben, und es hatte ihm gefallen, wie die Leute sie angestarrt hatten – in einem Abendkleid hatte sie wirklich atemberaubend ausgesehen –, und dann hatten sie zu ihm hinübergeschaut und sich gefragt, wie ein Mann mit seinem Aussehen eine so schöne Frau bekommen konnte. Karin hatte Dinge mehr geliebt als Menschen. Darum hatten beide von ihrem Arrangement profitiert, weil Willi ihr Geld gegeben hatte.

Bei Monika war es insofern ähnlich, als Willi wusste, sie würde ihn nie lieben. Aber andererseits war es auch anders, denn Willi würde ihr alles geben, damit sie ihn liebte. Er war jedoch realistisch genug, um zu erkennen, dass er ihr nichts bieten konnte, was sie sich wünschte, weder in Bezug auf Besitz noch in Bezug auf Persönlichkeit. Um sie zu bekommen, musste er ihren Preis herausfinden. Im Gegensatz zu Karin machte sich Monika nichts aus Besitztümern. Ihre Sorge galt, wie Willi beobachten konnte, einzig und allein den behinderten jungen Leuten. Das verstand er nicht, aber das brauchte er auch nicht zu verstehen. Er brauchte nur darüber Bescheid zu wissen und dieses Wissen zu seinem Vorteil zu nutzen.

Erpressung war das einzige Mittel, das bei Monika Wirkung zeigte. An dem Tag, an dem er erfahren hatte, dass die Behinderten aus K7 unter dem Vorwand herausgeschmuggelt worden waren, sie seien verstorben, wusste er, dass er endlich gesiegt hatte. Jetzt hatte er, was er brauchte, um die Kontrolle über Monika Schumacher zu bekommen. Willi empfand nur selten ein Gefühl der Schwäche, aber es gab kein anderes Wort, um die Gefühle zu beschreiben, die ihn durchströmten, als er das erkannte.

Darum hoffte er, dass sie nicht so dumm waren zu versuchen, ihn hinters Licht zu führen. Das würde alles verderben. Bisher hatte er Kleinigkeiten, dass Leute zum Beispiel hinter geschlossenen Türen Englisch sprachen, übersehen. Natürlich war er misstrauisch, aber er konnte nur daraus schließen, dass sie eine andere Sprache lernten, damit sie Heimlichkeiten vor ihm haben konnten. Willi sprach kein Englisch. Doch es gab auch andere Dinge, die viel schwerer zu ignorieren waren – vor allem der blinde Junge, der früher wie eine Katze miaut hatte.

Zum einen war da die Sonnenbrille. Monika hatte ihm das erklärt. Irgendein Blödsinn, der mit einer Bemerkung von Edith zusammenhing. Willi ließ das so stehen. Wenn der Junge den Drang hatte, alle dreißig Sekunden seine Haare zu kämmen, dann war das eigentlich nicht verdächtig. Aber ein paar Tage nach Weihnachten hatte Willi den Jungen beobachtet, wie er durch einen dunklen Flur gegangen war, die Sonnenbrille auf der Nase. Mit ausgestreckten Händen hatte er sich an der Wand entlanggetastet.

Bemerkenswert an diesem Jungen war, dass er sich bisher überhaupt nicht wie ein Blinder verhalten hatte. Warum also spielte er ganz plötzlich den Blinden? Und dann vor kurzem hatte er den Jungen beobachtet, wie er Milch in ein Glas goss, und er hatte den Eindruck gehabt, als hätte er dabei über den Rand seiner Sonnenbrille gespäht.

Und was hatte es damit auf sich, dass er jeden jetzt „Mann“ nannte?

Willi war von seinem Auftrag in Westberlin zurück, saß nun auf einem Stuhl am Küchentisch und aß ein Stück Brot. Monika hatte Tomaten für das Abendessen klein geschnitten und sich für einen Augenblick entschuldigt. Willi war allein in der Küche zurückgeblieben.

Er hörte sie zuerst. Offensichtlich wussten sie nicht, dass er in der Küche saß. Sie lachten und sprachen Englisch miteinander. Als sie an die Küchentür kamen, blieb Edith abrupt stehen und schlug dem blinden Jungen auf den Arm, damit er den Mund hielt.

Betreten blickte sie ihn an.

„Entschuldigen Sie uns, Herr Reichmann", sagte sie auf Deutsch. Die beiden eilten ins Wohnzimmer.

„Kommt zurück!", rief Willi ihnen nach.

Sie gehorchten nicht.

Er hörte, wie die Haustür geöffnet wurde, und lief ihnen nach. Sie hatten irgendetwas zu verbergen. Davon war er überzeugt. Während Willi über den Flur rannte, hörte er die Haustür ins Schloss fallen. Mit wenigen Schritten hatte er sie erreicht und riss sie auf. Edith und der blinde Junge waren im Garten, liefen auf Monika und Witzell zu, die sich wegen irgendetwas berieten. Witzell hackte den Boden auf, damit er aussäen konnte.

Edith und der Blinde erreichten sie und Edith flüsterte Monika etwas zu.

Monika riss alarmiert die Augen auf. Sie schob sich an Edith vorbei auf Willi zu.

In diesem Augenblick wurde ihm alles klar. Willi kannte ihr Geheimnis, obwohl er die Absicht dahinter noch nicht erraten konnte. Zuerst die Täuschung, um sie aus K7 herauszuholen, und jetzt eine weitere Täuschung, um sie aus der Rama-Klause herauszuholen. Aber wohin und warum? Sie schafften die jungen Leute aus der Rama-Klause weg und ersetzten sie durch andere.

„Ah! Da bist du ja!", sagte Monika zu Willi. „Ich brauche deine Hilfe in der Küche." Sie packte Willi am Arm und versuchte, ihn mit sich zum Haus zu zerren.

Willi blieb stocksteif stehen. „Irgendetwas geht hier vor", sagte er.

Witzell stand zwischen Willi und den beiden jungen Leuten. Er reichte Edith seine Hacke und sagte so laut, dass Willi es hören konnte: „Sei so lieb und bring das für mich in die Hütte. Toba, du gehst mit ihr."

„Ihr bleibt, wo ihr seid!", brüllte Willi.

„Willi, bitte lass sie in Ruhe", sagte Monika. Sie versuchte erneut, ihn ins Haus zu ziehen. „Wenn wir jetzt nicht bald mit dem Abendessen anfangen …"

„Toba, komm her!"

Toba machte einen Schritt auf Willi zu, aber Edith hielt ihn am Arm fest.

„Ich weiß nicht, was hier vorgeht", sagte Willi. Sein Zorn wuchs bei diesem ärmlichen Versuch, ihn zu täuschen. Hielten sie ihn denn für einen Idioten? Vermutlich hatten die beiden über ihn gelacht, als sie sich eben im Flur unterhalten hatten. „Ich sagte, komm her!"

Toba riss sich von Edith los. Er kam auf Willi zu. Witzell hielt ihn auf.

„Wenn er etwas gesagt hat, das dich beleidigt hat", sagte Witzell, „dann hat er es bestimmt nicht so gemeint. Er ist ein guter, höflicher Junge".

„Sie wussten nicht, dass ich in der Küche war", erklärte Willi. „Ich habe sie dabei erwischt, wie sie Englisch gesprochen haben. Und das nicht zum ersten Mal."

„Eine zweite Sprache", erklärte Monika. „Das gehört zu ihrer Ausbildung."

Willi wusste, wann gelogen wurde, und Monika war wirklich keine gute Lügnerin.

„Dieser Junge ist nicht blind", behauptete Willi. „Ich werde es nicht noch einmal sagen. Komm her."

Witzell blickte Toba an. Er schlug ihm auf die Schulter.

Toba ging zu Willi und sagte: „Wie kann ich Sie nur davon überzeugen, dass ich –"

Will riss ihm die Sonnenbrille vom Gesicht. Das Weiße seiner Augen war zu sehen.

„Vorsichtig mit der Sonnenbrille, Mann!", warnte Toba.

* * *

Um Konrads Plan, Viktor in den Westen zu bringen, zu verwirklichen, war noch eine wichtige Voraussetzung zu erfüllen.

„Wir brauchen Toba“, hatte er gesagt.

Park war benachrichtigt worden. In Absprache mit Herrn Witzell wurden Pläne geschmiedet, Toba wieder nach Ostberlin zu schleusen. Um einen Zwischenfall wie den bei seiner Ausreise zu vermeiden, hatte Witzell ein eintägiges Visum für sich und einen blinden Jungen aus K7 beantragt. Zweck der Reise war ein Besuch bei einem westdeutschen Augenarzt.

Park und Toba hatten sich in Westberlin getroffen.

Wie Witzell berichtete, hatte Park sehr bedrückt gewirkt, weil er noch immer keinen Weg gefunden hatte, um Viktor in den Westen zu holen. Sie hatten sich dieselbe Taktik überlegt, mit der sie Toba wieder nach Ostberlin brachten. Aber aus Gründen, die nur irgendeinem anonymen ostdeutschen Beamten bekannt waren, genehmigte die kommunistische Regierung zwar einem blinden Jungen einen eintägigen Besuch in Westdeutschland aus medizinischen Gründen, der gleiche Antrag für einen Jungen mit Down-Syndrom jedoch wurde abgelehnt.

Toba war ungefähr zur selben Zeit wieder nach Ostberlin gekommen, als Willi den westdeutschen Spion ermordet hatte.

Ein paar Wochen später schrieb Park in seinem Brief, dass Fletcher Green froh sei, wieder zu Hause studieren zu können. Er nähme sein Studium jetzt ernster.

38

Montag, 29. April 1963

Josef Schumachers Begräbnis verlief gnädigerweise ereignislos. Monika wünschte, Edith hätte dabei sein können. Aber Sharon Lewis machte ihre Sache als ihre Stellvertreterin sehr gut.

Witzell leitete die Trauerfeier. Man hatte überlegt, Monikas und Ursels Pastor zu bitten, die Trauerrede zu halten, aber Witzell bestand darauf, es selbst zu übernehmen. „Wer könnte das besser als ich?", bat er mit mehr Überzeugungskraft, als nötig gewesen wäre, denn alle waren leicht zu überzeugen gewesen. Mit Tränen in den Augen sagte er: „Es würde mir so viel bedeuten."

Und so wurde Witzell wieder zu Pastor Wilhelm Olbricht. Er schlüpfte mit solcher Leichtigkeit in seine pastorale Rolle, wie man einen geliebten alten Mantel überzieht. Er traf alle notwendigen Vorbereitungen – Sarg, Grabstätte, Grabstein. Er legte auch den Gottesdienstablauf fest.

Am Tag der Trauerfeier hielt Pastor Olbricht vor dem Sarg stehend eine zu Herzen gehende Grabrede im Schatten von zwei mächtigen Eichen. Es wehte eine leichte Brise. Der Frühling war angebrochen.

Monika stand zwischen Ursel und Sharon. Konrad hatte sich an Ursels Seite geschoben. Obwohl sie kaum einen halben Meter voneinander getrennt waren, war jede Entfernung zu groß. Mehr als je zuvor, vor allem angesichts des Anlasses, wünschte Konrad sich, sie zu berühren, ihr den Arm um die Schultern zu legen, sie an sich zu ziehen oder sie im Arm zu halten und ihren Kopf an seiner Schulter zu bergen.

Ihnen gegenüber, auf der anderen Seite des Sarges, standen die Doppelgänger in ihrer Rolle und Viktor. Seine Trauer war echt. Er verstand nicht, was vorging, und obwohl es vielleicht grausam erschien, hielten es alle für das Beste, ihm den Plan erst zu erklären, wenn Toba später am Abend ins Haus zurückkehren würde.

Im Schatten der mittelalterlichen, hoch aufragenden Friedhofskapelle mit den zugenagelten Fenstern vergossen diejenigen, die den Verstorbenen gekannt hatten, aufrichtige Tränen unter den wachsamen Blicken der an der Mauer patrouillierenden Grenzposten.

* * *

Es war Ursels Traum von Pastor Schumacher gewesen, der in Konrad den Plan hatte reifen lassen, auf dem Friedhof einen Tunnel zu graben. Nachdem er die alte Kirche fotografiert hatte, stand sie ganz oben auf seiner Liste möglicher Fluchtorte, obwohl sein Gedanke ursprünglich gewesen war, wegen der großen Nähe zur Mauer durch das Innere der Kirche zu fliehen. Die Kirche war geschlossen und die Fenster vernagelt worden. Nachdem er sie an mehreren Abenden beobachtet hatte, hatte Konrad sie von seiner Liste gestrichen. Die Grenzwachen nutzen das alte Gebäude selbst zu den unterschiedlichsten Zwecken – als Schutzraum vor dem Wind an kalten Abenden oder um zu rauchen.

Bis zu Ursels Traum hatte er nie daran gedacht, den Friedhof zu nutzen. Die Wachposten trauten sich nie dorthin. Viele Gräber wurden durch Bäume vor dem Wachturm abgeschirmt. Ein Problem war, dass die Tür, durch die die Grenzbeamten die Kirche betraten, auf der dem Friedhof zugewandten Seite des Gebäudes lag. Wenn sie jedoch durch diese Tür gingen, konzentrierten sie sich normalerweise ausschließlich auf andere Dinge und nicht auf ihre Aufgaben als Grenzposten.

Als Ursel von ihrem Traum erzählt hatte, hatte Konrad den Eindruck gehabt, als hätte Pastor Schumacher sie gebeten, ihn helfen zu lassen, Viktor über die Grenze zu bringen. Sein Grab würde das Tor zur Freiheit sein. Und so wurde unter dem Vorwand, Josefs Leichnam von einem unmarkierten Grab außerhalb von Berlin in ein ordentliches Grab umzubetten, vor den Augen der Grenzposten der Eingang zum Tunnel gegraben. In der Trauerfeier und auf dem Grabstein wurde das Andenken von Monikas Mann geehrt.

Pastor Josef Schumacher

1913 – 1944
Sein Licht scheint wie eh und je

Aber in dem Sarg lag Toba, der noch sehr lebendig war.

Der Tunneleingang musste schnell gegraben werden und so, dass es für die Grenzbeamten, die in der Nähe stationiert waren, wie ein normales Begräbnis wirkte. Das wesentliche Bauteil war bereits an Ort und Stelle. Konrads Aufgabe war es gewesen, es dort hinzuschaffen. Toba würde es unter der Erde aufstellen.

Ursel war es gewesen, die den Entwurf des Stollens vereinfacht hatte. Konrad hatte eine grobe Skizze gemacht von dem, was sie brauchen würden. Dazu gehörte ein Rahmen, drei Angeln und ein Brett, das stark genug war, mehrere Zentimeter Erde zu tragen. Er hatte sich alles genau überlegt: Wo er das Holz kaufen würde. Wie viel alles kosten würde. Wie lange es dauern würde, den Stollen zu graben – das konnte nur geschätzt werden, da er nicht wusste, wo er das notwendige Werkzeug bekommen könnte. Er erklärte, nachdem er das Werkzeug hätte, würde der Bau des Rahmens den größten Teil der Zeit beim Bauen verschlingen. Er wollte Schwalbenschwanzgelenke benutzen, um nicht mit Hammer und Nägeln auf dem Friedhof arbeiten zu müssen.

„Du willst also eine Tür bauen", meinte Ursel.

„Einer Tür ähnlich", stellte Konrad klar. „Nur horizontal und ohne Türgriff."

„Das klingt wie eine Tür für mich."

„Nun ja. Wie auch immer, wir werden einen Spalt um den Grabrand graben. Ein gefährlicher Zeitpunkt wird sein, wenn wir den Rahmen zusammensetzen, aber ist das erst mal geschehen, dann kann es richtig losgehen. Toba wird dann von unten vertikale Stützen bauen, die etwas Gewicht von dem Spalt wegnehmen. Mit ihm im Sarg legen wir das Holz, das er für die Stützen brauchen wird."

Ursel betrachtete die Zeichnung. „Es ist eine Tür", sagte sie.

„So ähnlich wie eine Tür." Konrad wurde aufgeregt.

„Nicht wie eine Tür. Es *ist* eine Tür."

Seufzend faltete Konrad die Pläne zusammen.

Ursel wollte ihn nicht gehen lassen. „Es gibt einen Rahmen wie bei einer Tür", erklärte sie.

„Ja, das stimmt."

„Und Angeln."

„Ja, auch Angeln."

„Und der flache Teil? Das Sperrholz? Es lässt sich öffnen und schließen."

„Ja, es lässt sich öffnen und schließen."

„Also ist es eine Tür."

Entnervt sagte Konrad: „Prima, wie du willst, es ist eine Tür." Er wandte sich zum Gehen.

„Und warum nehmen wir dann nicht einfach eine Tür?", fragte Ursel.

Konrad starrte sie an.

„Ich meine, hier in der Rama-Klause gibt es jede Menge Türen. Sie sind bereits gebaut, mit Angeln und allem. Wenn wir eine davon nehmen, brauchen wir kein Werkzeug, das wir nicht haben, wir brauchen kein Holz zu kaufen und keine Zeit zu vergeuden, um irgendetwas zu bauen. Warum nehmen wir nicht einfach eine Tür?"

Am Abend war der Tunneleingang bereit zum Einbau. Sie verwendeten die Tür von Konrads Zimmer. Eine Decke wurde in den Türrahmen gehängt, um seine Privatsphäre sicherzustellen. Am Tag der Beerdigung besorgten sich Konrad und Hermanns Doppelgänger Overalls, wie Totengräber sie trugen, und hoben ein ganz normales Grab aus, mit einer Veränderung – der obere Rand des Grabes wurde mit einem kleinen Spalt versehen.

Die Tür wurde unter der Erde versteckt, die normalerweise ein frisches Grab bedeckte. Nach der Trauerfeier taten Konrad und sein Helfer so, als würden sie das Grab auffüllen. Sie warfen etwas Erde in das Grab, aber nicht auf den Sarg. Die überschüssige Erde wurde weggebracht. Es gab immer überschüssige Erde, bei diesem bestimmten Grab war es nur mehr als sonst. Als die Grenzbeamten gerade wegschauten, hoben sie schnell die Tür mit der Erde auf das Grab. Sie passte genau darauf.

Alles lief wie geplant. Wenige Stunden nach der Beerdigung war der Tunneleingang installiert. Später am Abend traf sich Toba mit Witzell, der ein paar Straßenzüge entfernt auf ihn wartete, genau wie sie vereinbart hatten. Sein Bericht war genauso positiv. Durch die Belüftung bekam er genügend Luft. Problemlos hatte er die Tür abstützen können. Der erste Test, sein Hinausklettern, war glatt gelaufen. Und eins noch – er hatte den Trauergottesdienst sehr bewegend gefunden.

Das eigentliche Graben fand am folgenden Abend statt. Sie gruben in Schichten. Toba arbeitete eine doppelte Schicht. Im Gegensatz zu den anderen brauchte er kein Licht. Er kannte jeden Zentimeter des Tunnels im Dunkeln besser als die anderen mit ihren Taschenlampen. Deswegen wurde beschlossen, auf ein Lichtsystem – was zusätzliche Kosten verursachen und Zeit in Anspruch nehmen würde – zu verzichten. Bei der Flucht würde Toba sie im Dunkeln durch den Tunnel führen. Der Blinde, der die Sehenden führte. Irgendwie erschien es passend, dass derjenige, der sie in die Freiheit führen würde, jemand war, der sonst als behindert galt.

* * *

Donnerstag, 30. Mai 1963

Seit Hadamar hatte Konrad sich nicht mehr so lebendig gefühlt. Es tat gut, sich jeden Abend den Schmutz unter den Fingernägeln wegzukratzen, Muskelschmerzen zu haben und müde und erschöpft ins Bett zu sinken, in dem Wissen, seine Kraft für eine gute Sache eingesetzt zu haben. Bei dem regelmäßigen Essen und der Arbeit hatte er sogar etwas zugenommen.

Auch früher hatte er schon dreckige Fingernägel gehabt. Erde stand für das Leben in den Schützengräben an der russischen Front. Und sein Körper war auch schon vorher auf die Probe gestellt worden, während seiner Ausbildung in der Hitler-Jugend und dann später als SS-Soldat. Aber die Müdigkeit, die er nun empfand, war anders; sie rührte daher, dass er seine Kraft für eine Sache einsetzte, für die zu kämpfen und sogar zu sterben sich lohnte.

Zum ersten Mal in seinem Leben fühlte er sich wie ein Mann. Ein gottesfürchtiger Mann. Ein Mann, der es mit Männern wie Josef Schumacher aufnehmen konnte.

Konrad fürchtete nicht um sein eigenes Leben. Ihn beschäftigte nur ein einziger Gedanke: Viktor und die anderen über die Grenze in die Freiheit zu führen. Und nur das zählte. Ihn konnten sie ruhig schnappen, ins Gefängnis schicken, ihn hinrichten. Er betete nur, Gott möge ihn in diesem einen Vorhaben erfolgreich sein lassen, denn dann hätte sein Leben endlich einen Wert.

Monika half nicht beim Graben, auch Ursel und Sharon Lewis nicht. Ihre Aufgabe war es, ganz normal ihrer Arbeit in der Schuhfabrik nachzugehen; in erster Linie, damit niemand Verdacht schöpfte. Sobald die drei nicht zur Arbeit erschienen, würde vielleicht Alarm geschlagen. Ein unentschuldigter Fehltag erregte keine Aufmerksamkeit, aber wenn alle drei Frauen auf einmal nicht zur Arbeit kämen, das könnte nicht übersehen werden. Eigentlich warteten die ostdeutschen Beamten nur auf so etwas: ein Vater, der nicht zur Arbeit erschien, während seine Kinder in der Schule fehlten, oder ein Ehepaar, das am selben Tag nicht zur Arbeit kam. Solche Abwesenheiten signalisierten einen Fluchtversuch. Aber es gab noch einen Grund dafür, dass die Frauen nach wie vor ihrer Arbeit nachgingen. Ihr Lohn wurde für den Lebensunterhalt in der Rama-Klause gebraucht.

Das bedeutete jedoch nicht, dass sie nicht auch ihren Teil zur Arbeit am Tunnel beitrugen. Ein Hauptproblem bei ihrem Vorhaben war die Entsorgung der Erde. Dazu bedienten sie sich einer Reihe von Täuschungsmanövern.

Zum Beispiel nahmen sie Kinderwagen zu Hilfe. Bei Einbruch der Dunkelheit schoben die Frauen die Kinderwagen über den Friedhof. Es sah aus wie ein normaler Abendspaziergang. Ein Austausch fand statt – ein leerer Kinderwagen für einen mit Erde gefüllten. Die Frauen gingen dann weiter zu einem der vielen Häuser in Berlin, die nach dem Krieg noch nicht wieder aufgebaut worden waren. Fast zwei Jahrzehnte nach Kriegsende lagen viele Straßenzüge in Berlin nach wie vor in Trümmern. Wem würde da ein wenig zusätzliche Erde auffallen?

Einen Teil der Erde verteilten sie auch auf den frisch gegrabenen Gräbern auf dem Friedhof. Bei jeder Beerdigung blieb Erde übrig. Das wussten die Totengräber.

Doch am liebsten entsorgten sie die Erde im Inneren der Kirche. Als das Gotteshaus geschlossen worden war, hatte man gerade mit einem Anbau begonnen. Die Mauern standen bereits, vom Dach waren nur die Dachbalken aufgeschlagen und der Boden bestand aus Erde. Ein perfektes Versteck für eine Ladung Erde. Als der Tunnel fertig war, hatten sie Konrads Berechnung zu Folge den Boden des Anbaus um gut vier bis fünf Zentimeter angehoben.

* * *

Mittwoch, 7. August 1963

Nach Konrads Schätzung war der Tunnel nun lang genug. Sie fingen an, nach oben zu graben. Monika traf Vorbereitungen für ihre Flucht. Es gab nicht viel mitzunehmen. Es war ja nicht so, als würden sie in den Urlaub fahren oder auch nur eine Wochenendreise in den Westsektor unternehmen. Sie würden mit leichtem Gepäck reisen müssen.

Je mehr sich die Fertigstellung des Tunnels ihrem Ende zuneigte, desto niedergeschlagener wurde Monika. Sie holte unter ihrem Bett eine Schachtel hervor. Sie war alt, aber nicht staubig. Erst vor kurzem war sie abgestaubt worden, bei ihrem Umzug von der Kellerstraße in die Rama-Klause. Damals hatte sie sie sauber gemacht, allerdings nicht geöffnet. Sie kniete vor ihrem Bett, stellte die Schachtel auf ihre Beine und fuhr sanft mit der Hand darüber, während sie mit sich rang, ob sie sie aufmachen sollte oder nicht.

Nachdem sie eine Weile mit sich gekämpft hatte, hob Monika den Deckel an. Josefs Bibel lag darin. Sie stellte die Schachtel beiseite und presste die Bibel an sich. Sie war das Einzige, das ihr von Josefs Besitztümern noch geblieben war. Es gab keine Fotografien. Das wenige, das sie bei ihrer Flucht aus der ersten Rama-Klause mitgenommen hatte, war verloren gegangen, als sie und Ursel den Kindern geholfen hatten, auf dem Weg zurück nach Berlin einen Fluss zu überqueren. Mitten im Fluss hatte Viktor auf einmal Angst vor dem fließenden Wasser bekommen. Er hatte angefangen, um sich zu treten und mit den Armen zu rudern. Monika hatte große Mühe, ihn festzuhalten. Bei dem Kampf hatte sie ihre Tasche und damit alle ihre persönlichen Besitztümer verloren, auch die Fotos von Josef.

Monika drückte die Bibel an sich, als wäre es Josef selbst. Sie erinnerte sich, wann ihr das erste Mal aufgegangen war, wie sehr sie ihn liebte. Es war nach ihrer Hochzeit gewesen, nach seiner Gefangennahme in Hadamar. In seinen Predigtaufzeichnungen hatte er ihr Liebesbriefe hinterlassen. Als sie sie auf dem Boden seines Büros sitzend durchlas, hatte sie sich wieder ganz neu in ihren Mann verliebt. Sie erinnerte sich, wie verzweifelt sie an diesem Abend zu Gott gebetet hatte, ihr noch einmal die Gelegenheit zu geben, ihm zu zeigen, wie sehr sie ihn liebte, denn sie hatte gedacht, sie würde Josef nie wieder sehen.

In seiner Güte hatte Gott ihr diesen Wunsch erfüllt. Und obwohl Josef körperlich zerbrochen zu ihr zurückgekehrt war, wegen der Abscheulichkeiten, die die Ärzte der Nazis ihm angetan hatten, so waren doch sein Glaube und seine Liebe zu ihr noch stärker geworden. Öfter als ihr lieb war, beschämte er sie mit seiner Zuneigung. Nicht dass dies jemals seine Absicht gewesen wäre! So etwas würde er nie tun. Doch wann immer sie das Maß seiner Zuneigung mit ihrer verglich, fühlte sie sich unwürdig, seine Frau zu sein.

Nicht dass er vollkommen gewesen wäre. Josef brauchte immer sehr lange, um zu einer Entscheidung zu kommen, aber nachdem er sie einmal getroffen hatte, verpflichtete er sich, sie auch durchzusetzen. Für ihn gab es kein Zurück, kein Aufgeben. Andere mochten sich durch Ausflüchte und Vernunftreden vor widrigen Umständen drücken, aber Josef ließ sich dadurch nicht beirren. Als Kind hatte sie nicht geglaubt, jemals einen Mann kennen zu lernen, den sie mehr bewundern würde als ihren Vater. Josef war ein viel besserer Mensch als ihr Vater, doch sie musste ihn beinahe verlieren, bevor sie das erkannte.

Wie wünschte sie, er wäre jetzt hier.

Widerstrebend legte Monika die Bibel ihres verstorbenen Mannes beiseite, auf das Bett, wo sie die Sachen stapelte, um zu entscheiden, was sie mitnehmen und was sie zurücklassen würde.

Aber wenn sie nun versagten und sie alles verlor? War das nicht auch Josefs Angst gewesen, dass sein Versagen sie und ihre kleine Tochter Edith in Gefahr bringen könnte? Und es hatte sie auch tatsächlich in Gefahr gebracht. Aber es hatte sie auch enger zusammengeführt. Welches war die Alternative? Ihr Vater.

Monika richtete sich auf. Dieser Gedanke verblüffte sie.

Ihr Vater.

Auch er hatte damals Angst gehabt. Er hatte einen anderen Weg eingeschlagen, obwohl er dasselbe gewollt hatte. Er hatte nachgegeben. Er hatte kollaboriert, sich verkauft, um seine Familie zu schützen.

Seine Familie zu schützen.

Nicht um sich selbst hatte er Angst gehabt. Er hatte sich um sie gesorgt.

Und was war passiert?

Er hatte alles verloren: seine Frau, seine Tochter, sein Amt. Und zu welchem Preis? Zu dem Preis der Liebe und des Respekts seiner Tochter.

Wie anders war er jetzt als Herr Witzell. Stärker. Viel eher bereit, ein Risiko einzugehen. Josef ähnlicher.

Josef ähnlicher.

Monika starrte die Bibel ihres verstorbenen Mannes an.

Sie beugte sich vor, legte die Stirn auf Josefs Bibel und betete.

Sie versprach, sich ihres Mannes und seines Vermächtnisses, seines Mutes würdig zu erweisen.

Sie verzieh ihrem Vater, was sie schon vor langer Zeit hätte tun sollen.

Und dann erhob sie sich. Die Entscheidung war vor Gott getroffen worden, vor Josef. Ihre Angst blieb, aber ihre Entschlossenheit war gestärkt. Es gab kein Zurück. Seit ihrer Rückkehr nach Berlin hatte sie sich vom Leben zurückgezogen, sich unter einem dicken Umhang der Anonymität versteckt, nie gewagt aufzufallen. Und sie hasste sich selbst dafür. Sie hatte es satt, sich zu ducken, sie hatte es satt, sich zu winden. Es war an der Zeit, wieder zu leben.

Als Erstes würde sie zu ihrem Vater gehen und ihm sagen, dass sie ihn liebte, dass sie stolz auf ihn war, genau wie früher, sogar noch mehr, weil er den Mut gehabt hatte, sich zu verändern, und auch weil er ihr gegenüber so viel Geduld gezeigt hatte.

Als sie sich umdrehte, stand jemand im Türrahmen.

Willi.

„Was ist mit Konrads Tür geschehen?“, fragte er mit einem hämischen Grinsen. „Ist jemand hineingeplatzt oder hinausgestürmt …“

Sein Blick fiel auf den Boden. Er trat ins Zimmer und stand vor den ausgebreiteten Gegenständen.

Willi blickte Monika an. Sie konnte es in seinen Augen sehen.

Er wusste es.

39

Sie kamen innerhalb von einem Meter von Konrads berechnetem Austritt nach oben, gut vierzig Meter von der Mauer entfernt auf der Westberliner Seite. Toba brach wie ein Erdhörnchen hinter einem verfallenen Holzzaun neben einem verlassenen Haus durch die Erde. Ein paar verwilderte Büsche verschafften ihnen noch zusätzliche Deckung. Konrads Furcht, sie könnten unter dem Gebäude selbst durch die Erde stoßen und vielleicht auf ein Zementfundament treffen, erwies sich als unbegründet. Mithilfe eines leeren Metallfasses, das oben angenagelt wurde, bauten sie eine Ausgangstür. Als die Tür aufschwang, traf das Fass genau im richtigen Winkel gegen die Seite des Gebäudes. Das war nicht beabsichtigt, nur ein glücklicher Zufall.

Nachdem der Tunnel nun fertig war, kehrten Konrad und Toba wieder auf die ostdeutsche Seite zurück. Zwei Straßenzüge vom Tunneleingang entfernt stand Hermanns Doppelgänger auf einem Gebäude, das ihnen als Ausguck diente. Er bediente zwei Taschenlampen – eine mit rotem Zellophan abgedeckt und eine mit grünem. Niemand arbeitete an dem Tunnel, ohne dass jemand Wache stand.

Ausgerüstet mit einem Fernglas, war es seine Aufgabe, die Grenzposten im Auge zu behalten. Wann immer ein Grenzposten in die Nähe des Friedhofs kam, signalisierte er rot. Die Tunnelgräber hoben die Tür über dem Grab nur einen kleinen Spalt an und hielten Ausschau nach einem roten Warnlicht. Der Wachposten signalisierte grün, wenn die Luft rein war.

Konrad hob die Tür ein wenig an. Grünes Licht. Er und Toba kletterten eilig aus dem Grab. Ursel wartete mit einem leeren Kinderwagen in einer der Kirche gegenüberliegenden Straße auf sie.

„Wir müssen einen Probelauf machen“, sagte Konrad.

Es gab keine Einwände von Ursel oder Toba.

„Heute Abend.“

„Heute Abend?“, fragte Ursel.

„Es ist schon wieder eine kleine Mondsichel zu sehen", erwiderte Konrad. „Wenn wir ihn nicht heute Abend testen, müssen wir den Auferstehungstag vielleicht um einen Monat verschieben."

Seit dem Frühling nannten sie den Tag ihrer Flucht den *Auferstehungstag.* Das war Herrn Witzells Idee gewesen. In typischer Predigermanier legte er dar, dies sei sehr passend, denn an diesem Tag würden sie in ein Grab hinabsteigen, ihrem alten Leben in Ostberlin sterben und auf der Seite der Freiheit zu einem neuen Leben auferstehen.

„Wie lange wirst du für so einen Probelauf brauchen?", fragte Ursel.

„Wir", korrigierte Konrad sie. „Wie lange werden *wir* brauchen. Du wirst mitkommen."

Ursel trat einen Schritt zurück. Sie war auch vorher schon in dem Tunnel gewesen, aber sie war nicht weit gekommen. Nicht so weit, dass sie die Seite der Freiheit erreicht hätte. Zwar hatte sie gewissermaßen ihren Frieden mit der Vorstellung geschlossen, dass sie an einem Fluchtversuch teilnahm und jeden Augenblick verhaftet und ins Gefängnis gesteckt werden könnte, doch der eigentliche Fluchtversuch lag in ihrer Vorstellung noch in weiter Ferne. Und da stand Konrad und sprach davon, unter der Mauer hindurchzugehen, und er erwähnte das so beiläufig, als hätte er vorgeschlagen, sie sollten den Alexanderplatz überqueren, um ein anderes Geschäft aufzusuchen.

„Was genau werden wir tun?", fragte sie. Sie wollte ihn hinhalten. Sie brauchte Zeit, um all ihren Mut zusammenzunehmen.

„Wir testen den Tunnel, messen die Zeit und überprüfen, ob es auch wirklich sicher ist."

Ursel sah Toba an. Er stand in dieser Sache auf Konrads Seite. In ihren Augen war das nur ein kleiner Abendspaziergang.

„Du willst sagen, wir werden heute Abend nach Westberlin fliehen?", fragte sie.

„Und wieder zurückkommen."

„Zurückkommen."

So einfach.

„Und wenn wir gefasst werden?"

Konrad zuckte die Achseln. „Dann wissen die anderen, dass dieser Fluchtweg nicht sicher ist, und wir haben sie vor einer Gefangennahme bewahrt."

„Und du bist sicher, dass genügend Sauerstoff in dem Tunnel ist?", fragte sie. „Vielleicht müsst ihr beide ein paar Mal frische Luft schnappen."

„Unnötig", erwiderte Toba. „Das war nur Spaß."

Er grinste. Es war also wirklich alles ein Spaß.

Konrad sah auf seine Uhr. „Wir müssen los." An Toba gewandt, fragte er: „Hast du die Tasche mitgebracht?"

Sie meinten es wirklich ernst.

Toba ging ein paar Schritte, griff hinter eine Mülltonne, fand, was er suchte, und holte eine Baumwolltasche hervor.

„Was ist darin?", fragte Ursel.

„Das gehört zu dem Testlauf", erklärte Konrad. „Ein Mann. Eine Frau. Ein Gepäckstück."

„Und Toba?"

„Er ist der Führer. Im Tunnel gibt es kein Licht."

„Und wir kommen wirklich wieder zurück?"

„Du denkst doch nicht, ich würde die anderen im Stich lassen, oder? Komm schon. Es wird spät."

Ursel machte ein paar unsichere Schritte. „Wenn du mir beim Frühstück heute Morgen gesagt hättest, dass ich durch ein Loch nach Westberlin klettern würde …"

„Was denkst du, haben wir diese ganze Zeit getan?", fragte Konrad.

„Das ist etwas anderes", erwiderte sie und atmete tief durch. „Wir werden tatsächlich fliehen. Heute Abend. Jetzt sofort."

„Und wiederkommen", fügte Konrad hinzu.

„Das ist das Verrückteste daran."

Konrad stand am Straßenrand. Er hielt einen Augenblick inne und griff auf seine militärische Ausbildung zurück – intensive Konzentration, die alles ausblendete, was nicht im Zusammenhang stand mit dem gegenwärtigen Ziel. Aber es war noch mehr als das. Es war eine Verlangsamung der Zeit, ein scharfes Wahrnehmen der Einzelheiten, eine Beschleunigung der Gedanken und der Reflexe. Schon lange hatte er diese Fähigkeiten nicht mehr eingesetzt. Er war beinahe überrascht, dass er sie noch immer abrufen konnte.

Er stellte sich so, dass er ihren Wachposten sehen konnte. Das Licht leuchtete rot. Konrad hob die Hand als Zeichen für die anderen zu warten. Als das Licht grün wurde, klopfte er Toba auf den Rücken. Es ging los.

„Toba wird uns führen?", flüsterte Ursel.

„Das ist unser Vorteil", antwortete Konrad flüsternd. „Wir steigen in die tiefste Dunkelheit hinunter. Und jetzt leise."

Konrad zog Ursel mit sich, sodass sie zwischen ihm und Toba ging. Die drei achteten darauf, dass nicht mehr als eine Armlänge Abstand zwischen ihnen war. Sie überquerten die Kopfsteinpflasterstraße und betraten den Friedhof, schlängelten sich zwischen den Grabsteinen hindurch. Tobas nackte Füße führten sie schnell und sicher, so schnell wie sich ein sehender Mensch in hellem Tageslicht bewegen würde. Innerhalb von eineinhalb Minuten wurde Konrads Schlafzimmertür angehoben, und die drei verschwanden in Josef Schumachers Grab.

Es war stockdunkel.

„Leg deine Hand auf Tobas Rücken", flüsterte Konrad Ursel zu.

Sie tat es. Er bewegte sich vorwärts, blieb stehen, und dann begann der Abstieg.

„Jetzt taste nach der Leiter."

Ursel griff vor sich. Sie konnte weder ihren Arm noch ihre Hand sehen. Ihre Finger fuhren über die Erde, berührten eine Leitersprosse. Eine weitere Leitersprosse fand sie mit dem Fuß. Die Leiter führte sie dreizehn Meter in die Tiefe. Toba wartete unten auf sie.

Sie klammerte sich an seinen Arm und wollte nicht loslassen. „Warum können wir keine Taschenlampe nehmen?", fragte sie. Ihr Herz klopfte zum Zerspringen, aber nicht von dem Abstieg im Dunkeln.

„Zu riskant." Konrads Stimme war über ihr. Er war noch auf der Leiter. „Vielleicht ist das übervorsichtig, aber selbst der kleinste Lichtstrahl aus einem Grab würde Aufmerksamkeit erregen."

„Aber ich kann gar nichts sehen!", flüsterte Ursel.

„Du brauchst nur Toba zu folgen." Toba hockte sich hin. Da Ursel seinen Arm fest umklammert hielt, zog er sie mit sich. Sie musste schließlich loslassen.

„Wie soll ich ihm folgen? Ich kann doch gar nichts sehen!"

„Du musst hinhören."

Zuerst hörte sie nur das Rauschen ihres Blutes in den Ohren. Dann, als sie genauer hinhörte, vernahm sie es. Summen. Leise.

Auf allen vieren folgte Ursel den Rest des Weges dem Summen. Ihr Kopf stieß gegen das obere Ende des Tunnels. Sie duckte sich noch tiefer und folgte dem Lied. Sie kannte es. Es war eines von Tobas Lieblingsliedern. Es hatte etwas damit zu tun, dass einem jemand unter die Haut ging.

Nach einer Weile wurde das Kriechen durch den Tunnel ziemlich anstrengend, sodass das Herzklopfen nicht mehr allein bedingt war durch die Angst, sondern eher durch die Anstrengung. Sie merkte, wann sie zurückfiel. Gelegentlich richtete sie sich zu sehr auf und stieß oben gegen die Tunnelwand oder sie kam zu weit nach rechts oder links ab und prallte gegen die Erde. Vielleicht war es ganz gut, dass sie nichts sehen konnte, sagte sie sich. Ihr ganzes Leben war auf eine Aufgabe reduziert worden: kriechen. Begraben in der Erde in einem 130 Meter langen Grab gab es nur einen Weg nach draußen. Den Ausgang konnte sie nur kriechend erreichen. Mechanisch bewegte sie Hände und Beine, sie hatte keine Ahnung, wohin sie kroch oder wie weit sie gekommen waren. Kurz darauf schloss sie sogar ihre Augen. Aus irgendeinem Grund erleichterte ihr das die Aufgabe.

„Die halbe Strecke", verkündete Toba.

Ursel konnte Konrad hinter sich atmen hören, leicht angestrengt. Er zog die Tasche hinter sich her.

Das Atmen wurde zunehmend schwieriger. Die Luft hing schwer und modrig in dem Tunnel. Die Erde fühlte sich feucht unter ihren Händen an, und die Feuchtigkeit drang durch ihre Hose hindurch. War es nur ihre Fantasie oder wurde die Dunkelheit noch dichter? Panik machte sich in ihr breit, drohte ihr die Kehle zuzuschnüren. Sie versuchte, sie zu ignorieren. Sie befahl sich selbst, nicht zu denken, sondern sich allein darauf zu konzentrieren, eine Hand vor die andere zu setzen, ein Bein vor das andere. Immer weiter.

Sie stieß sich erneut den Kopf.

Der Tunnel wurde kleiner. Er schloss sie ein.

Der Wurm in ihrer Brust weckte einen anderen Wurm in ihrem Magen.

„Konrad?“, sagte sie und wurde langsamer.

Konrad prallte gegen sie. „Kriech weiter!“

„Wir haben es bald geschafft“, flüsterte Toba.

Der Tunnel führte jetzt nach oben. Das Atmen wurde noch schwieriger. Sie redete sich ein, dies komme von der Anstrengung; doch insgeheim fürchtete sie, dass sie alle Luft in dem Tunnel aufbrauchten.

Gerade als Ursels Schultern und Beine so wehtaten, dass sie nicht wusste, ob sie noch weiterkönnte, hörte Toba erneut auf zu summen.

„Das Ende des Tunnel“, sagte er. „Wartet hier.“

Ursel tat widerstrebend, was ihr aufgetragen worden war. Sie verließ sich auf Tobas Wort, dass sie das Ende erreicht hatten. Ihr gegenwärtiger Standort sah genauso aus, roch genauso und fühlte sich genauso an wie der Anfang des Tunnels, bevor sie in dieses verlängerte Grab hinabgestiegen waren. Wären sie auf einer Tretmühle gelaufen und keinen Zentimeter vorangekommen, so hätte sie es nicht gemerkt. Sie befanden sich viele Meter unter der Erde im Dunkeln, hatten Mühe zu atmen, und sie kam langsam an einen Punkt, wo die Sorgenwürmer immer größer geworden waren und ihr Verstand sie nicht mehr unter Kontrolle behalten konnte.

Dann hörte sie ein ermutigendes Geräusch: das Ächzen, das eine Holzleiter von sich gibt, wenn sie Gewicht zu tragen hat. Das Ächzen brach ab und es folgte ein Augenblick der Stille.

Und dann auf einmal erblickte Ursel ein Stück Nachthimmel, gesprenkelt mit Sternen. Frische Luft – wundervolle Nachtluft – drang zu ihr hinunter. Das war die süßeste Luft, die sie je eingeatmet hatte.

Tobas Gesicht erschien in ihrem Blickfeld und verdeckte einen Teil der Sterne. Seine Hände streckten sich ihr entgegen. „Die Luft ist rein", sagte er mit leiser Stimme.

Ohne zu zögern kletterte Ursel die Leiter hoch. Als sie nach oben kam, wurde sie langsamer, weil sie sich der Gefahr ihrer Situation bewusst wurde. Wenn sie jetzt gefasst würden, würde man sie zurückschicken.

„Weiter", rief Konrad ihr zu.

Ursel tauchte in Westberlin auf. Augenblicke später standen Konrad und Toba neben ihr. Die Erkenntnis traf sie wie ein Schlag. Sie hatten es geschafft! Sie begann zu weinen.

Sie blickte Konrad und Toba an, um zu sehen, ob sie dasselbe empfanden wie sie. Beide standen, die Hände in die Hüften gestemmt, ihre Brust hob und senkte sich schwer, so wie Männer dastehen, nachdem sie eine schwierige Aufgabe gemeistert haben. Die Tatsache, dass sie alle gerade aus dem kommunistischen Ostberlin geflohen waren, schien sie nicht aus der Fassung zu bringen.

„Willkommen in Westberlin", sagte Konrad mit einem strahlenden Lächeln.

Toba grinste wie ein Affe.

„Was?", fragte Ursel. „Ich kenne diesen Blick! Ihr zwei habt etwas vor."

Konrad schnappte sich die Tasche zu seinen Füßen. Er reichte sie Ursel. „Geh dort hinein und zieh das an."

Ursel nahm die Tasche und sah hinein. Ein Kleid lag darin. Es war eines ihrer Sonntagskleider. „Was soll das?", fragte sie.

„Alles zu seiner Zeit", erwiderte Konrad. „Wir warten hier draußen auf dich."

40

„Konrad Reichmann! Du bist unmöglich!"

Ursel blieb unvermittelt stehen, als sie sah, wohin er sie führte. Sie waren um eine Straßenecke gebogen und standen nun auf dem Kurfürstendamm. Im Dunkeln waren die rot-weißen Streifen der Markise des Café Lorenz zu erkennen. Es war hell erleuchtet und verkündete sorgenfreie Begegnungen und eine ausgezeichnete Küche.

In der Tasche waren auch für Konrad Kleider zum Wechseln gewesen. Nachdem sie schnell den Waschraum eines Hotels aufgesucht und sich etwas frisch gemacht hatten, schlenderten die beiden über die belebte Straße, als würden sie schon lange in Westberlin leben.

Im Café schob Konrad den Stuhl für Ursel zurecht. Im Gegensatz zu den Restaurants in Ostberlin herrschte hier eine festliche Stimmung, die Menschen plauderten fröhlich miteinander. Keiner sah sich ängstlich um, ob vielleicht jemand ihr Gespräch belauschte. Die Leute sprachen ganz offen und ungehemmt. Es war wie ein Traum. In dem einen Augenblick standen sie noch in einer grauen, deprimierenden Straße des kommunistischen Ostberlins, im nächsten saßen sie an einem Tisch in dem hell erleuchteten, bunten und romantischen Café Lorenz.

„Ich fühle mich so schuldig", gestand Ursel. „Monika und die anderen …"

„Wir brauchen es ihnen ja nicht zu erzählen", meinte Konrad.

„Und Toba?"

„Er hat sich zum Schweigen verpflichtet."

„Nein, ich meine, wir haben ihn einfach neben dem Ausgang im Dreck sitzen lassen."

„Was meinst du, von wem ich diese Idee habe?"

„Toba? Aber, ich hätte nie gedacht –"

„Eigentlich war es Ediths Idee. Sie hat Toba erzählt, wie sehr du dieses Restaurant liebst."

Tränen traten Ursel in die Augen. Tränen des Glücks. Sie legte ihre Hand auf Konrads Hand. Trotz des Schmutzstriemens an seiner linken Schläfe, den er übersehen hatte, sah er sehr gut aus, reif, gesund. Schon lange hatte er nicht mehr gesund ausgesehen. Der Abend von diesem Punkt an würde denkwürdig verlaufen, das wusste Ursel. Es war Konrads Abend, und sie überließ ihm gern die Gestaltung.

Konrad spürte die Wärme ihrer Hand. Was immer dieser Abend bringen würde – allein für diesen Augenblick hatte sich das Risiko gelohnt.

Ein Kellner trat an ihren Tisch. Er reichte ihnen die Speisekarten.

Ursel sah zu Konrad hinüber.

„Was immer du möchtest", sagte er.

Ursel bestellte Pflaumenkuchen mit Streuseln und Konrad Sachertorte.

Als der Kellner gegangen war, wurde ihnen beiden auf einmal klar, dass sie allein an einem magischen Ort saßen. Und sehr zu ihrem Missfallen hatten sie ihre Geschichte durch den Tunnel mitgeschleift.

Eine unbehagliche Stille breitete sich zwischen ihnen aus. Konrad machte sich Vorwürfe. Er starrte Ursel an und wurde dabei ertappt. Seit ihrer Rückkehr in die Rama-Klause hatte er sich nicht mehr als ein paar flüchtige Blicke gestattet. Er hatte sich viel Mühe gemacht, um zu verhindern, jemals allein mit ihr in einem Raum zu sein. Er hatte sich eingeredet, dass dies ihren Wünschen entspräche. Er wollte nicht, dass sie sich unbehaglich fühlte oder dass sie den Eindruck bekäme, er rechnete damit, dass sie wieder da weitermachen könnten, wo sie aufgehört hatten, oder dass sie ihm die sieben Jahre des Schweigens jemals verzeihen könnte.

Und nun war er nicht mehr so sicher, ob dieser Restaurantbesuch wirklich eine so gute Idee gewesen war. Als Toba ihm vom Café Lorenz erzählt hatte, war ihm die Idee gekommen. Damals erschien es ihm eine gute Idee zu sein. Aber jetzt …

Er schluckte.

Wieso nur hatte sie eine solche Macht über ihn und weckte so starke Gefühle in ihm? Das war ein Fehler. In der Rama-Klause konnte er die Gefühle in Schach halten. Hier, jetzt, waren sie zu stark. Die Gefühle überwältigten ihn. *Sie* überwältigte ihn.

„Wer hätte das gedacht?", fragte Ursel fröhlich. „Zwei Kinder aus Pankow sitzen hier im Café Lorenz."

„Pankow. Das scheint mir eine Ewigkeit her zu sein."

„Kannst du dir Hartmut in einem solchen Lokal vorstellen?", lachte Ursel.

Konrad zwang ein Lächeln auf sein Gesicht. „Sie würden ihn aus dem Lokal werfen, weil er den Leuten das Dessert in die Schuhe kippen würde."

Gerade als er sich besonders schwach fühlte, traf sie ihn mit einer Erinnerung an Hartmut. Das war eigentlich eine ganz harmlose Bemerkung gewesen. Sie hatte nichts damit bezwecken wollen. Trotzdem war die Wunde, dass er seinen Freund nicht hatte beschützen können, noch immer nicht verheilt. Er bezweifelte, dass er jemals Hartmuts Namen würde hören können, ohne Schuldgefühle zu empfinden.

„Und Ernst", fuhr Ursel fort.

Sie merkte nicht, dass sie ihn verletzt hatte. Gut.

„Stell dir vor, Ernst mit einer Französin verheiratet und lebt in Amerika, baut Raketen. Ich kann es noch immer nicht glauben. Ich sage dir eins: Ernst wieder zu sehen und seine französische Frau kennen zu lernen, darauf freue ich mich. Das ist ein Grund, warum Amerika mir attraktiv erscheint."

„Wir waren schon eine komische Gruppe, nicht?", meinte Konrad. „Das Leben damals war so viel einfacher. Ich vermisse diese Zeit."

„Natürlich. Alle haben dich geliebt. Du warst der Stolz des Dritten Reiches."

Konrad wusste nicht, wie er auf diese Bemerkung reagieren sollte, darum schwieg er.

„Es tut mir Leid", entschuldigte sich Ursel und senkte den Kopf. „Das war nicht nett. Gerade wenn man denkt, seiner Vergangenheit entkommen zu sein, fällt eine solche Bemerkung, und man merkt, dass sie einen noch immer fest im Griff hat."

„Ich habe vergessen, dass das für dich keine glückliche Zeit gewesen ist", sagte Konrad. „Was mich betrifft, kann ich nicht begreifen, wenn ich daran zurückdenke, wie blind ich gewesen bin. Wie leichtgläubig."

„Wir waren jung", sagte Ursel.

„Dickköpfig und dumm."

„Wir haben uns täuschen lassen."

„Pastor Schumacher nicht", entgegnete Konrad.

„Nein. Nein, er nicht. Aber er war auch ein außergewöhnlicher Mann. Außerdem haben wir den Preis für unsere Sünden bezahlt." Sie ergriff erneut seine Hand und drückte sie. „Teuer bezahlt. Du weißt besser als alle anderen, wie teuer wir dafür bezahlt haben."

„Obwohl ich mich frage ... ist es genug gewesen?", meinte Konrad leise.

Ursel nahm ihre Hand fort. Sie starrte auf ihre Hände.

Konrad zuckte zusammen. So war es immer zwischen ihnen gewesen. Sobald sie sich näher kamen, sagte einer von ihnen etwas, das wieder die Feindseligkeiten heraufbeschwor.

„Konrad, hast du je darüber nachgedacht, was passiert wäre, wenn das Dritte Reich gesiegt hätte? So sah es ja aus, zumindest zu Anfang, oder? Nichts konnte unsere Armeen aufhalten."

„Die Welt wäre schlechter, als sie jetzt ist", sagte Konrad.

„Das klingt so überzeugt."

„Das Dritte Reich war auf einem Fundament des Hasses und der Zerstörung aufgebaut. Daraus hätte nichts Gutes oder Dauerhaftes entstehen können. Es war von Anfang an zum Untergang bestimmt."

„Professor Reichmann! Ich bin beeindruckt", sagte Ursel.

„Das hat mir Pastor Schumacher beigebracht."

Der Kellner kam mit ihrer Bestellung.

„Das sieht fantastisch aus", strahlte Ursel und nahm eine Gabel voll Schlagsahne.

„Zu fantastisch, um es durch politisches Gerede zu verderben", lachte Konrad.

Ursel lachte. „Können zwei Ostdeutsche wirklich ein Gespräch führen, in dem es nicht um Politik geht?"

Konrad hielt mitten in der Bewegung inne, als er seine Gabel an den Mund führen wollte. Er beobachtete, wie Ursel den ersten Bissen in den Mund steckte. Neuerdings verliebte er sich, wann immer er sie ansah, wieder ganz neu in sie. Ursel merkte nicht, dass sie beobachtet wurde.

„Es gibt tatsächlich etwas, über das ich gern mit dir reden würde", sagte sie.

Konrad stach mit seiner Gabel in die Sachertorte. „Das klingt ernst."

Ernst genug für Ursel, um ihre Gabel beiseite zu legen, die Hände im Schoß zu falten und zweimal anzusetzen, bevor sie die richtigen Worte fand – oder den nötigen Mut –, um auszusprechen, was ihr auf der Seele lag.

„Herr Gellert möchte mich noch immer heiraten."

„Er wäre verrückt, wenn er es nicht wollte", sagte Konrad mit einer Leichtigkeit, die ihn selbst erstaunte. „Denkst du darüber nach?"

„Ich weiß nicht, was ich darüber denke."

„Offensichtlich bist du ihm unter die Haut gegangen."

Ursel lachte. Ihr Lachen wurde von einer unbehaglichen Stille abgelöst. Sie nahm die Gabel wieder zur Hand. Mehrere Minuten lang war an ihrem Tisch nur das Klirren ihrer Gabeln auf den Tellern zu hören.

„Du hast mir nie erzählt, wie ihr beide überhaupt zueinander gefunden habt", bemerkte Konrad schließlich.

Sie sah ihn vorsichtig an; vielleicht versuchte sie, den Grund seiner Frage herauszufinden. Dann erzählte sie ihm von einem einsamen Mann, der vier Frauen begraben hatte, die alle älter gewesen waren als er. Ursels Pünktlichkeit und ihre Begabung für das Nähen hatten ihn auf sie aufmerksam gemacht, und ihr angenehmes Wesen hatte ihn für sie eingenommen. Sie erzählte Konrad, dass Waldemar – Konrad hasste diesen Namen – sehr verletzt gewesen sei, als sie ihm mitgeteilt hatte, dass sie ihn nicht heiraten würde.

„Für einen Kommunisten ist er ein sehr netter Mann", beharrte Ursel.

Sie erzählte Konrad, wie sich Waldemar nach ihrem Bruch wochenlang in seinem Büro vergraben hatte. Dann hatte er sich wie eine Maus vorsichtig wieder in die Öffentlichkeit gewagt; er fing an, wieder über den Flur zu laufen, jeden Tag ein Stückchen weiter. Seine ersten Worte an sie waren beiläufig gewesen, sogar herzlich. Danach hatte er sich sofort wieder in sein Büro verkrochen. Im Laufe der Zeit jedoch hielt er sich wieder länger in ihrer Nähe auf, wie er es früher getan hatte, und vor zwei Tagen hatte er sich über ihre Nähmaschine gebeugt, ihre Hand berührt und sie mit demütiger, flehender Stimme gebeten, ihre Entscheidung noch einmal zu überdenken und ihn doch zu heiraten.

„Angesichts seiner Vergangenheit", schloss Ursel, „bin ich erstaunt, dass er nicht schon längst eine andere geheiratet hat."

Konrad kostete es große Mühe, ihr zuzuhören. Er hasste diese Geschichte, aber er liebte die Erzählerin. Dies verschaffte ihm die Gelegenheit, sie unter dem Vorwand, ihr aufmerksam zuzuhören, eingehend zu betrachten.

„Natürlich gibt es jetzt viele Komplikationen", sagte Ursel.

Das brachte ihn wieder zum aktuellen Thema zurück. „Komplikationen? Du hast ihm noch keine Antwort gegeben?"

„Was soll ich ihm deiner Meinung nach denn sagen? ‚Waldemar, es tut mir Leid, ich kann dich nicht heiraten, weil wir im Augenblick'", sie sah sich um und beugte sich dichter zu Konrad vor und flüsterte: „‚Gerade dabei sind, einen Tunnel unter der Berliner Mauer hindurchzugraben?'"

„Ist das dein einziger Grund?"

„Nein, du Dummkopf. Ich habe eine Verpflichtung Monika, Viktor und den anderen gegenüber ... und Edith gegenüber. Wenn ich Herrn Gellert heirate, dann werde ich Edith vermutlich nie wieder sehen."

„Und dann ist da noch die größte Komplikation überhaupt", sagte Konrad.

Ursel zog die Augenbrauen in die Höhe. Sie konnte ihm nicht folgen.

„Du weißt schon", beharrte Konrad.

Ursel senkte den Blick. Sie wirkte schuldbewusst, als hätte er ihr Geheimnis erraten. Sie schob mit der Gabel die Krümel auf ihrem Teller herum. „Ist das so offensichtlich?"

„Für mich schon."

„Das geht vorbei", sagte sie. „Es wird verschwinden."

„Wovon sprichst du?"

„Vom Rückweg. Der Tunnel. Du sagtest, es sei so offensichtlich."

„Wir sprachen über die Gründe, warum du Herrn Gellert nicht heiraten kannst."

„Genau davon spreche ich doch!"

„Was hat der Tunnel damit zu tun?"

Wieder beugte sich Ursel vor. „Sprich doch nicht so laut!", mahnte sie.

„Was hat der Tunnel mit deiner Heirat mit Herrn Gellert zu tun?", wiederholte Konrad.

„Wie kann ich Herrn Gellert heiraten, wenn ich nicht zurückgehe?", erwiderte Ursel.

„Du gehst nicht zurück?" Erst jetzt dämmerte es Konrad. „Oh! Du hast Angst vor dem Rückweg!"

„Du hast gesagt, du wüsstest es!", sagte Ursel. Es war ihr peinlich, dass er sie ausgetrickst und sie ihre Angst offen gelegt hatte.

„Du solltest es nicht", sagte Konrad.

„Was?"

„Zurückgehen. Du hast Recht. Warum auch? Du bist hier in Sicherheit. Toba und ich werden die anderen hinüberbringen."

„Ich werde mitkommen", beharrte Ursel.

„Aber gerade hast du gesagt, du hättest Angst zurückzugehen."

„Das habe ich gesagt. Und das stimmt auch. Aber ich werde trotzdem gehen."

„Wozu?“

Ursel schüttelte den Kopf. „Nicht so schnell, Herr Reichmann. Erst sagst du mir, was du gedacht hast. Du hast gesagt, es gäbe noch einen anderen offensichtlichen Grund, warum ich Herrn Gellert nicht heiraten sollte.“

Konrad verschränkte lächelnd die Arme. „Du spielst gerade Katz und Maus.“

„Was?“

„Du weißt schon.“

„Ich weiß es nicht. Sag es mir.“

Konrad beugte sich vor. „Du weißt es wirklich nicht, oder?“

„Konrad!“

„Ich liebe dich.“

Eine ganze Weile verging, bis Ursel sich so weit gefasst hatte, dass ihr klar wurde, dass sie ihn mit offenem Mund anstarrte.

Konrad nahm ihre Hand, auch wenn sie noch immer ihre Gabel hielt. Seine Stimme war leise, sehr aufgewühlt. „Du warst es schon immer, Ursel. Seit unserer Kindheit. In der Jugendgruppe. Du bist es immer gewesen. Auch wenn die ganze Welt sich scheinbar zusammengetan hatte, um uns auseinander zu bringen – und wir haben auch ganz schön viel dazu beigetragen –, wusste ich immer, dass Gott dich für mich erschaffen hatte und mich für dich.“

Sie starrte ihn unverwandt an und sagte keinen Ton. Das war auch nicht nötig.

Ohne ihre Hand loszulassen, schob Konrad seinen Stuhl zurück und erhob sich. Er ging zu ihr. Er brauchte nicht weit zu gehen. Sie kam ihm auf halbem Weg entgegen.

Dort, mitten im Café Lorenz, sanken sie sich in die Arme. Die Menschen um sie herum waren vergessen. Es war ihnen auch egal, dass sie im Mittelpunkt des Interesses der anderen Gäste standen.

Ihre Lippen fanden einander. Ihr Mund war warm von Tränen. Sie legte ihre Hände in seine Haare und streichelte sein Gesicht. Es war genau wie in den Träumen, denen Konrad sich hingegeben hatte, wenn er an der russischen Front zitternd vor Kälte in einem Schützengraben oder vom Fieber geschüttelt im Gulag auf einer harten Holzpritsche gelegen hatte. Ihr Kleid war weich unter seinen Händen. Ihr Haar duftete eher nach Erde als nach Parfüm, aber deshalb liebte er sie umso mehr. Über allem stand das unbegreifliche Wunder, dass dies überhaupt passierte.

Ein plötzlich losbrechender Applaus überzeugte ihn davon, dass dies tatsächlich Realität war.

Ursel löste sich von ihm. Sie hatte es auch gehört. Ihr Gesicht war rot vor Verlegenheit, aber er wollte sie nicht loslassen. Sie würde die Stärkere sein müssen, denn jetzt, wo Konrad sie in seinen Armen hielt, könnte keine Macht der Welt sie ihm mehr entreißen.

Das Undenkbare geschah. Sie trat zurück.

Schnelle Blicke zeigten, dass alle sie anstarrten – sowohl die Gäste im Café als auch die Vorübergehenden. Aber die Blicke waren nicht missbilligend trotz ihrer öffentlichen Zurschaustellung von Zuneigung. Die meisten Zuschauer lächelten. Konrad war es egal. Nichts würde ihm die süße Erinnerung an diesen Augenblick je wieder rauben.

Ihr Kellner erschien zusammen mit einem anderen Mann. Konrad vermutete, dass es sich um den Geschäftsführer handelte.

„Ein Jahrestag?", fragte der Mann.

„Nein", antwortete Konrad.

„Dann eine Verlobung?"

Konrad sah Ursel an. „Ja", erwiderte er.

Strahlend bestätigte sie: „Ja!"

Bei bester Laune verließen sie das Café Lorenz. Emil Lorenz, Besitzer und Namensvetter von einem der Brüder, die dieses Café im Jahre 1832 eröffnet hatten, bestand darauf, sie einzuladen. Er sagte, ihre kleine Vorstellung trage zu der glücklichen, romantischen Atmosphäre des Lokals bei, was durchaus erwünscht sei. Und während der ersten Dutzend Schritte blieb das Paar auch glücklich, doch dann fragte Ursel Konrad: „Wohin gehen wir?" Offensichtlich waren sie nicht auf dem Rückweg zum Tunnel.

„In ein Hotel", erklärte Konrad.

Ursel blieb stehen. Sie blickte ihn entsetzt an.

Jetzt war Konrad beleidigt. „Nach all diesen Jahren solltest du mich doch besser kennen!“, verteidigte er sich. „Ich werde dich in einem Hotel unterbringen, bis wir alle drüben sind.“

„Aber ich habe dir doch gesagt – ich will zurückgehen“, beharrte Ursel.

„Nein, das wirst du nicht.“

Diese Worte setzten sie wieder in Bewegung in Richtung Tunnel.

„Das ist zu gefährlich“, warnte Konrad.

„Umso mehr ein Grund für mich zurückzugehen.“

„Kannst du denn nicht verstehen, dass es nicht nötig ist? Nur ein Dummkopf würde zurückgehen, wenn er es nicht müsste.“

Sie wandte sich zu ihm um. „Dann bin ich jetzt also ein Dummkopf?“

„Ich sage nur, dass es dumm wäre, wenn du zurückgehen würdest.“

Sie setzte sich wieder in Bewegung. „Du wirst mich schon bewusstlos schlagen oder mich festbinden müssen, um zu verhindern, dass ich mitkomme.“

Konrad wusste, dass es keinen Sinn hatte, noch weiter darauf zu beharren. In diesem Zustand prallte alles an ihr ab. Trotzdem weigerte er sich, einfach so aufzugeben.

Sie stritten noch miteinander, als sie Toba erreichten. Ursel deutete auf die Tasche und verschwand in dem Haus. „Ich ziehe mich um“, verkündete sie.

Toba scharrte verlegen mit den Füßen, bis er sich zu Konrad beugte und flüsterte: „Ist nicht so gut gelaufen, nicht?“

„Wir sind verlobt“, erklärte Konrad.

„Verlobt?“

„Ja.“

„Ich gratuliere!“

* * *

Ihre Rückkehr nach Ostberlin war lang und verlief schweigsam. Konrad sagte keinen Ton. Ursel sagte keinen Ton. Toba summte nicht.

Als sie das Grab erreichten, drückte sich Konrad an ihnen vorbei. Er hob die Tür einen winzigen Spalt. Das Signal leuchtete grün. Die drei Flüchtlinge stiegen aus dem Grab und waren schon bald auf dem Weg zurück zur Rama-Klause. Von seinem Aussichtspunkt aus konnte ihr Wachposten erkennen, dass sie das Grab verlassen hatten und dann auf einem anderen Weg als er in die Rama-Klause zurückkehrten. Wenn alles wie geplant verlief, würde er etwa fünfzehn Minuten vor den anderen in der Rama-Klause ankommen.

Der Abend war feucht und die Straßen dunkel. Die Stimmung auf der Ostseite war, auch wenn man niemandem begegnete, bedrückend auf eine greifbare Weise, vergleichbar mit der Atmosphäre in einem Gefängnis. Hier gab es keine Fröhlichkeit, nur Furcht und Misstrauen. Erst wenn sie in der Rama-Klause ankamen, würden sie sich entspannen. Bis dahin mieden sie den Kontakt mit anderen, so weit das möglich war. Sie bewegten sich im Schatten und schweigend, was angesichts der Laune der Reisenden angemessen erschien, zumindest von zweien von ihnen.

Erst kurz vor der Klause beschloss Konrad, Ursel zur Seite zu nehmen und sich bei ihr zu entschuldigen. Der Abend war zu schön gewesen, um ihn so ausklingen zu lassen. Er wollte gerade zu sprechen ansetzen, als Ursel die Tür aufmachte. Sie blieb auf der Schwelle sehen. Obwohl Konrad nicht sehen konnte, wer da sprach, so erkannte er doch die Stimme.

„Bleibt doch nicht einfach dort stehen. Kommt herein und macht bei unserem kleinen Fest mit!“

Es war Willi.

Ursel ging weiter, aber es war, als hätten sich ihre Beine in steife Stöcke verwandelt. Konrad konnte nur einen kleinen Teil ihres Gesichts erkennen, gerade so viel, dass sein altes Misstrauen wieder lebendig wurde.

Toba trat als Nächster über die Schwelle. Erst in diesem Augenblick sah Konrad, dass irgendetwas ganz schrecklich schief gelaufen war. Alle gegenwärtigen Bewohner der Rama-Klause saßen in einem Kreis, gefesselt an Füßen und Händen, auch Hermanns Doppelgänger, der nur ein paar Minuten vor ihnen eingetroffen war. Willi saß auf der Lehne des Sessels von Ediths Doppelgängerin. Monika hatte ein blaues Auge und ihre Wange zeigte eine rote Schwellung, wie sie von einem Stock verursacht wurde.

„Kommt herein, kommt herein!“, rief Willi überschwänglich wie ein fröhlicher Gastgeber. „Konrad, bist du in einem Stall geboren worden? Schließ die Tür hinter dir.“

„Was ist hier los, Willi?“, fragte Konrad.

„Das ist wirklich faszinierend.“ Mit dem Griff seiner Pistole gestikulierend, fragte er: „Wusstest du, dass diese junge Frau hier gar nicht Edith ist? Ihr Name ist Sharon Lewis und sie studiert an irgendeiner blödsinnigen Universität in Kalifornien.“

Er strich ihr mit dem Pistolenlauf über die Wange.

„Die Ähnlichkeit zu unserer Edith ist frappierend, nicht? Wie heißt das noch auf Englisch? Ach ja, sie ist ein *dead ringer* für das Echte. Jetzt frage ich dich, Konrad, was diese süße Amerikanerin auf dieser Seite der Berliner Mauer macht?“

Sein Tonfall war zwar spielerisch, doch sein Blick war hart und drohend. Wie viel wusste er? Er wusste über die Doppelgänger Bescheid, aber wusste er auch von dem Tunnel? Monikas Auge und ihre geschwollene Wange – ausgerechnet Monika! – ließen darauf schließen, dass Willi Gewalt angewendet hatte. Wenn er in die Enge getrieben wurde – würde er dann auch tödliche Gewalt anwenden?

41

Nachdem er Toba und die anderen im Wohnzimmer gefesselt hatte, beschwerte sich Willi, er sei hungrig, darum bot Monika an, ihm ein paar Rühreier zu machen. Erfreut über das Angebot strich Willi ihr liebevoll mit dem Handrücken über die Wange – die unverletzte –, ehe er sie losband. Dann folgte er Konrad, Ursel und ihr, die Pistole an ihren Hals gedrückt, in die Küche.

Monika nahm eine große gusseiserne Pfanne aus dem Schrank und stellte den Herd an. Willi bedeutete Konrad, sich hinzusetzen. Konrad ging zum Ende des Tisches, sodass er zwischen ihm und Willi stand. Es war eigentlich kein richtiger Plan, aber andererseits musste Konrad nehmen, was er kriegen konnte. Er hoffte, Willi würde ihm gegenüber Platz nehmen. Dann würde Konrad auf eine Gelegenheit warten, um seinen Bruder abzulenken. Er würde den Tisch gegen ihn schieben, Willi umstoßen und versuchen, ihm die Pistole zu entwinden, bevor Willi sich von dem Schreck erholt hatte.

„Ts, ts, ts." Willi schwenkte die Pistole, wie eine Mutter mit dem Zeigefinger drohen würde, um ihr Kind zu warnen. Es war, als hätte er Konrads Gedanken gelesen. „Schiebe deinen Stuhl gegen die Wand", befahl er.

Konrad tat, was er gesagt hatte, schob den Stuhl vom Tisch fort und setzte sich.

Ursel trat an die Arbeitsplatte, machte den Brotkasten auf und holte zwei Scheiben heraus. Willi hatte ihr gestattet, Monika bei der Arbeit zu helfen. Es war zweifelhaft, dass Willi einfach nur freundlich zu ihr war; aus irgendeinem Grund wollte er Ursel in der Küche haben. Aber was war der Grund? Der einzige Hinweis, den er bisher gegeben hatte, waren seine Worte: „Sieh uns nur an! Genau wie in alten Zeiten, nicht? Wir sind als Einzige von der alten Bande übrig geblieben."

Er vergaß Ernst, aber Konrad machte sich nicht die Mühe, ihn daran zu erinnern.

Monika schlug zwei Eier in die Pfanne.

Willi lehnte sich auf seinem Stuhl zurück und wollte die Pistole aus der Hand legen, doch dann überlegte er es sich anders. Konrad war verblüfft über die selbstsichere Art, wie er mit der Waffe umging. Willi hatte nie viel für Waffen übrig gehabt. Laute Geräusche hatten ihm früher immer Angst gemacht. Das und seine unnatürliche Angst vor dem Tod, die mit Waffen einherging. Als kleiner Junge hatte Willi, wann immer sein Vater eines seiner Gewehre herausnahm, um es zu säubern, damit herumzuspielen oder es einfach nur zu bewundern, sich die Ohren zugehalten und war schreiend aus dem Zimmer gelaufen. Konrad war in der SS gewesen, als er gehört hatte, Willi sei der Infanterie zugeteilt worden. Offensichtlich hatte er sich an den Waffengebrauch gewöhnt, denn der Mann, der hier in ihrer Küche am Tisch saß, schien sich mit der Waffe in der Hand recht gut zu fühlen. Hätte Konrad seinen Trick mit dem Tisch probiert, hätte Willi ihn festgenagelt, bevor er auch nur die Gelegenheit gehabt hätte, den Tisch in Bewegung zu setzen.

„Nun, Bruder", fragte Willi, „was hat es mit all diesen Amerikanern auf sich? Und wo sind die richtigen Behinderten?"

„Möchtest du ein paar geschnittene Tomaten dazu?", unterbrach Monika ihn. „Sie sind im Garten."

Willi blickte sie über die Schulter hinweg hinterlistig an. „Du machst wohl Witze", antwortete er. „Und dann gibst du einem meiner Hühner die Gelegenheit, aus dem Stall zu flattern. Eier und Brot sind in Ordnung."

Ursel hatte das Brot auf ein Backblech gelegt. Sie machte den Ofen auf und schob es hinein, obwohl der Ofen noch nicht vorgeheizt war. Nachdem sich Willi wieder umgedreht hatte, sahen sie und Monika sich ängstlich an.

„Also, Konrad", nahm Willi den Faden wieder auf. „Du wolltest die Anwesenheit der Amerikaner erklären."

„Konrad", unterbrach Monika erneut, „holst du Willi einen Teller?"

Der Schrank mit den Tellern stand links von Konrad. Ihre Blicke trafen sich. Wollte Monika ihm etwas mitteilen? Er erhob sich und griff nach der Schranktür, um sie zu öffnen. Aus den Augenwinkeln heraus beobachtete er, wie Willi die Waffe so mühelos hob wie eine Hand.

Der Schuss war so laut, dass das Geschirr klirrte.

Ursel und Monika fuhren zusammen. Mit einem Übelkeit erregenden Schlag sank Konrad zu Boden. Eines der Mädchen im Wohnzimmer schrie, dann begann es zu weinen.

„Konrad!“, rief Ursel und eilte an Willi vorbei an Konrads Seite.

„Er ist in Ordnung“, beruhigte Willi sie. „Ich hätte ihn schlimmer treffen können. Hätte es eigentlich tun sollen, allein schon wegen all der Hinterlist, die hier herrscht. Ach, da fällt mir ein, Konrad – warum fehlt die Tür zu deinem Schlafzimmer?“

Konrad lag zusammengerollt auf dem Küchenboden und umklammerte sein rechtes Bein, aus dem Blut auf den Küchenboden tropfte. Eine rote Lache bildete sich.

Ursel nahm ein Handtuch von der Arbeitsplatte und wickelte es um die Wunde.

„Höher“, sagte Konrad zusammenzuckend. „Über der Wunde.“

Ursel band das Handtuch höher und knotete es, so fest sie konnte. „Willi, wie konntest du nur!“, rief sie.

„Er hat mich nicht um Erlaubnis gebeten, von seinem Stuhl aufzustehen“, erklärte Willi amüsiert. „Hey, Konrad, erinnerst du dich noch, was Vater immer mit uns gemacht hat, wenn wir vom Tisch aufgestanden sind, ohne um Erlaubnis zu bitten?

Konrad und Ursel konzentrierten sich darauf, die Blutung zu stoppen. Monika stand hinter Willi am Herd. Willis Eier brutzelten in der Pfanne.

„Er hat uns geschlagen“, beantwortete Willi seine Frage. „Dann mussten wir am Tisch stehen bleiben und unseren Stuhl vor uns in die Höhe halten, bis wir ihn wieder abstellen durften. Wenn unsere Arme müde wurden und der Stuhl den Boden berührte, hat er uns wieder eine Ohrfeige gegeben.“

Die Blutung an Konrads Bein hatte mittlerweile nachgelassen, aber er hatte starke Schmerzen.

„Weißt du, wieso ich jetzt daran denken muss?", fragte Willi. „Als ich von der Front zurückgekommen bin, ließ ich Vater diese Übung mit dem Stuhl machen. Nur habe ich ihn nicht geschlagen, als seine Arme müde wurden und der Stuhl den Boden berührte. Ich habe ihn getötet."

Konrad blickte seinen grinsenden Bruder an.

Willi lachte. „Ich dachte, das würde dir gefallen." Er verrenkte den Hals, um Monika anzusehen. „Diese ganzen Jahre lebte Konrad in dem Glauben, Gunther Krahl hätte Vater getötet. Nur dass Krahl gar keinen Grund gehabt hatte, ihn zu töten. Aber Konrad und ich? Wir hatten jede Menge Gründe." An Konrad gewandt, fuhr er fort: „Weißt du, ich dachte immer, du würdest es eines Tages tun. Ich schätze, ich hatte es dann irgendwann satt, auf dich zu warten. Und jetzt sieh dich an. Du hast Angst zu töten. Wer hätte das gedacht? Eines Tages – das heißt, falls du lange genug am Leben bleibst – musst du mir das mal erklären. Ich meine, dass du bei deiner ausgezeichneten Ausbildung –"

„Deine Eier sind fertig", sagte Monika. Sie nahm die Pfanne mit beiden Händen vom Herd.

Willi wollte sich gerade umdrehen, um Monika zu antworten, als die heiße Pfanne mit einem dumpfen Scheppern auf seinem Hinterkopf landete. Die Rühreier flogen durch die Küche. Willi schlug eine Sekunde vor seiner Pistole auf dem Küchenboden auf. Die Pistole schlitterte über den Boden und wurde von Ursels Bein gestoppt. Sie hob sie schnell auf und reichte sie Konrad.

Willi lag bewusstlos auf dem Boden, Rühreier auf Rücken und Wangen verteilt.

„Was machen wir jetzt mit ihm?"

Sie bildeten einen Halbkreis um Willi, der gefesselt und geknebelt auf der Couch lag, wo sie nur Augenblicke zuvor gefesselt gesessen und auf ihr Schicksal von seinen Händen gewartet hatten. Er war gerade wieder zu sich gekommen. Seine Augen wanderten wild von einem zum anderen. Er wand sich, um die Fesseln zu testen oder um sich bequemer hinzulegen, bis die große

Beule an seinem Hinterkopf mit der Lehne des Sofas in Berührung kam. Das ließ ihn zusammenzucken, und er murmelte gedämpft etwas vor sich hin. Tränen schossen ihm in die Augen. Doch diejenigen, die über ihn gebeugt standen und sich die Handgelenke rieben, wo die Fesseln ihre Eindrücke hinterlassen hatten, hatten keinerlei Mitgefühl mit ihm.

Konrad saß in dem Sessel neben dem Sofa, sein verbundenes rechtes Bein von sich gestreckt. Toba war mit Viktor in eins der hinteren Zimmer gegangen, um ihn zu beruhigen. Nachdem er von seinen Fesseln befreit worden war, hatte Viktor angefangen, hemmungslos zu weinen.

„Wir können ihn nicht einfach gehen lassen", sagte Sharon Lewis.

Zustimmendes Gemurmel.

„Ich schlage vor, wir töten ihn", sagte Hermanns Doppelgänger. Als alle ihn anstarrten, der gewagt hatte auszusprechen, was viele von ihnen dachten, fügte er hinzu: „Was denn? Genau das war doch seine Absicht!"

Willi riss entsetzt die Augen auf. Er wollte schreien, aber der Knebel in seinem Mund ließ nur ein Mitleid erregendes Jammern zu.

„In meinem Haus wird niemand getötet", sagte Witzell.

„Herr Witzell hat Recht", stimmte Konrad zu. „Niemand wird getötet."

Willi blickte seinen Bruder amüsiert an.

„Solange er am Leben ist, sind wir alle in Gefahr!", gab Hermanns Doppelgänger zu bedenken.

Konrad beugte sich in seinem Sessel vor, was ihm große Schmerzen bereitete. „Er ist mein Bruder, ich werde mich dieser Sache annehmen." Er blickte Hermanns Doppelgänger fest an, bis der jüngere Mann nachgab. „Nichts hat sich geändert", fuhr Konrad fort. „Weiß er von dem Tunnel?"

Willis Kopf neigte sich zu einer Seite.

„Jetzt schon", sagte Sharon.

„Das ist egal", winkte Konrad ab. „Der Tunnel ist fertig. Und da Willi jetzt aus dem Verkehr gezogen ist, werdet ihr Doppelgänger nicht mehr benötigt. Wir werden Park sofort benachrichtigen und anfangen, euch wie geplant aus Berlin zu schaffen."

Witzell sagte: „In gewisser Weise ist das sogar gut so. So wird es einfacher, euch alle aus Berlin zu bringen, als wenn Willi ständig hier auftauchen würde."

„Was meinst du mit *euch*?", fragte Monika ihren Vater.

Mit betretenem Gesichtsausdruck sagte Witzell: „Wir müssen miteinander reden."

Die anderen folgten Monika und ihrem Vater durch den Flur. Alle verschwanden in ihren Zimmern, um Vorbereitungen für ihre Abreise zu treffen. Ursel und Konrad blieben allein bei Willi.

„Also, was machen wir mit ihm?", fragte Ursel, während sie Konrads Verband kontrollierte.

„Im Augenblick bleibt er gefesselt, zumindest bis die Doppelgänger aus Deutschland verschwunden sind."

Zufrieden mit dem Zustand des Verbands setzte sich Ursel neben Konrad auf den Boden. Sie lehnte den Kopf an sein gesundes Bein. „Und dann?", fragte sie mit Blick auf ihren Gefangenen. „Wenn du ihn laufen lässt, dann wird er uns Schwierigkeiten machen."

Willi schüttelte den Kopf und machte ein gedämpftes Versprechen, dass er nicht tun würde, was Ursel gerade angedeutet hatte.

Konrad achtete nicht auf ihn und antwortete: „Wir nehmen ihn mit."

„Was hast du da eben gesagt?" Monika schloss die Tür zu ihrem Zimmer, damit sie und ihr Vater ungestört miteinander reden konnten. Sie lehnte sich dagegen und verschränkte die Arme vor der Brust.

In den vergangenen Tagen hatte sich ihr Verhältnis sehr verbessert. Herr Witzell war ganz plötzlich verschwunden und an seine Stelle war wieder Monikas Vater getreten, der Mann, den sie als kleines Mädchen angebetet hatte. Er erschien ihr jetzt nur freundlicher und liebevoller, als sie ihn von damals in Erinnerung hatte.

„Ich gehe nicht mit euch", gestand ihr Vater. „Es war nie meine Absicht, Deutschland zu verlassen."

„Und das sagst du mir erst jetzt?"

Wenn er ihr das vor einigen Tagen gesagt hätte, hätte Monika vielleicht eine leichte Enttäuschung empfunden. Aber jetzt, als sie gerade anfing, ihn wieder kennen zu lernen und zu lieben ... Sie begann zu weinen.

„Ich habe dich schon einmal verloren", sagte sie. „Es würde mich umbringen, dich noch einmal zu verlieren."

Ihr Vater lächelte und auch in seine Augen traten Tränen. Er streckte die Arme nach ihr aus. Sie brauchte keine weitere Aufforderung. Sie sank in die Arme ihres Vaters. Seit ihrer Heirat mit Josef Schumacher hatte sie seine Umarmung nicht mehr gespürt. Seine Arme schlossen sich ganz natürlich um sie.

„Was ist mit Edith?", fragte sie.

„Sag ihr, dass ihr Großvater sie sehr lieb hat."

„Nein. Ich weigere mich, das zu akzeptieren."

„Monika, ich bin alt. Aber mehr noch, ich bin Deutscher. Ich gehöre nicht nach Amerika."

„Dann können wir doch alle in Westberlin leben. Edith kann dorthin kommen."

„Nein, du musst nach Amerika gehen. Es gibt keine Garantie dafür, dass die Amerikaner die Russen aufhalten, wenn sie mit ihren Panzern in Westberlin einfallen würden. Und selbst wenn, was dann? Ein neuer Krieg? Nein, Monika. Du hast in deinem Leben schon genug gelitten. Du hast es verdient, in Frieden und Freiheit zu leben. Geh nach Amerika. Heirate Oberst Parker. Er liebt dich."

„Ich werde Park nicht heiraten!", widersprach Monika.

Hilflos klammerte sie sich an ihren Vater. Er würde seine Meinung nicht ändern. Der Mann war stur und würde immer stur bleiben.

Sie verharrten in ihrer Umarmung. Keiner von ihnen ließ los, keiner wollte, dass diese Umarmung endete.

„Du musst dir selbst gestatten, wieder zu lieben", sagte ihr Vater.

Ihr Vater war nicht nur eigensinnig, sondern wenn er sich etwas in den Kopf gesetzt hatte, dann gab er nicht auf, bis er bekam, was er wollte.

„Ich werde Park nicht heiraten“, wiederholte Monika.

„Er ist ein guter Mensch.“

„Ich werde Park nicht heiraten.“

„Und Josef sehr ähnlich, findest du nicht?“

„Ich werde Park nicht heiraten.“

„Seltsam, nicht wahr?“, fragte ihr Vater. „Als du und Josef geheiratet habt, gab er sich so große Mühe, in meine Fußstapfen zu treten. Wie sich die Dinge doch ändern.“

„Was meinst du?“

„Seit Hadamar“, sagte er, „habe ich immer versucht, in *seine* Fußstapfen zu treten.“

42

Samstag, 31. August 1963

Auferstehungstag.

Es war eine perfekte Nacht dafür – pechschwarz. Es regnete so stark, dass sie, wenn es noch neununddreißig weitere Tage so geregnet hätte, eine Arche hätten bauen und über die Mauer hinwegfahren können. Dass am nächsten Tag Sonntag war, wirkte sich vorteilhaft für sie aus. Ursel, Monika und Ediths Doppelgängerin Sharon Lewis würden erst am Montagmorgen in der Fabrik vermisst werden, lange nachdem sie fort waren. Sharon hatte sich früh am Vormittag wieder in sich selbst verwandelt und das kommunistische Ostdeutschland mithilfe ihres Studentenvisums verlassen. Sie verließ als letzte der Doppelgänger Deutschland. Park war von Amerika gekommen und erwartete sie auf der Westberliner Seite.

Herrn Witzells Entscheidung, in Ostdeutschland zurückzubleiben, löste für sie das Problem des Wachpostens, obwohl seine Aufgabe an diesem Abend schwieriger war als an jedem vorhergehenden Abend. Er stand auf dem Dach eines Wohnhauses, bewaffnet mit einem Fernglas und zwei Taschenlampen, die eine grün, die andere rot, doch der prasselnde Regen behinderte seine Sicht auf den Friedhof. Außerdem verzerrten die Regentropfen auf den Linsen des Fernglases die Bilder vor ihm. Gelegentlich kam ihm ein Blitz zur Hilfe, der die Umrisse der Stadt und die Kirche, den Friedhof, Wachturm und die umliegenden Straßen in ein unheimliches grelles Licht tauchte, doch das war immer schnell vorbei und kam nur selten, wenn er es brauchte. Darum hing der Erfolg des Fluchtversuchs vorwiegend von Toba ab, jetzt mehr als je zuvor.

Die Flüchtlinge waren in Position gegangen, bereit, den Friedhof zu betreten, sobald Herr Witzell das grüne Signal gab. Sie hatten sich in einer Gasse aufgestellt, den Rücken gegen eine Hauswand gedrückt unter einem Dachüberstand, damit sie nicht so nass wurden. Viktor jammerte. Er mochte weder Dunkelheit noch Regen. Es hatte sie viel Mühe gekostet, ihn dazu zu bewegen, überhaupt das Haus zu verlassen. Jetzt klang er wie ein ausgesetzter kleiner Hund. Zum Glück übertönte der Regen sein Jammern.

Willi, der unfreiwillige Flüchtling, lag ruhig und still. Er ließ alles mit sich geschehen, denn er schlief tief und fest. Her Witzell hatte ihm ein starkes Beruhigungsmittel verabreicht, mit einem Kompliment von K7. Willi war zugedeckt und auf einem Schlitten mit Rollen festgeschnallt. Der Plan sah vor, dass Toba den Schlitten an einem Seil durch den Tunnel ziehen sollte. Konrad hätte diese Aufgabe gern übernommen, aber die Wunde an seinem Bein machte ihm dies unmöglich. Noch immer konnte er nur unter Schwierigkeiten ohne Krücken laufen, kriechen war noch schlimmer. Doch er wollte die Flucht nicht mehr hinauszögern, nicht mal um einen Tag, geschweige denn um einen Monat oder zwei, bis sein Bein verheilt war.

Nachdem sie grünes Licht bekommen hatten, würden Toba und Konrad vorangehen. Sie würden Willi auf dem Schlitten mitnehmen und in den Tunnel hinunterlassen. Ursel und Monika sollten mit Viktor im Schlepptau folgen.

Unter dem Dachüberstand, von dem der Regen heftig heruntertropfte, drückte sich Ursel eng an Konrad. Ihre Gesichter waren sich sehr nahe und sie konnten die Wärme des anderen spüren.

„Jetzt ist es so weit", sagte Ursel. „Heute Abend Westberlin. Morgen fliegen wir nach Amerika. Ich hätte nie gedacht, dass ich eines Tages in Amerika leben würde."

„Fällt es dir schwer, Berlin zu verlassen?", fragte Konrad.

„Ich wäre traurig, wenn ich irgendwo anders wäre und du nicht bei mir wärst."

Konrad küsste sie. Ihr Mund schmeckte nach Regen.

„Grünes Licht!", flüsterte Monika.

„Wir sehen uns in ein paar Minuten", flüsterte Ursel und umarmte Konrad fest.

Toba, wie immer barfuß, zog den Schlitten mit Willi auf die

Straße. Der Regen prasselte auf die Plane, als der Schlitten unter dem vom Dach kommenden Wasserfall hindurchfuhr.

Konrad war unmittelbar hinter ihm. „Geh voran", sagte er zu dem blinden Mann in vollem Vertrauen auf seine Fähigkeiten. Es war dunkel und nass. Das war egal. Toba hatte die Flucht bei jedem Wetter probiert. Schnee war schwierig für ihn, da er die Konturen der Erde verdeckte. Außerdem wurden seine Füße von der Kälte taub. Regen dagegen schien ihm nichts auszumachen.

Drei Schritte hinter ihm begann Viktor zu jammern, so laut, dass die dösenden Grenzposten aufmerksam wurden. Er schrie Toba zu, er solle ihn nicht verlassen. Monika und Ursel hielten ihm den Mund zu, sprachen beruhigend auf ihn ein, bemühten sich nach Kräften, ihn zurückzuhalten, aber mit jedem Schritt, den Toba machte, schrie er umso lauter.

Konrad und Toba hatten keine Wahl, sie mussten umkehren.

Oben auf dem Dach war das Signal nach wie vor grün.

Sobald Toba wieder da war, stürzte sich Viktor auf ihn. Ursel wurde gegen die Hauswand geschleudert und Monika zog er einfach mit sich. Toba brauchte gut fünf Minuten, um Viktor wieder zu beruhigen.

„Verlass mich nicht, Toba, verlass mich nicht! Ich habe Angst!", jammerte Viktor, den Kopf an Tobas Brust gelegt, die Hände in seine Ärmel gekrallt.

„Ich verlasse dich nicht, Viktor. Ruhig, okay? Ich bringe dich zu Edith, erinnerst du dich?"

„Die *richtige* Edith?"

„Die richtige Edith. Aber du musst ruhig bleiben, verstanden?"

„Ruhig bleiben", wiederholte Viktor.

Nur überstieg es Viktors Fähigkeiten, ruhig zu bleiben. Ein zweiter Versuch verlief ähnlich wie der erste: Toba war nur ein paar Schritte gegangen, als Viktor wieder zu schreien begann. Dazu kam noch, dass in diesem Augenblick ein Blitz die Straße mit der Helligkeit von hundert Blitzlichtern erhellte.

Oben auf dem Dach kam das rote Signal.

* * *

Witzell winkte mit der Taschenlampe mit dem roten Licht, um die Dringlichkeit zu verdeutlichen. Drei Grenzposten! Drei Stück. Wenn der Blitz nicht gewesen wäre, hätte er sie vielleicht übersehen. Sie drückten sich in der Nähe der Kirche herum. Mit dem Fernglas verfolgte Witzell ihren Weg.

Alle drei hielten Gewehre in der Hand. Alle drei gingen vorgebeugt, zum Schutz vor dem Regen. Der Erste erreichte die Kirchentür und rüttelte daran. Sie war verschlossen. Sie verschwanden hinter der Kirche und tauchten an der Seite wieder auf. Einer von ihnen probierte es an einer Seitentür. Sie ließ sich öffnen. Sie traten ein und die Tür fiel hinter ihnen zu. An dieser Seite der Kirche, der dem Friedhof zugewandten, gab es keine Fenster, nur die Tür. Witzell wartete, starrte unter seinem Hut hervor auf die Tür. Er zuckte die Schultern, um seinen Mantel zu richten, als ihm Regen in den Nacken lief. Ein Rinnsal floss seine Wirbelsäule hinunter. Ohne das Fernglas sinken zu lassen, legte Witzell das rote Signal zur Seite. Er griff nach dem grünen.

Seine Hand erstarrte, aber nur einen Augenblick. Verzweifelt tastete er nach dem roten Signal.

Einer der Grenzbeamten war gerade aus der Tür getreten, und ein Lichtblitz erhellte eine Sekunde lang sein Gesicht. Er wollte nur eine Zigarette rauchen.

Witzell fand die Taschenlampe. Er gab das rote Signal. Wieder schwenkte er die Taschenlampe, um die Dringlichkeit zu unterstreichen.

* * *

„Was sollen wir jetzt machen?“, fragte Ursel.

„Wir warten“, bestimmte Konrad. „Das Signal ist rot.“

Aber das war nicht das, was sie wissen wollte, und er wusste es. Nur leider hatte er im Augenblick keine Antwort auf ihre Frage.

„Toba muss Viktor nehmen“, schlug Monika vor. „Ursel, du gehst mit ihnen. Konrad und ich werden den Schlitten ziehen.“

„Er ist schwer“, warnte Konrad.

„Das schaffen wir schon.“

„Und wenn ich euch bei dem Schlitten helfen würde?“, bot Ursel an.

„Jemand muss Toba mit Viktor helfen.“

Sie sahen sich an. Keiner hatte eine bessere Idee, und so war es beschlossene Sache. Konrad spürte, wie sich Zorn in ihm sich breit machte, eher wegen seiner Hilflosigkeit als wegen etwas anderem. In den vergangenen Monaten, während er den Tunnel gegraben hatte, war er zunehmend kräftiger geworden, und er fühlte sich so gut wie seit dem Krieg nicht mehr. Jetzt, wo er am meisten gebraucht wurde, war er wieder in seiner Bewegungsfreiheit eingeschränkt und alles wegen Willi.

Er sah zum Dach hinüber. Das Signal war immer noch rot.

Witzell stöhnte, als der Grenzposten sich noch eine Zigarette anzündete. Er hatte laut vor sich hin geschimpft, als der erste Grenzbeamte seine Zigarette zu Ende geraucht hatte und ein zweiter aufgetaucht war und sich ebenfalls eine anzündete. Falls irgendein Trost in der Verzögerung lag, dann der, dass der Regen ein wenig nachließ.

Er veränderte seine Position in einem erfolglosen Versuch, seine schmerzenden Hüftgelenke etwas zu entlasten. Er war zu alt für so etwas.

Nach einer Weile wurde die Seitentür geöffnet und der zweite Grenzbeamte ging wieder hinein. Witzell wartete eine ganze Minute, bis er das grüne Signal gab.

* * *

„Also gut, los geht's.“

Monika sagte: „Viktor, du gehst mit Toba. Es wird dunkel sein, aber alles wird gut werden.“

Viktor nickte, aber seinem Nicken fehlte die Begeisterung. Er klammerte sich mit beiden Händen an Tobas Arm. Sie machten sich langsam auf den Weg.

Unter dem Dachüberstand beobachteten Konrad und Monika, wie die drei die Straße überquerten und den Friedhof betraten. Der Regen wurde wieder stärker.

Konrad glaubte, Viktor wimmern zu hören.

In diesem Augenblick tat sich der Himmel auf. Ein Wolkenbruch prasselte herab, so dicht, dass sie jetzt kaum die andere Straßenseite erkennen konnten und schon gar nicht das Signal auf dem Dach.

* * *

Der Regen prasselte mit solcher entfesselter Macht vom Himmel herab, dass Witzell den Eindruck hatte, als würde sich eine große nasse Hand auf seinen Rücken legen. Wie ein Wasserfall stürzte das Wasser von seinem Hutrand. Die Pfütze um ihn herum wurde immer größer, sodass er die Taschenlampen unter dem Arm halten musste, wenn sie nicht in Aktion waren, sonst wären sie im Nu völlig durchnässt.

Er war blind. Er konnte die Straße nicht mehr sehen, auch nicht die Kirche oder den Friedhof. Nichts von dem, was wichtig war. Konnten Monika und die anderen das Licht erkennen? Möglicherweise, da es ja in einem Strahl die Dunkelheit durchbrach. Das Problem war: Da er den Friedhof nicht erkennen konnte, wusste Witzell nicht, welche Taschenlampe er benutzen sollte. Er hatte das grüne Signal gegeben in der Annahme, dass die Wachen in der Kirche geblieben waren. Aber war das auch so?

Nach mehreren sorgenvollen Augenblicken knipste er das Licht aus. Besser gar kein Licht als das falsche, dachte er. Hilflos starrte er in den Regen, im Wasser kniend, bis auf die Haut durchnässt. Sein Körper begann zu zittern, während er sich auf das konzentrierte, was unter ihm ablief. Sie waren abhängig von ihm.

Witzell betete, der Regen möge nachlassen.

Was er bekam, war ein Blitz. Für einen Moment sah er das Feld vor sich, dem gleich wie auf einem Foto. Einem entsetzlichen, Übelkeit erregenden Foto. Denn was er in diesem Augenblick des Lichtes sah, war die offen stehende Seitentür der Kirche und einen Grenzbeamten, das Gewehr deutlich sichtbar auf den Rücken geschnallt, der aus dem Gebäude kam.

Witzell griff nach der roten Taschenlampe. In seiner Eile fiel ihm eine der Lampen aus der Hand. Sie platschte in das Wasser zu seinen Knien.

Bitte lass es die grüne sein! Lass es die grüne sein!

Es war zu schlüpfrig, dunkel und nass, um die Markierungen auf der Taschenlampe in seinen Händen zu erkennen; der schnellste Weg, die Farbe zu erkennen, war, sie anzuknipsen. Das tat er erst, nachdem er die Taschenlampe auf sich gerichtet hatte für den Fall, dass es die falsche Farbe war. Auf keinen Fall wollte er das grüne Signal geben, wo ein Grenzbeamter auf dem Friedhof herumspazierte.

Witzell fand den Schalter. Er sprach ein stummes Gebet.

Ein roter Strahl traf seine Brust.

Spritzend rappelte sich Witzell hoch und schwenkte das rote Licht heftig hin und her in der Hoffnung, dass seine Tochter es sehen möge.

* * *

„Das Signal ist rot!", rief Monika.

„Geh weiter!", forderte Konrad sie auf.

Sie waren losgegangen, als der Regen besonders heftig niederprasselte, obwohl sie durch den Regen hindurch das Signal nicht sehen konnten. Es war eine gemeinsame Entscheidung, angetrieben durch ihre Sorge um Viktor. Sie hatten ihm erzählt, er würde durch einen Tunnel kriechen, sie hatten das sogar in der Rama-Klause geübt in einem provisorischen Tunnel aus Möbeln und Bettlaken. Allerdings hatten sie ihm nicht gesagt, dass er in ein Grab klettern müsse, um zu dem Tunnel zu kommen.

Viktors Vorstellung von Tod und Gräbern und dem unheimlichen Ruf von Friedhöfen kannte keiner so genau. Trotzdem hatten sie auf keinen Fall gewollt, dass er vor der Flucht über solche Dinge nachdachte. Toba, der Viktor am besten kannte, traute sich zu, Viktor zeigen zu können, dass er keine Angst zu haben brauchte, wenn sie erst da wären. Trotzdem war Monika nach dem Zwischenfall mit Viktor auf der Straße nicht mehr so sicher. Und wenn Viktor nun mitten auf dem Friedhof einen Wutanfall bekam?

Die Entscheidung loszugehen wurde noch einfacher, nachdem Konrad gesagt hatte: „Wenn wir niemanden sehen können, sind wir auch nicht zu sehen. Ich habe vielleicht nicht Tobas Füße, aber ich bin Dutzende Male über den Friedhof gelaufen. Los geht's!"

Die Antwort darauf war ein Stöhnen. Es kam nicht von Monika, sondern von dem Schlitten unter der Plane. Willi wachte auf.

Monika nahm das Seil des Schlittens, senkte den Kopf und marschierte los. Der Schlitten bewegte sich nur wenige Zentimeter. Erst als Konrad ihr beim Ziehen half, setzte er sich in Bewegung. Aber nur zögernd, denn jeder Schritt schickte ein Feuer durch sein rechtes Bein.

Nun, auf halbem Weg zum Friedhof, konnten sie nicht mehr zurück.

Blitze zuckten über den Himmel und Konrad bemerkte, dass sie vom Kurs abgekommen waren. Sie befanden sich viel näher an der Kirche, als er gedacht hatte. Er sah auch eine Gestalt – eine Gestalt, die albtraumhafte Erinnerungen an Wachposten im Gulag in ihm weckten, mit Knüppeln bewaffnet und bereit, Todesschläge zu verteilen – nur dass dieser Mann zufällig ein Grenzbeamter war, und er war nicht weit von ihnen entfernt. Eigentlich lief er genau rechts von ihnen, kam aus der Kirche. In der Sekunde, in der der Blitz zuckte, hatte der Posten ihnen den Rücken zugewandt. Konrad konnte die Waffe umso besser erkennen.

* * *

Heinz Garbe schloss die Tür zur Kirche, schlug seinen Mantelkragen hoch und wandte sich dem Friedhof zu. Dies war seine dritte Nacht in seiner neuen Aufgabe und seine erste auf diesem Posten. Er war eifrig darauf bedacht, sich selbst unter Beweis zu stellen.

Mit dreiunddreißig war er älter als die anderen Beamten aus seiner Trainingsklasse. Nach zehn Jahren im Druckereigeschäft – ein Beruf, in den ihn sein Schwiegervater gezwungen hatte – freute er sich, wieder an der frischen Luft zu sein, sogar an einem Abend wie diesem. Nachdem er als Jugendlicher seine militärische Ausbildung zu Ende gebracht hatte, war der Ausgang des Krieges bereits entschieden, trotz des Versprechens des Dritten Reiches, eine geheime Superwaffe würde den Krieg noch zu Deutschlands Gunsten entscheiden. Heinz wurde dann für die Verteidigung Berlins eingesetzt. Neun von zehn Jungen in seiner Einheit kamen während dieser Zeit ums Leben. Heinz hatte Glück gehabt. Die Russen überrannten eines Nachts seine Position mit solcher Macht und Schnelligkeit, dass es kaum Geschützfeuer gab. Heinz landete in einem Gefängnislager, in dem er fast ein Jahr verbrachte.

Wie alle anderen Berliner bemühte er sich nach seiner Entlassung, sich ein Leben in dem kommunistischen Regime aufzubauen. Er verliebte sich in Heidi, deren Vater eine Druckerei betrieb. Bevor er wusste, wie ihm geschah, war Heinz gelernter Drucker und hatte eine Frau und vier Kinder. Heinz hasste das Drucken, vor allem die Aufträge, die sein Schwiegervater hereinholte. Der Mann druckte Propagandaplakate, ein lukratives Geschäft. „Kommunistisches Geld lässt sich genauso gut ausgeben wie jedes andere Geld", sagte sein Schwiegervater gern.

Aber Heinz hasste es, die sowjetische Propaganda zu verbreiten. Jeden Tag dieselben Sprüche auf den Plakaten zu lesen, machte ihn krank. Und wenn er noch ein weiteres Fass roter Tinte öffnen müsste, würde er verrückt werden.

Darum schmiss er alles hin und ging zur Grenzwache. Sein Schwiegervater sprach nicht mehr mit ihm, seine Frau auch nicht.

Aber das war Heinz egal. Er war wieder draußen, wo er hingehörte. Das war es, was ihn mehr als alles andere an diesem Job gelockt hatte.

Sein Vorgesetzter, ein Mann, der acht Jahre jünger war als er, hatte ausgerechnet diesen Abend gewählt, um ihn ein wenig zu schikanieren.

„Mach einen Kontrollgang über den Friedhof", hatte Walter ihn aufgefordert.

Manfred, der dritte Mann, konnte sein Gelächter nur schlecht verbergen. Er gehörte zu der schwachen, herrischen Sorte, die ein Gewehr brauchten, um mutig zu sein. Heinz empfand sofort eine Abneigung gegen ihn.

Heinz wusste, dass normalerweise kein Kontrollgang über den Friedhof durchgeführt wurde, aber er ging trotzdem nach draußen und fragte sich, was für einen kindischen Scherz sie sich für den Neuen ausgedacht hatten. Es war egal. Heinz zog den prasselnden Regen Manfreds Gesellschaft vor.

Ein Blitz blendete ihn, als er aus der Tür trat. Heinz blinzelte mehrmals, sah aber nur weiße Blitze, die Nachklänge des ersten Blitzes. Einen Augenblick lang hätte er schwören können, zwei Gestalten in der Nähe gesehen zu haben. Sie schienen eine Kette oder so etwas über der Schulter zu haben. Er blinzelte erneut, und sie waren fort.

Der Regen wurde noch dichter, und der Friedhof lag in tiefster Dunkelheit.

Mit vorgebeugten Schultern, das Gewehr auf den Rücken geschnallt, machte sich Heinz Garbe auf den Weg.

43

Monika hatte den Grenzposten zur selben Zeit wie Konrad erspäht. Doch sie geriet nicht in Panik. Konrad rechnete zwar damit, doch dann erinnerte er sich daran, wie Monika und Ursel mit einem halben Dutzend Kinder durch das vom Krieg zerrüttete Deutschland gezogen waren. Sie kannte solche Situationen. Ohne zu zögern zog sie stärker an dem Seil, weg von dem Grenzposten.

Sie prallte gegen Toba.

Worte waren unnötig. Konrad reichte Toba sein Seil und trat dann an Monikas Seite, um ihr zu helfen. Der Schlitten wurde schneller, und schon bald verschwanden die Kirche und der Grenzposten hinter ihnen.

Als sie sich dem Grab von Josef Schumacher näherten, hörten sie Viktors Stimme aus dem Boden. Er weinte. Konrad zuckte zusammen, als er das Licht aus dem Grab entdeckte.

„Was …?“, begann Konrad.

„Nur so konnten wir ihn ruhig halten“, erklärte Toba. „Klopf dreimal“, fügte er hinzu.

Konrad, der sich vorgebeugt hatte, um die Tür anzuheben, klopfte dreimal. Das Licht ging aus.

„Ich bin es, Viktor“, flüsterte Toba. „Ich habe dir ja gesagt, dass ich zurückkommen würde.“

„Wir sollten uns beeilen“, sagte Konrad. Er sah zu der Kirche hinüber. Sein Herz tat einen Sprung, weil er sie tatsächlich erkennen konnte. Der Regen ließ wieder nach.

Ein gedämpfter Laut kam von dem Schlitten. Es war nicht nur ein Stöhnen, sondern verständliche Worte. Willi war jetzt wieder bei Bewusstsein.

Konrad rief ins Grab: „Ursel, bring Viktor in den Tunnel!“

Ursel versuchte ihn zu locken, aber Viktor rührte sich nicht.

Konrad suchte den Friedhof ab und entdeckte den Posten an der Mauer. Er kam auf sie zu. „Toba“, sagte er drängend.

Der Regen hatte ganz plötzlich aufgehört. Der Grenzposten drehte sich um, sah in ihre Richtung und griff nach seinem Gewehr.

Toba sprang in das Grab. Irgendwie schaffte er es, Viktor aus dem Weg zu schaffen.

„Rein!", befahl Konrad Monika.

„Ich helfe dir."

Die Zeit lief ihm davon. Konrad stieß Monika in das Grab ihres Mannes. Ihre Beine gaben unter ihr nach, als sie unten ankam. Ursel zog sie tiefer in den Tunnel.

Konrad trat an den Schlitten heran.

Willis gedämpfte Stimme drang unter der Plane hervor.

„Halt den Mund, Willi", fuhr Konrad ihn an.

Aber Willi begann noch lauter zu schreien.

„Ich habe dich gewarnt." Obwohl sein Bein so schlimm schmerzte, dass er beinahe das Bewusstsein verlor, kippte Konrad den Schlitten mitsamt seinem Bruder seitlich in das Grab. Er stürzte über den Rand. Konrad rollte sich hinter ihm hinein und landete mit einem dumpfen Aufprall auf seinem Bruder. Er griff nach oben und zog seine Schlafzimmertür zu, um das Grab zu schließen. „Alle Mann still jetzt!", befahl er.

Konrad wusste nicht, ob Willi das Bewusstsein verloren oder ob er einfach nur Angst hatte vor dem, was sein Bruder mit ihm machen würde, falls er noch einen Laut von sich gab. Erstaunlicherweise blieb er still. Und Viktor auch.

* * *

Heinz Garbe betrat vorsichtig den Friedhof. Er wusste nicht so genau, was er gesehen hatte. Er hatte den Eindruck gehabt, als hätten drei Leute etwas in ein Loch im Boden geschoben und seien ihm dann schnell gefolgt. Aber das alles war so schnell gegangen, bevor Heinz seine Taschenlampe hervorholen konnte. Und jetzt war er nicht mehr sicher, an welchem Grab das gewesen war.

Das war ungefähr das, was er von Walter und Manfred erwartete. Drei Leichen kletterten aus ihrem Grab, um einen der Ihren einzufordern und in die Unterwelt zu bringen.

Er legte den Kopf zur Seite. Kam da Musik aus der Erde? Singen? *Seltsam. Sehr seltsam*, dachte er.

Er hatte gehofft, das Grab ausfindig machen zu können, die Spieler mitten in ihrer Aufführung entlarven zu können und sie dann mit vorgehaltener Waffe zu Walter und Manfred zu schaffen. Aber in der Dunkelheit konnte er einfach nicht erkennen, in welchem Grab sie verschwunden waren.

Nach einer Weile kam Heinz der Gedanke, dass Walter und Manfred sich köstlich amüsieren würden, wenn er noch länger danach suchte. So beschloss er, seine Taktik zu ändern.

Er knipste seine Taschenlampe aus und setzte seinen Kontrollgang fort.

* * *

Der Regen hörte allmählich auf. Vom Dach aus konnte Witzell erkennen, wie der Grenzposten seine Waffe hervorholte. Falls er sich schon vorher hilflos gefühlt hatte, so war dies noch viel schlimmer. Seine Tochter, Konrad und Ursel, Toba und Viktor alle würden gefasst werden, und er konnte es nicht verhindern. Jetzt konnte er sie nicht mehr mit seiner Taschenlampe warnen.

Sein Herz klopfte ihm bis zum Halse, als er beobachtete, wie zuerst Toba und dann Monika in dem Grab verschwanden. Als Konrad den Schlitten ins Grab stieß, knirschte er so fest mit den Zähnen, dass sein Kiefer wehtat.

Dann betete er. Er betete, wie er noch nie zuvor gebetet hatte, während der Grenzposten den Bereich absuchte und sich Dank sei Gott seine Waffe schließlich wieder umhängte und weiterging, als sei nichts geschehen.

Witzell wusste nicht, was der Grenzposten dachte oder was er zu sehen geglaubt hatte, aber er war davon überzeugt, dass in diesem Augenblick ein Engel Gottes auf den Friedhof gekommen und die Augen des Mannes mit seinen himmlischen Händen abgeschirmt hatte, damit er die Flüchtlinge nicht entdeckte.

Nachdem seine Arbeit vollendet war, warf Witzell einen letzten Blick auf das Grab, in dem seine Tochter verschwunden war.

„Auf Wiedersehen, meine Monika", flüsterte er. „Ich liebe dich. Mögest du Frieden und Freude in deinem neuen Leben finden."

Als er sich umdrehte, um zu gehen, war sein Blick wieder verschwommen, doch dieses Mal nicht vom Regen.

* * *

„Na, irgendetwas Unheimliches draußen gesehen?", fragte Manfred, als Heinz wieder in die Kirche kam.

Heinz schüttelte den Regen von seinem Mantel und gesellte sich zu seinen Kollegen, die mit dem Rücken an eine Wand gelehnt auf dem Boden saßen, eine Laterne zwischen ihnen. Der Boden des leeren Gebäudes war übersät mit Flaschen und allem möglichen Einwickelpapier. Offensichtlich war dies schon seit einiger Zeit der inoffizielle Pausenraum für die Beamten.

„Unheimlich?", fragte Heinz.

„Ja, du weißt schon. Geister und Kobolde."

„Ich habe viel Regen gesehen."

Heinz grinste in sich hinein. Er würde ihnen nicht die Genugtuung verschaffen zu erfahren, dass sie ihn beinahe mit ihrer idiotischen Inszenierung hinters Licht geführt hätten. Auf keinen Fall würde er diesen beiden gegenüber jemals zugeben, dass er aus einem der Gräber eine Melodie gehört hatte.

44

Sie schafften Viktor die Leiter hinunter, aber unten angekommen, klammerte er sich mit beiden Armen an Toba und machte ein Weitergehen unmöglich. Er ließ ihnen keine Wahl, sie mussten riskieren, eine Taschenlampe einzuschalten.

Viktors Augen waren vor Entsetzen weit aufgerissen, sein Blick schoss hierhin und dorthin, blieb jedoch an nichts Bestimmtem hängen. Er hatte Angst vor allem – der Tiefe, in die sie geklettert waren, dem schwarzen Loch vor ihnen und der Enge der Erdmauern mit den vielen Wurzeln, die hervorstachen und aussahen wie Schlangen.

Mit viel gutem Zureden schafften Monika und Ursel es, ihn so lange von Toba zu lösen, dass er Konrad helfen konnte, den Schlitten mit Willi darauf herunterzulassen. Nach den Geräuschen zu urteilen, die unter der Plane hervordrangen, war das Beruhigungsmittel vollkommen wirkungslos geworden. Einmal wehrte er sich so heftig, dass sie ihn beinahe in den Schacht stürzen ließen.

Sobald Tobas Füße den Tunnelboden berührten, hing Viktor an ihm, die Arme wie Gummibänder fest um seine Taille gelegt. Wie sollten sie ihn nur durch den Tunnel schaffen? Sie überlegten mehrere Möglichkeiten, während Toba Viktor leise etwas vorsang, um ihn zu beruhigen. Eine Idee war, Toba und Viktor an dieser Stelle zurückzulassen. Die anderen würden durch den Tunnel gehen und Beruhigungsmittel für Viktor besorgen. Man überlegte sogar, den Schlitten später wieder zurückzuschaffen und Viktor durch den Tunnel zu ziehen. Doch dann hatte Toba eine Idee.

„Hey Viktor", sagte er. „Erinnerst du dich noch, wie es war, als wir als Kinder so lange unterwegs gewesen sind, wir alle?"

„Aaron! Aaron! Ich bin an der Reihe, Aaron zu sein!"

„Das stimmt, Viktor. Du bist an der Reihe. Und Monika ist Mose. Erinnerst du dich? Sie sagt dir, was du uns anderen sagen sollst."

Diese Idee gefiel Viktor.

„Monika …“, drängte Toba.

Alle waren über Viktors Bereitschaft erleichtert, dieses Spiel mitzuspielen. Zumindest schrie er nicht, und seine Umklammerung hatte sich etwas gelockert.

„Komm zu mir, Viktor“, sagte Monika. „Ich flüstere es dir ins Ohr.“

Viktor sah sich unsicher um. Er wollte spielen, aber er wollte Toba nicht loslassen.

„Komm her“, lockte Monika ihn.

Viktors Augen füllten sich mit Tränen. Er steckte in einem Dilemma.

„Willst du nicht Aaron sein? Vielleicht lieber Ursel? Sie ist auch noch nicht an der Reihe gewesen.“

„Nein, ich!“, rief Viktor.

Nur widerstrebend ließ er Toba los und schob sich zu Monika. Seine Arme hielt er nach Toba ausgestreckt.

Monika flüsterte Viktor zu: „Es ist an der Zeit, dass wir auf eine Reise gehen.“

Viktor wiederholte ihre Worte.

Sie flüsterte ihm den nächsten Teil zu.

Viktor sagte: „Wir werden nicht laufen. Wir werden kriechen. Es wird lange dauern. Es wird …“

„Nur weiter. Sag es“, drängte Monika.

Viktor bekam wieder Angst. „D-dun … d-dunkel.“

Sie flüsterte ihm noch etwas ins Ohr.

„Aber wir werden k … k-keine A-Angst … haben. Denn Gott ist mit uns.“

Alle jubelten Viktor zu.

„So“, sagte Toba, der ein Stück von dem Seil genommen hatte, mit dem sie den Schlitten heruntergelassen hatten, „erinnerst du dich noch daran, Viktor?“

Viktors Augen leuchteten bei der Erinnerung daran auf. Toba legte sich das Seil um die Taille und band es dann Viktor um die Taille.

„Ich gehe zuerst, dann Viktor, dann –“

„Nein, nein, nein, nein!“, rief Viktor.

„Viktor! Beruhige dich!“, mahnte Toba.

Aber Viktor wollte sich nicht beruhigen. „Monika erst! Monika zuerst!“

Er hatte Recht. Monika war immer vorangegangen.

Monika rief Viktor zu sich. Sie flüsterte ihm wieder etwas ins Ohr.

Viktor wiederholte treu, was sie gesagt hatte: „Dieses Mal ist Toba der Führer, bis wir das Ende des Tunnels erreicht haben.“

Solange es zu dem Spiel gehörte, war Viktor mit den neuen Regeln einverstanden. Toba zuerst, dann Viktor. Monika und Ursel folgten ihnen. Dann kam Konrad, der seinen Bruder auf dem Schlitten zog.

Monika fragte nach Konrads Bein, aber Konrad winkte ab. „Wenn es mir zu viel wird, dann lasse ich ihn einfach zurück. Dann kann ein anderer ihn holen. Eines Tages.“

Konrad fügte diesen letzten Teil bewusst für Willi hinzu. Er bekam den gedämpften Protest, mit dem er gerechnet hatte.

Das Licht wurde ausgeschaltet, und sie machten sich auf den Weg durch den Tunnel. Wie sie befürchtet hatten, begann Viktor sofort wieder zu jammern. Ein paar Mal hätte er Ursel beinahe ins Gesicht getreten.

Toba begann zu singen. Er erzählte Viktor, er würde ein Lied kennen, das beschrieb, wie Edith ihm unter die Haut gegangen sei. Viktor mochte dieses Lied. Er kroch weiter, während Toba sang. Nach ein paar Versen änderte Toba den Text und sang: „Du bist mit mir unter die Erde gegangen.“

Viktor fand das sehr lustig.

* * *

Toba hob das Brett hoch, das den Eingang des Tunnels verdeckte. Er hielt inne und lauschte.

Schritte näherten sich.

„Toba?“

Er erkannte die Stimme. Es war Park.

Der Deckel wurde angehoben.

„Hallo Scharon“, begrüßte Toba sie.

„Woher wusstest du das? Oh, mein Parfüm, richtig?“

Toba lächelte.

Park half Viktor aus dem Tunnel, der froh war, Sharon Lewis zu sehen, aber er wollte zu der richtigen Edith. Toba hatte es ihm versprochen.

„Ich werde dich zu ihr bringen“, versprach Park. „Sie ist in Amerika. Ich bringe dich zu ihr.“

Als Nächste kletterte Ursel aus dem Tunnel, dann Monika.

Ursel nahm Park fest in die Arme, als sie ihn sah. Monika klopfte sich ab, dann gab sie Park die Hand.

Es kam niemand mehr nach.

„Wo ist Konrad?“, fragte Park und starrte in den Tunnel hinab.

„Er ist zurückgefallen. Die Wunde und der Schlitten …“

Park nickte, starrte in das Loch und lauschte. Er hörte nichts.

* * *

Dreizehn Meter unter der Erde kämpfte Konrad in der pechschwarzen Dunkelheit mit seinem Bruder.

Mitten in dem Tunnel hatte es Willi irgendwie geschafft, sich von seinen Fesseln zu befreien. Konrad hatte den anderen gesagt, sie sollten schon vorgehen, als klar wurde, dass er sie behinderte. Da der Tunnel so eng war, dass keiner ihm helfen konnte, erschien ihm das logisch. Zu diesem Zeitpunkt war Willi, soweit die anderen wussten, noch gefesselt. Konrad war also zurückgelassen worden. Er würde in seinem Tempo weiterkriechen.

Er kroch weiter, bis sein Bein zu sehr schmerzte, und rastete dann ein wenig. Nach einer Ruhepause zog er wieder an dem Schlitten. Aber dieses Mal war er verblüffend leicht. Willi hatte sich befreit.

Konrad rief in die Dunkelheit.

Er hörte jedoch nichts als den mühsamen Atem Willis, der in

der anderen Richtung davonkroch. Konrads erster Impuls war, ihn einfach zu lassen. Was könnte er jetzt noch tun? Der Tunnel würde entdeckt werden, aber bis Willi jemanden alarmieren könnte, wären alle in Westberlin angekommen.

Alle außer Herrn Witzell.

Konrad kroch seinem Bruder nach. Sein Bein fühlte sich so an, als hätte jemand ein heißes Stemmeisen hineingebohrt.

Willis Atem kam näher. Konrad spürte, wie ein Schuh seine Hand berührte. Er musste vorsichtig sein. Falls Willi merkte, wie nahe er war, dann würde er ihm ins Gesicht treten. Konrad würde es nicht kommen sehen.

Er folgte dem, was er hörte. Willis Fuß traf ihn an der Wange, aber rein zufällig. Konrad zog sich auf Willis Beine. Er senkte den Kopf, während Willi sich umdrehte und versuchte, ihn anzugreifen. Die beiden Brüder kämpften in der Dunkelheit miteinander, wanden sich auf dem Boden. Konrads Kraft erlahmte schnell. Er war bereits erschöpft, weil er Willi den halben Weg durch den Tunnel auf dem Schlitten gezogen hatte. Der Schmerz in seinem Bein wurde mit jeder Minute schlimmer. Und Willi hatte Glück gehabt und einige Treffer in Konrads Gesicht gelandet.

* * *

Sie starrten fast zwanzig Minuten in das Loch im Boden. Es hatte aufgehört zu regnen. Der Boden war durchnässt, die Luft schwer und feucht. Obwohl sie alle gerade aus einem Tunnel gekommen waren und nun unter freiem Himmel standen, fühlten sie sich trotzdem beengt wegen der tief hängenden, dunklen Wolkendecke.

„Ich werde zurückgehen", sagte Toba.

„Du kannst ihm nicht helfen", erwiderte Monika. „Es ist nicht genug Platz."

„Vielleicht kann ich ihm Erleichterung verschaffen oder über ihn hinwegkriechen. Dann kann er weiterkriechen und ich ziehe den Schlitten."

Das klang vernünftig.

„Also gut“, sagte Monika. „Aber sei vorsichtig.“

Toba stieg in den Tunnel.

Zehn Sekunden später tauchte er wieder auf. In der Hand hielt er ein Ende eines Seils. „Kann das jemand nehmen?“, fragte er.

Park packte das Seil. Toba kroch heraus und packte mit an.

„Ziehen Sie“, forderte Toba ihn auf.

Es gab dumpfe Schläge, als das, was sie hochzogen, gegen die Sprossen der Holzleiter prallte.

Und dann auf einmal begannen alle zu lachen. „Was ist denn so lustig?“, fragte Toba.

„Da ist Willi, aber wo ist der Schlitten?“, fragte Ursel.

Monika beschrieb Toba, was sie sah. „Er ist wie ein Paket zusammengeschnürt. Ihr habt ihn an den Füßen hochgezogen. Er ist über und über mit Schmutz bedeckt, und so wie es aussieht, hat Konrad ihn den größten Teil der Strecke an seiner Hose gezogen.“

„Kein Schlitten?“, fragte Toba.

„Nicht zu sehen.“

Konrad folgte seinem Bruder aus dem Tunnel. Er sah aus, als hätte er mit einer ganzen Armee gekämpft.

Park hatte die Hände in die Hüften gestemmt. Kopfschüttelnd begann er zu lachen. „Ihr habt es geschafft“, sagte er zu den anderen. „Ihr habt es wirklich geschafft! Ihr habt die Mauer überwunden. Jetzt werden wir euch alle in ein Hotel schaffen, wo ihr euch säubern könnt und etwas zu essen bekommt. Ihr könnt euch einen Tag ausruhen und dann werden wir die nächste Etappe der Reise in Angriff nehmen. Ich verspreche, diese Etappe wird sehr viel einfacher. Ihr werdet auf gepolsterten Sitzen sitzen und Getränke angeboten bekommen.“

Monika trat an Park heran und fragte: „Was geschieht mit Willi?“

„Die Westberliner Behörden würden sich gern mit ihm unterhalten. Ein Auftragskiller, auf den Willis Beschreibung passt, möglicherweise ein Stasi-Agent, ist regelmäßig über die Grenze gekommen, um wichtige Beamte zu ermorden, erst vor kurzem wieder.“

„Und wenn Willi nicht der Mörder ist?“

„Es gibt mehrere Möglichkeiten. Wir können ihn für ein paar Jahre wegschließen."

Monika starrte ihn lange Zeit an, bevor sie etwas sagte. Park ließ sie gewähren, ohne beleidigt zu sein. Er hatte schon oft Versprechungen gemacht. Jetzt war es an Monika zu entscheiden, ob sie ihm glauben wollte oder nicht.

„Danke", sagte sie. Sie legte ihre schmutzige Hand auf seine Schulter, stellte sich auf Zehenspitzen und gab ihm einen Kuss auf die Wange.

Park hatte nicht mit Zuneigung von ihr gerechnet. Aber es gefiel ihm. Es gefiel ihm sogar sehr gut.

„Du hast im Dunkeln mit ihm gekämpft und ihn gefesselt?", fragte Toba Konrad.

„Man sollte sich nie im Dunkeln mit mir anlegen", sagte Konrad. „Ich habe jahrelang mit Filmdosen in Dunkelkammern herumhantiert."

Toba grinste. „Vielleicht sollten wir dir eine Ehrenmedaille für Blinde oder so etwas verleihen."

„So wie wir aussehen", sagte Ursel und wischte sich die Handflächen an Konrads Ärmel ab, „sollten wir mit einer Urkunde als ehrenamtliche Erdhörnchen belohnt werden." Ihre Hände waren nicht sauberer geworden und Konrads Hemd nicht schmutziger.

Viktor, der wieder ganz er selbst war, fand die Idee mit den Erdhörnchen großartig, doch niemand wollte ihn wieder in den Tunnel gehen lassen.

„Wir sollten euch jetzt erst mal saubere Sachen besorgen", sagte Park und wedelte mit seinen Händen. Er sah aus wie ein Reiseleiter, der seine Schutzbefohlenen in einen Bus schaffen wollte.

„Nicht wir alle", wandte Monika ein.

„Was meinen Sie?"

Monika senkte den Kopf, um den Blicken der anderen zu entgehen. Offensichtlich hatte sie etwas zu sagen, was ihr sehr schwer fiel.

„Nicht alle von uns gehen in das Hotel", wiederholte sie.

Jetzt hatte sie alle Aufmerksamkeit.

Monika atmete tief durch. Sie legte Park die Hand auf den Arm. „Ich möchte Ihnen danken für alles, was Sie für uns getan haben. Ich weiß, ich habe Ihnen meine Dankbarkeit nicht gezeigt, wie ich es hätte tun sollen. Wenn Sie nicht gewesen wären, hätten wir vielleicht nicht alle Kinder in die Freiheit gebracht. Sie haben sich Josef und mir als guter Freund erwiesen. Aber ich kann nicht mitkommen."

Verblüfft starrten sich alle an.

„Monika?", fragte Ursel.

Monika wandte sich ihrer engsten Freundin zu. „Ich gehe zurück."

„Nein", sagte Park.

Monika wandte sich an Park. „Sie haben es selbst gesagt. Es ist erstaunlich, dass wir hier in Westberlin stehen und diese Diskussion führen. Der Tunnel kann weiter benutzt werden. Wie können wir ihn jetzt einfach zurücklassen, wo so viele Menschen ihr Leben riskieren, um aus Ostdeutschland herauszukommen?"

„Monika, das ist bewundernswert", sagte Park. „Wirklich. Aber Sie tragen den anderen gegenüber eine Verantwortung."

„Nur weil Josef mir diese Verantwortung auferlegt hat. Wir kannten die Kinder von Hadamar nicht, als Josef sie gerettet hat. Wir wussten nicht, dass sie so nett werden würden. Viktor, Hermann, der Mensch-ärgere-dich-nicht-König, Marlene, die Künstlerin, und die willensstarke Anni. Josef hat sie gerettet, weil sie deutsche Kinder waren. Und auf der anderen Seite der Mauer gibt es noch mehr deutsche Kinder mit ihren Eltern und Großeltern, die unterdrückt werden und sterben. Und hier haben wir einen Tunnel, der in die Freiheit führt. Park, Sie verstehen das doch, oder?", fragte Monika. „Wenn Amerikaner auf der anderen Seite der Mauer gefangen wären, dann würden Sie doch dasselbe tun, stimmt's? Ich bin Deutsche. Und solange es Deutsche gibt, denen ich helfen kann, muss ich ihnen helfen."

„Das wirst du nicht allein tun", sagte Konrad und trat an Monikas Seite.

Ursel stellte sich auf die andere Seite neben Monika. Sie nahm die Hand ihrer Freundin. „Wo du hingehst, da will auch ich hingehen“, sagte sie.

Park starrte sie traurig, aber verständnisvoll an. „Was soll ich Edith sagen? Sie rechnet damit, dass ich ihre Mutter mitbringe.“

Monika antwortete: „Sagen Sie ihr, dass ihr Großvater Olbricht und ihre Mutter sie sehr lieben.“

45

Trotz ihrer leidenschaftlichen Argumentation fiel es Monika unglaublich schwer, wieder in den Tunnel zu steigen. Es war vermutlich das Schwerste, was sie je in ihrem Leben getan hatte. Niemand machte es leichter für sie.

Park drängte sie, doch wenigstens über Nacht in Westberlin zu bleiben. Ursel gefiel die Idee. Sie sagte, es wäre wie die Wochenendausflüge, die sie früher gemacht hatten – sie, Monika und Edith. Aber so war es eben gar nicht, zumindest nicht für Monika. Zwar glaubte sie an die Sicherheit des Tunnels, doch es war nicht so, als würde man in einen Zug steigen und nach Hause fahren.

Und dann waren da noch Toba und Sharon Lewis. Es war schwer, die beiden zusammen zu sehen. Monika kannte Sharon mittlerweile lange genug, um zu wissen, dass sie nicht Edith war. Man konnte die beiden jungen Frauen nebeneinander stellen, Monika würde sich nicht täuschen lassen. Aber wenn sie Toba an Sharons Seite sah, dann empfand sie einen großen Schmerz. Sie sehnte sich so sehr nach Edith. Das Wissen, dass sie nur ein Wort zu sagen brauchte und sie wäre wieder mit Edith zusammen, das war zu viel für Monika. Wenn sie heute Abend nicht zurückginge, dann würde sie es nicht mehr schaffen, das wusste sie.

Toba wollte mitkommen. Darauf war Monika vorbereitet. Er war ein guter Mensch. Aber dass er seine Chance vertat, das ließ sie nicht zu. Es war schon schlimm genug, dass Edith enttäuscht sein würde über die Entscheidung ihrer Mutter; Monika wollte Edith nicht auch noch Toba nehmen.

„Aber ihr braucht einen Blinden, der euch führt“, beharrte Toba.

„Wir werden halt einfach ohne auskommen müssen“, sagte Monika.

Konrad und Ursel kamen Monika zu Hilfe. Sie argumentierten, Toba hätte Viktor so weit gebracht, es liege nun in seiner Verantwortung, ihn in die Staaten zu bringen, wo die sechs von Hadamar dann wieder zusammen wären und Pastor Schumachers Traum erfüllt sei.

Widerstrebend gab Toba nach, obwohl der Abschied ihm sehr schwer wurde.

* * *

Ohne den Nervenkitzel der Flucht, der sie antrieb, war der Rückweg nach Ostberlin sehr ermüdend. Die Dunkelheit unter der Erde schien kein Ende zu nehmen. An einer Stelle stolperte Konrad über Willis Schlitten. Er musste ihn dann den Rest des Weges mitnehmen, um den Tunnel freizumachen. An einer anderen Stelle, als seine Arme schmerzten und er glaubte, Ursel hinter sich stöhnen zu hören, machte sich Konrad Tobas Angewohnheit zu Eigen und sang ein Lied. Das heiterte sie für eine Weile auf.

Mit schmerzenden Armen stiegen sie die Leiter hoch. Konrad hob seine Schlafzimmertür gerade so weit an, dass er nach Grenzposten Ausschau halten konnte. Es war später, als er gedacht hatte. Der dunkle Nachthimmel zeigte bereits Anzeichen der herannahenden Dämmerung. Er drängte Monika und Ursel, sich zu beeilen, obwohl sie unglaublich müde waren. Schon bald duckten sich die drei neben Josef Schumachers Grab.

Nur jemand, der Jahrzehnte in einem Gefängnis gesessen hatte, konnte nachempfinden, wie sie sich fühlten. Erst vor kurzem hatten sie in der Freiheit gestanden, in einer Stadt, wo das Leben respektiert wurde, wo sie Rechte hatten. Wo sie jetzt standen, gab es so etwas nicht. Wenn sie zu dieser Zeit dort erwischt würden, so würde das Verhaftung, Verhör und – falls ihre Antworten nicht zufrieden stellend waren – Gefängnis, möglicherweise sogar Tod bedeuten.

Die Angst ließ neue Energie in ihre müden Beine fließen. Schnell und leise liefen sie durch die Straßen Ostberlins zur Rama-Klause und nach Hause.

* * *

„Er ist fort“, sagte Monika.

Als die ersten frühen Sonnenstrahlen durch die aufgerissenen Wolken fielen, liefen sie durch die leeren Räume.

„Vielleicht ist er in K7“, meinte Konrad.

Monikas Trauer war nicht zu übersehen. „Er hat mir gesagt, er würde verschwinden“, erwiderte sie. „Er hätte das schon einmal getan, er würde es wieder tun.“

Ursel kam aus Herrn Witzells Schlafzimmer. „Er hat seine Sachen zusammengepackt. Sein Schreibtisch ist leer.“

„Er ist fort“, wiederholte Monika, obwohl sie es nicht glauben wollte. „Ich hatte gehofft, ihn noch hier anzutreffen.“

„Hat er dir denn gar keinen Hinweis darauf gegeben, wo er hingehen würde?“, fragte Ursel.

Monika nahm ein Kissen vom Sofa und warf es abwesend in einen Sessel.

„Es ist gut, dass er gegangen ist“, meinte Konrad. „Wenn morgen in der Fabrik drei Leute nicht zur Arbeit erscheinen, wird die Volkspolizei schnell in Aktion treten.“

Ursel stimmte zu. „Herr Gellert wird mit seiner Meldung keine Zeit verlieren.“

„Dann sollten wir auch keine Zeit verlieren“, meinte Monika.

„Wohin?“

Er hoffte nur, dass Monika, die offensichtlich länger über diese Sache nachgedacht hatte als die anderen, einen Zufluchtsort im Sinn hatte.

„Wohin der Wind uns weht“, erwiderte Monika.

„Wie lange planst du schon, wieder zurückzukommen?“, fragte Konrad sie.

„Das war eine ganz spontane Entscheidung, zwei Minuten, bevor ich es gesagt habe.“

„Oh“, sagte Konrad. „Nun … zwei Minuten. Da hast du es. Ich hatte schon Angst, es könnte vielleicht eine Augenblicksentscheidung gewesen sein.“

„Ich sehe schon, meine Rolle in unserem Trio wird die des Friedensstifters sein“, meinte Ursel.

„Lasst uns ein paar Sachen zusammenpacken und dann von hier verschwinden“, sagte Monika.

* * *

Dienstag, 3. September 1963

Besorgt die Stirn runzelnd, legte Park den Hörer auf.

Aus dem anderen Zimmer ertönte fröhlicher Lärm: Ernst Ehrenbergs markantes Lachen, Annis herrische Stimme, die sich Gehör verschaffen wollte, Viktors Kichern und Ediths melodisches Lachen.

Park blieb gut zwei Minuten neben dem Telefon stehen, nachdem er aufgelegt hatte. Das waren keine guten Neuigkeiten. Er dachte über mögliche Schritte nach, auch darüber, ob er nun die fröhliche Wiedervereinigung im Nebenzimmer stören sollte. Was war nur an dieser Gruppe, dass er sie nicht einmal einen Nachmittag lang des Glücks berauben wollte?

Er stand in Ernsts Arbeitszimmer, einem gemütlichen Zimmer mit Kirschholzvertäfelung, einem dicken grauen Teppich und einem großen, ordentlich aufgeräumten Schreibtisch, auf dem in der Ecke das Modell einer Rakete stand. Der Schock der Nachricht ließ nach, Parks Verstand setzte wieder ein. Er trat in den Türrahmen und blieb da stehen, bis er Ernst Aufmerksamkeit auf sich gelenkt hatte. Er winkte ihn zu sich heran.

Rachelle, die etwas abseits im Zimmer Platz genommen hatte, beobachtete die Feier. Im Augenblick versuchte Hermann, einen Eiswürfel über Annis Rücken rutschen zu lassen. Rachelle erhaschte aus den Augenwinkeln heraus einen Blick auf Park. Ihr Gesichtsausdruck veränderte sich sofort. Sie war genauso sensibel, wie sie schön war. Park fragte sich, wie ein knochiger Eierkopf wie Ernst eine solche Frau bekommen konnte.

„Was ist los?“, fragte Ernst.

Park bat Ernst, die Tür zu schließen.

„Das war Harrison aus Westberlin.“

„Dein Kontaktmann?"

„Willi ist entflohen. Vermutlich ist er wieder über die Grenze zurück nach Ostberlin."

* * *

Der Überfall auf die Rama-Klause kam wie ein Stasi-Blitzkrieg. Türen wurden eingetreten. Bewaffnete Männer stürmten durch die Räume. Jeder, der einen Raum betrat, wurde von drei anderen gedeckt.

Um dieses Aufgebot zu bekommen, hatte Willi gelogen. Er hatte seinen Kontaktleuten von der Stasi erzählt, in dem Haus hätten sich amerikanische Spione eingenistet, obwohl er genau wusste, dass alle Amerikaner mittlerweile wieder fort waren. Er wollte Konrad und Monika verhaftet sehen, vor allem Konrad. Die Tatsache, dass er so übel zugerichtet war, verlieh seiner Geschichte eine gewisse Glaubwürdigkeit.

Seine Flucht aus dem Gewahrsam der Westberliner Behörden hätte nicht einfacher sein können. Nachdem Park ihn ausgeliefert hatte, wurde er ins Gefängnis gebracht und in einer Zelle mit einer Gruppe von Trunkenbolden und Prostituierten festgehalten. Es sollte ein vorübergehender Aufenthalt werden, aber der Aufenthalt wurde kürzer als beabsichtigt war, wie sich herausstellte. In den frühen Morgenstunden des Sonntags wurden die westdeutschen Behörden über seine Verhaftung informiert. Man würde sofort am Montag einen Mann schicken, der ihn abholen sollte.

An diesem Wochenende wuchs die Zahl der Zelleninsassen auf das Doppelte der rechtlich vorgeschriebenen Kapazität an. Es waren vorwiegend lärmende Trunkenbolde. Anstatt die Prozessliste mit einer Gruppe schlecht riechender, verkaterter Männer zu füllen, beschloss irgendein untergeordneter Justizbeamter, eine Generalamnestie für alle Wochenend-Trunkenbolde zu erlassen. Die Zellentüren wurden geöffnet. Es folgte ein Massenexodus.

Willi ließ sich einfach von dem Strom treiben. Erst am Montagmorgen, als die Regierungsbeamten kamen, um ihn abzuholen, wurde er vermisst.

An der üblichen Stelle reiste er wieder in Ostberlin ein, dort, wo Stasiagenten und ihre Handlanger ungehindert die Grenze überqueren konnten, wo er auch nach der Ermordung von Alfred Kleiber nach Ostberlin gekommen war. Und genau wie damals hegte Willi Mordgedanken. Allerdings lag der Mord dieses Mal noch in der Zukunft, und seine Mordgelüste richteten sich auf seinen Bruder, Monika und Ursel.

Das Stasinetz, das über die Rama-Klause geworfen worden war, wurde leer wieder eingezogen. Ein paar Stasiagenten würden dafür verantwortlich gemacht werden. Willi war das egal. Immerhin gehörte er nicht zur Stasi. Er würde seine Glaubwürdigkeit als Informant verlieren, aber nur für eine Weile. Glaubwürdigkeit war sowieso nicht sein Ding. Sein Geschäft war die Erpressung. Um zu bekommen, was er wollte, war ihm jedes Mittel recht und, Erpressung wurde von fast allen anerkannt.

Nachdem sich der Rauch gehoben hatte, stand Willi allein in den Trümmern, die einst Witzells Haus gewesen waren. Er war von einem mörderischen Zorn erfüllt. Sein Zorn wurde von dem Wunsch nach Rache genährt. Er hatte sie einmal gefunden. Er würde sie wieder finden. Da war immer noch der Tunnel. Willis Flucht nach Ostberlin würde nicht unbedingt in den Nachrichten bekannt gegeben werden. Es bestand die Möglichkeit, dass Monika und die anderen noch nicht davon gehört hatten. Die Beobachtung des Tunnels war in Ordnung. Vielleicht hatte er ja Glück. Aber in Wahrheit hoffte er, es würde nicht so sein.

Nun, da Monika, Konrad, Ursel und Witzell ihm durch die Finger geschlüpft waren, hoffte er, es würde eine Weile länger dauern, sie zu finden. Auf diese Weise hätte er Zeit genug, ihren Tod zu planen. Er stellte sich ihr Ende als sehr unterhaltsam vor. Und langsam.

* * *

Dienstag, 24. September 1963

Konrad kniete sich auf das Dach des Hauses, das Fernglas in der Hand. Auf dem Boden lagen zwei Taschenlampen, eine mit einer roten Scheibe und eine mit einer grünen. Es war eine klare Nacht, dunkel und ohne Mondlicht. Monika und Ursel warteten unten in einer Seitenstraße auf sein Signal. Bei ihnen waren Herr Lippmann und seine fünfjährige Tochter Anne. An dem Tag, an dem die Grenze geschlossen wurde, hatte Herrn Lippmanns Frau Else gerade auf der Westberliner Seite ihre Mutter besucht. Anne hatte ihre Mutter jetzt über zwei Jahre lang nicht gesehen.

Herr Lippmann war ein freundlicher, grauhaariger Mann, der zu alt wirkte für eine so kleine Tochter. Er reparierte Waschmaschinen und hatte seinem Vermieter gegenüber für Monika gebürgt, ihm gesagt, er würde sie seit seiner Kindheit in Charlottenburg kennen. Monika wusste nicht, warum er seinen Kopf für sie riskiert hatte. Vielleicht hatte er die Verzweiflung in ihren Augen gesehen. Aber auf Grund seiner Empfehlung hatte der Vermieter ihnen eine Wohnung vermietet. Nachdem er Konrad kennen gelernt hatte, nahm er ihn zu seinen Reparaturaufträgen mit und lehrte ihn die Kunst der Reparatur von Waschmaschinen.

Herr Lippmann und Anne waren geeignete Kandidaten für den Tunnel. Das aus drei Personen bestehende Rettungsteam hatte einige Richtlinien für eine Rettungsaktion entwickelt. Mit jedem Kandidaten würden sie über die Gefahren eines Fluchtversuchs reden, bevor der Fluchtplan erläutert wurde. Die Entscheidung musste einstimmig sein. Jeder konnte aus jedem beliebigen Grund, und wenn es nur ein ungutes Gefühl war, sein Veto einlegen. Doch bei Herrn Lippmann und Anne war die Abstimmung nicht nur einstimmig, sondern sogar begeistert. Sie wollten dazu beitragen, Herrn Lippmann mit seiner Frau und Anne wieder mit ihrer Mutter zu vereinen, so wie sie die „sechs von Hadamar" wieder hatten zusammenbringen wollen.

Vom Dach aus behielt Konrad den Friedhof im Blick. Die Grenzposten waren pünktlich. In wenigen Minuten würden sie zu Josefs Grab gehen können. Konrad lächelte. Pastor Schumacher hätte Herrn Lippmann gemocht. Diese beiden Männer waren aus demselben Holz geschnitzt.

Konrad überprüfte den Bereich um das Grab herum. Alles schien in Ordnung zu sein, genau wie am Auferstehungstag. Es war nur sehr viel trockener. *Was für eine Nacht das war*, dachte Konrad.

Er griff nach einer der Taschenlampen.

Die Wachen umkreisten die Kirche, suchten die Seitentür. Wussten alle Grenzposten von dieser Seitentür? Sie wurde so häufig benutzt, dass er sich fragte, ob sie wohl in irgendeinem Ausbildungshandbuch beschrieben war.

Sie erreichten die Tür und zwei der Beamten verschwanden im Innern der Kirche. Konrad hob die Taschenlampe. Er würde keine Zeit vergeuden. Da dies die erste Rettungsaktion seit dem Auferstehungstag war und die erste Rettungsaktion ohne Toba, wollte er Monika und Ursel genügend Zeit geben, Herrn Lippmann und Anne durch den Tunnel zu bringen.

Der letzte der drei Grenzposten drehte sich um und sah über die Schulter zurück, ließ seinen Blick ein letztes Mal schweifen, bevor er hineinging. Konrad wartete. Er betrachtete den Grenzposten, seine Bewegungen, sein Verhalten. Er wollte sich so gut mit den Posten vertraut machen, als wäre er ein Kollege.

Schließlich verschwand der dritte Posten in der Kirche und schloss die Tür hinter sich.

Konrad gab das Signal.

46

Zurück in der Wohnung, sprachen Konrad, Ursel und Monika über den misslungenen Fluchtversuch.

„Du hast das rote Signal gegeben“, sagte Monika.

Neben ihr standen niedergeschlagen Herr Lippmann und Anne. Sie hatten gehofft, mittlerweile in Westberlin zu sein.

„Es war Willi“, erwiderte Konrad.

„Bist du sicher?“, fragte Ursel.

„Er war wie ein Grenzposten gekleidet, aber er hat sich bewegt wie Willi, und seine linke Hand war steif, wie eine Klaue zusammengekrümmt. Ich kenne meinen Bruder. Es war Willi.“

„Nun, das ist die Bestätigung“, sagte Monika. „Wir haben den Tunnel verloren.“

Ursel legte Herrn Lippmann tröstend die Hand auf den Arm. „Es tut uns so Leid, Herr Lippmann. Anne.“

Anne drängte sich an ihren Vater. Ihre Augen füllten sich mit Tränen; ihre Unterlippe zitterte. Ihr Vater hob den Arm. Sie vergrub ihr Gesicht in seinem Mantel und schluchzte.

„Wir werden dich hinüberbringen, Anne“, versprach Konrad. „Es dauert vielleicht etwas länger, aber wir werden dich hinüberbringen.“

Nachdem Herr Lippmann und Anne gegangen waren, zog sich Monika in das Zimmer zurück, in dem sie und Ursel schliefen. Ihre Wohnung verfügte über zwei Zimmer – einen Wohnbereich und ein Schlafzimmer. Konrad schlief auf dem Boden im Wohnbereich. Auf der durchgesessenen grünen Couch konnten sie zwar sitzen, aber zum Schlafen wäre ein Stapel Kohle bequemer. Sie entschuldigte sich und sagte, Liebende brauchten Zeit für sich. Aber im Augenblick war es eigentlich sie, die etwas Zeit für sich brauchte. Die Enttäuschung über den fehlgeschlagenen Versuch, Herrn Lippmann und Anne nach Westberlin zu bringen, war sehr groß. Eine Wunde in ihrer Seele. Er gab dem Verlust des Tunnels ein Gesicht und einen Preis, einen hohen Preis.

Konrad hatte Recht. Sie würden Herrn Lippmann und Anne mit Else Lippmann zusammenbringen. An diesem Abend und in dieser Wohnung legte Monika ein Gelübde ab.

Wie? Sie wusste es nicht. Aber sie würden es schaffen. Sie mussten es einfach schaffen.

Niedergeschlagen ließ sie sich auf das Bett sinken, das sie mit Ursel teilte. Die Matratze war nur wenig besser als die Couch. Versonnen griff sie nach dem an die Lampe gelehnten Foto auf dem Nachttisch.

Sie begann zu lächeln. Sie lächelte immer, wenn sie es ansah. Sie könnte neunzig Jahre alt sein und würde trotzdem jedes Mal lächeln, wenn sie es ansah.

Es war ein Foto ihrer Kinder in Alabama. Von allen ihren Kindern. Sie standen auf freiem Boden und lächelten gemeinsam mit Ernst, Rachelle und Park.

Es war an ein Postfach geschickt worden, das Park für seine Studenten benutzt hatte. Bevor sie Berlin verlassen hatten, hatten sie sich darauf verständigt, alle Post dorthin zu senden, da sie wussten, dass die Rama-Klause verraten werden würde. Jedoch hätte keiner von ihnen gedacht, dass sie es so schnell benutzen würden.

Sie waren erstaunt und erfreut, als nur wenige Wochen nach dem Auferstehungstag ein Brief darin lag mit diesem Foto und auch einer Warnung.

Auf der Rückseite des Fotos stand in Parks steifer Schrift: *Das Päckchen, das Sie geschickt haben, wurde zurückgeschickt. Nicht ausreichend frankiert.*

Da alle Kinder auf dem Foto zu sehen waren, konnte das nur bedeuten, dass Willi wieder in Ostberlin war.

Monika versuchte, Park nicht die Schuld daran zu geben, obwohl es typisch für seine Versprechungen war.

Am Abend, als Konrad das rote Signal gegeben hatte, wusste sie, dass ihre Ängste berechtigt waren. Sie mussten nun einen neuen Weg suchen, die Leute über die Grenze zu schaffen. Bis dahin wären zahllose Menschen wie Herr Lippmann und seine Tochter gezwungen, im Elend getrennt von ihren Lieben zu leben.

Monika küsste ihre Fingerspitzen und berührte Edith auf dem Foto.

* * *

Freitag, 4. Oktober 1963

Als die Nachricht die Bewohner im Haus der Freiheit erreichte, dass der Tunnel auf dem Friedhof nicht mehr sicher war und Konrad einen neuen Tunnel graben würde, packte Toba seine Sachen und führte ein Ferngespräch mit Park in Kalifornien.

„Sie müssen mich wieder hineinbringen“, flehte er. „Sie müssen mich einfach wieder hineinbringen.“

So entschlossen, wie Toba in Bezug auf seine Rückkehr nach Ostberlin war, so entschlossen war Edith, ihn bei sich zu behalten. Sie setzte jedes ihr zur Verfügung stehende Mittel als Waffe ein, um Tobas Meinung zu ändern. Sie versuchte es mit Logik: „Konrad ist sehr findig und durchaus in der Lage, einen anderen Tunnel zu graben.“ Flehend: „Du bist doch gerade erst gekommen! Du kannst jetzt nicht wieder zurückgehen!“ Zornig: „Du denkst nur an dich!“ Kommunikationssperre – drei Tage Schweigen, gefolgt von einem Sperrfeuer von Fragen: „Wie willst du rüberkommen? Wovon willst du leben? Es gibt keinen Fabriklohn mehr zu deiner Unterstützung, weißt du. Liebst du mich denn gar nicht?“ Sie stellte seinen Geisteszustand infrage: „Du musst verrückt sein!“ Und schließlich probierte sie es mit emotionaler Erpressung: „Wenn du nach Berlin gehst, brauchst du gar nicht mehr zurückzukommen!“

Doch es war ein Kampf, den Edith, wie sie sehr wohl wusste, nicht gewinnen konnte. Sie war selbstsüchtig, das war klar. Manchmal fühlte sie sich deswegen auch schuldig; dann wieder war es ihr egal. Toba war hier. Sie waren in Sicherheit und glücklich. Sie brauchten keine Angst zu haben, hier in den Staaten belauscht und denunziert zu werden. Ihr fehlten einfach die Worte zu beschreiben, wie es war, ohne Angst und Misstrauen leben zu können. Und sie wusste, dass sie Toba liebte und er sie. Aber Toba war ein Mann, der auch seine Familie liebte, und wenn ein Familienmitglied ihn brauchte, dann würde er für es da sein. Und so gefiel es ihr zwar überhaupt nicht, dass sie ihn gehen lassen musste, aber andererseits liebte sie ihn auch, weil er aus diesen Gründen gehen musste.

„Wann fährst du?", fragte sie.

„In zwei Wochen", erwiderte Toba.

„So bald schon?"

„Park hat alle Vorbereitungen übernommen."

Hand in Hand schlenderten sie über den Waldweg. Für diese Zeit im Jahr war es ungewöhnlich heiß. Im Schutz der Bäume jedoch war es kühl und erfrischend. Der Bach war noch immer eiskalt. Eine idyllische Wiese zwischen kleinen Felsen lag im Schatten der Bäume. Hierhin zogen sie sich häufig zurück, wenn sie einmal Ruhe haben wollten vor der herrischen Anni, dem klammernden Viktor und dem ewig prahlenden Mensch-ärgere-dich-nicht-König Hermann.

Edith ließ sich auf dem Gras nieder. Toba setzte sich neben sie. Hier unterhielten sie sich. Edith begann zu beschreiben, wie die Stadt von ihrem Aussichtspunkt aus aussah, die Farben und der Sonnenuntergang. Toba bohrte seine nackten Zehen in den Boden und beschrieb die Gerüche des Waldes. Ganz leicht drang ihm auch der Geruch von Hamburgern in die Nase, von dem Fernfahrerimbiss unten am Highway 72.

„Du wirst zu mir zurückkommen?", fragte Edith.

„Es sei denn, ich finde eine Hübschere."

Toba machte sich auf den erwarteten Klaps auf die Schulter gefasst, und Edith enttäuschte ihn nicht.

„Ich habe Angst", sagte sie.

„Das brauchst du nicht."

„Siehst du? Genau das macht mir die meiste Angst. Diese Einstellung. Bei dir klingt das so, als wäre ein Grenzübergang eine ganz normale Sache, als gäbe es eine Drehtür. Wie oft bist du hinübergegangen? Ich habe Angst, dass es dieses Mal schief geht."

„Ich werde zurückkommen", bekräftigte Toba. „Ich verspreche es."

Edith zupfte einen Grashalm ab. Sie kitzelte Toba damit an der Wange. Er schob ihre Hand weg. Sie tat es erneut. Er schob sie weg. Sie tat es ein drittes Mal.

Toba drehte sich plötzlich um und drückte ihre Arme auf das Gras. Sie lachte, wehrte sich halbherzig und wurde dann ganz still, sah ihn an, sein grinsendes Gesicht vor dem dunkel werdenden Himmel.

Er brachte sein Gesicht näher an ihres heran. Als sich ihre Lippen berührten, schloss Edith die Augen. Der Himmel, das Gras, die Welt – alles trat in den Hintergrund. Es gab nur noch seine Lippen, die sich auf ihre drückten. Er löste sich von ihr, dann küsste er sie erneut, schließlich fuhren seine Lippen über ihre Wange, dann weiter hinunter, sodass seine Wange ihre Wange liebkoste.

„Heirate mich", flüsterte er.

„Was?"

Sie rollte sich unter ihm hervor.

„Ich meine es ernst", beteuerte er. „Heirate mich."

Sein Heiratsantrag war keine Überraschung. Wenn sie nicht eines Tages geheiratet hätten, das wäre eine Überraschung gewesen.

„Du fährst doch weg."

„So weißt du ganz bestimmt, dass ich zurückkomme."

„Das klingt wie ein Abkommen."

„Eher wie ein Versprechen."

„Und wenn ich dich nun einfach beim Wort nehme?"

„Edith, ich meine es ernst! Ist eine Ehe nicht ein Versprechen, das Versprechen, das zwei Menschen sich geben, einander zu lieben und den Rest ihres Lebens miteinander zu verbringen? Ich möchte dir dieses Versprechen geben."

Edith setzte sich auf, starrte in die Ferne, dachte nach, bewertete, sorgte sich, aber am Ende siegte die Liebe. Sie liebte ihn, weil er sie liebte. Sie liebte ihn, weil er sie beruhigen wollte. Sie liebte ihn, weil er ihr ein lebenslanges Versprechen gab.

„Ja", sagte sie. „Ja, die Ehe ist ein Versprechen. Und ja, ich werde dich heiraten."

* * *

Freitag, 11. Oktober 1963

An diesem Tag fanden zwei Hochzeiten statt. Edith Schumacher heiratete Toba Scott in Huntsville. Damit Toba in die Vereinigten Staaten einreisen konnte, hatte er einen Nachnamen gebraucht, darum nahm er den, den Herr Witzell ihm in K7 gegeben hatte. Marlene und Anni waren Ediths Brautjungfern. Toba hatte zwei Trauzeugen, Hermann und Viktor. Park führte die Braut vor den Altar. Die Flitterwochen verbrachte das glückliche Paar im besten Hotel von Huntsville, ein Geschenk von Ernst und Rachelle Ehrenberg.

Am selben Tag heiratete Ursel Janssen Konrad Reichmann in Ostberlin. Es war eine kleine Hochzeit und das Datum nicht zufällig gewählt. Als die Neuigkeit von Ediths und Tobas Hochzeit Ostdeutschland erreichte, nahm Konrad den Fingerzeig seines blinden Freundes und machte Ursel einen Heiratsantrag. Auch das Datum war Konrads Idee.

„Da wir schon nicht persönlich bei der Hochzeit dabei sein können, warum sollten wir unsere Hochzeiten nicht im Geist feiern?", sagte er.

Die Pastoren der beiden Trauungen kamen der Bitte nur zu gern nach. Das Eheversprechen wurde entsprechend abgeändert.

„Wie Edith Schumacher Toba Scott ihre Liebe verspricht, willst auch du, Ursel Janssen, versprechen, Konrad Reichmann zu lieben und zu ehren, solange ihr beide lebt?

Und wie Toba Scott Edith Schumacher seine Liebe verspricht, willst auch du, Konrad Reichmann, versprechen, Ursel Janssen zu lieben und zu ehren, solange ihr beide lebt?"

Monikas Hochzeitsgeschenk an Konrad und Ursel war, dass sie ihnen für ihre Hochzeitsnacht das Schlafzimmer überließ und selbst in der Küche auf dem Boden schlief. Die Flitterwochen des glücklichen Paares dauerten eine Nacht.

Am nächsten Tag wurde bereits die Arbeit an dem neuen Tunnel wieder aufgenommen.

47

Freitag, 25. Oktober 1963

Die Wochenzeitschrift *LIFE* war eine Zeitschrift, die in dem Ruf stand, auszeichnungsverdächtige Fotos und Berichte zu drucken, die sich wie Kurzgeschichten lasen, und das alles für einen Vierteldollar. In dieser Woche lauteten die Schlagzeilen:

> Scotland Yard Krimi: 7 Millionen Dollar bei Raubüberfall auf Zug erbeutet:
> *Den Räubern auf den Fersen*

Innen, auf Seite 32, war eine bewegende Geschichte zu lesen:

> Tragödie in Ostberlin
> Mann stirbt nur wenige Meter von der Freiheit entfernt

Ein großes Schwarzweißfoto füllte die Seite aus. Darauf war eine zusammengekrümmte Gestalt zu sehen, die sich im Stacheldraht verfangen hatte, erhellt von den Flutlichtern eines ostdeutschen Wachturmes. Die Kamera war auf den Boden gerichtet, das Gesicht des Mannes war nicht zu sehen. Sein Haar war hell und zerzaust. Er lag auf der Seite und eine Schulter ragte wie ein Berg in die Höhe. Seine bloßen Füße schienen schmutzig zu sein. Eine Blutlache hatte sich unter ihm gebildet, sie wurde gespeist von dem Blut aus einer unsichtbaren Wunde. Die Geschichte, eine einzige Spalte, war über das Bild gedruckt.

Ein Gewehrschuss, gefolgt von einer unheimlichen Stille, beendete auf tragische Weise ein Drama, das sich in der vergangenen Woche in Ostberlin abgespielt hatte. Beobachter auf beiden Seiten der Grenze mussten entsetzt zusehen, wie ein Ostberliner Mann ein fünfjähriges Mädchen in die Sicherheit und Freiheit hob. Seine Belohnung? Eine Kugel in den Rücken.

Nur Minuten, bevor dieses Foto gemacht wurde, rettete Toba Scott das Mädchen, das sich bei einem fehlgeschlagenen Fluchtversuch im Stacheldraht verfangen hatte. Zwei nicht identifizierte Männer ließen sie zurück, als der Alarm losging. Sie ließen sie im Stich, um selbst einer Gefangennahme zu entgehen.

Nach Zeugenaussagen gehörte Toba Scott nicht zu denen, die zu flüchten versuchten. Als er die Schreie des Mädchens hörte, tauchte er aus der Dunkelheit auf und befreite sie ohne Rücksicht auf seine persönliche Sicherheit aus dem Stacheldraht.

Umgeben von bewaffneten Grenzposten, jetzt selbst im Stacheldraht verfangen und im hellen Licht der Scheinwerfer von den Wachtürmen, ignorierte Herr Scott die Rufe der Grenzbeamten und hob das Mädchen über die Berliner Mauer. Von der anderen Seite her streckten sich ihr Hände entgegen und zogen sie in Sicherheit.

Ein Schuss fiel und Herr Scott sank in den Stacheldraht. Dort blieb er verletzt liegen, stundenlang in dem Stacheldraht verfangen. Die Grenzposten weigerten sich, ihm medizinische Hilfe zu geben, und hinderten andere daran, ihm humanitäre Hilfe zukommen zu lassen.

Dort, nur wenige Schritte von der Freiheit entfernt, starb er. Zwar waren seine Bemühungen heldenhaft, doch sein Heldenmut ist nicht das Erstaunliche an dieser Geschichte.

Toba Scott war blind.

48

Während der folgenden zwei Jahrzehnte half Monika Schumachers Rettungsmannschaft neununddreißig Menschen bei der Flucht aus Ostberlin. Nach dem Friedhofstunnel mussten noch zwei weitere Tunnel gegraben werden, um die Flüchtlinge hinaufzubringen.

Der zweite Tunnel lag am Rande Berlins in einem alten Bauernhaus. Eine Stalltür diente als Eingang. Herr Lippmann und seine Tochter Anne flohen als Erste erfolgreich durch diesen Tunnel. Es gab noch einige erfolgreiche Fluchtversuche, bis der Tunnel verloren ging, weil einer der Flüchtlinge seine Jacke am Eingang verlor. Ein Besucher des Bauernhofes wurde misstrauisch und meldete seine Beobachtung der Polizei, nachdem er ein Stück einer Jacke aus einer Tür herausragen sah.

Dies war der Tunnel, der in Arbeit war, als Toba bei seiner Rettung des kleinen Mädchens erschossen wurde, das sich im Stacheldraht verfangen hatte. Ihr Fluchtversuch hatte nichts zu tun mit dem Tunnel oder Monikas Rettungsbemühungen. Dass das kleine Mädchen die Grenze ganz in der Nähe der Stelle, wo der neue Tunnel gegraben wurde, überquerte, war ein Zufall.

Der dritte und erfolgreichste Tunnel begann im Keller des Hauses eines alten Ehepaares an der Mauer. Sie waren mit Monikas Mutter zur Schule gegangen. Auf der Westberliner Seite lag der Tunnelausgang hinter einer alten Hinterhoftoilette, nicht gerade der angenehmste Ort, doch den Flüchtlingen war dies egal. Freiheit war immer noch Freiheit, auch wenn sie zuerst nicht gerade wie ein Blumenbeet roch.

Insgesamt sechsundzwanzig Menschen flohen durch diesen dritten Tunnel. Hätten es Monika und die Dittmer-Babys über die Grenze geschafft, dann wären es insgesamt dreißig gewesen.

Monika hörte beinahe zufällig von den Dittmer-Babys. Sie bekam mit, wie eine Freundin in der Kirche einer anderen Frau eine traurige Geschichte erzählte von drei Jungen, die kürzlich beide

Eltern verloren hatten. Der älteste Junge war zwei Jahre alt, seine beiden Zwillingsbrüder ein halbes Jahr. Die Eltern waren bei einem Frontalzusammenstoß auf der Autobahn ums Leben gekommen. Da die Jungen keine anderen Verwandten hatten, die sie aufnehmen konnten, hatte ein pensionierter Pastor sie zu sich genommen. Diese Beschreibung passte genau auf ihren Vater.

Monika wusste, dass er es bestimmt nicht war. Pastor Olbricht war mittlerweile über achtzig. Doch ihr Herz wollte nicht auf die Stimme der Vernunft hören. Sie hatte ihren Vater nicht mehr gesehen, seit er am Auferstehungstag verschwunden war, und falls die Möglichkeit bestand, dass der gute Samariter tatsächlich er war, wenn auch nur die kleinste …

Wegen der mit ihrer Rettungsarbeit verbundenen Risiken hatten sich Monika, Ursel und Konrad auf einige Grundregeln verständigt. Der beinahe fehlgeschlagene Rettungsversuch von Herrn Lippmann und Anne hatte sie gelehrt, dass es besser war, wenn nur einer von ihnen Kontakt zu den möglichen Flüchtlingen hatte. So sehr sie alle Herrn Lippmann und Anne mochten – ein unbedachtes Wort von Anne zu einer Spielkameradin hätte beinahe die gesamte Operation in Gefahr gebracht. Dieser Kontaktmann trat als Zwischenhändler auf. Bei jeder neuen Fluchtvorbereitung sprachen sie über die Bedürfnisse der möglichen Flüchtlinge. Derjenige von ihnen, der diesen Bedürfnissen am ehesten entsprechen konnte, wurde die Kontaktperson.

Eine weitere Grundregel war, dass die möglichen Flüchtlinge bis zum Tag der Flucht keine Einzelheiten über den Fluchtweg erfuhren. Die Flüchtlinge sahen den Tunnel erst, wenn sie hineinstiegen. Da diese Art des Grenzübergangs körperliche Anstrengung für die Flüchtlinge bedeutete, mussten einige Kandidaten aus dem Kreis der Infragekommenden ausgeschlossen werden, ältere Leute zum Beispiel. Das brach Monika fast das Herz.

Die Dittmer-Babys waren eine Ausnahme. Monika bestand darauf. Darüber gab es hitzige Diskussionen, denn jedes der Babys würde hinübergetragen werden müssen. Monika ließ sich ihr Vorhaben jedoch nicht ausreden. Sie sagte, wenn sie sie eins nach dem anderen hinüberbringen müsste, dann würde sie das eben tun.

Und so wurde Monika die Kontaktperson für die Dittmer-Rettung. Sie holte Erkundigungen ein, machte die Kinder ausfindig und stellte den Kontakt her. Und obwohl sie ihren Vater nicht fand, traf sie auf einen freundlichen alten Mann und drei süße kleine Jungen. Leider war auch Willi Reichmann da, der sich feige in den Schatten drückte.

* * *

Montag, 13. November 1989

An der Mauer herrschte Chaos. Mit einem spontanen Fest wurde das Ende der Trennungsmauer gefeiert. Eine der Feiernden, ein Mädchen mit strahlenden Augen aus New Jersey, verglich das Ereignis mit der berühmten Szene aus *Alice im Wunderland*. Ein improvisierter Chorus lautete:

Ding Dong! Die Mauer ist gefallen.
Welche alte Mauer? Die böse Mauer!
Ding Dong! Die böse Mauer ist gefallen!

Wiedervereinigung bestimmte diesen denkwürdigen Tag. Familienmitglieder, von denen einige in Sichtweite der anderen lebten und doch jahrzehntelang durch die verhasste Mauer getrennt waren, lagen sich zum ersten Mal seit achtundzwanzig Jahren wieder in den Armen. Dass Edith und Ursel sich wieder sehen konnten, ohne Tod oder Verhaftung zu riskieren, ohne durch einen Tunnel in der Erde kriechen zu müssen, war nicht nur eine freudige Angelegenheit, sondern auch ein Wunder. Sie und alle um sie herum vereinte eine elektrisierende Begeisterung.

Aus den Radios plärrten die Scorpions „Wind of Change", häufig unterbrochen von Sonderberichten zum plötzlichen Fall der Berliner Mauer. Am Vormittag hatte der Fluss der ostdeutschen

Trabis ein wenig nachgelassen. In den frühen Morgenstunden, als Edith zusammen mit Park an die Mauer gekommen war, hatte sich ein steter Strom von Autos aus Ostdeutschland hinein in das Licht der blitzenden Kameras ergossen. Die Insassen der Wagen grinsten und winkten durch die Autoscheiben der Menge zu, die sie willkommen hieß.

An einer Stelle hatte sich eine lange Reihe von Reportern mit Mikrofonen gegenüber einer ebenso langen Reihe von Kameras aufgebaut, die mit den Übertragungswagen durch dicke Kabel verbunden waren. In gleißendes Licht getaucht, ließen die Reporter die Menschen in der ganzen Welt an den Bildern und persönlichen Eindrücken dieses historischen Augenblicks Anteil nehmen. Die Augen der Welt waren buchstäblich auf Deutschland gerichtet. Kameras fingen die Szenen ein. Überall lagen sich Gruppen von Menschen in den Armen, sie küssten sich, tanzten vor Freude, tranken, redeten, sangen und weinten.

Während Edith hier mitten in der Menge stand, spürte sie, wie sich gegen ihren Willen unwillkürlich Hoffnung in ihr breit machte. Zwei Wochen zuvor sollte ihre Mutter mit den Dittmer-Babys durch den Tunnel kommen, aber sie war nicht gekommen. Seither hatte niemand von ihr gehört.

Jetzt spazierten die Menschen frei und ungehindert nach Ostberlin und wieder hinaus, vor den Augen der bewaffneten Grenzposten. Hätte ihre Mutter zwei Wochen gewartet … Aber wer wusste schon zwei Wochen zuvor, dass so etwas passieren würde? Niemand wusste es.

Gott wusste es, oder? Gott wusste, dass dieser Tag kommen würde. Bestimmt hätte er nicht zugelassen, dass ihr nur zwei Wochen vor dem Ende etwas zustieß. Nicht nach all den Jahren, in denen sie Tod und Gefängnis riskiert hatte, um anderen zur Flucht zu verhelfen, wo sie auch gut selbst hätte fliehen können. Stattdessen ging sie immer wieder zurück. Jedes Mal kehrte sie ihrer persönlichen Sicherheit den Rücken und begab sich wieder für einen anderen in Gefahr. Gott würde diese Bemühungen doch belohnen, nicht?

Ursel versicherte Edith immer wieder, dass es Monika gut ging, aber Edith wusste, dass das Wunschdenken war und nicht auf Tatsachen beruhte. Trotz der Feiern um sie herum schien ihre Hoffnung dahinzuschmelzen.

Edith kannte diese Mauer zu gut. Sie war ein nachtragendes Ungeheuer. Sie hatte ihr Toba genommen, während er einen Akt der Nächstenliebe vollbrachte. Der einzige Mann, den sie je geliebt hatte. Ihr Mann, mit dem sie nur ein paar Tage verheiratet gewesen war. Gehörte ihre Mutter zu den letzten Opfern der Mauer?

Edith konnte nicht mit den anderen feiern. Die Sorge um ihre Mutter und eine wachsende Angst um Park und Ernst überschatteten die Freude des Wiedersehens mit Ursel. Sie starrte auf die andere Seite der Grenze. Die beiden Männer waren nun schon seit sechs Stunden in Ostberlin. Und auch wenn der Gedanke an den Übergang auf kommunistisches Gebiet sie lähmte und ihr die Luft zum Atmen nahm, konnte sie nicht mehr länger warten. Sie musste hinein. Sie musste es wissen.

Sie machte einen vorsichtigen Schritt in Richtung Grenze. Es kamen bei weitem mehr Menschen heraus als hineingingen. Das sagte doch eine Menge aus, nicht? Sie machte einen weiteren Schritt, kleiner als der erste.

„Bin ich die Einzige, die sich daran erinnert, wie schnell sich die Dinge ändern können?“, fragte Edith. „Die Grenze ist offen, aber es gibt keine Garantie, dass sie auch offen bleibt. Erinnerst du dich noch, wie schnell sie geschlossen wurde?“

„Du bleibst hier, Liebes“, sagte Ursel. „Ich werde hineingehen. Warte hier auf mich.“

Edith packte Ursel am Arm mit einer Heftigkeit, die beide erschreckte.

„Edith, Liebes? Sag mir, was ich tun soll.“

Edith atmete tief durch. „Ich muss es wissen“, sagte sie.

Ohne Ursel loszulassen ging Edith auf den Checkpoint Charlie zu. Nur langsam konnten sie sich durch die Menschenmenge schlängeln, die in die andere Richtung unterwegs war.

In dem Unterstand für die Grenzposten standen amerikanische Soldaten. Nach dem verblüfften Gesichtsausdruck der Männer zu urteilen, wussten sie nicht so recht, wie sie auf den Menschenfluss reagieren sollten. In den vergangenen Tagen hatte sich ihre Aufgabe dramatisch verändert. Es war noch gar nicht so lange her, dass sowjetische und amerikanische Panzer sich auf dieser Straße gegenübergestanden hatten, während die Welt den Atem angehalten hatte.

Edith und Ursel gingen weiter. Die ostdeutschen Wachposten kamen in Sicht und auch der Stacheldraht. Bei dem amerikanischen Posten hatte Edith diesen Anblick bewusst gemieden. Doch hier wurde ihre Aufmerksamkeit darauf gelenkt. Ihr Blick schien wie magisch von etwas angezogen zu werden, und sie konnte sich nicht mehr losreißen.

Sie blieb stehen.

„Was ist los, Liebes?“, fragte Ursel.

Dann entdeckte sie, was Edith anstarrte.

„Sieh nicht hin“, rief Ursel ihr zu.

Sie zupfte sie sanft am Ärmel, wollte Edith mit sich ziehen. Aber Edith rührte sich nicht. Sie konnte auch den Blick nicht von den Rollen mit Stacheldraht nehmen.

„Edith, sieh mich an! Sieh mich an!“

Ursel nahm Ediths Kinn in die Hand und drehte ihr Gesicht von dem Stacheldraht weg.

Edith begann zu weinen.

„Willst du zurückgehen?“, fragte Ursel.

„Ich kann das nicht.“

„Nimm dir Zeit. Sieh einfach nach vorn. Halte den Blick auf die Straße gerichtet. Versuche, nicht daran zu denken.“

Sie hatten sich wieder in Bewegung gesetzt, gingen an der ersten Reihe Stacheldraht vorbei und waren fast bei der Grenze angekommen.

Edith schnappte nach Luft. Sie erstarrte.

Ursel folgte Ediths Blick und rechnete damit, noch mehr Stacheldraht zu sehen. Aber das war nicht, was Edith anstarrte.

„Oh Gott. Oh Gott …“, jammerte Edith.

„Oh Liebes“, sagte Ursel. „Edith, Liebes, es tut mir so Leid, dass du es auf diese Weise erfahren musstest. Ich wollte es dir sagen.“

Zehn Meter vor ihnen, mitten auf der Straße, stand Toba und sprach mit einer Gruppe Jugendlicher in Lederjacken.

49

Toba wusste nicht, dass sie ihn entdeckt hatten. Ediths Knie wurden weich. Ursel hatte Mühe, sie festzuhalten, damit sie nicht auf die Straße stürzte.

„Wir mussten ihm versprechen, es dir nicht zu sagen", erklärte Ursel.

Mit offenem Mund starrte Edith ihren Mann an. Ursel wusste nicht, wie viel ihre Freundin im Augenblick mitbekam, aber sie erklärte es trotzdem. Sie hätte jetzt nicht aufhören können, selbst wenn sie es gewollt hatte.

„Er hat an dich gedacht, wie schwer es für dich sein müsste, in dem Glauben zu leben, er sei tot. Es hat ihn fast zerrissen, Edith. Und, nun, du kennst die Risiken, die Unsicherheiten. Wer konnte schon sagen, ob er das nächste Mal auch wieder überleben würde? Er konnte es nicht ertragen, dir so etwas ein zweites Mal zuzumuten. Und darum ließ er uns versprechen, dir nichts zu sagen, bis er selbst fliehen würde."

„Wie?"

Die Frage war kaum mehr als ein Krächzen.

„Die Grenzposten hielten ihn für tot. Sie warfen ihn auf die Ladefläche eines Lastwagens, als wäre er Abfall, der entsorgt werden müsste. Kurz vor der Stadt blieben der Fahrer und der andere Posten stehen, um eine Zigarette zu rauchen. Während sie an der Motorhaube des Lastwagens lehnten, ist er entkommen."

Edith konnte den Blick nicht von ihrem Mann wenden. Die Lederjacken, die um ihn herumstanden, starrten ihn unverhohlen an, aber sie waren nicht unhöflich zu ihm. An diesem Tag waren alle Freunde. Toba stellte ihnen eine Frage. Sie deuteten zur Mauer und gaben eine Antwort.

Was tat er hier? Toba kam in einer Menge, wo sich alles immerzu veränderte, nicht gut zurecht.

Während Ediths Blick wie gebannt an Toba hing, ließ Ursel Edith nicht aus den Augen.

„Geht es dir gut, Liebes? Kann ich etwas für dich tun?"

„Du kannst mir helfen, zu meinem Mann zu kommen", sagte Edith.

Als sie näher kamen, rief Ursel nach Toba. Er wirkte erleichtert. Er sagte etwas zu einem der Jugendlichen und deutete in die Richtung ihrer Stimme. Sie drehten sich um und folgten seinem Finger. Toba dankte ihnen und ging auf Ursel zu.

„Gut, du bist wieder herübergekommen. Ich wusste nicht, wie ich dich finden sollte. Das ist ein Zoo, nicht wahr? Auf jeden Fall denkt Konrad, er hätte … Warte, hast du Edith und Park gefunden?"

„Hallo Toba", sagte Edith.

Toba ließ den Kopf hängen und fing an zu stammeln. „Edith! Verzeih mir", sagte er. „Es war unverzeihlich, das weiß ich, aber du musst verstehen … ich konnte es nicht ertragen –"

Ediths Umarmung presste alle Luft aus seinen Lungen und machte ihm das Sprechen beinahe unmöglich. Es dauerte eine Weile, bis er sich erholte. Doch dann wurden die Küsse und Umarmungen erwidert.

* * *

Konrad stand hinter einer Hecke auf der anderen Straßenseite und beobachtete den Gebäudekomplex durch sein Fernglas. Er hätte es lieber bei Nacht getan. Falls jemand ihn entdeckte, wie sollte er erklären, dass er nicht irgendein Perverser war? Vielleicht würden sie ihn für einen Beamten der Stasi halten. Er konnte nur hoffen.

Die Vorhänge des Fensters, das er beobachtete, waren zugezogen. Es waren die Fenster der Wohnung der Dittmers. Zumindest hatte man ihm diese Adresse gegeben.

Sie hatten Grundregeln aufgestellt, um sich zu schützen. Zum ersten Mal arbeiteten die Grundregeln nun gegen sie. Monika hatte allein den Kontakt zu dem Vormund der Dittmer-Babys gehabt. Als sie nicht wie verabredet beim Tunnel aufgetaucht war, hatten sie nicht gewusst, wo sie mit der Suche nach ihr beginnen sollten. Ihre Sorge wuchs, als sie nach mehreren Tagen immer noch nicht in die Wohnung zurückgekommen war. Auch wenn sie keinerlei Aufzeichnungen führten, durchsuchten Ursel und Konrad trotzdem Monikas Sachen in der Hoffnung, einen Hinweis auf den Aufenthaltsort der Dittmer-Babys zu finden. Doch ihre Suche war erfolglos.

Ihre einzige Möglichkeit war nun, so unauffällig wie möglich die Reihe der Verbindungen nachzuvollziehen, die Monika in Kontakt mit den Dittmers gebracht hatten. Sie begannen in der Kirche und erfuhren, dass die Frau, die von den verwaisten Jungen gehört hatte, Ferien in Hiddensee machte, einem Erholungsort am Baltischen Meer. Sie würde noch eine Woche unterwegs sein.

Gerade an diesem Morgen, nachdem Ursel zur Mauer gegangen war, um sich mit Park und Edith zu treffen, hatte Konrad eine Adresse bekommen. Er suchte die Adresse und sah sich um. So sehr ihm daran gelegen war, Monika zu finden, doch warnte ihn sein Instinkt, die Sache vorsichtig anzugehen. Daher auch die Beobachtung.

Die Wohnung befand sich im dritten Stock. Konrad hatte gehofft, weitere Informationen zu bekommen, bevor er selbst Kontakt aufnahm, irgendetwas, das ihm weiterhelfen würde.

In diesem Augenblick bewegte sich der Vorhang, dann wurde er zurückgezogen.

Monika.

Sie zog die eine Seite zurück, dann die andere. In ihrem Arm lag ein schreiendes Baby. Bevor Konrad sich zeigen oder ihr irgendein Zeichen geben konnte, drehte sie sich um, sagte etwas zu jemandem und verschwand.

Konrad wollte schon hinter der Hecke hervorkommen, doch dann zog er sich schnell wieder zurück. Wieder hatte sein Instinkt den Drang zu handeln unterdrückt. Er nahm seine Beobachtung wieder auf, hob das Fernglas an die Augen.

Nachdem er zwei Stunden später noch immer keine Bewegung an dem Fenster gesehen hatte, verließ Konrad seinen Beobachtungsposten hinter der Hecke, eilte zum Haus und rannte die

Treppen zum dritten Stock hoch. Auf der Treppe und im Flur war kein Mensch zu sehen.

Bevor er klingelte, lauschte er an der Wohnungstür. Ein Baby schrie, möglicherweise zwei. Da es sich um drei Babys handelte, konnte man davon ausgehen, dass mindestens eins von ihnen egal zu welcher Tageszeit schrie. Er klingelte.

Die Tür wurde geöffnet, gerade so weit, dass Monika herausschauen konnte.

Konrad sagte kein Wort. Sie auch nicht, aber ihre Augen signalisierten ihm, dass irgendetwas nicht stimmte.

Hilfe? Lauf davon?

„Mach die Tür auf, Monika“, forderte eine bekannte Stimme.

Sie trat ein paar Schritte zurück, während sie die Tür aufmachte.

In einer Ecke saß in einem bequemen Sessel Willi, ein Gewehr auf dem Schoß. „Das ist genau wie beim Angeln“, lachte er. „Wenn man den richtigen Köder nimmt, lange genug wartet, fängt man den großen Fisch.“

* * *

Noch nie hatte Edith so viel Fröhlichkeit auf den Straßen Ostberlins erlebt. In jeder Straße wurden Partys gefeiert, und auch aus den Häusern und Wohnungen drang hier und da festlicher Lärm. Aber für das graue, misstrauische, deprimierende Ostberlin war diese Art spontaner Freude so unwahrscheinlich, wie man damit rechnen konnte, dass im Stadtgefängnis eine Party veranstaltet wurde.

Sie fühlte sich wie im Traum, denn sie ging an Tobas Arm. Nie hätte sie gedacht, dass er je wieder an ihrer Seite sein würde. Doch nun war das eingetroffen, und sie würde ihn nie wieder loslassen. Sie war zornig, das stimmte, verletzt wegen der Verschwörung des Stillschweigens, die ihr so viele Nächte des Kummers und der Einsamkeit beschert hatte. Doch sie hatte beschlossen, diese Sache auf später zu verschieben. Im Augenblick war Freude angesagt. Toba war am Leben. Und sein Bericht gab ihr Anlass zur

Hoffnung, dass auch das geheimnisvolle Verschwinden ihrer Mutter bald aufgeklärt sein würde.

Konrad hatte den blinden Toba losgeschickt, um Ursel und die anderen zu suchen, während er Monikas Spuren folgte. Wenn alles gut ging, würde Konrad sie am frühen Nachmittag in der Wohnung treffen. Wenn er Monika nicht mitbringen würde, dann zumindest Informationen über ihren Verbleib. Für den Fall, dass er nicht käme, hatte er bei Toba die Adresse hinterlassen. Nur zur Vorsicht.

Ursel, Edith und Toba fuhren mit der S-Bahn zurück zur Wohnung, die als Flucht-Zentrale diente. Als sie dort ankamen, warteten Park und Ernst davor, die Hände in die Taschen vergraben.

Wie auf so vielen anderen Straßen an diesem Tag fand eine kleine, aber fröhliche Wiedervereinigung statt. Ursel bat alle in die Wohnung. Sie setzte ihnen Brot mit Käse und Kaffee vor.

Es war elf Uhr.

* * *

Willi sah auf die Uhr. Er schob einen Finger unter seine Augenklappe und kratzte sich. Seine verkrüppelte Hand lag auf der Armlehne, seine gesunde auf dem Gewehr. Ihn herauszufordern, wäre töricht gewesen, denn er konnte sehr schnell mit dem Gewehr umgehen.

„Monika, bring mir Kaffee", befahl er.

Sie erhob sich aus einem Schaukelstuhl neben einem der drei Kinderbettchen. Konrad saß auf dem Boden neben ihr. Einer der Zwillinge begann zu schreien. Monika blieb auf dem Weg in die Küche stehen und sah nach dem Baby.

„Seine Windel muss gewechselt werden", sagte sie.

„Du holst mir Kaffee", fuhr Willi sie an. „Konrad, du weißt, was zu tun ist."

Seit Konrad die Wohnung betreten hatte, hatte er das Windelwechseln übernommen. Willi bekam einen Lachanfall, wenn er den Mann mit der SS-Tätowierung am Arm beim Windelwechseln beobachtete.

Aus Willis Prahlen und Monikas wenigen geflüsterten Informationen hatte Konrad sich die Geschichte zusammengereimt. Die Dittmer-Operation war von Anfang an dazu bestimmt gewesen, sie aus ihrem Versteck zu locken. Willi fügte „endlich" hinzu, dies war also offensichtlich nicht sein erster Versuch gewesen. Die Babys und der alte Mann, von dem Monika geglaubt hatte, er könnte Pastor Olbricht sein, hatten es dann endlich geschafft. Monika hatte den alten Mann seit dem Tag der geplanten Flucht nicht mehr gesehen, aber sie erfuhr, dass er nur sehr widerstrebend seine Rolle gespielt hatte. Wie für ihn typisch, hatte Willi Erpressung eingesetzt. Es ging um den Sohn des alten Mannes und seine Position als Buchhalter. Allerdings erfuhren sie nicht, woher Willi die drei Babys bekommen hatte.

Ein unvorhergesehenes Detail brachte Willis Plan zum Kippen. Eigentlich hatte er vorgesehen, dass Monika durch den Fluchttunnel ging, da sie sich geweigert hatte, dem alten Mann irgendwelche Einzelheiten zu nennen. An dem Fluchtabend bekamen jedoch zwei der Kinder Fieber. Monika sah sie an und erklärte dem alten Mann, die Flucht müsse verschoben werden. Diese Änderung der Pläne brachte den alten Mann sehr auf. Er wirkte so verzweifelt, dass es ihm gelang, Monika zu überreden, die Flucht wie geplant durchzuführen.

Sie packten die Kinder ein und machten sich auf den Weg zum Tunnel, als Monika nach nur wenigen Straßenzügen ihre Meinung änderte. Sie war davon überzeugt, dass es nicht gelingen könnte und dass sie die Kinder nur in Gefahr brachten. Sie waren einfach zu krank für ein solches Unternehmen. Sie bestand darauf umzukehren.

Als sie in die Wohnung kamen, wartete Willi außer sich vor Zorn auf sie. Er wusste nichts von dem Fieber und kannte Monikas Gründe für den Abbruch der Operation nicht. Er wusste nur, dass sie unerwarteterweise umgekehrt waren. Daraus schloss er, dass Monika das Täuschungsmanöver durchschaut hatte.

Hätte Willi mehr Geduld bewiesen, hätte er mit ein paar Tagen Verspätung den Tunnel, Konrad, Ursel und Toba gefunden. Aber Willi war für seine Ungeduld bekannt; er war bekannt für seine Findigkeit. Und so hatte er seinen Plan einfach geändert und Monika als Köder genommen.

Der neue Plan funktionierte recht gut. Konrad war gekommen. Aber Willi wollte alle haben. Dieses Mal würde er sich nicht durch seine Ungeduld daran hindern lassen, auch den blinden Mann und Ursel zu fangen.

* * *

„Es ist ein Uhr", sagte Edith. „Wie lange sollen wir denn noch warten?"

Die anderen schienen ihre Sorge nicht zu teilen. Falls doch, so zeigten sie es nicht. Ediths Mutter war verschwunden. Konrad sagte, er würde kommen, aber er kam nicht. Doch mehr noch war es diese Wohnung, die Edith beunruhigte: die fleckigen Wände in der Plattenbausiedlung, die triste Umgebung sowohl in der Wohnung als auch draußen. Nachdem sie nun jahrelang bei Park in dem hellen, offenen Kalifornien gelebt hatte, hatte sie beinahe vergessen, wie die schäbige und bedrückende Atmosphäre in Ostberlin jegliches Leben aus einem Menschen heraussaugen konnte. Und die Tatsache, dass ihr „toter" Mann neben ihr saß, half ihr auch nicht weiter.

Park schien ihr Unbehagen zu bemerken. „Wie lautet der Plan?", fragte er.

Alle blickten Toba an.

„Wir haben eine Adresse", sagte er. „Park, du und ich werden an die Tür klopfen. Ernst, du hältst draußen Wache. Nur für den Fall."

„Und was tue ich, falls etwas passiert?", fragte Ernst. „Die Polizei rufen? Ich habe keine Waffe."

Toba verzog das Gesicht. Natürlich verstand er das Dilemma des Raketenforschers. „Du musst improvisieren", sagte er. „Mehr können wir im Augenblick nicht tun."

„Ich werde mitkommen", sagte Edith.

Toba tätschelte seiner Frau die Hand, für ihren Geschmack etwas zu herablassend. „Liebes, du und Ursel, ihr solltet hier bleiben."

„Das kannst du dir abschminken. Ich komme mit", beharrte Edith.

„Ich soll mir das abschminken?", fragte Toba. „Es mir abschminken?"

Ursel meinte: „Wir gehen alle zusammen."

„Hat meine Frau mir gerade gesagt, ich soll es mir abschminken?"

„Ja, ich habe dir gesagt, das kannst du dir abschminken", wiederholte Edith. Und dann, als wäre ihr gerade erst der Gedanke gekommen, fügte sie hinzu: „Und ich bin nicht deine Frau."

Die Freude über Tobas plötzliches Auftauchen ließ nach. Zorn löste sie ab. Allerdings war jetzt nicht der richtige Zeitpunkt, dieses Problem anzusprechen.

„Was tue ich, wenn ihr nicht mehr herauskommt?", fragte Ernst.

„Kalifornien hat dich verändert", sagte Toba zu Edith.

„Seit mehr als zwei Jahrzehnten Witwe zu sein, das hat mich verändert", erklärte sie.

„Wenn wir nicht herauskommen", meinte Park an Ernst gewandt, „dann schicke Edith herein. Sie ist bereit für einen Kampf."

Sie kannte Park gut genug, um zu wissen, dass er auf diese Weise versuchte, die Stimmung zu entspannen und ihr gleichzeitig mitzuteilen, dass im Augenblick nicht der richtige Zeitpunkt für diese Diskussion war. Er hatte Recht. Es war nicht der richtige Zeitpunkt. Sie befanden sich in Ostdeutschland, offene Grenze hin oder her. Sie würde ihren Zorn einfach unterdrücken und Toba später zur Rede stellen müssen.

„Was bedeutet eigentlich ‚Das kannst du dir abschminken'?", fragte Toba, als sie die Wohnung verließen.

* * *

14 Uhr 15.

„Sie sind schon dreißig Minuten da drin", sagte Edith.

Sie, Ursel und Ernst standen auf der anderen Straßenseite vor der Adresse, die Konrad Toba gegeben hatte.

„Was sollen wir tun?", fragte Ernst an Ursel gewandt.

„Normalerweise würde ich Konrad holen."

„Was ist mit der Polizei?", fragte Ernst.

„Nein!" Darin blieb Edith fest.

Zwanzig Jahre ihres Lebens hatte Edith in der Angst vor den Vopos gelebt. Selbst in Amerika hatte es Jahre gedauert, bis sie einen Mann in einer Uniform vertrauensvoll anblicken konnte. Hier konnte es sehr schlimm enden, wenn man die Polizei hinzuzog, schlimmer als alles, was in der Wohnung vorgehen mochte.

„Ich stimme Edith zu", sagte Ursel. „Wir sind auf uns selbst gestellt."

„Habt ihr eine Waffe in der Wohnung?", fragte Ernst.

Ursel sah zu ihm auf. Sie kannte Ernst schon ihr Leben lang. Er war immer sehr findig gewesen. Das Kämpfen lag ihm weniger. Ihre erste Reaktion, die unausgesprochen blieb, war: *Ernst Ehrenberg, selbst wenn wir eine hätten, würdest du damit umgehen können?* Aber wegen der Situation und weil sie Ernst schon lange nicht mehr gesehen hatte, entschied sie sich für eine höflichere Antwort. „Nein, keine Waffen."

„Ich gehe hoch", sagte Ernst.

„Wir gehen hoch", sagte Edith.

„Niemand geht hoch", sagte Ursel.

„Alle gehen hoch", ertönte eine Stimme hinter ihnen.

Als sie sich umdrehten, standen sie einem Mann mit langem, glattem, fettigem Haar gegenüber. Er trug einen Trenchcoat. Darunter verborgen hielt er eine Pistole.

50

Willi hopste vor Freude auf seinem Sessel auf und ab. Lächelnd sagte er: „Das ist der schönste Tag überhaupt! Ich hatte mit Ursel und dem blinden Jungen gerechnet. Und nun seht, was ich bekommen habe! Die hübsche Edith – diesmal keine Imitation. Einen hoch gewachsenen Amerikaner. Und einen Raketenwissenschaftler! Endlich habe ich meinen Raketenwissenschaftler! Ernst, wo warst du vor vierundvierzig Jahren, als die Sowjets bereit waren, Tausende Rubel für dich zu bezahlen?"

„Du bist alt geworden, Willi", sagte Ernst, „und hässlich."

„Halt den Mund, Raketenjunge, oder ich schieße dich auf der Stelle zum Mond", fuhr Willi ihn an.

Konrad hockte auf dem Boden an die Wand gelehnt. Er war näher an Willis Sessel herangerückt, um Platz für die Leute zu schaffen, die durch die Wohnungstür traten.

Willi bemerkte es, warf ihm einen seiner wieselartigen Warnblicke zu und richtete das Gewehr auf Ursel. Konrad verstand die Botschaft. Eine Bewegung von ihm und Willi würde schießen. Willis Komplize – Willi nannte ihn Georg – stand mit dem Rücken an die Wohnungstür gelehnt, die Pistole in der Hand.

„Was werden Sie nun mit uns tun?", fragte Park.

Willi wirkte aufrichtig verblüfft, aber im fröhlichem Sinn, so als sei er ein Junge, der nicht wüsste, welches Weihnachtsgeschenk er zuerst auspacken sollte.

„Ich weiß es nicht", sagte er. „Ich weiß es wirklich nicht. Ich bin offen für Vorschläge."

Niemand nahm ihn ernst.

„Natürlich habe ich Pläne für sie hier", sagte er und blinzelte Monika zu. „Und auch für den großen Bruder habe ich Pläne. Ich habe einmal auf ihn geschossen, meine Sache aber nicht besonders gut gemacht, wie sich herausgestellt hat. Also habe ich, denke ich, einen Plan. Sag mir, was du denkst." Er blickte seinen Bruder an. „Jetzt weiß ich, dass ich ihn töten werde. Ich wusste das schon seit unserem Gerangel im Tunnel. Und ich weiß, ich werde ihn mit Papas Gewehr erschießen." Er tätschelte das Gewehr auf seinem Schoß. „Ich weiß nur noch nicht wo. Ich überlege, ob ich nicht mit ihm in unser altes Elternhaus in Pankow fahren soll und es dort tue. Was hältst du davon?"

„Das gefällt mir!", stimmte Georg grinsend zu.

„Willi, du bist schon immer geistig beschränkt gewesen", sagte Ernst.

Mit einer schnellen Bewegung, mit der man angesichts seiner Behinderung gar nicht gerechnet hätte, richtete Willi das Gewehr auf Ernst. Er hätte auch abgedrückt, wenn Monika sich nicht vor Ernst gestellt hätte.

„Aus dem Weg, Frau!", schrie Willi.

Georg bewegte sich nervös in Richtung Tür. „Willi! Dies ist kein guter Platz, weißt du? Alle diese Menschen hier. Lass uns wie geplant aufs Land fahren."

Konrad hatte genug gesehen. Vielleicht weil er das schon einmal erlebt hatte, vielleicht weil er es in jeder schlaflosen Nacht noch einmal erlebte: ein Verrückter mit einer Waffe. Und das Leben der Menschen, die er liebte, stand auf dem Spiel. Zuerst war es Gunther Krahl gewesen, jetzt sein eigener Bruder. Sein Albtraum wiederholte sich.

Wenn er an Krahl dachte, hatte er mit seinem Gewissen zu kämpfen. Das Dritte Reich hatte ihn gelehrt zu töten, während sein Glaube ihm diese Gewaltanwendung verbot. Es war eine Sache, wenn das eigene Leben bedroht war, doch es war etwas ganz anderes, wenn ein geliebter Mensch in Gefahr schwebte. Für Konrad gab es noch eine zusätzliche Angst. Er hatte auch früher schon getötet, und es machte ihm Angst, wie leicht ihm das Töten fiel. Er hatte Angst, dass er, wenn er anfinge zu töten, nicht mehr damit aufhören könnte.

Schuld an dem Albtraum in der Rama-Klause war sein Zögern gewesen. Sein moralisches Dilemma hatte Toba und Ursel beinahe das Leben gekostet. Seit fast vierzig Jahren lebte er nun schon mit diesem beinahe tödlichen Fehler. Würde er ihn wiederholen? Der Raum war voll von Menschen, die er liebte.

Würde er töten müssen, um sie zu retten? *Konnte* er töten, um sie zu retten?

Konrad wand sich.

„Nur ruhig, großer Bruder“, sagte Willi, während er unvermindert das Gewehr auf Ursel gerichtet hielt.

Ursel suchte Konrads Blick. Ganz leicht schüttelte sie den Kopf und warnte ihn, irgendwelche Dummheiten zu machen.

Auch Georg hatte den Blick auf Konrad gerichtet. Von der anderen Seite des Raumes zielte er mit der Pistole auf ihn.

Einen Augenblick lang erstarrte alle Bewegung im Raum.

Dann sagte Willi fröhlich: „Georg, wir beide haben heute noch einiges vor. Am besten fangen wir bald mit unserer Arbeit an.“

Georg freute sich. „Sag nur Bescheid, Willi. Sag es! Sag es wie diese amerikanischen Cowboys.“

Grinsend erwiderte Willi: „Treib sie zusammen und führ sie raus.“

Georg lachte.

Willi stellte seinen Stock auf den Boden und beugte sich in seinem Sessel vor, wobei er genau darauf achtete, das Gewehr in Position und aus Konrads Reichweite zu halten.

Konrad jedoch schaute nicht auf das Gewehr. Gerade als Willi den Punkt zwischen Sitzen und Stehen erreicht hatte, trat Konrad mit dem Fuß aus.

Willis Stock flog über den Fußboden.

Willi sank in den Sessel zurück. Er hatte das Gleichgewicht verloren. Das tödliche Ende des Gewehrs schwang zur Decke empor. Konrad musste Willi erreichen, bevor er das Gewehr wieder unter Kontrolle hatte.

Georg reagierte, machte einen Schritt vor, die Pistole auf Konrad gerichtet. Aber Ursel stellte sich vor Georg, und das lenkte ihn gerade genug ab.

Konrad stürzte sich auf Willis Gewehr. Willi sah ihn und schwang es aus Konrads Reichweite. Doch Konrad wollte gar nicht Willis Gewehr. Er wollte Willi. Mit der Geschwindigkeit, mit der er auch in dem Tunnel auf Willi losgegangen war, packte Konrads andere Hand Willi vorne am Hemd. Er zog seinen Bruder aus dem Sessel, sodass er auf ihn stürzte.

Mit rudernden Armen versuchte Willi, sich irgendwo festzuhalten, und ließ dabei das Gewehr los. Mit einer Schnelligkeit, die aus der Verzweiflung geboren war, schnappte sich Konrad das Gewehr.

Bevor Georg Zeit hatte, irgendetwas zu tun, hatte Konrad Willi auf seinem Schoß gezogen und würgte ihn mit dem Gewehr seines Vaters. Falls Georg nun schoss, würde er vermutlich Willi treffen.

Georg schnappte sich Ursel und stieß ihr den Pistolenlauf in die Rippen. „Lass Willi los!“, rief er.

Konrad steigerte den Druck gegen Willis Kehle. Willi würgte. „Sag deinem Freund, er soll die Pistole weglegen“, forderte Konrad. Er lockerte seinen Griff so weit, dass Willi reden konnte.

Willi begann zu kichern.

„Sag Georg, er soll die Waffe weglegen!“, rief Konrad erneut. Er zog das Gewehr wieder an und das Kichern erstarb. Dann ließ er wieder etwas lockerer.

„G … Georg!“, keuchte Willi. „Leg sie weg.“

Mit weit aufgerissenen Augen sagte Georg: „Bist du sicher, Willi? Wenn ich sie weglege …“

Willi begann schon wieder zu kichern.

„Willi?“ Georg machte neugierig einen Schritt nach vorn.

Genau in Parks Faust.

Georg wurde gegen die Tür zurückgeschleudert. Ursel schnappte sich seine Pistole. Ohne Waffe, mit blutender, vermutlich gebrochener Nase, fingerte Georg nach dem Türgriff und war in Windeseile aus der Wohnung verschwunden. Niemand versuchte ihn aufzuhalten.

„Ist es vorbei?“, fragte Toba.

„Es ist vorbei“, bestätigte Edith.

Aber es war nicht vorbei. Noch nicht.

Konrads Kampf hatte gerade erst begonnen.

* * *

Konrad sank mit dem Rücken gegen die Wand. Willi saß zwischen seinen Beinen. Kichernd. Die beiden Brüder waren allein im Raum.

„Das ist eine widerliche Angewohnheit“, sagte Konrad.

„Ich kann nichts dagegen tun“, erwiderte Willi. „Ich kichere angesichts von Schmerz und Tod. Ich weiß nicht, warum, aber es ist einfach so.“

„Das hast du früher schon getan. Es ist peinlich.“

„Nun, es tut mir Leid, dass ich dem perfekten Konrad Reichmann nicht ähnlicher bin“, entschuldigte sich Willi.

Die anderen waren in die Wohnung gegangen, um ein paar Sachen zusammenzupacken. Sie wollten sich dann im Café Lorenz auf der Westberliner Seite der Grenze treffen. Sie würden zu Fuß hinübergehen. Es war noch immer schwer zu glauben. Vor den Augen der Grenzbeamten gingen sie über die Zonengrenze. Und sie würden nicht zurückkommen.

Es würde Fragen von den Einwanderungsbeamten geben. Sie würden sie beantworten. Es würden jede Menge Formulare auszufüllen sein. Sie würden sie ausfüllen. Sie würden sich in Schlangen anstellen, in Warteräumen sitzen. Auch das würden sie tun. Sie würden warten. Was immer von ihnen erwartet wurde, sie würden es tun, bis auch der Letzte von ihnen sicher und frei in Amerika angekommen war. Ernst hatte für sie bereits ein Grillfest geplant, auch wenn schon November war.

„Du wirst mich nicht töten“, sagte Willi.

Konrad hatte das Gewehr so weit sinken lassen, dass er mit seinem Bruder reden konnte, aber nicht so weit, dass er denken könnte, Konrad würde ihn davonkommen lassen.

„Wie kommst du auf diesen Gedanken?“

„Du hast dich verändert. Du konntest Krahl nicht töten; du würdest auch mich nicht töten. Was hat es damit eigentlich auf sich? Früher in der Hitler-Jugend haben dir doch die Übungen, bei denen wir so taten, als würden wir auf den Feind schießen, so viel Spaß gemacht. Du warst in der SS gut darin, denn sonst hätten sie dich nicht so befördert. Im Töten warst du spitze, Konrad."

Konrad drückte das Gewehr an sich. Willi würgte und kicherte. Konrad ließ locker.

„Erinnerst du dich noch, wie wir früher immer miteinander gekämpft haben?", fragte Willi. „Vielleicht sollte ich das anders ausdrücken. Erinnerst du dich, wie du deine Ringerfähigkeiten an mir ausprobiert hast?"

Konrad antwortete nicht.

„Was genau tun wir hier?", fragte Willi. „Wir beide wissen doch, dass du mich nicht umbringen kannst. Du hättest mich schon vor sechsundzwanzig Jahren umbringen können. Stattdessen hast du mich durch diesen Erdtunnel geschleift, weil ich laut geschrien habe. Warum hast du das gemacht, wenn du mich töten solltest?"

Konrad schwieg.

„Weißt du, was das Traurige an all dem ist?", fragte Willi.

„Was?"

„Du wirst mich gehen lassen, weil es deinem Wesen entspricht, und ich werde dir wieder hinterherkommen, weil es *meinem* Wesen entspricht."

„Hast du Vater wirklich getötet?"

„Siehst du, was ich meine?", fragte Willi. „Du kannst nicht einmal glauben, dass ich Papa getötet habe. Ich habe es getan. Ich ließ ihn diesen dämlichen Stuhl vor sich ausgestreckt halten, bis er den Boden berührte, dann habe ich ihn erschossen. Ich habe auch Karin getötet."

„Du hast Karin getötet?"

„Frag Georg. Ich meine, falls du ihn je wieder siehst."

„Warum?"

„Ich hatte genug von ihr. Ich wusste, Monika würde mir nicht einmal die Tageszeit sagen, solange ich verheiratet war."

Konrad schwieg.

„Also, wie lange werden wir noch hier bleiben? Ich bin hungrig."

Konrad antwortete nicht. Er starrte blicklos in den Raum.

„Du weißt, dass ich dich nicht in Ruhe lassen werde“, sagte Willi. „Ich bin ein Unkraut im Garten des Lebens.“

„Ein Unkraut.“

„Das gefällt dir, nicht? Eigentlich war es Karin, die das gesagt hat. Sie meinte das als Beleidigung, aber es ist doch ziemlich aufschlussreich, meinst du nicht? Unkraut wird man niemals los. Man kann spritzen, zupfen und arbeiten und trotzdem kommt es zurück. Jahr für Jahr. Wenn man denkt, man hätte es gerade ausgemerzt, schon ist es wieder da. Und wozu ist es gut? Es tut nichts weiter, als den Garten der Leute zu verunstalten. Stell dich dem, Konrad. Dein Bruder ist ein menschliches Unkraut.“

„Im Gulag habe ich einen Freund so in meinem Schoß gehalten“, sagte Konrad. „Nur war er bereits tot. Er war ein guter Mensch. Ein guter Freund. Er hatte mir einmal das Leben gerettet. Seines konnte ich nicht retten. Auch Hartmuts nicht. Ich konnte auch sein Leben nicht retten.“

Willi kicherte.

Wieder starrte Konrad ins Leere.

Willi kicherte noch mehr. Er kicherte so laut, dass die Nachbarn in der Nebenwohnung ihn vermutlich hören konnten.

* * *

Als sie ankamen, war das Café Lorenz überfüllt von Feiernden. Toba und Edith suchten sich schnell einen Stuhl und versteckten sich hinter einer Speisekarte, in ein lebhaftes Gespräch vertieft.

Park schob Monika einen Stuhl zurecht und setzte sich neben sie. Schon im Jahre 1961 hatte er davon geträumt, das für sie zu tun, an dem Tag, an dem die Grenze geschlossen wurde. Monika legte ihre Hand auf seine. Jeder von ihnen hielt eines der Kinder im Arm, Ernst das dritte. Er hatte darauf bestanden. Wenn Konrad wieder da war, würden sie die Kinder den Behörden übergeben.

Ursel war wie damals 1961 mit ihren Gedanken ganz woanders. Sie schaute kurz in die Speisekarte, nahm aber nichts wahr. Schon bald suchte sie die Menge ab, dieses Mal nach Konrad.

Ernst war guter Laune. „Nichts macht mehr Appetit als eine überstandene Gefahr", scherzte er. „Nach jedem Raketenabschuss gehen wir in ein Restaurant und bestellen jeder zwei Gerichte."

„Wie bleibst du dabei so dünn?", fragte Monika.

Ernst grinste. „Ein sauberes Gewissen und ein reines Herz."

Ursel schob ihren Stuhl zurück. Sie sprang auf und eilte wortlos davon.

Sie und Konrad trafen sich auf dem Gehweg vor dem Café. Sie hatte ihn kommen sehen.

Er lief wie in Trance, nahm seine Umgebung scheinbar überhaupt nicht wahr. Er wirkte blass, eingesunken. Seine Hände zitterten.

Seine Frau half ihm zum Tisch.

„Was ist passiert?", fragte Ernst.

Alle warteten auf eine Antwort. Edith und Toba tauchten hinter der Speisekarte auf und hörten gerade so lange auf zu streiten, dass sie mitbekamen, was Konrad zu sagen hatte.

Aber Konrad sagte nichts. Er setzte sich einfach.

Monika blieb hartnäckig. Sie wollte wissen, was aus Willi geworden war. Sie vor allen anderen hätte das Recht, es zu erfahren. Trotzdem antwortete Konrad nicht, und nach einer Weile konnte Park Monika dazu bewegen, nicht mehr weiter zu bohren.

Jahre später fragte Monika Ursel, ob Konrad jemals erzählte hätte, was zwischen ihm und Willi an jenem Tag vorgefallen sei. Ursel antwortete ihr, er hätte nie darüber gesprochen, aber seit jener Nacht hätte er Albträume bekommen, die ihn sein ganzes Leben lang verfolgt hätten.

Epilog

Sonntag, 24. Dezember 1989

Heiligabend.

Ungeachtet ihrer Situation in den vergangenen Jahren hatte Monika es immer geschafft, einen Weihnachtsbaum für die Familie zu besorgen. Manchmal war es kaum mehr als ein Tannenzweig mit dünnen Zeitungsstreifen gewesen, die sie als Lametta mit der Schere geschnitten hatte. In diesem Jahr jedoch machten Ernst und Rachelle alle mageren Jahre wett. In der Mitte des Raumes stand ein prächtiger drei Meter hoher Tannenbaum. Er war überreich geschmückt mit dem unterschiedlichsten Baumschmuck, auch handgefertigte Glasvögel und Engel waren dabei.

In den vergangenen Jahren hatte die Familie Ehrenberg, wie in fast ganz Amerika üblich, bunte Lichter am Baum gehabt. Dann kam die Mode mit künstlichen Aluminiumbäumen mit sich drehenden bunten Lichtern. Aber für dieses Ereignis war der Baum mit Wachskerzen geschmückt worden, die in Metallhaltern an den einzelnen Zweigen befestigt wurden, genau wie damals im Jahr 1939 bei Josef und Monika Schumacher.

Der Höhepunkt bei der Zeremonie des Baumschmückens war es, als Konrad, Ursel und Ernst vier an Bändern befestigte Münzen an den Baum hängten – die Münzen, die Pastor Schumacher ihnen geschenkt hatte.

Marlene und Edith sangen mit den anderen deutsche Weihnachtslieder: „Leise rieselt der Schnee" und „O Tannenbaum". Monika und Ursel saßen nebeneinander und freuten sich, dass endlich Josef Schumachers Traum in Erfüllung gegangen war: Die „sechs von Hadamar" waren in Sicherheit, in Sicherheit und frei.

Marlene hatte Grafikdesign studiert und arbeitete in einem Studio in Huntsville. Am Wochenende verkaufte sie ihre Bilder im Einkaufszentrum.

Anni war verheiratet und hatte zwei Kinder. Sie war eine gute Mutter und das unangefochtene Oberhaupt ihres Haushalts.

Hermann spielte den ganzen Tag Spiele und wurde dafür bezahlt. Er war der Leiter des CVJM am Ort.

Viktor war entgegen allen Prognosen für Menschen mit Down-Syndrom noch am Leben. Ernst beschäftigte ihn als Pförtner in einer Einrichtung.

Wenn Monika und Ursel nicht weinten, dann lehnten sie sich gegeneinander, tuschelten miteinander, deuteten mit den Fingern und lachten.

„Ich wünschte nur, dein Vater könnte das miterleben", sagte Ursel.

„Ich auch."

Sie hatten immer gehofft, Pastor Olbricht – oder wie immer er jetzt hieß – würde wie schon einmal wieder auftauchen. Sie hatten die Hoffnung noch immer nicht aufgegeben, obwohl die Chancen, dass er noch am Leben war, zunehmend kleiner wurden. Er wäre jetzt einundneunzig Jahre alt.

Draußen fuhr ein VW-Bus vor. Sie konnten ihn durch das große Panoramafenster beobachten.

„Ach! Mein Weihnachtsgeschenk ist eingetroffen!", sagte Park. „Eine besondere Lieferung aus Kalifornien." Er stellte sein Glas Punsch beiseite und eilte zur Tür.

Herein kamen die Doppelgänger der „sechs von Hadamar". Sharon Lewis und Fletcher Green mit seiner Sonnenbrille und Connie Hayes und die anderen. Alexandra Moffett, die Augenärztin und Monikas Doppelgängerin, war bezeichnenderweise nicht dabei. Park gab keine Erklärung dafür. Monika fragte auch nicht danach.

Nachdem der Begrüßungslärm abgeklungen war, bestand Monika darauf, Fotos zu machen. Park sprang sofort auf diese Idee an. Alle wurden vor dem Weihnachtsbaum postiert, die Doppelgänger nebeneinander. Viktor fühlte sich übergangen, bis Ernst sich einen Besen schnappte und sich neben ihn stellte und lauthals verkündete, er sei Viktors Doppelgänger.

Was war das für ein Foto! Park überraschte Monika ein Jahr später mit einer Kopie dieses Fotos, vergrößert und in Öl gemalt. Sie hielt es ihr ganzes Leben lang in Ehren. Aber wenn sie in den kommenden Jahren nachts Heimweh nach Deutschland bekam, dann war es immer dieses Foto, das sie weinend betrachtete.

„Also, wohin willst du gehen, meine Liebe?“, fragte Ursel Monika.

„Ich habe beschlossen, es mit Kalifornien zu versuchen. Dort wohnt Edith.“

„Und Park?“

Monika lächelte. Sie blickte auf ihre Hände. „Wir werden sehen“, sagte sie. „Habt ihr, Konrad und du, schon eine Entscheidung getroffen?“

Ursel nickte. „Wir werden hier in Huntsville bleiben. Man könnte meinen, Konrad und Ernst seien an der Hüfte zusammengewachsen. Und Rachelle ist ein solcher Schatz. Weißt du, sie leidet noch immer unter Anfällen von Depression als Folge des Krieges.“

Monika tätschelte Ursels Hand. „Du wirst ihr gut tun.“

In der hinteren Ecke des Raumes hatten Toba und Edith die Köpfe zusammengesteckt. Sie lächelten nur selten und wenn, dann ziemlich gezwungen.

„Denkst du, sie wird ihm je verzeihen?“, fragte Ursel.

Monika schüttelte den Kopf. „Ich weiß es nicht. Sie hat sich ihr Leben ohne ihn eingerichtet. Sie überlegen, ob sie zusammenziehen sollen. Um es einmal zu probieren. Es ist ein Anfang.“

Das Klirren eines Löffels gegen ein Glas brachte alle zum Verstummen.

Park stand mit einem Glas in der Hand vor dem Kamin. „Ein Toast“, verkündete er.

Alle griffen nach ihren Gläsern und erhoben sich.

„Vor mehr als vierzig Jahren“, begann Park, „erklärte die Welt uns zu Feinden. Als patriotischer Amerikaner ging ich zur Armee, um meine Pflicht zu tun und gegen den Feind zu kämpfen. Wer hätte vorhersehen können, dass ich in Deutschland nicht Feinde, sondern eine Familie finden würde? Und das in erster Linie wegen eines Mannes. Ich hatte nie das Vorrecht, ihn persönlich kennen zu lernen. Mein Kontakt zu Josef Schumacher beschränkte sich auf das Funkgerät. Doch selbst in diesem begrenzten Rahmen lernte ich einen Mann kennen, den ich respektierte und bewunderte. Besonders beeindruckte mich seine Aufrichtigkeit. Selbst über das Funkgerät konnte ich in seiner Stimme die Liebe und Zuneigung heraushören, die er für jeden von euch empfand. Und jetzt seht euch an. Was hatte sich dieser Mann gedacht?"

Gelächter. Tränen. Umarmungen.

„Dass wir alle heute hier stehen", fuhr Park fort, „haben wir einzig und allein Josef Schumacher zu verdanken. Mit seinem unbeirrbaren Glauben hat er jedem von uns seinen Stempel aufgedrückt. Er hat einen tiefen Eindruck des Mutes hinterlassen angesichts von überwältigenden Widrigkeiten, der Liebe, die niemals aufgab, und einer unsterblichen Sehnsucht, in Freiheit und Frieden zu leben."

Park hob sein Glas.

„Auf Pastor Josef Schumacher! Unterschätzt niemals den Einfluss eines vorbildhaften Lebens."

Nach dem Trinkspruch dankten Konrad und Ernst Park für seine Worte. Ursel schloss sich ihnen an und griff nach der Hand ihres Mannes. Monika ging an Konrad und Ernst vorbei, legte die Arme um den verblüfften Park und gab ihm einen Kuss.

„Wisst ihr, wer auf dieser Party fehlt?", fragte Ernst.

„Genau das habe ich auch gedacht", stimmte Konrad zu.

„Ursel", sagte Ernst, „wenn ich ein Radio herbringen würde, denkst du, du könntest uns ein wenig Weihnachtsmusik suchen?"

Anmerkung des Autors

Am 13. August 1961 wurde die ostdeutsche Grenze für alle unerwartet geschlossen. Truppen marschierten auf, Stacheldraht wurde gezogen und Straßen zerstört. Kurz darauf wurde mit erstaunlicher Geschwindigkeit eine Mauer errichtet. Die Ostberliner versuchten die Mauer zu überwinden, einige mit Erfolg. Daraufhin wurden im Laufe von zwei Jahrzehnten immer neue Verbesserungen vorgenommen. Zwar findet die in dieser Geschichte geschilderte Flucht in der zweiten Generation der Mauer statt, doch Elemente der in der Geschichte beschriebenen Mauer sind Verbesserungen, die erst in späteren Jahren vorgenommen wurden. Das geschah absichtlich. Mein Wunsch zu beschreiben, mit welchen Mitteln das kommunistische Regime seine Bürger an einer Flucht hindern wollte, war größer als mein Wunsch, diesen Roman mit der größtmöglichen Historizität zu schreiben. So wählte ich auch eine Ausgabe des LIFE-Magazines, das zwei Monate früher erschien als hier beschrieben. Das eigentliche Datum ist unbedeutend.

„Lieder in der Nacht" von Jack Cavanaugh

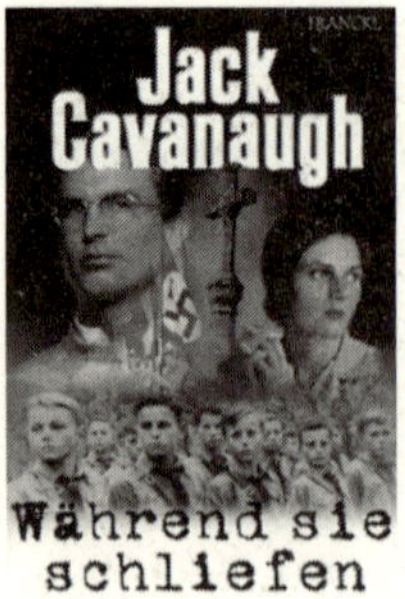

Während sie schliefen – Band 1
ISBN 3-86122-624-3
400 Seiten, Paperback

Josef Schumacher ist Pfarrer im Berlin des Jahres 1939. Mit großer Sorge sieht er den wachsenden Einfluss der nationalsozialistischen Jugendorganisationen auf die Heranwachsenden seiner Gemeinde. Als das braune Gedankengut der Nazis auch in seine Kirche einsickert, schließt er sich dem Widerstand an. Hier kommt er bald mit einem der dunkelsten Kapitel des Dritten Reiches in Berührung – enger, als ihm lieb sein kann ... Auch seine hochschwangere Frau Monika findet sich voller Verzweiflung in einer Welt wieder, in der nichts mehr so ist, wie es vor kurzem noch vorgezeichnet schien. Reicht ihre Liebe zu Josef, um den Weg mitzugehen, den er eingeschlagen hat?

Denn er verlässt sie nicht – Band 2
ISBN 3-86122-690-1
480 Seiten, Paperback

Das dröhnende Pathos der HJ hat seinen Geist vergiftet: Ausgerechnet an der gefürchteten Ostfront will Konrad Reichmann für Führer, Volk und Vaterland seinen Mann stehen. Was er aber in den Schützengräben dieses mörderischen Krieges erlebt, hat so gar nichts zu tun mit dem „Mythos des Dritten Reiches". Es ist nur eine Frage der Zeit, bis ihm die Gräueltaten seiner Waffenkameraden die Augen öffnen für die wahre Natur der nationalsozialistischen Ideologie.
Und so radikal, wie er vorher Parteigänger Hitlers war, so tollkühn wirft er sich nun auf einen Plan, der das Ruder der Geschichte noch einmal herumreißen soll ...

Bewegende Schicksale – Die „Sturmzeiten-Saga"
von Judith Pella

Geschrieben im Wind – Band 1
ISBN 3-86122-660-X
560 Seiten, kartoniert

Keagan Hayes, im Jahr 1941 einer der mächtigsten Zeitungsmogule Kaliforniens, ist ein harter Mann. Was seine Töchter auch tun – die Anerkennung ihres dominanten Vaters können sie nicht erreichen.
Blair, bildschön und rebellisch, sucht ihr Glück als Sängerin.
Die sanfte Jackie findet Kraft im Glauben.
Und die ehrgeizige Älteste, Cameron, flieht in die Karriere als Journalistin.
Als Kriegsberichterstatterin in der Sowjetunion Stalins scheint ihre Stunde gekommen. Doch als ein außergewöhnlicher Mann in ihr Leben tritt, geraten auch die Mauern ins Wanken, die sie um ihr Herz errichtet hat ...

Von ferne klingt ein Lied – Band 2

ISBN 3-86122-723-1
592 Seiten, kartoniert

1941: Die japanische Armee nähert sich den Philippinen. Und das ausgerechnet zu dem Zeitpunkt, als Blair einen letzten verzweifelten Versuch unternimmt, ihre Ehe mit Gary zu retten, der auf dem Inselstaat seinen Armeedienst leistet. Doch selbst wenn ihr genügend Zeit bliebe, ihre Ehe wiederherzustellen – wie viel Zeit braucht ein Mensch, um seine Seele zu retten?

Auch Blairs Schwestern stehen an Wendepunkten ihres Lebens: Cameron im Wirbel des Krieges in Russland, Jackie daheim in Los Angeles vor einer Entscheidung, die über ihr Leben entscheidet. Zerstreut über drei Kontinente – wo werden sie alle Halt finden in einer Welt, die auf einen Abgrund zuzutaumeln scheint?

Bevor der Morgen dämmert
ISBN 3-86122-796-7
560 Seiten, kartoniert

1942: Auf drei verschiedene Kontinente verstreut, führen die Töchter des kalifornischen Zeitungsmagnaten Hayes den gleichen Kampf gegen das innere und äußere Chaos.
Der Zweite Weltkrieg hat ihre Welt in Flammen gesetzt und ihre Familie zerrissen. In einem kalifornischen Internierungslager teilt Jackie mit ihrem frisch gebackenen Ehemann das harte Los der Amerikaner japanischer Herkunft. Was Blair bei ihrer Odyssee durch den philippinischen Dschungel in den Armen ihres Mannes gefunden hat, droht zu zerbrechen, als sie japanischen Soldaten in die Hände fallen. Und in der Sowjetunion gerät Cameron in die Mühlen einer erbarmungslosen Diktatur, die sich anschickt, ihrer Liebe zu Alex den Todesstoß zu versetzen ...
Wird jede der Schwestern für sich inmitten der Nacht an dem Glauben festhalten können, dass Gott ihnen einen neuen Morgen verheißt?

Auf der Suche nach Vergebung ...

Dale Cramer
Der Bann
ISBN 3-86122-794-0
320 Seiten, gebunden

Amerika in den dreißiger Jahren: Wie ein Dieb in der Nacht stiehlt sich Will Mullet davon aus seinem Vaterhaus, einer Amisch-Farm in Ohio. Jede Art von Entbehrung zieht er dem unerbittlichen Regiment vor, mit dem sein Vater die Familie nach der *Alten Ordnung* führt.
Jahre später: Mit harter Arbeit und einer Menge Lügen hat Will seine eigene Existenz aufgebaut. In den Augen seines Vaters aber bleibt er ein Gebannter. Mit diesem Schicksal will er sich nicht abfinden. Voller Entschlossenheit macht sich der verlorene Sohn auf den Weg zurück zum Vaterhaus.
Will gerät auf einen steinigen Pfad voller Demütigungen, die ihn und seine Familie zu zerbrechen drohen – bis er die Macht der Liebe und der Vergebung erkennt und den, der beides erfunden hat ...

Hochspannung garantiert – Bestseller von Dee Henderson

Die Vermittlerin
ISBN 3-86122-688-X
384 Seiten, gebunden

Da ist Dave Richman.
Er kann es sich nicht leisten, Fehler zu machen. Als FBI-Agent ist es seine Aufgabe, Menschenleben zu retten. Wie aber beschützt man eine Frau, die es zu ihrem Beruf gemacht hat, ihren Schutzengel herauszufordern?

Da ist Kate O'Malley.
Sie hat den Ruf, mit ihrem legendären Verhandlungsgeschick noch jedes Geiseldrama entschärft zu haben. Im Auge des Sturms ist ihr Platz – dort, wo sie sich nur noch auf sich selbst verlassen kann.

Und da ist der Unbekannte.
Er legt es darauf an, dass Kate einen Fehler macht. Hat er auch das Flugzeug in die Luft gejagt, um ihr die Schuld in die Schuhe zu schieben?

Als Kates Welt gefährlich ins Schlingern gerät und dunkle Schatten aus ihrer Vergangenheit ihr Leben bedrohen, ist Dave an ihrer Seite. Was aber soll sie anfangen mit dem Gott, auf den er so unbeirrbar baut?

Der Beschützer
ISBN 3-86122-768-1
336 Seiten, kartoniert

Da ist Shari Hanford.
Zum falschen Zeitpunkt war sie am falschen Ort und wurde Zeugin eines brutalen Mordes. Sie hat den Killer gesehen, er hat sie gesehen – und nur einer von beiden kann überleben.

Da ist Marcus O'Malley.
Sein Auftrag ist es, die Zeugin zu schützen und den Mörder ausfindig zu machen. Er glaubt, die Risiken abschätzen zu können, doch er irrt sich ...

Marcus hat damit gerechnet, dass Shari ihm ans Herz wächst. Dass sie es restlos erobern wird, hat er nicht geahnt. Er war ebenfalls nicht darauf gefasst, dass ihr unerschütterlicher Glaube an Gott auch sein Leben in neue Bahnen lenken könnte – ein Leben, das nicht nur durch die Jagd auf den Mörder aus den Fugen geraten ist. Als Marcus herausfindet, wer wirklich hinter dem Mordkomplott steht, beginnt ein verzweifelter Wettlauf mit der Zeit ...

Die Gerichtsmedizinerin
ISBN 3-86122-825-4
336 Seiten, kartoniert

Da ist Lisa O'Malley.
Als Gerichtsmedizinerin weiß sie besser als alle anderen, was nach dem Tod kommt: nichts. Eine Auferstehung der Toten, woran ihre Geschwister glauben? Unmöglich. Die Sache mit Jesus hat Lisa längst für unglaubwürdig befunden und zu den Akten gelegt.

Als ihre unverbesserliche Neugier sie jedoch auf die Spur ungelöster Mordfälle führt, wird es schnell gefährlich. Nicht nur Lisas Leben gerät in Gefahr – auch die Überzeugungen, die sie so fest geglaubt hat, beginnen zu wanken ...

Da ist Quinn Diamond.
Seit zwanzig Jahren sucht er nach dem Mörder seines Vaters. Geduldig verfolgt er jede Spur, die sich ihm bietet. Als sich der Mord unvermutet mit Lisas ungelösten Fällen verknüpft, überschlagen sich die Ereignisse. Wird sich die dunkle Vergangenheit endlich lösen?

Und so ganz nebenbei beschäftigt Quinn noch die Frage, ob Lisa jemals seine Liebe erwidern wird ...

Geburt einer Nation:
Die ZION-Chroniken von Bodie Thoene

Die Wiedergeburt der jüdischen Nation scheint 1948 zum Scheitern verurteilt, als Gefechte zwischen den Arabern und den schlecht bewaffneten Juden aufflammen. Der Krieg der jungen Nation wird zum Überlebenskampf ...

Der Weg nach Zion
Bestell-Nr. 330 760
ISBN 3-86122-760-6
560 Seiten, kartoniert

Eine Tochter aus Zion
Bestell-Nr. 330 761
ISBN 3-86122-761-4
416 Seiten, kartoniert

Die Rückkehr nach Zion
Bestell-Nr. 330 762
ISBN 3-86122-762-2
592 Seiten, kartoniert

Licht über Zion
Bestell-Nr. 330 763
ISBN 3-86122-763-0
560 Seiten, kartoniert

Das Tor nach Zion
Bestell-Nr. 330 764
ISBN 3-86122-764-9
640 Seiten, kartoniert

Wie alles begann:
Die ZION-Passion von Bodie Thoene

Deutschland im Jahre 1938: Die Lage spitzt sich dramatisch zu. Auch Elisa Lindheim, eine junge Violinistin, wird unweigerlich in den Überlebenskampf des jüdischen Volkes im Holocaust hineingezogen ...

Wien – der Auftakt
ISBN 3-88224-900-5
512 Seiten, kartoniert

Prag – der Konflikt
ISBN 3-86122-007-5
400 Seiten, kartoniert

München – das Abkommen
ISBN 3-86122-057-1
448 Seiten, kartoniert

Jerusalem – die Hoffnung
ISBN 3-86122-095-4
470 Seiten, kartoniert

Danzig – der Plan
ISBN 3-86122-116-0
472 Seiten, kartoniert

Warschau – das Requiem
ISBN 3-86122-147-0
542 Seiten, kartoniert